S0-BMT-723

LA GUERRE DES TROIS HENRI

***

La ville qui n'aimait pas son roi

Jean d'Aillon vit en Provence. Auteur de nombreux romans-enquêtes sur l'Histoire de France, il est notamment connu pour son héros, le notaire Louis Fronsac, qui a résolu les plus grandes énigmes du Paris de Mazarin.

Paru dans Le Livre de Poche :

LA GUERRE DES TROIS HENRI

1. Les Rapines du duc de Guise
2. La Guerre des amoureuses

JEAN D'AILLON

La ville qui n'aimait pas son roi

La Guerre des trois Henri ***

ROMAN

JC LATTÈS

© Éditions Jean-Claude Lattès, 2009.
ISBN : 978-2-253-12858-8 – 1re publication LGF

LES PERSONNAGES

ROGER DE BELLEGARDE, premier gentilhomme de la chambre

M. DE BEZON, gouverneur des nains à la cour de Catherine de Médicis

JEAN BOUCHER, recteur de la Sorbonne, curé de Saint-Benoît

CHARLES DE BOURBON, cardinal, oncle d'Henri de Navarre

JEAN BUSSY, sieur de Le Clerc, procureur du roi et capitaine de la Ligue à Paris

MAXIMILIEN DE BÉTHUNE, baron de Rosny, futur duc de Sully

HENRI DE BOURBON, roi de Navarre

FRANÇOIS CAUDEBEC, capitaine de Philippe de Mornay

JACQUES CLÉMENT, moine jacobin

EUSTACHE DE CUBSAC, un des quarante-cinq gentilshommes ordinaires du roi

NICOLAS DE GRIMONVILLE, seigneur de Larchant, capitaine des cent archers de la garde du roi

HENRI DE GUISE, prince lorrain, surnommé le Balafré

CHARLES DE GUISE, duc de Mayenne, frère du Balafré

OLIVIER HAUTEVILLE, seigneur de Fleur-de-Lis

HENRI III, roi de France

PIERRE LACROIX, capitaine des gardes de M. de Villequier

URBAIN DE LAVAL, comte de Boisdauphin, gentilhomme guisard

FRANÇOIS DE LA GRANGE, seigneur de Montigny, capitaine des archers de la Porte

JACQUES LE BÈGUE, serviteur d'Olivier Hauteville

ISABEAU DE LIMEUIL, épouse de Scipion Sardini

CATHERINE DE LORRAINE, duchesse de Montpensier, sœur du Balafré

GRACIEN MADAILLAN, valet d'armes d'Olivier Hauteville

MICHEL MARTEAU, seigneur de La Chapelle, prévôt des marchands de Paris

CATHERINE DE MÉDICIS, mère d'Henri III

GEORGES MICHELET, sergent à verge au Châtelet

MICHEL DE MONTAIGNE, ancien maire de Bordeaux

FRANÇOIS DE MONTPEZAT, baron de Laugnac, capitaine des quarante-cinq

JUAN MOREO, commandeur de l'ordre des Hospitaliers de Saint-Jean de Jérusalem

CASSANDRE DE SAINT-POL, fille adoptive de Philippe de Mornay, fille adultérine du prince de Condé

PHILIPPE DE MORNAY, seigneur du Plessis, surintendant d'Henri de Navarre

FRANÇOIS D'O, gouverneur de Paris, surintendant des Finances

ALPHONSE D'ORNANO, colonel de la garde corse

PERRINE, servante d'Olivier Hauteville

FRANÇOIS DU PLESSIS, seigneur de Richelieu, Grand prévôt de France

NICOLAS POULAIN, lieutenant de la prévôté de l'Île-de-France

FRANÇOIS DE RONCHEROLLES, marquis de Mayneville, homme lige du duc de Guise

CHARLOTTE DE SAUVES, maîtresse du Balafré

SCIPION SARDINI, financier italien

LORENZINO VENETIANELLI, dit Il Magnifichino, comédien

RENÉ DÉ VILLEQUIER, beau-père de François d'O

Et la troupe de la Compagnia Comica
Serafina, Pulcinella et Chiara, Mario et Sergio,

Quelques-uns des personnages de ce roman apparaissent dans :
Nostradamus et le dragon de Raphaël (Éditions du Masque)
Les Rapines du duc de Guise (Éditions J.-C. Lattès)
La Guerre des amoureuses (Éditions J.-C. Lattès)

1.

Par une matinée grise et froide de novembre 1587, deux cavaliers s'arrêtèrent devant l'enseigne du Drageoir Bleu, rue Saint-Martin. À cette heure, la rue était particulièrement encombrée. Ces deux cavaliers allaient rapidement gêner le passage des marchands ambulants et des innombrables chariots et charrettes à bras qui circulaient, mais peu leur importait. Les lourdes et menaçantes rapières de fer attachées à leur ceinture calmeraient l'ardeur des mécontents.

L'un des deux cavaliers, qui portait morion et cuirasse de buffle visibles sous sa cape, sauta le premier à terre pour s'occuper des chevaux tandis que l'autre s'approchait de la tablette de l'échoppe.

C'était une épicerie où l'on vendait toutes sortes de condiments, d'aromates, mais aussi des bougies de cire, de l'huile et des fruits secs. Son propriétaire, bourgeois de Paris appartenant au second des six corps marchands, était fort estimé dans la paroisse. Il l'était pourtant moins que son gendre, Nicolas Poulain, lieutenant du prévôt d'Île-de-France dont chacun louait l'intégrité, le courage, le sens de l'équité, et plus encore la piété.

Celui qui s'était approché de l'épicerie n'était pas très grand. Son visage triangulaire au menton fuyant et les poils épars qui surmontaient ses lèvres épaisses, per-

9

pétuellement entrouvertes sur de grosses incisives, lui donnaient l'allure d'un gros rat. Sa cape sombre, son pourpoint de velours noir avec des hauts-de-chausses et un bonnet assorti accentuaient cette ressemblance avec le rongeur nuisible qui hantait les rues et les sous-sols de la capitale.

— Compère, fit-il avec condescendance au marchand, un homme vigoureux, en robe violette, coiffé d'un chaperon carré, qui remplissait des pots avec le contenu d'un sac de clous de girofle, c'est ici qu'habite le sieur Poulain?

— C'est mon gendre, monsieur. Il vit au-dessus.

— J'ai besoin de le voir.

— Je vais vous ouvrir la porte, monsieur.

Il passa de sa boutique à un couloir, ouvrit l'huis et cria dans l'escalier :

— Nicolas, tu as un visiteur!

Il prévenait ainsi toujours son gendre. Diable, un lieutenant de prévôt avait souvent affaire à de mauvaises gens!

L'individu au faciès de rat s'engagea dans l'escalier. En haut, un homme encore jeune, plus grand que la plupart des gens de son âge et musclé comme un lutteur de foire, l'attendait. Vêtu de velours cramoisi et coiffé d'un simple toquet à plume, il portait une rapière de fer à son ceinturon.

Âgé de trente-quatre ans, Nicolas était marié et père de deux beaux enfants. Sa mère était une humble servante et il ignorait qui était son père ; sans doute quelque gentilhomme qui l'avait séduite. Celui-ci ne les avait pourtant pas abandonnés. Ce père inconnu avait acheté leur logement, payé les études de son fils au collège de Lisieux et, celui-ci une fois adulte, lui avait fait porter une lettre de provision pour l'office de lieutenant de prévôt des maréchaux qu'il occupait.

La mère de Nicolas était morte sans lui confier son secret, lui assurant qu'il ferait son malheur. Cependant, à mesure que Nicolas Poulain avançait en âge, cette ignorance le laissait de plus en plus souvent mélancolique, tant il est difficile de ne pas savoir d'où l'on vient.

— Monsieur Poulain, je suis le capitaine des gardes de M. de Villequier. Je dois vous accompagner sur l'heure chez mon maître, annonça l'homme-rat d'une voix de crécelle.

— Pour quelle raison, monsieur ?

— Je l'ignore, mais j'insiste pour ne pas le faire attendre. Je suis venu avec un garde de son hôtel, précisa le capitaine, laissant planer une menace.

Poulain le regarda avec la pressante envie de le jeter en bas des escaliers. Ce petit insolent à figure de rongeur se briserait le cou et paierait ainsi son arrogance envers un officier du roi.

Pourtant, il se retint. Le roi était pour l'heure absent de sa capitale et le pouvoir confié au chancelier Cheverny et à la reine mère. Certes René de Villequier, baron de Clairvaux, n'était plus gouverneur de Paris, la charge ayant été donnée au seigneur d'O, son gendre, mais il restait un des premiers favoris d'Henri III et surtout un proche de Catherine de Médicis. Le lieutenant de prévôt ne pouvait se l'aliéner par un mouvement de fierté mal placé.

— Je prends ma cape et je vous suis, décida-t-il.

Que lui voulait Villequier ? Favori depuis le début du règne, le *gros Villequier*, comme on le surnommait, était un des plus solides soutiens du roi, même si des rumeurs rapportées par le Grand prévôt de France laissaient entendre que le favori conseillait désormais au monarque d'être conciliant avec le duc de Guise. Ne serait-ce que pour cela, le duc d'Épernon le détestait.

Mais Épernon avait tant d'ennemis que cette haine avait renforcé la position de Villequier à la cour.

Le baron restait donc un homme très puissant. Son physique et son caractère violent le faisaient craindre des plus faibles, sa proximité avec la reine mère le rendait influent, sa richesse lui donnait les moyens d'imposer sa volonté. Car Villequier était riche et le montrait. N'avait-il pas acheté son luxueux hôtel de la rue des Poulies – à quelques pas du Louvre – à Louis de Gonzague, duc de Nevers, pour vingt-deux mille livres?

En pensant aux étroites relations entre Villequier et Catherine de Médicis, Nicolas Poulain se demandait si cette convocation inattendue n'était pas en rapport avec les évènements de l'année précédente, quand il avait été nommé prévôt de la cour de la reine mère. Il avait été reçu dans cette charge avec l'appui du duc de Guise, mais ayant découvert un complot conduit par la sœur du duc – la duchesse de Montpensier – contre le roi de Navarre, il avait quitté la reine sans permission pour prévenir le Béarnais. Et même si le duc de Montpensier, Bourbon comme Navarre, avait ensuite justifié son comportement à Catherine de Médicis, la reine mère ne devait guère le porter dans son cœur après cet abandon. Villequier allait-il l'interroger à ce sujet?

Suivi par les deux cavaliers, Nicolas Poulain alla chercher son cheval à l'écurie du Fer à Cheval. Puis les trois hommes descendirent la rue Saint-Martin et la rue des Arcis, jusqu'à la rue de la Boucherie avant de s'engager dans la rue de Saint-Germain-l'Auxerrois.

En chemin, les hommes de Villequier gardèrent le silence. Poulain parvint tout juste à savoir que le capitaine des gardes à tête de rat s'appelait Philippe Lacroix.

Dans la cour bordée d'arcades de l'hôtel de l'ancien gouverneur de Paris, ils laissèrent leurs chevaux à un palefrenier. Par un escalier monumental, Lacroix conduisit Nicolas dans un grand cabinet du premier étage meublé de coffres, de bahuts présentant de la vaisselle d'argent, de deux fauteuils, de bancs et d'escabelles. Les murs étaient couverts de panoplies d'armes et d'un grand portrait du roi. Un gros bonhomme, bottes en fine peau et éperons d'or, hauts-de-chausses en velours violet et pourpoint de satin violet, attendait debout, près d'une fenêtre. C'était Villequier que Nicolas Poulain avait déjà vu et qu'on ne pouvait oublier tant son embonpoint le rendait difforme. À un baudrier de cuir finement ciselé pendaient une lourde épée à l'espagnole et une large dague de chasse.

Sans esquisser un sourire, Villequier lui fit un signe de tête. Malgré sa taille, ses bajoues, ses doubles mentons et un air faussement patelin, la brutalité se révélait dans chacun de ses mouvements, aussi Nicolas resta-t-il sur la défensive. Il savait le gros bonhomme capable de s'emporter jusqu'à la fureur et même jusqu'au crime. Dix ans plus tôt, soupçonnant sa femme Françoise de La Mark, grosse de quelques mois, d'avoir rataconiculé avec un jeune abbé, il l'avait poignardée dans son lit. Le crime avait fait grand bruit et Villequier, jugé devant la prévôté de l'Hôtel, n'avait été acquitté que grâce au soutien du roi.

— Monsieur Poulain, dit-il, cela faisait longtemps que je voulais vous connaître… Car on ne m'a pas parlé de vous en bien !

Entendant ces reproches auxquels il ne s'attendait pas, Nicolas Poulain resta sans voix.

— Vous avez été accusé de vol, il y a deux ans, m'a dit M. de Villeroy. Malgré cela la reine a eu la bonté de vous accorder une charge de prévôt de la cour que vous avez pourtant abandonnée sans permission pour rejoindre le roi de Navarre. C'est ce que j'appelle une forfaiture.

— Le vol était une fausse accusation, monsieur, protesta Poulain. Ceux qui m'avaient ainsi accusé étaient des truands qui ont été pendus. Quant à mon départ de la cour, c'était pour prévenir Mgr de Navarre d'une tentative d'assassinat contre lui. Je n'ai fait qu'obéir aux ordres de M. de Montpensier.

— Parlons-en de ces ordres ! J'ai appris que vous avez rencontré le roi, à quel titre ? De quelles affaires l'avez-vous entretenu ?

— Je n'ai point vu le roi, monsieur, et je ne sais de quoi vous me voulez parler. J'ai toujours reçu mes ordres du prévôt d'Île-de-France et du Grand prévôt de France.

— Par la morbleu ! Mais vous vous moquez de moi, insolent coquin ! Savez-vous que je brûle de vous faire pendre sur-le-champ sous les arcades par mon capitaine des gardes ? cria Villequier, levant une main large comme une pelle.

Poulain recula d'un pas pour éviter d'être agressé.

— Je suis lieutenant de prévôt, monsieur, et si vous m'accusez d'un crime, je dois être jugé à la connétablie.

— Vous êtes un fieffé menteur, un traître et un pendard ! s'égosilla le gros Villequier. Vous avez vu le roi ! vous dis-je, et par la mort Dieu, je veux savoir pourquoi !

Il sortit brusquement sa dague de chasse et Poulain recula encore, hésitant malgré tout à sortir son arme pour se défendre.

Soudain, peut-être satisfait de la terreur qu'il avait apparemment provoquée chez son interlocuteur, Villequier parut se calmer.

— Vous n'êtes que de la vermine, monsieur Poulain ! cracha-t-il. Je vous laisse partir, mais sachez que je vous écraserai comme une punaise si vous vous mêlez encore des affaires de l'État! Hors d'ici! cria-t-il en brandissant sa dague. Lacroix, jetez ce faquin dehors!

Abasourdi par les menaces de cet homme si puissant, mais surtout humilié par ses injures, Poulain suivit le nommé Lacroix sans répondre, craignant à chaque instant d'être arrêté et s'efforçant de retrouver son calme.

— Vous avez eu tort de ne pas dire la vérité, monsieur, lui reprocha Lacroix de sa déplaisante voix de crécelle. M. de Villequier n'aime pas qu'on lui résiste, et sa vindicte envers vous va être terrible…

Maîtrisant les tremblements nerveux qui l'agitaient encore, Poulain posa une main sur son épée pour se donner une contenance.

— Je ne comprends pas l'attitude de M. de Villequier, dit-il simplement tandis qu'ils arrivaient dans la cour. Je sers Sa Majesté avec loyauté.

Philippe Lacroix haussa les épaules et fit signe à un palefrenier pour qu'on amène le cheval du visiteur.

— Réfléchissez, monsieur le lieutenant. Il vaut mieux pour vous ne pas avoir M. de Villequier comme ennemi, sinon il vous broiera comme une coque de noix.

— Je m'en souviendrai, monsieur Lacroix, répliqua Poulain.

Nicolas Poulain avait menti. Il avait rencontré le roi deux ans auparavant pour le prévenir d'une insurrection préparée par la sainte union. Henri III avait salué sa bravoure et lui avait demandé d'avertir le chancelier Cheverny ou M. de Richelieu s'il découvrait un nouveau complot, ou même s'il apprenait quelque chose de fâcheux contre lui.

Car Nicolas Poulain n'était pas seulement lieutenant du prévôt d'Île-de-France. Réputé pour sa piété catholique, il avait été recruté trois ans plus tôt par un de ses anciens compagnons de collège, Jean de Bussy, sieur de Le Clerc, pour participer à une société secrète. Bussy était en effet un des dirigeants de la sainte union, cette confrérie bourgeoise alliée au duc de Guise pour former la Sainte Ligue. Au sein de celle-ci, Poulain achetait des armes pour les bourgeois de Paris.

Mais Poulain n'avait accepté de faire partie de cette union de félons que pour en dénoncer les ambitions auprès du Grand prévôt de France. C'était un rôle d'espion bien dangereux. Que les membres de la Ligue apprennent sa trahison et il finirait égorgé ou noyé dans la Seine, sa famille avec lui.

C'est pourquoi le violent – et inexplicable – interrogatoire que lui avait fait subir Villequier l'inquiétait tant. Pourquoi le favori voulait-il savoir s'il avait vu le roi ? Savait-il qui il était vraiment ? Pourquoi l'avait-il menacé de le pendre ? Pour tenter d'en apprendre plus, et surtout pour solliciter la protection royale, Nicolas Poulain décida de se rendre chez M. de Richelieu.

Entre-temps, Lacroix était revenu chez son maître.

Le capitaine des gardes était entré au service de Ville-quier quand celui-ci avait accompagné le duc d'Alençon (devenu Henri III) en Pologne. Il n'était à cette époque que valet de chambre, mais déjà apprécié par son maître pour sa fidélité sans faille, son obéissance sans réserve, son absence de sens moral et son étonnante ingénio-sité. Devenu gouverneur de Paris, Villequier en avait fait son capitaine des gardes et le chef de ses basses œuvres. C'est Lacroix qui avait découvert que le confes-seur de Françoise de La Mark était trop pressant, et si Villequier avait lui-même assassiné sa femme infidèle, il avait chargé son capitaine de retrouver et de châtier le jeune abbé.

— Que pensez-vous de ce Poulain, Lacroix ?

— Il était terrorisé, monsieur. Ses mains tremblaient de peur. C'est un lâche !

— Croyez-vous qu'il m'ait menti ?

— Non, monsieur. Mayneville se trompe s'il pense que cet homme a pu rencontrer le roi et être capable de conduire quelque action secrète contre Mgr de Guise. Il est ce qu'il dit : un petit lieutenant sans envergure qui trahit le roi comme tous ces bourgeois de la Ligue !

— C'est ce que je pense aussi, approuva le gros Ville-quier. Voyez donc Mayneville et rapportez-lui cela.

Arrivé à l'hôtel du Grand prévôt de France, rue du Bouloi, Nicolas Poulain fut introduit immédiatement dans le cabinet de M. de Richelieu qui travaillait avec son secrétaire. Celui-ci sortit en laissant les deux hommes seuls.

— Monsieur Poulain, vous arrivez au bon moment ! déclara le Grand prévôt d'un ton enjoué fort inhabituel.

Richelieu cumulait les·charges de prévôt de l'Hôtel et de Grand prévôt de France, comme son illustre prédé-cesseur Tristan l'Ermite, le terrifiant prévôt de Louis XI qui faisait pendre ceux qu'il suspectait de tiédeur envers son roi.

Malgré son visage cadavérique et ses yeux caves, il souriait à son visiteur, dévoilant ses longues canines.

Décidément, se dit Nicolas Poulain en s'inquiétant de cette bonne humeur, c'est la journée des surprises.

— Je m'apprêtais à vous faire chercher ! déclara le Grand prévôt.

— Et moi, monsieur, je venais vous parler de mes préoccupations !

— De quoi s'agit-il? demanda Richelieu, brusquement attentif, et reprenant son expression sinistre coutumière.

Nicolas raconta l'altercation avec Villequier, les menaces qu'il avait entendues et la peur qu'elles avaient provoquée. Il insista aussi sur le fait qu'il n'avait rien dit, ou laissé paraître, sur son activité d'espion au service du roi.

— Pourquoi Villequier s'intéresse-t-il à vous? s'interrogea Richelieu à haute voix.

Poulain ne répondit pas, d'abord parce qu'il ignorait la réponse, et surtout parce qu'il avait compris que la question ne s'adressait pas à lui. Richelieu poursuivit d'ailleurs son soliloque.

— Je ne vous cache pas que c'est inquiétant. J'ignore quelles sont ses relations avec la Ligue, mais il la défend de plus en plus souvent au conseil, m'a dit son gendre le marquis d'O, et je sais qu'il a rencontré plusieurs fois Mayneville et Mayenne. Pourquoi se figure-t-il que vous avez vu le roi?

— Je l'ignore, monsieur. Peut-être à cause de ce qui s'est passé quand j'étais prévôt de la cour de la reine mère, à moins que ce ne soit une conséquence de *l'heureuse journée de Saint-Séverin*, dit Nicolas en grimaçant.

Tout l'été, les prédicateurs avaient enflammé les Parisiens contre leur souverain. À l'automne, Henri III avait donc envoyé son lieutenant criminel, M. Rapin, pour arrêter les plus séditieux : les curés de Saint-Germain-l'Auxerrois, Saint-Séverin et Saint-Benoît. Mais quand Rapin était arrivé avec ses archers à Saint-Benoît, le tocsin sonnait et le lieutenant criminel s'était trouvé devant une foule hostile et bien armée. La police avait dû piteusement détaler.

Un peu plus tard, Bussy Le Clerc, devenu capitaine général de la Ligue, avait raconté à Nicolas Poulain que ces prêches ligueux étaient écrites par un notaire de Saint-Séverin. Aussitôt, il en avait prévenu Richelieu. Mais quand les gens d'armes du Grand prévôt étaient venus arrêter le notaire, ils étaient tombés dans une embuscade montée par Bussy. Comme à Saint-Benoît, après une violente échauffourée, les archers s'étaient enfuis.

Tolérer une nouvelle fois une telle insurrection, c'était reconnaître la faiblesse de la royauté, aussi le duc d'Épernon et le marquis d'O avaient insisté pour qu'on envoie les gardes françaises et les gardes suisses reprendre le quartier aux rebelles, mais M. de Villequier avait convaincu le roi de n'en rien faire. Bussy était donc resté le grand vainqueur de ce que les ligueurs avaient appelé l'heureuse journée de Saint-Séverin.

Par la suite, Poulain avait découvert que Bussy n'avait livré le nom du notaire qu'à quelques personnes suspectées de trahir la Sainte Ligue. C'était un moyen d'identifier le traître. Par chance, à quelques jours de là, il s'était abstenu de dénoncer une tentative d'enlèvement d'Henri III préparée par le duc d'Aumale, aussi ne l'avait-on plus soupçonné. Du moins l'espérait-il.

— Pensez-vous que M. de Villequier ait pu apprendre mon rôle dans la journée de Saint-Séverin ?

— Non, et je ne le crois pas homme à échanger des confidences avec des petits-bourgeois comme Le Clerc. S'il trame quelque chose contre vous, ce ne peut être qu'avec Guise ou Mayenne.

— Et si le roi lui avait parlé de moi ? S'il lui avait fait connaître mon rôle dans la Ligue ?

Le front plissé, Richelieu réfléchissait. Comment pouvait-il savoir ? Le roi était si fantasque depuis la mort de son frère, le duc d'Alençon. Il partageait l'angoisse de Poulain, lui-même se demandait s'il n'allait pas fuir Paris tant la situation était grave.

— Je ne vous cacherai pas que vous devez être prudent, monsieur Poulain. Ne pouvez-vous quitter la ville avec votre famille?

— Pour aller où? lança Poulain avec agacement, comprenant que Richelieu ne pourrait le protéger. Toutes les villes sont ligueuses et je connais trop bien les atrocités qui se déroulent dans les campagnes. Ne puis-je avoir des hommes pour protéger ma maison? s'emporta-t-il.

— Je pourrais demander au commissaire Chambon d'y poster un archer mais cela se saurait vite et attirerait l'attention sur vous... Et si vous alliez loger chez votre ami Hauteville? Sa maison est une véritable forteresse...

— Il faudrait que je puisse lui demander, voilà trois mois que je n'ai plus de nouvelles! J'ignore même où il se trouve. Et que deviendrait ma belle-famille? Ma fuite les rendrait encore plus vulnérables.

— Prenez un garde du corps, suggéra Richelieu.

— Je m'y résoudrai peut-être, bien qu'il n'y ait pas de place chez nous pour le loger.

Il observa le silence un instant avant de lâcher, amer :

— Je n'ai aucune envie de continuer à être espion, monsieur. Je ne suis pas poltron, mais je crains pour ma famille, et j'ai le sentiment que le roi ne nous protégera pas.

— Je vous comprends, mais quitter la partie maintenant revient à la perdre, répondit Richelieu d'un ton las.

Nicolas Poulain remarqua alors à quel point le Grand prévôt paraissait désabusé. Lui aussi s'inquiétait pour sa femme Suzanne de La Porte et pour ses cinq jeunes enfants.

— Néanmoins, si je peux vous rassurer, je crois que Villequier ne sait rien. À mon avis, il a prêché le faux pour savoir le vrai et comme il n'a rien obtenu, vous ne risquez rien si vous restez très prudent. Puis-je vous parler maintenant de la raison pour laquelle je voulais vous voir ?

— Oui, monsieur, fit Poulain dans un soupir.

— Vous vous souvenez de ce Chantepie qui a été mis sur la roue et rompu vif fin septembre ?

— Celui qui avait confectionné une machine infernale ? C'est un de mes collègues, lieutenant du prévôt Hardy comme moi, qui l'a attrapé…

— C'est cela. Sa machine était une boîte dans laquelle étaient arrangés trente-six petits canons de pistolets chargés chacun de deux balles.

Poulain savait tout cela, tant cette démoniaque entreprise l'avait marqué. La boîte avait été envoyée au seigneur de Millaud d'Allègre. À son ouverture, un ressort avait provoqué la mise à feu d'une amorce qui avait entraîné le tir des trente-six canons, blessant grièvement le valet qui se trouvait devant. Chantepie, appréhendé, avait confessé avoir construit l'instrument pour assassiner Millaud d'Allègre qui paillardait avec sa sœur et avec sa femme.

— Après l'exécution, la boîte était conservée au Grand-Châtelet, poursuivit Richelieu, mais le roi voulant la voir, je la fis chercher. C'est alors que j'appris qu'elle avait été volée.

— Cela ne m'étonne guère, dit Poulain. Là-bas, tout ce qui a de la valeur est volé !

— Ce n'est pas tant le vol qui m'inquiète, mais l'usage qu'on pourrait en faire. Je me demande si un homme de l'art ne pourrait pas améliorer cette machine infernale. Le Châtelet est le repaire des ligueurs, et une telle machine pourrait bien un jour être offerte, sous une autre forme, au roi ou à Mgr de Navarre.

— C'est possible, mais comment pourrais-je la retrouver ? protesta Nicolas Poulain, surtout préoccupé par le comportement de Villequier.

— Je ne vous le demande pas. En revanche, ouvrez l'œil et tendez l'oreille. Vous pourriez voir la machine ou en entendre parler de vos amis de la sainte union, suggéra le Grand prévôt.

— Je n'y manquerai pas, monsieur, promit Poulain sans y croire.

Il n'imaginait pas les ligueurs usant d'un instrument qui n'avait pas fait ses preuves.

2.

Durant l'année 1587, la duchesse de Montpensier, sœur du duc de Guise, avait ruminé sur les châtiments à infliger à Cassandre de Mornay et à Olivier Hauteville[1]. À l'automne de l'année 1586, elle avait accompagné la cour de Catherine de Médicis à Chenonceaux. La reine mère voulait y rencontrer le roi de Navarre afin de négocier la paix, ou au moins une trêve entre catholiques et protestants, et surtout la conversion de son gendre. Mais Mme de Montpensier n'était pas restée à Chenonceaux. Avec une troupe de fidèles et de mercenaires, elle s'était rendue à Montauban où, en utilisant de fausses lettres, elle avait enlevé la fille de M. de Mornay – principal ministre du roi de Navarre –, afin d'avoir un moyen de pression sur lui. Seulement, alors qu'elle était sur le point de réussir, Hauteville à la tête d'une bande de lansquenets avait massacré sa troupe et délivré Cassandre.

Elle ne pourrait jamais oublier cette nuit d'horreur. Sa troupe avait pris une ferme fortifiée nommée Garde-Épée devant laquelle le roi de Navarre et son escorte passeraient pour rencontrer Catherine de Médicis au château de Saint-Brice. Le seigneur de Maurevert,

1. ·Voir : *La Guerre des amoureuses*, même auteur, même éditeur.

l'homme qui avait provoqué la Saint-Barthélemy en tirant sur l'amiral de Coligny, était chargé de tuer l'hérétique. Une fois Navarre mort, ils auraient fui en utilisant Cassandre de Mornay comme otage.

Elle dormait profondément quand elle avait été réveillée par des hurlements d'agonie et des cris de terreur. À peine avait-elle ouvert les yeux que le capitaine Cabasset, qui commandait ses hommes d'armes, s'était réfugié dans sa chambre avec son premier gentilhomme.

— Madame, nous sommes attaqués ! lui avait-il crié en barricadant sa porte.

— Comment est-ce possible ? Qui ?

— Je l'ignore, madame ! Les hommes de garde sur les remparts n'ont pas donné l'alerte ! Je ne comprends pas ! avait-il dit, désespéré.

Les assaillants n'avaient pu forcer leur porte, mais elle avait tout entendu : la violence des combats, les cliquetis des lames, les déflagrations des pistolets et des mousquets, les supplications de ses hommes, les râles d'agonie. En peu de temps, tout avait été terminé. Elle et sa dame de compagnie étaient restées à genoux pour prier, sanglotant de terreur, sachant ce qui leur arriverait quand les attaquants auraient forcé la porte de la chambre. Cabasset l'avait prévenue : dans cette guerre, les femmes étaient les premières victimes et elles perdaient non seulement leur vertu mais aussi leurs oreilles, que leurs agresseurs clouaient aux portes.

La bataille finie, on leur avait ordonné de se rendre, mais Cabasset avait refusé, car il savait qu'il n'y aurait pas de quartier. C'est alors qu'elle avait entendu :

— Je suis Philippe de Mornay, je vous donne une minute pour ouvrir, après quoi je fais sauter cette porte avec une mine. Dans ce cas, il n'y aura pas merci. Vous serez tous passés au fil de l'épée, hommes et femmes. Si vous vous rendez, vous pourrez repartir, libres.

Elle avait accepté ces conditions et, tandis qu'elle sortait de sa chambre avec ses hommes désarmés, Cassandre de Mornay, son ancienne prisonnière, l'avait insultée et souffletée. Sa joue brûlait encore de cette humiliation. Pourrait-elle jamais en effacer la trace et la douleur ?

Son premier gentilhomme s'était battu pour défendre l'honneur des Guise, mais cette furie l'avait tué. Quant à Hauteville, il n'avait pas eu un regard de commisération envers elle. Dieu qu'elle les haïssait tous les deux !

La fille Mornay lui avait volé ses biens, ses bijoux, ses robes, son carrosse et même son manteau, ne lui laissant qu'une harde puante d'urine pour se réchauffer. Elle, petite-fille de Charlemagne, avait dû supplier, mendier auprès d'amis de sa famille pour avoir les moyens de rentrer à Paris.

Sa vengeance serait à la hauteur de cet affront ! Mais comment faire ?

Par un gentilhomme de son frère, un temps prisonnier des protestants, elle avait appris que la fille Mornay vivait désormais à La Rochelle. Dans la place forte huguenote, elle était inatteignable pour l'instant. Quant à Hauteville, elle avait cru comprendre qu'il était devenu soldat dans l'armée protestante.

Il ne se passait pas un jour sans qu'elle songe à lui, sans que ses pensées ne la ramènent vers cette première fois où elle l'avait vu. C'était le dimanche de Pentecôte. Elle avait été invitée à venir entendre le sermon du père Boucher à Saint-Merry, un sermon admirable contre Navarre, l'Antéchrist. Elle se souvenait encore des vivats et des acclamations sur son passage, des femmes qui cherchaient à embrasser sa robe, des hommes qui tombaient à genoux devant elle : *la gouvernante de la Ligue à Paris.* Et puis, soudain, sur le parvis, ce jeune homme, si beau mais si indifférent, qui n'avait pas eu un regard pour elle.

Elle avait alors ressenti une passion si violente qu'elle n'avait pu la maîtriser. Combien de fois était-elle revenue à Saint-Merry, masquée, mais ôtant son masque devant lui, sans jamais pourtant obtenir un brin d'attention ? Elle avait même envisagé de l'ensorceler jusqu'au jour où elle avait découvert qu'il aimait une hérétique, Cassandre de Mornay. Ce jour-là, elle avait deviné qu'il serait damné pour cela, et sans doute aussi pour avoir conclu un pacte diabolique. Car sinon, comment aurait-il pu la retrouver à Garde-Épée ? Comment aurait-il pu pénétrer dans la maison fortifiée ? De surcroît, elle était certaine que du jour où elle avait porté son regard sur lui, il lui avait jeté un sort provoquant l'échec dans tout ce qu'elle entreprenait. Elle serait toujours sous son charme tant qu'elle ne l'aurait pas capturé, tant qu'elle n'aurait pas brisé, détruit, mutilé ce corps qu'elle avait été contrainte à aimer.

Mais comment faire, comment le trouver ?

C'est en se souvenant de Saint-Merry qu'elle avait songé aux domestiques de Hauteville qui l'accompagnaient toujours à la messe. Étaient-ils toujours à son service ? Peut-être savaient-ils où était leur ancien maître… peut-être même venait-il à Paris quelquefois ?

Masquée, comme le faisaient souvent les dames de qualité, elle était donc retournée à l'église accompagnée seulement d'une dame d'honneur et d'un gentilhomme de sa chambre. Elle y avait tout de suite remarqué Nicolas Poulain, l'ancien prévôt de l'Hôtel de Catherine de Médicis.

Même si ses amis de la Ligue lui avaient assuré que Nicolas Poulain, bon catholique craignant Dieu, était des leurs, elle avait toujours éprouvé envers lui une confuse méfiance, car il avait été l'ami d'Olivier Hauteville.

De surcroît elle avait appris qu'il avait abandonné sa charge à la cour de la reine mère et aurait bien aimé en connaître les raisons.

La duchesse était une femme méfiante et perspicace. Écoutant ses doutes, elle avait interrogé le marquis de Mayneville, qui s'occupait des affaires des Guise à Paris. Mayneville lui avait confirmé que Nicolas Poulain était loyal à la Ligue et avait toute la confiance du conseil des Seize, mais il lui avait aussi raconté que ce lieutenant du prévôt avait été arrêté à la suite d'un coup monté par le commissaire Louchart qui voulait le garder enfermé le temps que la sainte union se débarrasse de Hauteville.

Que s'était-il passé ensuite ? avait-elle demandé. Avait-il été jugé ? Mayneville l'ignorait mais avait promis de se renseigner.

Quelques jours plus tard, ayant interrogé Louchart et Le Clerc, Mayneville avait rapporté à la sœur du duc de Guise que Poulain avait été libéré après avoir convaincu le lieutenant civil de son innocence. Ceux qui avaient participé au coup monté et l'avaient accusé de vol avaient été arrêtés et pendus. Pour quelle raison ? Il n'en savait rien, un gentilhomme comme lui ne s'intéressant guère à ces affaires de croquants ! On lui avait juste rapporté que les accusateurs étaient les gardes du corps d'un nommé Salvancy, le receveur général qui avait détourné les tailles au profit de la Ligue.

La duchesse se souvenait de cet homme, Maurevert lui en avait parlé. Si elle connaissait cette histoire par son frère, Charles de Mayenne, elle en ignorait cette péripétie.

Désireuse d'en savoir plus, elle avait fait venir Salvancy qui se cachait dans le faubourg Saint-Germain. Celui-ci lui avait confirmé que ses gardes du corps avaient bien été utilisés par Louchart pour faire emprisonner le prévôt Poulain, mais que celui-ci avait été innocenté. Un commissaire de police était venu chez lui arrêter ses deux serviteurs pour les conduire au Grand-Châtelet où ils avaient été interrogés sur leur fausse accusation.

Salvancy ne savait rien de plus, car une heure plus tard, cinq hommes – dont Olivier Hauteville – étaient venus le rapiner, ne lui laissant que le temps de fuir. Par la suite, ses gardes avaient été pendus pour avoir assassiné le père d'Olivier Hauteville.

Si la duchesse y voyait désormais plus clair dans cet embrouillamini, elle se demandait maintenant par quelle coïncidence les deux gardes de Salvancy avaient été arrêtés pour leur fausse accusation envers Poulain juste avant que Hauteville ne force la porte du receveur et ne lui vole les quittances.

Le seul moyen de connaître le rôle du lieutenant du prévôt dans cette confuse affaire était de l'interroger, mais à moins de le torturer – ce qui était difficile – il ne parlerait pas. Sauf peut-être s'il prenait peur…

Une fois encore, le marquis de Mayneville avait été mis à contribution et avait accepté de chercher un moyen pour contraindre Nicolas Poulain à dire la vérité. Il avait même une idée pour y parvenir.

Longtemps, René de Villequier avait été d'une fidélité inébranlable envers Henri III qui lui avait assuré fortune et honneur. Mais, au fil du temps, il avait observé avec amertume que Joyeuse et Épernon le supplantaient comme favori. Il avait aussi longtemps été partisan de la manière forte contre les Guise jusqu'au jour où la reine mère, dont il était proche, lui avait affirmé que le danger pour la couronne ne venait plus du duc lorrain, mais de la sainte union devenue trop puissante. Selon elle, Guise était peut-être le plus solide rempart contre la populace parisienne. Comme Épernon

– qu'il détestait – haïssait ouvertement les Lorrains, Villequier n'avait plus repoussé les approches amicales du duc. Il avait même écouté avec bienveillance M. de Mayneville quand celui-ci lui avait dit que Guise aimerait l'avoir au conseil, s'il devenait lieutenant général du royaume.

Villequier pouvait être coléreux mais n'était pas impulsif. Au contraire, il était fort calculateur. Hérétique, Navarre n'avait aucune chance d'arriver au pouvoir et le roi, malade et pusillanime, n'en avait aucune de le conserver. Sans trahir (selon lui), et pour le bien d'Henri III (toujours selon lui), le *gros* Villequier œuvrait donc depuis deux ans à rapprocher Guise de la cour.

C'était donc sur lui que Mayneville comptait pour interroger Nicolas Poulain. Sans paraître y attacher d'importance, il lui avait glissé que le duc de Guise se posait des questions sur un lieutenant du prévôt d'Île-de-France. Par bonté du duc, cet homme avait reçu une charge de prévôt de l'Hôtel de la reine qu'il avait abandonnée sans explication. Il avait aussi été arrêté pour vol et libéré sans procès ni explication par le lieutenant civil. Le duc s'interrogeait sur sa fidélité et se demandait même s'il n'était pas un espion au service du roi.

M. de Villequier avait promis de se renseigner, mais ce n'était pas ce que souhaitait M. de Mayneville. Il fallait que Villequier interroge lui-même ce prévôt, qu'il lui fasse peur, le malmène pour lui faire avouer qu'il était au roi. Personne, lui avait assuré Mayneville en riant, ne pouvait résister à la terreur qu'il provoquait par ses colères !

Flatté du compliment, et jugeant qu'un tel interrogatoire ne nuirait en rien aux intérêts de la couronne, Villequier avait accepté.

Peu après, Lacroix, son capitaine des gardes, avait rassuré Mayneville : Poulain était un homme falot et en aucun cas un espion. Information que le marquis avait transmise à Mme de Montpensier.

La duchesse en avait conclu qu'elle était trop méfiante et que les évènements qui avaient attisé ses doutes avaient certainement d'autres explications. En même temps, elle avait continué à se rendre à la messe à Saint-Merry et à s'intéresser aux domestiques d'Olivier Hauteville.

Sa dame de compagnie s'était renseignée sur eux et les lui avait désignés. Il y avait une grosse vieille femme, un homme âgé, et une toute jeune fille qui ne cachait pas son admiration pour les toilettes des femmes de qualité. C'est sur cette sotte qu'il fallait agir.

Un froid dimanche de novembre, sa dame de compagnie s'adressa à Perrine à la sortie de la messe alors que la domestique s'était éloignée de Le Bègue et de Catherine.

— Mademoiselle, lui dit-elle, ma maîtresse est une grande dame qui voudrait vous parler un instant…

— Moi ?

— Oui, mademoiselle. Vous la trouverez dans son coche. La grosse voiture aux portières bleues, là-bas sur le parvis…

Perrine, intriguée et flattée, prévint sa tante Catherine qu'elle ne rentrerait pas avec elle, car elle voulait rester un moment à parler à une amie. Après son départ, elle se rendit au coche dans lequel le gentilhomme de service la fit monter. Elle reconnut aussitôt la duchesse de Montpensier et, saisie de ferveur et d'admiration, elle ne put retenir des larmes d'émotion.

— Remettez-vous, mademoiselle, lui dit la duchesse avec une grande gentillesse.

— Madame… je ne sais que vous dire… Vous êtes la personne que j'aime le plus au monde… peut-être plus que la Vierge Marie.

— Ne blasphémez pas, mon enfant! la gourmanda gentiment la duchesse, flattée malgré tout. Savez-vous pourquoi je vous ai appelée?

— Non, madame.

— Parce que je vous ai trouvée charmante, mademoiselle, et que je souhaiterais vous prendre à mon service.

— Moi, madame? s'étonna Perrine.

— Oui, vous, mais peut-être préféreriez-vous rester là où vous êtes…

— Surtout pas, madame! Si vous saviez ce qui m'est arrivé dans cette maison…

Elle se retint d'en dire plus, songeant que si elle disait avoir été presque violée, la duchesse la rejetterait.

— Vous me raconterez… Cependant, vous êtes au service d'un autre maître…

— Il n'est pas à Paris, madame, je peux facilement quitter sa maison…

— Ce ne serait pas courtois, ni dans les usages… lui reprocha la duchesse.

Perrine vit s'envoler ses chances d'entrer à son service et les larmes lui vinrent aux yeux.

— Comment s'appelle votre maître? sourit Catherine de Lorraine en la voyant si malheureuse.

— Olivier Hauteville, madame.

— Savez-vous où il est? Je pourrais le prévenir…

— Je l'ignore, madame… balbutia Perrine, désespérée et maudissant ce maître qui ne reviendrait peut-être jamais, l'abandonnant ainsi à une vie sans éclat et sans fortune.

— C'est dommage! soupira la duchesse.

Elle laissa sa phrase en suspens avant de suggérer :

— Nous pourrions convenir d'une solution, pourquoi ne me préviendriez-vous pas si votre maître revenait à Paris ?

— Je le ferai, madame, je vous le promets ! jura Perrine qui reprit espoir.

— Mais attention, pas un mot à quiconque ! Je le verrai moi-même et je le convaincrai de vous laisser partir. Si vous en parliez, vous feriez tout échouer… Il serait dommage pour vous de perdre une place de cent écus par an. Je donne aussi parfois une de mes vieille robes pour Noël à mes domestiques, quand je suis contente d'elles…

Perrine embrassa la main qu'elle lui tendit. Sa fortune était assurée… si seulement son maître revenait !

La duchesse rentra à l'hôtel du Petit-Bourbon[1] satisfaite. Perrine serait désormais sa créature. Si Hauteville venait à Paris, cette sottarde la préviendrait. Ensuite, tout serait facile : elle le ferait saisir par ses gardes et conduire chez elle dans un coche fermé. Son hôtel, situé entre la foire de Saint-Germain et l'église Saint-Sulpice[2], donc en dehors de la vieille enceinte fortifiée de Charles V, avait de bonnes caves et personne n'entendrait Hauteville hurler pendant qu'elle le supplicierait.

Se souvenant de l'humiliation subie à Garde-Épée, quand Hauteville et M. de Mornay avaient traîtreusement surpris sa garnison, et n'arrivant pas à oublier

---

1. Il y avait alors deux hôtels du Petit-Bourbon. Le premier, situé à l'angle de la rue de Tournon, avait été construit par Louis de Bourbon, duc de Montpensier. Il donna son nom à la rue du Petit-Bourbon devenue la rue Saint-Sulpice. Le second était l'hôtel des ducs de Bourbon, construit au XIIIᵉ siècle par Louis de Clermont, et séparé du Louvre par la rue de l'Autriche.

2. La rue Guisarde, comme la rue Princesse, mitoyenne, ont été nommées ainsi en souvenir de la princesse de Guise.

dans quelles conditions elle en était partie, sans manteau, sans coche et sans argent, elle éprouva pour la première fois une profonde jouissance en imaginant ce qu'elle infligerait au jeune homme avant de faire jeter son cadavre écorché et mutilé à la Seine.

Dommage qu'elle ne puisse se venger de la même façon de Cassandre pour laquelle elle aurait imaginé des supplices bien pires. Elle décida qu'elle lui enverrait la tête embaumée de son amant. Après tout, c'est ce que Catherine de Médicis avait fait avec celle de Coligny qu'elle avait envoyée au pape après la Saint-Barthélemy. Ruggieri lui fournirait peut-être sa recette pour momifier les corps.

C'est dans cet état de béatitude que ce même dimanche de novembre 1587, elle reçut dans l'après-midi le curé de Saint-Benoît, Jean Boucher, qui lui avait demandé audience quelques jours auparavant. Ce n'était pas dans ses habitudes de recevoir un dimanche un prédicateur, mais Boucher avait tant insisté.

Curé à Reims, puis régent de philosophie au collège de Bourgogne à Paris, Jean Boucher, membre fondateur de la sainte union, était à quarante ans recteur de l'Université. Dans ses sermons il vouait aux gémonies autant Henri III que l'hérétique Henri de Navarre, mais il excitait si violemment le peuple à la révolte contre le roi qu'il venait d'être convoqué à la cour et menacé d'une *exemplaire justice*. La duchesse pensait que c'était pour cette raison qu'il voulait la voir, pour lui demander sa protection.

Elle le reçut à huis clos dans sa chambre d'apparat et s'étonna en découvrant qu'il était accompagné de Jean Prévost, le curé de Saint-Séverin, qu'elle connaissait moins. Elle savait seulement que Prévost avait été le précepteur de Boucher, qu'il avait aussi participé aux premières réunions de la Ligue. Cependant, il était beaucoup plus prudent que son élève et, à la suite des menaces royales, ses sermons étaient désormais fort modérés.

Après les salutations et les remerciements des deux prêtres, Boucher s'expliqua.

— Madame la duchesse, il y a quelques jours mon ami Jean Prévost a reçu une lettre de son frère, Maître au collège des Jacobins de Sens. C'est un de ses élèves qui la lui a apportée.

— Cet élève de mon frère se nomme Jacques Clément, madame, poursuivit Jean Prévost. Il est venu à Paris rejoindre son cousin, Pierre de Bordeaux, lui aussi ancien élève du collège des Jacobins de Sens. Il connaît parfaitement le latin, mais, n'étant pas fortuné, il peine à trouver un couvent pour l'accueillir. Aussi, dans sa lettre, mon frère me demandait de l'aider.

À ce discours sans intérêt, la duchesse de Lorraine ne dissimula pas son impatience. Assise dans son lit d'apparat, elle commença à tapoter sur la courtepointe damassée avec sa main gauche.

— Le jeune Clément m'ayant porté la lettre à Saint-Séverin, je l'interrogeai. Il me raconta la misérable vie de son cousin qui habitait dans un taudis glacial et se nourrissait à peine. Ce Bordeaux avait eu pour père un soldat gascon se disant gentilhomme qui, à la mort de sa mère, s'était mis en ménage avec la mère de Clément…

La duchesse opina brièvement. Quelle idée avait-elle eue d'accepter de recevoir ces deux curés ! En quoi cette histoire la concernait-elle ? Allaient-ils lui réclamer un écu pour ces deux-là ? se demanda-t-elle avec irritation.

— Je vais devoir partir pour l'hôtel de Guise, s'excusa-t-elle pour mettre fin à l'entretien.

— J'en ai presque fini, madame, supplia le religieux qui avait perçu son impatience. N'ayant pas la possibilité de faire entrer Pierre de Bordeaux dans un couvent, je parlai de lui à mon ami Boucher qui décida de le rencontrer.

Il se tut, visiblement mal à l'aise, et cette attitude inattendue attira l'attention de Mme de Montpensier. Le curé Boucher poursuivit, un ton plus bas :

— Bordeaux m'a intéressé, madame, quand j'ai su qu'il était dans la misère… et qu'il avait un père gascon. En l'interrogeant, je compris qu'il était devenu un larron et qu'il voulait se racheter devant Dieu. Il est prêt à tout pour son salut, madame… à tout, répéta-t-il, or il parle parfaitement le béarnais que son père lui a appris…

À ces derniers mots, la duchesse sentit un picotement lui parcourir la nuque. Elle regarda Jean Prévost devenu livide. Entre son bonnet et sa robe noire, le bon gros visage du curé, habituellement rose, était blafard et se confondait avec la couleur de son col.

Envisager cela, c'était prendre le risque effroyable d'être tiré par quatre chevaux en place de Grève.

— Croyez-vous, demanda-t-elle lentement et en pesant chaque mot, que ce Bordeaux soit prêt à risquer sa vie… pour sauver son âme ?

— Je le pense, madame, répondit Boucher qui ne paraissait nullement effrayé.

— Vous lui en avez parlé ?

— Non, madame. Je voulais auparavant avoir cette conversation avec vous.

Devant un témoin, toutefois, se dit Mme de Montpensier. Elle devait être très prudente…

Un silence embarrassant s'installa.

— Que suggérez-vous ? demanda-t-elle enfin.

— Offrir le gîte et le couvert à Bordeaux et à son cousin, par exemple à la Croix-de-Lorraine, et venir chaque jour lui parler de son salut…

— C'est un homme qui a besoin de votre aide, en effet, fit la duchesse après un nouveau silence. Je vous remettrai cinquante écus pour lui. Pensez-vous pouvoir le convaincre que son âme vaut plus que sa misérable vie ?

— Oui, madame, je lui ai déjà annoncé qu'il y a des moyens infaillibles d'aller au paradis.

Il regarda le curé Prévost avant d'ajouter :

— Faire disparaître l'Antéchrist de cette terre en est un, madame. Et Navarre est déjà excommunié… donc damné.

Elle hocha lentement de la tête.

— N'avez-vous pas dit en chaire à Saint-Merry, un jour où j'étais là, qu'il était licite de tuer l'hérétique ou son allié ?

— Je l'ai dit, madame. Je suis docteur en théologie et j'affirme que ce serait un acte juste et héroïque[1], tout comme celui de tuer un tyran.

— Vous pouvez assurer à ce Pierre de Bordeaux que s'il lui arrivait malheur, nous nous occuperions de sa famille, conclut la sœur du duc de Guise.

Elle les fit raccompagner. À aucun moment, elle ne s'était compromise, jugea-t-elle. Si ce Bordeaux réussissait là où Maurevert avait échoué, on ne pourrait l'accuser de rien.

C'est à peu près à cette période que Catherine de Médicis revint de Reims. Elle y avait rencontré plusieurs fois le cardinal de Bourbon, mais ce n'était pas

---

1. Ces paroles sont extraites des sermons du père Boucher.

seulement pour parler de son neveu le roi de Navarre, ou du trône que le duc de Guise proposait au vieil homme. La reine mère voulait en savoir plus sur ce que M. de Bezon avait découvert en étudiant les registres des lettres de commission de la chancellerie.

À son retour, elle interrogea Bezon. Comment devait-elle utiliser ce qu'elle avait appris ? Le nain lui conseilla de ne rien faire, et d'oublier. Nul n'avait besoin de savoir.

3.

Pour Henri de Bourbon, l'année 1588 s'ouvrait sur de meilleurs auspices que les deux précédentes. Par l'éclatante victoire de Coutras, le roi de Navarre avait brisé la fatalité qui voulait que les protestants soient toujours battus sur les champs de bataille. La honteuse défaite de Jarnac était effacée.

Mais surtout, il était enfin reconnu chef incontesté des protestants du royaume, cette communauté que les pasteurs avaient longtemps voulu transformer en Provinces-Unies dont il n'aurait été que le lieutenant-général. Les princes de sang l'avaient tous rejoint, ou lui avaient prêté allégeance. Condé et ses deux frères, le comte de Soissons et le prince de Conti, s'étaient placés sous ses ordres. Quant au duc de Montpensier, autre Bourbon d'une branche éloignée, il l'avait assuré de son soutien. Le duc de Montmorency, un des derniers grands barons du règne précédent, était un de ses plus solides alliés. Enfin, une importante partie de la vieille noblesse du royaume de France comme les La Rochefoucauld, les Turenne, ou encore les Châtillon, le reconnaissaient comme chef naturel et héritier du trône.

Certes, en face, le roi de France lui faisait toujours la guerre, mais c'était une guerre qu'il conduisait mollement et les derniers fidèles du roi, qu'on appelait les *politiques*, conseillaient à Henri III de ménager son cousin Bourbon et même de s'allier à lui. Avec la mort du duc de Joyeuse, le plus ligueur des membres de la cour avait disparu. Le marquis d'O, le duc d'Épernon, le duc de Retz, le maréchal de Biron ou le maréchal de Matignon, et même le duc de Nevers, tous étaient prêts à accepter un jour Navarre comme roi, pour peu qu'il se convertisse.

Cependant le Béarnais avait encore de nombreux adversaires. Les plus puissants étaient les Lorrains, c'est-à-dire le duc de Guise, ses deux frères le duc de Mayenne et le cardinal de Guise, sa sœur la duchesse de Montpensier, et ses cousins : les ducs d'Elbeuf et d'Aumale. Les Lorrains disposaient de troupes bien équipées et de milliers de mercenaires payés par l'Espagne qui disait vouloir défendre le catholicisme et imposer la sainte Inquisition, mais qui cherchait surtout à démembrer la France.

Henri de Navarre avait aussi contre lui la population catholique du royaume qui craignait une conversion forcée s'il devenait roi, et la damnation qui s'ensuivrait. Ce peuple crédule suivait les prédicateurs favorables aux Lorrains et à l'Espagne, il était aussi sous l'influence d'une bourgeoisie catholique qui voulait se libérer du joug royal et payer moins d'impôts. Ensemble, menu peuple, religieux et bourgeois s'étaient associés dans des saintes unions.

Ces unions et les Lorrains formaient la Ligue. La Sainte Ligue, que ses ennemis appelaient *Madame la Ligue.*

Début mars 1588

On était lundi. Le soleil n'avait pas encore percé quand Olivier Hauteville, revêtu d'un épais pourpoint

39

de peau tannée et enroulé dans un manteau de laine rugueuse, passa le pont-levis du château de Nérac. Le froid était extrême et la neige gelée crissait sous les sabots de son cheval. Il venait de l'auberge où il logeait depuis qu'il était revenu de Casteljaloux avec la compagnie commandée par le roi de Navarre, après avoir repris Damazan et le Mas-d'Agenais aux troupes royales.

La veille, dans la grande salle du château où se trouvait réunie toute la cour de Nérac, le roi de Navarre s'était adressé ainsi à son cousin le comte de Soissons, frère cadet du prince de Condé issu d'un second lit.

— Mes paysans pestent contre un vieux solitaire qui ravage leurs labours. Il est temps d'y porter remède. J'ai décidé d'une battue demain et nous ramènerons ce malveillant dont on fera des jambons. Viendrez-vous avec nous, cousin ?

Soissons était un homme jeune, au regard dur et aux expressions soigneusement contrôlées. Hautain jusqu'à l'arrogance, il portait une épaisse barbe pour tenter de paraître plus vieux qu'il n'était. Élevé à la cour d'Henri III dans la religion catholique par son oncle, le cardinal de Bourbon, il avait rejoint l'armée protestante avec trois cents gentilshommes l'année précédente et s'était distingué à la bataille de Coutras. Depuis, il était un des rares capitaines à être restés près du roi de Navarre, mais les jaloux murmuraient que c'était uniquement pour épouser sa sœur.

— Certainement, mon cousin ! avait répondu le comte en s'inclinant.

Henri de Bourbon s'était alors tourné vers Olivier Hauteville pour lui demander, de sa voix rugueuse et chantante :

— Vous avez déjà chassé le sanglier, Fleur-de-Lis ?

Le roi de Navarre l'appelait ainsi depuis qu'il avait acheté son fief, et Olivier ne s'y habituait toujours pas.

— Jamais, monseigneur…

Il ajouta en se moquant de lui-même :

— Jusqu'à peu, je n'étais qu'un clerc en Sorbonne, monseigneur, et il n'y a pas de sanglier sur la montagne Sainte-Geneviève…

— De sanglier, c'est vrai ! s'esclaffa Navarre, mais Ventre-saint-gris, les prédicateurs y sont plus féroces que les loups d'ici !

La salle se mit à rire.

— Nous partirons au lever du soleil. On vous donnera un épieu, Fleur-de-Lis, si vous croisez la bête…

Voilà pourquoi Olivier pénétrait si tôt dans la grande cour de Nérac. Dans un vacarme infernal, quelques dizaines de gentilshommes à cheval, ivres de chasse et de sang, s'interpellaient bruyamment en riant tandis que les paysans chargés de la battue se rassemblaient avec leurs fourches au son des trompes. Mais ce qui dominait ce tumulte, c'étaient les aboiements des innombrables chiens qui tiraient de toute leur force sur les cordes qui les retenaient.

Henri de Navarre aimait passionnément la chasse. S'il dépensait peu pour ses plaisirs personnels, ses chiens avaient droit à tous les égards. Les chenils de Nérac abritaient plusieurs meutes d'épagneuls, de chiens courants et surtout de lévriers capables de traquer loups et sangliers.

Enfin la battue commença. Olivier suivit les chasseurs avec un médiocre intérêt, tant il aurait préféré rester à l'auberge pour lire les *Histoires tragiques* de François de Belleforest que M. de Mornay lui avait offert avant son départ de Coutras. Navarre, en revanche, galopait toujours le premier derrière les chiens en les encourageant par toutes sortes de cris et d'interjections.

Olivier s'interrogeait sur l'attitude d'Henri de Bourbon depuis qu'ils étaient revenus de Casteljaloux. Navarre paraissait toujours aussi jovial, mais Hauteville avait remarqué l'ombre qui voilait son regard quand le comte de Soissons était près de lui. Le roi, habituellement si exubérant, était rarement taquin avec son cousin, et ne plaisantait jamais avec lui.

Comme beaucoup à la cour, Olivier n'appréciait guère Soissons. Imbu de sa race de prince de sang, le comte ne recherchait pas l'amitié des compagnons du roi, et encore moins la sienne bien qu'il connaisse sa proximité avec Cassandre de Saint-Pol, comme s'il refusait le contact avec celui qui avait approché cette sœur adultérine.

Soissons restait toujours en compagnie des gentilshommes qui l'avaient accompagné depuis Paris. Pour eux, les Gascons de Navarre n'étaient que des paysans, et ceux-là leur rendaient leur mépris en ne parlant qu'en béarnais en leur présence.

La seule personne à la cour de Nérac qui éveillait l'intérêt de M. de Soissons était Catherine de Navarre, la sœur du roi, et des rumeurs de mariage circulaient depuis quelques semaines. Seul Henri de Navarre ne disait mot à ce sujet. Était-ce cela qui le préoccupait tant ? Pourtant il aurait pu se féliciter d'une union chez les Bourbon et du bonheur de sa sœur qui semblait apprécier le comte.

Un peu avant midi, les chasseurs se retrouvèrent à trois lieues de Nérac devant la grande cour du château d'Estillac où le petit-fils de Montluc, bien que catholique, leur avait accordé l'hospitalité à condition qu'arquebuses et mousquets restent hors du château. Les chiens n'avaient pas débusqué le sanglier et tous les chasseurs pestaient contre cette bête qui refusait de se laisser tuer. Seul Olivier s'en moquait, secrètement admiratif du rusé animal.

Des serviteurs faisaient cuire des lièvres et des faisans sur des feux allumés devant le porche. Sans façon, Navarre s'était installé dans la cour sur une grosse pierre et dévorait un cuissot de lapin, tachant sans vergogne son pourpoint et l'écharpe blanche ceinte en travers de sa poitrine. Soudain, on entendit un galop et le cri de mise en garde d'une sentinelle installée dans la tour d'angle. Il dut y avoir une réponse satisfaisante, car quelques instants plus tard un cavalier passa le porche. Le comte de Soissons se leva aussitôt en saisissant son épieu. D'autres gentilshommes portèrent la main à leur épée, aucun n'ayant de mousquet ou de pistolet.

— Laissez, mes amis ! fit Navarre en mâchonnant, sans même se lever. Je le connais, c'est un messager de Nérac…

Le cavalier portait en effet deux lettres arrivées une heure plus tôt. Navarre les prit et examina longuement les sceaux. Après quoi, il se leva et ouvrit la première en s'éloignant de ses amis et serviteurs.

Comme tout le monde, Olivier l'observait. Il n'était pas fréquent qu'on dérange ainsi le roi durant une chasse. Ce devait être des nouvelles importantes. Tout en lisant, Navarre s'était mis à marcher nerveusement. Son attitude avait complètement changé. Toute jovialité avait disparu de son visage. La lettre faisait deux feuillets. Quand il l'eut terminée, il reprit le premier feuillet et en recommença la lecture. Par deux fois, il leva les yeux et eut un bref regard vers le comte de Soissons. En même temps, il passait sa main dans son épaisse barbe, comme pour marquer sa perplexité ou son inquiétude. Enfin, il plia la lettre et la glissa dans une poche de son pourpoint de laine qu'il referma soigneusement.

Il semblait contrarié. Ce ne pouvait être qu'une mauvaise nouvelle, jugea Olivier. Le roi ouvrit la seconde lettre.

Elle devait être courte, car il leva la tête aussitôt et se dirigea à grands pas vers le comte de Soissons.

— Je suis désolé, Charles, lui dit-il avec une tristesse infinie, en lui tendant le pli.

Comme le comte prenait la lettre avec un regard interrogatif, Henri annonça à ses compagnons d'une voix brisée :

— La chasse est terminée, mes amis. Nous rentrons. Il vient de se produire le plus extrême malheur qui pouvait arriver. Mon cousin… mon ami… mon frère presque… fit-il en retenant un sanglot. M. le prince de Condé vient de mourir.

Le roi de Navarre était blême et Olivier le vit essuyer une larme. Immédiatement, les questions fusèrent.

— Après avoir soupé le 5 au soir, il a été pris de vomissements violents, répondit Henri. Il est mort dans la nuit…

Il désigna la lettre que Soissons venait de terminer.

— C'est M. de Cumont, le lieutenant de Saint-Jeand'Angély, qui m'a écrit. D'après lui, ce serait l'effet de ce malheureux coup de lance reçu à Coutras. Henri en souffrait toujours et avait parfois des étourdissements. La blessure devait être plus grave qu'on ne le pensait.

Il se rapprocha de Charles de Bourbon qui, impavide, paraissait peu chagriné par la mort de son demi-frère. Il le prit par l'épaule.

— Ton frère Conti est désormais le chef de la maison de Condé, lui dit-il d'un ton étrangement froid.

— Pas tout à fait, répliqua Soissons avec un mélange d'indifférence et de dépit, tu oublies que mon frère m'avait écrit pour m'annoncer qu'il pensait sa femme grosse.

— Mais l'est-elle vraiment ? Et si elle l'est, l'enfant n'est pas encore né, et rien ne dit que ce sera un garçon, répondit Navarre. Nous en reparlerons…

Il se dirigea vers son cheval.

Non loin de là, Olivier avait tout entendu. Il avait été surpris par la remarque du comte de Soissons et surtout par son ton. Mais il est vrai que si Navarre et Conti venaient à disparaître, Charles de Bourbon, comte de Soissons, pourrait être le prochain roi de France… Si la princesse de Condé n'avait pas d'enfant mâle.

Quant à Henri de Navarre, qui paraissait sincèrement affligé, il avait pourtant eu une étrange attitude avec son cousin Soissons. Un mélange de méfiance et de tristesse.

En revenant à Nérac, Olivier songea que la mort du prince levait le principal obstacle à son mariage avec Cassandre puisque le prince de Conti, nouveau chef de la famille Condé, ne s'intéressait pas à sa demi-sœur.

Que faisait-elle à cette heure à La Rochelle ? Quand la reverrait-il ? se demandait-il. Il s'était passé tant de choses depuis quatre mois. En laissant son cheval le conduire, il laissa son esprit vagabonder à travers ses souvenirs.

Après la victoire de Coutras, la discorde s'était installée entre les capitaines du roi de Navarre. Le baron de Rosny voulait exploiter la victoire, remonter jusqu'à la Loire, assurer la jonction de leur armée avec celle des reîtres qui arrivait d'Allemagne, et enfin marcher vers Paris. Condé et Turenne s'y opposaient. Ils préféraient rentrer sur leurs terres pour réduire quelques bastions catholiques qui, disaient-ils, pourraient les gêner lors de la prochaine offensive au printemps. En particulier, Turenne voulait prendre Sarlat et quelques villes sur la Dordogne.

Ayant écouté chacun, Navarre n'avait pas approuvé le plan de Rosny. Il jugeait dangereux de s'engager dans une offensive avant l'hiver et ne voyait pas d'avantage à affaiblir plus le roi de France. L'avenir lui avait donné raison puisque l'armée des reîtres avait finalement été écrasée par le duc de Guise.

Condé était donc parti en Angoumois et Turenne dans le Limousin. Rosny les avait accusés à mi-voix de vouloir se tailler une principauté dans leurs terres et, contrarié et fâché qu'on ne l'ait pas écouté, il était aussi rentré chez lui, à Rosny.

Seul le comte de Soissons était resté en Béarn où Navarre avait repris sa guerre de coups de main contre les places fortes encore tenues par des catholiques. Olivier aurait aimé retourner à La Rochelle et retrouver Cassandre, mais le roi lui avait demandé de rester avec lui. Il n'avait pu refuser, car c'était un honneur rare d'être remarqué par Henri de Bourbon, surtout si on était catholique et parisien ! Et puis, il avait à régler de nombreux problèmes domestiques pour faire valoir ses droits de chevalier.

Ayant obtenu congé, il s'était rendu à Pau, la capitale du royaume de Navarre, pour faire enregistrer ses lettres de noblesse et les actes concernant sa seigneurie à la Chambre des comptes, puis en décembre, accompagné du valet d'armes à son service, il avait fait un long voyage jusqu'à son fief, une terre aride près de Saint-Jean-Pied-de-Port, à la limite du royaume de Navarre, sur la route de Compostelle. Le village le plus proche était Mont-Jaloux que les habitants nommaient Monjolose. Sa terre, sur laquelle se dressaient les ruines d'un donjon fortifié, n'était pas très grande et ses seuls habitants étaient des bergers. La redevance seigneuriale était d'un mouton par an. Il y était resté deux jours avant de rentrer à Nérac. Là, il avait rejoint Navarre dans sa guerre d'escarmouche jusqu'à ce que le froid fasse cesser les hostilités.

Le soir de la battue, Olivier dîna avec son valet d'armes dans la salle commune de l'auberge où il logeait. Son valet était un Gascon d'une quarantaine d'années qui ne l'avait pas quitté depuis Coutras. Petit, mais d'une vigueur et d'une endurance étonnantes, la barbe jusqu'aux yeux, velu comme un ours des Pyrénées dont il avait la démarche hésitante et le dos voûté, la mine sombre et un regard féroce, il se nommait Gracien Madaillan et ne connaissait que quelques mots de français. C'était surtout un protestant intransigeant qui connaissait les psaumes comme s'il les avait écrits lui-même.

L'auberge était une longue bâtisse aux colombages peints en vert avec un étage en encorbellement. Les chambres étaient en haut. La salle basse, à peine éclairée par des chandelles de résine et les flammes de la cheminée où rôtissaient des oies, comprenait une dizaine de grandes tables. Olivier était attablé avec une vingtaine de gentilshommes et d'officiers appartenant à la suite d'Henri de Navarre. L'unique objet de leur conversation était la mort d'Henri de Condé que tous avaient connu. Les plus fervents se souvenaient de sa foi rigoriste, de son amour de Dieu et de sa haine du vice. Les plus vaillants rappelaient son courage insensé, son héroïsme, son besoin de gloire et d'honneur.

Olivier écoutait sans participer à la discussion. Personne ne parlait de la bêtise du prince, de son manque de jugement, de sa fierté imbécile. Mais depuis qu'Olivier était soldat, il avait appris que la mort emportait à la fois l'âme et les défauts des disparus. Bien qu'il s'en défende, il savait que la disparition de Condé allait changer sa vie. Le roi de Navarre et toute la noblesse protestante se rendraient à Saint-Jean-d'Angély pour les obsèques. M. de Mornay et sa fille adoptive y seraient, et s'il obtenait l'autorisation d'y aller, il reverrait Cassandre.

Le dîner se terminait et il s'apprêtait à retourner dans sa chambre quand un page du roi se présenta, une lanterne de fer à la main. Henri de Navarre voulait le voir sur l'heure.

Les fenêtres de la salle du conseil donnaient sur une galerie à colonnes. Quand Olivier entra, la pièce était enfumée par les bougeoirs et les chandeliers. Dans un grand fauteuil tapissé à larges accoudoirs, le roi, seul devant le feu qui crépitait, paraissait méditer.

Navarre s'était changé depuis la chasse et portait maintenant un pourpoint de velours avec des hauts-de-chausses bouffants, une chemise en toile de Hollande et une courte fraise. Sa poitrine était barrée d'une large écharpe de soie blanche et il était coiffé d'un chapeau droit à panache blanc. Mais ce n'était qu'une élégance de façade. Sa barbe, mal brossée, portait encore des reliefs de son repas et il avait gardé sa vieille épée au côté. Une épée dont le fourreau était bosselé par les coups des batailles.

— Vous avez fait vite, Fleur-de-Lis. J'apprécie… car j'ai encore tant à faire ce soir. Prenez ce tabouret, nous avons à parler…

Olivier s'inclina avant de tirer l'escabelle. Henri de Bourbon resta silencieux un moment, comme hésitant à se confier. Puis il commença, en forçant sur sa voix rocailleuse.

— Mlle de Mornay, ma cousine, sourit-il, m'a raconté l'année dernière comment vous avez résolu cette affaire de fraude sur les tailles. Vous avez été habile en découvrant le rôle de M. Marteau…

— Peut-être, monseigneur, mais je ne serais arrivé à rien sans elle, et sans mon ami Nicolas Poulain.

— En ce moment, je donnerais cher pour avoir votre ami près de moi ! soupira le roi. J'ai tant besoin d'un bon prévôt ici.

Son visage affichait une tristesse qui émut profondément Olivier.

— Enfin, j'ai déjà la chance de vous avoir. Et vous avez eu maintes fois l'occasion de me prouver votre fidélité… C'est un mal bien douloureux que les problèmes de famille.

» Mon cousin Condé a été empoisonné, lâcha-t-il brusquement. Je veux savoir qui l'a tué.

— Empoisonné ? Assassiné ? Vous en êtes certain, monseigneur ? s'exclama Olivier stupéfié.

— Plût à Dieu que ce fût faux ! Mais j'ai reçu un second courrier ce soir. Il n'y a aucun doute…

D'un geste, il désigna une table où se trouvaient des dépêches.

— J'aimais mon cousin, monsieur Hauteville. Je l'aimais comme un frère, même s'il y avait parfois des désaccords entre nous, en particulier sur la religion, car il était assez sectaire. Mais j'avais confiance en lui. Je peux vous le dire, j'ai perdu mon bras droit. Un bras droit courageux, bien plus vaillant que moi ! Vous ne l'ignorez pas, il était toujours le premier aux coups et le dernier à la retraite. Jamais je ne l'ai entendu dire à ses gens : Va là ! C'est toujours lui qui y allait, comme le faisait César. Je n'aurais pu avoir de plus extrême malheur que de le perdre…

Olivier ne savait que dire. Que voulait exactement Navarre de lui? Qu'il découvre l'assassin? C'était impossible!

— Il est mort à trente-six ans et je veux connaître celui qui l'a fait tuer. Vous allez le trouver pour moi, dit pourtant le roi d'une voix dure.

— Mais… comment, monseigneur?

— Vous m'accompagnerez demain à Saint-Jean-d'Angély. Nous pourrons parler en chemin…

Olivier crut que l'entretien était terminé, mais ce n'était pas le cas. Navarre le lui fit comprendre en le priant, d'un geste de la main, de rester assis.

— Croyez que ce n'est pas par vengeance, ou même par besoin de justice, que je veux connaître l'assassin de M. le prince, c'est aussi pour ma propre sécurité, fit-il en serrant les poings.

» Quand vous étiez dans votre fief, le prévôt du château a découvert un tueur ici même. Personne ne le sait, l'histoire a été étouffée. C'était un homme qui se disait béarnais mais il parlait bien mal notre langue et un serviteur s'en est étonné. Il était aux cuisines quand le prévôt l'a pris. Il n'a même pas été besoin de le questionner, il a tout confessé. Il avait sur lui un couteau à manche noir avec une lame empoisonnée longue comme la main.

— De qui prenait-il ses ordres?

Navarre leva une main pour montrer son incertitude.

— Il a dit l'ignorer. L'ayant interrogé moi-même, je le crois volontiers, car il semblait bien confus. Il arrivait de Paris. C'était une sorte de truand empreint d'une religiosité sectaire. Il était gascon par son père, ce qui explique qu'il ait pu faire illusion un moment et parvenir à se faire engager aux cuisines. À Paris, il aurait été approché par un curé dont il ne connaissait pas le nom, c'était il y a quatre ou cinq mois. Ce prédicateur fanatique lui aurait promis mille écus s'il me faisait disparaître.

— Comment se serait-il fait payer s'il y était arrivé ?

— Il avait été payé d'avance. L'argent avait été remis à son cousin, car mon assassin savait qu'il ne reviendrait pas. Sa récompense devait aller à sa tante qui l'avait élevé. Le pauvre fou était prêt à souffrir les pires supplices tant il était persuadé que j'étais l'Antéchrist et que Dieu voulait que je disparaisse, ironisa tristement Navarre.

— Je pourrais l'interroger ?

— Hélas, non. Tout cela s'est passé à la fin de l'année dernière. Je vous l'ai dit, personne ne l'a su sinon le prévôt et deux des consuls de Nérac. Je l'ai fait conduire à Pau afin qu'il soit jugé à huis clos. Il a été pendu discrètement. Je n'ai pas demandé d'autre châtiment, car je n'ai aucune envie que d'autres fanatiques se manifestent.

— Peut-être n'avait-il pas tout dit, hasarda Olivier.

— Peut-être, mais pour vous dire la vérité, monsieur de Fleur-de-Lis, ce n'était pas la première fois. Je ne dirais pas que j'en ai l'habitude, mais il est presque plus facile d'échapper à ces assassins que d'éviter les coups d'épée dans une bataille.

— Il serait venu d'autres assassins ici, monseigneur ? s'inquiéta Olivier.

— Il y a quelques mois, mon prévôt a arrêté un Lorrain venu me présenter une requête. Au dernier moment, son cœur a faibli alors qu'il allait me poignarder lui aussi. Il a été pendu de la même façon, et il a même avoué que d'autres hommes avaient été dépêchés pour me tuer !

— Un Lorrain… Ce serait les Guise qui enverraient ces tueurs.

— Pour celui-là, peut-être. Pour le dernier, je ne sais plus, car la mort de mon cousin, son assassinat plutôt, a profondément modifié mon jugement.

Que voulait lui dire Navarre ? s'interrogea Olivier. Qu'il y avait un lien entre les deux affaires ? Un silence lourd de sous-entendus s'installa un instant.

— La mort de monseigneur le prince serait liée à la tentative d'assassinat de ce Gascon ? demanda enfin Olivier en constatant que le roi hésitait à poursuivre.

Il sentait avec inquiétude qu'il s'approchait d'un terrain dangereux.

— Peut-être… murmura Henri de Navarre qui se leva pour faire quelques pas, comme pour dissimuler, ou calmer, une évidente agitation. Faut-il que j'aie confiance en vous, Fleur-de-Lis, pour vous révéler ce que je vais vous confier…

Il se tourna vers lui, en se forçant à sourire, mais son regard était d'une tristesse infinie.

— Après tout, si vous épousez ma cousine, vous serez de ma famille, non ?

Olivier resta pétrifié. Par ces mots le roi acceptait pour la première fois son mariage !

— Nous reviendrons là-dessus plus tard ! Comme tout le monde, vous savez que j'ai reçu deux lettres quand nous étions à la chasse. L'une venait de René de Cumont qui m'annonçait la mort du prince, l'autre était de Scipion Sardini, le banquier parisien que vous connaissez. C'est de celle-ci dont je veux vous parler, maintenant.

Navarre était visiblement embarrassé.

— C'était au sujet de M. de Soissons. Comme tout le monde, vous avez entendu dire qu'il désire épouser ma sœur. J'en ai parlé plusieurs fois avec lui. Catherine m'a assuré l'aimer, souhaiter aussi ce mariage. Pour ma part, je n'ai aucune raison de m'y opposer, et je dois marquer à Charles ma reconnaissance pour le secours qu'il m'a apporté en abandonnant la cour et en venant me rejoindre avec ses amis. Ce qui me faisait hésiter était son souhait de se faire subroger dans tous les droits du roi de Navarre après son mariage. Ainsi, si je venais à mourir, M. de Soissons deviendrait l'héritier de tous les biens de mon royaume. Vous savez que j'ai la réputation d'être méfiant, comme tous les paysans béarnais ! dit Navarre avec un franc sourire.

» Or, dans cette lettre, Sardini m'apprenait, par une indiscrétion à la cour, que mon cousin ne m'aurait rejoint que dans le but de me spolier, que son nouvel attachement à notre cause n'avait rien de sincère et ne lui était dicté que par son seul intérêt. Il aurait ainsi gagné le cœur de ma sœur Catherine uniquement pour s'approprier les biens immenses qui composent l'apanage de la maison d'Albret.

— Êtes-vous sûr de cela, monseigneur ? s'enquit Olivier, choqué par cette révélation et par ce qu'elle impliquait.

— Ce n'est pas la première fois que Sardini me communique ce qu'il apprend et j'ai tendance à le croire. Dans cette longue lettre, il me donne bien des détails, en particulier les noms des ecclésiastiques qui ont imaginé cet artifice pour ravir mes biens. Ils auraient donné à Charles de Soissons leur bénédiction pour qu'il puisse rejoindre des hérétiques sans risquer l'excommunication et le comte leur aurait juré qu'aussitôt après avoir épousé ma sœur, il la conduirait à Paris et abandonnerait notre parti.

» J'ai failli tomber dans ce piège. Pour ma sœur, que j'aime fort, j'aurais accepté les conditions de Charles. Mais ce n'est pas tout, monsieur de Fleur-de-Lis, en apprenant tout à l'heure que le prince avait été empoisonné, il m'est venu à l'idée que les choses auraient été encore plus favorables pour mon cousin si j'avais disparu… avant ou après son frère.

— Je n'ose imaginer une telle horreur, monseigneur, balbutia Olivier, qui avait pourtant deviné où le roi de Navarre le conduisait.

— Moi non plus, mais les faits sont là. Têtus comme de vieilles mules !

Il se passa la main dans la barbe en grimaçant.

— J'ai besoin d'aide… Je suis trop impliqué pour avoir un jugement serein, et je n'ai personne ici à qui faire confiance. Personne d'adroit, j'entends. Avec la mort du prince, rien ni personne ne s'opposera à votre mariage avec Mme de Saint-Pol. Je vous le promets. Ainsi vous entrerez dans notre famille, avec les avantages et les désagréments que cela comportera pour vous. Voilà pourquoi je vous ai fait venir ce soir et vous ai révélé ces sombres histoires. Vous avez du talent pour débrouiller les affaires criminelles, je le sais, et j'ai confiance en vous. Trouvez si Soissons est impliqué dans le crime, ou rassurez-moi.

Olivier déglutit en secouant la tête.

— Je ferai tout pour ne pas vous décevoir, monseigneur.

Navarre hocha tristement la tête, ne cherchant nullement à cacher combien il était malheureux.

4.

Ils mirent plus d'une semaine pour atteindre Saint-Jean-d'Angély. À Bergerac, ils furent rejoints par M. de Rosny qui arrivait de Normandie. Leur troupe comptait trois cents cavaliers et autant d'arquebusiers. Cette petite armée permit à Navarre de menacer en chemin quelques places fortes catholiques et de les contraindre à se rendre. Il y laissa chaque fois une petite garnison.

Le roi voyagea cette fois en diligence : un grand coche chauffé qui lui permettait de travailler. Plusieurs fois, il y convoqua Olivier pour parler en tête-à-tête avec lui ou en compagnie de Rosny, pour lequel il n'avait aucun secret. C'est à l'une de ces occasions qu'il lui fit lire les pièces de l'interrogatoire de celui qui avait voulu l'assassiner, une dizaine de feuillets obtenus sans torture par le consul de Nérac.

L'homme était un Bourguignon nommé Pierre de Bordeaux qui venait du village de Serbonnes, près de Sens. Il ne connaissait pas son âge mais paraissait avoir entre vingt et trente ans. Sa mère, séduite par un soldat gascon se disant gentilhomme, était morte en couches à la naissance de son jeune frère. Son père s'était mis quelque temps en ménage avec sa belle-sœur, une veuve qu'il avait plus tard abandonnée.

Cette femme, nommée Clément, avait un fils pré-nommé Jacques de quatre ans plus jeune que lui. Les trois enfants, élevés ensemble, avaient fait leurs études au couvent des Jacobins à Sens.

Pierre de Bordeaux était ensuite parti à Paris où il espérait enseigner dans un collège. Il n'avait pas réussi à se faire accepter à l'Université et n'avait finalement survécu qu'en menant la vie d'un larron, tout en fré-quentant assidûment les églises où il priait pour que le Seigneur lui pardonne ses rapines. Il avait aussi voulu entrer dans un couvent, mais c'était impossible sans protecteur si fortune. Dans la misère, et craignant pour son salut, il avait donc écrit aux jacobins de Sens afin de demander leur aide.

En octobre 1587, son cousin Jacques Clément l'avait rejoint dans le bouge où il logeait, faubourg Saint-Marcel. Il apportait une lettre d'un de ses maîtres à Sens, le père Prévost, à remettre à son frère Jean, curé de Saint-Séverin.

À ce point de sa lecture, Olivier se souvint que Jean Prévost, curé de Saint-Séverin, avait été le maître de Jean Boucher, le plus violent des prédicateurs de la Ligue qu'il ait connu. En l'espace d'un instant, il fut ramené trois ans en arrière et l'émotion le submergea au souvenir de son père assassiné par la Ligue, après qu'il eut découvert leurs rapines sur les tailles. Jean Boucher, pourtant ami de sa famille, l'avait accusé de parricide et avait tenté de le faire exécuter. Olivier frissonna au souvenir de l'effroyable cachot du Grand-Châtelet où le commissaire Louchart, autre complice des ligueurs, l'avait fait enfermer. Sans Nicolas Poulain, il aurait fini pendu, les mains tranchées par l'exécuteur de la haute justice.

S'efforçant de chasser ces terribles souvenirs, il pour-suivit la lecture de l'interrogatoire.

Pierre de Bordeaux ignorait les termes de la lettre apportée par son cousin Jacques, puisqu'elle était scellée, mais il espérait que c'était une recommandation auprès d'un prieur. Après qu'il l'eut portée au curé Prévost, un autre prêtre était venu lui rendre visite et l'avait invité avec son cousin à la Croix-de-Lorraine.

Olivier connaissait cet établissement de la place du marché du cimetière Saint-Jean, un cabaret dont l'enseigne à la double croix des princes lorrains faisait dire aux ennemis des ligueurs que cette double croix servait à *crucifier Jésus-Christ encore une fois* !

Là, dans un cabinet privé, le curé inconnu avait fait servir aux deux cousins un somptueux souper tout en les interrogeant. Bordeaux – qui apparemment n'était pas très futé – avait facilement avoué au prêtre qu'il vivait de rapines et qu'il craignait la damnation. Le curé leur avait alors proposé, par charité, de leur offrir le logement dans l'hostellerie, et leur avait laissé une dizaine d'écus.

Il était revenu d'autres fois et ayant entendu Pierre de Bordeaux en confession, il s'était inquiété pour son âme, car la vie dissolue qu'il menait le conduirait immanquablement à la damnation. Il lui avait alors parlé d'un moyen infaillible pour s'assurer d'une place au paradis : tuer l'Antéchrist.

Bordeaux vivait misérablement à Paris depuis deux ans, mangeant rarement à sa faim et souffrant atrocement du froid. Il aimait profondément son cousin et son jeune frère, resté à Serbonnes avec sa tante qui les avait élevés en se privant de tout. Quand le curé lui avait assuré que mille écus iraient à sa famille s'il débarrassait le royaume de l'Hérétique, il avait accepté.

Il parlait un peu gascon, on lui avait remis une trentaine d'écus et il était parti en Béarn.

Olivier comprenait comment le prédicateur ligueur l'avait choisi : Bordeaux avait un esprit malléable, il craignait l'enfer, il voulait aider sa famille, et surtout, il pouvait approcher le roi de Navarre en se faisant passer pour un de ses sujets.

La seule information qui manquait dans l'interrogatoire était le nom du prédicateur qui l'avait convaincu de devenir un criminel. Se pouvait-il que ce fût le curé Boucher ?

Quoi qu'il en soit, rien n'indiquait que le comte de Soissons ait pu être impliqué dans ce projet d'assassinat.

Chaque jour, des lettres arrivaient de Saint-Jean-d'Angély et Navarre les faisait lire à Olivier. L'enquête avançait rapidement et l'empoisonnement ne faisait maintenant plus guère de doute.

On apprit ainsi que le jeune page de la princesse – M. Prémilhiac de Belcastel – et un valet de chambre s'étaient enfuis après la mort de leur maître, emportant deux chevaux de deux cents écus qui attendaient depuis quinze jours dans une hôtellerie du faubourg. Les deux hommes avaient même pris une pleine mallette d'argent, affirmait le lieutenant civil.

Le mardi 15 mars, le roi de Navarre reçut une lettre annonçant l'arrestation du valet de chambre à Poitiers. Il n'avait pas de mallette d'argent, mais un bagage contenant des perles et des diamants appartenant à l'épouse du prince de Condé. Quant à l'hôtelier, qui avait gardé les chevaux des fuyards, il avait juré que c'était un nommé Brillaud qui les avait achetés. Or ce Brillaud était l'intendant de la princesse.

Le lendemain du jour où Navarre avait reçu cette dernière information, il fit venir Olivier dans son coche où se trouvait déjà Rosny.

— Fleur-de-Lis, nous serons demain à Saint-Jean-d'Angély, et je crois qu'il est inutile d'en savoir plus. Le diable s'est déchaîné dans ma famille. Si je n'étais huguenot, je me ferais turc ! Voyez ce que m'écrit M. de Cumont : l'intendant de la maison de mon cousin, M. Brillaud, a subi la question et confessé avoir acheté les chevaux et donné l'argent et les perles au valet de chambre et à M. de Belcastel… Il a juré avoir agi sur ordre de la princesse…

— Est-ce possible ? s'étonna Olivier.

— J'ai bien peur qu'en arrivant la messe soit dite ! Oubliez ce que je vous ai demandé. Mon cousin Soissons n'est pour rien dans ce crime…

— Mais… pourquoi la princesse aurait-elle commis pareil crime ?

— Vous ne connaissez pas encore les femmes, Fleur-de-Lis, fit le roi en souriant tristement. Catherine-Charlotte de La Trémoille – l'épouse de mon cousin – est catholique. Contrainte à ce mariage, elle n'a jamais aimé Henri. De surcroît elle était bien plus jeune que lui et Henri n'était pas porté sur la chose. (Il eut un maigre sourire.) Elle aura préféré un vigoureux jeune homme de dix-sept ans… Cette garce est une mauvaise femme et une dangereuse bête, conclut-il.

— Que va-t-il se passer, monseigneur ?

— J'interrogerai la princesse, ensuite son sort sera entre les mains des magistrats de Saint-Jean, dit-il évasivement, comme si l'affaire était désormais terminée pour lui.

À Saint-Jean-d'Angély, où ils arrivèrent en début d'après-midi, le roi de Navarre s'installa au château où avait vécu le prince. Comme il jugeait que la vérité était établie sur la mort de Condé, Olivier se trouva libre

59

de tout engagement. Tandis que Gracien Madaillan obtenait à grand-peine une chambre dans l'hostellerie des Trois-Rois, rue Chaudellerie, il se renseigna sur la présence de M. de Mornay dans la ville. Celui-ci venait d'arriver avec sa famille et logeait chez un ami, M. Pontard, procureur du roi, dans une belle maison à galerie à deux étages de la rue des Augustins.

Olivier s'y précipita, le cœur battant le tambour. La mort du prince de Condé, la tentative d'assassinat de Bordeaux, la culpabilité présumée de la princesse, tout était oublié. Il ne pensait plus qu'à Cassandre qu'il n'avait plus vue depuis l'automne, au départ de l'armée protestante pour la Guyenne. Plus de six mois !

Qu'il était loin le temps où il l'avait serrée contre lui à Saint-Brice, quand il l'avait délivrée de son cachot. Depuis, s'il avait pu l'approcher à La Rochelle, durant l'été, ce n'était qu'en présence de sa mère adoptive, Charlotte Arbaleste, l'épouse de M. de Mornay. C'est tout juste s'il avait pu lui effleurer la main. Tout projet de mariage leur était alors interdit. Et encore moins toute relation amoureuse.

Mais tout avait changé, se disait-il en cherchant la rue des Augustins. Il avait été anobli sur le champ de bataille de Coutras et le seul opposant à leurs noces, le prince de Condé, venait de mourir. Par moments, il se reprochait de bénir la princesse qui avait tué son mari !

Il trouva facilement la maison et fut immédiatement reçu par M. de Mornay. Il se trouvait en compagnie de M. Pontard, le maître de maison, un magistrat au visage triste, aux cheveux gris et au dos voûté qui avait perdu ses deux fils durant de sanglantes escarmouches avec les troupes catholiques où lui-même avait été blessé. Après avoir échangé quelques politesses, Olivier, confus, expliquait avoir parlé de son mariage au roi de Navarre quand Cassandre et sa mère adoptive entrèrent dans la chambre.

Charlotte Arbaleste était vêtue d'une robe de serge noire au col haut et rigide. Cassandre, en revanche, portait une robe pastel prise à Mme de Montpensier qui mettait en valeur ses avantages. En la voyant, Olivier la trouva plus belle que jamais et son cœur s'arrêta de battre.

Elle s'assit sur une chaise à côté de sa mère adoptive et planta son regard dans le sien. Un silence un peu embarrassant s'installa, interrompu par M. de Mornay.

— Charlotte, M. Hauteville, désormais seigneur de Fleur-de-Lis, est venu aujourd'hui nous présenter une requête…

En les regardant disposés en demi-cercle devant lui, Olivier vit l'ironie dans leur regard. Il se racla la gorge pour se donner une contenance, et gêné, se mit à bredouiller, parvenant tout juste à ânonner quelques mots d'où il ressortait qu'il demandait la main de Cassandre.

Tandis qu'il bafouillait ainsi, Mme de Mornay gardait le sourire et Cassandre ne pouvait se retenir de pouffer.

— Je verrai le roi, lui assura M. de Mornay, qui s'était aussi retenu de rire. Je sais qu'il est favorable à votre mariage, mais je devrai aussi consulter les deux frères du prince, Conti et Soissons…

Olivier s'assombrit.

— … Je ne pense pas pour autant qu'il y aura de difficulté, le rassura-t-il dans un large sourire. Je sais que M. de Soissons, malgré sa morgue, a apprécié votre courage sur les champs de bataille, quant à son frère Conti, c'est un sot qui ne dira rien puisqu'il est muet !

— Pourquoi ne viendriez-vous pas souper demain soir ? suggéra M. Pontard. M. Mornay aura certainement beaucoup de choses à vous apprendre et nous en saurons plus sur ce que pense le roi de Navarre de ce crime horrible.

Ayant accepté, Olivier allait se retirer quand Mme de Mornay lui proposa de rester un moment avec elle et Cassandre. Il passa ainsi une couple d'heures avec les deux femmes, mais pour la première fois, Mme de Mornay s'absenta plusieurs fois afin de les laisser seuls.

Ils avaient tant de souvenirs à évoquer et éprouvaient tant de passion qu'ils auraient pu parler pendant des heures sans se lasser. Pourtant, leurs sentiments différaient en cette heure. Olivier éprouvait un amour intense et profond tandis que Cassandre était en proie à des émotions contradictoires.

Certes, elle aimait Olivier et avait hâte d'être son épouse, mais elle ne pouvait effacer de son cœur les aventures qu'elle avait vécues : les combats qu'elle avait livrés, sa capture par Mme de Montpensier, son évasion avec le jeune Rouffignac, son duel avec M. de Saveuse. Malgré les souffrances, les craintes et les périls, elle avait ressenti une exaltation dont elle se languissait. Avec une effrayante lucidité, elle réalisait que la vie de maîtresse de maison lui faisait peur. Elle aurait mille fois préféré être un homme, se répétait-elle souvent. Connaîtrait-elle pareille vie, une fois mariée ?

C'est dans cet état d'esprit qu'elle écouta Olivier. Il ne lui cacha ni la tentative d'assassinat de Nérac, ni les inquiétudes du roi de Navarre quant au prince de Soissons, ni ses premiers soupçons sur l'identité du coupable.

— Que vas-tu faire ? lui demanda-t-elle quand il eut terminé.

— Rien, ma mie ! répliqua-t-il. Mgr de Navarre est désormais persuadé que la princesse est coupable. Ce n'est plus de mon ressort, et après tout il est temps que je pense à nous et à notre mariage…

Il se tut quand il vit qu'elle l'observait avec cette expression un peu rigide qui marquait chez elle un désaccord.

— Je n'aimais guère Henri de Condé de son vivant, dit-elle d'une voix égale, mais c'était mon frère. Si sa femme l'a tué, la justice passera, mais si c'est un autre, je veux qu'on le découvre et qu'il soit vengé.

» Tu m'y aideras, ajouta-t-elle.

Le lendemain, Olivier arriva chez M. Pontard un peu avant le souper, car M. de Mornay voulait lui parler. Le roi n'avait plus d'objection quant au mariage de celle qu'il appelait sa cousine et qu'il avait même promis de doter. Les deux frères, Soissons et Conti, y étaient indifférents. Ils préféraient même que leur sœur bâtarde épouse un ancien roturier plutôt qu'un gentilhomme de vieille noblesse qui aurait pu demander une dot. Leur seule exigence avait été que le mariage se déroule dans la discrétion et que le roi de Navarre n'y assiste pas. Il avait donc été décidé que les noces auraient lieu à La Rochelle à la fin du mois.

Au souper, où le procureur avait convié toute sa maison, c'est-à-dire ses belles-filles, une sœur de feu son épouse, ainsi que son intendant, il fut surtout question de la culpabilité de la princesse. Comme le roi, Mornay en était convaincu, n'ayant jamais accepté ce mariage entre Condé et une catholique convertie. Quant au procureur Pontard, il semblait dubitatif.

Henri de Navarre avait entendu M. de Cumont, les magistrats qui l'assistaient dans son enquête, la princesse, et même l'intendant Brillaud. Après ces interrogatoires, le roi avait approuvé le souhait de M. de

Cumont de faire incarcérer Mme de Condé dans ses appartements en attendant l'instruction criminelle qui serait conduite par M. Jean de La Valette, le grand prévôt des maréchaux d'Angoumois.

Navarre avait aussi écrit à Henri III et à la reine mère afin qu'on diligente des recherches dans tout le royaume pour retrouver M. de Belcastel.

L'intendant Brillaud avait avoué de son plein gré avoir remis mille écus au page avant sa fuite en Italie. Selon lui, c'était M. de Belcastel qui avait fait absorber le poison à la demande de la princesse de Condé. Soumis ensuite à la question, il avait révélé d'autres détails plus compromettants, en particulier que la princesse et M. de Belcastel étaient amants. C'était la confirmation de la rumeur qui circulait.

— Pourtant l'affaire n'est pas si limpide, intervint M. Pontard. D'abord la princesse nie tout et ses proches crient au complot, car il n'y a aucune preuve, sinon les dénonciations de Brillaud. Le roi de Navarre ne peut ignorer cette défense sauf à perdre l'alliance des La Trémoille, une des plus puissantes familles catholiques du pays.

Charlotte, l'épouse de feu le prince, était en effet la fille du duc Louis de La Trémoille, ancien lieutenant général de Saintonge, mort lors d'un siège. Son fils Claude avait rejoint les protestants en 1585 et, devenu l'ami du prince de Condé, il lui avait donné sa sœur qui s'était convertie. À Coutras, Claude s'était distingué par sa bravoure et Navarre devait le ménager.

— Beaucoup jugent indignes et invraisemblables les accusations d'infidélité dont Charlotte de La Trémoille fait l'objet, insista M. Pontard. Surtout, ce crime paraît aussi mal préparé que mal exécuté, puisqu'on a arrêté si facilement les instigateurs ! Et s'il se confirme que la princesse est grosse, ce sera une preuve que tout n'allait pas si mal entre elle et son mari.

— Si elle l'est de lui, nuança M. de Mornay, car malheureusement, elle pourrait être grosse d'un autre.

— Vous oubliez, mon ami, intervint Charlotte Arbaleste, que c'est elle-même qui avait annoncé à son mari sa grossesse. L'aurait-elle fait si elle avait été infidèle ?

Mornay hocha la tête en gardant le silence, reconnaissant qu'il n'avait pas de réponse, mais la façon dont il serrait les lèvres montrait qu'il s'interrogeait lui aussi.

— De plus, sur la véracité même de l'empoisonnement, les avis des médecins ne sont pas unanimes, insista le procureur.

— Mais si ce n'est pas Charlotte de La Trémoille, qui a tué mon frère ? demanda Cassandre.

Le silence lui répondit. Personne n'avait la réponse, et Olivier moins que les autres.

De surcroît, la mort du prince ne l'intéressait guère. Seul son prochain mariage occupait ses pensées. Cassandre remarqua son indifférence et en fut fort contrariée.

Le départ de Saint-Jean-d'Angély fut décidé le vendredi de l'Annonciation, après les obsèques. Quelques jours plus tôt, Philippe de Mornay avait demandé au consistoire de La Rochelle une double dispense puisque Mlle de Saint-Pol épouserait un catholique et que la bénédiction publique ne serait pas annoncée dans un temple durant trois dimanches consécutifs comme c'était la règle. Ce n'était pourtant qu'une formalité, la future mariée étant fille naturelle de Louis de Bourbon et cousine du roi de Navarre, les pasteurs ne pourraient qu'accorder ces permissions.

Chaque jour, en présence de Mme de Mornay, Olivier rencontrait Cassandre et si elle paraissait partager sa hâte de se marier, il la trouvait aussi souvent lointaine, parfois abîmée dans ses réflexions. Cette attitude finit par le troubler au point qu'il en parla à M. de Mornay, un jour où ils se rendaient au château.

— Cassandre est convaincue de l'innocence de la princesse. Elle est rongée par un sentiment de culpabilité, persuadée que c'est la Ligue et ses suppôts qui sont responsables de la mort de son frère. Elle voudrait trouver les coupables, et le venger, mais elle sait qu'elle ne pourra jamais y parvenir à cause de son mariage et de son sexe.

— J'en suis autant incapable qu'elle puisqu'on ignore qui a tué le prince ! dit Olivier. Laissons faire la justice !

— Bien sûr ! Mais c'est la raison pour laquelle elle garde souvent ce douloureux mutisme. Moi-même, j'avoue mes doutes et mon impuissance.

Après cette discussion, Olivier s'intéressa donc à nouveau à l'affaire. Il posa quelques questions autour de lui et se rendit même à l'auberge d'où était parti Belcastel, mais sans rien découvrir.

La rue Chaudellerie où se trouvait son hostellerie était une rue à arcades dont les piliers portaient des anneaux auxquels on attachait, par un collier de fer, les condamnés à l'exposition. C'était l'équivalent des piloris à Paris. Un soir où des geôliers venaient chercher un prisonnier pour le reconduire dans son cachot, la fille de salle qui servait à la table d'Olivier fit une remarque sur la ressemblance entre le supplicié et le page Belcastel.

La remarque suscita la curiosité d'Olivier et, le repas fini, il s'arrangea pour rejoindre la servante au fond de la salle. Un endroit à peine éclairé par une de ces chandelles de résine que les paysans de Charente appelaient camoufle tant elles fumaient.

— Vous connaissiez M. de Belcastel ? lui demandat-il tandis qu'elle emplissait des pots de vin à partir d'une barrique.

Malgré l'obscurité, Olivier vit le visage fatigué de la domestique s'assombrir. Peut-être craignait-elle qu'il soit un exempt et qu'il l'emmène pour un interrogatoire à la prison, aussi, pour la rassurer, il lui tendit un écu d'argent.

— Ne craignez rien, lui dit-il doucement, je ne suis pas à M. de Cumont.

Elle prit la pièce et la glissa dans son corsage. C'était une jeune femme qui n'avait pas vingt ans, au nez trop long et au menton en galoche. Non seulement elle n'avait aucun charme mais elle était décharnée et usée par la vie difficile qu'elle menait. Sa robe était râpée et son tablier taché.

— Il est venu plusieurs fois ici, monsieur, c'est comme ça que je le connais, dit-elle.

— Récemment ?

— Trois ou quatre fois avant qu'il ne s'enfuie, je ne sais plus, je n'y ai pas fait attention.

Elle se tourna vers son tonneau, désireuse de mettre fin à l'entretien.

— Il était seul, mademoiselle ?

Peut-être que le « mademoiselle » amadoua la servante, car elle arrêta ce qu'elle faisait et se tourna à nouveau vers lui.

— Il retrouvait ici un ami, monsieur. C'est cet ami qui l'a appelé Belcastel devant moi.

— Cet ami, vous le connaissiez ?

— C'était un voyageur qui avait sa chambre à l'étage. Il est resté une quinzaine.

— Vous savez son nom ?

— Oui, monsieur. M. de Belcastel l'appelait M. de Boisdauphin, et parfois M. le comte.

Le nom ne disait rien à Olivier. Il prit sa bourse dans le gousset de son pourpoint et en tira un second écu d'argent qu'il lui montra.

— Vous avez peut-être entendu de quoi ils parlaient…

Elle se mordilla les lèvres, hésitant entre la pièce et les complications possibles, mais elle était si miséreuse que l'argent devait fatalement l'emporter.

— J'veux pas d'ennuis, monsieur, supplia-t-elle.

— Je vous promets qu'aucun magistrat n'en saura rien. Je ne suis ni de la police ni au prévôt des maréchaux.

Rassurée, elle tendit la main.

— Je n'ai pas entendu grand-chose, monsieur. Ils parlaient parfois du prince de Condé, mais ils se taisaient quand je m'approchais. Une fois, j'ai juste reconnu les mots : la croix de Lorraine. M. de Boisdauphin disait qu'on pouvait lui écrire là-bas. Je m'en souviens, parce que la croix de Lorraine, c'est le signe des papistes, et ici, il n'y en a pas. Ça m'a étonnée de la part de ce jeune homme, M. de Belcastel. Les Belcastel sont tous de la religion réformée. Puis je n'y ai plus pensé.

Olivier resta un moment médusé. La Croix de Lorraine ! Se pouvait-il que ce soit le cabaret guisard où Bordeaux avait rencontré le prédicateur qui lui avait proposé de tuer le roi de Navarre ?

Si c'était le cas, il y avait bien complot, comme l'avait pressenti Henri de Bourbon, et la princesse était sans doute innocente.

— Rien d'autre, mademoiselle ?

— Non, monsieur…

Elle parut hésiter, comme si elle craignait de ne pas avoir son argent en rapportant si peu de chose.

— M. de Belcastel apportait chaque fois des papiers à M. de Boisdauphin, lâcha-t-elle, un ton plus bas.

— Quel genre de papiers ?

— Je ne sais pas… J'ai cru voir des dessins, des cartes, mais je ne sais pas lire.

En proie à une extrême agitation, Olivier lui donna la pièce et lui demanda de préparer une lanterne. Elle décrocha d'une poutre un falot de fer contenant un paquet de filasse résineuse, l'alluma au foyer de la cheminée et le lui tendit.

Il revint à sa table et demanda à son valet d'armes, Gracien Madaillan, de l'accompagner.

M. de Mornay était en compagnie de sa femme et de Cassandre quand il reçut Olivier.

— Je suis confus de me présenter à cette heure, monsieur, dit-il, mais j'ai une question importante à vous poser au sujet de la mort du prince.

— Allez-y, mon ami, vous ne nous dérangez pas, nous parlions de votre mariage ! plaisanta Mornay.

— Connaissez-vous un comte de Boisdauphin, monsieur ?

— Oui…, fit Mornay d'un ton hésitant. Il doit s'agir d'Urbain de Laval. Le comte de Boisdauphin était au siège de Livron en 1575. Je crois bien qu'il a rallié la Ligue catholique et qu'il est au service de M. de Guise.

— Je viens d'apprendre de la fille de salle de mon auberge que ce Boisdauphin a logé dans l'auberge durant une quinzaine et qu'il y a rencontré M. de Belcastel. Selon elle, Belcastel lui remettait des documents. Des cartes…

Mornay avait immédiatement compris.

— Espionnage ! murmura-t-il en se levant. Pour autant que je me souvienne, les Laval sont parents avec les La Trémoille ! Il faut en parler tout de suite à monseigneur.

Olivier secoua la tête.

— Le prévenir, certainement, mais rien de plus, je vous en prie. La servante ne sait rien d'autre, et je lui ai promis qu'elle ne serait pas inquiétée…

Mornay accepta d'un mouvement de tête.

— Navarre doit encore jouer aux cartes à cette heure, accompagnez-moi !

Cassandre avait suivi la conversation et grimaça son dépit en les voyant partir. Elle aurait aimé les accompagner, mais elle savait que son père refuserait. Elle eut pourtant envers Olivier un regard de connivence signifiant : tu me raconteras ? Il opina en lui envoyant un baiser de la main.

Il était huit heures. Escortés par Caudebec et par le valet d'armes tenant la lanterne, ils se rendirent au château. Là, on les conduisit dans la grande salle où le roi de Navarre jouait à prime avec ses gentilshommes autour d'une table éclairée par de grands chandeliers.

Olivier aperçut M. de Rosny qu'il salua, tandis que M. de Mornay glissait quelques mots au roi. Immédiatement Henri de Bourbon leur demanda de les suivre dans sa chambre où on lui raconta tout.

— J'ai à nouveau interrogé la princesse cet après-midi, cette fois en présence de sa famille, expliqua Navarre, fort préoccupé. Elle continue de jurer de son innocence et dit n'être mise en cause que par la malice de quelques domestiques malintentionnés. Chacun ici peut témoigner à quel point elle a été touchée de la mort de son mari, m'a-t-elle affirmé. Elle a ajouté avec justesse qu'à peine avait-on parlé de poison qu'elle avait demandé elle-même que l'on fasse justice. Enfin, il est certain que mon cousin lui a témoigné jusqu'au bout sa bienveillance et son affection.

» Pourtant les témoins sont très précis. Néanmoins, je ne peux exclure, après ce que vous venez de me dire, qu'il y ait aussi une affaire d'espionnage qui impliquerait des membres de sa famille, ou même elle.

— Ce n'est pas tout, monseigneur, ajouta Olivier. M. de Boisdauphin aurait dit à Belcastel qu'il serait à la Croix-de-Lorraine. Sans doute le cabaret ligueur parisien…

— … D'où venait Bordeaux ? le coupa Navarre.

— Oui, monseigneur.

Olivier regarda Mornay qui approuva de la tête. Il était lui aussi informé de la tentative d'assassinat de Nérac, bien que Olivier ne lui ait pas parlé.

— C'est du brouillamini que cette affaire, grimaça Henri de Bourbon. Que suggérez-vous ?

— Laissez-moi aller à Paris, monseigneur. J'irai à la Croix-de-Lorraine, et avec mon ami Nicolas Poulain, je retrouverai M. de Boisdauphin et le ferai parler.

— Qu'en dites-vous, Mornay ? mâchonna Henri de Navarre, hésitant.

— Ce ne serait pas une mauvaise solution, monseigneur.

— C'est d'accord, Fleur-de-Lis, mais soyez prudent… Vos noces sont pour la semaine prochaine ?

— Oui, monseigneur.

— Mlle de Saint-Pol ne sera pas contente si vous la quittez si vite.

Il voulut ajouter un avertissement gaillard, mais il se retint.

5.

La Rochelle avait rallié le parti de la Réforme en 1568. Avec plus de 20 000 habitants, ses fortifications imprenables, ses riches armateurs qui négociaient avec l'Europe entière, la ville était une des plus puissantes du royaume.

C'est à La Rochelle que Théodore de Bèze avait présidé le synode fondateur de l'Église réformée de France. Jeanne d'Albret y avait été reçue comme une reine et son fils Henri de Navarre s'y était établi. Si Nérac et Pau étaient les principales villes du royaume de Béarn, La Rochelle était la capitale du peuple protestant.

Au début de la Réforme, quand les prêtres catholiques et les pasteurs s'entendaient encore, les églises étaient aussi utilisées comme temples. En plein accord, lorsque les uns sortaient, les autres y entraient. Mais cette tolérance n'existait plus à La Rochelle où les églises catholiques avaient été détruites ou fermées. Le culte papiste était désormais banni dans la ville et le pays environnant.

Or, Olivier Hauteville ne souhaitait pas changer de religion, et Cassandre de Mornay encore moins. Leur mariage n'était donc pas simple à préparer.

On disait que les noces entre Marguerite – la sœur d'Henri III – et Henri de Navarre avaient été le premier mariage mixte entre une catholique et un protestant. La cérémonie avait nécessité de très minutieux préparatifs et une dispense papale. Bien sûr, Olivier n'aurait pu obtenir une telle faveur, mais Philippe de Mornay n'était-il pas *le pape des Huguenots*? Dès le lendemain de la visite faite au roi de Navarre, il s'était attelé à cette difficulté.

Deux cérémonies religieuses seraient nécessaires pour valider le mariage : une bénédiction au temple, par un pasteur, et le sacrement donné par un prêtre catholique. Encore fallait-il trouver ce prêtre et le faire venir à La Rochelle. Heureusement, à l'occasion des obsèques, bien des amis de Philippe de Mornay étaient à Saint-Jean-d'Angély.

Le retour à La Rochelle prit deux journées. Ils firent route en compagnie d'Isaac de La Rochefoucauld, baron de Montendre[1] qui revenait à son château de Surgères et avait proposé à Mornay de lui offrir l'hospitalité.

M. de Mornay était venu de La Rochelle avec une escorte de vingt lances. Certes, la Saintonge était aux mains des protestants, mais des bandes de brigands rôdaient partout, sans compter les compagnies de déserteurs albanais ou suisses des armées de Mayenne ou de Joyeuse qui battaient toujours la campagne. Se déplacer avec Isaac de La Rochefoucauld et ses hommes d'armes était une sécurité supplémentaire.

Le baron de Montendre était accompagné de son épouse Hélène, l'ancienne demoiselle d'honneur de Catherine de Médicis tant célébrée jadis par le grand Ronsard. Sa fille, Marie de Surgères, élevée dans la reli-

---

1. Cousin de François de La Rochefoucauld.

gion catholique, était à son tour à la cour de la reine mère.

Olivier, M. de Mornay et M. de La Rochefoucauld marchaient en tête du cortège tandis que Caudebec, Antoine – un jeune officier protestant au service de Mornay – et deux gentilshommes du baron de Montendre, fermaient la marche. Les hommes d'armes entouraient le coche de Charlotte Arbaleste tiré par quatre chevaux et la litière d'Hélène portée par des mulets.

Cassandre n'avait rien dit quand son père lui avait résumé leur discussion avec le roi de Navarre et l'accord donné à Olivier pour qu'il conduise une enquête à Paris. Elle n'avait pas plus parlé à son futur époux, se contentant avec une soumission apparente des explications qu'il lui avait données. En ce temps de guerre, les hommes ne restaient guère avec leur épouse, et elle avait besoin de réfléchir. Pour cette raison, elle avait souhaité faire le voyage avec l'épouse d'Isaac de La Rochefoucauld plutôt qu'en compagnie de sa mère adoptive.

Hélène de Surgères avait quarante-cinq ans. Amaigrie, émaciée, de profonds sillons d'amertume aux commissures des lèvres, la chaste saintongeoise, comme on l'appelait encore, bien qu'elle ait eu plusieurs enfants, avait perdu sa beauté chantée par Ronsard. Il était loin le temps où, surnommée la *Cruelle Lucrèce*, elle avait été chassée de la cour pour dépravation[1] avec son amie Mlle de Bacqueville. Mais si son charme s'était fané, elle avait gardé son esprit piquant et incisif. En l'entendant raconter sa vie à la cour, Cassandre n'avait pas vu le temps passer bien qu'elle n'écoutât que d'une oreille distraite, car elle se préparait à ce qu'elle allait annoncer à son père… et à Olivier.

---

1. En 1574, rapporté par Brantôme.

74

C'est le soir au château de Surgères, massive forteresse moyenâgeuse cerclée de huit tours et entourée de marais, qu'elle parla à M. de Mornay.

Toute la maisonnée était dans la grande salle, devant la cheminée, et Hélène se moquait gentiment de son ancien amoureux, Pierre de Ronsard, en récitant, debout avec un luth, ce poème qu'elle connaissait par cœur :

Quand vous serez bien vieille, au soir, à la chandelle,
Assise auprès du feu, dévidant et filant,
Direz chantant mes vers, en vous émerveillant,
Ronsard me célébrait du temps que j'étais belle.

Le baron avait laissé à ses invités plusieurs chambres dans les tours et Cassandre, dès la fin du souper, avait demandé à son père adoptif de rester un instant avec lui en tête à tête. Ce serait leur premier affrontement, songeait-elle, le cœur serré.

— Mon père – elle l'appelait toujours ainsi –, j'ai longuement pensé avant de prendre ma décision : après notre mariage, j'accompagnerai Olivier à Paris.

Sans être surpris par cette demande, car il connaissait le tempérament de Cassandre, Philippe de Mornay sentit la douleur lui déchirer le ventre.

— N'y songe pas, ma fille ! répliqua-t-il, en essayant de garder une voix ferme. La situation à Paris n'a jamais été aussi sombre pour ceux de notre religion. Sais-tu ce que je viens d'apprendre ? En janvier, les filles d'un procureur au parlement, M. Foucaud, qui est protestant, ont été arrêtées à la demande des curés de Saint-Eustache et de Saint-Séverin pour ne pas être allées à la messe. Le roi, refusant la dictature de ces prédicateurs, est allé les voir dans leur prison et s'est engagé à les libérer sur la seule promesse qu'elles se rendraient à l'église, ce qu'elles ont refusé pour ne pas déplaire à Dieu.

Les curés les ont donc renvoyées au parlement pour qu'elles soient jugées comme damnables et brûlables. On va revoir des abominations comme lors de la Saint-Barthélemy.

Il se tut un moment, la gorge nouée.

— Réfléchis, Cassandre, en quoi serais-tu utile à Olivier ?

— La place d'une femme est près de son mari, monsieur mon père, répondit-elle avec douceur. Quant à mon utilité, je crois en avoir déjà fait la preuve lorsqu'il s'est agi de mettre fin aux rapines du duc de Guise.

— Mais tout a changé depuis, ma fille ! Les prisons du roi sont remplies de religionnaires dans l'attente de leur procès et de leur exécution. Olivier ne restera pas longtemps absent…

— J'irai, mon père, c'est mon devoir. Mon frère est mort, peut-être assassiné par la Ligue, et je laisserai à un autre, fût-il mon époux, le soin de découvrir la vérité ? De là-haut, Henri de Condé exige que je fasse mon devoir…

» Et que penserait ma mère, si je ne venais pas lui annoncer mon mariage ?

Mornay, pourtant habile casuiste, resta sans réponse, car il n'avait pas pensé à ce dernier argument. La mère de Cassandre, Isabeau de Limeuil, épouse du banquier Sardini, vivait à Paris, ou plus exactement dans les faubourgs, au chemin du Fer-à-Moulins. Elle détesterait apprendre le mariage de sa fille par une simple lettre, et pourrait même se fâcher pour cela. Or, les Sardini étaient de précieux alliés à leur cause…

Il devina surtout qu'il ne ferait pas facilement changer d'avis sa fille adoptive. Après tout, il n'avait aucune véritable autorité sur elle. Son futur mari saurait peut-être mieux se faire obéir, tenta-t-il de se rassurer, sans trop y croire.

— Je te propose que nous en reparlions demain, avec Olivier, dit-il.

Ils repartirent le lendemain en direction de Ferrières. Les marais avaient cédé la place à l'épaisse forêt de Benon et chacun était vigilant, car les brigands pullulaient dans ces bois. Leur étape était l'abbaye cistercienne de la Grâce-de-Dieu qui dépendait des seigneurs de Surgères et de La Rochefoucauld qui se situait à cinq lieues de La Rochelle.

L'abbaye avait été entièrement détruite par les protestants, sauf le réfectoire où vivait encore un religieux, parent des La Rochefoucauld. C'est François, le colonel de l'infanterie protestante, qui avait proposé son nom à Mornay quand celui-ci lui avait dit qu'il recherchait un prêtre pour la bénédiction catholique du mariage de sa fille.

— Le père Louis acceptera, lui avait assuré le comte. C'est un homme tolérant, très respecté dans le pays et nous sommes parents. Je te ferai une lettre pour lui.

Ils le trouvèrent dans le grand réfectoire, le seul bâtiment ayant encore une toiture. Vieillard bedonnant au double menton, à la tonsure blanche et au regard doux, il lut la lettre du comte avant de demander à rencontrer les futurs épousés. Ayant longuement parlé avec eux, il accepta de les accompagner à La Rochelle, avec la promesse que M. de Mornay le ferait reconduire dans son abbaye après la cérémonie.

Cassandre lui laissa sa place dans la litière, songeant que la cruelle Lucrèce et le prêtre auraient d'intéressants sujets de controverse, et prit un cheval qu'elle monta en amazone. À la tête du cortège avec son père et Olivier, ils abordèrent à nouveau le voyage à Paris.

M. de Mornay avait déjà parlé à Olivier de la décision de sa fille adoptive. Comme lui, Olivier avait de prime abord refusé qu'elle l'accompagne, mais ayant ensuite réfléchi, il avait jugé que la présence de son épouse aurait de nombreux avantages. Là-bas, il aurait besoin de personnes de confiance. Certes, il pouvait s'appuyer sur Nicolas Poulain, mais Cassandre était la seule à qui il pouvait confier ses pensées les plus profondes et elle avait suffisamment de ressources pour l'aider vraiment. Au demeurant, en cas de troubles, elle pourrait toujours aller se réfugier chez sa mère, dans l'imprenable château Sardini, à la sortie de Paris. Finalement, que risquaient-ils ? Ils seraient mariés, il était catholique, il entrerait dans Paris avec un passeport au nom du chevalier de Fleur-de-Lis. Qui irait leur chercher des noises ?

En réalité, s'il acceptait si facilement la volonté de sa future femme, c'était parce qu'il se savait incapable de la convaincre de rester à La Rochelle. De surcroît, il craignait aussi une nouvelle séparation et, égoïstement, il ne voulait pas penser aux risques qu'ils allaient prendre.

Restait l'épineux problème de la messe. S'ils vivaient quelque temps à Paris, ils devraient s'y rendre pour ne pas être dénoncés. Pour Olivier cela ne posait pas de problème, mais pour elle ?

Cassandre avait eu l'occasion de réfléchir à ce que son père lui avait raconté sur ces deux pauvres huguenotes emprisonnées, et bientôt brûlées pour avoir refusé d'entendre la messe. Dans une situation identique, durant la Saint-Barthélemy, le roi de Navarre avait accepté d'écouter l'office et s'était même converti, tout comme son demi-frère qu'on venait d'enterrer. Un homme aussi fidèle que le baron de Rosny n'hésitait jamais à se faire passer pour un catholique pour tromper ses ennemis (c'est bien ce que lui reprochait Mornay !) et sa mère Isabeau de Limeuil était catholique et aurait voulu qu'elle soit élevée dans cette religion. Puisqu'elle acceptait que son mariage soit sous la double bénédiction, la messe ne pouvait lui faire peur. Elle promit donc qu'elle irait l'écouter.

Cette difficulté étant réglée, ils demandèrent à Caudebec et au sergent d'armes d'Olivier de les rejoindre. M. de Mornay souhaitait que Caudebec les accompagne, et Olivier savait qu'il pouvait compter sur Gracien Madaillan. Tous deux acceptèrent de les escorter. Ils s'installeraient ensuite chez Mme Sardini.

M. de Mornay, rassuré, aborda alors un autre sujet.

— Ce n'est pas seulement pour que vous recherchiez M. de Boisdauphin à la Croix-de-Lorraine, et que Cassandre découvre la vérité sur la mort de son frère, Olivier, que j'ai approuvé votre idée d'aller à Paris, car j'ai peu d'espoir que vous appreniez quoi que ce soit…

Olivier vit que sa future épouse se raidissait à ces paroles.

— Il faut voir la réalité en face, ma fille, lui dit doucement M. de Mornay. Même si vous trouvez M. de Laval, je ne vois pas pourquoi il vous raconterait ce qu'il faisait à Saint-Jean-d'Angély.

Olivier et Cassandre échangèrent un regard complice. Eux avaient quelques idées sur la façon d'y parvenir.

— Il y a une autre affaire, peut-être aussi importante, mais sur laquelle je n'ai que peu d'éléments…

— Je vous écoute, monsieur, dit Olivier, intrigué.

— C'est une histoire que m'a racontée monseigneur, juste avant que nous quittions Saint-Jean-d'Angély. Il n'y attachait pas d'importance, contrairement à moi… Il y a un mois, on a interpellé en Gascogne un chevalier hospitalier de Saint-Jean de Jérusalem qui se rendait à Paris avec des laissez-passer du roi d'Espagne et du Grand prieur, M. de Valois[1].

— Je suppose que ce genre de voyage diplomatique est habituel, remarqua Olivier.

— En effet, seulement M. Juan Moreo n'est pas un inconnu. Il était déjà venu en France, en 1584. C'est lui qui a signé en décembre, à Joinville, au nom de Philippe II, ce funeste traité accordant le trône au cardinal de Bourbon en présence de MM. de Mayneville, de Guise et de Mayenne. Moreo est au plus près du roi d'Espagne, mais commandeur de l'ordre, et avec ses laissez-passer, il était difficile de l'emprisonner ou de le renvoyer en Espagne. Il a donc été autorisé à poursuivre son chemin après que ses bagages eurent été fouillés et son courrier examiné. Apparemment, il n'y avait rien de répréhensible, sinon une lettre reçue d'un nommé Hercule…

Mornay se tut un instant, ne sachant trop comment amener la suite tant ses soupçons étaient ténus.

— Cet Hercule, dont Juan Moreo a affirmé qu'il était marchand drapier à Reims, répondait dans sa lettre qu'il était satisfait de l'accord conclu et qu'il viendrait à Paris chercher le paiement. Il demandait à être prévenu dès que le chariot arriverait dans la capitale.

— Il n'y a rien là d'inquiétant.

— Attendez ! poursuivit Mornay en secouant la tête. Dans d'autres correspondances que nous avons saisies entre le roi d'Espagne et le duc de Guise, celui-ci prenait plusieurs fois le pseudonyme d'Hercule pour signer ses lettres.

— Il attendrait un paiement… Un transport d'or peut-être ? demanda Cassandre.

---

1. Fils naturel de Charles IX.

— C'est mon idée, mais Henri de Navarre n'y croit pas.

— Vous voudriez que je retrouve ce Juan Moreo à Paris ?

— Oui, et que vous découvriez avec qui il est en relation.

— Ce ne sera pas facile…

— Rien ne sera facile ! fit Cassandre en haussant les épaules.

— Connaissez-vous l'ambassadeur d'Espagne ? poursuivit Mornay après un bref regard à sa fille.

— Non, monsieur.

— Il se nomme Bernardino de Mendoza. Il est arrivé à Paris en octobre 1584, et dès mars 1585 il est entré en relation avec M. de Mayneville. Mendoza, Moreo et Mayneville sont désormais très proches. Mendoza a racheté l'hôtel que son cousin Diego avait fait construire rue Mauconseil, sur l'emplacement de l'ancien hôtel de Bourgogne.

Olivier hocha la tête pour montrer qu'il connaissait l'histoire de cet hôtel situé non loin de sa maison, en haut de la rue Saint-Denis[1]. Robert, comte d'Artois et frère de Saint Louis, avait élevé là un grand corps de logis à l'extérieur de la ville mais appuyé sur la courtine. C'était une forteresse entourée d'une muraille crénelée et garnie de tours qu'on appelait alors l'hôtel d'Artois.

Bien plus tard, le château était revenu au duc de Bourgogne par sa mère, la comtesse d'Artois. En ce temps-là, le roi de France Charles VI était fou et son frère Louis d'Orléans assurait la régence. Le duc de Bourgogne Jean sans Peur s'opposait à lui, car il voulait

---

1. Approximativement entre les rues du Petit-Lion, Saint-Denis et Mauconseil.

rattacher le duché d'Artois à son duché. Pour mettre fin à sa querelle, Jean sans Peur avait fait assassiner Louis d'Orléans[1]. Devenu régent, Jean sans Peur avait agrandi l'hôtel d'Artois et fait construire un donjon rectangulaire en pierre de taille surmonté de merlons en encorbellement.

Plus tard, à la mort de Charles le Téméraire, l'hôtel forteresse avait été confisqué par la couronne et laissé à l'abandon. Ruiné et occupé par des truands et des gueux, François Ier l'avait mis en vente en le découpant en deux portions séparées par une rue percée au milieu de la vieille forteresse : la rue de Bourgogne[2] ou rue Neuve-Saint-François.

— Il faudrait surveiller l'ambassade, proposa Olivier.

— C'était mon idée, il y a peut-être aussi une enquête à conduire au Temple où logent les hospitaliers, et dans les grandes hôtelleries environnantes si Moreo s'installe dans l'une d'elles.

— *Il Magnifichino* jouait à l'hôtel de Bourgogne, chez les *Confrères de la Passion*. S'il y est encore, il pourrait nous aider, dit Olivier à Cassandre.

Les *Confrères de la Passion et de la Résurrection de Notre Seigneur Jésus-Christ* était une très vieille société qui représentait les mystères de l'Ancien et du Nouveau Testament. Ils avaient longtemps possédé une salle dans la rue Saint-Denis, à l'extérieur de l'enceinte, et quand les parcelles de l'hôtel de Bourgogne avaient été mises en vente, ils en avaient acheté une pour y construire un théâtre. Mais leurs pièces religieuses ennuyaient désormais le public qui préférait les farces,

---

1. En 1407, rue Vieille-du-Temple. Ce crime devait entraîner la sanglante guerre entre les Armagnacs et les Bourguignons.
2. Devenue rue Françoise, ou Française.

aussi louaient-ils leur salle à d'autres troupes, souvent des comédiens italiens.

— Mais si je le retrouve, je ne sais pas comment je pourrai l'interroger, poursuivit-il.

— Votre ami Poulain pourrait avoir quelques idées sur la façon de s'y prendre… S'il s'agit d'or pour Mgr de Guise, il ne faut pas qu'il le reçoive, et ce serait encore mieux si cet or allait dans les poches de Mgr de Navarre.

— Recommencer l'affaire des quittances ? sourit Cassandre, qui avait déjà hâte de se trouver à Paris.

Olivier ne voulut pas la contredire mais haussa les sourcils pour marquer son incrédulité.

— À trois ou quatre ? fit-il. Voler un chariot plein d'or appartenant à Guise ?

— Je ne sais pas, faites au mieux ! fit Mornay avec une grimace. Je sais que vous êtes un homme de ressource, Olivier, nul ne pourrait être mieux préparé… Ne prenez cependant pas de risques inutiles. Peut-être aurez-vous besoin de l'aide du marquis d'O. Avez-vous une idée de l'endroit où vous logerez ?

— Pas chez moi en tout cas, affirma Olivier. Ce serait trop dangereux. Nous demanderons conseil à la mère de Cassandre, sinon nous irons dans une hôtellerie. Pourrez-vous nous obtenir des passeports signés par le chancelier ?

— Mgr de Navarre me les a déjà donnés ainsi qu'une lettre à remettre à son cousin le roi, à votre sujet.

À La Rochelle, Charlotte Arbaleste s'occupa de l'organisation de la cérémonie et du dîner qui suivrait. La célébration eut lieu le dernier jour du mois de mars dans une grande salle de la maison d'un échevin, M. Gargouillaud, souvent utilisée comme temple.

Ce fut un pasteur ami de Léonord Chabot, baron de Jarnac et gouverneur de La Rochelle, qui officia. Il y eut ensuite une brève bénédiction donnée par le prêtre catholique à laquelle plusieurs des invités protestants n'assistèrent pas.

La veille, un contrat de mariage avait été signé chez un notaire de la ville. Cassandre avait été dotée de dix mille livres par Henri de Navarre et M. de Mornay en avait fait autant sur sa cassette personnelle. Olivier, lui, apportait quinze mille livres, toute sa fortune gagnée au fil des butins, mais aussi sa maison de Paris qui était estimée à six mille livres. Si les futurs époux n'étaient pas riches, ils étaient loin d'être pauvres, et Cassandre savait que sa mère lui avait aussi réservé une dot.

Comme c'était l'usage dans les mariages mixtes, le contrat de mariage prévoyait que les enfants mâles issus du couple seraient élevés dans la religion de leur père et les filles dans celle de leur mère. C'est chez le notaire qu'Olivier découvrit des témoins inattendus invités par M. de Mornay. Au premier rang se trouvait M. de Rosny. Mornay avait ainsi surmonté son aversion envers son vieil adversaire, car en ce jour de liesse, il voulait oublier ce qui les séparait. Cassandre et Olivier en furent profondément touchés.

Étaient aussi présents François de La Rochefoucauld, le colonel général de l'armée protestante venu avec Louis de Courcillon, seigneur de Dangeau, qui l'année précédente avait failli pendre Olivier quand il se rendait à Montauban avec Nicolas Poulain et *Il Magnifichino*. Il y avait encore Agrippa d'Aubigné, qu'Olivier estimait fort depuis la bataille de Coutras où il s'était distingué, et enfin Léonord Chabot, le gouverneur de la ville.

Le dîner de noces fut pris dans la salle d'un jeu de paume, à quelques pas de la maison où avait eu lieu la cérémonie. Malgré une pluie torrentielle, des éclairs éblouissants et de fracassants coups de tonnerre qui déchiraient l'air, deux centaines de convives se pressèrent autour des grandes tables dans la pièce enfumée par les flambeaux de suif.

Les protestants affectaient la simplicité et la sobriété dans leur façon de s'habiller, aussi n'y avait-il que peu d'habits fantaisistes ou colorés. Les pourpoints et les hauts-de-chausses bouffants étaient gris et les capes noires. Les gentilshommes portaient toquets à plume et épée, souvent à poignée dorée. La plupart avaient le cou serré dans une fraise brodée de cérémonie, quelquefois de grande taille. Beaucoup arboraient une chaîne d'or, et celle de M. de Rosny était la plus grosse de toutes. En revanche les quelques marchands et armateurs invités par M. de Mornay étaient tête nue et ne portaient que de petites fraises.

Les femmes aussi étaient en noir, mais avec des robes de soie finement brodées. La plus belle était certainement celle de Cassandre, saisie dans les bagages de la duchesse de Montpensier, lors de la prise de la maison forte de Garde-Épée, et son corsage parsemé de perles mettait sa gorge en valeur. Le jeune épousée avait placé à sa table ses amies : Claude d'Estissac, fille d'un gouverneur de La Rochelle qui venait de se marier avec François de La Rochefoucauld, et Marie de Rochechouart, veuve remariée avec le baron de Jarnac, le gouverneur de la ville. Elle avait aussi invité Isaac de La Rochefoucauld pour avoir près d'elle Hélène de Surgères dont elle avait apprécié l'ironie.

À la table d'honneur, les deux époux étaient côte à côte. M. de Mornay se tenait près de sa fille et le baron de Rosny était le voisin d'Olivier. Après plusieurs services abondants de poissons et de viandes, et comme les esprits étaient échauffés par le vin, les conversations s'orientèrent vite sur les avantages et les inconvénients du mariage, la procréation et le rôle de la femme dans le couple.

— La plus grande bénédiction que Dieu puisse vous envoyer, ma fille, c'est une bonne lignée ! commença Charlotte Arbaleste.

— Le mariage n'aurait été institué que pour la procréation et non pour le plaisir ? railla Hélène de Surgères. J'ai pourtant ouï parler de fort honnêtes dames qui craignaient d'enfler par le ventre et faisaient tout pour l'éviter !

— Si une femme engrosse, c'est par la volonté de Dieu et non pour le plaisir désordonné et la paillardise, la coupa Marie de Rochechouart.

— Il faut rester à égale distance entre pruderie et paillardise, remarqua le baron de Rosny. Vous savez ce que l'on dit, Olivier : *Qui ne contente pas son mari le laisse ailleurs chercher son repas !*

— Vous avez peut-être des conseils à me donner, proposa Cassandre les yeux baissés dans une fausse modestie.

En même temps, elle avait pris la main de son époux qu'elle tenait serrée.

— Quand on veut parler d'amour, il faut toujours commencer ses propos par l'amour de Dieu ! intervint le père Louis, le prêtre catholique.

— Vous autres papistes êtes bien mal placés pour donner des conseils sur l'amour, déclara un peu agressivement Agrippa d'Aubigné qui n'aimait guère les ministres catholiques. Si je me souviens bien, votre pontife Léon X a créé une taxe pour les péchés de chair avoués en confession.

— Cette proposition a été rejetée par le concile de Trente, protesta le prêtre.

— Quels sont donc ces péchés, et combien cela coûte-t-il pour obtenir l'absolution ? demanda la cruelle Lucrèce avec un brin de perfidie.

— Je ne les ai pas tous en tête, madame, et je ne voudrais effaroucher de pucelles oreilles, répondit Agrippa d'Aubigné en se retenant de rire.

— Vous ne m'offenserez pas ! répliqua Cassandre en pouffant.

— Eh bien soit ! répliqua le soldat qui brûlait d'envie de parler. Par exemple, l'acte de paillardise commis avec une religieuse dans un cloître coûte trente-six livres tournois.

— C'est cher ! remarqua Isaac de La Rochefoucauld en roulant de grands yeux qui firent s'esclaffer toute la tablée.

— Mais le simple péché de chair ne se paye que six livres tournois et l'adultère quatre. En revanche, le crime bestial ou contre nature coûte quatre-vingt-dix livres[1] !

— C'est très cher ! s'exclama encore plus fort Isaac de La Rochefoucauld avec une mimique qui fit cette fois éclater tout le monde de rire, sauf Charlotte Arbaleste qui déclara fraîchement :

— M. d'Aubigné est certainement un vaillant soldat, mais n'écoutez pas ses propos, Cassandre. Tout ce que vous devez faire ce soir, une fois fermée la porte de votre chambre, c'est vous agenouiller et prier Dieu pour sa bienveillance de vous avoir accordé la grâce

---

1. Ces taxes ont été publiées à Lyon en 1564 : *Taxes des parties casuelles de la boutique du pape, en latin et en français, avec annotations des décrets, conciles et canons.*

de vivre avec Olivier et le supplier de vous donner de nombreux garçons.

— C'est tout ? s'enquit Cassandre en arborant un sourire angélique.

— Et de devenir aussi une bonne ménagère ! pouffa Claude d'Estissac. Pour ma part, le matin de mes noces, j'ai trouvé une cruche derrière la porte de ma chambre. On m'a expliqué que la tradition était que j'aille la remplir pour prouver à tous que je serais une bonne maîtresse de maison.

— Moi, je me souviens surtout que le soir de mes noces chacun était aux écoutes derrière la porte de notre chambre pour être témoin que le mariage avait été consommé, fit la chaste Saintongeoise, qui avait aussi un peu trop bu.

— À minuit on vous portera certainement une soupe de vin chaud avec beaucoup de poivre pour vous apprendre l'aigreur de la vie que vous allez connaître, intervint Agrippa d'Aubigné en s'adressant à Cassandre.

— J'ignorais que le poivre était aigre, déclara Olivier en souriant. Devrons-nous avaler ce breuvage tous les deux ?

— Le poivre est surtout un aphrodisiaque, mon ami ! laissa tomber Rosny.

— Alors mon mari n'en aura pas besoin, fit Cassandre avec malice. Mais jusqu'à présent, les conseils ne s'adressent qu'aux épousées. Quels sont ceux que devra suivre monsieur mon mari ?

— Surtout, méfiez-vous des médecins, Olivier ! s'exclama Isaac de La Rochefoucauld. Rappelez-vous ce que disait M. de Ronsard.

Il se leva et, levant son verre en chancelant, il déclama d'une voix pâteuse :

— *Ha ! Que je porte et de haine et d'envie*
Au médecin qui vient soir et matin
Sans nul propos tâtonner le tétin,
Le sein, le ventre et les flancs de ma mie !

En même temps, il vida son verre dont le vin coula sur sa barbe et rougit sa fraise.

— Votre ami Ronsard ne disait pas seulement cela, si je me souviens bien, intervint à son tour François La Rochefoucauld en s'adressant à Hélène de Surgères.

À son tour il se dressa et déclama, cette fois en regardant Cassandre :

— *Vous avez les tétins comme deux monts de lait,*
Qui pommellent ainsi qu'au printemps nouvelet
Pommellent deux boutons que leur châsse environne.
De Junon sont vos bras, des Grâces votre sein,
Vous avez de l'Aurore et le front, et la main,
Mais vous avez le cœur d'une fière lionne.

— Je crois que vous avez tous trop bu, intervint sèchement Mme de Mornay. Mesdames, allons plutôt de l'autre côté entendre un peu mieux cette douce musique.

À l'autre bout de la salle, quatre musiciens jouaient doucement de la viole et du luth. Les femmes se levèrent et M. de Rosny en profita pour dire quelques mots à l'oreille de son voisin.

— Les hommes vont maintenant parler bataille et pillage, et je vais me retirer, car je quitte La Rochelle demain matin à l'aurore. Auparavant, j'aurais souhaité vous parler un moment dans ce petit cabinet.

Il désigna une porte.

Cassandre, qui ne s'était pas levée avec les autres femmes, avait entendu.

— Mon époux partage tous ses secrets, reprochat-elle à Rosny, d'un ton taquin mais suffisamment ferme pour que les deux hommes comprennent qu'elle ne se laisserait pas écarter.

Une ombre fugitive brouilla les traits de Rosny qui se contraignit à sourire.

— Venez donc avec nous, madame.

Le cabinet n'avait que de minuscules fenêtres et l'orage qui grondait obscurcissait totalement le ciel, aussi le baron avait-il pris une lampe à huile de noix. Il y avait deux bancs l'un en face de l'autre dans le cabinet. Rosny s'installa sur l'un et les mariés sur l'autre.

— Je ne sais pas quand nous nous reverrons, mes amis, commença le baron, embarrassé.

Olivier hocha la tête, intrigué.

— Mgr de Navarre m'a expliqué pourquoi vous vouliez vous rendre à Paris, monsieur de Fleur-de-Lis.

Remarquant la gêne de Rosny, Cassandre déclara :

— J'accompagnerai mon époux à Paris, baron. Le prince était mon frère, si sa femme n'est pour rien dans sa mort, il est légitime que je recherche son assassin.

— Décidément, M. de La Rochefoucauld ne se trompait pas quand il vous attribuait le cœur d'une fière lionne, madame. Je vous supplie de m'accorder votre indulgence… quant à ce que je vais… alléguer, maintenant.

— Soyez sans crainte, sourit-elle. Vous êtes mon ami.

— J'avoue ne guère croire à cette histoire d'espionnage impliquant Urbain de Laval, et je voulais vous mettre en garde, tous les deux…

— En garde ?

— Oui, contre celui qui est selon moi le seul responsable de la tentative d'assassinat de monseigneur à Nérac, et aussi du crime de Saint-Jean-d'Angély….

Olivier resta sans voix tant il s'inquiétait du nom qu'allait prononcer le baron.

— Je ne vous apprendrai rien… Il s'agit du comte de Soissons, dit Rosny en regardant Cassandre d'un air inquiet.

Elle resta impavide et Olivier se sentit très mal à l'aise.

— Peste ! C'est une très grave accusation, monsieur le baron, dit-il enfin.

— Je le sais, mais vous n'ignorez pas que c'est aussi ce qu'a pensé un temps Mgr de Navarre.

— Olivier me l'a confié, baron, intervint Cassandre. Je ne sais qu'en dire, car je ne connais pas suffisamment le comte.

— Moi, je le connais, madame. Excusez ma franchise, mais j'affirme que c'est un homme mauvais et dissimulé qui rêve du trône en écartant ceux qui pourraient y prétendre.

— Mais de là à tuer son frère, monsieur le baron ! Vous n'avez pas le moindre début de preuve, lui reprocha Olivier.

— J'en ai une grâce à vous ! Urbain de Laval – Boisdauphin –, dont vous avez découvert la venue à Saint-Jean-d'Angély, a été un gentilhomme de Soissons.

— En êtes-vous certain ?

— C'était il y a deux ou trois ans.

— Tuer son propre frère, tout de même, fit Olivier en secouant la tête.

— Relisez donc la Bible ! répliqua sèchement Rosny, et surtout songez qu'ils ne se connaissaient guère et n'éprouvaient aucune affection l'un pour l'autre. D'ailleurs, vit-on jamais des frères si différents ? Condé, protestant rigide, est toujours resté près de Navarre, tandis que son cadet François de Conti a été élevé dans la religion catholique par le cardinal de Bourbon, tout comme Charles de Soissons son demi-frère. Observez d'ailleurs comme ces deux-là se ressemblent peu : Soissons est hautain, peu prévenant et fier de sa race. Son ambition est démesurée et son esprit aveugle, tandis que Conti est insignifiant, sourd et quasiment muet, Dieu nous garde qu'il devienne roi !

Olivier restait dubitatif tout en ressentant une sourde inquiétude. Il se tourna vers Cassandre qui paraissait abîmée dans ses réflexions. Si le baron ne se trompait pas, devrait-elle venger l'un de ses frères en punissant l'autre ?

— Supposons que mon demi-frère Soissons soit pour quelque chose dans la mort du prince, sa femme serait lavée de tout soupçon… dit-elle, enfin.

— Ce n'est pas aussi simple. Le père de la princesse, Louis de La Trémoille, était un zélé catholique. Si son fils s'est sincèrement converti, rien ne dit que sa fille ne soit pas restée secrètement papiste.

— Si je vous suis, la princesse aurait tué son époux, non pour s'en débarrasser et disposer librement de son amant comme on l'accuse, mais pour rapprocher du trône le comte de Soissons. J'avoue ne pas voir quel intérêt elle y aurait eu, dit Olivier. Je comprendrais mieux qu'elle ait remis des plans de fortification aux gens de Guise pour défendre sa foi catholique…

Le baron de Rosny grimaça son hésitation en voyant Cassandre opiner du chef pour approuver son mari. Il savait que sa haine envers Soissons l'entraînait peut-être dans une mauvaise direction.

— Vous avez certainement une vue plus équitable des choses, monsieur de Fleur-de-Lis. Ce sera donc à vous de nous éclairer.

— Je ne suis pas certain d'y parvenir, monsieur, ironisa Olivier. Où en est d'ailleurs le projet de mariage entre le comte de Soissons et la sœur de Mgr de Navarre ?

— Il est abandonné. Soissons va rentrer à Paris. Il n'est pas impossible que je l'accompagne, car monseigneur aimerait savoir ce qu'il prépare contre lui.

— Nous allons nous retrouver dans Babylone? se força à plaisanter Olivier.

— Peut-être. Savez-vous où je pourrai vous trouver si j'ai besoin de vous?

— Laissez un message chez moi, mais je n'y habiterai pas.

— Soyez prudents tous les deux. Vous allez vous attaquer à de puissants ennemis.

Quelques jours après leur mariage, Cassandre et Olivier apprirent les exécutions de Saint-Jean-d'Angély. L'intendant Brillaud et son complice avaient été tirés par quatre chevaux sur la grande place de la ville. Quant au page, M. de Belcastel, il était resté introuvable malgré des recherches dans des grottes du côté de Saintes. Il avait donc seulement été exécuté en effigie.

Après le supplice de l'intendant, les juges de Saint-Jean-d'Angély rendirent aussi une sentence ordonnant le procès de la princesse de Condé et sa condamnation à la question. En attendant, elle fut emprisonnée.

C'est à Tours, où les quatre voyageurs restèrent une journée, qu'ils eurent d'un proche de M. de La Rochefoucauld la confirmation que la princesse était grosse de trois mois. Son exécution serait donc différée jusqu'à quarante jours après ses couches, et en prison elle serait seulement visitée par la sœur du maréchal de Biron et la femme du gouverneur de Saint-Jean-d'Angély.

6.

Avec l'étape de Tours, le voyage à Paris dura huit longs jours de froid, de pluie et de vent, aussi n'arrivèrent-ils chez Scipion Sardini que le vendredi précédant les Rameaux. Cassandre avait fait le voyage équipée en soldat, et comme ses compagnons elle portait encore corselet, barbute et gorgerin quand elle se présenta avec ses trois compagnons devant le pont dormant de la maison forte du banquier.

Ils n'avaient fait aucune mauvaise rencontre. Il faut dire que les quatre cavaliers de M. de La Rochefoucauld qui les avaient escortés jusqu'à Tours paraissaient tellement redoutables qu'aucun brigand n'aurait songé à s'attaquer à eux. Il était tellement plus facile de dépouiller les marchands et les pèlerins !

Caudebec et le valet d'armes, cuirassés et lourdement armés, marchaient généralement en tête, arquebuse à rouet prête à tirer, puis suivaient deux chevaux bâtés qui portaient les bagages dans des malles de cuir ainsi que du fourrage et des armes supplémentaires. Enfin, Cassandre et Olivier, lui revêtu d'une partie de son armure de guerre, fermaient la marche.

Le chemin du Fer-à-Moulins n'avait pas changé en trois ans, remarqua Cassandre alors que leur troupe arrivait dans le faubourg. Les moulins, les fermes et les maisons à pans de bois autour de l'église étaient toujours identiques à ses souvenirs. Elle voyait déjà s'agiter les guetteurs en haut de la tour carrée de la maison forte, puis retentit la lancinante sonnerie d'une trompe.

Comme Olivier voulait éviter que la nouvelle de son retour à Paris ne se répande trop vite, il donna à son valet d'armes une lettre préparée à l'avance. Celui-ci, descendu de cheval, la glissa à un garde par un guichet dans le mur d'enceinte.

— Pour Mme Sardini, bougonna-t-il avec son accent rocailleux de Béarnais.

Quelques minutes plus tard, ils entendirent la herse qu'on levait puis les deux battants du porche s'écartèrent. Isabeau de Limeuil les attendait de l'autre côté, les yeux pétillants de bonheur.

Cassandre fut la première à sauter au sol pour se jeter dans ses bras tandis qu'Olivier faisait la moue. Il aurait préféré plus de discrétion. Le château comprenait cinquante hommes d'armes et quantité de domestiques et de clercs travaillant à la banque. Tous allaient s'interroger sur ces visiteurs qui avaient fait déplacer leur maîtresse et dont l'un l'embrassait comme son enfant !

En descendant à son tour, Olivier regarda Isabeau. Il l'avait quittée à Jarnac amaigrie et flétrie, et il la retrouvait transformée, plantureuse, épanouie. Visiblement sa blessure n'était plus qu'un mauvais souvenir. Ne voulant pas les questionner devant les gardes et les domestiques qui les observaient dans la grande cour cernée d'arcades, Mme Sardini les entraîna vers l'escalier à deux rampes conduisant au premier étage.

Le groupe pénétra dans la galerie d'apparat au plafond à caissons peints. La longue pièce, aux ouvertures encadrées de colonnettes torsadées, était déserte sinon deux gardes qui surveillaient l'entrée de la chambre du banquier, aussi Isabeau laissa-t-elle enfin éclater sa joie et sa surprise.

— Si je m'attendais ! Cassandre ! Olivier ! Et vous Caudebec ! Quel bonheur ! Allez-vous rester ?

— Quelques jours, ma mère, lui répondit joyeusement Cassandre, car nous sommes venus vous annoncer notre mariage…

— Votre mariage ! s'exclama Isabeau, interloquée

— Oui, il a eu lieu il y a une dizaine de jours à La Rochelle… Vous avez dû apprendre la mort du prince de Condé.

— Ce fut une terrible nouvelle pour moi, dit Isabeau en hochant la tête. Le prince était un fil qui me rattachait encore à ton père, Cassandre, même s'il lui ressemblait si peu. On murmure que son épouse serait la coupable… Quelle horreur ! En est-on certain ?

— Nous en reparlerons, madame, proposa Olivier… C'est aussi à ce sujet que nous sommes venus.

— Olivier ! Je suis si heureuse pour vous ! À la fin du mois de janvier, j'ai reçu votre courrier où vous m'annonciez que le roi de Navarre vous avait fait chevalier. Je l'ai porté à votre ami M. Poulain. Mais entrons voir mon époux… Il aura tant de questions à vous poser !

Ils suivirent la galerie jusqu'à la porte du fond. Mme Sardini entra sans frapper dans une grande chambre d'apparat au plafond représentant des écussons à devises et où trônait l'immense lit drapé de satin de M. Sardini.

Olivier n'y avait jamais pénétré et son regard curieux balaya l'imposante pièce meublée de tables couvertes de tapis damassés à franges et de dressoirs en noyer supportant une quantité incroyable de pièces d'orfèvrerie de vermeil et d'argent. Aux murs étaient accrochés plusieurs rangs de tableaux ainsi que de grandes tapisseries des Flandres dont l'une représentait le triomphe de Scipion.

M. Sardini, seul près d'une fenêtre, avait dû observer leur arrivée dans la cour. Il s'avança vers eux avec une belle prestance. Ses revers de fortune de l'année précédente semblaient terminés. Tout en lui évoquait l'opulence. Confortablement chaussé de bottines fourrées de peau de lièvre, il portait un haut-de-chausse de velours cramoisi, un pourpoint de satin sombre et un épais manteau d'hermine. De sa longue barbe grise taillée en pointe dépassait une lourde chaîne d'or. Une toque noire couvrait ses cheveux courts et ses doigts portaient tous des bagues dont l'une était sertie d'un gros rubis.

— Cassandre ! Et vous monsieur Caudebec ! s'exclama-t-il, après un instant, ayant eu du mal à les reconnaître.

— Tu as peut-être aperçu M. Hauteville il y a trois ans, mon ami, dit Isabeau en s'avançant vers lui et en lui prenant les mains pour les baiser.

— Peut-être… dans la cour ? fit-il d'un regard inquisiteur, accentué d'un triple plissement du front.

— Oui, un jour où il venait voir Mlle de Mornay… pardon, Mme de Saint-Pol, et surtout maintenant Mme de Fleur-de-Lis.

— Madame de Fleur-de-Lis ?

— Ma fille vient d'épouser M. Hauteville, désormais chevalier de Fleur-de-Lis.

— Mais nous devons fêter ça ! s'exclama le banquier en accolant Cassandre, puis Olivier avec une sincère affection. Vous devez avoir faim ! Je vais donner des ordres.

— Je m'occupe de vous faire préparer des chambres, dit Isabeau. Mais n'oubliez pas : vous devrez tout nous raconter durant le souper !

Ils se retrouvèrent une heure plus tard, la table ayant été dressée dans la chambre du banquier. Les voyageurs s'étaient lavés et changés et le cuisinier s'était surpassé. Après avoir dégusté les six services d'un souper particulièrement raffiné et raconté leur mariage, Olivier en vint aux raisons de leur visite, aussi M. Sardini fit-il sortir les valets et servantes.

C'étaient pourtant des serviteurs de confiance, mais avant le souper Cassandre avait prévenu sa mère que les raisons de leur présence à Paris devaient rester secrètes. D'ailleurs, même sans cet avertissement Mme Sardini aurait fait preuve de la plus extrême prudence, car sa fille aurait été un prodigieux otage pour les Guise. Quant à son gendre, elle savait que la sainte union voulait sa mort depuis qu'il avait mis fin aux rapines guisardes sur les tailles royales.

Malgré ces précautions, Olivier ne parla pourtant ni de la tentative d'assassinat du roi de Navarre à Nérac, dont Henri de Bourbon lui avait demandé de garder le secret, ni du commandeur Juan Moreo. L'Espagnol était peut-être à Paris pour transférer des fonds au prince lorrain et Sardini était banquier. Une indiscrétion, même involontaire, était possible, or il fallait éviter que Juan Moreo apprenne qu'on était sur ses traces.

Olivier expliqua donc seulement qu'il recherchait un certain Urbain de Boisdauphin aperçu à Saint-Jean-d'Angély en compagnie du page de la princesse de Condé. Ce gentilhomme pourrait savoir où se trouvait le page, et il appartenait au duc de Guise. Un éventuel rôle de la Ligue dans la mort du prince n'était pas à exclure.

Olivier posa ensuite des questions sur Paris. Il ignorait à peu près tout ce qui s'était passé depuis son départ à l'été 1586. Le banquier lui parla de l'impopularité d'Henri III, d'une récente tentative de la Ligue pour le surprendre dans le Louvre, de la violence des sermons des prédicateurs que le roi ne pouvait endiguer, de l'influence de Mme de Montpensier sur la populace, et plus généralement de l'inquiétude que tout le monde ressentait quant à l'avenir.

— Pour l'instant le duc de Guise est en Champagne, mais les Parisiens le pressent de venir. Qu'il arrive et il sera reçu comme un roi, termina le banquier. Une querelle, une rumeur, une provocation, n'importe quel incident, entraînera la populace sur le Louvre dont elle s'emparera quelles que soient les pertes.

— Mais le roi n'est pas abandonné de ses loyaux sujets, intervint Caudebec. Le parlement est fidèle et Sa Majesté est protégée par ses gardes suisses.

— Les gardes suisses et françaises ne pèseront pas ça si les quartiers se soulèvent. (Il claqua des doigts.) Il n'y a pas plus de trois mille hommes au Louvre, et encore en comptant les compagnies d'archers de la chambre et ceux qui gardent les portes. Quant aux parlementaires, s'ils ont eu le courage de me mettre en prison, ils sont bien trop poltrons pour prendre parti contre la Ligue. Ils craignent de finir branchés à Montfaucon depuis qu'on accuse les présidents, le prévôt des marchands et M. Séguier d'être hérétiques. Lisez donc ceci…

Il se leva pour aller chercher sur sa table de travail une de ces affiches qu'on appelait un placard et la tendit à Olivier.

Le Premier Président de Harlay,
De Mole son semblable est très bien estimé,
Ce sont deux hérétiques et très glorieux sots,
Qui pour le Béarnais tournent à Dieu le dos.
Le Prévost des Marchands, qui se nomme Perreuse,

Est de même farine et a la face hideuse,
Comme ce laid moufflart de président Séguier,
Procureur général et son voisin Chartier.

Le feuillet passa de main en main.

Si la ville était vraiment au bord de l'insurrection, leur enquête serait encore plus difficile, songea Olivier.

— Où habiterez-vous ? s'inquiéta Isabeau.

— Nous trouverons une hostellerie suffisamment éloignée de la rue Saint-Martin pour qu'on ne me reconnaisse pas. M. de Mornay nous a donné un passeport signé par Cheverny au nom du chevalier de Fleur-de-Lis, accompagné de son épouse et de ses serviteurs. Si nous ne restons pas trop longtemps, personne ne fera attention à nous.

— Vous irez voir M. Poulain ?

— Certainement, j'ai tant de choses à lui dire, et il pourra m'apporter une aide précieuse pour retrouver ce Boisdauphin. Je rencontrerai aussi *Il Magnifichino* qui connaît tant de monde ! Savez-vous s'il joue en ce moment ?

— Il triomphe au théâtre de Bourgogne dans *Arlequin contre Scaramouche*. Mais c'est un succès qui lui cause aussi bien des désagréments. Le curé de Saint-Eustache, qui s'oppose depuis toujours aux Confrères de la Passion, et qui avait même obtenu un temps que le théâtre ne puisse jouer qu'après vêpres – ce qui l'avait fait déserter – s'active à nouveau auprès du Grand-Châtelet pour faire suspendre les représentations sous le prétexte que les Confrères de la Passion n'ont pas le droit de jouer des pièces profanes, expliqua Mme Sardini.

Isabeau appréciait beaucoup Venetianelli, surnommé *Il Magnifichino*, depuis qu'elle était revenue de Saint-Brice avec lui, en compagnie de Poulain. Elle ignorait juste que le comédien avait tenté de la tuer, sur ordre de M. de Richelieu dont il était l'agent secret !

— La cure de Saint-Eustache est-elle toujours à René Benoist ? demanda Olivier.

— Oui.

— Quand je vivais à Paris, il ne penchait pas pour la Ligue, bien au contraire.

— C'est vrai, sourit tristement Mme Sardini, René Benoist a toujours défendu la royauté, mais il déteste les comédiens qui se moquent de la messe, ce que font chaque jour ceux de la troupe d'*Il Magnifichino*. Benoist, qu'on appelle le pape des Halles, peut les mettre en péril.

Olivier digéra cette information. C'était inespéré que Venetianelli joue toujours à l'hôtel de Bourgogne, à deux pas de l'ambassade d'Espagne, mais s'il avait des difficultés avec les curés, ce serait une complication de plus.

7.

La porte Saint-Michel, par laquelle ils entrèrent dans Paris le lendemain, était commandée par deux gentils-hommes de la chambre du roi qui surveillaient la milice bourgeoise. Le passeport de M. de Cheverny fit merveille et on ne leur posa aucune question. Ils n'étaient qu'un noble couple qui entrait en ville avec leur écuyer – Caudebec – et un cheval de bât.

Le valet d'armes était resté chez les Sardini. Il parlait mal le français et, protestant rigoriste, il se serait vite fait remarquer. Les trois voyageurs avaient aussi laissé leurs bagages chez le banquier, emportant seulement quelques vêtements dans des sacoches.

Olivier avait décidé de se rendre en premier lieu rue Mauconseil, au théâtre de l'hôtel de Bourgogne, pour y rencontrer Venetianelli. Sous une légère pluie mêlée de quelques flocons, ils suivirent la rue de la Harpe jusqu'au pont Saint-Michel, puis traversèrent l'Île jusqu'au Pont-au-Change et remontèrent la rue Saint-Denis. Comme toujours, les rues étroites étaient couvertes d'une épaisse couche de crottin noir et puant qui giclait sous les sabots. Pourtant la ville était en fête. Chacun préparait le dimanche des Rameaux et *encourtinait* sa façade avec des branches de lierre ou de buis, mais personne ne jugeait utile de nettoyer au devant !

Olivier restait en tête, veillant à s'arrêter quand d'un étage en encorbellement il voyait quelque matrone jeter ses eaux usées. Derrière lui, Cassandre montait en amazone sur la sambue de Mme Sardini, les jambes bien calées contre les fourches de la selle. Derrière encore, Caudebec fermait la marche avec le cheval de bât.

Ils n'avançaient pas vite. Les étalages des échoppes dans la rue Saint-Barthélemy, sur le Pont-au-Change, et même dans la rue Saint-Denis s'étendaient tellement qu'ils ne laissaient qu'un passage étroit. Dès qu'un chariot passait, il fallait débarrasser les tablettes des boutiques pour les relever, ce qui prenait un temps considérable, parfois encore plus long quand une charrette tirée par un âne ou un mulet arrivait en sens inverse. De surcroît, les innombrables marchands ambulants qui s'installaient dans le moindre recoin ou sur les bornes de pierre gênaient continuellement la circulation en interpellant et en retenant les passants. Parfois, à cause d'un troupeau de moutons que l'on conduisait à la Grande boucherie, ou d'un charroi de matériaux ou de fourrage, l'encombrement provoquait un tel engorgement qu'ils devaient emprunter une sombre ruelle transversale où les encorbellements et les enseignes basses obligeaient les cavaliers à baisser la tête.

Malgré cela Cassandre était heureuse de retrouver cette grande ville si vivante. Les cris et les complaintes perpétuels des boutiquiers attiraient son attention et elle s'arrêtait souvent pour examiner les gâteaux, les châtaignes, les rubans ou les rabats pour cols.

Olivier s'approchait alors d'elle. Ils échangeaient quelques mots en riant comme des enfants pendant que Caudebec surveillait les larrons et les coupeurs de bourse qui rôdaient.

Deux ans après son départ, Olivier ressentait à quel point combien cette ville sale, bruyante, violente, ingrate et intolérante lui avait manqué. Il songeait à ce que lui avait dit son ami Montaigne :

« Paris a mon cœur, je l'aime tendrement jusqu'à ses verrues et à ses taches. » Il connaissait maintenant une grande partie de la France, mais c'est Paris qu'il aimait, et il observait avec bonheur le plaisir de son épouse. Intérieurement, il se jurait que la paix revenue – car elle reviendrait ! – ils vivraient ici.

Enfin ils arrivèrent à la poterne ruinée qui marquait la limite de l'antique enceinte de Philippe Auguste. Ils tournèrent dans la rue Mauconseil pour longer l'église et l'hôpital Saint-Jacques qui hébergeait les pèlerins de Compostelle.

Sur leur droite, entre des maisons à pignons, des potagers et des vergers, se dressaient les tours ruinées de l'enceinte du Moyen Âge ainsi que le corps de bâtiments de l'hôtel de Bourgogne avec son grand donjon de plus de dix toises de haut. C'était sur cette parcelle envahie de plantes folles et de lierre que Diego de Mendoza avait édifié son hôtel devenu l'ambassade d'Espagne depuis qu'il était habité par son cousin Bernardino, l'ambassadeur de Philippe II.

Les trois cavaliers passèrent sous l'enseigne de l'hôtellerie de la Sainte-Reine qui représentait une femme couronnée dont certains assuraient qu'elle était la mère de Saint Louis, et d'autres la comtesse Mahaut. À la porte de l'auberge, décorée de branches de buis – fête des Rameaux oblige ! – une pancarte indiquait en gros caractères : *Dîner du voyageur : huit sols, coucher du voyageur : vingt sols, cheval douze sols.*

Dans cette rue boueuse, puante, bordée de ruines et de terrains en friche, l'hôtellerie avait bonne apparence, jugea Olivier. Sans doute était-elle fréquentée par les visiteurs de l'ambassadeur d'Espagne, aussi songea-t-il à y prendre leurs chambres.

Ils passèrent encore devant quelques étroites maisons en encorbellement et hauts pignons pointus avant d'arriver devant l'hôtel de Mendoza. Un coche peint en rouge tiré par quatre chevaux arrêté devant gênait le passage. Prenant le temps de le contourner, ils observèrent la façade à colonnades. Les fenêtres étaient protégées par d'épaisses grilles et la porte était ferrée. Plusieurs hommes en livrée avec hallebarde et morions montaient la garde. Olivier remarqua que le coche, dont les rideaux de cuir étaient tirés, avait l'air vide. Sans doute attendait-il quelqu'un.

Au carrefour suivant, ils empruntèrent la rue Neuve-Saint-François, une voie non pavée aux profondes ornières emplies de déjections. C'est là que les Confrères de la Passion avaient fait construire leur théâtre, bâtiment en équerre autour d'une cour avec une autre entrée rue Mauconseil. Ils s'arrêtèrent devant une porte en retrait, au fond d'un grand porche peint en vert dont les poteaux de bois aux extrémités sculptées en têtes de saints soutenaient un étage. Au-dessus, une enseigne représentait Joseph portant Jésus sur ses épaules. De l'autre côté de la rue s'élevaient quelques masures appuyées sur un vieux mur affaissé ainsi que trois maisons en construction. On apercevait, dépassant des arbres, des morceaux de tour couverts de vigne vierge et surtout la masse imposante du donjon de Jean sans Peur.

— François, dit Olivier à Caudebec, attends-nous avec les chevaux. Je vais entrer avec Cassandre demander où est notre ami *Il Magnifichino*.

Caudebec opina en sautant au sol. Une cloche pendait à côté de la porte et Cassandre en tira le cordon. Presque aussitôt un gamin de six ou sept ans, en chemise et pieds nus noirs de crasse, vint ouvrir et les fit entrer sans même chercher à savoir qui ils étaient.

Ils pénétrèrent dans une grande salle enfumée au fond de laquelle brûlait un maigre feu de fagots de brindilles. Il faisait à peine plus chaud qu'à l'extérieur. Sur leur droite, deux fenêtres à meneaux aux petits carreaux sertis laissaient filtrer une chiche lumière.

Autour de la cheminée, quatre femmes en épaisse robe de drap noir avec tablier gris cousaient ou ravaudaient. Un vieillard sommeillait sur un lit à piliers aux rideaux entr'ouverts. Deux marmots jouaient devant le feu pendant qu'une cinquième femme, en cotte hardie et jupe gonflée par un vertugadin, tentait de retirer leurs poux avec un peigne.

Toutes se levèrent en les voyant entrer, à la fois interrogatives et respectueuses devant ces visiteurs qui paraissaient être des gens de qualité. Parmi celles qui cousaient, les deux plus jeunes étaient souriantes et enjouées, les plus âgées restaient sur la réserve. Celle qui épouillait les enfants s'avança vers eux. Elle avait une vingtaine d'années.

Olivier leva son chapeau détrempé par la pluie pour les saluer.

— Mesdames, je cherche un ami qui joue la comédie ici, il se nomme Lorenzino Venetianelli, mais on l'appelle *Il Magnifichino*.

Le vieillard, qui s'était redressé dans son lit, le considéra avec une évidente méfiance avant de demander d'une voix grave :

— Que lui voulez-vous ?

— Je suis un de ses amis, monsieur. S'il n'est pas ici, peut-être pouvez-vous lui faire une commission…

— Peut-être…, concéda le vieil homme, impavide.

Olivier sortit de son manteau une pièce d'un liard.

— Et si vous lui vouliez du mal ? s'enquit d'une voix méfiante la jeune femme qui s'était approchée.

Cassandre remarqua moins son visage fatigué que la coquetterie de son habillement. Sa chemise avait un petit col rabattu très propre malgré la crasse de son cou et de ses mains, son tablier était serré à la taille par une cordelette de soie enjolivée d'anneaux dorés et les revers de ses manches étaient agrémentés d'une broderie cramoisie.

— Serais-je venu avec mon épouse, madame? demanda Olivier.

La jeune fille resta un instant hésitante, se mordillant la lèvre inférieure, tandis que Cassandre observait les autres femmes. Les deux plus âgées étaient peut-être les mères des trois autres. Et les grand-mères des trois enfants. Toutes avaient enjolivé leur robe noire avec quelques colifichets, passementerie et bandes de velours aux poignets ou aux manches.

— Quel est votre nom? demanda l'homme en descendant du lit.

Il portait des hauts-de-chausses bouffants turquoise et une épaisse chemise boutonnée de couleur olivâtre et particulièrement sale. Ses mains, ses joues, son cou étaient couverts de poils blancs, hirsutes.

— Je suis le chevalier de Fleur-de-Lis, mais Lorenzino me connaît sous le nom d'Olivier. Nous avons voyagé ensemble l'année dernière.

— À Angoulême? demanda la fille en vertugadin.

Olivier tressaillit avec un soupçon de mécontentement. Comment savait-elle cela?

— C'est bien possible, mademoiselle, dit-il évasivement.

— Il m'avait dit que vous étiez trois…

— Il a peut-être trop parlé, répliqua-t-il plus sèchement en se demandant qui était cette fille.

La maîtresse de Venetianelli?

— Rassurez-vous, monsieur, Lorenzino ne nous dit jamais rien, répliqua-t-elle le visage brusquement assombri. J'ai juste retenu votre prénom... et celui de votre compagnon.

— Nicolas était le troisième, lâcha Olivier, songeant qu'elle attendait peut-être ce nom pour lui faire confiance.

Un grand sourire aux lèvres, elle se tourna vers l'homme, l'interrogeant du regard. Il se contenta de hocher la tête.

— Tu peux les conduire à Lorenzino, dit-il, et ensuite reviens. Je me nomme Mario, voici ma femme, ma sœur et mes filles, ajouta-t-il d'un ton bourru à l'attention d'Olivier.

La jeune fille au vertugadin fit une révérence en se présentant d'un ton espiègle :

— Moi, c'est Serafina. Lorenzino dort encore. On va le réveiller et lui faire la surprise !

Elle saisit un bonnet noir et un manteau usé jusqu'à la trame posés sur le lit puis se dirigea avec grâce vers la sortie.

À la lumière du jour, Serafina paraissait moins jeune. Son visage, d'une pâleur lumineuse, était tiré malgré des lèvres charnues. Ses cheveux noir bleuté, serrés en chignon, paraissaient ternes, mais peut-être était-ce simplement dû à la crasse.

— Pouvons-nous y aller à cheval ? demanda Olivier.

— Si vous me prenez avec vous !

Il voulut l'aider à monter sur la selle, mais elle sauta en croupe après avoir relevé sans pudeur sa robe et son jupon jusqu'au bourrelet du vertugadin, révélant d'épaisses chausses de laine qui lui arrivaient à mi-cuisse et surtout une absence de caleçon, ce sous-vêtement que Catherine de Médicis avait introduit à la cour mais que les femmes du peuple ne portaient pas. Il monta derrière elle tandis qu'elle avait déjà saisi les rênes, toute réjouie à l'idée de la promenade. Entre-temps, Caudebec avait aidé Cassandre à s'installer sur la sambue.

— Prenez ce passage ! fit joyeusement leur guide, en désignant une voûte entre deux maisons de l'autre côté de la rue.

Ils l'empruntèrent pour déboucher dans les vestiges du rempart. Les cavaliers longèrent un moment la muraille de Philippe Auguste tapissée de lierre noir et contournèrent une tour ronde, enveloppée de taillis de houx. Cette ruine devait être habitée, comme le prouvait la fumée qui s'échappait de la cheminée. Les sabots des chevaux s'enfonçaient dans le sol spongieux et moussu. Par endroits, ils devaient contourner de grosses pierres écroulées d'un mur, bien que le chemin soit tracé par des empreintes de pieds et de sabots. Ils passèrent devant des potagers et des escaliers conduisant à des enceintes écroulées tandis qu'à d'autres endroits les taillis étaient d'une épaisseur considérable. Ils se dirigeaient vers le donjon de l'hôtel de Bourgogne qui dépassait du faîte des arbres quand soudain un renard s'enfuit devant eux. La jeune femme se serra contre Olivier.

— Vous jouez avec Lorenzino ? lui demanda-t-il, tandis que Cassandre les rejoignait, faisant avancer son cheval de front avec eux pour les surveiller.

— Oui, vous venez de voir toutes les femmes de la troupe, s'esclaffa gaiement leur guide. Pulcinella et Chiara sont mes sœurs et les autres sont ma mère et ma tante. Le mari de Chiara et Lorenzino dorment encore.

— Combien êtes-vous ?

— Cinq femmes et trois hommes. Les enfants sont ceux de Chiara. Nous sommes arrivés, ajouta-t-elle en désignant le donjon du doigt.

Ils contournèrent la tour rectangulaire pour s'arrêter devant une porte vermoulue au linteau de pierre en partie brisé. Olivier remarqua qu'ils se trouvaient derrière l'hôtel de Mendoza. Le vieux corps de logis de Jean sans Peur s'étendait à leur droite, une partie étant transformée en cabaret. L'enseigne d'une gargote grinçait sous la pluie. Malgré sa peinture écaillée, on distinguait deux diables rouges donnant des coups de fourche à une femme aux seins pendants qui cuisait dans une marmite bouillonnante.

Olivier sauta à terre pour aider Serafina à descendre. En soulevant sa robe, sous l'œil égrillard de Caudebec (et celui plus discret d'Olivier), elle sortit de son jupon une grosse clef qu'elle introduisit dans la serrure. Les gonds grincèrent et elle poussa le vantail clouté qui gardait quelques traces de peinture sombre. Ils entrèrent à sa suite. Devant eux se déroulait un grand escalier à vis et, à leur droite, un passage conduisait à une pièce voûtée en ogive, sombre et glaciale, emplie de tout un bric-à-brac de malles et de coffres. Un peu de lumière perçait de lucarnes obturées par des volets fendus. Ce devait être une ancienne salle des gardes et l'endroit puait l'humidité et la crotte. Ils aperçurent aussi une charrette à grandes roues et un âne, attaché à un anneau, poussa un braiment en les entendant, persuadé qu'on lui portait son foin.

— Nous logeons dans les étages mais nous gardons nos affaires et nos décors ici. Vous pouvez faire entrer les chevaux dans la salle. Ils seront à l'abri.

Ils suivirent son conseil et attachèrent les montures à des anneaux, après avoir poussé la charrette. Puis, ils revinrent vers le grand escalier. Des gravats couvraient les marches et Cassandre trébucha dans la pénombre. Serafina, qui avait verrouillé la porte, leur expliqua :

— Il y a des chambres dans la tour, celle de Lorenzino est en haut.

Les marches disjointes tournaient autour d'une colonne, comme les lames d'un éventail. De grandes fenêtres closes par des volets de bois laissaient quand même filtrer un peu de lumière. Ils passèrent une première porte fermée peinte en rouge.

— C'est là que nous faisons la cuisine, dit-elle.

Poursuivant leur montée, ils passèrent devant une porte murée surmontée des armes sculptées de Jean de Bourgogne : deux rabots entourés de bâtons noueux avec gravée la devise : *Je l'ennuie*. Olivier savait ce que cela signifiait. Jean sans Peur menaçait ainsi ses ennemis de les *ennuyer*[1] en les rabotant !

Au niveau supérieur, la porte étant ouverte, ils aperçurent dans une petite pièce un lit aux rideaux de toile, un coffre et des escabelles.

— Le logis de Chiara et de son mari, dit leur guide. Les enfants ont leur paillasse au-dessus et, encore plus haut, il y a une autre pièce pour ma tante et Pulcinella.

Après la chambre de la tante l'escalier se terminait par une voûte de pierre ciselée en guirlandes de feuilles de chêne et d'aubépine peintes en vert, noir, blanc et pastel. À partir de là, un second escalier, plus exigu, était construit en retrait. Ils le prirent pour passer devant une très grande chambre, bien plus vaste que les galetas qu'ils avaient vus.

— C'est là que j'habite avec Lorenzino, annonça fièrement Serafina en s'arrêtant devant le seuil, car la porte était fermée.

— Vous vivez avec lui ? demanda Cassandre, en regrettant immédiatement sa question qui avait peut-

---

1. Au sens de leur faire quelque chose de désagréable.

être blessé la jeune fille, puisqu'elle n'avait jamais fait allusion à un mariage.

Mais vivre dans le péché ne paraissait pas troubler outre mesure Serafina.

— Oui, et j'ai eu très peur de ne plus le revoir quand il nous a quittés, l'année dernière, pour partir avec les Gelosi. Mon père était furieux contre lui. Et moi la plus malheureuse femme du monde. Pourtant, il nous avait promis de revenir, et il a tenu parole. Il a même rapporté suffisamment d'argent pour louer cette tour. Grâce à lui, nous n'avons jamais eu tant de place pour vivre. Pour la première fois, j'ai une maison.

» Sans mon Lorenzino, je ne sais pas ce que nous serions devenus. Nous jouons de moins en moins à cause du curé de Saint-Eustache, ajouta-t-elle avec inquiétude.

8.

Le samedi 9 avril

Bien que les lucarnes soient occultées par des planches, la grande fenêtre ogivale possédait encore un vitrail multicolore représentant saint Michel terrassant le dragon. Un grand lit aux rideaux cramoisis trônait dans la salle qui contenait aussi deux coffres et une belle table sur laquelle traînaient des reliefs de repas, une carcasse de volaille, plusieurs flacons de vin et toutes sortes de boîtes et de pots contenant des pommades colorées. Deux tapis élimés couvraient le sol.

— Lorenzino *amor*, c'est moi! cria joyeusement leur guide. Je suis avec des amis à toi.

Un rideau du lit s'écarta et *Il Magnifichino* apparut en bas-de-chausses et chemise de drap épais, les cheveux en bataille avec une barbe de plusieurs jours.

— Olivier? s'étonna-t-il en se frottant comiquement les yeux pour insister sur sa surprise, mademoiselle de Mor…

Cassandre posa un doigt sur sa bouche pour le faire taire.

— *Per baco!* Si je m'attendais à ça! Serafina, jette du bois dans la cheminée et sers-nous du vin, ensuite tu pourras retourner avec ta mère et tes sœurs.

— Tu n'auras pas besoin de moi ? implora-t-elle.

— Non, *amor*, je dois parler à mes amis. Ce sont des affaires entre nous.

La cheminée était érigée dans le mur opposé à l'entrée. À côté d'elle, une lourde portière en velours vert devait fermer quelque bouge. Serafina s'y rendit et revint avec un fagot qu'elle jeta sur les braises du feu pendant que les trois visiteurs passaient dans la ruelle du lit, du côté de l'âtre. Cassandre eut un soupir de satisfaction en ôtant son manteau qu'elle accrocha à un gros clou pour le faire sécher.

Il Magnifichino se retourna et s'assit sur le lit, les pieds nus tendus vers le feu, tandis que Caudebec s'installait sans façon à côté de lui et qu'Olivier saisissait deux escabelles, pour lui et son épouse. Entre-temps Serafina était allée jusqu'à la table où, après avoir chassé d'un revers de main une colonie de blattes – ces *malignes bestes*, comme les nommait Rabelais – elle emplit quatre pots de terre pas très propres avec l'un des flacons de vin.

— Vous comptez rester ? demanda *Il Magnifichino* à Olivier.

— Quelques jours, Lorenzino. Nous allons surtout avoir besoin de toi…

— Vous pouvez tout me demander, monsieur, promit l'Italien la main sur le cœur, mais Olivier avait remarqué un léger tressaillement dans son regard.

— Nous sommes mariés, Lorenzino, annonça Cassandre avec espièglerie.

— Mariés ?

Il sauta prestement du lit vers l'autre ruelle pour embrasser Serafina qui attendait avec deux gobelets de vin à la main, cherchant à comprendre qui étaient ces gentilshommes et cette dame que son Lorenzino paraissait connaître si bien. Il prit les pots pour les porter à

Cassandre et à Olivier qui se demandait si l'agitation de l'Italien ne visait pas à cacher quelque chose.

— Il faut fêter ça ! Racontez-moi ! lança Venetianelli chaleureusement.

— Depuis quinze jours, dit la fille adoptive de Mornay en prenant le gobelet pour y tremper ses lèvres.

Pendant ce temps Serafina donnait un autre pot à Caudebec et le dernier à son amant.

— Serafina, laisse-nous maintenant, je t'en prie, lui demanda *Il Magnifichino* en la prenant par l'épaule et lui montrant la sortie.

Elle grimaça tristement, puis fit une révérence aux trois visiteurs et s'enfuit dans l'escalier en regrettant de ne pouvoir en savoir plus.

— Elle a l'habitude, assura Lorenzino à ses invités en allant jusqu'à la porte pour la fermer. Elle ne sait rien de mes autres activités, ni sa famille, et c'est aussi bien pour elle et pour eux.

— Toute la troupe habite ici ? demanda Olivier.

— Oui, monsieur. Mais asseyez-vous, madame, ajouta-t-il, bien que ces tabourets ne soient guère confortables.

Son ton avait imperceptiblement changé.

— Vous ne m'aviez pas parlé d'eux quand nous étions sur la route de Montauban, remarqua Olivier.

— Il n'y a pas grand-chose à en dire. Quand je suis arrivé à Paris, il y a quelques années – je venais d'Italie où j'avais été quelque temps avec les Gelosi – j'ai d'abord joué chez les Confrères de la Passion. C'était la misère pour moi, à cette époque ! Puis les Confrères, qui avaient déjà des ennuis avec le curé de Saint-Eustache, ont loué leur salle et leur privilège aux troupes de passage. C'est comme ça que j'ai connu Mario, le père de Serafina, qui dirige la *Compagnia Comica*. Avec eux, j'ai transformé le rôle de *Scaramucci*[1] en un capitaine Spavento justicier qui a obtenu un incroyable succès.

» C'était il y a trois ans… Nous recevions alors quantité d'invitations pour jouer nos farces chez des Grands, et en particulier chez les Guise, jusqu'au jour où j'ai eu la visite d'un homme masqué dans la chambre que j'occupais aux Pauvres-Diables. C'était M. de Richelieu, le Grand prévôt, qui m'a proposé contre quelques écus de lui rapporter ce que j'entendais chez les Lorrains.

Olivier connaissait cette histoire, que Venetianelli lui avait racontée durant leur long périple dans le Poitou, le Périgord et la Saintonge avec Nicolas Poulain. Il leur avait même donné des détails sur sa fuite d'Italie après avoir séduit la femme d'un doge à Venise.

— Et comment êtes-vous passé des Pauvres-Diables à ce donjon ?

— Avant que M. de Richelieu me demande de rejoindre les Gelosi, il y a deux ans, nous logions sous les combles de ce qui reste de l'hôtel de Bourgogne. Une vieille bâtisse humide et pleine de courants d'air où règnent un froid insupportable l'hiver et une chaleur infernale l'été, sans parler de la vermine, des rats et des trous dans la toiture par où la pluie se déverse. Mais les comédiens gagnent si peu que nous ne pouvions trouver mieux. De surcroît nous ne jouions pas tous les jours, puisque nous partagions la salle avec les Confrères de la Passion.

» Mais en revenant de Cognac, ma situation avait changé. Sans être riche, je pouvais enfin nous payer un logement décent. Je savais que le donjon, qui appartenait à l'ambassadeur Mendoza, était vide. Après un long marchandage avec son intendant, je l'ai eu pour

---

1. Le vieux renard rusé.

cinquante livres par mois. C'est cher, mais j'ai accepté, car nous pouvons y ranger notre matériel et chacun a une chambre. Savez-vous qu'il y a même des latrines ?

Il désigna la portière à côté de la cheminée.

— Maintenant, si vous me parliez de vous et des raisons de votre venue… et surtout de votre mariage.

Toute jovialité avait disparu chez lui, et même Caudebec plissa le front en le remarquant.

— Le prince de Condé est mort, annonça Cassandre.

— Je l'ai appris, je suis désolé pour vous, dit-il assez froidement.

Lorenzino connaissait la filiation de Cassandre mais il ne tenait pas à en parler, car il ignorait si elle savait qu'il avait tenté de tuer sa mère.

— J'ai été très peinée par sa mort, soupira Cassandre, c'était mon frère après tout, mais sa disparition m'a délivrée et Navarre a autorisé notre mariage.

Lorenzino leva ses sourcils en pointe pour insister sur son étonnement, ce qui la fit rire. Il savait qu'Olivier n'était qu'un bourgeois de Paris. Comment pouvait-il avoir épousé la demi-sœur du prince de Condé ? Presque une Bourbon ?

Olivier, qui l'observait, était un peu dérouté par l'attitude du comédien. Il se força à rire devant la perplexité théâtrale de *Il Magnifichino*.

— J'ai été fait chevalier après la bataille de Coutras, lui expliqua-t-il.

— Magnifique ! s'exclama l'Italien en posant son pot sur le lit et en frappant dans ses mains dans un bruit étourdissant. Cela nous fait deux raisons de boire !

Encore une fois, Olivier eut l'impression que Venetianelli leur jouait une comédie.

— C'est à cause de la mort du prince que nous sommes là, nous cherchons quelqu'un, peut-être le complice de l'assassin, expliqua Cassandre.

117

— Mais on dit que c'est sa femme, la coupable.

— Peut-être, ou peut-être pas, dit-elle évasivement.

Soudain, le masque de Venetianelli tomba et il devint brusquement grave, pour autant qu'on puisse avoir l'air grave en chausses et en chemise.

— Paris est dangereux en ce moment, trop dangereux pour vous ! assena-t-il.

— Je le sais, mon ami, répondit Olivier, mais la mission qui nous amène est importante.

Comme *Il Magnifichino* ne changeait pas d'expression, il précisa :

— Nous devons trouver deux hommes : l'un serait à Guise, l'autre est un Espagnol qui pourrait fréquenter l'ambassade, aussi pensais-je loger dans l'auberge de la Sainte-Reine pour surveiller les passages.

L'Italien se leva et secoua négativement la tête en exhalant un soupir.

— C'est un trop grand risque, monsieur !

» Vous n'auriez pas dû venir à Paris, madame, je vous en supplie, quittez cette ville pendant qu'il est temps !

— Je n'allais pas laisser mon mari, répliqua-t-elle avec une fausse insouciance.

Il Magnifichino fit quelques pas pour calmer sa contrariété devant leur obstination.

— Le cinquantenier examinera votre passeport à l'auberge, monsieur Hauteville. Si vous restez plusieurs jours, il vous interrogera et viendra avec des dizeniers. Vous habitiez rue Saint-Martin, qui n'est pas loin, et on finira par vous reconnaître…. Une fois aux mains de la Ligue, ils vous pendront, tout simplement, et je n'ose imaginer ce qu'ils feront à M. Caudebec et à votre épouse. Comme ils sont protestants, ils seront au moins brûlés vifs !

— Je pourrais me grimer, suggéra Olivier.

— Ce serait possible, reconnut Venetianelli avec une moue, mais un déguisement, ce n'est pas seulement un visage peint ou de nouveaux vêtements, c'est surtout une attitude, un autre maintien, un nouveau comportement. Un comédien peut faire cela, mais vous… j'en doute. Vous auriez besoin de leçons.

— Nous pourrions demander à M. Poulain de nous recevoir, suggéra Cassandre.

— Vous n'y pensez pas ! fit M. Venetianelli en haussant les sourcils. Poulain a des amis à la Ligue, il est connu dans sa rue, vous serez encore plus vite découverts.

— Le roi de France est tout de même le maître ici ! s'insurgea Cassandre. Henri de Navarre nous a donné une lettre à lui remettre. Quand nous le verrons, nous lui demanderons de nous protéger. Ce n'est pas la Ligue qui décide qui on pend et qui on brûle !

Venetianelli secoua la tête, le visage dur, rageant de ne pas parvenir à les convaincre de partir.

— Le roi est à peine maître du Louvre ! Paris est un chaudron dont le couvercle est pour l'instant fermé par les Suisses et les gardes du corps, mais le feu qui couve va tout faire sauter.

Caudebec eut l'air sceptique, ce qui n'échappa pas à leur hôte.

— Je vais tenter de vous expliquer, soupira l'Italien. Ce que l'on appelle *Madame la Ligue* n'est que l'assemblage de factions aux desseins fort différents : il y a les prédicateurs qui soutiennent l'Espagne et exigent l'Inquisition. Nous autres pauvres comédiens avons tout à perdre avec eux, il suffit d'aller écouter leurs sermons pour comprendre ce qui nous attend ! Ensuite, il y a la sainte union, cette confrérie de petits-bourgeois, procureurs, artisans ou marchands qui voudraient surtout payer moins d'impôt. Beaucoup sont des hommes de bon naturel, attachés à la religion catholique, mais ils craignent tellement pour leur âme qu'ils obéissent aux prédicateurs. Enfin il y a les Lorrains qui veulent Henri de Guise comme maître du royaume afin d'augmenter leurs richesses et leurs avantages. Pour l'instant, ces trois-là sont unis pour attiser le peuple contre le roi, qui, je dois le reconnaître, a tout fait pour s'aliéner l'amour des Parisiens. Depuis trois ans, la sainte union a cherché à utiliser le duc de Guise pour chasser le roi, mais l'homme est méfiant. Maintenant, on dit qu'il a suffisamment de troupes et de fidèles en ville et qu'il est prêt à prendre la tête de l'insurrection. Henri III ne pourra résister à cent mille Parisiens encadrés par les officiers guisards. Si vous êtes encore là, vous vous trouverez au cœur de l'émeute.

Il posa son regard sur Olivier.

— Monsieur Hauteville, vous êtes Parisien. Vous le savez, cette ville n'a jamais aimé Henri III, mais désormais l'animosité de la population envers lui confine à la haine.

— Vous n'êtes pas trop pessimiste ? lui reprocha Cassandre après un lourd silence.

— Non, madame, je suis lucide, et j'avoue ma détresse devant mon impuissance à ne pas vous convaincre.

— Admettons qu'il y ait émeute… que se passera-t-il après, selon vous ? lança Caudebec sur un ton de défi.

— Les ligueurs veulent tuer ou emprisonner votre roi. Ensuite, ils se déchireront et les plus féroces l'emporteront. Vous avez tout à craindre des vainqueurs.

Le silence retomba. Olivier reconnaissait que l'Italien avait bien perçu la situation dans la capitale. Par une terrible ironie du sort, ils se trouvaient dans cette tour que Jean sans Peur avait fait construire pour afficher la puissance des Bourguignons qui s'appuyaient sur la populace parisienne et les prédicateurs. C'est dans cette tour que Jean sans Peur avait reçu les écorcheurs de la Grande boucherie et leur chef, Simon le Coutelier, le terrible Caboche, pour recevoir son allégeance. C'est ici qu'avait été organisée la milice populaire qui perquisitionnait et qui arrêtait les suspects avant de les exécuter à la hache ou de les jeter en Seine dans un sac[1].

Olivier prenait conscience de l'absurdité de la proposition qu'il avait faite à Henri de Navarre. Ils étaient trois, sans logis, et recherchaient des gens qu'ils ne connaissaient pas au milieu d'une population hostile. Il s'apprêtait à annoncer sa décision d'abandonner quand l'Italien intervint :

— Je me demande…, dit-il en se grattant la barbe. Pourquoi ne vous installeriez-vous pas ici ?

— Vous n'avez pas de place, répondit Olivier pris de court, en haussant les épaules.

— Mario et sa femme occupent la pièce du dessus, expliqua le comédien en se levant, mais il reste encore un grand grenier. Ils pourraient s'y installer et vous prendriez leur chambre. Quant à M. Caudebec, il pourrait loger dans la cuisine. Vous serez ici comme rats en paille, aussi bien que dans une auberge, mieux peut-être, car il y a une cheminée et même des latrines. Et la petite sœur de Serafina pourrait servir de femme de chambre à Mme de Mornay.

— Je m'appelle maintenant Mme de Saint-Pol, sourit Cassandre, en lançant un regard interrogatif à Olivier.

---

1. Caboche et les Bourguignons furent finalement chassés. Ils revinrent à Paris en 1418 à la faveur de la trahison de Perrinet le Clerc qui leur livra une porte de la ville. Ils massacrèrent alors des milliers de Parisiens hostiles à Jean sans Peur : « Le sang ruisselait de tous côtés et avec une telle abondance qu'aux environs du Châtelet il montait jusqu'à la cheville du pied » rapportent les chroniques.

Il y a un instant, vous vouliez qu'on parte… poursuivit-elle.

— Comme je ne parviendrai sans doute pas à vous faire changer d'avis, autant que vous soyez ici où je pourrai vous aider, et où vous serez en sécurité.

Olivier réfléchit un instant tant la proposition était tentante, il objecta toutefois :

— Vous aurez des ennuis avec le guet, objecta-t-il.

— Vous avez vu les ruines ? Elles servent de refuges pour les va-nu-pieds, les mendiants et les truands. Le guet ne s'y aventure pas.

— Et le cinquantenier ?

— Je le connais, si par hasard il passait par ici, je dirais que vous êtes des comédiens.

— Nous ? fit Cassandre d'un air réjoui.

— Oui, vous. Je vous apprendrai à jongler, madame.

— Pourquoi pas ? Je sais déjà assez bien jongler et je brûle de me perfectionner. Nous jouerions la comédie avec vous ?

Venetianelli éclata de rire.

— Vous n'y pensez pas ! Mario, le père de Serafina, est un chef de troupe exigeant, il n'acceptera jamais que vous participiez à ses spectacles ! Le public s'apercevrait immédiatement que vous n'êtes pas comédiens et la réputation de sa compagnie serait ruinée. J'avais une autre idée en tête. M. Hauteville connaît la confrérie des sots et des enfants sans souci (Olivier hocha du chef). C'est une très vieille société de clercs, d'écoliers et de compagnons qui joue des soties aux Halles, et quelquefois à l'hôtel de Bourgogne, précisa-t-il à l'attention des deux autres. Je connais bien Nicolas Joubert, le régisseur, qui se proclame le prince des Sots. Pourquoi ne pas lui demander de vous prendre dans la Confrérie ? C'est la Passion, la semaine prochaine. Tous les après-midi, sa troupe défilera avec des étendards au son des tambours pour aller chanter à la porte des églises et quêter des œufs peints. Beaucoup seront déguisés et grimés. Ce serait un bon moyen de vous mêler aux gens d'ici sans que l'on vous remarque. Personne ne s'intéresse aux enfants sans souci !

— Cet homme sera surpris de votre demande, objecta Cassandre.

Venetianelli balança de la tête.

— Vous ne le connaissez pas, Joubert est un homme étrange : dans la journée, il est secrétaire d'une veuve qui vit de ses rentes. Vous le verrez en noir comme un honnête clerc. Le soir, il est prince des Sots et court les rues habillé moitié en jaune et moitié en vert avec un chapeau garni de grelots. Il se proclame chef de la sottise et assure que son cerveau est démonté et n'a plus ni ressort ni roue entière !

Cette description fit rire Caudebec, mais pas Olivier.

— J'en avais entendu parler quand je vivais à Paris. Pensez-vous sérieusement confier notre salut à un fou ? demanda-t-il, dubitatif.

— L'homme n'est pas fou, il cherche seulement à le faire croire. Joubert et ses amis ne poursuivent en réalité qu'une seule ambition : celle de devenir comédiens. Le théâtre est toute leur vie et ils brûlent d'être reconnus par les Confrères de la Passion pour jouer régulièrement à l'hôtel de Bourgogne. Nicolas Joubert sait que je peux l'aider. Si je lui dis que vous êtes des cousins d'Italie, il acceptera de vous accueillir.

— Admettons, mais s'il découvre que nous ne venons pas d'Italie…

— Il le découvrira, soyez-en sûr ! sourit Venetianelli. Mais voyez-vous, Joubert a un secret que j'ai percé après de longues conversations avec lui.

Comme Venetianelli se taisait pour ménager son effet, Cassandre se plia à son jeu.

— Lequel ? demanda-t-elle.

— Il aime Henri de Navarre.

Un silence de surprise s'installa. Henri de Navarre n'avait guère de partisans à Paris. En connaître un serait un avantage.

— Soit ! Nous deviendrons donc des fous et des enfants sans souci, plaisanta Caudebec. Mais si nous sortons en gentilshommes portant épée, on s'étonnera...

— Ne croyez pas ça ! Personne ne fera le rapport entre des comédiens et des gentilshommes. Le cabaret des Pauvres-Diables, juste à côté de la tour, reçoit des gens de qualité qui viennent s'encanailler, et si on vous voit entrer dans la tour, on croira que vous venez pour les comédiennes. Il est bien connu qu'elles ont la cuisse légère ! ironisa Venetianelli sans que Cassandre ne puisse déceler s'il était sérieux ou s'il plaisantait.

— Et pour les chevaux ? demanda encore Caudebec. Il faudra les nourrir et les soigner.

— Un crocheteur vient une fois par semaine porter du fourrage à notre âne. Il viendra plus souvent. Je peux aussi demander à un gamin de venir brosser vos chevaux.

— Non, pour cela, je veux bien m'en occuper, décida Caudebec. Ce sera plus prudent...

— C'est donc décidé, fit Olivier après avoir hoché la tête en direction de Caudebec et de son épouse, mais nous paierons notre loyer, le bois de chauffage et les bougies d'éclairage.

— Je l'accepte volontiers car notre situation financière est bien mauvaise. Le curé de Saint-Eustache, qui détestait déjà les Confrères de la Passion, s'est pris d'une haine incompréhensible envers nous. Il a même demandé au Châtelet de fermer le théâtre. Mario assure la subsistance et le chauffage de la troupe. Ce sera lui que vous payerez.

— Une chambre à l'hôtellerie de la Sainte-Reine coûte vingt sols, dit Cassandre. Il est juste que nous vous donnions autant. Deux chambres feront donc deux livres par jour.

— Je préviendrai Mario et vous pourrez vous installer cet après-midi, fit le comédien. Où allez-vous dîner ? Je vous propose les Trois-Maillezs, dans la rue Mauconseil, qui est fréquenté par les sots et les enfants sans souci. Personne ne peut vous y connaître.

— Je préfère la Croix-Blanche, rue aux Ours. Les cabinets privés nous mettront à l'abri des indiscrétions. Il faut que vous nous appreniez tout ce que vous savez sur Mendoza.

» Nous sommes samedi, Nicolas Poulain doit être chez lui. J'irai lui proposer de se joindre à nous.

Venetianelli rassembla ses hauts-de-chausses et son pourpoint pour s'habiller. Pendant ce temps, Olivier continuait à l'interroger.

— Vous êtes retourné jouer chez les Guise depuis votre retour de Jarnac ?

— Deux fois.

— Vous avez vu Mme de Montpensier ? demanda Cassandre.

— Elle a assisté à une représentation, en effet.

— Ce n'était pas imprudent de jouer devant elle ? demanda Olivier. Et si elle vous avait reconnu… Vous étiez dans la cour de Garde-Épée quand on l'a fait partir…

Il Magnifichino sourit malicieusement.

— À Garde-Épée, c'était la nuit et je ne me suis jamais approché d'elle ou de ses gens. De surcroît, et vous avez dû le remarquer, ma barbe avait poussé au cours de notre voyage, et avant d'entrer dans le souterrain, j'avais poudré mes cheveux avec un peu de farine et foncé mon front au charbon de bois. Je me doutais bien que je croiserais sa route plus tard… Et puis, n'oubliez pas que je joue masqué et maquillé…

Il se tut et cacha son visage avec ses mains qu'il écarta lentement. Progressivement, ils virent apparaître un individu aux traits âgés, aux joues creuses, à la bouche fine et boudeuse, aux gros yeux ahuris.

— … J'ai toujours veillé à conserver ce visage là-bas.

— Comment faites-vous ? s'exclama Cassandre, émerveillée.

— Je suis comédien. J'ai appris ça à ma naissance, madame ! répondit *Il Magnifichino* en revenant à ses traits habituels. En décembre, poursuivit-il, quand j'ai joué à l'hôtel de Guise, Mme de Montpensier est même venue me complimenter ! Elle se souvenait des Gelosi, mais ayant quitté la cour avant eux, jamais elle n'a imaginé que j'aie pu faire partie de ceux qui vous ont délivrée.

— Et je vous remercie encore, monsieur Venetianelli ! sourit Cassandre en lui faisant une révérence.

Il Magnifichino s'approcha de la table sur laquelle se trouvait une coupe au milieu des flacons, des pots et des boîtes. Il farfouilla et saisit deux sortes d'anneaux en bois de la taille d'un auriculaire.

— Monsieur Hauteville, laissez-moi vous mettre ça dans le nez.

Olivier s'approcha, intrigué. Venetianelli lui écarta chaque narine et introduisit les anneaux.

— C'est un peu gênant au début mais vous allez vite vous habituer. Regardez-vous dans ce miroir.

Olivier s'approcha de la glace qui lui renvoya le visage d'un homme au nez épaté. Cassandre éclata de rire.

— Je ne me reconnais pas, dit-il d'une voix nasillarde. Et j'ai du mal à respirer…

— Ça passera. Vous pouvez facilement enlever ces anneaux ainsi.

Il lui montra la manipulation.

— Qu'allez-vous dire à votre troupe quand vous nous présenterez? poursuivit Olivier. Surtout si nous leur prenons une chambre.

Sa voix déformée fit rire Cassandre.

— Que vous êtes des amis! Ils s'en contenteront, répliqua Venetianelli en haussant les épaules.

» Je vous l'ai dit, personne dans la troupe ne connaît mon rôle auprès de M. de Richelieu, mais ils ne sont pas plus sots que Nicolas Joubert! Lorsque nous allons jouer dans l'hôtel de quelque seigneur, je leur demande toujours d'écouter et de me rapporter ce qu'ils entendent. Ils savent que j'ai de l'argent. Je suis parti avec les Gelosi, et je suis revenu avec quelques milliers de livres. Ils devinent que j'ai d'autres… occupations. Mais ils sont ma famille. Nous nous faisons confiance. Ils ne vous demanderont rien et seront muets comme des tombes.

— Il ne nous reste donc plus qu'à aller les voir, dit Olivier en se levant.

Venetianelli habillé, ils descendirent jusqu'à la chambre du mari de Chiara qui se dénommait Sergio. Celui-ci s'apprêtait à rejoindre le reste de la *Compagnia Comica* quand *Il Magnifichino* le présenta à ses amis, sans les nommer pour autant. Il expliqua ensuite qu'ils devraient loger très discrètement dans la tour durant quelques semaines et qu'il leur avait proposé la chambre de Mario.

Le mari de Chiara était un petit homme grassouillet dont la rondeur cachait une étonnante souplesse. Habitué au rôle du valet dans les comédies, c'était aussi un adroit funambule et quelqu'un de très drôle sur scène, capable des cabrioles les plus extravagantes. Sergio ne parut pas surpris par la demande de Lorenzino et il promit d'aller lui-même tout expliquer au père de Serafina.

Comme la pluie avait cessé, ils partirent à pied pour la rue des Ours, laissant montures et bagages à l'abri. Par un sentier de pierres, Venetianelli les conduisit jusqu'à la rue Mauconseil, mais là ils ne purent échapper au crottin et à la boue. Par chance, Venetianelli aperçut un âne bâté de deux gros paniers d'osier et proposa à l'ânier un sol pour que Cassandre puisse monter sur le dos de la bête. C'est en cet équipage qu'ils arrivèrent à la Croix-Blanche, la rôtisserie réputée pour ses oies rôties.

La rue aux Ours était une sombre ruelle au sol couvert d'une épaisse couche de boue et de purin. Enserrée entre deux files de maisons à pignon en torchis et pans de bois dont les plus hauts étages en encorbellement se touchaient presque, elle restait obscure en toute saison. Pourtant, elle n'était pas sinistre, car les couleurs vives des colombages et des volets de bois, ainsi que la bouillonnante activité qui y régnait à toute heure du jour, la rendaient aussi vivante qu'une foire.

Ayant laissé son épouse et ses amis à la rôtisserie, Olivier poursuivit son chemin jusqu'au pilori de la rue Saint-Martin. Un homme, les mains et le col serrés entre deux lourdes planches, grelottait sous la pluie glaciale, la bouche ouverte et la langue pendante. Olivier jeta un regard rapide sur la pancarte accrochée au-dessus de sa tête. C'était un blasphémateur condamné à trois jours d'exposition pour avoir juré contre le Seigneur. Ce devait être la première fois qu'il était condamné, car à la seconde il aurait eu la langue tranchée ou per-cée au fer rouge. Le prisonnier regarda Olivier avec reconnaissance, soulagé qu'il ne lui ait pas craché des-sus ou envoyé une pierre, mais déjà Olivier descendait la rue Saint-Martin. Par précaution, il avait relevé le col de son manteau pour qu'on ne voie pas son visage, mais avec sa barbe en fer à cheval comme la portait Navarre, son habit de gentilhomme et son épée au côté, il ne ressemblait en rien à Olivier Hauteville, clerc à la Sorbonne, que les habitants du quartier avaient connu.

Enfin, il aperçut l'enseigne où une femme en hennin et robe bleue tendait une boîte à dragées de la même couleur. Le panneau du Drageoir Bleu se balançait dou-cement sous la brise. Olivier s'arrêta un instant tant l'émotion l'étreignait.

Trois ans plus tôt, il était emprisonné dans un cachot du Grand-Châtelet, les pieds serrés dans un carcan et sûr d'être pendu, les mains coupées, pour un crime qu'il n'avait pas commis – l'assassinat de son père. Son commis, Jacques Le Bègue, était venu au Drageoir Bleu solliciter l'aide de Nicolas Poulain, lieutenant du prévôt d'Île-de-France.

Non seulement Nicolas l'avait sauvé d'une mort horrible, mais il l'avait aidé à retrouver l'assassin de son père. C'est lui aussi qui lui avait conseillé d'ap-prendre à se battre à l'épée en salle d'armes, et pro-posé de l'accompagner à Chenonceaux, avec la cour de Catherine de Médicis. De plus, il avait permis la libération de Cassandre. Il lui devait tout : sa vie, son bonheur, et son état de chevalier.

En vérité, Poulain était plus qu'un frère : c'était son ami.

Arrivé devant la boutique, Olivier reconnut la femme de Nicolas dans l'échoppe de ses parents. Elle préparait le dimanche des Rameaux en attachant des branches de buis aux chaînes qui tenaient les volets de bois de l'étalage. Il s'arrêta sous le volet supérieur afin d'éviter la pluie qui venait de reprendre et lui sourit sans rien dire, songeant que c'était un bon moyen de voir si elle le reconnaîtrait.

— Que voulez-vous, monsieur? demanda-t-elle en considérant avec un brin d'inquiétude cet homme immobile dont le visage et l'allure ne lui disaient rien et qui paraissait se moquer d'elle.

— Je vous connais, madame, sourit-il.

Ce fut à l'intonation de sa voix, pourtant déformée à cause des anneaux, qu'elle le reconnut.

— Monsieur Hauteville? s'exclama-t-elle ébahie, tandis que ses yeux s'éclairaient d'un sourire… Mais qu'a donc votre nez?

— Chut! nasilla-t-il, l'index sur la bouche. Nicolas est avec vous?

Comme lieutenant du prévôt des maréchaux d'Île-de-France, Poulain menait des chevauchées autour de Saint-Germain plusieurs jours par semaine pour attraper des brigands qu'il jugeait et pendait. Cela le laissait absent de la capitale jusqu'au jeudi, mais parfois plus longtemps.

— Personne ne sait que je suis ici, souffla Olivier, à voix basse.

Elle hocha la tête pour montrer qu'elle avait compris et alla lui ouvrir la porte qui donnait dans l'escalier de l'étage.

— Nicolas travaille à un mémoire pour M. de Richelieu, les enfants sont avec ma mère dans la cuisine… Vous allez rester quelques jours?

— Sans doute, madame! répondit-il.

Il grimpa l'escalier. En haut, un étroit palier distribuait la chambre et la cuisine. Il gratta à la porte de chambre qui s'ouvrit presque aussitôt.

— Olivier! fit Nicolas qui resta interdit en le reconnaissant.

Contrairement à Marguerite, qui se souvenait d'Olivier comme d'un jeune clerc, Nicolas avait assisté à la transformation progressive de son ami lorsqu'ils avaient battu la campagne dans le Périgord, et l'Olivier qu'il voyait devant lui était, au nez près, le même qui avait participé au sanglant assaut de Garde-Épée.

Les deux amis s'accolèrent longuement avec une réelle affection avant de rentrer dans la chambre agréablement chauffée. Parcourant la pièce des yeux, Olivier constata que Nicolas avait rendu son logis plus confortable, sans doute grâce au butin de Garde-Épée. Les rideaux du lit à piliers n'étaient plus en grosse toile, mais dans une épaisse brocatelle cramoisie à franges dorées. Le vieux coffre vermoulu avait été remplacé par une belle armoire en chêne aux panneaux sculptés. Il y avait désormais un buffet exposant des assiettes en faïence ainsi que deux chaises, un fauteuil tapissé et une table pliante. Enfin, une tapisserie couvrait entièrement un mur.

— Tu es trempé! Mets ton manteau et ton chapeau à sécher près du feu. D'où arrives-tu? Et qu'est-il arrivé à ton nez?

— J'ai beaucoup à te dire, Nicolas, dit Olivier en s'exécutant. Cassandre, Caudebec et Venetianelli sont à la rôtisserie de la Croix-Blanche. C'est d'ailleurs à notre ami *Il Magnifichino* que je dois ce beau nez. Peux-tu venir dîner avec nous?

Tout sourire s'effaça du visage du lieutenant du prévôt d'Île-de-France.

— Cassandre est ici? Avec Caudebec? Quelle imprudence! Tu sais pourtant quelle fièvre s'empare de la ville…

— Ne t'inquiète pas ! Personne ne nous reconnaîtra et nous savons où nous cacher.

— Je viens bien sûr avec toi. Je ne te quitte pas ! Je devais dîner chez mes beaux-parents, mais je vais leur dire qu'ils se passent de moi. Depuis quand es-tu à Paris ?

— Nous sommes arrivés hier chez Mme Sardini… Je suis marié, Nicolas !

— Marié ? Que de nouvelles !

— Oui, la mort du prince de Condé a levé tous les obstacles. C'est d'ailleurs ce qui m'amène à Paris, car ce pourrait être un crime fomenté par les Guise. Je te raconterai durant le dîner.

— Cassandre ne doit pas rester dans cette ville, le roi y est détesté et Navarre encore plus, s'alarma Nicolas. Où logez-vous ?

— Chez Venetianelli, dans l'ancien donjon de l'hôtel de Bourgogne.

Nicolas hocha du chef. Il savait où vivait le comédien qu'il avait rencontré plusieurs fois depuis qu'ils étaient revenus de Jarnac. Après tout, ils étaient tous deux des espions de Richelieu, même si chacun ignorait tout des affaires de l'autre.

Nicolas ceignit son baudrier et son épée, noua une écharpe en travers de sa poitrine, prit son manteau et se coiffa d'un grand chapeau de castor à large bord, sans plume, très pratique pour la pluie.

— Tu fais toujours tes chevauchées jusqu'au jeudi ? demanda Olivier.

— Oui, mais peut-être plus pour très longtemps. Après avoir vendu les bijoux de ma part de butin, et reçu un millier d'écus du roi, je me suis retrouvé à la tête d'une petite fortune, moi qui n'avais jamais eu d'argent. J'en ai utilisé une partie pour nous meubler et nous habiller, et il me reste plus de dix mille livres. Marguerite veut que j'achète une charge qui ne m'éloignera pas d'elle. Un lieutenant du prévôt de mes amis m'a proposé dix mille livres pour mon office. Pour ma part, je vise la charge de lieutenant criminel, et je sais que le roi m'appuiera. M. Rapin me la vendrait pour vingt mille livres s'il pouvait acheter celle de prévôt de l'Hôtel, seulement Richelieu ne veut pas la lui céder. Donc rien n'est fait. Si je ne peux obtenir cet office, je regarderai du côté de prévôt de l'hôtel des Monnaies, ou même de conseiller au parlement, mais alors ce sera beaucoup plus cher et je devrai emprunter.

Il ajouta après une grimace :

— Mais d'un autre côté, je me demande s'il ne serait pas plus prudent d'attendre. Avec tous les troubles actuels, ce n'est guère le moment d'acheter une charge d'officier du roi...

— Et... pour la Ligue ? demanda Olivier à voix basse, faisant allusion aux activités d'espion de son ami.

Nicolas lui raconta l'entrevue orageuse avec Villequier, et sa crainte perpétuelle d'être découvert. Cependant, au fil des semaines, rien n'avait laissé penser que la Ligue le soupçonnait et Villequier ne l'avait plus importuné. Il y avait pourtant eu une nouvelle alerte au début du mois de mars quand le commissaire Louchart avait proposé à la sainte union une embuscade contre Henri III et Épernon lors d'une de leurs sorties pour carême-prenant.

— J'ai prévenu M. de Richelieu, et le roi est resté au Louvre, conclut Nicolas. Comme nous étions nombreux à connaître l'entreprise, personne ne s'est douté que c'était moi qui l'avais averti.

— Tu achètes toujours des armes pour eux ?

— Oui, des mousquets, mais en si petite quantité que cela ne leur sera guère utile. Je suis plus inquiet au sujet de troupes que Guise ferait entrer en ville secrètement. Tu sais, l'insurrection approche. Il ne faut pas que vous soyez ici quand elle éclatera… Et à ce sujet, j'aurais un grand service à te demander.

9.

Dans la boutique du Drageoir Bleu, Poulain dit quelques mots à sa femme avant qu'ils ne s'éloignent vers la rue des Ours. En chemin, Olivier lui raconta rapidement ce qu'il avait fait depuis la bataille de Coutras, son mariage et les raisons de sa venue.

Comme on aurait pu les entendre, il resta assez évasif et ce n'est que lorsqu'ils se retrouvèrent tous dans un petit cabinet d'étage de la rôtisserie, devant un verre de vin, qu'Olivier donna plus de détails à son ami sur leur présence à Paris.

— Je ne connais ni Boisdauphin ni Juan Moreo, bien que j'aie entendu parler de cet Espagnol qui serait un ami de M. de Mayneville. Pour le trouver, le plus simple est effectivement de surveiller l'hôtel de Mendoza : si un homme en manteau des hospitaliers s'y présente avec une suite, il vous suffira de le suivre. Avec un peu de chance, ce sera lui. En revanche, je ne vois pas ce que vous ferez ensuite.

— Nous verrons ! répliqua Olivier en vidant son verre. Il est difficile de faire des plans pour l'instant.

— Pendant que vous étiez chez M. Poulain, notre ami *Il Magnifichino* nous a dit que le prince des sots a une chambre dans la rue Mauconseil, quasiment en face de l'hôtel de Mendoza, lui annonça Caudebec. Ce serait pratique de surveiller l'ambassade de là.

Olivier jeta un regard interrogateur à Venetianelli.

— C'est la maison de la veuve dont il est secrétaire. Elle lui laisse un cabinet avec une fenêtre sur la rue, expliqua l'Italien. Pour quelques sols, je le convaincrai de vous l'abandonner.

— Ce serait inespéré, dit Olivier. Pendant que Caudebec guetterait l'ambassade, je pourrais me rendre à la Croix-de-Lorraine, ce qui nous fera gagner du temps.

— C'est un repaire de ligueurs, mon ami, il te faudra prendre les plus extrêmes précautions, grimaça Nicolas. La justice est expéditive en ce moment : il y a un mois, un jeune garçon venant de Normandie a été surpris au Palais à couper la montre qu'un gentilhomme portait au cou. Après ses aveux, il a été pendu immédiatement dans la cour du Palais. Il n'a pas eu droit à un procès, bien que ce soient des magistrats qui aient décidé de son sort. Imagine ce qui peut t'arriver si tu es découvert par des ligueurs.

— Ne crains rien ! Je connais cette ville et ses habitants. J'y suis né ! Et après deux ans de guerre, j'ai appris à être prudent, à me défendre.

— Voici quand même un conseil, soupira Nicolas. Porte une écharpe à croix de Lorraine, comme Navarre et ses hommes quand nous les avons croisés. Et attaches-en une à ton chapeau, tous les ligueurs s'affichent ainsi.

— Il n'y a que moi qui n'aurai rien à faire ! intervint Cassandre, avec dépit. Je ne veux pas être chargée de la couture des écharpes !

— Marguerite serait contente de vous revoir, proposa Nicolas.

— Je viendrai, je vous le promets, monsieur Poulain. Mais peut-être, en attendant, vais-je m'entraîner à jongler, ironisa-t-elle.

— Tout ce qui laissera croire que vous êtes comédiens assurera votre sécurité, approuva Venetianelli.

Ils furent interrompus par les valets qui apportaient une oie rôtie. Ils la découpèrent et quand chacun fut servi, Poulain s'adressa à Cassandre et à Caudebec avec sérieux.

— Promettez-moi d'aller à la messe le dimanche. Les dénonciations sont encouragées et sur une simple rumeur vous serez accusés d'hérésie, saisis et pendus à un encorbellement de rue.

— Nous irons, lui assura Cassandre. Peut-être pas demain tout de même, car nous venons d'arriver… et je ne vous promets pas d'écouter, ajouta-t-elle, l'air insolent.

— Tout cela me déplaît beaucoup! soupira Poulain en secouant la tête. La révolte gronde…

— Je le leur ai dit et répété, monsieur! renchérit Venetianelli.

— Ce sont surtout des rumeurs. Le peuple adore avoir peur! lança Olivier pour se rassurer.

— Non, Olivier! En février, la sainte union a envisagé de s'attaquer au Louvre. Cinq cents hommes en armes étaient engagés dans l'affaire mais le roi, prévenu, a renforcé la garde du palais et ils ont abandonné. (Nicolas ne précisa pas que c'est lui qui avait averti Richelieu.) Il se prépare maintenant une nouvelle entreprise autrement plus redoutable, car la bourgeoisie qui ne supporte plus les impôts qui la ruinent est maintenant décidée à prendre les armes et à rejoindre les crocheteurs, les bouchers, les mariniers et les clercs de l'Université, tous impatients de piller le Louvre et les maisons des politiques. Jusqu'à présent, le conseil des Seize les retenait, car les gens de la Ligue, poltrons avant tout, attendaient que Guise prenne la tête de l'insurrection, ce que le Balafré n'était pas pressé de faire. Seulement, devant la fièvre populaire, M. de La Chapelle (Nicolas posa son regard sur son ami ; c'était le frère de La Chapelle qui avait tué son père) a écrit au duc de ne plus tergiverser davantage, car sinon Paris se soulèverait sans lui.

— Êtes-vous certain de ça ? s'inquiéta Caudebec.

— J'étais à une assemblée de bourgeois où se trouvaient La Chapelle et Le Clerc, répliqua Poulain, sans révéler qu'il était le capitaine de la compagnie chargée de s'attaquer à l'Arsenal.

» Redoutant donc que les Parisiens ne prennent le pouvoir, le duc de Guise se serait décidé. Il a déjà fait découper la ville en cinq quartiers pour chacun desquels il a nommé un colonel et quatre capitaines. Trente mille hommes participeront à l'affaire. Contre trois ou quatre mille soldats et fidèles du roi.

Cette fois, personne ne l'interrompit.

— On murmure que Guise sera ici dans deux ou trois semaines. Son arrivée sera le signal de l'insurrection. Il aurait déjà fait entrer en ville des dizaines d'officiers. Avant l'été, le sang coulera et la ville sera aux Lorrains. Voilà pourquoi vous ne devez pas rester…

— Si d'ici deux semaines nous n'avons rien trouvé, nous partirons. Mais toi ? Que vas-tu faire ?

— Pour l'instant, dans mes chevauchées, je tente surtout d'empêcher que l'on ne tue les protestants, ou plutôt les gens dénoncés comme tels, car la chasse aux hérétiques n'est qu'un prétexte. Si je suis prévenu à temps avant l'insurrection, je conduirai ma famille à Saint-Germain…

Il se tut, la gorge serrée par l'angoisse. Tous restèrent silencieux. Devaient-ils s'attendre à une nouvelle Saint-Barthélemy ?

— Si je ne peux les envoyer là-bas, Olivier, pourraient-ils se réfugier chez toi ? Ta maison est une forteresse presque imprenable, poursuivit Nicolas.

Olivier devina que c'était le service que son ami voulait lui demander. Si sa trahison était découverte, il n'y aurait plus de sécurité pour les siens et le Drageoir Bleu serait pillé.

— Tout ce que j'ai est à toi. Je préviendrai Le Bègue. À ce propos, l'as-tu vu récemment ?

— Oui, chaque dimanche à la messe, avec tes domestiques. Perrine est toujours aussi jolie et j'ai parfois aperçu Cubsac lui compter fleurette.

» On m'a aussi chargé d'une curieuse affaire dont je voulais vous parler…

Il raconta alors l'histoire de la machine infernale volée au Châtelet, son fonctionnement et ses trente-six canons.

— Ceux qui l'ont prise vont l'utiliser, et comme elle a disparu du Châtelet, l'endroit de Paris où se trouvent le plus de ligueurs, cela ne me surprendrait pas qu'elle soit entre les mains de la sainte union.

— On pourrait s'en servir pour attenter à la vie de Navarre, s'inquiéta Olivier. Imaginons qu'on la lui offre… Il l'ouvrirait sans même imaginer une pareille diablerie !

— Il n'y a pas que Navarre qui pourrait recevoir ce cadeau infernal. Tant d'hommes justes et tolérants vont disparaître dans les semaines qui viennent…

Ces mots provoquèrent de nouvelles pensées sinistres et le repas se termina dans la morosité. Chacun s'inquiétait, non pour lui-même mais pour ses amis, tant l'affection qui les liait était sincère.

Après le dîner, tandis que les autres gagnaient l'hôtel de Bourgogne, Olivier raccompagna Nicolas qui lui expliqua qu'au début de l'émeute, il rejoindrait le roi pour défendre le Louvre. C'était la raison pour laquelle il voulait que les siens soient en sûreté.

L'ayant laissé au Drageoir Bleu, Olivier poursuivit son chemin jusqu'à sa maison située un peu plus bas. Quand il la vit, il fut submergé par une vague d'émotion, de tristesse et d'espoir. Il resta un long moment à regarder la tourelle hexagonale et les fenêtres des chambres où il avait vécu si heureux, malgré les massacres de la Saint-Barthélemy et l'assassinat de son père. Il chassa ces tristes souvenirs. Cette maison serait désormais celle de son bonheur, décida-t-il. C'est là qu'il vivrait avec Cassandre quand la paix reviendrait.

Finalement, il abandonna ses méditations et entra dans la cour, non sans avoir retiré les deux anneaux qui déformaient son nez comme Venetianelli le lui avait appris. Avec son épaisse barbe en fer à cheval, le tailleur de l'échoppe en face ne le reconnut pas. Olivier mit la clef dans la serrure, ouvrit, fit monter la herse de la main gauche et entra.

Thérèse, la cuisinière, et Perrine, sa nièce, étaient dans la cuisine à écosser des fèves pour la soupe du soir quand Olivier entra. Elles restèrent pétrifiées puis stupéfaites devant cet homme vigoureux, barbu, avec la cape et le toquet d'un gentilhomme, portant dague et épée à poignée entrelacée, qui pénétrait ainsi comme s'il était chez lui.

Elles le reconnurent pourtant quand il leur adressa la parole.

— C'est moi, Thérèse, dit-il doucement. Votre maître.

— Monsieur… Monsieur Hauteville ?

— Oui, et depuis quelques mois seigneur de Fleur-de-Lis.

— Monsieur… seigneur, balbutia Thérèse en s'avançant pour le toucher, comme si elle doutait de sa présence.

— J'ai été anobli par le roi de Navarre, et le roi de France va faire enregistrer mes lettres patentes. Je ne suis à Paris que pour peu de temps et je voulais vous voir tous. Où est Le Bègue ?

— En haut…, monsieur.

Perrine s'avança à son tour, les yeux émerveillés.

— Revenez-vous, monsieur ?

— Non, je vous l'ai dit, je ne peux rester. Je suis désormais au service du roi de Navarre.

— Un hérétique ! fit Perrine dans un haut-le-corps.

— Non, Perrine, un bon roi, et un noble gentil-homme, répliqua Olivier, se forçant à rester affable. Tu apprendras à le connaître et à l'aimer, comme moi.

— Jamais ! cracha-t-elle. J'aurais trop peur d'être damnée !

Elle soutint son regard un instant avant de baisser les yeux.

— Avez-vous besoin de quelque chose ? demanda Olivier à Thérèse pour cacher son chagrin devant l'into-lérance de sa servante.

— M. Le Bègue s'occupe de tout, monsieur. Nous n'avons besoin de rien, sauf de votre présence. Nous avons souvent eu peur, on parle toujours d'une Saint-Barthélemy des catholiques.

— Que prépare le roi de Navarre ! fulmina Perrine. C'est le curé Boucher qui nous l'a affirmé !

— Boucher est un menteur et un méchant homme, sachez-le ! dit Olivier un ton plus haut. C'est lui qui m'a fait emprisonner. Il voulait me faire pendre pour cacher les friponneries de ses amis que mon père avait mises au jour. En revanche, le roi de Navarre est un homme bon et tolérant que vous ne devez pas craindre.

— Monsieur Olivier !

C'était Le Bègue qui, ayant entendu des éclats de voix, arrivait de l'étage.

— Mon bon Jacques ! s'exclama Olivier en se jetant dans ses bras.

— Vous êtes de retour, monsieur ?

— Non, mon ami, je suis juste passé vous saluer, je ne reste pas à Paris. Je voulais aussi vous annoncer que j'ai épousé Mlle Cassandre.

— Monsieur ! Que je suis heureuse ! s'exclama Thérèse, tandis que Perrine restait muette.

— Vous avez tous nos vœux de bonheur, monsieur, dit Le Bègue, nous avons tant hâte de vous revoir avec votre épouse.

— Moi aussi, mes fidèles serviteurs. Ce n'est pas tout, mon bon Jacques, j'ai été anobli par le roi de Navarre, et Cassandre a découvert son véritable père : c'était le prince de Condé, elle est désormais dame de Saint-Pol.

— C'est donc une grande dame ! murmura Thérèse.

— Oui, cousine du roi de France et du roi de Navarre, elle est petite-fille de Saint Louis. Je voulais que vous le sachiez. Quand vous la verrez, vous devrez lui marquer le respect dû à la sœur et à la fille d'un prince de sang.

Jacques s'inclina.

— Vous pouvez être certain de notre fidélité, monsieur.

— Je le sais, mes amis et bons serviteurs. Jacques, as-tu besoin d'argent ?

— Non, monsieur. Je travaille pour M. Séguier qui me donne des gages suffisants, mais nous n'avons pas gardé de concierge. Le notaire, maître Fronsac, s'est occupé de tout pour la maison…

— Montons, Jacques, il faut que nous en parlions.

Ils sortirent de la cuisine et prirent l'escalier pendant que les deux servantes restaient à commenter l'incroyable visite de leur maître.

Arrivé dans son ancienne chambre, Olivier expliqua à son commis :

— Jacques, tu n'ignores pas ce qui se passe à Paris, des troubles peuvent éclater…

— Hélas, monsieur.

— Si cela arrivait, j'ai proposé à mon ami Nicolas d'envoyer sa famille se réfugier ici. Il va y avoir des pillages, et le temps que l'ordre soit rétabli, ils seront en sécurité dans ma maison.

» Tu feras des provisions de nourriture et d'eau. N'en parle pas pour l'instant à Thérèse et à Perrine. S'il y a émeute, n'ouvrez plus à personne. La maison est imprenable, tu le sais.

— Vous pouvez compter sur moi, monsieur.

Olivier lui laissa cinq pistoles avant de redescendre.

— Quand reviendrez-vous, monsieur ? demanda Le Bègue alors qu'ils regagnaient la cuisine.

— Je ne sais pas… Avec la paix, certainement, mais quand reviendra-t-elle ? Nous ne pouvons que prier Dieu de nous l'amener bien vite.

— Monsieur, commença Perrine avec hésitation. La dernière fois que nous avons vu Mlle Cassandre, elle était avec son père, M. de Mornay, le ministre du roi de Navarre, un hérétique. Elle serait donc aussi hugue-note ? Vous êtes-vous converti à la religion prétendument réformée ?

— Non, Perrine, je suis catholique priant Dieu et je le resterai.

— Et madame votre épouse ? demanda Thérèse.

— Elle est restée dans sa foi. Catholiques et protestants devons apprendre à vivre ensemble. Peu importent nos rites, nous honorons le même Dieu, c'est ce que répète sans cesse Mgr de Navarre, expliqua doucement Olivier.

Le Bègue lui sourit mais, au visage fermé des deux femmes, Olivier comprit qu'il ne les avait pas convaincues. Il les accola pourtant avec affection et repartit assez triste, n'étant plus sûr de Thérèse et de Perrine.

Perrine partit peu après, expliquant à sa tante qu'elle allait aider une vieille voisine malade. Couverte d'un long surcot sans manche avec un chaperon, elle descendit en se pressant la rue Saint-Martin, traversa le pont Notre-Dame et l'Île. Les rues étaient très animées en cette veille des Rameaux. À chaque carrefour jongleurs, joueurs de viole ou de fretel[1], saltimbanques et chiens savants, mimes et équilibristes menaient grand tapage et attiraient les badauds. Perrine les ignora, n'étant parfois arrêtée que par de longues processions de flagellants qui se fouettaient avec délice en occupant toute la rue.

Pourtant, devant le Petit-Châtelet, les vivats d'un attroupement l'attirèrent et elle parvint à se glisser au premier rang. C'était un couple de bohémiens qui présentait deux petits cochons savants habillés l'un en gentilhomme avec épée de bois et l'autre en dame. Ils se tenaient debout sur leurs pattes de derrière et dansaient à la musique d'un tambourin.

Elle resta un moment, extasiée, mais finalement s'arracha au spectacle et prit la rue de la Huchette en direction de la porte Saint-Germain.

À partir de là, elle répéta mentalement ce qu'elle allait dire : son maître était revenu, mais elle ne savait pas où il habitait. Il avait été anobli et s'était marié avec une dame qui avait déjà habité chez eux. Elle était la fille de feu le prince de Condé et une hérétique.

Que de choses à raconter ! La duchesse serait contente d'elle… sauf qu'elle ne pourrait pas dire où était son

---

1. Flûte de pan.

maître. Il avait même dit qu'il ne resterait pas à Paris. Comment Mme de Montpensier pourrait-elle le retrouver pour lui annoncer qu'elle voulait la prendre à son service ?

Perrine était impatiente, elle courait presque, ne prêtant pas attention à la boue et à la crotte qui souillaient sa robe et son surcot. Pourvu que la duchesse soit chez elle ! se disait-elle, pourvu qu'elle accepte de la recevoir !

Parfois, un confus sentiment de malaise l'envahissait. Ne trahissait-elle pas son maître en allant raconter tout cela ? Son maître avait épousé une hérétique. Si la Ligue l'apprenait, il serait emprisonné… Et Mme de Montpensier était à la Ligue ! Mais Perrine chassa ces reproches de sa conscience tant elle voulait entrer au service de cette grande dame si belle et si bonne.

En cette fin d'après-midi la duchesse de Montpensier était avec Cabasset. L'ancien capitaine du duc de Mayenne était chargé de recruter une soixantaine d'hommes de main pour capturer le roi de France. Cet incroyable projet avait débuté en février.

Au fil des mois, la duchesse avait accordé sa confiance au capitaine Cabasset. Certes, elle avait le sentiment qu'il n'approuvait pas toujours ses idées et ne partageait pas sa haine envers Cassandre de Mornay et Olivier Hauteville, mais il la servait avec fidélité. C'est lui qui avait découvert que Cassandre vivait à La Rochelle et que Hauteville avait rejoint l'armée protestante. Aussi quand le curé Boucher lui avait présenté son projet d'envoyer Pierre de Bordeaux assassiner le roi de Navarre, elle avait questionné le capitaine.

Bien sûr, elle ne s'était pas présentée comme l'instigatrice du régicide, elle lui avait seulement dit que le curé Boucher avait reçu un homme décidé à tuer l'Antéchrist. Boucher, effrayé, lui en avait parlé, car même si dans ses sermons il appelait à la mort du Navarrais, c'était un homme bon qui s'opposerait toujours à un crime. Elle voulait savoir du capitaine, puisqu'il était Gascon, si ce fou criminel pouvait arriver à Nérac et s'introduire auprès d'Henri de Bourbon.

Selon Cabasset, traverser la France en guerre, seul, en hiver, sans être un homme d'armes était impossible. À cette heure le cadavre de ce Bordeaux devait pourrir sur un chemin ou au bout d'une corde, à moins qu'il ne nourrisse les loups ou les poissons. Quant à entrer au service de Navarre, c'était tout autant impossible. Le Bourbon et ses gens étaient réputés pour leur méfiance.

Simulant l'inquiétude, la duchesse l'avait plusieurs fois envoyé vers le curé Boucher pour s'informer sur ce qu'était devenu Bordeaux, mais les semaines s'étaient écoulées sans qu'aucune nouvelle ne leur parvienne. Quant à Navarre, bien qu'il ait été malade, il était toujours bien vivant.

En février pourtant, le curé Boucher, ayant désormais l'habitude de rencontrer le capitaine Cabasset, lui avait parlé d'un projet débattu deux ou trois ans plus tôt dans une réunion de la sainte union. C'était une entreprise à laquelle il avait été favorable, mais qui avait été rejetée par M. de Mayneville.

Il s'agissait de surprendre le roi dans la rue Saint-Antoine quand il reviendrait du bois de Vincennes où il faisait des retraites dans un monastère. On disait qu'il n'avait alors qu'une faible escorte. Un des ligueurs avait proposé qu'on arrête son carrosse avec une corde et qu'on crie : *Sire, ce sont des huguenots qui veulent vous prendre !* À ces mots, le roi serait sorti de sa voiture et il aurait été facile de le faire prisonnier.

— Pourquoi M. de Mayneville s'est-il opposé à ce projet? avait demandé Cabasset à Boucher.

— Il nous a assurés que le roi était toujours avec ses quarante-cinq prêts à tailler en pièces les importuns.

Cabasset avait raconté l'histoire à la duchesse qui l'avait écoutée avec intérêt.

— Je peux savoir quand le roi se rend à Vincennes, avait-elle dit. Si vous vous postiez sur son chemin, vous pourriez évaluer quelle escorte il a vraiment…

Il l'avait fait et constaté qu'Henri III avait avec lui une trentaine de gentilshommes de sa chambre, dont plusieurs étaient des quarante-cinq.

— Il suffirait de leur opposer deux fois plus d'hommes, pour les arrêter, avait suggéré la duchesse. Croyez-vous pouvoir les trouver?

L'entreprise avait séduit Cabasset qui s'ennuyait à Paris. Il avait accepté et commencé à rassembler des spadassins et des gentilshommes ayant pour seule fortune leur habileté à tenir une brette. Plusieurs fois, il avait aussi observé le passage du roi.

Ce vendredi, il expliquait à la duchesse qu'il disposait déjà de quarante hommes, tous logés à la Croix-de-Lorraine.

— Quand pensez-vous en avoir soixante, capitaine?

— Au début du mois d'avril, madame, mais ils sont maintenant trop nombreux dans cette auberge. Il ne faut pas oublier que le Grand prévôt a des espions partout, il me faut une autre hôtellerie.

— Ne perdez pas ce temps. Mon intendant vous donnera les clefs de ma maison de Bel-Esbat qui est sur le chemin de Vincennes. Vos hommes pourront s'y installer et il leur sera encore plus facile ainsi de surprendre le roi. Votre plan est-il prêt?

— Oui, madame, j'ai prévu cinq mousquets pour abattre les officiers qui galoperont en tête. Trente hommes prendront l'escorte à revers dans une pistolade, et les autres viseront les chevaux, car il est difficile d'atteindre au pistolet ceux qui sont protégés par des corselets de fer. La bataille se finira à l'épée mais nous aurons une telle supériorité que la victoire ne fait pas de doute.

— Et si le cocher fait presser les chevaux de son carrosse ?

— Des cordes seront tendues en travers de la route. Sitôt que nous serons les maîtres, j'emmènerai moi-même le roi à Soissons pour l'enfermer dans un couvent. Je vous préviendrai dès que ce sera fait.

— Bien ! Ensuite, ce sera à moi de jouer. J'irai informer la sainte union, car sitôt le roi pris ce sera à eux de s'occuper de ses amis…

Elle ne le dit pas, mais Cabasset comprit que les *politiques*, partisans de l'union avec Navarre, seraient massacrés. Cela ne l'émut pas, c'était la guerre. En revanche, il conseilla à la duchesse de n'annoncer son projet qu'au dernier moment, par peur des espions.

— Ne craignez rien, lui répondit-elle. Mayneville m'a dit que Le Clerc a fait exécuter tous ceux qui lui paraissaient suspects. Il ne reste que des gens loyaux au conseil des Seize.

Cabasset parut hésiter, comme s'il voulait ajouter quelque chose sans oser le dire. Cette attitude n'échappa pas à la perspicacité de Mme de Montpensier.

— Autre chose, capitaine ?

— Oui, madame, et veuillez pardonner mon impertinence… Mais on dit que votre frère fait entrer ses gentilshommes en ville et prépare une insurrection avec la sainte union.

— En effet, répondit-elle d'un ton pincé. Mais si je le débarrasse du roi, les choses seront plus simples pour lui.

Cabasset n'était pas certain que le duc de Guise apprécie l'initiative de sa sœur, mais il n'eut pas le loisir d'en discuter, car elle lui demanda :

— Le curé Boucher n'a toujours aucune nouvelle de Pierre de Bordeaux ?

— Non, madame, mais à ce sujet il m'a parlé de son cousin, un nommé Clément, qui lui a dit vouloir venger celui qu'il considérait comme son frère, si ce dernier était mort. Il serait prêt à partir à son tour pour Nérac.

— Grand bien lui fasse ! Mais si Bordeaux, qui était un truand et qui parlait gascon, a échoué, comment ce Clément pourrait-il réussir ?

— C'est ce que j'ai dit, madame, approuva Cabasset. Le père Boucher m'a rapporté aussi que vous aviez donné quelques pécunes à Boucher pour qu'il loge Clément à la Croix-de-Lorraine. Or, l'argent est dépensé et il ne sait que faire de ce clerc.

— Qu'il aille au diable ! cracha-t-elle.

À cet instant, un laquais gratta à la porte pour annoncer une nommée Perrine.

— Je me retire, madame, dit poliment Cabasset.

— Non, restez ! Cette Perrine est la servante de Hauteville qui vous a vaincu à Garde-Épée. Ce qu'elle va m'annoncer peut vous intéresser.

Le valet fit entrer Perrine, toute crottée et intimidée.

— Qu'avez-vous à me dire, ma fille ? demanda aimablement la duchesse.

La domestique jeta un œil craintif vers Cabasset, se demandant qui était ce gentilhomme brun comme un charbonnier, maigre et noueux, et surtout armé comme un spadassin avec casaque matelassée, petit chapeau noir et longue dague.

— Mon maître... M. Hauteville est venu chez nous, madame, balbutia-t-elle.

— Quand ? répliqua la duchesse en frémissant.

— Il y a une heure ou deux.

— Y est-il encore ?

— Non, madame, il est reparti, il ne m'a pas dit où.

— Pourquoi est-il à Paris ? demanda la sœur de Guise avec un sourire factice.

— Il n'a rien dit, madame… mais…

— Mais ?

— Il a changé.

— Changé ? la coupa la duchesse avec brusquerie.

— Il est différent, madame. Il portait une épée comme un gentilhomme. Le roi de Navarre l'aurait anobli.

— Anobli ! s'étouffa la sœur de Guise avec un air outré.

— Oui, madame, et il est marié…

— Avec qui ?

Sous un masque souriant, les yeux de Catherine de Lorraine fulminaient de malveillance.

— Avec une dame venue habiter chez nous qui s'appelait Cassandre, c'était la fille de M. de Mornay…

— Elle était avec lui ? s'enquit la duchesse.

— Non, madame, je ne sais même pas si elle est à Paris, balbutia Perrine qui ne s'attendait pas à cette question, puisqu'elle ne venait que pour pouvoir changer de maître.

Seulement voyant que la duchesse s'intéressait à Cassandre, elle crut faire avancer son affaire en ajoutant :

— Mais tout à l'heure, mon maître nous a dit que son épouse n'est pas la fille de M. de Mornay…

— Quoi ?

— Elle serait la fille de M. le prince de Condé.

— Condé ! aboya Mme de Montpensier.

— Oui, madame, fit Perrine en reculant d'un pas, apeurée par cette réaction. Elle s'appelle Mme de Saint-Pol. Monsieur nous a dit que nous devrons lui

150

marquer le respect dû à la fille d'un prince de sang et à la cousine du roi…

— Condé…, répéta la sœur de Guise, blanche de rage. Condé ! Une maudite bâtarde !

Elle avait les yeux brillants de fureur et de méchanceté. Perrine ne comprenait pas cette attitude et commençait à avoir peur. Pourquoi la duchesse s'intéressait-elle à cette Cassandre qu'elle ne connaissait pas ?

Cabasset, qui l'observait, comprit qu'elle se posait trop de questions.

— Savez-vous autre chose sur le retour de M. Hauteville, mademoiselle ? interrogea-t-il.

— Non, monsieur, je vous ai tout dit, déglutit-elle.

— Il faut que vous compreniez, mademoiselle, poursuivit-il d'un ton qu'il tenta de rendre rassurant, que M. Hauteville s'étant mis au service de Mgr de Navarre, et ayant épousé une fille de Condé, il s'est placé dans la situation d'être un ennemi de la Sainte Ligue. Vous êtes bonne catholique ?

— Oui, monsieur, s'effraya Perrine, je vais à confesse et à la messe.

— Madame la duchesse va vous remettre quelques écus. Sitôt que vous reverrez votre maître, revenez la prévenir.

— Si vous apprenez où se trouve M. Hauteville ou son épouse, je vous prendrai sans attendre à mon service, annonça la sœur du duc de Guise en souriant.

Elle avait retrouvé son sang-froid.

— Merci, madame, déglutit Perrine. Je vous promets de le faire.

La duchesse désigna à Cabasset un coffret sur une desserte. Il devait avoir l'habitude, car il s'en approcha, l'ouvrit, sortit six écus d'or qu'il remit à la domestique. Elle remercia, salua et partit.

— Ce Hauteville… anobli ! Un clerc ! éructa la duchesse en se levant de son lit. Et cette… garce… une bâtarde de Condé !

— Ce n'est pas le plus important, madame, ce qu'il faudrait savoir, c'est ce que Hauteville fait à Paris juste au moment où votre frère veut lancer l'offensive de la Ligue, et au moment de… votre projet…

— Croyez-vous qu'il y ait un rapport ?

— Je ne crois pas aux coïncidences, madame.

» Et si Pierre de Bordeaux avait été pris… s'il avait parlé ?

— Hauteville s'intéresserait alors au père Boucher, répliqua-t-elle.

— Peut-être devrais-je le prévenir ?

— Faites-le…, dit-elle en hochant la tête. Qu'il avertisse la sainte union, que tous les curés de Paris recherchent Hauteville, ainsi il ne pourra nous échapper.

Quand Olivier revint à la tour, ce fut Chiara, la sœur de Serafina et mère des trois enfants, qui lui ouvrit. Il apprit que son appartement était prêt au dernier étage et que son épouse l'y attendait.

La chambre ressemblait furieusement à celle de Venetianelli. Cassandre, aidée de Serafina et Pulcinella, brossait et rangeait leurs bagages dans un coffre de bois. Il visita les lieux, découvrit les latrines puis s'assit devant le feu sur une chaise bancale. Cassandre libéra les deux jeunes femmes et ils restèrent seuls.

Elle s'assit sur le lit, lissa sa robe et posa ses mains sur ses genoux. Il crut déceler un amusement dans ses yeux.

— Nous serons très bien dans cette chambre, affirmat-elle d'un ton égal.

— Qu'avez-vous fait après mon départ, ma mie ?

— J'ai rencontré le père de Serafina et je me suis occupée de nos bagages, comme tu peux le voir. Mais surtout Venetianelli est allé chercher M. Nicolas Joubert… C'est un homme curieux.

— Comment est-il ?

— Étonnant ! De taille médiocre avec un embonpoint précoce, perpétuellement agité, et son visage inoubliable : des sourcils épais, une bouche qui occupe toute la figure avec des lèvres charnues et des moustaches démesurées ainsi qu'une barbe en pointe. Il m'a dit être non seulement prince des sots, chef de la sottise, mais aussi seigneur d'Engoulevent ! Il portait une coiffe à grelots qu'il agitait sans cesse en répétant que sa tête n'était qu'une citrouille vide, et quand Venetianelli lui a demandé de nous prêter sa chambre, il a ouvert des yeux d'une telle taille que j'ai éclaté de rire. Bref, dès demain Caudebec s'installe chez lui et lui paiera pension. Quant à nous, il nous a proposé de défiler avec ses amis deux ou trois fois durant la semaine sainte.

— Venetianelli lui a dit que nous étions Italiens ?

— Oui, et le seigneur d'Engoulevent m'a même interrogée dans cette langue. Je lui ai dit que j'arrivais de Mantoue mais je ne suis pas sûre qu'il m'ait crue.

— Tu penses qu'on peut lui faire confiance ?

— Espérons-le.

Elle se tut, se contentant de le regarder. Le feu crépitait. Il se leva et s'assit à côté d'elle, puis il la prit par l'épaule, cherchant sa bouche qu'elle lui offrit. À peine ses lèvres effleurèrent les siennes qu'un frisson le parcourut. Ils avaient eu si peu d'intimité jusqu'à présent.

Il l'entoura de ses bras pour la serrer plus encore et elle étouffa un gémissement. Sa bouche fondit. Les yeux fermés, elle s'abandonna.

10.

Le lundi, Olivier Hauteville et François Caudebec quittèrent le donjon aux premières lueurs de l'aube. Personne ne les vit partir tant la brume était épaisse. À cheval, toque noire à plume de coq, hauts-de-chausses gris, hautes bottes de cuir protégées par des guêtres, pourpoint de velours noir avec un col blanc, signe de cette simplicité qu'affichait désormais le roi Henri III, ils se rendirent rue du Bouloi, à l'hôtel de Losse où habitait le Grand prévôt de France, François du Plessis, seigneur de Richelieu. Leur cape mi-longue ne dissimulait pas leur épée de gentilhomme et, par prudence, ils avaient enfilé une jaque de mailles entre leur chemise et leur pourpoint.

C'était Nicolas Poulain qui leur avait suggéré cette démarche. Olivier avait une lettre d'Henri de Navarre à remettre au roi, mais il ne savait comment s'y prendre. Se rendre au Louvre et la donner à Henri III quand il se trouvait dans la salle des cariatides devant tous les courtisans était le meilleur moyen de se faire remarquer. Le Louvre était infesté d'espions. Il pouvait être reconnu, suivi, et tué sur le chemin du retour, avec tous les occupants du donjon.

Il fallait agir avec discrétion. Pour ce faire, Nicolas lui avait écrit quelques mots sur une feuille de papier qu'il avait cachetée avec une double croix tracée dans la cire. En la remettant au valet de chambre du Grand prévôt de France, Olivier serait reçu par Richelieu sans attendre, lui avait-il assuré.

À l'hôtel de Losse, Olivier donna la lettre au concierge à l'attention du valet en précisant qu'il attendait. Le pli fut rapidement dans les mains de Richelieu, déjà au travail. Dans la lettre, Nicolas Poulain assurait le Grand prévôt que le porteur – qu'il ne nommait pas – avait toute sa confiance.

Richelieu fit aussitôt venir les deux hommes en présence de deux archers.

Olivier ne le connaissait pas, mais en découvrant dans la salle glaciale cet homme sinistre au visage hâve cerné par une fine barbe noir de corbeau, il ne douta pas être en présence de celui qu'on surnommait Tristan l'Ermite.

— Qui êtes-vous ? s'enquit Richelieu avec brusquerie.

En présence des gardes, Olivier ne pouvait répondre.

— Nous devons vous parler sans témoin, messire, répondit-il seulement.

— J'espère que ce que vous avez à me dire est important, sinon vous finirez la journée à la Conciergerie. Veuillez remettre vos épées à mes hommes, et n'envisagez pas de tenter quelque chose !

Olivier et Caudebec s'exécutèrent et les archers sortirent avec leurs armes.

— M. Poulain m'a indiqué ce moyen pour vous rencontrer, monsieur le Grand prévôt, dit Olivier en désignant la lettre posée sur la table.

— Pourquoi ne me donne-t-il pas vos noms ? demanda Richelieu avec une pointe d'agacement.

— Par prudence, monsieur. Je me nomme Olivier Hauteville, seigneur de Fleur-de-Lis, et mon compa-

155

gnon est François Caudebec, capitaine de M. de Mornay. J'ai une lettre de Mgr Henri de Navarre pour Sa Majesté, mais je dois rencontrer le roi discrètement, car il ne faut pas que la Ligue apprenne notre présence à Paris.

— M. Poulain connaît un Hauteville, un clerc dont le père était contrôleur des tailles, mais il n'était pas noble. Est-il un de vos parents ?

— Je suis ce Hauteville, monsieur, j'ai été anobli par le roi de Navarre sur le champ de bataille.

Richelieu le regarda attentivement. Cet homme lui mentait-il ? Il n'avait jamais vu Hauteville et ne pouvait donc être certain qu'on lui disait la vérité.

— D'où venez-vous ? Hauteville avait quitté Paris…

Olivier lui fit un bref récit de sa vie depuis son départ avec la cour de Catherine de Médicis, puis il répondit à quelques questions du prévôt sur l'affaire des fraudes sur les tailles. Ses réponses précises convainquirent Richelieu.

— Je verrai le roi dans la journée, promit-il. Revenez demain à la même heure, j'aurai une réponse.

Le lendemain, Richelieu leur annonça que le roi les attendait au Louvre, après neuf heures. Ils se présenteraient au pont-levis de la rue Fromenteau et donneraient le mot du guet : « Bourbon et Picardie » à l'officier de garde qui les conduirait chez Sa Majesté.

L'après-midi, Caudebec resta dans la chambre du prince des sots pour surveiller l'ambassade, tandis que Cassandre et Olivier apprenaient quelques tours de jonglage et d'équilibriste dans le théâtre de l'hôtel de Bourgogne. La nuit tombée, ils partirent tous trois pour le Louvre. François Caudebec et Olivier avaient ajusté une cuirasse sur leur pourpoint et changé leur toquet pour un casque. Une arquebuse à rouet était attachée à leur selle. Ils entouraient Cassandre, en manteau et en robe sur la sambue, une épée à large lame attachée à sa selle et deux pistolets à rouet dans des fontes. Venetianelli et le mari de Chiara les précédaient à pied, solidement armés d'une sorte de guisarme et portant chacun une grande lanterne à huile au bout d'un bâton. Diable, la ville n'était pas sûre la nuit venue !

Depuis 1527, l'entrée principale du Louvre était dans la rue de l'Autriche, en face du vieil hôtel de Bourbon abandonné. Le passage vers la cour intérieure se faisait par un pont dormant. Jusqu'au cœur de la nuit, le corps de gardes restait ouvert pour laisser passer les entrées tardives, car les habitants du palais étaient nombreux.

Ils n'empruntèrent pas ce passage puisqu'ils avaient ordre de se présenter à l'ancienne entrée située du côté occidental du Louvre, en face de la muraille ruinée de Charles V. Cette porte-là était protégée par un pont-levis sur des douves sèches. Ils passèrent donc l'ancienne porte Saint-Honoré, puis tournèrent dans la rue du Coq pour longer les maisons à pignon bordant les jardins du Louvre avant de rejoindre la rue Fromenteau. De ce côté-là, l'esplanade devant le palais était déserte mais pas totalement obscure, car les chandeliers et les lustres allumés dans la salle des cariatides éclairaient l'extérieur. Le pont-levis était haut. Olivier s'approcha et lança : « Bourbon et Picardie ! » Les gardes avaient dû les voir, car aussitôt retentit le grincement des chaînes tournant autour des tambours et le pont s'abaissa sur les douves. La massive porte ferrée à deux battants s'ouvrit ensuite et ils entrèrent avec leurs chevaux dans un couloir en pente aux très larges marches et au plafond magnifiquement sculpté. Ils ne connaissaient pas l'endroit qu'ils examinèrent avec curiosité. Plusieurs flambeaux de cire éclairaient le passage où se trouvaient une dizaine de gardes avec morion et hallebarde ainsi que deux gentilshommes. L'un d'entre eux était Eustache de Cubsac.

Cubsac ! Le garde du corps gascon que le marquis d'O avait prêté à Olivier et qui avait habité chez lui trois ans plus tôt. Olivier savait qu'il avait quitté le service du marquis pour devenir l'un des quarante-cinq du roi.

Caudebec fut le premier à descendre de sa monture pour se jeter dans les bras du Gascon. Les deux hommes avaient vécu quelques semaines ensemble chez Olivier et s'étaient liés d'amitié, mais la dernière fois qu'ils s'étaient vus, Caudebec et Cubsac n'étaient plus dans le même camp et le huguenot avait même ordre de tuer le Gascon si le marquis d'O refusait de leur donner les quittances reprises chez le receveur des tailles Salvancy.

Ce soir, ils se revoyaient dans des circonstances qui marquaient peut-être une nouvelle amitié.

Les deux hommes s'accolèrent, tandis qu'Olivier aidait son épouse à descendre. Il ôta ensuite son casque, puis son corselet qu'il attacha à sa selle, et sortit d'une sacoche son toquet à plumet dont il se coiffa.

— Monsieur Caudebec, mademoiselle, et vous monsieur Hauteville ! J'ignorais que c'était vous que j'attendais ! On m'avait parlé du chevalier de Fleur-de-Lis et de son épouse Mme de Saint-Pol !

— C'est bien nous, monsieur de Cubsac, ironisa Cassandre, mais évitez de répéter nos noms, dit-elle en regardant les gardes qui accompagnaient Venetianelli, Sergio et les chevaux jusqu'à la petite écurie, dans la cour intérieure.

Cubsac hocha la tête, reconnaissant avoir été pris en faute. Il expliqua alors au gentilhomme près de lui :

— Monsieur de Montigny, comme vous le voyez je connais ces visiteurs. Ce sont de vieux et de loyaux compagnons.

» M. de Montigny est le colonel des archers qui gardent les portes du Louvre, expliqua-t-il à Olivier et Caudebec.

Ils se saluèrent et Montigny, seigneur d'une trentaine d'années au regard franc, fit une élégante révérence à Cassandre.

Caudebec ayant à son tour ôté son équipement de soldat, ils passèrent dans la salle des cariatides bien éclairée par de gros chandeliers de fer et des lustres à bougies, alors qu'elle était pourtant à peu près déserte. Seuls quelques gentilshommes parlaient fort près d'une fenêtre, la main sur la poignée de leur épée. Ici aussi de belles brassées de buis étaient accrochées autour des fenêtres pour fêter les Rameaux.

— Où allons-nous ? demanda Cassandre.

— Le grand escalier par où vous êtes entrés nous aurait conduits par une grande salle jusque dans l'anti-chambre du roi, mais il y a encore trop de monde là-haut à cette heure. Prenons un passage plus discret.

Il s'approcha des gentilshommes qui cessèrent leur conversation pour les regarder avec arrogance.

— Nous allons chez Sa Majesté, Saint-Malin, dit Cubsac à l'un d'eux qui avait la même allure de brigand que lui.

— Je vous accompagne. Sarriac, Saint-Pol, passez devant !

Olivier devina qu'il s'agissait des quarante-cinq. Ces gardes du corps gentilshommes de la chambre que l'on qualifiait d'*ordinaires*, car ils étaient toujours près du roi, par opposition aux gentilshommes par quartier qui servaient par trimestre.

Le petit groupe traversa la salle jusqu'à la pièce suivante que l'on appelait le tribunal. Là, au fond d'une abside construite dans l'épaisseur du mur de façade, Cubsac ouvrit une porte de chêne. Deux des quarante-cinq s'engagèrent devant eux dans un petit passage jusqu'à une minuscule salle bâtie dans le mur, puis ils empruntèrent un étroit escalier à vis. On y voyait à peine. La flamme vacillante de mèches dans des coupes de terre cuite pleines d'huile fixées au mur par des anneaux était le seul éclairage.

Ils débouchèrent dans un autre passage avec des ouvertures étroites dont les portes étaient ouvertes. D'un côté, Olivier aperçut une grande chambre éclairée par une cheminée et un lustre aux bougies de cire avec un lit qui trônait au milieu ; sans doute la chambre de parade du roi. Les quarante-cinq les firent passer dans une autre chambre lambrissée où se dressait, sur une estrade, un lit à colonnes drapé de damas et de velours. Le parquet était marqueté et le plafond splendidement peint. Sur des fauteuils, devant une large cheminée au manteau orné de figures d'animaux, deux hommes conversaient.

Bien que ses cheveux et sa barbe en pointe aient grisé depuis leur dernière rencontre, et que les plis soient plus nombreux et plus profonds aux commissures des lèvres et autour des yeux, Olivier reconnut immédiatement le visage féroce du marquis d'O. Le favori du roi, l'archilarron comme l'appelaient ses ennemis, arborait un pourpoint de soie noire brodé de perles avec un col droit très évasé. Sur sa poitrine brillait la chaîne d'or des chevaliers du Saint-Esprit.

Le second homme, en noir aussi, paraissait minuscule dans son fauteuil. Un toquet agrémenté d'une broche ne cachait pas son front dégarni ni la calvitie de ses tempes. Son teint était gris, malgré une épaisse couche de poudre rouge sur les joues. Des plis profonds marquaient le tour de son nez et de sa bouche. À ses oreilles pendaient de lourdes perles et ses mains d'ivoire, dont l'une portait plusieurs bagues serties de grosses pierres multicolores, tenaient un curieux chapelet dont les perles étaient des têtes de mort. Il ne portait pas d'épée, contrairement à monsieur d'O, mais une dague de côté finement ciselée. Malgré sa maigreur, son air maladif, sa barbe clairsemée et les inquiétants mouvements convulsifs qu'il ne pouvait maîtriser, il restait empreint de majesté.

Olivier croisa son regard, et se sentit fouillé au plus profond de lui-même. Ému malgré lui, et bien qu'il eût haï ce roi, il fit un pas et tomba à genoux, imité par Cassandre et Caudebec.

Henri III sourit à peine pour cacher sa dentition clairsemée. Le marquis d'O, en revanche, se leva aussitôt qu'il reconnut les visiteurs. Les yeux fulminant de colère, la main sur la poignée de son épée, il lança avec une rage à peine contenue :

— Sire, ces gens-là sont des imposteurs ! Cette femme est la fille de M. de Mornay et non Mlle de Saint-Pol que vous attendez ! Cubsac, pourquoi les as-tu conduits ici ?

Cubsac devint blême et les trois hommes qui les avaient escortés s'approchèrent, menaçants.

Le roi leur fit signe de sortir et ils obéirent, comme à regret. Quand ils furent dehors, Henri III s'adressa à O d'un ton las et monocorde.

— Rassure-toi, ami O, Mme de Saint-Pol est bien Mlle de Mornay. Mon cousin Henri m'avait prévenu. Mais vous, messieurs, qui êtes-vous ? Et comment se fait-il que tu les connaisses, marquis ? demanda-t-il en plissant les yeux.

— L'un se nomme Hauteville, sire. C'est un bourgeois de Paris, répondit O, toujours courroucé. Son père, contrôleur des tailles, a été assassiné par la Ligue alors qu'il mettait au jour cette affaire de fraude que vous m'avez confiée, il y a trois ans. M. Hauteville a confondu les fraudeurs. Il aurait fait un bon serviteur s'il n'avait rejoint le camp de Navarre ! J'ignore pourquoi il porte épée ! Quant à l'autre, il s'appelle Caudebec et il est à Mornay.

O éructait de rage en parlant. Trois ans après, il n'avait toujours pas digéré la façon dont Caudebec et Cassandre de Mornay l'avaient menacé de leur pistolet pour lui voler trois cent mille écus.

— Lequel de vous est le chevalier de Fleur-de-Lis ? demanda le roi en faisant signe à ses visiteurs de se relever.

— C'est moi, sire. Ce que vient de déclarer M. le marquis est exact, mais j'ai été anobli par le roi de Navarre qui m'a remis cette lettre pour vous.

De dessous sa cape, il sortit une lettre qu'il tendit au roi en avançant d'un pas.

— Vous avez été anobli ? s'étonna O.

— Oui, monsieur le marquis, répondit Olivier en le regardant avec déférence, mais sans ciller. Au lendemain de la bataille de Coutras.

À ces mots le roi, qui avait brisé le sceau de Navarre et dépliait la lettre, eut une suite de grimaces nerveuses.

— Vous… vous étiez à Coutras ? demanda-t-il enfin.

— Oui, sire, je m'occupais de l'artillerie avec M. de Rosny. J'ai été récompensé par le roi de Navarre, pour lui avoir sauvé la vie par deux fois.

— Ce fut un grand carnage, un immense malheur pour la noblesse de France, murmura le roi. Joyeuse a payé cher sa stupidité… Moi aussi, hélas. Avez-vous rencontré Montigny en arrivant ?

— M. de Cubsac nous a présenté le colonel des archers de la Porte, dit Olivier.

— Montigny était aussi à Coutras, monsieur de Fleur-de-Lis. Fait prisonnier, il a été libéré sans rançon par mon cousin, dit le roi en commençant la lecture de la lettre.

L'expression du marquis d'O s'était détendue mais il ne quittait pas Olivier des yeux. Il se souvenait du jeune clerc effronté qui défendait Guise et la Ligue, et il avait maintenant devant lui un homme solide, au visage certes marqué par les combats, mais qui avait conservé des traits fins et doux qui laissaient paraître sa générosité et ses qualités de cœur.

Le roi termina sa lecture et laissa filtrer un sourire en posant son regard sur Cassandre.

— Madame, mon cousin m'avait déjà écrit pour m'annoncer que vous étiez la sœur du prince de Condé. Il y avait joint un mémoire signé par les membres de votre famille reconnaissant votre filiation, mémoire que j'ai transmis à mon chancelier pour faire enregistrer votre nouvel état au parlement.

» Madame est la fille que mon cousin Louis de Condé a eue avec Mme Sardini quand elle n'était que Mlle de Limeuil…, dit-il à O. Elle est désormais l'épouse de M. de Fleur-de-Lis, dont mon beau-frère Navarre m'écrit qu'il a toute sa confiance.

» Monsieur de Fleur-de-Lis, mon beau-frère me demande de vous remettre des lettres d'anoblissement conformes à celles qu'il vous a accordées. Ce sera fait. Maintenant, expliquez-moi ce que vous faites à Paris, car il n'en est pas fait mention dans cette lettre et je suppose que vous n'êtes pas venus dans ce chaudron uniquement pour faire enregistrer votre noblesse…

Olivier inclina la tête, puis jeta un rapide regard à O, hésitant un instant à parler devant lui.

— Tout accuse la princesse de la mort de son mari, sire, néanmoins j'ai découvert la présence d'un homme de Guise à Saint-Jean-d'Angély, lequel aurait plusieurs fois rencontré le page de la princesse, M. de Belcastel, qui est accusé de complicité dans le crime. Ce page lui aurait remis des documents, peut-être des plans des fortifications huguenotes. Je dois trouver cet homme.

Le roi lui lança un regard pénétrant.

— Guise pourrait être lié à la mort de mon cousin Condé ?

— Rien ne permet de l'affirmer, sire. Mais quelques semaines plus tôt, on a aussi tenté de tuer Mgr de Navarre.

— Je l'ignorais, dit le roi. A-t-on arrêté l'assassin ?

— Oui, sire. Il a été pendu, après s'être confessé. C'est aussi pour lui que je suis ici.

— Il y aurait un lien entre la mort du Prince et cette tentative ?

— Peut-être, sire.

— Si on a voulu tuer ces deux princes, je pourrais être le prochain sur la liste, n'est-ce pas, O ?

Le marquis inclina légèrement la tête.

— A-t-on tenté quelque chose contre le comte de Soissons ? demanda-t-il.

— Pas à ma connaissance, monsieur, lui répondit Olivier.

Le silence s'installa. Le roi avait parfaitement compris l'allusion. Y avait-il quelque accointance entre Soissons, qui avait abandonné la cour pour rejoindre Navarre, et la Ligue ?

— De quoi avez-vous besoin, Fleur-de-Lis ? demanda finalement Henri III.

— Je ne saurais vous le dire pour l'instant, sire. Avec mon épouse et M. Caudebec, nous venons d'arriver et nous n'avons pas encore commencé notre enquête.

— O me transmettra vos requêtes, conclut le roi. Marquis, êtes-vous toujours fâché contre ma cousine, Mme de Saint-Pol ?

Ces mots arrachèrent un sourire sans joie au marquis qui déclara avec un soupçon de mépris :

— Non, sire, madame est dans un parti avec qui vous êtes bien contraint de traiter.

— Pas contraint, O, dit gravement le roi en désignant le marquis. J'aime mon cousin Navarre, ne l'oublie jamais, et si un jour, par malheur, je devais disparaître, je t'ordonne de le servir aussi bien que tu le fais pour moi. Je te l'ordonne ! Tu entends ?

O resta silencieux et soutint le regard du roi un instant. Puis, il baissa les yeux et, le visage sombre, il murmura :

— Je le ferai, sire… s'il se convertit.

Prévenu dans la journée, Nicolas Poulain se rendit le vendredi soir chez Jean Le Clerc pour y retrouver les membres du conseil des Seize. Mayneville était absent, ou n'avait pas été invité. La Chapelle leur annonça ce qu'ils attendaient tous : le duc de Guise arriverait pour la Quasimodo[1] ou le lendemain, c'est-à-dire dans dix jours. D'ici là, il allait y avoir bien de la besogne ! Déjà plusieurs capitaines lorrains étaient en ville. Dans les jours à venir, cinq cents chevaux et cavaliers, conduits par le duc d'Aumale, seraient à Aubervilliers. Tout commencerait dans la nuit du dimanche de Quasimodo. Le plan était d'une simplicité biblique : Le Clerc avait les clefs de la porte Saint-Denis (malheureusement il n'avait pu avoir celles de la porte Saint-Martin que l'échevin Le Comte avait refusé de lui donner). Aumale

---

1. Le dimanche suivant Pâques.

et ses gens entreraient et se déferaient du duc d'Épernon qui faisait des rondes de dix heures du soir à quatre heures du matin.

À ceux qui objectèrent qu'Épernon était trop rusé pour se laisser surprendre, La Chapelle expliqua qu'ils avaient gagné deux hommes de sa suite. Ces traîtres lui fracasseraient le crâne sitôt qu'ils entendraient les cavaliers d'Aumale. Ensuite, la troupe irait droit au Louvre pour se saisir du palais par surprise pendant que les capitaines ligueurs rassembleraient les trente mille combattants de la sainte union. Quand le duc arriverait, il trouverait une armée en ordre de marche. De son côté, Le Clerc s'attaquerait aux maisons fortes de la ville avec trois mille ligueurs.

La Chapelle insista sur l'effet de surprise. Le roi ne devait pas s'attendre à une si formidable insurrection et surtout à l'arrivée d'Henri de Guise.

Le capitaine général de la Ligue rappela alors à Nicolas Poulain qu'il comptait sur lui pour mener l'assaut sur l'Arsenal. Poulain lui jura qu'il serait là et Le Clerc lui promit vingt mille écus en plus de sa part de pillage.

Les conjurés allaient rentrer chez eux quand Nicolas vit le commissaire Louchart conférer avec un ligueur artisan horloger et lui remettre une grosse boîte ciselée.

Le lendemain samedi, François Caudebec s'ennuyait à mourir dans le bouge du prince des sots, une petite pièce avec seulement une paillasse pouilleuse sur un lit de planches. Dès le lever du jour, il s'était installé devant la fenêtre ouverte.

Malgré l'heure matinale, la rue Mauconseil était pleine de monde. Charrettes à bras, lourds chariots tirés par des bœufs, colporteurs avec leur hotte sur le dos ou sur une tablette au cou, ânes porteurs de bâts, toute cette cohue se bousculait au milieu des troupeaux d'animaux, des passants, des mendiants, des larrons et des filles de joie en robe rouge.

Dans cet incroyable désordre, le vacarme ne cessait jamais : les braiments stridents des ânes et des mules, les jappements des chiens, les couinements des cochons ou les bêlements des moutons se mélangeaient avec les cris assourdissants des marchands. Ce tumulte était ponctué par les cloches des églises et des couvents qui carillonnaient à tout moment ou par les chants lugubres des flagellants qui traversaient la foule en procession.

Homme d'action, Caudebec détestait cette attente. Ses pensées vagabondaient : comment reconnaîtrait-il ce Juan Moreo puisqu'il ne savait rien de lui ? Les hospitaliers portaient une croix sur leur manteau noir, mais les prieurs et les commandeurs l'arboraient-ils ? Ce Moreo pouvait bien être déjà venu cent fois revêtu d'une cape ordinaire, ou plus simplement ne jamais venir !

Il fut tiré de ses sombres réflexions par les cris de deux colporteurs qui se lançaient force injures après s'être bousculés. Il les vit soudain échanger des coups de bâton. La rixe l'amusa un instant mais cessa dès que l'un des protagonistes eut le bras cassé. Déçu, Caudebec exhala un long soupir en songeant combien la matinée allait être longue.

Son regard revint vers l'hôtel de Mendoza pour y découvrir une litière qu'il n'avait pas vue arriver. Suspendue par deux perches attachées à des mules, une à l'avant et l'autre à l'arrière, elle était peinte en noir avec en son milieu une croix de Malte immaculée. Les deux animaux, au poil bien brossé, portaient un harnachement aux cuirs cirés et aux cuivres étincelants. Quatre cavaliers en morion, cuirasse et livrée escortaient le véhicule dont un rideau fermait la portière basse.

Le cœur battant, Caudebec se maudit d'avoir été distrait et descendit aussitôt. Dans la rue encombrée par la badaudaille, il fut un temps arrêté par une procession exposant les reliques de saint Eustache. En les bousculant, il parvint quand même jusqu'à l'hôtel. Avec le sarrau à capuchon que lui avait donné Venetianelli, il avait tout d'un crocheteur et personne ne lui prêta attention. Il resta près de la litière jusqu'à ce qu'il aperçoive un laquais sortant de l'hôtel. Le serviteur précédait un homme replet marchant avec une gravité affectée. La tête haute, son épaisse barbe noire reposant sur une immense fraise amidonnée, l'homme arborait la croix blanche à huit pointes représentant les huit béatitudes sur le pan gauche de son manteau noir.

Le valet ouvrit une portière de la litière et le bonhomme y monta avec difficulté compte tenu de sa corpulence, faisant ensuite fléchir les deux longues perches de bois.

La litière se mit en route vers la rue aux Ours et poursuivit jusqu'à la rue du Temple. Les mules guidées par le laquais à pied allaient lentement et Caudebec n'avait aucun mal à les suivre. Le convoi remonta la rue jusqu'à la cité templière.

Caudebec n'était jamais entré dans l'enclos du Temple. Il savait juste que la seigneurie fortifiée commandée par le Grand prieur appartenait aux hospitaliers. Sans être arrêtée par les sergents d'armes, la litière passa le pont-levis baissé sur des douves d'une eau sale et gelée et le convoi disparut de l'autre côté de l'enceinte.

Caudebec brûlait de la suivre. Il s'approcha. La porte au pont-levis était encadrée par deux tours à archères. Le passage donnait dans une salle voûtée en croisée d'ogives et il devina, aux gardes sourcilleux, qu'on ne le laisserait pas passer. Il décida donc de chercher une autre entrée.

Il s'éloigna vers la porte du Temple, jusqu'à la butte qui longeait l'enceinte de la ville, sans découvrir de passage dans la haute muraille de la commanderie. Dépité, il se renseigna auprès d'un colporteur qui lui assura que la seule entrée du Temple était le pont-levis bien qu'il y eût des poternes, mais dont seuls les dignitaires hospitaliers avaient les clefs.

Caudebec revint donc sur ses pas et resta un moment à observer ceux qui entraient dans l'enclos. Comme le Temple bénéficiait de privilèges sur les taxes, les marchands ambulants étaient nombreux à attendre. Certains passaient, d'autres étaient refoulés sans qu'il puisse en deviner les raisons. En revanche, il observa que les chevaliers porteurs de cape à la croix de Malte entraient sans être interrogés.

En même temps, une incertitude le taraudait. Il se demandait si l'homme corpulent qu'il avait vu monter dans la litière était bien Juan Moreo. D'autres chevaliers hospitaliers venaient certainement à l'ambassade d'Espagne et il pouvait bien avoir suivi un quelconque dignitaire de l'ordre. Après une longue hésitation, il s'approcha des factionnaires de l'entrée et, écartant un colporteur qui parlementait pour pénétrer avec son âne, il interrogea un sergent d'armes.

— Monseigneur, je suis commis du trésorier de Mgr Bernardino de Mendoza, expliqua-t-il gauchement, avec un effroyable accent castillan, langue qu'il parlait comme beaucoup de Gascons. Mon maître cherche à savoir si Mgr Juan Moreo est au Temple.

En parlant, Caudebec avait gardé le dos voûté et la tête inclinée, une main sur sa barbe, comme pour insister sur sa déférence.

— Il vient de passer dans sa litière. C'est même étonnant que tu ne l'aies pas vu, bonhomme ! répliqua le sergent avec arrogance.

— Je vais l'annoncer à mon maître, monseigneur.

En parlant ainsi, Caudebec reculait, laissant le colporteur et son âne prendre sa place, mais déjà le garde l'avait oublié.

Il revint rapidement à la rue Mauconseil.

Devant l'hôtel de Mendoza un immense attroupement engorgeait le passage. Tambour, tambourins et fifres couvraient le vacarme habituel des colporteurs et des animaux. Parfois des cris d'effroi suivis d'un tonnerre d'applaudissements fracassaient les oreilles. Caudebec s'approcha, intrigué, un peu inquiet. En levant les yeux, il aperçut un danseur de corde en habit d'arlequin qui, sur un câble tendu en travers de la rue entre l'hôtellerie et la maison d'en face, faisait des sauts périlleux à deux toises au-dessus du pavé. Jouant des coudes, il parvint au premier rang et reconnut Sergio dans le funambule. Le comédien titubait comme un homme saoul, manquant à tout instant de tomber – ce qui entraînait les cris de terreur de l'assistance – mais à chaque fois il reprenait son équilibre et saluait la foule après un nouveau saut périlleux. En bas, Venetianelli, vêtu en capitan, le menaçait de son épée de bois. À côté de lui, le père de Serafina jouait du fifre tandis qu'un barbu au visage enfariné battait du tambour de toutes ses forces. Autour d'eux, des femmes en vertugadin agitaient des tambourins dans une sarabande endiablée en chantant en chœur :

> *Arlequin, c'est trop caquetté !*
> *Quand tu auras bien mugueté*
> *Jour et nuit avec ta bougresse,*

Tu trouveras des coups de fesses,
Et si tu cherches Scaramouche,
Tu le trouveras dans sa couche !

En examinant attentivement les comédiens, Caudebec découvrit avec stupéfaction Cassandre de Mornay parmi les femmes et Olivier Hauteville dans le barbu enfariné. Sa surprise laissa vite place à la colère. La fille du prince de Condé se prenait pour une bohémienne !

Il resta au premier rang pendant que la parade annonçant le spectacle se poursuivait. Puis Sergio sauta de sa corde et tandis que le père de Serafina allait détacher la corde, le groupe de comédiens se rendit jusqu'à l'hôtel de Bourgogne en faisant force vacarme avec leurs instruments.

Caudebec les suivit. Pendant que Chiara et son mari s'installaient à la caisse, devant la porte principale du théâtre, il rejoignit les autres du côté de la rue Neuve-Saint-François. Cassandre nettoyait le visage de son époux en s'esclaffant. Elle n'avait jamais tant ri de sa vie ! Les autres comédiennes se changeaient pour la représentation et ne paraissaient pas gênées que Caudebec leur lance des regards salaces alors qu'elles enlevaient chemise, brassières et chausses, circulant nues comme au jour de leur naissance.

Bien sûr, ni Cassandre ni Olivier ne participeraient au spectacle qui allait suivre, aussi Caudebec s'installat-il avec eux près du grand lit et leur raconta ce qu'il avait découvert.

— Ce Moreo est donc bien à Paris, fit Olivier en hochant la tête. Il faut maintenant savoir ce qu'il y fait…

— Il est désormais inutile que je reste devant l'hôtel de Mendoza, décida Caudebec.

171

— Sans doute. Il faudrait surveiller le Temple et suivre Moreo quand il en sortira, suggéra Olivier.

— À quoi bon? lança Cassandre. Capturons-le et interrogeons-le!

— Ce sera difficile, objecta Caudebec. Il se déplace en litière, armé, avec un laquais et quatre gardes cuirassés porteurs de mousquet, de pique et d'épée. Il nous faudrait une troupe d'une dizaine de spadassins, au moins, et pouvoir le surprendre en dehors de Paris. En plein jour c'est impossible, et rien ne dit qu'il sort la nuit.

— Comment recruter une dizaine d'hommes sûrs dans cette ville ligueuse? demanda Olivier. Et comment organiser un guet-apens?

Caudebec haussa les épaules, n'ayant pas de réponse.

— Allons au spectacle, décida Cassandre en se levant. J'ai hâte de voir jouer Serafina et ses sœurs, nous reparlerons de tout ça plus tard avec Venetianelli.

Caudebec n'eut donc pas l'occasion de dire qu'il n'appréciait pas les nouvelles libertés de la fille de M. de Mornay.

Après la représentation, ils soupèrent aux Pauvres-Diables. Pour leurs voisins de table du cabaret, Olivier, Cassandre et Caudebec étaient de nouveaux comédiens qui avaient rejoint la troupe. Ce n'est qu'après le dîner qu'ils se réunirent avec Venetianelli dans la chambre d'Olivier.

Cassandre alluma les chandelles en suif de mouton, puis s'assit sur son lit pendant que les autres prenaient banc et tabourets.

Caudebec fit un nouveau récit de ce qu'il avait découvert et Olivier revint sur l'idée d'un guet-apens.

— Je pourrais lui écrire un message pour l'attirer dans les faubourgs, suggéra-t-il.

— Laissez-moi faire, fit Venetianelli en secouant la tête. Je rentrerai dans le Temple, je trouverai son appartement et je le fouillerai. Vous apprendrez bien plus de choses sur lui ainsi, car il doit conserver là-bas toute sa correspondance.

— Entrer dans l'enclos ? La garde vous arrêtera au porche, objecta Caudebec. N'y pénètrent que les chevaliers et quelques marchands.

— Vous l'avez remarqué, l'habit fait le moine. Je demanderai à la mère de Serafina et à ses filles de me coudre une cape de chevalier hospitalier avec une belle croix à huit branches. Cela devrait suffire comme laissez-passer. J'irai demain après-midi pendant que vous m'attendrez dans la rue.

— Pourquoi si vite ? demanda Cassandre. Il vaut mieux préparer soigneusement cette entreprise.

— C'est Pâques, madame, Moreo ne restera pas au Temple un jour sacré comme celui-là. Il sera invité quelque part. De surcroît, il peut ne plus être là dans les jours qui viennent.

— D'accord, approuva Olivier, mais je vous accompagne.

— Moi aussi, dit Caudebec.

— Vous n'avez pas l'habitude de ce genre d'opération, objecta Venetianelli.

— Si nous parvenons à fouiller ses papiers, je suis le seul à savoir ce que je cherche, insista Olivier.

— Vous aurez besoin de moi pour faire le guet, renchérit Caudebec.

— On ira donc à trois, accepta Venetianelli après quelques secondes de réflexion. D'ailleurs, il est souvent plus facile d'entrer à plusieurs dans ce genre d'endroit. Il suffira d'avoir de l'assurance.

— Mais comment trouver son logement à l'intérieur ? L'enclos est immense.

Venetianelli réfléchit un instant avant de proposer :

— Nous irons aux écuries et Caudebec verra si la litière est là. Si elle n'y est pas, c'est qu'il sera sorti et vous me laisserez faire.

— Il y aura des domestiques dans son appartement, objecta Cassandre.

— J'improviserai, et si c'est nécessaire, à trois nous n'aurons aucun mal à les maîtriser.

Il se leva de son escabelle.

— Je vais prévenir Serafina. Ses sœurs et sa mère nous couperont des capes demain matin.

On gratta à la porte. Olivier se leva pour ouvrir, non sans avoir pris son épée posée sur un coffre. C'était justement Serafina, avec Nicolas Poulain.

— Je ne fais que passer, leur dit-il en les accolant, après avoir fait une révérence à Cassandre. Voici ce qui m'amène : j'ai reçu tout à l'heure un page du marquis d'O qui veut vous recevoir à souper demain soir à son hôtel. Ignorant où vous logiez, il s'est adressé à moi.

— Nous irons, décida Olivier, à la fois flatté et inquiet de cette invitation.

— Le marquis vous attend à cinq heures à l'hôtel de Ludovic da Diaceto qu'il a acheté récemment.

En quelques mots, Olivier lui expliqua leur intention de fouiller l'appartement de Juan Moreo au Temple. Poulain l'écouta avec inquiétude. Non qu'il désapprouvât cette entreprise, car après tout Moreo était sans doute un espion espagnol, mais à cause des risques que ses amis allaient prendre.

— Vous n'aurez guère de temps demain après-midi, objecta-t-il, si vous devez être à cinq heures chez le marquis d'O.

— Aussi n'interviendrons-nous qu'à coup sûr, lui répondit Olivier. À la moindre difficulté, nous reporterons l'opération.

Poulain les approuva de mauvais gré, puis leur annonça que l'insurrection de la Ligue était incessante. Trente mille hommes épaulés par les officiers de Guise et la cavalerie d'Aumale allaient s'attaquer au Louvre. Cela débuterait le dimanche de Quasimodo ou le lendemain. Il fallait qu'ils aient quitté la ville avant huit jours.

Sans rien promettre, Olivier le rassura et lui raconta leur entrevue avec le roi. Selon lui Henri III les protégerait si c'était nécessaire.

Pas convaincu, et avec une inquiétude grandissante, Nicolas partit en compagnie de Caudebec qui regagnait la chambre du prince des sots. Quant à Venetianelli, il rejoignit sa maîtresse.

Olivier et Cassandre restèrent donc seuls. Les chandelles de graisse avaient enfumé la chambre et Cassandre les éteignit toutes sauf une, puis entrebâilla une fenêtre pendant qu'Olivier se déshabillait.

Elle réfléchissait. Pénétrer dans le temple et fouiller le logis de Juan Moreo ne serait pas facile malgré ce que disait Venetianelli. Elle pourrait les accompagner, mais elle devinait que son mari s'y opposerait.

Comment le convaincre ?

Après avoir assisté au spectacle de la compagnie, la jeune femme s'était fait une opinion peu avantageuse des spectacles donnés à l'hôtel de Bourgogne. Le parterre était plein d'une populace vulgaire qui jouait aux cartes ou aux dés entre les farces. Les clercs, les soldats, les valets, qui formaient la plus grande part de l'assistance, s'interpellaient bruyamment et les rixes éclataient pour un rien.

Quant aux pièces jouées par les comédiens, elles étaient à la fois sacrilèges et grossières. Cassandre comprenait pourquoi le curé de Saint-Eustache avait qualifié le jeu des troupes italiennes de cloaque satanique. Non seulement la religion catholique y était bafouée

– ce qui ne la dérangeait guère – avec des prêtres lubriques, ivrognes, se riant continuellement des sacrements, mais en plus l'impudicité des cinq comédiennes y était insensée et scandaleuse. Serafina et ses sœurs s'y montraient dépoitraillées, levant leurs robes devant le public et affichant sans vergogne leurs fesses et leurs rondeurs généreuses autant que les bougresses de la rue Saint-Denis.

— As-tu aimé les comédies de cet après-midi ? lui demanda-t-elle d'un ton détaché.

Il s'approcha d'elle en chemise pour l'aider à ôter sa robe. Le matin, ou dans la journée, c'est Pulcinella qui lui servait de servante, mais le soir elle préférait que ce soit son mari qui la dévêtisse.

— J'ai beaucoup ri, fit-il le cœur battant, en détachant les boutons de sa robe.

Il avait souvent assisté au spectacle de troupes itinérantes durant les deux ans écoulés et il estimait que la *Compagnia Comica* était bien meilleure que ce qu'il avait vu, mais il n'avait guère envie d'en parler, ayant l'esprit à tout autre chose.

— J'ai trouvé ces farces sales et vilaines, lui répliqua-t-elle d'un ton pincé.

Elle le pensait vraiment bien qu'elle eût ressenti une étrange attirance pour les mœurs des comédiennes. C'était un trouble sentiment, mélange de répulsion et de désir. Toute la soirée, elle n'avait pu chasser cette impression, songeant même à la vie de débauche que sa mère avait connue. Une vie si différente de l'austère éducation qu'elle avait reçue de Mme de Mornay. En fouillant au tréfonds de son esprit, elle était pourtant certaine que ce n'était pas la dépravation ou l'impudicité des femmes qui l'avait attirée. C'était leur liberté. Ces femmes étaient plus libres qu'elle.

— J'irai avec vous demain dans l'enclos du Temple, décida-t-elle comme il lui défaisait la brassière qui tenait ses seins, cherchant à l'embrasser.

Il s'arrêta, stupéfait.

— C'est impossible, mon amie ! Ce serait trop dangereux et ce n'est pas la place d'une femme, s'exclama-t-il.

— Ce qui serait dangereux, mon ami, c'est que je préfère rester avec les comédiennes, que je partage la vie qu'elles mènent et que j'aie envie de les rejoindre dans leur spectacle, sourit-elle avec une ombre de perversité.

Il comprit l'allusion et il l'embrassa dans le cou. Cette fois, elle se laissa faire.

— Je préfère alors que tu viennes avec moi, dit-il.

Que risquaient-ils dans l'enclos du Temple ? tenta-t-il de se convaincre alors qu'il l'entraînait sur leur couche avec passion.

11.

C'était le dimanche de Pâques. Habillé, Olivier chassait quelques poux repus par leur repas nocturne dans les cheveux de son épouse quand Pulcinella gratta à la porte apportant un broc d'eau chaude. Aussitôt, il laissa les deux femmes et descendit au cabaret avaler une soupe. Il y retrouva Caudebec et Venetianelli installés dans un coin sombre devant une lanterne de fer.

Attablé, il leur annonça que Cassandre viendrait avec eux au Temple. À la lumière de la chandelle, il vit ses compagnons grimacer.

— Ce n'est pas la place de la fille du prince de Condé, grommela Caudebec, et si elle se fait prendre, M. de Mornay ne vous pardonnera jamais.

— Nous serons trois pour la défendre, et il n'y a aucune raison pour qu'on soit pris, tenta-t-il de les rassurer. Pour tout vous dire, je n'ai pas le choix, c'est elle qui exige de venir...

Un sourire ironique se dessina peu à peu sur le visage de Caudebec tandis que Venetianelli levait un sourcil étonné.

— Il faut donc prévoir une cape de plus, précisa Olivier.

— Ce ne sera pas nécessaire, répliqua *Il Magnifichino*. J'ai amélioré mon plan. Seulement vous et moi nous ferons passer pour des chevaliers de Saint-Jean-de-Jérusalem. Caudebec, et votre épouse puisqu'elle veut venir, seront nos écuyers. Ce n'est pas une mauvaise chose qu'elle nous accompagne, car pour faire encore mieux illusion, il nous faudrait une suite plus importante, mais nous pourrons toujours proclamer que nos pages et nos gentilshommes nous rejoindront plus tard. Nous nous ferons passer pour de grands seigneurs, très puissants et très honorables. Cela évitera les questions. Vous me laisserez parler. Nous arriverons d'Italie. Vous mettrez vos plus beaux habits, vous prendrez vos plus belles armes. Je pourrais vous donner des accessoires de théâtre comme des aigrettes de faux diamant pour la toque, des chaînes de cuivre doré, des dagues avec des rubis en verre, bref tout le clinquant nécessaire.

— Peut-être faudra-t-il des chausses pour Cassandre.

— J'ai tout ce qu'il faut au théâtre. Serafina lui ajustera un pourpoint de velours doublé de soie, une fraise à l'italienne, et lui préparera des chausses brodées d'argent. On ajoutera des passements dorés partout.

Olivier songea qu'il n'aurait jamais pu mener à bien cette entreprise sans Venetianelli.

— À quelle heure partons-nous à la messe? demanda-t-il.

— Dans une heure. Nous irons rue Saint-Denis de manière à ce que tout le monde voie que vous faites partie de la troupe, mais si nous voulons être au Temple juste après dîner, nous n'aurons guère de temps à perdre.

Dans l'église de Saint-Leu-Saint-Gilles, comme à Saint-Merry, on pouvait louer des chaises et des bancs pour être bien placés, mais les comédiens ne venaient à l'office que par sûreté, Cassandre et Caudebec étaient protestants, et Olivier n'avait plus beaucoup la foi. Ils restèrent donc au fond de l'église avec les plus pauvres.

Le service allait commencer quand Olivier vit arriver le commissaire Louchart, qui remonta jusqu'au chœur et s'installa à son banc.

En l'observant prier avec ferveur, Olivier se demandait s'il implorait le Seigneur pour être pardonné de ses péchés ou être exaucé des méfaits qu'il voulait faire. Qui aurait pu songer alors que dans trois ans Louchart serait enseveli dans cette église comme un martyr, après avoir été pendu dans la salle des cariatides du Louvre sur ordre du duc de Mayenne[1] ?

La messe terminée, ils partirent rapidement, ayant à peine le temps de donner un sol au chanteur de complaintes qui, devant le porche, commentait au son d'une vielle à roue les tableaux de la Passion. En arrivant à la tour, ils trouvèrent un dîner que Venetianelli avait fait porter par un rôtisseur et ils s'habillèrent dès la fin du repas. Sur les corselets de fer d'Olivier et de Caudebec, les femmes de la troupe avaient peint une ornementation en fausses dorures et une magnifique croix blanche à huit pointes. La même croix était cousue sur leur manteau de velours bordé de galons d'or.

Pendant qu'ils se préparaient, Olivier leur rapporta ce qu'il savait sur l'enclos du Temple.

Au début des croisades, l'ordre des *Pauvres Chevaliers du Christ* s'était établi à Jérusalem sur l'emplacement du temple de Salomon et ses membres avaient rapidement été surnommés les templiers. Ils avaient ensuite construit des établissements dans toute l'Europe. À Paris, ils s'étaient installés dans le quartier Saint-

---

1. En décembre 1591. L'épitaphe de Louchart, détruite, se trouvait au second pilier à droite en entrant par la nef.

Gervais, puis, manquant de place, ils avaient construit une commanderie au nord de la ville, une forteresse qu'on avait appelée la Villeneuve. Cette cité était si bien protégée par ses murailles, ses tours et son pont-levis que Philippe Auguste et ses successeurs avaient laissé dans le donjon les sceaux et le trésor royal, et que Philippe le Bel s'y était réfugié plusieurs fois lors de révoltes populaires.

Mais la puissance de l'ordre faisait de l'ombre au roi de France, aussi quand leur grand maître Jacques de Molay était venu de Chypre à Paris pour s'opposer à une fusion des templiers et des hospitaliers, Philippe le Bel avait répandu des rumeurs d'hérésie. Le 13 octobre 1307, Molay avait été arrêté dans l'enclos de Paris, emprisonné, puis quelques années plus tard condamné au bûcher et brûlé sur une petite île de la Seine[1]. Après l'abolition de l'ordre des *Pauvres Chevaliers du Christ*, leurs biens avaient été donnés aux hospitaliers de Saint-Jean de Jérusalem. Depuis, l'enclos abritait leur commanderie dont le maître était le Grand prieur de France.

— La Villeneuve a gardé ses murailles, ses tours, son donjon et son pont-levis. C'est toujours une forteresse, et une fois à l'intérieur, nous y serons comme dans une cage. Une seule erreur et ce sera notre prison, conclut Olivier.

Les quatre cavaliers se présentèrent devant les sergents de garde en affichant une morgue de Grand d'Espagne. Venetianelli montait le cheval de bât pour lequel ils avaient loué une selle et des harnais de grand prix. Jouant le rôle d'écuyer, Caudebec fit appeler le

---

1. Là où se trouve la statue d'Henri IV.

chevalier de service à la porte et présenta son maître comme le commandeur Ludovic del Pozzo, petit-neveu du capitaine des galères de l'ordre, qui arrivait de la commanderie de Nice avec un message du pape pour le Grand prieur. Impressionné, le jeune hospitalier salua avec déférence le prétendu commandeur.

Couvert de fausses pierreries au point qu'on distinguait à peine l'étoffe de ses vêtements, affublé d'une chaîne dorée ornée de (faux) rubis plus grosse qu'aucun gentilhomme n'en avait jamais porté au Louvre, Venetianelli avait fière allure. Avec un aplomb inouï, dans un mélange d'italien et de français, il lâcha quelques mots sur son importance et celle de sa famille, puis fit d'autorité avancer son cheval sur le pont-levis. Olivier et les deux écuyers le suivirent.

Jamais *Il Magnifichino* n'avait joué plus brillamment ce rôle de Capitan, songeait Olivier en se retenant de rire. Sa composition en commandeur rappelait certes un peu trop le Scaramouche de l'hôtel de Bourgogne mais il était invraisemblable que l'hospitalier de garde ait vu la pièce.

D'ailleurs, l'officier ne leur posa aucune question. Il faut dire qu'il avait été bouleversé d'émotion en regardant le second écuyer du commandeur del Pozzo dont le fin visage ressemblait étrangement à celui de la Madone de l'église du Temple. Ressentant une trouble attirance, interdite autant entre personnes du même sexe que par ses vœux de chasteté, il avait détourné le regard et priait le Seigneur pour que ce bel écuyer disparaisse vite de sa vue. Il jura aussi de se confesser le soir même pour ces pensées impures, puis de faire pénitence afin de laver son esprit des idées dépravées qui y avaient fait jour.

Les cavaliers traversèrent le corps de garde pour pénétrer dans une grande cour boueuse, grêlée de trous punais et défoncée par les ornières. Au milieu, mules, ânes et chèvres s'abreuvaient dans un grand bassin.

Ne sachant vers où se diriger, Venetianelli leur indiqua l'abreuvoir où ils pourraient rester un moment sans se faire remarquer en faisant boire leurs chevaux.

Olivier découvrait les lieux avec curiosité puisqu'il n'était jamais entré dans l'enclos. Face à la porte fortifiée s'élevait un groupe d'arcades peintes derrière lesquelles se dressait une église. Il avait entendu parler de Sainte-Marie-du-Temple construite par les templiers à l'image de l'église du Saint-Sépulcre, à Jérusalem. Ces arcades en constituaient le cloître et se prolongeaient à gauche par plusieurs corps de bâtiments parallèles à l'église. Vers la droite, elles faisaient un angle avec un second corps de logis qui s'avançait vers la cour, un bel édifice protégé par un jardin enclos d'un mur avec une poterne. Au-delà des toitures, deux hautes tours, dont la plus massive était le grand donjon reconnaissable par ses quatre tourelles d'angle, dominaient la forteresse.

Descendus de cheval, ils approchèrent leurs bêtes du bassin où un colporteur faisait boire son âne. À gauche, Venetianelli leur désigna un cabaret à l'enseigne du Chêne Vert accolé à des maisons à pans de bois. La rue qui serpentait se prolongeait par quelques hôtels particuliers. Peut-être pourraient-ils se renseigner par là, proposa-t-il. À moins qu'ils n'aillent de l'autre côté, vers les boutiques dont les étalages s'appuyaient contre le bâtiment longeant le mur d'enceinte de la rue du Temple.

C'est Caudebec qui prit la décision en s'adressant au colporteur, un gringalet basané au nez en bec d'aigle dont les cheveux graisseux parsemés de fils blancs tombaient dans le cou. Il portait un sayon puant de couleur indéfinie, rapetassé et usé jusqu'à la trame.

— Mon maître est le commandeur del Pozzo, dit-il d'un ton sec. Nous arrivons d'Italie. Où se trouve l'écurie des chevaliers ?

— Par là-bas, mes seigneurs, répliqua le colporteur en désignant un passage entre l'enceinte et le corps de logis qui s'avançait à droite de l'église.

Ils tournèrent leur regard dans la direction indiquée. Plusieurs cavaliers s'y dirigeaient, et d'autres en sortaient.

— Et la maison du Grand prieur ? demanda Olivier.

— Son logis ? Là-bas aussi. Vous passez sous le porche et vous entrerez dans la cour de l'Indemnité.

— Brave homme, vous paraissez tout connaître ici ! s'exclama Venetianelli.

— Sûr ! affirma le colporteur, flatté qu'un commandeur s'adresse ainsi à lui. Je viens chaque année depuis vingt ans vendre mes couteaux à la foire aux fourrures et à la mercerie qui commence demain.

Il désigna les paniers d'osier sur son âne.

— On peut les voir ? On a justement besoin de couteaux, s'enquit le faux commandeur del Pozzo.

Flairant la bonne affaire, l'autre s'approcha du bât et en sortit un sac de toile. Il l'ouvrit et montra de longs couteaux au robuste manche de bois.

— Je vous prends ces deux-là, décida Venetianelli tandis qu'Olivier sortait sa bourse de dessous sa ceinture.

— Nous allons sans doute loger ici quelques jours, annonça Olivier en proposant un écu d'argent au bonhomme qui l'empocha. Vous savez quel est le bâtiment conventuel qui reçoit les chevaliers de passage ?

— Celui-là ! fit l'homme en désignant le bel édifice entouré d'un jardin enclos, à droite de l'église. Vous n'aurez qu'à frapper à la poterne, un concierge viendra vous ouvrir et vous proposera un logis, s'il y en a un de libre. J'y suis allé plusieurs fois vendre mes couteaux. Si tout est plein, il vous restera les dortoirs de l'autre bâtiment. Mais comme ils sont pour les frères, ils sont moins confortables. Il y a aussi la maison du Chapitre, mais c'est rare qu'on y accepte les voyageurs.

Remontant en selle après l'avoir remercié, ils se dirigèrent vers le logis du prieur et les écuries.

Le passage débouchait sur un grand jardin et une vieille construction encadrée de deux tours carrées. De là, un large chemin conduisait au donjon du Temple. Sur leur droite, adossées au mur d'enceinte, s'étalaient des baraques de marchands de légumes et d'artisans.

Se dirigeant vers ce qui devait être le logis du prieur, ils franchirent un porche pour pénétrer dans une cour encadrée par une longue écurie, une sellerie, des greniers et des remises qui n'étaient que de simples halles couvertes. L'écurie abritait des dizaines de chevaux et de mules, les remises des litières, des carroches et quelques chariots. Caudebec n'aperçut pas la litière de Juan Moreo, facilement reconnaissable avec ses croix à huit branches, et le murmura à ses compagnons.

Ils descendirent de leur monture tandis que deux garçons d'écurie s'approchaient. Olivier leur donna un blanc en leur demandant de nourrir et de désaltérer leurs bêtes.

— Prenez-en grand soin, ce sont les chevaux du seigneur del Pozzo ! Nous sommes là pour quelques jours, poursuivit-il, en forçant sur son accent italien.

Venetianelli se promena un instant dans l'écurie tandis qu'Olivier expliquait à l'un des garçons qu'ils repartiraient dans une heure pour chercher leurs bagages laissés dans une hôtellerie.

Pendant ce temps le faux commandeur portait ses pas vers la remise des voitures. Avisant un palefrenier, il s'adressa à lui.

— J'ai rencontré ce matin le commandeur don Moreo dans sa litière, quand il revenait de l'hôtel de Mendoza, fit-il en laissant sa phrase en suspens.

— Si vous vouliez le voir, seigneur, ce ne sera pas possible, il est parti ce matin juste après la messe pascale à Sainte-Marie-du-Temple. J'ai peur qu'il ne soit absent pour quelques jours.

— Dommage ! J'aurais eu plaisir à vider quelques flacons avec lui, dit le comédien d'un air déçu avant de rejoindre ses amis.

Venetianelli rejoignit les autres et ils empruntèrent un petit passage avec quelques marches qui les conduisirent sur le parvis de l'église. De là, ils retournèrent dans la grande cour jusqu'à la poterne du bâtiment logeant les hôtes de passage. En chemin, Venetianelli leur avait expliqué leur rôle et ce qu'il allait faire.

Le comédien tira la chaîne d'une cloche et un frère tourier vint ouvrir. Une fois encore Caudebec joua le rôle de l'écuyer.

— Mon maître le seigneur commandeur Ludovic del Pozzo va être reçu par le commandeur don Moreo, annonça-t-il.

— Mais monsieur le commandeur est parti pour Cambrai ce matin, monsieur !

— Non, il ne partira finalement que demain, intervint Venetianelli avec morgue, la main sur la poignée de son épée. Nous venons de l'ambassade d'Espagne où nous avons dîné avec lui. Ses plans ont changé suite à un message qu'il a reçu. Il sera là dès qu'il aura terminé son entretien avec M. Mendoza et m'a dit de l'attendre chez lui.

Le ton était tellement assuré que le frère laissa entrer le groupe dans le jardin planté de trois gros marronniers.

— Conduisez-nous ! poursuivit Venetianelli.

Le portier, un peu surpris, s'inclina devant l'assurance des visiteurs. Il leur indiqua un escalier carré à colonnades et les guida jusqu'à une galerie bordée de banquettes tapissées en cuir rouge pour s'arrêter devant une porte ciselée en bossoir.

— Voici l'appartement du seigneur don Moreo, monsieur. Vous pouvez patienter sur cette banquette. Sitôt que ses domestiques arriveront, ils vous feront entrer. Je ne peux le faire, car je n'ai pas la clef.

— Soit ! lâcha Venetianelli l'air excédé.

Ils s'installèrent et le portier repartit. Dès qu'ils furent seuls, Venetianelli ordonna :

— Monsieur Caudebec, allez jusqu'à l'escalier. Si le portier revient, demandez-lui de vous accompagner à l'écurie chercher des bagages. Il protestera, aussi n'hésitez pas à crier très fort et à l'insulter pour être entendu.

Pendant que Caudebec s'exécutait, l'Italien s'approcha de la porte, examina la serrure, puis sortit des crochets de fer de son pourpoint et commença à farfouiller la serrure. Très vite, Olivier entendit un déclic et la porte s'ouvrit. Décidément, Venetianelli était un homme plein de ressources, songea-t-il avec admiration.

— Fouillez tout mais ne déplacez rien ! dit Venetianelli. S'il y a des serrures, je m'en occupe.

C'était une grande chambre dont la haute fenêtre ogivale à vitraux donnait sur la cour du Temple. Sur une estrade trônait un lit à colonnes aux rideaux olivâtres brodés d'argent, avec deux gros coffres en noyer ciselés de part et d'autre. Le reste de l'ameublement était constitué d'une table massive aux pieds en forme de pattes de lion, d'un petit bureau et de plusieurs chaises tapissées en cuir de Cordoue. Deux portes ouvraient dans une garde-robe et dans un bouge qui contenait un lit à sangles avec une paillasse de crin. Des panneaux de boiseries découpés en carrés couvraient entièrement les murs. Certains étaient sculptés des trophées d'armes antiques, d'autres étaient peints de vases de fleurs en trompe-l'œil ou de grotesques ornés de guirlandes.

Cassandre examina le lit, passa la main sous les deux matelas, Olivier recherchait des papiers ou des lettres dans le bureau, mais les deux tiroirs ne contenaient rien sinon des feuilles blanches et des plumes d'oie. Les coffres étaient vides. Quant à Venetianelli, il ne regardait que les frises murales.

— Il n'y a rien ! lâcha Olivier avec dépit. Il a dû tout emporter !

Venetianelli s'approcha d'un des panneaux de lambris et commença à le tapoter doucement avec un doigt.

— Imitez-moi. En Italie ce genre de boiserie dissimule souvent des placards ou des armoires secrètes.

Ils choisirent chacun un mur. En même temps, Olivier et Cassandre recherchaient des traces de serrure ou de loquet, mais il n'y avait rien. Toute cette expédition était inutile ! rageait Olivier qui s'inquiétait du temps passé. À chaque instant ils pouvaient être surpris.

— Cela sonne creux ici, dit brusquement Cassandre.

Venetianelli s'approcha et tapota le panneau peint.

— C'est vrai, il y a peut-être un placard dissimulé.

— Mais je n'ai vu aucune ouverture ! s'étonna-t-elle.

Venetianelli s'accroupit sous le regard intrigué de ses compagnons. Il repéra rapidement la trace des chaussures qui avait sali la plinthe peinte en faux marbre. Il appuya dessus et la pièce de bois s'enfonça. En même temps, le panneau s'ouvrit en silence, dévoilant une porte de fer.

— J'ai déjà connu ce genre de secret, sourit-il pour se justifier.

L'armoire de fer ne résista pas longtemps aux crochets de Venetianelli. À l'intérieur, il y avait une cassette ciselée et plusieurs lettres serrées entre des cartons.

La cassette contenait une centaine de pistoles qu'ils laissèrent. Olivier prit les lettres et les feuilleta rapidement tout en s'efforçant de se souvenir de l'ordre dans lequel elles se trouvaient. La plupart étaient en espagnol, langue qu'il comprenait à peine, aussi les donna-t-il à sa femme et à Venetianelli qui parlaient bien castillan. Il ne garda que les courriers écrits en français.

C'étaient des missives de gouverneurs qui auraient certainement conduit à la potence ceux qui les avaient écrites, mais ce n'était pas ce qu'il recherchait. Il s'arrêta finalement sur une quittance et une courte lettre datée d'une quinzaine de jours qui portaient toutes deux la signature du duc de Guise.

La quittance était datée du 9 janvier :

Nous, Henri de Lorraine, duc de Guise, tant en notre nom que de la part de tous ceux qui se trouvent compris en notre commune ligue, confessons par cette présente avoir reçu de M. Diego Maldonado la somme de trois cent mil écus pistolets[1] qui est le premier payement que Sa Majesté catholique nous avait promis, en témoin de quoi nous avons signé cette présente de nos mains et fait apposer le cachet de nos armes.

Dans la lettre, le duc remerciait le roi Philippe II pour les trois cent mille écus reçus en janvier de M. de Mendoza et annonçait qu'il viendrait à Paris à la mi du mois de mai pour chercher le deuxième versement. Il y ajoutait qu'à cette date il serait le maître de la ville et qu'il aurait très vite besoin d'une plus grosse somme. En échange, il confirmait son acceptation de laisser Toulouse, Narbonne et Montpellier au capitaine

---

1. L'écu d'or au soleil valait soixante sous ; l'écu d'or pistolet cinquante-huit sous.

don Juan Anaya de Solis qui en prendrait possession au nom de l'Espagne.

Cassandre l'interrompit dans sa lecture pour lui tendre la lettre qu'elle venait de terminer. Elle lui en donna les principaux éléments, tandis qu'il tentait de la comprendre.

En vérité, ce n'était pas une lettre mais le résultat d'un déchiffrage, car elle n'avait ni sceau ni signature et était annotée d'une quantité de petits signes incompréhensibles. Le courrier, daté de l'année précédente, venait de M. Diego Maldonado, secrétaire de Sa Majesté Philippe II, qui annonçait à M. de Mendoza avoir du mal à réunir les sommes demandées en or, aussi attendait-il un chargement en provenance de Lima pour y parvenir. Diego Maldonado précisait plus loin qu'il assurerait lui-même la livraison de l'équivalent de trois cent mille écus en doublons de quatre écus et en double ducat espagnols[1] en janvier. À cette occasion, il transporterait aussi deux cents quintaux de poudre pour le duc de Guise. Mais le plus intéressant était dans les dates : le deuxième convoi venant de Bruxelles et passant par Cambrai, à travers la Picardie, était prévu pour le début du mois de mai et le troisième pour le début de novembre, si le duc de Guise avait pris le pouvoir à Paris.

— Je crois que nous savons tout, dit Olivier. Y a-t-il autre chose ?

— Oui ! dit Cassandre, très agitée par ce qu'elle avait lu. Mon père donnerait son bras droit pour une copie de ces courriers. Et sans doute aussi M. de Rosny. Je vais

---

1. Le double ducat valait, sous Henri III, 6 livres 4 sous. L'écu d'or pesant 3 grammes, une telle quantité d'or correspondait environ à un poids de 900 kilogrammes.

les faire dès maintenant, il y a des plumes, de l'encre et des feuillets dans ce bureau….

— Nous avons déjà trop défié la chance, madame, répliqua Venetianelli. Il vaut mieux partir, ou alors les emporter.

— Nous n'emporterons rien, intervint Olivier, et nous n'utiliserons ni les plumes ni les feuilles du bureau ! Nous savons quand arrivera le convoi d'or, et par où il vient, cela suffit. C'est une chance unique de nous en emparer. Si Moreo découvre qu'on a fouillé chez lui, il changera ses plans. None a sonné depuis longtemps. (Il regarda sa montre pendue à une chaîne autour de son cou.) Nous avons tout juste le temps de nous préparer pour notre dîner chez le marquis d'O…

— Ce n'est pas possible d'abandonner toutes ces informations ! protesta Cassandre.

— Tu les as eues en main, lui dit Olivier. Venetianelli te fera aussi un résumé de ce qu'il a lu. Tu rassembleras tout cela dans un mémoire en rentrant.

Il remit les papiers dans les cartons, à peu près dans l'ordre où ils les avaient trouvés. Venetianelli rangea tout dans le placard, remit le coffret à sa place, puis referma la porte du coffre et celle à secret. Ils balayèrent la pièce des yeux, vérifiant qu'ils n'avaient rien dérangé et sortirent. Venetianelli manipula la serrure et ils rejoignirent Caudebec. En bas, ils rencontrèrent le portier.

— Nous ne pouvons attendre plus ! lança Venetianelli avec colère, la main sur son épée. Juan Moreo a dû nous oublier, mais moi, je ne l'oublierai pas !

Sur ces mots menaçants, ils traversèrent lentement le jardin, sortirent, retournèrent rapidement au parvis de l'église puis filèrent vers l'écurie.

— Simuler la colère a l'avantage de faire peur aux domestiques, leur expliqua l'Italien dans un fou rire dès qu'ils furent éloignés. Le portier ne parlera pas de notre visite à Moreo, car ce serait lui rappeler son impolitesse !

— Mais il se souviendra que don Moreo n'est pas revenu…

— Il ne dira rien, croyez-moi. Ce serait se mêler d'une querelle qui lui attirerait des ennuis.

Ils reprirent leur monture et quittèrent l'enclos sans échanger d'autres paroles. C'est dans la rue du Temple qu'Olivier raconta brièvement à Caudebec ce qu'ils avaient découvert et ce n'est qu'à la tour qu'il expliqua ce qu'il avait en tête.

— Ce convoi arrivera soit par la porte Saint-Denis, soit par la porte Saint-Martin. Aux premiers jours de mai, nous nous installerons là-bas pour surveiller toutes les entrées dans Paris.

— Il peut prendre une autre porte, objecta Caudebec qui, nous l'avons dit, détestait les fastidieuses surveillances.

— Venant de Picardie, la route directe est le chemin du roi Dagobert qui passe par Saint-Denis. Ce n'est que dans le faubourg que le chemin se sépare vers les deux portes.

— D'accord, grimaça Caudebec, mais si nous restons plusieurs jours, nous serons repérés.

— Devant ces deux portes, il y a suffisamment de cabarets et d'hôtelleries pour qu'on ne nous remarque pas. Il suffira que Venetianelli nous grime un peu.

— C'est possible, en effet, reconnut l'Italien. Admettons maintenant que ce convoi arrive, comment le reconnaîtrons-nous ?

— Il sera escorté par des gardes espagnols, ou des chevaliers hospitaliers… Le plus probable est que ce seront des Espagnols. Un gros chariot avec des hommes d'armes ne pourra nous échapper.

— Et ensuite ? demanda Cassandre.

— J'avoue ne pas avoir de réponse, répondit son mari. Cela dépendra de l'endroit où le chariot sera conduit. À un moment, son contenu passera aux mains du duc de Guise. Nous n'aurons qu'à saisir une occasion.

— Nous sommes trois, ironisa Caudebec, quatre avec Mme de Saint-Pol. Et nous nous attaquerions à une escorte espagnole ?

— Nicolas pourra nous aider, suggéra Olivier. Il y a aussi mon valet d'armes chez M. Sardini. Guise ne voudra pas se faire remarquer avec cet or, donc il cherchera à être discret.

— Peut-être, dit Caudebec en faisant la moue. Vous semblez aussi oublier que d'après M. Poulain la Ligue soulèvera Paris dans huit jours. Ne devions-nous pas partir avant ?

— Après ce que nous avons découvert, nous ne pouvons plus partir, répondit Olivier en secouant la tête.

12.

Dimanche 17 avril, jour de Pâques

Tandis qu'Olivier et Caudebec s'habillaient pour leur souper chez le marquis d'O, Cassandre se rendit dans la chambre de Venetianelli où les femmes de la troupe repassaient les cols et les fraises qu'ils porteraient.

Sur les pierres de la cheminée étaient alignées toutes sortes de fers : des fers à braises que l'on remplissait avec une petite pelle, des fers à gaufrer, des fers à bouillonner pour les fronces ; des fers à tuyauter pour les manches. Certains étaient ronds ou ovales, d'autres recouverts de laine, d'autres encore, très fins et posés dans l'âtre, se manipulaient avec de longues tiges pour ne pas se brûler.

Cassandre se fit expliquer l'usage de ceux qu'elle ne connaissait pas. Quand elle habitait chez les Mornay, c'était bien sûr une lingère qui préparait les fraises et repassait les plis des hauts-de-chausses pour les grandes cérémonies, mais il arrivait qu'elle-même ou sa mère adoptive aient l'occasion d'utiliser les fers, quand il y avait beaucoup de linge à apprêter.

L'amidon pour rendre les fraises et les cols rigides avait été préparé dans une grande terrine par Serafina après avoir cuit longuement dans une marmite. La jeune femme y avait trempé les tissus la veille et maintenant Chiara retirait les fines tiges d'acier des plis de la dentelle, indispensables pour des fronces bien alignées et régulières. Elles n'avaient pas arrêté depuis l'aube et la fatigue se lisait sur leur visage. Cassandre se promit de les récompenser. Le repassage d'une fraise prenait plusieurs heures et elle leur avait demandé d'en préparer trois : deux de petites tailles, pour Olivier et Caudebec, et une très grande de trois pieds de circonférence pour elle. Une parure qui la gênerait toute la soirée.

Enfin tout fut terminé et Serafina et Chiara l'aidèrent à s'habiller. À la grande surprise de Cassandre, les deux jeunes filles connaissaient les dernières exigences de la mode parisienne et avaient retouché les fermetures de sa robe, resserré la taille, rajouté des rubans de soie et modifié les motifs de perles cousus sur le corsage. Elles lui proposèrent même un caleçon de velours rouge qui, selon elles, faisait fureur à la cour, ainsi que des bas de soie et une de ces gibecières dans lesquelles les femmes mettaient parfois un petit chien. Les parures que les comédiennes utilisaient pour leurs spectacles semblaient être inépuisables !

Ils partirent peu avant cinq heures, un peu en retard. Pour l'occasion Venetianelli avait fait venir une litière portée par deux mules pour Cassandre, car elle n'aurait pu monter à cheval avec son corset sous le vertugadin, son immense fraise et sa coiffure aux cheveux crêpés en chignons parsemés de rubans.

Pour éviter la rue Saint-Martin, dans laquelle Olivier craignait d'être reconnu, ou simplement aperçu par Perrine ou ses autres domestiques, le petit groupe emprunta la rue aux Ours et la rue Grenier-Saint-Lazare, traversant les ruines de la vieille porte Saint-Merry pour rejoindre la rue du Temple qu'ils descendirent jusqu'aux Blancs-Manteaux.

En chemin, chaque fois que la voie était assez large, Olivier se plaçait à côté de la litière afin de parler avec son épouse. Venetianelli et Sergio ouvraient la marche, écartant ceux qui gênaient le passage avec leur bâton et faisant lever les tablettes des échoppes quand le passage était trop étroit. Caudebec assurait l'arrière-garde et repoussait les gamins qui les suivaient.

Olivier, engoncé dans sa fraise et sa chemise amidonnée avec son pourpoint étroitement boutonné, faisait surtout attention à ce que les plumes de son toquet ne frottent pas les enseignes trop basses. Il trouvait extravagant de déployer un tel apparat pour rendre visite à « l'archilarron » quand ils s'étaient habillés bien plus sobrement pour rencontrer le roi. D'humeur maussade, et à mots couverts, il le reprochait à sa femme qui avait décidé seule de la façon dont ils seraient vêtus.

Un masque de velours blanc sur le visage – comme c'était l'usage pour les femmes de qualité –, le col raide et la tête bien droite, elle répondit :

— M. de Rosny m'avait prévenue que le roi affectait désormais la simplicité. Nous l'aurions indisposé en nous présentant avec trop de magnificence. Mais ce n'est pas le cas du marquis d'O qui aime le luxe. Il s'attend à recevoir la fille du prince de Condé et un gentilhomme de Mgr de Navarre. Tu dois l'impressionner pour qu'il n'ait pas le sentiment que nous le traitons avec désinvolture. Nous devrions même être accompagnés de quelques pages et d'une dizaine d'écuyers et d'amis.

Olivier n'était pas convaincu, tout en trouvant drôle que ce soit une protestante dont la religion prônait la simplicité qui parlât ainsi, mais il est vrai que Cassandre était désormais la fille d'un prince de sang, un homme dont l'élégance et le faste avaient été réputés, et qu'elle avait à cœur de conserver le rang de sa famille.

L'hôtel acheté par le marquis d'O au financier Ludovic da Diaceto avait son entrée principale rue des Francs-Bourgeois. Avec ses quarante et une pièces et sa galerie de parade, Nicolas Poulain leur avait expliqué que c'était le plus fastueux de Paris.

Par prudence, la double porte du porche, bardée de gros clous, était fermée, car O était détesté des Parisiens, mais deux Suisses armés de mousquet et hallebarde étaient de faction dans de petites tourelles à meurtrière encadrant le portail. Venetianelli annonça M. de Fleur-de-Lis et les ventaux s'écartèrent.

Ils entrèrent dans une belle cour carrée avec un grand escalier carré à balustres où se tenaient quelques gardes. Là, un intendant les fit passer dans une antichambre où attendait Charles, le valet de chambre du marquis d'O qu'Olivier reconnut, puisqu'il faisait partie de l'expédition chez Jehan Salvancy.

Par un large escalier à vis, Charles les conduisit jusqu'à une longue pièce d'apparat devant laquelle attendaient deux valets en livrée.

Cassandre balaya la salle des yeux. Ce n'était pas une chambre mais plutôt une galerie richement meublée avec de hautes chaises tapissées de motifs fleuris, des fauteuils à accoudoir à dossier de cuir, des coffres ciselés, un buffet et un dressoir surchargés de faïences et de plats d'argent. Du côté de la cour, les arcades à colonnes se succédaient tandis qu'en face une cheminée, encadrée de boiseries peintes, était surmontée d'un portrait du roi dans sa prime jeunesse. Sur les deux autres murs étaient accrochées des tapisseries dont la plus grande représentait une bataille d'hommes en armure.

Une table couverte d'une épaisse nappe était dressée près du foyer avec, de part et d'autre, de gros bougeoirs à quatre pieds supportant des cierges de cire parfumée.

Le marquis d'O les attendait, debout, en compagnie d'une frêle femme au teint diaphane et au regard triste vêtue d'une lourde robe en velours aux manches ballonnées à la taille, avec une petite fraise au col. Lui, moustache relevée et barbe en pointe, portait un pourpoint de satin jaune citron boutonné, avec des manches matelassées garnies de baleines d'où s'échappait par des crevés du taffetas turquoise. Une écharpe de même couleur barrait sa poitrine tout en laissant voir une lourde chaîne d'or et une grande escarcelle à fermoir d'argent ciselé. Ses bas brodés et ses chausses de soie mettaient en valeur ses jambes gainées de bottes souples en cuir de Russie. Une grande fraise amidonnée large de deux pieds le contraignait à conserver la tête haute.

Il eut un sourire de contentement en découvrant que la fille du prince de Condé était si magnifique. La main sur la garde en arceaux de l'épée que le roi lui avait offerte, il s'inclina avec beaucoup de raideur à cause de la fraise. Un peu à l'écart se tenait le géant Sarmate, comme toujours en robe bordée de fourrure de renard avec son sabre courbe pendu à un baudrier.

Il n'y avait ni valet ni servante.

Les trois visiteurs s'inclinèrent à leur tour devant le seigneur d'O qui s'avança vers Cassandre et lui prit la main avec une extrême solennité pour la conduire à la femme au regard triste.

— Mon épouse, fille du seigneur de Villequier. Charlotte, dit-il en s'adressant à elle, Mme de Saint-Pol est fille de feu Mgr Louis de Bourbon. Voici son mari, M. de Fleur-de-Lis, et M. Caudebec, un valeureux capitaine.

Olivier était légèrement surpris. Le marquis paraissait avoir oublié toutes leurs querelles. O dut surprendre ses pensées, car il ajouta en le regardant :

— Vous vous interrogez sur les raisons de cette invitation ?

— Je l'avoue, monsieur le marquis.

— Passons à table, voulez-vous ? proposa O sans répondre.

Avec une sorte d'indifférence, Charlotte leur désigna leur place, Cassandre étant au haut bout près de la cheminée. O à l'autre extrémité, en face d'elle. Il baissa la tête et commença un bénédicité repris par tous les participants.

Apparemment, le service serait fait par Charles et le Sarmate, car l'action de grâce étant dite, Dimitri servit les vins et Charles, qui avait disparu, revint porteur d'une soupière.

Le début du souper fut compassé. Le marquis d'O donna à ses invités quelques nouvelles sur les évènements dont il avait connaissance : mariages et décès de grandes familles, charges et honneurs attribués. Ses invités parlèrent peu et Charlotte de Villequier resta muette, les yeux baissés.

De façon inattendue, tandis que Charles servait le troisième service composé de brochets et d'autres poissons, O interrogea Cassandre.

— On m'a dit que le roi de Navarre aurait reçu trois cent mille écus d'un banquier, il y a trois ans, qu'en a-t-il fait ?

— Il a acheté l'armée des reîtres qui a été écrasée par le duc de Guise, répliqua-t-elle en plantant ses yeux dans les siens.

— Quel gaspillage ! laissa tomber le marquis avec un sourire factice.

— Les mercenaires ne sont pas toujours les meilleurs combattants, intervint Caudebec.

— En effet... Dites-moi, monsieur de Fleur-de-Lis, comment avez-vous rejoint le roi de Navarre ? Je vous avais connu dans d'autres circonstances.

Olivier avait remarqué que jusqu'alors, O n'avait jamais fait allusion à M. de Mornay ni ne l'avait appelé Hauteville. Sans doute ne voulait-il pas que son épouse sache exactement qui ils étaient. Craignait-il qu'elle rapporte leur conversation à son père ?

— Je cherchais à me rapprocher de celle qui est devenue mon épouse, monsieur. Ayant obtenu une charge à la cour de madame la reine mère, je l'ai quittée pour partir dans le Midi.

Comme visiblement O attendait la suite, il poursuivit :

— J'étais avec deux amis, deux fidèles compagnons. La France est bien malheureuse, monsieur, nous n'avons vu que des villages dévastés, partout des cadavres de pauvres gens pendus ou noyés. La misère règne dans ce royaume où le Diable dirige tout.

Il se tut un instant, encore ému par ce qu'il avait connu.

— Nous avons été capturés par un peloton de catholiques, mais ce n'étaient que des protestants déguisés. Ils nous ont conduits auprès de leur maître, que nous ne connaissions pas. Les protestants voulaient nous pendre ; lui nous a interrogés avec une grande bonhomie. Je lui ai dit la vérité sur notre voyage et il a décidé de nous libérer. Ce n'est que plus tard que j'ai appris avoir eu affaire à Henri de Navarre.

» C'est un homme bon qui sera un grand roi, monsieur le marquis. Ma route a croisé à nouveau la sienne à Cognac où j'ai eu la chance de lui sauver la vie lors d'un attentat conduit par Mme de Montpensier. Je suis ensuite resté sous ses ordres sans qu'il ne m'ait jamais demandé de changer de religion. J'ai rencontré ses capitaines, feu M. de Condé, M. de La Rochefoucauld, M. de Turenne, M. de Mornay et M. de Rosny. Ce sont tous des hommes que j'estime. Et pour finir, j'ai vu le roi de Navarre combattre à la tête de son armée à Coutras. Jamais je n'ai vu gentilhomme plus valeureux. Il saura conquérir le cœur des Français, comme il a conquis le mien.

— Le mien aussi, monsieur, assura Cassandre, qui avait écouté religieusement.

— Et le mien, intervint gravement Caudebec.

Le marquis d'O fit la moue.

— Il n'y a point de médaille qui n'ait son revers, et j'ai du mal à vous entendre, monsieur de Fleur-de-Lis. J'ai bien connu Navarre quand je suis rentré de Pologne. C'était un jeune homme frivole, gâté, avili par les mœurs corrompues de la cour. Après avoir abjuré, il avait même imposé la religion catholique à ses sujets du royaume de Navarre. Notre roi Henri lui avait donné son amitié sans réserve et il a abusé de sa confiance pour s'enfuir traîtreusement de la cour[1] et abjurer la foi catholique. À mes yeux ce n'est qu'un félon…

— Je ne peux vous laisser dire cela, monsieur ! intervint Caudebec en se levant avec colère.

À ces mots, le marquis se dressa lui aussi, les traits figés et main sur son épée. Le Sarmate Dimitri s'avança vers la table, tout aussi menaçant.

Cassandre était à côté de Caudebec, Mme d'O – pétrifiée par la rapidité de l'altercation – étant placée entre lui et Olivier.

— Calme-toi, ami ! intervint la fille de M. de Mornay en prenant la main du capitaine de son père, je suis certaine que M. le marquis n'a pas voulu offenser Mgr de Bourbon. Simplement, il ne le connaît pas vraiment. Henri de Bourbon n'a jamais varié, monsieur, dit-elle à O. Vous oubliez qu'il était prisonnier, qu'il était contraint de porter une jaquette de mailles chaque jour,

---

1. 3 février 1576.

craignant pendant quatre ans pour sa vie. Jouer le rôle d'un sot était le seul moyen qu'il avait de survivre. Il a souvent raconté à mon père, et à M. de Rosny, comment il se jouait ainsi des amis de Guise.

Le marquis avait les articulations de ses mains blanches tant il les serrait et Caudebec ne paraissait nullement amadoué.

Olivier demanda doucement à M. d'O :

— Monsieur, savez-vous ce que répète ce roi dont vous dénoncez la frivolité et l'inconstance ? « Catholique ou protestant, peu importe à mes yeux ! Ceux qui suivent leur conscience sont de ma religion… » La tolérance le guide, cela devrait vous convenir, car l'on m'a rapporté que vous n'êtes pas d'un tempérament sectaire… Et puis, un bon renard ne mange point les poules de son voisin. Vous êtes dans le même camp.

À cette dernière sentence, le marquis ne put retenir un sourire. Il eut un geste d'apaisement à l'attention de Caudebec.

— Je n'ai pas voulu vous blesser, monsieur, fit-il d'une voix maîtrisée.

Il se rassit.

Toujours maussade, le huguenot hocha la tête. Cassandre lui tenait toujours une main et sur une pression, il se rassit à son tour.

— C'est moi qui suis trop impétueux, monsieur, s'excusa-t-il.

Charles arriva et trouva tous les convives silencieux. Mal à l'aise, il proposa le service suivant. Le marquis d'O restait plongé dans ses pensées, songeant à la comédie qu'il avait jouée durant quatre ans, songeant au roi, qui jouait aussi un rôle pour échapper à la pression des Guise. Il avait fait venir Hauteville et sa femme pour tenter de comprendre le mystère Navarre et il venait de se conduire comme un sot.

— Comment avez-vous trouvé Sa Majesté ? demanda-t-il enfin, en s'adressant à Mme de Saint-Pol.

— Je crains que l'inquiétude et les tourments ne ruinent sa santé, répondit-elle prudemment.

Tristement, O approuva de la tête.

— Henri n'a pas toujours été ainsi. Je l'ai connu en brave capitaine… fit-il sourdement.

Il faillit ajouter : à Jarnac, mais se retint en se souvenant que c'était là que le père de Mme de Saint-Pol avait trouvé la mort, tué par un capitaine d'Henri III.

— La première fois, c'était au siège de La Rochelle, puis je l'ai suivi en Pologne, poursuivit-il les yeux dans le vague. C'est un bon roi, malgré ses hésitations et les médisances de madame la Ligue. Dans d'autres circonstances, il aurait pu amener la paix et la prospérité dans ce pauvre royaume.

Il se tut un instant avant de reprendre d'une voix brisée :

— Mon roi est malade, comme l'était son frère Charles… Cette maladie le tuera, plus sûrement que les assassins de la Ligue.

Olivier comprit à ce moment pourquoi le marquis les avait fait venir. O était un seigneur féodal qui ne pourrait rester sans maître. Si le roi disparaissait, il devrait choisir entre Guise ou Navarre. Mais en vérité, il n'avait guère le choix : Henri de Bourbon était petit-fils de Saint Louis et serait le roi légitime. Son seul défaut était d'être hérétique.

— Parlons rond, mes amis, croyez-vous que Mgr de Navarre se convertira ? demanda enfin le marquis d'O.

— Jamais ! répliqua Cassandre.

— Je ne le pense pas, monsieur le marquis, nuança Caudebec.

— Et vous, monsieur de Fleur-de-Lis, que dites-vous ?

— Je ne sais pas, monsieur. Mais je veux croire que cela importe peu. Catholique ou protestant, ceux qui seront braves et bons seront de sa religion. C'est pour cela que nous l'aimons, répondit-il dans un sourire chaleureux.

Deux jours plus tôt, en rentrant chez lui à l'issue de la réunion de la sainte union, Nicolas Poulain avait déjà oublié la boîte ciselée de l'horloger. L'abominable dessein des ligueurs prévu pour le jour de Quasimodo occupait alors entièrement son esprit. Il avait beau se dire que les précédents projets de la sainte union contre le roi avaient tous échoué, il ne parvenait pas à se rassurer. Pour la première fois trente mille hommes alliés à l'armée du duc de Guise allaient se dresser contre le roi.

Le lendemain avant même le lever du soleil, vêtu d'un sayon de crocheteur, il se rendit jusqu'à la rue des Petits-Champs. En chemin, il s'arrêta à un marchand pour acheter un petit pâté chaud et vérifia que personne n'était derrière lui. Il y avait une écurie à l'angle de la rue du Coq. Il y entra pour ressortir par une porte de derrière et, ayant encore observé la rue, il la traversa et remonta la rue des Petits-Champs. Assuré de ne pas être suivi, il s'engagea rue du Bouloi et entra dans l'hôtel de Losse.

Pasquier, le valet de chambre, le conduisit aussitôt auprès du Grand prévôt auquel il raconta ce qu'il avait appris. Quand il eut fini, le Grand prévôt resta encore plus sombre que d'habitude.

Comme toujours, la salle de travail de François du Plessis était glaciale. Un feu de fagots venait à peine d'y être allumé et Nicolas frissonna. Pourquoi le Grand prévôt restait-il ainsi muet ?

— Sa Majesté est son propre ennemi, lâcha finalement Richelieu. Le roi est continuellement balancé entre ceux comme moi, Épernon et O qui le supplient d'affronter ouvertement Guise, et ceux qui lui conseillent l'accommodement, lui assurant que le duc reste son fidèle sujet et ne dirige la Ligue que pour la retenir.

Il ne nomma pas ces derniers mais Poulain comprit qu'il s'agissait de la reine mère et de Villequier.

— Il y a pourtant le traité de Joinville par lequel M. de Guise et sa famille se sont alliés à l'Espagne et ont décidé quelle serait la succession du royaume ! s'insurgea Nicolas.

— Oui, mais Sa Majesté ayant donné des gages avec le traité de Nemours, les partisans de l'accommodement sont persuadés que Guise n'a plus besoin de prendre le pouvoir par la force. Le roi voudrait les croire pour éviter un bain de sang. Je pense que vous êtes le seul capable de lui dessiller les yeux. Vous n'êtes d'aucun parti, et si vous lui racontez ce que vous avez entendu, il vous écoutera comme il l'a déjà fait il y a trois ans.

— Comment pourrais-je lui parler, monsieur ? s'enquit Poulain en écartant les mains.

— Cela me prendra quelques jours pour convaincre Sa Majesté de vous recevoir. Restez à Paris cette semaine, je vous ferai chercher.

En arrivant chez lui, son beau-père l'interpella depuis l'ouvroir du Drageoir Bleu :

— Nicolas, les marchands de notre rue ont peur. Ils affirment même ressentir ce qu'ils ont éprouvé les jours précédant la Saint-Barthélemy. Toutes sortes de rumeurs circulent. On parle de l'arrivée du duc de Guise qui viendrait avec ses régiments d'Albanais dans moins d'une semaine. D'autres assurent que le roi sera chassé sous peu. Que sais-tu ? Devons-nous quitter la ville ? Mais pour aller où ? Et que deviendrons-nous si on pille la maison ?

Nicolas ne pouvait répondre à ces questions. En cachant ses craintes, il tenta de le rassurer, mais sans croire à ce qu'il disait. Il se rendit ensuite à la maison d'Olivier où il rencontra Le Bègue pour lui demander de préparer des provisions et d'entreposer de l'eau, au cas où une insurrection éclaterait. C'est dans l'après-midi qu'il reçut le page du marquis d'O, un jeune homme de quatorze ans, déjà plein de suffisance comme son maître.

— M. le marquis vous demande de prévenir M. de Fleur-de-Lis et son épouse qu'il les attend à dîner demain à cinq heures.

— Qui me prouve que vous êtes au marquis ?

— M. le marquis a rencontré M. de Fleur-de-Lis dans la chambre du roi mardi, monsieur ! répliqua le jeune homme d'un air courroucé.

Nicolas le laissa repartir sans l'interroger davantage. Pour quelle raison le seigneur d'O voulait-il rencontrer Olivier et Cassandre ? Il n'avait pas revu ses amis depuis leur arrivée, jugeant prudent de ne pas se rendre à la tour. Si ce page n'était pas un menteur, Olivier avait parlé au roi en présence du marquis. Sans doute celui-ci savait-il désormais que Cassandre était la fille naturelle du prince de Condé, une Bourbon. Peut-être voulait-il être honoré de la recevoir ? Quoi qu'il en soit, il devait se rendre à la tour transmettre l'invitation. Il fallait juste qu'il s'assure de ne pas être suivi.

Il resta un moment devant sa fenêtre à observer la rue où régnait une telle agitation en cette veille de Pâques qu'il était difficile de repérer un espion. Finalement, il se couvrit d'un manteau et d'un bonnet, ceignit son épée et sortit.

Il descendit la rue Saint-Martin puis la rue Aubry-le Boucher jusqu'au cimetière des Innocents qu'il traversa, car au milieu des fosses, il était facile de repérer un suiveur. N'ayant rien remarqué, il s'engagea dans les Halles où la badaudaille vociférait devant la Compagnie des sots et des enfants sans souci qui jouait sur une estrade *Le traître Judas se pendant par désespoir*. Se glissant à travers le public déchaîné, il remonta vers l'ancienne porte Montmartre dont il ne restait que les deux tours ruinées encadrant un portail ogival. Il se glissa par une poterne dans les ruines de l'antique enceinte et gagna la rue Neuve-Saint-François toute proche, puis le donjon de Jean sans Peur.

Ayant transmis la demande du marquis d'O, appris que ses amis allaient fouiller l'appartement de Juan Moreo au Temple et écouté comment s'était déroulée l'entrevue avec le roi, Poulain rentra chez lui par la rue aux Ours.

Mardi 19 avril

À l'extrémité de la rue Verrerie, se situait la place du cimetière Saint-Jean. Depuis le Moyen Âge le cimetière avait été déplacé de l'autre côté de la rue Verrerie[1] et la place était devenue un marché, utilisée aussi pour les exécutions capitales, en particulier pour y brûler les hérétiques. Elle était entourée de tavernes, de cabarets et d'auberges où venaient se désaltérer chalands et boutiquiers ambulants : rôtisseurs, tailleurs, vendeurs de mort-aux-rats, d'oublies ou de pâtés. Les deux plus importantes de ces hôtelleries étaient le Mouton Blanc et la Croix-de-Lorraine.

---

1. On le voit parfaitement sur le plan de Jaillot.

C'est le surlendemain de leur dîner avec le marquis d'O que François Caudebec et Olivier Hauteville s'y rendirent après avoir laissé leurs chevaux dans une écurie de la rue de Bercy. La veille, les deux sœurs et la mère de Serafina avaient taillé des casaques de velours noir parsemées de croix de Lorraine en broderie d'argent et des écharpes blanches brodées des mêmes croix. Ces vêtements, et leur chapeau noir broché aussi d'une croix, affichaient ostensiblement leur appartenance à la maison de Guise. Avec épée, main gauche et toquet à plume, ils passeraient indubitablement pour des gentilshommes ligueurs.

Le souper chez le marquis d'O s'était finalement terminé dans une cordialité à laquelle Olivier ne s'attendait pas. Lors de leur départ, le marquis d'O avait même voulu marquer son estime envers les deux hommes en les accolant avec affectation. Cela avait été une chose étonnante pour Cassandre de voir le rugueux capitaine de son père, protestant trapu et austère, serrer dans ses bras l'arrogant gentilhomme catholique pommadé et parfumé. Avaient-ils convaincu le favori du roi qu'il pouvait accorder sa confiance et sa foi à Henri de Navarre ? Olivier l'espérait.

Il était dix heures et la grande salle de la Croix-de-Lorraine était à moitié pleine. Ils s'installèrent à une table à l'écart d'où ils avaient une vue sur la cuisine dans laquelle s'activaient cuisiniers et marmitons. Les uns plumaient de belles volailles, les autres lardaient des pièces de mouton, d'autres encore troussaient des pièces de gibier ou épluchaient des légumes. C'est Caudebec qui avait choisi la place, un coin particulièrement sombre avec une sortie par la cour de la cuisine en cas de danger.

La salle était toute en longueur. Aux murs étaient suspendus des enseignes et des écus de bois à la croix de

Lorraine. Devant eux, un grand tableau représentait le ciel avec un nuage blanc qui voilait une étoile d'or sous laquelle était écrit : *Présente, mais cachée* ; la devise du père d'Henri de Guise. Ceux qui passaient devant faisaient une génuflexion et un signe de croix.

L'auberge était guisarde et ne s'en cachait pas. Ses clients n'étaient pas ces débardeurs ou ces crocheteurs qui proposaient leur force sur les marchés, et encore moins des guilleris ou des barbets venus de la cour des miracles. On y voyait des bourgeois en habit sombre, des hommes de loi en robe noire, tous catholiques à gros grain, et surtout des gentilshommes en manteau de serge verte ou brune affichant fièrement des doubles croix blanches sur leur épaule et tenant rosaire en main. La plupart portaient chapeau pointu et n'avaient à la bouche que des propos ligueurs.

Une fille de salle, épaisse et charnue, vint leur proposer un clairet de Montmartre, puis, l'heure avançant, ils se firent servir à dîner. Comme la salle se remplissait, quelques gentilshommes et bourgeois se joignirent à leur table, mais sans chercher à converser.

Durant le repas, Caudebec et Olivier remarquèrent un groupe d'estafiers bruyants et insolents, barbe et moustaches en pointe, qui s'installaient pour ripailler autour de deux grandes tables. Ce n'était pas des truands ni des coupe-jarrets, mais plutôt des gentilshommes d'aventure, des cadets sans fortune, ce genre de traîneurs d'épée qu'on appelait en Italie des *bravi*. Tous affichaient des croix de Lorraine sur leur épais pourpoint de taffetas, tous portaient des rapières longues comme un jour sans pain et des bonnets ou des chapeaux à plume de coq.

Le dîner terminé, l'aubergiste, homme à gros ventre et joviale figure, vint leur demander si la nourriture leur avait convenu.

— Je ne vous avais jamais vus, dit-il à la fin avec une ombre de méfiance, peut-être pour tenter d'en savoir plus sur eux.

Devant l'air brusquement féroce de Caudebec, il ajouta à voix basse et d'un ton conciliant :

— C'est pour bientôt, n'est-ce pas ?

— Pour Quasimodo, répliqua Olivier.

L'autre hocha la tête, certain désormais d'avoir devant lui des gens de la Ligue.

— Mon auberge ne désemplit pas depuis quelques jours. Le duc sait qu'il peut compter sur moi…

— Ils sont avec nous ? demanda Olivier, en montrant d'un signe de tête le bruyant groupe d'estafiers.

— Non, ceux-là logent ici, mais ce ne sont pas des gentilshommes de Mgr de Guise. Les gens du duc sont autrement discrets… Comme vous…

Il mit un doigt sur sa bouche avec la mine de celui qui en sait beaucoup plus et Olivier approuva du chef.

— Nous attendons des amis. Nous viendrons chaque jour jusqu'à ce qu'ils soient arrivés, dit-il en faisant signe au cabaretier de s'asseoir avec eux.

— Je peux vous aider ? demanda l'autre en s'installant sur le banc.

— Pourquoi pas ! L'un d'eux se nomme M. de Thermy…

— Je ne le connais pas.

— Si un gentilhomme de ce nom se présente, vous lui direz que nous sommes venus. Je m'appelle Jean de La Ville. Thermy nous a donné rendez-vous ici pour nous présenter à ses amis…

— Ces amis, vous savez leurs noms ?

— Tu t'en souviens ? demanda Olivier à Caudebec.

— Non… il y avait un Bardot ? Bordeaux peut-être ? C'est ça : Pierre de Bordeaux !

210

— Bordeaux ? Cela ne me dit rien, dit l'aubergiste en écarquillant les yeux.

— Je ne suis pas sûr du nom, s'excusa Caudebec en vidant son verre.

— Vous voulez que je me renseigne ? demanda le cabaretier.

— Surtout pas ! Pas un mot à quiconque, le duc de Guise fait vite pendre les bavards !

— Je serai muet comme une tombe ! jura l'aubergiste, brusquement pris de peur.

— Vous avez des chambres ici ?

— Oui, mais elles sont toutes occupées par ces messieurs, dit-il en désignant de la tête le groupe de spadassins, et par quelques gentilshommes de messeigneurs de Guise ou de Mayenne. Je vous rapporte du vin ?

— Volontiers.

— Ce Bordeaux aurait-il menti ? demanda Caudebec avec inquiétude quand le cabaretier fut parti.

— J'en ai l'impression. S'il avait habité ici, le bonhomme s'en souviendrait.

— Espérons qu'il ne nous dénoncera pas. Pourquoi ne pas avoir parlé de Boisdauphin ?

— Attendons qu'il soit habitué à nous.

— Nous sommes dans la fosse aux lions. Qui dit qu'à notre prochaine visite, ces gens-là (il montra les *bravi*) ne vont pas nous tomber dessus ?

— Rien, et sois sûr que j'en suis terrorisé... Mais comment faire autrement ? Et puis nous avons chacun une bonne épée et une jaque de mailles !

Caudebec soupira.

Ils restèrent jusqu'à la fin de l'après-midi, tendant l'oreille pour surprendre les conversations mais sans apprendre rien. L'aubergiste ne revint pas les voir, mais au moins ne les avait-il pas dénoncés. À la nuit tombante, ils rentrèrent à la tour.

Ils revinrent les deux jours suivants. À chaque fois, l'aubergiste venait parler un moment avec eux. Il leur dit même avoir posé d'adroites questions sur leur ami Bordeaux mais personne ne le connaissait.

Les traine-rapières étaient toujours là, plus nombreux chaque jour. Olivier en compta une quarantaine. Préparaient-ils quelque inquiétante entreprise ? Plusieurs fois, Olivier vit certains d'entre eux les désigner et interroger le cabaretier. On se posait des questions sur eux. Il fallait tenter quelque chose, ou ne plus revenir. Le quatrième jour, il attrapa par la main la fille de salle qui les servait. Elle se méprit et lui sourit en se penchant vers lui pour dévoiler la profondeur de son corsage et la lourdeur de ses avantages.

— Tu sais garder ta langue ? demanda-t-il, en détournant le regard.

— Oui, monseigneur, fit-elle d'une voix enjôleuse avec un sourire qui se voulait aguicheur.

Comme toutes les servantes et les chambrières d'hôtellerie, elle pratiquait la galanterie la plus effrontée et la luxure tarifée. On chantait d'ailleurs cette année-là :

> *La chambrière belle*
> *Si elle est godinette,*
> *Vous baisez sa bouchette*
> *Pour avoir de l'argent,*
> *Elle a bien la finesse*
> *De prendre hardiesse*
> *De prester son corps gent.*

Olivier ouvrit sa main gauche qui contenait un écu d'or.

— Ça te tente ?

— Oui, monseigneur. Je ferai tout ce que vous voudrez, dit-elle en les regardant tous deux avec impudence.

— Si tu répètes à quiconque ce que je vais te demander, je te couperai moi-même la langue.

Elle prit peur et tenta de se dégager.

— Tu connais Urbain de Laval, comte de Boisdauphin ? poursuivit-il.

— Non, monseigneur, mais je peux demander.

— À qui ?

— Aux autres filles. S'il loge ici, elles le connaîtront.

Le monseigneur avait disparu. La fille avait compris qu'il ne s'agissait plus de rataconiculer.

— Tu seras discrète ?

— Pour un écu, je peux même être muette, sourit-elle.

— Vas-y, je veux savoir s'il est là et à quoi il ressemble. Pour ta gouverne, il a tué mon frère. Tu comprends ? Prends la pièce, mais si tu dis un mot de trop, tu es morte. En revanche, si tu ne nous trompes pas, il y aura une autre pièce.

Elle comprit qu'il s'agissait d'une banale vengeance familiale et s'éloigna avant d'emprunter l'escalier qui montait vers les chambres.

— Ce va être l'heure de vérité, dit Olivier en montrant la sortie. Si elle nous dénonce, il faudra filer au plus vite.

— Et nous aurons ceux-là à nos trousses. Mais si elle ne nous dénonce pas, que faisons-nous ?

— On lui demande de nous décrire le bonhomme, on l'attend et on le suit quand il sortira. La nuit va tomber, on l'attirera dans un coin et on l'interrogera.

— Ça me va.

Caudebec eut alors le regard attiré par un nouvel arrivant. Il donna un coup de coude à Olivier et appuya son front sur son autre main pour dissimuler son visage. Olivier tourna la tête et son regard croisa celui du capitaine Cabasset.

L'officier du duc de Mayenne resta un instant les yeux plantés dans les siens, puis se détourna et se dirigea sans se presser vers la table des spadassins.

— Troussons guenilles[1] ! dit Olivier en jetant quelques sols sur la table.

Ils se levèrent pour se diriger lentement vers la sortie. À tout instant, Olivier s'attendait à ce qu'on les interpelle, mais ils passèrent la porte sans être arrêtés.

Sitôt dehors, ils s'éloignèrent en courant, traversant la place et ne cherchant pas à récupérer leurs chevaux. Olivier entraîna son compagnon vers le cimetière Saint-Jean. Prenant le passage qui y conduisait, trois ribaudes en jupes rouges et collets renversés les interpellèrent, voulant sans doute leur proposer de voir de près les mystères de la Passion. Olivier les bouscula. Il savait qu'au bout du cimetière se trouvait une poterne toujours ouverte. Ils la franchirent et, apercevant une échelle qui permettait de rejoindre une galerie serpentant entre les maisons, ils y grimpèrent quatre à quatre. Ils entendirent alors des cris dans le cimetière : « Des Navarrais ! Des espions navarrais ! À mort ! »

Cabasset les avait bien reconnus ! On les poursuivait.

Ils glissèrent au sol dans une sente boueuse, se faufilant entre des piliers qui soutenaient la galerie. Ils longèrent ainsi des portes à judas et des porches fermés par des herses, essayant à chaque fois d'entrer pour se cacher mais tout était bien clos. Affolés, ils tirèrent vers un passage sur leur droite et déboulèrent dans une

---

1. Filons !

sorte de couloir formé par les encorbellements de deux maisons mitoyennes. Ils arrivèrent dans une courette où était installée la forge d'un artisan. L'homme et son aide, en tablier de cuir, les regardèrent courir, interloqués. Olivier entraîna Caudebec vers une sente obscure par où arrivaient des moines qui quêtaient dans les maisons au nom de *Jésus, notre Sire*. Pour pouvoir passer, il dut leur glisser un sol. Enfin ils débouchèrent dans la rue Sainte-Croix-de-la-Bretonnerie. Le vacarme habituel de la foule leur parut aussi doux qu'un chant céleste, car ils n'entendirent plus aucun cri de ceux qui étaient à leurs trousses.

— On leur a échappé ! haleta Olivier.

— Il faut encore reprendre nos chevaux à l'écurie…

— Nous irons d'ici une heure ou deux. Installons-nous dans ce cabaret pour l'instant.

C'est après s'être fait servir dans le coin le plus sombre de la salle qu'Olivier dit à Caudebec :

— J'ai l'impression que Cabasset nous a volontairement laissé le temps de nous enfuir, pourquoi ?

Quelques heures plus tard, le capitaine Cabasset rentra à l'hôtel du Petit-Bourbon accompagné de quelques-uns des spadassins de la Croix-de-Lorraine.

Mme de Montpensier les reçut dans un cabinet qui jouxtait sa chambre et les interrogea pour s'assurer de leur fidélité avant de leur remettre à chacun cinquante écus. Les traîne-rapières reçurent ordre de quitter l'hôtellerie pour aller dans la maison de la duchesse, à Bel-Esbat, sur le chemin de Vincennes. Ils y resteraient jusqu'au jour où Cabasset leur communiquerait l'heure de l'entreprise.

Après leur départ, le capitaine resta seul avec la sœur du duc de Guise.

— Madame, il s'est produit tout à l'heure un fâcheux incident, tandis que j'entrais dans la Croix-de-Lorraine. À une table, il y avait deux hommes dont le visage et la silhouette ne m'étaient pas inconnus, j'ai malheureusement mis plusieurs minutes pour les identifier, car ils étaient grimés. C'était M. Hauteville et l'un des hommes qui ont attaqué Garde-Épée.

La duchesse blêmit.

— Il est donc toujours à Paris, murmura-t-elle.

— Oui, madame, mais surtout pourquoi à la Croix-de-Lorraine ?

— Pourrait-il savoir ce que je prépare ?

— Je l'ignore, madame. Je m'inquiète des espions autour de nous.

Un instant, l'idée que Cabasset le trahissait effleura Mme de Montpensier, puis elle chassa ce soupçon. Un félon ne lui aurait jamais dit qu'il avait vu Hauteville. Alors elle pensa à nouveau à une sorcellerie. Tandis qu'elle ressentait des picotements dans le dos, elle s'efforça de chasser cette éventualité. Si Hauteville avait signé un pacte avec le Diable, leur cause était perdue.

— Les curés n'ont rien appris sur sa présence ? s'enquit-elle, la voix inquiète.

— J'en ai parlé à Boucher, mais je n'ai rien su depuis.

— Faites venir mon secrétaire. Vous lui décrirez comment ils étaient habillés. Je veux qu'il y ait des placards collés dans tout Paris dès demain. Il y aura une récompense de cent écus au soleil pour qui les dénoncera ainsi que leurs complices. Prévenez aussi les gens de la Croix-de-Lorraine, au cas où ils auraient l'impudence de revenir, et tenez-vous prêt avec une dizaine de vos hommes. Je veux que vous capturiez Hauteville vivant. Il doit parler, et il paiera cher ce qu'il m'a fait subir… Quant à notre projet, poursuivons-le comme si de rien n'était. Il sera temps d'aviser au dernier moment.

Cabasset s'apprêtait à partir quand elle ajouta :

— Je veux aussi qu'on surveille la maison de Nicolas Poulain.

Au même moment, on tenait conseil de guerre dans la chambre d'Olivier. Que Cabasset l'ait vu et poursuivi, même après cet inexplicable moment de retard, était une catastrophe. La duchesse de Montpensier et le duc de Mayenne allaient savoir qu'il était à Paris, et qu'il s'intéressait à la Croix-de-Lorraine. Ils mettraient à sa recherche toutes les forces de la Ligue, tous les prédicateurs papistes, tous les dizeniers et cinquanteniers appartenant à la sainte union.

— Nous pourrions quitter Paris et attendre chez ma mère jusqu'au début de mai, proposa Cassandre.

— Si la Ligue est prévenue, dit Venetianelli, les portes sont dès à présent étroitement surveillées. Ce serait le meilleur moyen de vous faire prendre. Il vaut mieux que vous restiez cachés ici.

— Lorenzino a raison, il suffit qu'on m'oublie, décida Olivier. À compter de demain, plus de sorties dans Paris.

— Et pour le convoi d'or ? demanda Cabasset.

— D'ici deux semaines, s'ils n'ont aucune trace de moi, ils penseront que j'ai quitté la ville. Et pour pratiquer notre surveillance à la porte Saint-Denis, Venetianelli me grimera.

— Nous étions peut-être sur le point de trouver Laval ! ragea Caudebec.

— Oui, mais on ne peut chasser deux lièvres à la fois. L'or de Guise est plus important.

— Je pourrais me rendre à la Croix-de-Lorraine, suggéra Venetianelli, et chercher moi-même ce Laval.

— Non ! Nous avons parlé de lui à une servante. Elle a cru qu'il s'agissait d'une vengeance entre gentilshommes, mais maintenant, elle doit savoir que nous sommes des espions. Elle a dû parler de nous autour d'elle. Quiconque reviendrait se renseigner serait vite repéré. Restons cachés et faisons-nous oublier.

— Certains parmi les enfants sans souci seront surpris de ne plus nous voir. Et avec cette affiche, ils pourraient se poser des questions, remarqua Caudebec.

— Vous avez raison, il faut donc que vous continuiez à les rencontrer, dit Venetianelli après un instant de réflexion. Mais j'ai peut-être une solution. J'ai vu Engoulevent, ce matin. Notre prince des sots se désespère. Pour Pâques, il faisait jouer aux Halles : *Le traître Judas se pendant par désespoir*, une sotie qui a connu un grand succès. Seulement, ceux qui tenaient les rôles du légionnaire romain et de Judas ont décidé d'arrêter et personne ne veut les remplacer. Pourtant, Engoulevent voulait poursuivre les représentations jusqu'à la fin du mois. Pourquoi ne prendriez-vous pas la place des partants ? Comme ce sont des rôles muets, même si vous jouez mal, vous passerez inaperçus !

Olivier sourit à son ironie.

— Et qui irait chercher Olivier Hauteville, seigneur de Fleur-de-Lis dans un sot sans soucis ? ironisa encore *Il Magnifichino*.

— Et moi, je m'occuperai des costumes, plaisanta Cassandre. Savez-vous comment était habillé Judas ?

13.

Le mercredi soir, M. Pasquier, le valet de chambre de Richelieu, apporta un billet à la boutique du Drageoir Bleu. Des serviteurs du Grand prévôt avaient observé des allées et venues suspectes, aussi conseillait-il à Nicolas Poulain de ne plus venir à l'hôtel de Losse mais de se rendre chez un de ses agents secrets, un huissier du conseil nommé Frinchier, rue des Bons-Enfants.

Poulain s'exécuta dès le lendemain en s'inquiétant sur ce que savait cet homme de son activité d'espion.

Frinchier était un homme encore jeune mais si bien nourri qu'il affichait déjà un triple menton ballottant à chacune de ses paroles. Il ne lui posa aucune question et lui dit seulement qu'il parlerait de lui à M. de Petrepol, gentilhomme de la chambre, après le conseil qui aurait lieu au Louvre. Il lui demanda de revenir l'après-midi où il lui ferait part de ce qui aurait été décidé.

Quand Poulain revint, l'huissier lui annonça qu'il était attendu au Louvre le lendemain vendredi, à six heures du matin, au pont-levis de la rue Fromenteau. Il ajouta que M. de Richelieu lui avait fait préparer un mémoire fantaisiste dans lequel Nicolas Poulain, lieutenant du prévôt d'Île-de-France, demandait au conseil le paiement de ses gages en retard. Ce mémoire, expliqua doctement l'huissier en le lui remettant, lui permettrait de justifier sa visite au Louvre au cas où la Ligue l'apprendrait.

Ces paroles provoquèrent une poussée d'inquiétude chez Poulain. Ainsi cet agent de Richelieu savait qui il était ! Certes, l'idée du mémoire était un moyen astucieux pour éloigner les soupçons, mais une nouvelle personne était désormais informée de son activité d'espion du roi. Il ne pouvait qu'espérer que cet huissier n'allait pas le trahir.

Le soir même, Jean de Bussy Le Clerc passa chez lui pour lui demander de venir aux jésuites de Saint-Paul. Tous les lieutenants, les capitaines et les colonels des compagnies bourgeoises parisiennes seraient là. Poulain étant capitaine, il rencontrerait ainsi les officiers qu'il aurait sous ses ordres.

Plus de trois cents personnes se pressaient dans la grande salle. Le Clerc conduisit Poulain à ses lieutenants, des bourgeois de la rue Saint-Denis dont deux étaient bouchers de la Grande boucherie. Nicolas échangea quelques mots avec eux, vite écœuré par leur appétence au pillage, mais jugea heureusement qu'ils seraient incapables d'utiliser un mousquet ou une épée. C'était ces gens-là qui s'attaqueraient à l'Arsenal, et comme la plupart des autres officiers de la milice, ils ne feraient pas le poids face à la garde royale. Malheureusement, le nombre jouait en la faveur de ces pendards, et si Guise envoyait suffisamment d'officiers expérimentés pour les encadrer, les trente mille ligueurs deviendraient une véritable armée, même si elle subissait de lourdes pertes.

Il s'efforça de maîtriser son inquiétude. À moins que le roi ne prenne les devants et n'arrête les meneurs, l'insurrection était certaine. Sitôt qu'elle commencerait, il n'aurait d'autre choix que de se réfugier au Louvre pour combattre avec les troupes royales, mais auparavant il devrait avoir mis sa famille à l'abri chez Olivier. Il lui faudrait donc connaître le début de l'émeute quelques heures avant qu'elle ne débute, et pour cela il dépendait de Jean de Bussy.

Plongé dans ces angoissantes pensées, il n'écoutait guère les recommandations de M. de La Chapelle quand l'horloger qu'il avait vu à la précédente réunion passa près de lui. Involontairement, il le suivit des yeux. L'homme portait un coffret, une sorte de boîte qu'il remit au commissaire Louchart. Brusquement intrigué, Poulain resta à les observer du coin de l'œil jusqu'à ce que La Chapelle, ayant terminé de parler, les rejoigne pour examiner la boîte.

Devinant quelque nouvelle intrigue, Poulain redoublait d'attention tout en feignant l'indifférence quand il fut interpellé.

— Monsieur Poulain, pouvez-vous venir ? Nous avons quelques mots à vous dire, lança La Chapelle.

Envahi d'une sourde inquiétude accompagnée de désagréables picotements dans le dos, Nicolas s'approcha.

— C'est un placard que Mme de Montpensier nous a demandé de clouer partout dans Paris, fit La Chapelle en lui tendant une affiche sans rien laisser paraître de ce qu'il pensait.

L'ayant prise, Poulain commença à la lire.

La Sainte Ligue recherchait un hérétique blasphémateur du nom d'Olivier Hauteville. Suivait une brève description, ainsi que celle de son compagnon dans lequel Poulain reconnut Caudebec. L'affiche précisait que celui ou celle qui les dénoncerait auprès du curé de son église assurerait son salut éternel. De surcroît, il obtiendrait une riche récompense.

La duchesse de Montpensier ne s'était pas nommée et n'avait pas indiqué le montant de la prime. C'est le curé Boucher qui l'en avait dissuadée. Le roi avait beau être affaibli, il n'aurait pu tolérer que la Ligue décide de sa propre justice. Le parlement pourrait aussi être fâché qu'on le bafoue et exiler la duchesse, ce qui aurait compromis l'entreprise qu'elle préparait.

Comment avaient-ils découvert la présence d'Olivier et de François Caudebec ? Le cœur battant, mais s'efforçant de garder un visage indifférent, Poulain leva des yeux interrogatifs et découvrit que le curé Boucher et le sergent Michelet avaient rejoint les autres. Tous, sauf peut-être Bussy, le regardaient avec hostilité.

— Ce Hauteville est votre ami ! affirma Louchart, d'un ton accusateur.

— Peste ! Comme vous y allez ! Ce n'est pas mon ami, monsieur. Je l'ai aidé par le passé, c'est vrai, mais nos chemins se sont séparés. Il a eu toutes sortes d'ennuis après la mort de son père, on a même tenté de l'assassiner sans que je réussisse à découvrir pourquoi. D'ailleurs, vous connaissez tout ça !

La Chapelle restait impavide. Son frère Claude s'était jeté par la fenêtre de sa maison le jour où Hauteville était venu l'accuser de meurtre, et il avait juré de venger sa mort.

— Vous étiez encore ensemble l'année dernière, dit-il enfin.

— C'est vrai, nous nous voyions souvent, car il s'était piqué d'escrime et nous nous entraînions dans la même salle d'armes. Puis quand j'ai eu la charge de prévôt de la reine mère, j'ai eu besoin d'un commis pour les fournitures. Ne connaissant personne de capable, j'ai fait appel à lui et il a accepté, fit Poulain.

— Pourquoi n'est-il pas revenu à Paris comme vous ? Et pourquoi n'êtes-vous pas rentré avec la reine mère, mais bien plus tôt ? demanda Le Clerc.

— Je ne peux pas tout vous dire, messieurs, je suis tenu par mon serment auprès de la reine mère, et par un autre que j'ai fait à M. de Montpensier. Sachez pourtant que M. le duc m'a confié une mission que je ne pouvais refuser. Quant à Hauteville, on s'est effectivement séparés. Il souhaitait retrouver une femme qu'il aimait ; je crois qu'il l'a épousée depuis.

— On dit qu'il serait à Navarre désormais, qu'il serait un espion, martela le curé Boucher.

— Je l'ignore, monsieur le recteur, protesta Nicolas. Je n'ai eu aucune nouvelle de lui depuis ce voyage et je n'ai appris son mariage qu'incidemment. Mais je doute qu'il soit devenu hérétique, il était plutôt catholique à gros grain.

La Chapelle grimaça ses doutes. Ce ne serait pas la première fois qu'un catholique change de religion. Antoine Hotman, le frère du fondateur de la sainte union, n'était-il pas devenu l'un des plus fins théologiens protestants ?

— Pourquoi serait-il à Paris ? demanda encore Boucher. On l'a vu à la Croix-de-Lorraine. Il espionnait !

— Je l'ignore, monsieur le recteur ! Et si c'est vrai, vous m'en voyez fâché, car s'il est ici, il aurait pu venir me saluer.

Les membres de la Ligue se concertèrent du regard, tandis que Nicolas, imperturbable, examinait discrètement le coffret que tenait Louchart. Ils n'avaient pas d'autres questions et les réponses du lieutenant du prévôt avaient un tel accent de sincérité qu'ils le crurent. Provisoirement.

— Si vous le voyez, prévenez-nous, déclara simplement Bussy.

Espérant les avoir convaincus, Poulain les salua et s'en alla en se demandant avec inquiétude dans combien de temps les clients du Pauvres-Diables feraient le lien entre cette affiche et les nouveaux comédiens de la *Compagnia Comica*.

Le lendemain avant le lever du soleil, Nicolas se rendit au Louvre préoccupé par l'idée qu'un ligueur le reconnaisse. Si on l'interrogeait, il n'avait que le mémoire de l'huissier comme explication.

Sur la façade occidentale du château, le pont-levis était baissé et quelques gardes faisaient les cent pas devant le fossé. Nicolas Poulain demanda le seigneur de Petrepol et on le fit entrer. Un valet s'occupa de son cheval et un gentilhomme gascon le conduisit dans la salle basse dont les fenêtres étaient fermées par des volets. La pièce, à peine éclairée par deux falots muraux, paraissait déserte.

Il s'avança et aperçut pourtant un homme de taille médiocre devant l'entrée du tribunal. C'était un gentilhomme imberbe au visage dur et décidé, avec une balafre livide assez similaire à celle du duc de Guise. Sa peau grêlée par la petite vérole et son nez cassé accroissaient son expression tourmentée.

— Monsieur de Petrepol ? demanda Nicolas.

— Oui, monsieur. J'ignore qui vous êtes, mais je sais où je dois vous conduire. Suivez-moi.

Le gentilhomme se dirigea vers l'abside du tribunal. Au fond, il ouvrit une porte de chêne dissimulée sous une tenture.

— Vous verrez à votre droite un escalier qui vous conduira à celui qui vous attend, dit-il.

Nicolas Poulain regarda l'ouverture avec un brin d'inquiétude. C'était un étroit couloir qui conduisait à une petite salle à peine éclairée par une lampe à huile dans une coupelle scellée au mur. Une fois engagé à l'intérieur, il ne pourrait même pas sortir son épée. Un endroit idéal pour lui couper la gorge. Il se retourna. Petrepol était parti. Il songea que l'huissier pouvait bien être au service d'un autre que Richelieu. Et s'il était tombé dans un piège ? La main sur sa dague, il s'avança, puis découvrit un escalier à vis, lui aussi éclairé par les mêmes lampes en coupelle. En haut, il suivit un passage. Une porte était ouverte et il entra dans une grande chambre éclairée par l'aube matinale. Le roi était sur un fauteuil, en chemise, mais il n'était pas seul. Poulain ne s'attendait pas à rencontrer là le marquis d'O.

Tous deux avaient l'air grave. Il fit quelques pas et s'agenouilla devant Henri III, baissa la tête, puis en la relevant fit un signe de courtoisie au marquis. Il n'avait plus vu le roi depuis ce jour où Séguier l'avait fait sortir de prison pour qu'il lui raconte les projets infâmes de la sainte union. Il le trouva fort changé. En trois ans, Henri III avait vieilli de dix. Il faut dire que son valet de chambre n'avait pas encore attaché son râtelier dans sa bouche édentée. Pas habillé et pas maquillé, le teint blafard, recroquevillé sur son siège, celui qui avait été le beau duc d'Anjou ressemblait à un vieillard au seuil de la mort. Une sinistre impression aggravée par le chapelet aux perles en forme de têtes de mort qu'il tenait serré dans ses mains décharnées.

— Marquis, voilà celui qui m'a donné tous les avis de ce que ceux de la Ligue font contre moi[1], dit-il d'une voix morne.

À ces mots, Poulain comprit que le marquis d'O n'avait jamais parlé au roi de son rôle dans l'affaire des tailles. Il lui fit un bref sourire de reconnaissance. Au moins ce n'est pas de lui que viendrait une indiscrétion.

---

1. Cette phrase est exactement celle que le roi a prononcée devant Poulain et O.

— Vraiment, sire ? Alors, il mérite une bonne récompense ! déclara François d'O.

— Vous aurez vingt mille écus, monsieur Poulain.

Henri III eut une quinte de toux avant de préciser, sarcastique :

— Dès que je pourrai vous les faire porter ! Maintenant, je veux entendre ce que vous savez de mes amis de la Ligue, puisqu'il est dit qu'il ne faut point puiser aux ruisseaux quand on peut le faire à la source.

En bon courtisan, O sourit à la raillerie, puis Nicolas raconta ce que la Ligue préparait : les trente mille hommes armés décidés à prendre la ville et le Louvre avec l'aide des cavaliers d'Aumale, l'assassinat d'Épernon et enfin l'arrivée du duc de Guise.

Au fur et à mesure qu'il s'exprimait, le visage du marquis d'O s'allongeait, devenait plus dur, tandis que celui du roi semblait pris d'une vie propre. Des mouvements convulsifs agitaient sa bouche, ses paupières papillonnaient et parfois ses mains tremblaient. Il ne retrouva son calme qu'après que Nicolas eut terminé.

— Monsieur Poulain, dit-il alors d'une voix maîtrisée. Mettez-moi tout cela dans un mémoire que vous porterez au marquis d'O. En redescendant, vous donnerez votre adresse à M. de Petrepol en qui vous pouvez avoir confiance.

— Si je devais revenir porter une information capitale, sire, devrais-je chercher M. de Petrepol ?

Le roi médita un instant avant de proposer :

— Non, présentez-vous au pont dormant et demandez M. de Larchant. C'est le capitaine de ma garde et vous pouvez être assuré de sa loyauté. Sinon, faites chercher M. de Bellegarde, mon premier gentilhomme, ou M. de Montigny qui commande les portes du Louvre.

Poulain comprit que l'entretien était terminé et se retira. De retour dans la salle des cariatides, il retrouva le gentilhomme à la balafre à qui il donna – non sans inquiétude – son nom et celui de l'enseigne de sa maison.

Celui-ci l'accompagna jusqu'à l'écurie de la cour où était son cheval. Nicolas aurait préféré éviter de sortir par là, car il y avait beaucoup de monde dehors. Effectivement, à peine était-il en selle qu'il aperçut le commissaire Louchart et le sergent Michelet, l'homme des basses œuvres de la sainte union. Étaient-ils là pour l'espionner ? Il ressentit un frisson glacial en les voyant s'avancer vers lui.

— D'où venez-vous, monsieur Poulain ? demanda Louchart dont le visage de furet au teint bilieux marquait une défiance évidente.

Bénissant le mémoire que l'huissier lui avait donné, Nicolas le sortit et le lui tendit avec nonchalance en lui expliquant qu'il venait de rencontrer un huissier du conseil proche du marquis d'O au sujet de ses gages qui n'étaient pas payés, comme pour les autres prévôts des maréchaux. Cet homme lui avait promis de présenter une requête au nom du marquis.

Il en était là dans ses explications quand justement le marquis apparut, venant de la salle des cariatides. Il s'approcha du groupe, jeta un regard hostile à Louchart et déclara :

— On m'a remis la copie de votre mémoire, monsieur Poulain. On vous fera justice. Revenez demain.

Le lendemain samedi, veille de Quasimodo, Poulain revint dès le matin en entrant par le pont dormant de la rue de l'Autriche. Il retrouva avec étonnement Louchart et Michelet qui lui expliquèrent être venus pour la Ligue afin de voir si tout se passait bien. Visiblement, ils n'avaient plus de suspicion envers lui et il en fut rassuré. Il resta donc avec eux, racontant qu'il était venu attendre les résultats du conseil au sujet de son mémoire, car sa femme lui avait dit de ne pas rentrer tant que ses gages ne seraient pas payés, ce qui fit s'esclaffer Michelet qui lui proposa les services d'une garce de son cabaret, À l'image de l'Égyptienne.

Comme la matinée avançait, la cour se remplit de pages, de valets, de gentilshommes à cheval, de magistrats en mules et de financiers en litières ou en coches. Des rumeurs alarmantes commencèrent à circuler. On disait que la garde allait être renforcée et que le roi allait faire entrer des troupes dans la ville. On parlait aussi d'un régiment d'Albanais du duc de Guise qui approchait de Paris. Les plus inquiets quittèrent le Louvre pour se barricader chez eux ou préparer leur départ.

Vers onze heures, on vit entrer trois gros chariots tirés chacun par quatre mules. Au vu de tout le monde, une armée de valets se précipita et commença à vider d'innombrables paniers d'osier contenant casques, cuirasses et pistolets.

Le bruit courut vite que d'autres chariots étaient attendus et que cet équipement était pour armer les gens du Louvre.

— On dirait que le bougre de roi a eu vent de nos projets, fit Poulain en fronçant les sourcils. Il se prépare quelque chose… Michelet, partez prévenir Le Clerc. Je reste ici pour en apprendre plus.

L'autre s'exécuta et Louchart, mort de peur, partit avec lui. La cour se vida peu à peu tandis que d'autres chargements d'armes arrivaient. Pourtant, en évaluant la quantité de cuirasses qu'on apportait, Poulain restait certain que ça ne changerait pas le rapport de forces. Le roi voulait seulement effrayer les bourgeois ligueurs et, au vu du comportement de Louchart, il était en passe d'y parvenir.

Nicolas passa le reste de la journée sans voir arriver de troupes qui seules auraient pu être décisives. En début d'après-midi, affamé, il acheta un pâté chaud à un des marchands ambulants qui avaient l'autorisation de vendre dans la cour. Vers six heures du soir, il vit Le Clerc arriver, tout essoufflé.

— Michelet m'a prévenu ! Avez-vous vu d'autres chariots d'armes ? lança le procureur.

— Oui, quatre. À peu près de quoi équiper un millier d'hommes.

— Que se passe-t-il ? s'inquiéta le ligueur. Le roi se douterait-il de quelque chose ?

— J'en ai peur. J'attendais les résultats d'une réunion du conseil au sujet de mes gages mais je ne vois rien venir. Le conseil ne dure jamais si longtemps sauf s'il y a une affaire d'importance à débattre. Ah ! voici M. de La Chapelle, peut-être en saura-t-il plus.

La Chapelle se précipitait vers eux, le visage écarlate.

— L'entreprise est découverte ! lâcha-t-il, affolé. Le roi a fait quérir les quatre mille Suisses cantonnés à Lagny. Ils arriveront demain aux faubourgs Saint-Denis avec Biron à leur tête. Rentrez chez vous, tout est annulé !

Il repartit sans attendre, tant il paraissait terrorisé.

Poulain raccompagna Le Clerc qui voulut le garder à dîner pour se rassurer, mais Nicolas refusa, arguant que sa femme l'attendait. Il s'engagea cependant à venir chez lui le lendemain au plus tôt.

Le dimanche, les deux hommes se retrouvèrent finalement à la sortie de la messe à l'église du petit Saint-Antoine[1] où Le Clerc s'était rendu aux aurores. Le procureur confirma à Nicolas que tout était décou-

---

1. Qui était située entre la rue Saint-Antoine et la rue du Roi-de-Sicile.

vert, certainement à cause d'une trahison. Les Seize se réunissaient chez La Chapelle pour prendre des décisions urgentes et il lui demanda de le rejoindre là-bas après dîner.

L'ayant quitté, Nicolas Poulain se hâta de regagner le Louvre. En prévenant à temps le roi que le comité des Seize était réuni, il serait facile de les saisir tous et ce serait la fin de la Ligue.

Se souvenant que Henri III lui avait dit de s'adresser à M. de Larchant, il le demanda au pont dormant. Le capitaine des gardes était là et s'approcha. C'était un homme ventripotent d'une cinquantaine d'années au visage couturé. Nicolas Poulain le prit à l'écart, lui dit qui il était et lui expliqua que les bourgeois de la Ligue étaient tous réunis en conseil chez M. de La Chapelle. Si le roi agissait avec promptitude, il saisirait tous ces pendards avant midi.

Larchant paraissait en savoir déjà long, car il l'écouta sans surprise avant de lui promettre de prévenir le roi.

Rasséréné, Nicolas Poulain se rendit aussitôt devant le logis de La Chapelle où attendaient bon nombre de ligueurs. Il parla haut, menaça le roi et fit ce qu'il fallait pour qu'on remarque sa présence et qu'on sache combien il prenait à cœur le parti de la Ligue.

À trois heures, les membres du conseil des Seize sortirent, mais aucun archer ou régiment des gardes n'était arrivé. Nicolas Poulain ne savait que penser. Larchant avait-il prévenu Henri III ?

Le Clerc l'aperçut et lui proposa de le raccompagner. En chemin il lui dit qu'ils avaient décidé d'envoyer M. de La Chapelle au duc de Guise pour le supplier d'arriver au plus vite, car maintenant que le roi savait tout, il allait sans doute les arrêter.

Ce n'est que la nuit venue que Poulain put revenir au Louvre en passant par le pont dormant. La garde était particulièrement nombreuse et il fit appeler M. de Larchant. Celui-ci parut surpris de le revoir. Ils firent quelques pas dans la cour, à l'abri d'oreilles indiscrètes.

— Avez-vous prévenu le roi ?

— Bien sûr !

— Personne n'est venu ! C'était pourtant une occasion unique de les arrêter tous ! s'insurgea Poulain. Savez-vous si je peux rencontrer Sa Majesté maintenant ?

— Oui, il m'a même demandé de vous conduire auprès de lui si je vous voyais, mais puis-je vous donner un conseil ?

Poulain le considéra en fronçant le front.

— Je ne vous connais pas, monsieur Poulain. Mais je vous vois sombre et j'espère que ce n'est pas à cause de moi. Peut-être pensez-vous que j'ai été négligent ?

» J'étais avec le roi en Pologne, poursuivit Larchant. Le jour même où est arrivée la nouvelle de la mort de son frère, Sa Majesté, qui n'était que duc d'Anjou, m'a dit : « Larchant, nous partirons demain, mais les Polonais ne doivent se douter de rien. Fais ce qu'il faut. » C'est moi qui ai préparé sa fuite. Je ne l'ai plus quitté et je suis prêt à mourir pour lui. Sachez qu'Henri III n'a pas de plus fidèle serviteur que moi.

Ces derniers mots furent prononcés d'un ton assez solennel et Poulain en fut ému. Il prit la main du vieux capitaine et la serra avec effusion.

— Quel est votre conseil, monsieur de Larchant ? demanda-t-il, tandis qu'ils se mettaient en route vers les appartements royaux.

— Le roi balance entre conciliation et fermeté. Certains le pressent d'agir, d'autres de composer. J'ai cru comprendre qu'il s'est inquiété d'une émeute s'il faisait saisir les Seize et M. de Villequier l'en a dissuadé.

Soyez donc prudent, selon qui se trouve près de Sa Majesté.

— Je comprends, fit Poulain avec une inquiétude grandissante.

Larchant le conduisit au deuxième étage, dans un petit cabinet situé au-dessus de la chambre du roi. Henri III s'y trouvait avec O et Épernon, que Poulain avait déjà aperçu dans une cérémonie à Notre-Dame, ainsi que quelques gentilshommes qu'il ne connaissait pas. Il reconnut pourtant Pomponne de Bellièvre qu'il avait déjà vu lors d'une audience de fausse monnaie. Le roi ne le présenta pas et lui demanda abruptement sitôt qu'il entra :

— J'attendais votre venue, que savez-vous de plus ?

— L'entreprise de la Ligue est pour l'instant abandonnée, sire, mais M. de La Chapelle est parti demander l'aide du duc de Guise. Il va le supplier de venir au plus vite à Paris et de prendre la tête d'une insurrection contre vous.

Aux regards de colère de l'assistance, Poulain comprit qu'il n'y avait là que des gens prêts à mourir pour leur roi. Il en fut troublé, tant il pensait le maître méprisé par ses serviteurs.

Le roi resta un long moment impassible avant de dire :

— Je sais qu'on me repaît de belles paroles d'espérance pour me cacher la vérité, mais j'aime mieux perdre la vie que l'honneur. Je n'ai pas l'intention de faire du mal à personne, mais je ne laisserai pas tuer mes serviteurs. J'ai fait venir les Suisses dans les faubourgs et mon cousin Guise doit comprendre que s'il venait à Paris, ce serait pour jouer une tragédie.

» Monsieur de Bellièvre, vous préparerez une lettre que vous lui porterez. Vous y écrirez que je ne trouverais pas bon qu'il s'acheminât à Paris, ni même qu'il s'approchât de ma ville. Et que s'il le faisait, j'aurais sa venue si suspecte que je ne le souffrirais.

— Je l'écrirai dès ce soir, sire.

— Que ferons-nous ensuite, Épernon? demanda le roi.

— Si Guise abandonne les ligueurs, ces bourgeois payeront cher leur audace, sire, gronda le Gascon.

Le roi opina et s'adressa à Poulain :

— Monsieur, ne retournez pas à Saint-Germain. J'aurai besoin de vous.

Nicolas remarqua avec soulagement qu'il n'avait jamais prononcé son nom.

Le lendemain, La Chapelle revint à Paris dans la soirée et envoya Le Clerc chez Nicolas Poulain pour qu'il vienne au conseil. Les Seize étaient tous là, pour la plupart très angoissés. Que savait le roi sur eux? Allait-il les faire arrêter? Beaucoup regrettaient déjà d'avoir cru dans les promesses du Lorrain. Ils auraient dû se souvenir qu'il ne les tenait jamais! se lamentaient-ils.

Ce n'est qu'après l'arrivée du dernier membre que La Chapelle s'expliqua :

— J'ai rencontré monseigneur et il m'a assuré qu'il ne nous abandonnait pas, même si l'affaire était découverte, annonça-t-il.

— Mais nous? Qu'allons-nous devenir? demanda un colonel de quartier. Si le roi nous arrête demain, nous pourrions bien être tirés par quatre chevaux avant que le duc ne soit là!

— Vous oubliez que nous sommes des milliers, des dizaines de milliers! intervint Le Clerc. Le roi ne peut rien faire contre nous! Souvenez-vous de l'heureuse journée de Saint-Séverin!

La Chapelle leva une main pour calmer le brouhaha entre les plus nombreux qui voulaient se retirer et ceux qui souhaitaient l'affrontement avec les Suisses.

— Rien n'a changé, mes amis. L'affaire est simplement repoussée de quelques jours. Voici ce que je sais : le roi quittera Paris demain avec le duc d'Épernon qui va prendre possession du gouvernement de Normandie. Le seigneur d'O les accompagne avec quatre compagnies d'hommes d'armes et vingt-deux enseignes de gens de pied. Le roi a annoncé qu'il irait ensuite à Vincennes, au monastère Hiéronymites de Notre-Dame, où il veut faire pénitence sept jours entiers. Il sera donc absent de Paris presque deux semaines et pendant ce temps, nous ne pourrons rien tenter contre lui, mais nous-mêmes ne risquerons rien.

Les moues dubitatives et contrariées de l'assistance n'échappèrent pas à M. de La Chapelle qui poursuivit :

— M. de Guise m'a fait raccompagner par de nouveaux gentilshommes qui viennent nous prêter main forte. Dès demain ces capitaines vont s'assurer de l'état de nos troupes et vérifier que nous sommes en ordre de bataille. Le duc d'Aumale et ses cavaliers sont déjà à Saint-Denis. Si le roi tente quelque chose, j'ai la promesse qu'ils rentreront dans la ville. Quant à Mgr de Guise, il n'est pas loin, et nous le verrons plus tôt que vous ne le pensez.

La réunion terminée, Le Clerc dit à Nicolas Poulain qu'il viendrait le chercher le lendemain pour rencontrer les gentilshommes de Guise.

Le lundi après-midi, Le Clerc vint chercher Nicolas. L'un en mule et l'autre à cheval, ils se rendirent à l'hostellerie de l'Arbalète, dans le faubourg Saint-Germain.

L'établissement était situé sur le chemin de l'abbaye de Saint-Germain, juste après le pilori et un peu avant la rue du Four. On l'apercevait dès qu'on avait passé la porte Saint-Germain : une grosse bâtisse avec une grande écurie bien pratique pour ceux qui venaient à la foire, en février. C'était aussi l'auberge où logeaient les visiteurs de l'abbaye et ceux qui avaient affaire avec les nobles familles qui habitaient dans le quartier, comme la duchesse de Montpensier.

Dans la cour, ils laissèrent leurs montures à un garçon, puis entrèrent dans la salle commune, une longue pièce, basse et obscure, au plafond de bois noirci par la fumée. La chaleur était telle qu'on avait l'impression d'entrer dans une étuve.

Quand ses yeux se furent habitués à l'obscurité, car la salle n'était éclairée que par deux cheminées où brûlaient des feux d'enfer, Nicolas distingua un groupe de gentilshommes qui faisait grand tapage. Ils étaient une trentaine à occuper trois grandes tables au fond. Le Clerc se dirigea vers eux. En s'approchant Nicolas s'aperçut qu'ils étaient tous équipés en guerre avec corselet et épée de cavalier, casque ou bassinet posés devant eux, puis il reconnut Mayneville qui leur fit signe de venir près de lui.

— Monsieur Poulain, déclara le bras droit de Mayenne, ça me fait plaisir de vous revoir ! Et vous aussi monsieur Bussy, ajouta-t-il d'un ton plus froid en ignorant son titre de sieur de Le Clerc. Si vous le voulez bien, nous allons laisser mes amis et nous installer à une table plus calme près de la porte. Venez avec nous, Boisdauphin !

À ce nom, Nicolas se figea et examina celui à qui Mayneville venait de parler. Un gentilhomme grand et maigre, trentenaire, au visage taillé à la serpe, aux yeux clairs et aux cheveux blonds très courts. Il avait un pourpoint cramoisi, des hauts-de-chausses assortis, une écharpe à la croix de Lorraine, une épée portée haute à sa taille avec une poignée en tiges de cuivre entrelacées formant coquille et une main gauche en travers de la poitrine, juste sous l'écharpe.

Tous quatre s'installèrent à l'autre bout de la salle, un endroit envahi par de grosses mouches qui abandonnèrent les chiens qui dormaient là pour se précipiter sur eux.

— Mordieu, Avenay ! Porte-nous quelque lumière ! On n'y voit goutte… et un pichet de ton meilleur vin, pas de ton breuvage frelaté fait avec de la piquette d'Auxerre !

Le cabaretier nommé Avenay – c'était souvent l'usage pour les cabaretiers de se donner un nom pompeux de vin renommé – arriva tout obséquieux avec une chandelle fumeuse, un pichet et des pots.

— Ce fripon fabrique lui-même son vin avec le Diable sait quoi, expliqua Mayneville, aussi il ne faut pas hésiter à le payer en fausse monnaie.

Le Clerc sourit par politesse.

— Laissez-moi vous présenter Urbain de Laval, marquis de Boisdauphin. Laval commande cent lances pour monsieur le duc. Il est arrivé hier avec M. de La Chapelle. Ses hommes sont encore à Saint-Denis où se trouve déjà M. le duc d'Aumale, avec cinq cents chevaux. Maintenant, à vous de nous dire ce que vous avez préparé, mes amis.

— Vous le savez, le roi a quitté Paris pour une quinzaine, expliqua Le Clerc. Nous ne ferons donc rien avant son retour. Notre plan est toujours le même : que monseigneur entre dans Paris et nous fermerons aussitôt les rues avec les chaînes. J'ai trente mille hommes en arme…

— Quelles armes ?

236

— Deux mille hommes ont des épées et des cuirasses.

— Les autres ?

— Des tranchoirs, des piques, des haches…

— Combien de mousquets ?

— Sept cents.

— Ce n'est pas beaucoup.

— Monseigneur nous en a promis d'autres, mais nous n'avons toujours rien, répliqua Le Clerc d'une voix remplie de fiel. Pour l'instant, nous ne sommes armés que par ce que nous a acheté M. Poulain.

— Il y a de quoi équiper deux compagnies à l'hôtel de Guise, fit Mayneville, mais pour l'instant, nous manquons de poudre. Nous devrions en recevoir début mai.

Poulain haussa l'oreille.

— Vous enverrez vos officiers à l'hôtel de Guise chercher ce dont ils ont besoin la veille de l'arrivée de monseigneur, poursuivit Mayneville.

— Quand arrivera-t-il ?

— Je ne sais pas encore. Certainement début mai. En tout cas, après le retour du roi. J'ai avec moi soixante officiers qui dirigeront vos compagnies, précisa-t-il brusquement.

— Mais nous avons nos propres capitaines, protesta Le Clerc.

— Ils seront désormais sous les ordres de mes hommes, répliqua sèchement Mayneville. La guerre n'est pas une affaire de bourgeois et lorsque les troupes de Mgr de Guise et de Mgr d'Aumale entreront dans la ville, il faut qu'elles trouvent des forces en bon ordre de marche, et non des gueux en désordre. Je sais que vos bourgeois ont du mal à obéir, et ce n'est pas acceptable lors d'une bataille ! Voici un mémoire avec les cartes et les plans de M. de La Chapelle. Vous y trouverez la liste des capitaines de M. de Guise. Je veux que demain tous vos officiers viennent ici prendre leurs ordres de celui qui les commandera.

Il sortit une liasse de feuillets pliés qu'il fit glisser vers Le Clerc.

Poulain jeta un regard vers son compagnon dont la mâchoire serrée et le regard noir affichaient sa colère. Le procureur prit pourtant les feuillets qu'il glissa dans son pourpoint, mais sans les regarder.

— M. de Boisdauphin dirigera les opérations dans le quartier de l'Université, poursuivit Mayneville, impassible. Il loge pour l'instant à la Croix-de-Lorraine, non loin d'ici…

— Non loin d'ici ? s'étonna Poulain. Mais la Croix-de-Lorraine est sur la place du cimetière Saint-Jean.

Mayneville eut un sourire condescendant.

— Vous confondez, monsieur Poulain ! Il est vrai que la Croix-de-Lorraine, que les Lorrains fréquentent, est au cimetière Saint-Jean, mais il y a une autre Croix-de-Lorraine, rue des Cordeliers, en face du collège de chirurgie. C'est un cabaret qui possède quelques chambres et c'est là que se sont installés ceux qui commanderont vos hommes dans l'Université.

» Encore une chose, monsieur Bussy, martela Mayneville. Monseigneur ne veut ni pillage ni exécution. Lorsque vos gens entreront dans le Louvre ou dans l'Arsenal, si l'un d'eux vole seulement un pot ou une assiette je le ferai pendre. Que ce soit clair ! Je ne veux pas plus de rapinage dans les maisons des politiques. Vous devez prendre la Bastille ?

— Oui, monsieur.

— Vous en porterez ensuite les clefs à monseigneur.

— Nous y serrerons beaucoup de prisonniers, fit le Clerc sans confirmer qu'il rendrait les clefs.

— Certainement, mais pas d'exécution, c'est bien clair !

— Sauf s'il y a rébellion…

— Sauf s'il y a rébellion, je vous l'accorde.

— Que deviendra le roi ? demanda Poulain.

— Monseigneur le fera enfermer au Hiéronymites de Vincennes. Il s'y plaît et il y finira sa vie. Il abdiquera auparavant en faveur de Mgr de Bourbon.

Poulain aurait aimé en savoir plus, mais Mayneville se leva.

— Je crois que tout est dit. J'attends vos officiers. Venez, Boisdauphin ! À vous revoir, monsieur Poulain !

Il repartit vers le fond de la salle, les laissant seuls. Personne n'avait touché au vin.

Poulain servit Le Clerc en silence, puis il remplit son pot.

— Il croit pouvoir nous commander ! ragea le procureur.

— Il nous méprise ! insista Poulain qui songeait qu'un coin enfoncé entre les deux partis ne pouvait être qu'une bonne chose.

— Pour l'instant, nous n'avons pas le choix, mais Guise n'a pas compris que les Parisiens ne veulent pas changer de maître : ils ne veulent plus de maître !

Sauf celui que la sainte union veut leur imposer, pensa Poulain.

Nicolas Joubert, seigneur d'Engoulevent, avait rassemblé aux Pauvres-Diables les membres de la Confrérie des sots et des enfants sans souci qui jouaient dans *Le traître Judas se pendant par désespoir*. Il y avait là des clercs, des écoliers et des commis d'écriture, tous passionnés de théâtre, de déguisements et de farce. Il y avait aussi Olivier et Caudebec, puisqu'ils étaient l'objet de cette réunion.

Le samedi précédent, le prince des sots avait expliqué aux autres enfants sans souci que Francesco et Pietro, prénom sous lesquels étaient connus François Caudebec et Olivier Hauteville dans les parades, allaient reprendre les rôles du légionnaire romain et de Judas.

La troupe avait applaudi. Olivier et François avaient répété et trouvé leur rôle facile. Puis ils avaient joué dès le samedi aux Halles.

Le traître Judas se pendant par désespoir était une farce où Joubert tenait le rôle de Pierre. Dans cette sotie, Olivier et Caudebec n'avaient guère à dire ou à agir, ils ne devaient qu'être sur scène, l'un pour trahir le Christ, l'autre pour le martyriser à coups de lance. Mais c'était une chose de répéter, et c'en était une autre de jouer devant des centaines de catholiques exaltés voulant venger Notre Sauveur. Ils découvrirent vite à quel point Judas et le légionnaire romain accumulaient la haine populaire, surtout au moment de Pâques. Ils avaient fini le spectacle sous les insultes, les crachats et les œufs pourris, protégés par les autres comédiens et quelques archers du Châtelet qui étaient venus pour les préserver d'être roués de coups.

Olivier comprit alors pourquoi personne ne voulait de ces rôles.

Il avait pourtant accepté de rejouer le lendemain, car c'était à l'hôtel de Bourgogne, juste avant la *Compagnia Comica* et il était désireux de montrer son talent à Cassandre (talent qui se limitait pourtant à se pendre !). Mais même dans la salle des confrères de la Passion, insultes et menaces avaient été telles que désormais il ne voulait plus continuer. Que dirait-on si on

apprenait qu'un gentilhomme du roi de Navarre acceptait de telles avanies !

Pourtant, l'avantage de ce rôle, lui avait dit Venetianelli en s'esclaffant, c'est que personne ne pourrait
imaginer qu'il était Olivier Hauteville, recherché par la
Sainte Ligue.

C'était une piètre consolation !

Voilà pourquoi, ce lundi de la Saint-Marc, la société
des sots était réunie. La pièce connaissait un immense
succès mais devait s'arrêter. Chacun – sauf Olivier
et Caudebec – était catastrophé, car, la veille, tout le
quartier était venu pour abreuver d'insultes Judas et la
recette avait été exceptionnelle.

C'était la première fois qu'Olivier voyait le seigneur
d'Engoulevent – le prince des sots – d'humeur sombre.
C'est que Nicolas Joubert était persuadé qu'il ne connaîtrait jamais à nouveau un tel succès. Son rêve d'intégrer
les confrères de la Passion ou la compagnie de Mario
s'effondrait uniquement parce que ces deux-là n'accep-
taient pas les conséquences de leur gloire ! Et pourtant,
qu'était-ce que des crachats et des œufs pourris pour
un artiste ?

Olivier et Caudebec étaient cependant d'accord pour
jouer encore, mais dans une autre sotie. La mort dans
l'âme, Engoulevent leur proposa donc d'autres pièces
de son répertoire et Olivier accepta d'être une âme pas
trop noire dans *Saint Michel pesant les âmes*, espérant
ainsi être mieux traité par le public.

C'est durant cette discussion que Nicolas Poulain
entra dans le cabaret. Dès qu'Olivier le vit, il lui fit un
signe de connivence. Poulain ressortit aussitôt et Olivier et Caudebec le suivirent, prétextant un besoin naturel.

Nicolas Poulain s'était éloigné vers un groupe d'arbres. Ils le rejoignirent, assurés de ne pas être observés.

— J'aurais préféré que vous ayez quitté Paris, leur reprocha Poulain.

— Ce n'était plus possible, Nicolas, tu vas comprendre pourquoi quand je t'aurai dit ce qu'on a découvert chez don Moreo. Et puis l'insurrection que tu redoutais n'a pas eu lieu.

— Tout simplement parce que j'ai prévenu le roi qui a fait venir quatre mille Suisses. Pris de peur, La Chapelle a tout annulé. Mais l'entreprise n'est que repoussée. Guise a promis d'arriver à Paris d'ici deux semaines, quand le roi sera de retour. En attendant, il a fait entrer de nouveaux capitaines et l'un d'eux est Boisdauphin, c'est pour cela que je viens te prévenir. Je viens de le rencontrer à l'hostellerie de l'Arbalète, sur le chemin de l'abbaye de Saint-Germain. C'est là que sont installés une bonne partie des Lorrains, mais Boisdauphin loge à la Croix-de-Lorraine.

— Nous ne pouvons y retourner, remarqua Caudebec. Nous avons été reconnus mercredi par le capitaine Cabasset, et la Ligue a mis notre tête à prix.

— J'ai vu l'affiche, opina Nicolas. Comment avez-vous échappé à Cabasset ?

Olivier lui fit un récit de ce qui s'était passé pendant que Poulain affichait un sourire goguenard.

— Pas de chance ! dit-il enfin, car il y a deux Croix-de-Lorraine et vous n'êtes pas allés à la bonne !

— Deux ?

— L'autre est dans la rue des Cordeliers, près de l'église de Saint-Cosme, à quelques pas de l'Arbalète.

— Je suis un maître sot ! s'exclama Olivier. Maintenant que tu me le dis, je me souviens de ce cabaret ! Je crois même y être allé quand j'étais à la Sorbonne. Nous irons demain, et cette fois nous découvrirons la vérité sur Bordeaux et Belcastel.

— Soyez prudents! Ce cabaret est à deux pas de l'hôtel du Petit-Bourbon. Si Mme de Montpensier t'apercevait, tu n'aurais aucune pitié à attendre d'elle. Surtout n'oubliez pas que l'insurrection n'a été que reportée. Guise sera là dans une quinzaine avec ses troupes.

— Raison de plus pour trouver Boisdauphin au plus vite. Voici maintenant ce que nous avons découvert en fouillant le courrier de don Moreo dans son appartement du Temple : il attend bien un chargement d'or destiné à Guise qui arrivera au début du mois de mai, avec de la poudre.

— Les ligueurs attendent aussi de la poudre m'a dit Mayneville, médita Poulain à voix haute. Peut-être est-ce le même chargement. Que comptez-vous faire ?

— Surveiller les portes Saint-Denis et Saint-Martin, et découvrir où on conduit l'or.

— Et après ?

— J'avais songé à m'en emparer.

— Ce serait un rude coup pour Guise, en effet, mais comment ?

— Tout dépend de l'escorte. Mais nous ne sommes que trois, quatre en allant chercher mon valet d'armes chez Sardini.

— Vous pouvez compter sur moi. Peut-être pourrais-je en parler à O, il nous donnerait main forte.

— Mais il s'emparera de l'or !

— Sans doute…. Je vais songer à cela. Sitôt que vous savez où est l'or, il faut me prévenir. Mais pas chez moi. Convenons d'un signe de reconnaissance. Si j'accroche un mouchoir blanc à ma fenêtre, que quelqu'un vienne acheter à mon beau-père un pot de miel bien blanc. Il y aura une lettre à l'intérieur. Et à l'inverse, tu peux lui faire porter un pot en disant que le miel était gâté et tu y mettras ta lettre. Nous saurons ainsi où et quand nous rencontrer.

— Très bien. Je voulais aussi te dire que Le Bègue est prévenu, il recevra ta famille si les choses s'aggravent.

14.

Le lendemain matin, au coin de la rue de la Harpe et de la rue des Cordeliers, deux barbiers chirurgiens en robe noire à larges manches, ceinture bleue, fraise et bonnet de chirurgien entrèrent dans le cabaret de la Croix-de-Lorraine, en face de l'église Saint-Cosme.

L'église avait été construite près de trois cents ans plus tôt sur une chapelle qui était alors le siège de la confrérie des chirurgiens dont saint Cosme et saint Damien étaient les patrons. Les chirurgiens et barbiers avaient ensuite déplacé leur collège à quelques pas, dans la rue des Cordeliers[1].

C'est Olivier qui avait eu l'idée de ces déguisements. Quand il était étudiant à la Sorbonne, il avait remarqué combien les maîtres en robes étaient respectés. Se faisant passer pour des professeurs, ils obtiendraient plus facilement des réponses à leurs questions.

Le cabaret de la Croix-de-Lorraine était une hôtellerie à pignon pointu avec une petite salle basse et seulement quelques chambres dans ses deux étages en encorbellement. Bien tenu par une accorte veuve, il était surtout fréquenté par les clercs barbiers chirur-

---

1. Au 6, rue des Cordeliers.

giens du collège et leurs maîtres, ainsi que par quelques voyageurs de passage, des marchands ou des gentilshommes.

Quelques chandelles de suif, dans des lanternes, éclairaient trois longues tables de chêne massif. Le sol était balayé et il n'y avait pas de chiens rongeant quelque os jeté par un client. La tavernière en robe noire à dentelles de Bruges, maniérée comme une duchesse, distribuait du vin et du pain à des clercs barbiers installés à l'une des tables. Parmi eux, un jeune homme boutonneux à la courte barbe noire pérorait d'une voix pâteuse et avinée.

— J'irai seul à la chasse aux hérétiques si vous êtes couards !

« Couard ! » répéta-t-il plusieurs fois en s'adressant à chacun de ses compagnons de table qui ne retenaient pas leur fou rire.

Voyant qu'ils se moquaient, le barbu boutonneux cria plus fort, en frappant sur la table :

— Je les abattrai tous ! Je les éventrerai ! Je les écorcherai !

La tavernière lui posa une main sur l'épaule.

— Calmez-vous, capitaine ! pouffa-t-elle.

— J'en ferai de la soupe ! Je me baignerai dans leur sang et dans leurs entrailles !

Les yeux embués de larmes, ses compagnons s'épanouissaient la rate.

Caudebec et Olivier se regardèrent un instant, indécis. Une autre table était occupée par deux hommes qui vidaient leurs bourses de cuir de centaines de pièces d'argent afin de les compter. C'était sans doute des marchands qui n'avaient pas envie de compagnie. Les deux faux barbiers chirurgiens s'installèrent donc à la dernière table qui était surmontée d'un crucifix.

Pendant ce temps, le boutonneux aviné répétait inlassablement qu'il fallait faire la guerre aux hérétiques, les exterminer, les anéantir…

— Qui est ce fol ? murmura Olivier, ébahi.

— Peu importe ! L'escalier est en face. Si Boisdauphin est dans sa chambre, il passera devant nous quand il sortira. Mais il est tôt et nous risquons d'attendre.

— Nous attendrons le temps qu'il faudra. On ne s'intéressera pas à des chirurgiens ici.

— Il ne sera certainement pas seul. Avez-vous déjà rencontré Mayneville ?

— Non.

— Tant mieux, il serait fâcheux qu'ils nous reconnaissent.

— S'il devait y avoir bataille, nous aurons l'avantage de la surprise, fit Olivier.

Ils avaient dague et pistolet à rouet sous leur robe, ainsi qu'une jaque de mailles sur leur chemise.

— En attendant Boisdauphin, essayons déjà d'en savoir plus sur Belcastel et Bordeaux, poursuivit-il.

La cabaretière en noir vint les voir pour prendre leur commande.

— De la soupe et du vin, madame, du bon ! demanda Olivier.

— Vous êtes maîtres chirurgiens ? Je ne vous ai jamais vus, affirma-t-elle avec curiosité en regardant leur robe.

— Nous arrivons de Toulouse pour rencontrer des confrères. Nous les attendrons ici.

— Vous ne pourrez être mieux ! Je vous proposerais bien une chambre mais elles sont toutes occupées par des gentilshommes.

— Nous sommes déjà logés, madame, dit poliment Caudebec.

Elle repartit en haussant les épaules et revint un peu plus tard avec une soupière et deux pintes de clairet de Montmartre. Le calme était revenu. Le bravache s'était endormi sur sa table, la tête entre les coudes et ses compagnons s'en allaient les uns après les autres.

Peut-être une heure plus tard, deux barbiers chirurgiens en robe et bonnet passèrent la porte, apparemment en querelle.

— … Mais il ne connaît même pas le latin !

Celui qui venait de parler d'un ton excédé était grand et osseux. Son interlocuteur, de complexion rondouillarde, répliqua, bonhomme :

— M. Paré ne le connaît pas non plus !

— Vous ne pouvez pas comparer, Jacques ! fit l'autre en élevant encore le ton. Tout ce qu'on demande au barbier, c'est de savoir mouiller et raser, de bien peigner les cheveux et la barbe, à la limite de tenir correctement la lancette à saigner et de reconnaître une veine d'une artère… Or, cet insolent s'est mis en tête de réparer les os brisés ! C'est *notre* travail ! Nous devons le traîner devant le parlement ! Ce n'est qu'un *barbitonsore*, qu'il le reste !

— Nous pourrions bien perdre le procès, mon ami. Plusieurs de ses clients viendront témoigner de sa compétence. Je crois même qu'il a réparé une mauvaise fracture au conseiller Brisson.

Le maigre eut un geste d'exaspération et, ayant vu que toutes les tables étaient occupées, il s'installa à côté d'Olivier.

— Mais quelle importance ? rétorqua-t-il alors. Nous avons mis des années à obtenir la reconnaissance de nos droits. Nous sommes chirurgiens de robe longue de Saint-Cosme. La Faculté de médecine nous soutiendra. Vous savez parfaitement que seule la connaissance du latin et du grec, langues des savants, fait le chirurgien et le médecin! Parlez-en à Paré, c'est votre ami. Avec son soutien, notre procès est gagné!

— Paré refusera d'intervenir. Je vous l'ai dit, il ignore le latin et la faculté l'a même traité d'*impudentissimus*!

— Vous savez bien que c'était uniquement parce qu'il n'avait pas soumis son livre à leur imprimatur!

Le replet bedonnant haussa les épaules en s'asseyant près de Caudebec.

— Pas seulement! Les médecins ont qualifié ce chef-d'œuvre d'ouvrage impudique et demandé qu'il fût brûlé. Et puis, pour tout vous dire, ce barbier est peut-être protestant, ou l'a été… Voilà pourquoi Paré ne s'en mêlera pas.

— Toujours votre vieille lune! Paré n'est pas protestant! Il est même parrain de nombreux enfants catholiques que je connais personnellement!

— Mais sans Charles IX, il aurait été occis comme tant d'autres à la Saint-Barthélemy. J'ai de bonnes raisons de savoir qu'il était protestant!

Excédé, le rondouillard se tourna vers son voisin – Caudebec, en l'occurrence – comme pour lui demander son soutien. Il haussa alors les sourcils en le dévisageant, puis examina plus longuement sa robe de barbier chirurgien.

— Je ne vous connais pas, vous! s'exclama-t-il.

— Moi non plus! fit Caudebec en souriant.

L'autre resta interloqué un instant, comme s'il digérait cette réponse à laquelle il ne s'attendait pas.

— Je suis le recteur du collège Saint-Cosme, déclara-t-il enfin, pompeusement. Je connais les quarante-quatre maîtres barbiers de Paris…

» Seriez-vous des *chambrellans*? ajouta-t-il, soupçonneux.

L'accès à la maîtrise de chirurgien barbier était très coûteux, et surtout souvent réservé aux familles des maîtres, aussi beaucoup d'élèves s'installaient chez les grands seigneurs, à proximité des couvents ou des hôpitaux, et travaillaient en chambre, sans tenir de boutique, on les appelait *chambrellans*.

— Nous arrivons de Toulouse, monsieur le recteur, expliqua Olivier.

— Ah!

— Connaissez-vous maître Ambroise Paré, monsieur? leur demanda le grand osseux.

— Pas personnellement, monsieur.

— Nous le connaissons, puisqu'il est maître au collège de Saint-Cosme comme nous, mais j'aurais apprécié votre opinion. Vous avez lu ses œuvres?

— Euh…, bien sûr.

— Donc vous venez de Toulouse? Peut-être connaissez-vous le pauvre client de cette auberge qui a été tué par des malandrins devant la porte.

— Toulouse est une grande ville, monsieur, remarqua prudemment Olivier.

— Ah bon? Je n'y suis jamais allé.

— J'irai égorger le cyclope navarrais, qui se repaît de la chair des bons catholiques et ne s'abreuve que de leur sang! hurla une voix qui fit sursauter tout le monde.

Ils se tournèrent vers le jeune ivrogne qui venait de se réveiller.

— Le capitaine Clément commence à faire des siennes!

— Vous le connaissez? sourit Olivier.

— Je lui ai extrait quelques dents gâtées, soupira le maigre. Qu'il ne m'a d'ailleurs pas payées.

— Courage, messieurs, allons prendre ce bougre de roi dans son Louvre! lança l'ivrogne en se levant et en s'approchant d'eux en titubant.

» Vive Guise ! Vive le pilier de l'Église ! cria-t-il en s'écroulant sur un banc.

— Dites donc, celui-là n'aime ni le roi ni Navarre, s'esclaffa Caudebec.

— Qui les aime ? demanda le grand maigre, pendant que le recteur restait silencieux, manipulant machinalement une petite médaille.

La tavernière arriva, attrapa l'ivrogne par l'épaule et le fit sortir en le bousculant. Elle revint en s'excusant.

— Qui est-ce ? demanda Olivier.

— Un pauvre fou ! Il a logé ici quelques mois mais ne pouvant plus payer sa chambre, je l'ai mis dehors. Il revient parfois avec ses amis quand il a grappillé quelques sols. Il se paye alors une garce vérolée et boit le reste en paradant sur son courage.

— Vous l'avez appelé capitaine, remarqua Caudebec.

— Tout le monde l'appelle ainsi ! dit-elle en haussant les épaules. Peut-être a-t-il été soldat, bien qu'il me paraisse un peu jeune. Je crois plutôt que c'est un sobriquet tant il veut conduire la bataille contre l'hérésie. (Elle se signa.) Monsieur le recteur, je vous porte votre bouillon habituel ?

— Oui, madame Catherine. Je parlais justement de votre malheureux client à mes confrères qui viennent de Toulouse. Vous savez, celui trouvé mort roué de coups devant chez vous, il y a une quinzaine.

— Le petit jeune homme ? M. de Boisdauphin qui l'attendait en a été très ému quand je le lui ai dit. Mais il ne venait pas de Toulouse, il arrivait d'Albi !

— Maintenant que vous me le dites, je m'en souviens, mais Albi n'est pas loin, je crois, ces messieurs auraient quand même pu le connaître.

— Comment s'appelait-il ? demanda Olivier, tous les sens en alerte depuis qu'elle avait mentionné Boisdauphin.

— Belcastel ! Il était gentilhomme, affirmait-il. Il attendait M. de Boisdauphin. Et maintenant il repose dans une fosse aux Saints-Innocents. Sa famille doit s'inquiéter pour lui. Peut-être pourriez-vous les prévenir en revenant à Toulouse ?

— Certainement, déclara Olivier d'une voix blanche.

Ainsi, Belcastel était bien venu à la Croix-de-Lorraine à la demande de Boisdauphin ! Si le page avait un rapport avec la mort de Condé, Boisdauphin aussi. Mais alors quel était le rôle de madame la princesse ? Avait-elle tué son mari ? Elle attendait la mort dans sa prison de Saint-Jean. Et si elle était innocente, comme en était persuadée Cassandre ? Il fallait que Navarre apprenne tout cela rapidement.

— Nous pourrions ramener ses affaires à Albi, proposa-t-il en pensant qu'il y aurait peut-être des papiers intéressants.

— Pas à Albi, à Belcastel, monsieur. Sa famille est là-bas. J'avais conservé ses bagages, mais monsieur le marquis de Boisdauphin qui était son ami les a pris. Je peux les lui demander. Il ne va pas tarder à descendre.

Surtout pas ! se dit Olivier.

— C'est inutile ! Si ce monsieur les a, il fera le nécessaire. Nous ne tenons pas à nous mêler des affaires de gentilshommes, dit-il sèchement. Nous ne sommes que des barbiers chirurgiens. D'ailleurs aller à Belcastel nous ferait faire un gros détour.

— Comme vous voulez.

Elle repartit aux cuisines pendant qu'il se levait, laissant quelques pièces.

— Nous avons été très heureux de vous connaître messieurs, tu viens François ?

Caudebec se leva à son tour. Les deux chirurgiens les saluèrent assez froidement et ils sortirent. Une fois dehors, ils s'éloignèrent de l'hôtellerie.

— L'affaire tournait à l'aigre, dit Olivier avec un soupir de soulagement. Ces deux-là allaient nous poser des questions et se seraient vite aperçus de notre imposture.

— Et surtout la femme était bien capable de nous présenter Boisdauphin !

— N'empêche qu'il est dommage de ne pas l'avoir vu. Nous ne pourrons le reconnaître si nous le croisons…

— Ce que nous avons appris est déjà pas mal. Et puis, Nicolas le connaît, il y aura peut-être une autre occasion de le rencontrer. En revanche, le capitaine Clément m'intéresse…

— Cet ivrogne ? Pourquoi ?

— Ce Pierre Bordeaux, qui a voulu tuer Mgr de Navarre, vivait avec son cousin Jacques à la Croix-de-Lorraine. Or la mère de Jacques se nommait Clément, notre capitaine Clément pourrait bien être le cousin. Si seulement nous connaissions son prénom !

— Si c'était lui, il connaîtrait le curé qui a soudoyé Bordeaux.

— Sans doute. Mais pour le savoir, il faudrait le retrouver et vérifier qu'il se prénomme Jacques. Il devrait ensuite être facile de l'interroger, surtout s'il est toujours ivre. Faisons déjà un peu le tour du quartier, peut-être allons-nous le revoir.

Ils se promenèrent jusqu'à midi dans l'Université, mais n'aperçurent pas le capitaine Clément. Sans doute cuvait-il son vin dans quelque bouge. Finalement, ils rentrèrent à la tour, car l'après-midi, ils jouaient aux Halles.

En chemin, Caudebec signala à Olivier quelque chose qu'il avait remarqué.

— Le recteur du collège, le gros… c'était peut-être un protestant.

— Comment le sais-tu ?

— Il jouait avec un méreau.

Le matin de ce même mardi 26 avril, M. de Petrepol se présenta au Drageoir Bleu à cheval, sans valet ni escorte. Il acheta des dragées avant de demander à la jolie marchande si elle connaissait Nicolas Poulain.

— C'est mon époux, monsieur. Il est en haut, voulez-vous que je l'appelle ?

— Non ! Écoutez-moi bien, madame, dit-il douce-ment mais d'une voix hachée. Votre mari me connaît, je suis le seigneur de Petrepol. Allez lui dire que Sa Majesté l'attend. Qu'il ne tarde pas. Qu'il passe par le pont dormant. Ne parlez de ma visite à personne. Il en va de votre vie et de la sienne.

Sans dire un mot de plus, il reprit son chemin dans la rue Saint-Martin.

Aussitôt prévenu, Nicolas se rendit au Louvre. Dans la salle des gardes devant le pont dormant, l'huissier l'attendait en compagnie d'un homme au visage en lame de couteau, au front haut et ridé, au nez aquilin et aux pommettes creuses avec une minuscule barbe et une touffe de poils au menton. En cuirasse de fer et un casque à la main, il portait une lourde épée de cavalier à la taille. C'était le colonel Alphonse d'Ornano qui commandait la garde corse du Louvre.

Le père d'Alphonse d'Ornano, Sanpiero de Bastelica, avait été compagnon de Bayard, puis s'était battu pour détacher la Corse de Gênes avant de devenir colonel du régiment corse au service d'Henri II. Il y avait gagné le surnom de Corso, nom par lequel on appelait aussi son fils Alphonse qui préférait pourtant utiliser celui de sa mère, Vanina d'Ornano, comme c'était l'usage en Corse. Le père et le fils étaient des hommes durs, à la fidélité intransigeante. Sanpiero de Bastelica avait étranglé Vanina qui l'avait trahi et Alphonse avait poignardé un de ses neveux qui avait manqué à son devoir militaire.

En suivant des galeries puis par un étroit escalier dans l'épaisseur d'un mur, Ornano le conduisit jusque dans un grand cabinet où se trouvaient trois hommes autour du roi : le seigneur d'O, le duc d'Épernon, et M. de Guiche qu'il avait croisé au Palais.

— Monsieur Poulain, enfin ! s'exclama le roi, qui paraissait agité, je veux connaître votre opinion ! On m'alarme en m'annonçant que le duc de Guise a fait entrer en ville des centaines de gentilshommes. D'autres m'ont assuré qu'Aumale a cantonné un gros régiment d'Albanais à Saint-Denis. Pourtant ma mère et M. de Villequier m'assurent que le duc veut redevenir mon fidèle sujet. Que savez-vous de vos amis de la Ligue ?

— Je confirme, sire, l'ayant appris de M. de La Chapelle, que le duc d'Aumale est à Saint-Denis avec cinq cents cavaliers, comme je vous l'avais dit, mais j'ignore s'il s'agit d'Albanais. Pour ce qui est des gentilshommes de M. de Guise, il est certain qu'il y en a beaucoup dans Paris, bien que je ne croie pas qu'ils soient des centaines. J'en ai vu une trentaine hier dans une auberge, près de l'abbaye Saint-Germain. M. de La Chapelle doit leur confier le commandement des compagnies de la sainte union.

Henri eut une expression de dégoût, mêlée d'angoisse et de détresse. Il cacha son visage dans ses mains et Poulain fut frappé par ses tremblements convulsifs.

— J'ai donné des gages à mon cousin Guise, pourquoi dresse-t-il mes sujets contre moi ? Que cherche-t-il ? Je suis son roi ! Ma mère m'a assuré qu'il restera loin de Paris… Qu'il me laisse au moins être le maître chez moi !

Poulain vit O et Épernon grimacer devant ce misérable désespoir.

Quand le roi releva la tête, son regard avait changé. Il paraissait plus sombre, plus méfiant. Les paupières mi-closes, il demanda, vaguement menaçant :

— Tout cela est bel et bon, mais ne chercheriez-vous pas à m'entraîner où je ne veux pas aller, monsieur Poulain ? M. de Villequier m'a prévenu que des huguenots cherchent à m'abuser. Ne seriez-vous pas de la religion réformée ? Ce serait avantageux pour mon cousin Navarre que je me querelle inutilement avec M. de Guise…

— Sire, dit Poulain en se jetant à genoux. Si vous pensez cela, mettez-moi en prison et faites chercher quatre des principaux de la Ligue que je vous nommerai. Vous les questionnerez et vous saurez la vérité. Seul le zèle envers vous m'anime. Je vous ai toujours dit la pure vérité, il y a quelques jours comme maintenant. Le mémoire que je vous ai remis a été écrit sans fard ni dissimulation. Je suis un mauvais courtisan et ne me mêle pas des intrigues de la cour. Quant à la religion réformée, je n'en suis pas, étant catholique craignant Dieu comme peuvent en témoigner tous ceux qui me connaissent.

Le regard du roi s'adoucit et il exhala un soupir.

— Je ne suis pas en doute envers vous, monsieur Poulain, rassurez-vous. Continuez à travailler pour moi. Je pars pour Saint-Germain avec M. d'Épernon qui se rendra ensuite en Normandie, après quoi j'irai faire retraite chez mes bons hiéronymites de Vincennes. En mon absence, prévenez monsieur d'O si vous apprenez quoi que ce soit d'inquiétant pour le trône.

— Et si le duc de Guise vient à Paris pendant que vous n'êtes pas là, sire? s'inquiéta Poulain qui comprenait que même au pied du mur, le roi préférait encore nier la réalité comme il l'avait fait lors des précédentes tentatives de la sainte union; comportement qui l'avait malheureusement conduit à perdre tant de villes et à accepter l'infâme traité de Nemours.

Dédaigneux, Henri III leva la main, lui faisant comprendre que cela ne le regardait pas.

— Vous le savez, j'ai envoyé Bellièvre ordonner à mon cousin que je ne le voulais pas à Paris, se contenta-t-il de dire.

Ce qu'il ne précisa pas, c'est que la lettre qu'il avait finalement dictée à Pomponne de Bellièvre n'était pas comminatoire. Il y disait au duc lorrain qu'il n'ajoutait foi à aucun des rapports faits contre lui, qu'il croyait à son attachement, et qu'il le priait seulement de s'abstenir de venir à Paris, *afin de ne pas augmenter la fermentation du peuple.*

Le mercredi, Nicolas Poulain fut appelé chez Le Clerc pour une réunion du conseil des Seize où devaient être présents plusieurs membres éminents de la sainte union.

Les mines étaient graves quand il arriva.

— Une fois de plus, nous avons été trahis, annonça La Chapelle, du ton de celui qui a perdu courage. J'ai eu confirmation que le roi a été prévenu de notre entreprise dès vendredi. Nous avons beau nous préparer soigneusement, un invisible ennemi dénonce tous nos projets. Si nous ne trouvons pas ce traître, nous finirons la hart au cou.

Poulain s'efforça de rester impassible. S'il avait su ce qui s'était dit lors de la précédente réunion du conseil, il aurait été encore plus terrorisé, car c'était vers lui que s'étaient portés tous les soupçons. Seul Jean Le Clerc l'avait défendu en rappelant qu'il avait informé le lieutenant du prévôt de plusieurs projets dont le roi n'avait pas eu connaissance, ce qui prouvait bien sa loyauté. De surcroît, avait-il ajouté, c'était tout de même Poulain qui avait armé les ligueurs parisiens.

Le Clerc défendait désormais l'idée que le traître était l'échevin Le Comte qui avait refusé de donner les clefs de la porte Saint-Martin à l'union. C'est lui qu'il fallait pendre, exigeait-il. M. de La Chapelle lui avait tristement rappelé qu'il avait déjà désigné d'autres félons, que ceux-ci avaient été jetés dans la Seine, le ventre ouvert, mais que rien n'avait changé.

— Mes amis, êtes-vous certains qu'il y a un traître ? osa Poulain avec une mimique dubitative. Dans une entreprise comme la nôtre, tant de gens sont dans le secret qu'il est inévitable que des proches du roi apprennent des bribes de nos échanges. La semaine dernière, bien des cabaretiers savaient déjà ce qui allait se passer pour la Quasimodo ! Nous sommes assez forts pour ne pas tenir compte de ces indiscrétions. Le roi a fait venir un millier de cuirasses ? La belle affaire ! Ce ne sont pas les cuirasses qui vont se battre, et nous sommes trente mille ! Il ne fallait pas changer nos plans pour si peu !

L'aveuglement de Le Clerc envers celui qu'il prenait pour son ami était tel qu'il l'appuya. Il fallait être audacieux et prendre Paris et le Louvre sans attendre ! décréta-t-il. La Chapelle parut indécis, mais la plupart des membres du conseil restèrent réticents. La vérité est qu'ils avaient peur. Ils souhaitaient être derrière l'armée du duc de Guise, et non au premier rang. Ils mouraient de crainte à l'idée d'affronter seuls les troupes royales tant ils redoutaient que l'affaire tourne en une boucherie dont ils seraient les victimes.

Poulain l'avait deviné, et il savait que son audace freinerait l'enthousiasme des ligueurs, aussi, ce soir-là, rien ne fut décidé.

en recherche de.

15.

Les quatre jours suivants, déguisés en crocheteurs,
Caudebec et Olivier se rendirent tous les matins dans le
quartier de l'Université à la recherche du capitaine Clément. Évitant les endroits où on l'avait connu, Olivier
explora plusieurs cabarets fréquentés par les écoliers
et les clercs. Quelques questions adroites permirent de
savoir que Clément sortait surtout le soir, car le matin il
cuvait son vin ou il dormait encore avec quelque garce.
Quel était son prénom ? Certains assurèrent que c'était
Jacques, mais d'autres que c'était Jean. Ils n'apprirent
rien de plus.

Ces recherches, qu'ils ne pouvaient poursuivre les
après-midi, car ils jouaient aux Halles avec les Enfants
sans souci, ne leur apportèrent pas grand-chose et s'arrêtèrent à la fin de la semaine, puisqu'à compter de ce
moment-là, ils devaient s'occuper du convoi d'or du
duc de Guise.

Le dimanche 1er mai, après avoir assisté à la messe
à Saint-Eustache avec les comédiens, Caudebec se rendit seul à la porte Saint-Martin tandis que Cassandre et
Olivier gagnaient la porte Saint-Denis. Le couple s'installa devant les fenêtres en verre dépoli de l'auberge du
Renard Rouge, en face de la fontaine du Ponceau. Cette
fontaine, construite en hémicycle à l'angle du couvent

260

des filles de Sainte-Catherine, était aussi appelée fontaine de la reine depuis que Catherine de Médicis y avait fait poser une statue de déesse sculptée à sa ressemblance.

Aux alentours de la porte Saint-Denis, la rue n'était plus qu'un chemin de campagne bordé d'un côté par le couvent des Filles-Dieu et de l'autre par des potagers, des jardins et quelques éparses maisons à pignon. Plus haut, à proximité de la vieille enceinte, il n'y avait plus que des friches et quelques masures occupées par des gueux et des truands.

Olivier avait choisi l'auberge du Renard Rouge parce qu'elle se situait devant la fontaine. C'était le plus important point d'eau du quartier et la foule s'y pressait continuellement. De surcroît, comme l'eau s'écoulait dans un ruisseau sur lequel il y avait eu jadis un petit pont – le ponceau qui avait donné le nom au point d'eau –, les encombrements y étaient permanents, aussi ils ne pourraient manquer le convoi des hospitaliers s'il passait devant eux.

Évidemment, rester une journée entière à la même table en observant les passages ne pouvait qu'attirer l'attention des servantes du Renard Rouge. Cassandre et Olivier avaient donc des explications toutes prêtes : ils étaient des jeunes mariés qui vivaient dans le faubourg Saint-Germain. Lui était commis d'un magistrat de la Cour des aides, en congé pendant une quinzaine, et ils attendaient l'oncle de son épouse qui arrivait de Picardie. Le pauvre homme avait perdu sa femme et venait vivre avec eux, mais il ne connaissait pas Paris et il fallait donc qu'ils soient là quand il entrerait en ville.

C'était une histoire si banale qu'on ne s'intéressa plus à eux. Et quoi de plus innocent que deux amoureux ?

Ensemble, Cassandre et Olivier ne sentirent pas le temps passer tant ils avaient à se dire. Dans l'après-midi, ils sortirent de l'auberge pour se promener. Le beau temps revenait et le soleil commençait à chauffer agréablement. Ils firent même quelques pas de l'autre côté de la porte fortifiée, après en avoir franchi le pont-levis.

Ils revinrent le lendemain, et les jours suivants, mais sans apercevoir de chariot ni de gardes aux armes des hospitaliers.

Pour Caudebec, le temps passa plus lentement et chaque soir son humeur était massacrante. Celle des comédiens était tout aussi morose. Un commissaire du Châtelet leur avait fait savoir qu'à la requête du curé de Saint-Eustache, il leur était désormais interdit de jouer du vendredi au dimanche.

Les jours s'écoulant sans que rien ne se passe, Olivier commença à douter. Après tout le commandeur pouvait avoir décidé de faire entrer la poudre et l'or par une autre porte. Il pouvait aussi être passé devant eux avec un chariot sans signe distinctif et sans escorte. Ayant en tête l'avertissement de Nicolas Poulain sur l'insurrection prochaine, Olivier décida de se donner encore quelques jours avant de quitter Paris.

Car au long de cette première semaine, ils avaient senti l'état d'esprit des Parisiens se transformer. À la fontaine, Cassandre entendait de plus en plus souvent les inquiétudes des femmes chargées des corvées d'eau. Si certaines se réjouissaient de l'arrivée prochaine du duc de Guise, beaucoup craignaient les régiments du duc d'Aumale qui avaient ravagé la Picardie, pillant et violant sans distinguer catholiques et protestants.

À la porte Saint-Denis, Olivier avait remarqué que la milice bourgeoise était désormais complétée par une garde de gentilshommes du roi. Les deux troupes se côtoyaient en évitant de se parler. Comment se comporteraient-elles si Aumale arrivait avec ses cavaliers? Fermerait-on les herses et lèverait-on le pont-levis?

Le dimanche matin, ils découvrirent partout des maisons pavoisées aux armes de Lorraine avec des guirlandes de fleurs et ils devinèrent que ce jour-là n'allait pas être comme les autres.

Poulain n'eut pas de nouvelles des conjurés jusqu'au premier jeudi de mai où il fut convoqué aux jésuites de Saint-Paul. Le roi étant absent, Paris était calme même si des rumeurs alarmantes continuaient de circuler.

Lorsqu'il arriva, il fut frappé par le nombre important de chevaux dans la cour et la présence d'un grand coche entouré de valets. L'assistance était particulièrement importante dans la grande salle pour une fois bien éclairée par des bougies de cire dans les lanternes. Sur une estrade se tenaient M. de La Chapelle, Le Clerc, le curé Boucher et quelques autres membres du conseil. Au milieu d'eux, il y avait surtout Mme de Montpensier en robe de drap de soie verte bordée de petits filets d'argent avec une grande cape blanche brodée de croix de Lorraine d'or.

Qu'allait-on annoncer?

Comme on attendait les derniers retardataires, Poulain, qui s'était mis dans l'ombre, remarqua le capitaine Cabasset, puis Jehan Salvancy, le receveur de tailles qui avait rapiné le trésor royal pendant tant d'années. Salvancy ne se cachait pas et parlait fort avec des amis bien qu'il soit toujours recherché. Cela ne pouvait signifier qu'une chose, s'inquiéta Nicolas: on l'avait assuré de l'impunité.

La Chapelle commença par dire que le roi avait envoyé M. de Bellièvre à Soissons pour demander au duc de Guise de ne pas venir à Paris. Ces paroles provoquèrent des murmures de crainte dans l'assistance, même si la duchesse gardait le sourire.

Quand le silence revint, La Chapelle ajouta que le roi avait fait renforcer le guet de nuit et de jour autour du Louvre et prévenu le prévôt des marchands qu'il châtierait les perturbateurs du repos de la ville et de l'État. Comme les murmures s'amplifiaient, Le Clerc intervint en se moquant du bougre impuissant qui ne parviendrait pas à imposer sa volonté, et il rappela l'heureuse journée de Saint-Séverin, ce qui fit rire l'assistance et baisser un peu la tension.

Ensuite la duchesse de Montpensier prit la parole et sa voix douce et ferme provoqua le silence du public.

— Il y a quelque temps, le curé Boucher m'a parlé d'un projet qu'il avait eu. Quand le bougre (rires du public) se rend dans son monastère hiéronymite de Vincennes faire retraite, il revient le soir au Louvre avec une escorte d'une trentaine d'hommes. Le père Boucher pensait qu'il était possible de s'attaquer à eux. J'ai donc fait étudier cette entreprise par un vaillant capitaine de mon frère, le duc de Mayenne…

Poulain comprit qu'il s'agissait de Cabasset.

— Le roi est en ce moment à Vincennes, poursuivit-elle. Il rentrera demain soir et trouvera sur son chemin, hors la porte Saint-Antoine, soixante vaillants cavaliers cuirassés à mes ordres. Ils se débarrasseront de l'escorte et se saisiront du bougre pour le conduire à Soissons. Ainsi, mon frère aura obéi à ses ordres en ne venant pas à Paris, puisque c'est le roi qui sera venu le voir !

Cette fois les exclamations de joie et les vivats retentirent, provoquant un assourdissant vacarme. La Chapelle étant parvenu à rétablir le calme, la duchesse reprit sur un ton plus grave.

— Prisonnier, Henri de Valois sera condamné à faire amende honorable, en chemise, la tête et les pieds nus, la corde au col, tenant en main une torche ardente de trente livres. Il sera publiquement déclaré indigne de la couronne de France et confiné à perpétuité au monastère des hiéronymites pour y jeûner au pain et à l'eau le reste de ses jours… comme il aime tant le faire !

Ayant terminé, elle redressa sa poitrine, fière et arrogante, tandis qu'un tonnerre d'applaudissements crépitait. Poulain lui-même ne s'épargna pas, frappant dans ses mains jusqu'à en avoir mal.

Après le retour au calme, Le Clerc expliqua à son tour :

— Le roi saisi, je donnerai l'alarme à Paris, disant que ce sont les huguenots qui l'ont pris pour lui couper la gorge. Nous massacrerons ensuite les politiques et tous ceux du parti du roi. Je ferai passer un mot à toutes les villes de la Ligue pour qu'elles agissent de même.

La Chapelle ajouta ensuite que si, par des circonstances imprévues, l'opération échouait, il enverrait un messager supplier le duc de les secourir.

Le lendemain de cette réunion, bien avant le lever du soleil, Poulain se rendit à l'écurie du Fer-à-Cheval où il prépara lui-même sa monture. Muni d'une petite lanterne en fer, il descendit jusqu'à la rue Saint-Antoine et passa la porte de la ville au moment de l'ouverture, se glissant dans un groupe de marchands.

Ce qu'il allait faire était certainement risqué, mais il ne pouvait agir autrement. Le temps pressait et il avait jugé qu'on le remarquerait moins en partant si tôt.

En 1584, Henri III, qui avait connu l'ordre de saint Jérôme en Pologne, avait été séduit par leur règle inspirée de saint Augustin. Pour eux il avait fondé les hiéronymites de Vincennes et fait construire le petit monastère de Sainte-Marie-de-Vie-Saine à quelques centaines de pas du château. Avec ses intimes, il se retirait souvent dans une cellule pour prier ou faire retraite bien que ces démonstrations de foi, tout comme les processions de flagellants auxquelles il participait, n'émussent plus le peuple qui ne croyait pas à sa sincérité.

Poulain savait que le monastère, constitué de seulement douze cellules entourées d'un mur, était fort bien gardé. Les patrouilles étaient nombreuses, aussi ne cherca-t-il pas à s'y rendre directement. Au premier détachement de gardes qu'il rencontra, il se présenta comme prévôt de maréchaux et demanda à l'officier de le conduire auprès du colonel Alphonse d'Ornano ou de M. de Cubsac. Il était en mission, expliqua-t-il, et personne ne devait avoir connaissance de sa visite. Après l'avoir écouté, l'officier désigna un homme pour l'accompagner.

Au couvent, Poulain fut conduit devant le colonel d'Ornano. Méfiant de nature et bien que l'ayant reconnu, le Corse appela Cubsac qui l'assura de la loyauté du visiteur. Ils le conduisirent donc dans la cellule du roi, une pièce agréablement meublée et chauffée, car si Henri III voulait jouer au moine, il ne souhaitait pas souffrir comme eux.

Sans préambule, Poulain raconta la réunion à laquelle il avait assisté et le guet-apens préparé par la duchesse de Montpensier. Le roi en resta un moment désemparé. Qu'on envisage de s'attaquer ainsi à lui alors qu'il venait de passer plusieurs jours à prier l'emplissait d'une douloureuse amertume. Avec désespoir, il se rendait compte chaque jour un peu plus combien on le haïssait.

Tandis qu'il restait dans un long mutisme, le colonel d'Ornano ne put retenir sa rage.

— Corpo di Christo ! Laissez-moi faire, sire, je vais saisir ces félons et ce soir ils seront découpés en quartiers et cloués sur les portes de la ville, fulmina-t-il.

Henri III respira profondément.

— Non ! Vous irez seulement quérir une centaine de gardes supplémentaires qui me raccompagneront.

Il remercia Poulain et lui donna congé. Une fois de plus, le roi refusait de faire couler le sang.

Les espions de Cabasset, voyant arriver un régiment au complet pour servir d'escorte, prévinrent les spadassins dans la maison de Bel-Esbat et l'entreprise fut annulée, mais Nicolas Poulain avait été remarqué à Vincennes.

Le dimanche, au retour de la messe, il reçut la visite de Philippe Lacroix, le capitaine des gardes de Villequier, qui lui demanda de l'accompagner chez la reine mère où l'attendait aussi son maître. Poulain refusa, arguant qu'il ne pouvait laisser sa famille un dimanche. Lacroix ne cacha pas sa colère, mais comprenant qu'il ne pouvait le conduire de force, même avec le garde qui l'accompagnait, il se retira.

Après son départ, Nicolas resta un long moment dominé par l'inquiétude. Villequier avait-il été informé de son voyage à Vincennes ? Il avait l'impression qu'un piège effroyable se refermait sur lui sans qu'il ait la possibilité d'y échapper. Si Villequier le dénonçait à Guise, il était perdu.

À la porte Saint-Denis, la matinée du lundi s'écoulait dans la tranquillité. On approchait de midi. Depuis la veille, la chaleur était revenue. Cassandre et son mari se promenaient quand soudain, un cavalier arriva au galop en criant à pleins poumons :

— Monseigneur le duc de Guise arrive !

Comme tout le monde, Olivier et Cassandre accoururent pour l'entendre. Les explications du cavalier paraissaient confuses. Selon lui, huit ou neuf personnes à cheval, visages cachés sous leur chapeau, avaient passé la porte Saint-Martin et se dirigeaient vers la porte Saint-Denis. L'un d'eux, par jeu, avait fait tomber le chapeau de celui qui était en tête.

— C'était Mgr de Guise ! C'est moi qui l'ai reconnu ! répétait l'homme avec fierté, comme si c'était lui qui l'avait escorté jusqu'à Paris.

Il avait déjà dû clamer sa nouvelle, car une marée humaine remontait la rue. Soudain, des cris et des vivats fusèrent. Olivier monta sur un pas de mule et distingua une dizaine de cavaliers en manteau de drap noir et pourpoint de damas blanc avec de grands chapeaux pointus emplumés.

Autour de lui, des badauds répétaient en se congratulant :

— Monseigneur de Guise entre dans Paris !

— Courons au-devant du duc !

— Il a détruit l'armée allemande, il vient enfin détruire ici les protecteurs de l'hérésie !

— Bénissons-le, il vient nous sauver du massacre !

— C'est enfin à la cour d'Hérode de trembler !

Tous les véhicules s'étaient arrêtés. Les toits des maisons se couvraient de curieux. Entourés d'hommes repoussant la foule, les cavaliers approchaient avec à leur tête un géant blond aux cheveux courts, à la barbe taillée en pointe, aux moustaches aux extrémités élégamment relevées. Malgré ses yeux bleus étincelants et sa fine balafre, son visage énergique restait doux et aimable. Dans son pourpoint de soie blanche avec épée dorée à la taille, il faisait l'effet d'un demi-dieu. Olivier n'avait jamais vu le duc mais il ne douta pas que ce fût lui. Souriant à la foule qui l'acclamait, Guise venait défier le roi de France accompagné seulement de huit serviteurs. Olivier ne put s'empêcher d'admirer son audace.

Des femmes jetaient des fleurs sur son passage quand soudain un cantique monta, repris en chœur par l'assistance. Le duc ôta son chapeau, écoutant avec ferveur ce chant qui traitait de la délivrance du peuple d'Israël. Au milieu de cette populace idolâtre, Guise paraissait calme et parfaitement maître de lui-même. Olivier se souvint de la ferveur qu'il avait éprouvée envers cet homme quand il était jeune. Inconsciemment, il le compara avec le roi de France, fluet, blafard, malade et maquillé de fard. Ensuite il pensa au roi de Navarre, plus petit que Guise et autrement moins beau, mais certainement autant aimé.

Les trois Henri étaient bien différents et le duc lorrain était certainement le plus magnifique. Pourtant, Olivier devinait que c'était son apparence que les Parisiens idolâtraient, tandis que Navarre était aimé pour son comportement.

Il regarda Cassandre. Au visage plein de mépris de son épouse, il sut qu'elle n'était pas tombée sous le charme de la grâce et de l'élégance du duc.

Le cortège s'était arrêté non loin d'eux. Quand le chant cessa, Henri de Guise prit la parole. Sa voix était grave et portait loin.

— Merci mes amis, merci! Je ne sais point me cacher quand on m'accuse. On me calomnie auprès du roi, je vais donc le trouver. Est-ce qu'on me ferait un crime d'avoir détruit l'armée des reîtres, de vouloir le triomphe de la foi et le soulagement du peuple ? Des crimes de ce genre, je l'avoue, seront toujours au fond de mon cœur ! Ô mes amis ! Qu'il me tardait de vous revoir ! Que votre amour me touche ! J'oublie en ce moment que je vais entrer dans une cour où l'on n'écoute que le duc d'Épernon, mais le roi sera éclairé ! Espérons qu'il s'unira de bonne foi à la Sainte Ligue. Vive le roi !

À ce dernier cri, le peuple ne répondit que par les cris : « Vive le duc de Guise ! » et Olivier vit le Lorrain sourire.

Des gentilshommes arrivés d'on ne sait où écartèrent la foule, aidés par quelques serviteurs vigoureux. C'était difficile, car le peuple entier voulait servir d'escorte. Finalement, le duc dut reprendre la parole pour qu'on lui laisse le passage, expliquant qu'il se rendait à l'hôtel de la Reine, près de Saint-Eustache, pour se mettre sous la protection de Catherine de Médicis.

— Vive Guise ! Vive le pilier de l'Église ! ovationnaient des centaines de voix.

Devant une boutique, une demoiselle en prière lança au duc, les larmes aux yeux :

— Bon prince, puisque tu es ici, nous sommes tous sauvés !

Le *Balafré* la salua d'une révérence et les cavaliers purent enfin se remettre en marche. Portés par la foule, ils tournèrent dans la rue Mauconseil.

Alors que la circulation reprenait, Olivier et Cassandre virent arriver de la porte Saint-Denis un chariot tiré par des mules. Ce n'était qu'une grosse caisse de bois peinte en bleu avec un toit à double pente, mais sur ses flancs s'étalait une croix blanche à huit branches. Derrière suivait un second chariot identique. Les véhicules étaient escortés par deux douzaines de gardes en morion dont plusieurs portaient le manteau des hospitaliers.

— Les chariots d'or étaient derrière le duc ! murmura Cassandre.

— Ils ont dû faire le voyage ensemble et ne se séparer qu'aux portes, les chariots passant seuls la porte Saint-Denis pour qu'on ne se doute pas qu'ils étaient avec les Lorrains. Cela explique cette faible escorte. Guise a dû venir accompagné de beaucoup plus de monde et ne faire que la fin du voyage seul, avec ces chariots et leurs gardes autour de lui. En cas de mauvaise surprise, les hospitaliers lui auraient porté secours.

— Et inversement, Guise pouvait protéger son or si on avait voulu le voler, ironisa Cassandre.

Chez Olivier, l'admiration qu'il avait ressentie devant le courage du *Balafré* disparut d'un seul coup. Le duc était bien l'homme calculateur décrit par ses ennemis.

Ils suivirent à pied le convoi. Olivier était persuadé qu'il se rendait à l'ambassade d'Espagne, mais il n'en fut rien. Il tourna au contraire rue aux Ours, en face de la rue Mauconseil.

Où allait-il ?

Les chariots prirent la rue Grenier Saint-Lazare, puis traversèrent la rue du Temple jusqu'à la rue du Chaume. Le convoi s'arrêta devant la porte à échauguettes de l'hôtel de Guise, l'ancienne forteresse d'Olivier de Clisson achetée par le père d'Henri de Guise. Un des gardes avait dû le précéder, car la porte ogivale était ouverte. À grand-peine, les chariots s'y engouffrèrent, puis la lourde porte ferrée se referma.

Au même moment, le prévôt Hardy avait envoyé un de ses hommes chercher Nicolas Poulain. Le prévôt des maréchaux de l'Île-de-France étant son chef, il ne pouvait refuser et s'y rendit, inquiet de ce qu'on lui voulait, car il n'était pas dans les habitudes de Hardy de convoquer ainsi ses lieutenants. Vieux et malade, il restait à l'écart des factions de la cour bien que depuis deux ans il se soit rapproché de la Ligue.

Le prévôt le reçut dans sa chambre, couché sur son lit. Il l'assura de son amitié et lui expliqua qu'il ne l'avait fait venir que pour le prévenir et lui conseiller de fuir. Quelqu'un, qu'il ne nomma pas, avait trouvé un mémoire qu'il avait écrit au roi dénonçant les agissements de la sainte union. Guise venait d'arriver à Paris (ce que Poulain venait d'apprendre en chemin) et allait le faire saisir. Le roi ne ferait rien pour sa défense, car on lui avait dit que ce mémoire n'était qu'un tissu de mensonges.

Poulain, pris de peur, posa quelques questions – sans rien reconnaître – mais le vieux prévôt n'en savait pas plus. Il partit donc en le remerciant.

Une fois dans la rue, il ne sut où porter ses pas. Guise à Paris, sa trahison envers la Ligue connue, il devait effectivement fuir, à moins qu'il ne parvienne à convaincre le roi de sa fidélité. C'est alors que son regard saisit furtivement dans l'embrasure d'une porte un visage triangulaire au menton fuyant. La fine moustache qui surmontait des lèvres épaisses ouvertes sur de grosses incisives lui rappela immédiatement Lacroix.

Ainsi le capitaine des gardes de Villequier le surveillait. Il comprit brusquement que tout cela n'était qu'un coup monté. Que l'on voulait tout simplement le faire avouer en le forçant à prendre la fuite. Tout avait dû être organisé par Villequier.

Il décida d'aller au Louvre pour se justifier auprès d'Henri III si vraiment on l'avait accusé de mensonge.

Là-bas, il trouva la cour emplie d'une foule immense venue soutenir le duc de Guise. Écoutant les propos qui s'échangeaient, il comprit que le Lorrain était arrivé.

Au moins, se dit-il pour se rassurer, si on me voit ici, on pensera que je suis venu pour l'acclamer moi aussi. Il parvint à entrer dans la salle des cariatides et à faire quérir le seigneur de Petrepol, mais celui-ci était introuvable. Nicolas cita les autres noms que le roi lui avait donnés et ce fut finalement François de Montigny qui vint. Ayant écouté sa demande, le capitaine des archers de la Porte lui répondit qu'il devrait attendre, car on ne pouvait déranger Sa Majesté.

Le duc de Guise s'était rendu à l'hôtel de la Reine comme il l'avait annoncé. Catherine de Médicis l'avait d'abord assez mal reçu. Néanmoins, apprenant qu'il voulait aller au Louvre sans escorte et craignant une imprudente réaction de son fils qui aurait mis Paris à feu et à sang, elle choisit de l'accompagner dans sa chaise à bras.

Durant le trajet, il marcha à côté d'elle, chapeau à la main, acclamé par la foule en délire tout en s'entretenant aimablement avec ses proches. Malgré cette liesse, les centaines de gentilshommes et de partisans qui l'avaient rejoint étaient inquiets et menaçaient d'avance Henri III s'il tentait quelque chose contre leur maître. Approchant du Louvre, plusieurs le supplièrent de ne pas se livrer ainsi désarmé à un monarque si fourbe.

— Il faut bien que quelqu'un se dévoue pour faire entendre la vérité au roi, répondit calmement le duc. Celui qui, avec si peu d'hommes, a détruit l'armée allemande, doit-il craindre une poignée d'infâmes courtisans ?

Tout cela fut dit d'une voix si calme, si posée et si courageuse, que la foule parisienne applaudit et chacun se félicita d'avoir enfin un maître à admirer.

Henri III était dans les appartements de la reine, qui jouxtaient sa chambre de parade, quand on lui apprit que le duc de Guise venait d'entrer dans Paris. Il resta un instant interdit devant cette désobéissance incroyable à ses ordres, puis fit appeler M. d'Ornano.

Rapidement, les nouvelles se précipitèrent. Le duc avait traversé la ville dans un cortège de ferveur populaire ; le duc se rendait à l'hôtel de la Reine ; le duc en était parti avec la reine mère ; le duc s'approchait du Louvre !

Debout près d'une fenêtre, le roi regardait la Seine, plus exactement l'île aux Juifs où son ancêtre le Bel avait fait brûler Jacques de Molay. Que ne pouvait-il faire pareil avec Guise ? songeait-il, le cœur gonflé par la honte de ne plus être respecté. Au bout d'un moment, sous les regards de ses plus fidèles, il fit quelques grands pas pour se calmer. Il y avait là, à attendre ses ordres, le jeune Roger de Bellegarde, premier gentilhomme de la chambre, François de Montpezat, le capitaine des quarante-cinq avec une dizaine d'*ordinaires*, le colonel d'Ornano, M. de Villequier et son gendre le marquis d'O.

Henri III hésitait sur la décision à prendre. Le duc de Guise était seul, lui avait-on rapporté. Était-ce de l'inconscience de sa part, ou un excès de courage ? À moins qu'il n'ait des intelligences dans le palais… Et s'il envisageait de frapper quelque coup hardi ?

M. de Villeroy entra, le visage affolé.

— Le duc est dans l'escalier, sire !

— Mon bon ami, nous allons tout jouer, lui répondit le roi d'un ton posé. Dites-vous bien que ce qui est en question, c'est l'avenir des rois de ma race…

Il se tourna vers Alphonse d'Ornano pour ajouter, en s'efforçant de dissimuler sa rage :

— L'audacieux vient donc me défier jusque dans mon palais !

— Que Votre Majesté me donne le signal, et il ne le fera pas impunément, répliqua le Corse, la main serrée sur son épée tant il bouillait de rage.

Le roi eut un maigre sourire.

— À votre avis, capitaine Alphonse, si vous étiez à ma place, que vous lui eussiez mandé de ne pas venir, et qu'il n'en eût tenu aucun compte, que feriez-vous ?

— Sire, tenez-vous M. de Guise pour votre ami ou pour votre ennemi ?

À quoi le roi ne répondit ni par une parole, ni par un mot, ni même par une expression du visage. Ornano poursuivit donc rageusement :

— Sire, il me semble que je vois à peu près le jugement qu'en fait Votre Majesté. S'il vous plaît de m'honorer de cette charge, je vous apporterai aujourd'hui sa tête à vos pieds, ou bien je vous le rendrai en lieu là où il vous plaira d'en ordonner, sans qu'homme du monde ne remue, si ce n'est à sa ruine. Et de ce j'en engage présentement ma vie et mon honneur entre vos mains.

— Il n'est pas encore besoin de cela, répliqua le roi[1] en s'approchant du fidèle colonel corse pour lui serrer la main avec effusion.

» Vous êtes un vrai serviteur, poursuivit-il, mais je vous demanderai d'attendre mon signal.

---

1. Ces dialogues ont été rapportés par ceux qui y ont assisté.

Entre-temps, le chancelier Cheverny et M. de Bel-lièvre étaient arrivés et on leur racontait à voix basse ce qu'avait proposé Ornano.

— Sire, puis-je parler? intervint Villequier qui bouil-lait depuis l'invention du colonel corse.

Le roi se tourna vers lui, lui lança un curieux regard et hocha lentement la tête.

— Sire, je condamne la violente résolution de M. d'Ornano. Le duc de Guise arrive accompagné de cent cinquante mille Parisiens qui déjà remplissent la cour du Louvre. Votre mère va vous demander de le recevoir et s'il tardait à sortir, ces furieux pénétre-raient ici, égorgeraient votre garde insuffisamment nombreuse et porteraient peut-être leur fureur jusqu'à vous...

Henri ne dit mot et s'approcha de la fenêtre donnant sur la cour où il resta un moment à considérer la foule rebelle qui grondait des menaces à son égard.

Pendant ce temps, le duc de Guise montait les *grands degrés*[1] pour se rendre dans la salle haute. Le long des marches, les gardes françaises le considéraient sans aménité. En haut, leur colonel, Louis de Crillon, refusa de le saluer tandis que le Lorrain le défiait du regard.

Cachant les craintes qu'il éprouvait sous une attitude bravache, le duc entra dans la salle pleine de courti-sans. Il eut quelques mots aimables à l'égard de ceux qu'il connaissait, mais tous se détournèrent en silence. Il resta un instant embarrassé jusqu'à ce que la reine mère le rejoigne, ayant rencontré en chemin le duc et la duchesse de Retz.

---

1. Le grand escalier du Louvre.

Après avoir demandé où était son fils, Catherine de Médicis prit Guise par le bras et lui fit traverser la salle, puis l'antichambre jusqu'aux appartements de la reine. Le Lorrain restait au plus près d'elle, ressentant une immense appréhension en se sachant seul au milieu d'ennemis.

Ils entrèrent dans le grand cabinet. En voyant le *Balafré*, si beau, si grand, si splendide, le roi lui jeta sans la moindre courtoisie :

— Ne vous avais-je point fait défendre de venir ?

— J'ai cru, sire, qu'il était toujours permis à un sujet fidèle et calomnié de venir se jeter dans les bras de son roi. D'ailleurs, je n'ai point reçu de défense expresse, et c'est madame votre mère qui m'a demandé de l'accompagner.

Le roi demanda à Bellièvre s'il avait fait la commission dont il l'avait chargé et comme le surintendant des finances bredouillait de vagues justifications, il le coupa :

— Je vous en avais dit davantage ! cria-t-il.

La tension était à son comble. Le duc de Guise posa la main sur son épée. Le colonel Alphonse n'attendait qu'un signe pour agir. La reine mère comprit que l'irréparable était sur le point d'être commis et, s'approchant de son fils, elle l'entraîna vers une fenêtre.

— Modérez, Henri, une colère qui peut avoir les suites les plus funestes. Un peuple immense est dans la cour. N'ensanglantez point le Louvre, car bientôt il serait teint de votre sang.

Cheverny et Villequier s'approchèrent pour se joindre aux sollicitations de Catherine de Médicis, tandis qu'à l'autre bout de la pièce O, d'Ornano et les gentilshommes *ordinaires* considéraient la scène avec mépris, prêts à en découdre. Guise suivait de l'œil la délibération en s'efforçant de rester indifférent.

Ayant une nouvelle fois regardé dans la cour, le roi revint vers le duc de Guise, le visage seulement sévère.

— Je vous vois avec dague et épée, mon cousin ! Ce n'est point ainsi qu'on se présente à moi.

Guise comprit que la crise était passée et qu'Henri III ne ferait rien contre lui. Il reprit courage.

— Je les porte, sire, pour avoir raison des injures qui me sont faites par M. d'Épernon.

— M. d'Épernon vous aime, monsieur le duc, et vous devez l'aimer ! répliqua Henri III.

— Si Votre Majesté l'ordonne, j'aimerai aussi son chien, fit le duc en s'inclinant. Quant à M. d'Épernon, je me comporterai avec lui dans la mesure où il verra la différence qu'il y a entre nous.

Il rappelait ainsi la distance immense qu'il y avait entre un nobliau de Gascogne et un petit-fils de Charlemagne.

— Votre démarche d'aujourd'hui me rend votre obéissance bien suspecte, lui répliqua sèchement le roi. Vous pouvez cependant me la prouver par la conduite que vous tiendrez à Paris.

Guise s'inclina, mettant la main sur son cœur. Il prétexta alors la fatigue du voyage pour prendre congé, fit une grande et basse révérence et se retira à pas lents, sans être suivi ni salué de personne.

À peine arrivait-il dans la cour qu'une immense clameur de ferveur et de soulagement retentit. Pressé de toutes parts, Guise sortit et, ayant passé le pont dormant, il déclara à la foule :

— C'est le moment d'agir, mes amis ! J'ai voulu voir par moi-même ce que vous aviez à craindre. Craignez tout ! Aux armes ! Ne quittez pas les armes ! On veut surprendre Paris cette nuit même. Défendons-nous et nous attaquerons après !

C'était une déclaration de guerre !

Le peuple le suivit à son hôtel comme une armée suit son général. Il convoqua aussitôt ses capitaines et le conseil des Seize.

Poulain attendit dans une antichambre du Louvre jusqu'à cinq heures du soir. Finalement Petrepol vint le chercher pour le conduire dans le cabinet royal.

Le roi était avec O et Ornano.

— Sire, j'ai été averti que certains m'accusent de vous avoir menti. Je suis venu me jeter à vos pieds pour me justifier.

— Êtes-vous découvert, monsieur Poulain ? demanda Henri III après un long silence.

— Je le crains, sire.

— Dès cette nuit, tenez-vous sur vos gardes. La partie sera rude.

Poulain sortit, torturé par la peur. Il avait tout donné au roi, et celui-ci ne lui avait jamais paru si affaibli. Passant le pont dormant, il vit que l'on mettait les Suisses en bataille devant la chapelle de Bourbon.

Après que le convoi d'or et de poudre fut entré dans l'hôtel de Guise, Olivier et Cassandre prirent le chemin de la porte Saint-Martin pour prévenir Caudebec.

— Nous n'avons plus rien à faire à Paris, dit Cassandre qui avait hâte d'informer son père de ce qu'elle avait appris par les courriers du commandeur Moreo.

Olivier était plus réticent, aussi ne répondit-il pas tout de suite.

— Caudebec va te raccompagner chez ta mère, car je préfère rester ici quelques jours, dit-il enfin. Il faut

279

encore que je retrouve ce capitaine Clément tant il peut m'apprendre de choses.

— Mais tu as déjà essayé la semaine dernière.

— Nous n'avions guère de temps en cherchant seulement le matin…

En vérité Olivier brûlait de savoir ce qui allait se passer à Paris. Guise allait-il s'opposer ouvertement au roi ? Le combat décisif allait se livrer entre eux. Il était aux premières loges et le roi de Navarre n'aurait pas compris qu'il s'en aille. Henri III allait avoir besoin de toute l'aide possible.

En marchant, elle le regarda sans rien dire. Elle se doutait déjà de sa décision quand elle avait vu arriver le duc de Guise, et encore plus quand elle avait assisté à l'idolâtrie de la foule.

— Dans la manifestation de passion envers le duc de Guise à laquelle nous avons assisté, je n'ai pas ressenti la tension qu'on éprouve à la veille des batailles, dit encore Olivier. C'est à cela que je songe…

— Que veux-tu dire ?

— Les Parisiens vénèrent le duc de Guise et le veulent pour roi. Si Henri III est aussi faible qu'on le dit, il ne pourra résister à cette force et il cédera. Selon moi, il n'y aura pas bataille. Il y a certainement moins de danger à rester dans Paris maintenant que le duc est là qu'il n'y en avait quand les Parisiens l'attendaient. Guise ne laissera pas la sainte union imposer sa dictature, pas plus qu'il n'autorisera les prédicateurs à faire la loi.

— Dans ces conditions, je ne risque rien à rester près de toi, dit-elle en souriant.

— Non seulement je chercherais le capitaine Clément, mais je serais toute la journée dans les rues pour glaner des informations utiles à Henri de Navarre. Tu resterais seule…

— Je peux faire comme toi, rue Mauconseil, autour de Saint-Eustache et aux Halles. On nous connaît maintenant, personne ne doute que nous soyons des comédiens. Nul ne s'intéressera à moi si je me promène avec Serafina et ses sœurs.

Elle avait raison, songeait Olivier. S'il n'y avait pas d'affrontement, elle était sûrement autant en sécurité ici que chez Sardini qui risquait autrement la vengeance du duc de Guise.

— Restons donc ensemble, accepta-t-il. Tu sais d'ailleurs que c'est ce que je désire, fit-il dans un sourire d'amoureux.

Il l'aida à traverser un trou punais, et comme il n'y avait personne autour d'eux, il ajouta à voix basse :

— Il y aura un troisième chargement d'or. C'était une mauvaise idée de ma part de guetter ce chariot à la porte Saint-Denis. La prochaine fois, il faudra l'attendre bien avant sur la route, et avec trente compagnons bien armés.

Le mardi après-midi, Nicolas Poulain transportait quelques-uns de ses biens les plus précieux chez Le Bègue quand il vit un groupe d'archers clouer des pancartes devant les maisons, il s'approcha pour les lire :

De par le roi, les prévôt des marchands et échevins de Paris, défenses très expresses sont faites, sous peine de la vie, à tous bourgeois, manants et habitants de la ville et faubourgs de Paris, de quelque qualité et condition qu'ils soient, de sortir de leurs maisons avec armes autres que l'épée et dague après neuf heures du soir.

Un peu plus tard, il apprit aussi que le duc de Guise avait fait une seconde visite au Louvre, cette fois accompagné de quatre cents gentilshommes cuirassés et portant pistolets sous leur manteau. L'entretien entre les deux Henri avait été bref et plein d'amertume. Le soir, son beau-père lui dit que le roi avait demandé au prévôt de Paris de faire armer vingt hommes par dizaine et de les tenir à son service.

Le lendemain, un parent de M. de La Chapelle vint le trouver pour lui annoncer que le duc de Guise recevrait à quatre heures le conseil des Seize et les colonels et capitaines de quartier pour recevoir leur allégeance. Poulain promit vaguement d'y aller. Vers sept heures du soir, il reçut un billet de M. Le Clerc lui demandant de venir chez lui le lendemain soir avec les officiers de sa compagnie. L'insurrection commencerait le jeudi, précisait la lettre.

Bien sûr, Nicolas ne bougea pas, ignorant si ces convocations n'étaient pas des pièges et craignant trop un coup de poignard. Néanmoins, sachant que le jeudi serait un jour décisif, il sortit discrètement de chez lui au moment où il y avait le plus monde dans la rue et, vêtu en crocheteur, par des passages entre les maisons et des ruelles minuscules, il gagna la rue du Marché-des-Blancs-Manteaux pour toquer à la seconde entrée de l'hôtel du marquis d'O, en espérant qu'il fût chez lui.

Il y était et le reçut. Nicolas lui raconta que tout commencerait jeudi.

— Monsieur Poulain, fit O avec un regard cruel. Sa Majesté a longtemps été indécise, elle ne l'est plus. Le roi a eu confirmation de tout ce que vous lui avez dit. Ce matin, il a fait renforcer la garde aux portes de la ville et autour du palais. Il y a eu conseil et j'ai obtenu qu'on fasse entrer en ville au moins vingt mille hommes dans les jours qui viennent. Sa Majesté a fait appeler M. de

Biron pour commander les gardes françaises. Plusieurs régiments de gardes suisses sont en route. Les premiers entreront dans Paris demain matin et prendront position au cimetière des Innocents, au cimetière Saint-Jean et au marché Neuf. Dès que ce sera fait, je ferai saisir les plus archiligueux des bourgeois de cette ville qui seront remis aux mains des bourreaux pour servir d'exemple aux autres ligueurs.

— Et si, malgré tout, il y a émeute, monsieur ?

— Je n'hésiterai pas à utiliser l'artillerie contre la populace. Il y a à l'Arsenal vingt couleuvrines et à l'Hôtel de Ville plus de deux cents fauconneaux et arquebuses à croc[1]. Quant au Louvre, son artillerie est déjà en place. Les quatre compagnies de gardes du corps sont à leur poste ainsi que les Suisses et les gardes françaises. En Normandie, M. d'Épernon, prévenu, rassemble dix mille hommes qui seront là sous quelques jours. Ceux qui auraient l'audace de se rebeller en paieront le prix fort. Leurs maisons et leurs gens seront laissés à la troupe. Leurs femmes et leurs filles subiront les outrages des soldats et leurs biens seront pillés.

— Mais monsieur, ce sera un épouvantable carnage, s'inquiéta Poulain.

— C'est le châtiment des mutins et des perturbateurs. Les ligueurs apprendront à leurs dépens que plus on remue l'ordure plus elle pue !

Poulain souhaitait la seule arrestation des chefs de l'union et désapprouvait le pillage aveugle et la ruine des familles des rebelles, mais il rentra chez lui rassuré. Quand les troupes royales entreraient en ville, il ne doutait pas que le calme revienne aussitôt. Les bour-

---

1. L'arquebuse à croc, portée par deux serveurs, lançait des pierres. Le fauconneau était une pièce d'artillerie de six pieds de long tirant une balle d'une livre et demie.

geois de la Ligue étaient des couards, ils l'avaient suffisamment montré. Quatre mille hommes bien armés, augmentés des trois mille gardes et gentilshommes du Louvre, tous expérimentés en guerre et munis d'artillerie, plus tard rejoints par les dix mille hommes d'armes du duc d'Épernon, écraseraient la rébellion avant même qu'elle ne commence. Ce cauchemar qui avait débuté trois ans plus tôt allait enfin se terminer.

16.

Le jeudi 12 mai, comme tous les Parisiens, Nicolas Poulain fut réveillé par le bruit des tambours et des fifres des troupes. En chemise de nuit, il se précipita à sa fenêtre.

La cavalcade s'étendait à perte de vue. C'était une compagnie de Suisses au complet, tous en armure avec piques et mousquets. Il se sentit soulagé. Marguerite le rejoignit et le prit par la taille.

— Nous ne risquons plus rien ?

— Plus rien, ma mie. Aujourd'hui le roi sera le maître. Guise a peut-être déjà pris la fuite.

Son beau-père frappa à la porte.

— Nicolas, un voisin est venu me dire que le roi s'est porté au-devant du maréchal de Biron entré dans Paris cette nuit par la porte Saint-Honoré. Les troupes prennent position partout dans la ville…

Tandis qu'il parlait, une cloche lointaine, assourdie, retentit, puis ce fut une autre, et une autre encore. Certaines sonnaient le tocsin, d'autres le glas. Bientôt, le vacarme devint assourdissant, terrifiant. Les fifres des Suisses cessèrent et le martèlement des tambours fut entièrement couvert par ces coups de cloches qui faisaient resurgir d'horribles souvenirs. C'était le son de la Saint-Barthélemy.

Guise n'était pas parti. Au contraire, ayant appris la veille que Biron arrivait avec des troupes et que le régiment de Picardie se mettait en route, il avait préparé son offensive.

Si le duc disposait d'une armée, il ne voulait pas d'un affrontement militaire. Se battre contre le roi, c'était se rebeller, et devenir criminel de lèse-majesté lui aurait fait perdre le soutien de la noblesse de France. Il fallait donc que ce soit les bourgeois qui se dressent contre leur souverain et se battent à sa place. Si c'était nécessaire, il se chargerait ensuite de les punir.

Dans la nuit, il avait donc fait imprimer des placards que les prédicateurs avaient cloués près de leurs églises. Sur ces affiches étaient nommés deux cents meneurs de la sainte union. Ceux-là n'auraient plus le choix. Leurs noms livrés, s'ils n'affrontaient pas le roi, ils finiraient comme les rebelles du tumulte d'Amboise : pendus, détranchés, écartelés.

Le tocsin ne cessait pas. Marguerite se boucha les oreilles. Son père était blême. Nicolas enfila rapidement son habit en toile noire, prit son épée accrochée au mur et la ceignit à sa taille. Il avait décidé de se rendre au Louvre pour se mettre aux ordres du roi et arrêter lui-même Le Clerc, Louchart et La Chapelle, mais avec ce tocsin effrayant, inattendu, il n'était plus certain que tout se passerait comme prévu.

— À la moindre alarme, dit-il à son beau-père, réfugiez-vous chez M. Hauteville. Je vais voir ce qui se passe. Si vous ne me revoyez pas ce soir, ne vous inquiétez pas, c'est que je serai occupé. Mais dans ce cas, restez en sécurité chez Hauteville.

Il ouvrit l'armoire en chêne aux panneaux sculptés et en tira un vieux sayon à capuche qu'il enfila sur son pourpoint pour dissimuler son épée.

— Où vas-tu?

— Je ne sais pas encore, peut-être jusqu'au Louvre.

— Tu n'es pas sûr du roi? s'inquiéta-t-elle.

— Je crains surtout que Guise ne soit plus adroit qu'on ne l'ait jugé. La partie n'est peut-être pas gagnée. Je n'avais pas pensé au tocsin. Cela ravive tant de souvenirs…

Il fit quelques pas jusqu'au buffet, appuya sur une moulure et un tiroir secret s'ouvrit. Il y prit deux lettres de commission, celle de sa charge et celle le nommant prévôt de la cour de Catherine de Médicis. Puis il fouilla sous les papiers et saisit la médaille en forme de bouclier qui représentait Catherine de Médicis à genoux entourée de trois de ses fils avec la devise *Soit, pourveu que je règne*! Il ignorait à quoi elle pouvait servir mais elle était dans la poche de Ludovic Gouffier, un espion de Catherine de Médicis. C'était peut-être un laissez-passer.

En aurait-il besoin? Si les choses tournaient mal, il ne pourrait revenir ici ni chez Hauteville. Il la prit et la glissa dans son pourpoint avec les lettres de commission.

Il choisit ensuite dans un coffre une longue dague qu'il attacha sous son sayon et un pistolet à rouet qu'il glissa dans la ceinture.

— Occupe-toi des enfants, et ne t'inquiète pas, dit-il à sa femme qui avait les yeux embués de larmes.

Il l'enlaça pour l'embrasser mais elle resta serrée contre lui, ne voulant pas le laisser partir. Le cœur gros, il se força à se détacher d'elle, puis fit signe à son beau-père qu'il descendait avec lui.

Depuis l'arrivée du duc, Olivier et Caudebec s'étaient rendus tous les jours dans le quartier de l'Université à la recherche de Clément. Ils y avaient vu la tension monter, l'agitation s'accroître. Le roi avait ordonné à tous ceux qui n'habitaient pas Paris de quitter la ville. C'était une mesure qui visait les gens que Guise avait fait entrer, mais l'ordre royal était resté sans effet. De nombreuses maisons logeaient maintenant des soldats et des gentilshommes guisards qui ne se cachaient même plus. On les voyait par groupes dans les rues, la bouche gonflée de propos ligueux et nul n'ignorait qu'ils attendaient des ordres.

Le jeudi, en apprenant à leur réveil que les troupes royales étaient entrées en ville, Olivier et Caudebec hésitèrent à retourner déambuler autour de Sainte-Geneviève. Ils se rendirent pourtant jusqu'au cimetière des Innocents qu'ils virent occupé par des centaines de Suisses. Il n'était pas six heures du matin. On leur dit que les soldats étaient arrivés en pleine nuit, commandés par le marquis d'O. Il y avait au moins quatre compagnies et M. de Perreuse, le prévôt des marchands, avait ordonné au guet bourgeois de se joindre à eux. Rassurés par cette démonstration de force, Olivier et Caudebec jugèrent qu'ils pouvaient se rendre sans danger sur la rive gauche.

Dans l'Île, une compagnie de Suisses, mousquet sur l'épaule, était rangée devant l'Hôtel-Dieu. Plus loin, une compagnie de gardes françaises s'était installée sur le pont Saint-Michel mais les soldats ne les empêchèrent pas de traverser. Un bourgeois qui passait avec eux leur rapporta que trois autres compagnies de Suisses et une compagnie de gardes françaises occupaient la place de Grève.

Si dans la ville et dans la Cité les maisons et les boutiques étaient closes et rembarrées dans un calme morne et sinistre, dans l'Université, c'était l'émotion qui dominait. Passé le Petit pont et le Petit-Châtelet fermé par des sergents d'armes et quelques Suisses, ils entendirent des rumeurs assourdies provenant du haut de la rue Saint-Jacques. Craignant une émeute, ils prirent l'étroite rue Galande et filèrent vers la place Maubert qu'ils n'avaient pas explorée les jours précédents.

La place était noire de monde. C'était un rassemblement formidable comme Olivier n'en avait jamais vu. Des bandes d'écoliers descendaient de Sainte-Geneviève avec des cris farouches auxquels répondait la plèbe de la place Maubert. On hurlait que Châtillon[1] et les huguenots étaient au faubourg Saint-Germain, qu'ils venaient venger l'amiral de Coligny. Des moines jeunes et vigoureux, armés de piques, affluaient de partout, sortant des couvents avec des bannières de saints comme étendards.

Se frayant un passage entre les groupes armés, ils aperçurent une troupe de gentilshommes à cheval qui tentait de canaliser la foule. Celui qui commandait (ils l'ignoraient mais c'était M. de Boisdauphin) donnait ordre qu'on tende les chaînes autour de la place. Ils virent aussi des cabaretiers qui roulaient des futaies pour faire des barrages.

Gardant son capuchon enfoncé sur sa tête, Olivier recherchait malgré tout Clément. C'était une occasion inespérée, se disait-il. Un jour pareil, ce fou qui haïssait le roi ne pouvait rester sur sa paillasse à cuver son vin !

Ce fut Caudebec qui l'aperçut. Le jeune homme portait une salade datant de la guerre de Cent Ans, un corselet cabossé et brandissait une pique et un coutelas en tenant des propos séditieux.

---

1. Châtillon, capitaine protestant, était le fils de l'amiral.

Ils s'approchaient de lui quand retentirent des tambours derrière eux.

Au pont Saint-Michel, les gardes françaises, qui avaient été rejoints par des Suisses, interdisaient désormais tout passage. Impatients d'écraser ces bourgeois et ces clercs qui se moquaient d'eux, ils jetaient des bravades à la multitude rassemblée autour de l'abreuvoir Mâcon[1]. Ces troupes étaient commandées par Louis de Crillon que nous avons vu ne pas répondre au salut du duc de Guise, quand celui-ci était venu au Louvre.

Crillon avait quarante-sept ans et s'était distingué à Jarnac et au siège de La Rochelle. Chevalier de Malte, c'était un soldat d'une loyauté inébranlable envers le roi et d'un rare courage. On le comparait au chevalier Bayard. Mais il avait un défaut : il était emporté et sans frein dans ses propos. Il s'imagina effrayer le peuple en criant que le premier qui sortirait en armes serait pendu, sa maison brûlée, sa femme et ses filles livrées aux soldats.

Apprenant que la place Maubert était occupée par les rebelles, il voulut faire un coup d'audace en marchant pour la dégager. Fifres et tambours devant, ses troupes s'engagèrent en bon ordre dans la sombre et miséreuse rue Saint-Séverin, toute bordée de petites maisons à pignon aux étages débordant les uns sur les autres. Arrivés au carrefour devant l'église, tandis que la compagnie s'étirait le long de l'étroite rue, les premiers gardes françaises furent arrêtés par une barricade quand, soudain, chaque maison se changea en forteresse. Des fenêtres et des étages en encorbel-

---

1. Approximativement la place Saint-Michel.

lement partirent des pavés et des projectiles de toutes sortes que les habitants avaient entreposés sur ordre des guisards.

Les soldats ne savaient se battre qu'en carré ou en ligne, piques en avant pour les piquiers, arquebuses sur fourquines pour les arquebusiers. Dans cette ruelle, assommés par les pierres, ils ne purent rien faire et se débandèrent pour éviter d'être lapidés. Lorsque Olivier et Caudebec arrivèrent – ils suivaient Clément et sa troupe de clercs attirés par les cris – une dizaine de soldats aux membres brisés jonchait le sol en demandant merci. Ils furent sauvagement égorgés par les écoliers, leurs armes prestement ramassées et leurs cadavres dépouillés furent jetés en Seine.

Pour Olivier, ces scènes dépassaient l'entendement. Il avait vu les troupes royales, toutes bien équipées et bien commandées. Elles paraissaient invincibles et pourtant cette compagnie venait d'être taillée en pièces par des jets de pierres ! Il prit conscience que la populace parisienne allait donner du fil à retordre aux troupes royales.

Déjà Clément et ses amis avaient filé vers le pont Saint-Michel. Ne voulant pas les perdre de vue, ils les suivirent, entourés d'une foule joyeuse et fière de sa victoire. Un avocat cria devant eux en entraînant la populace :

— Courage, messieurs, c'est trop patienter ! Allons prendre et barricader ce bougre de roi dans son Louvre !

Devant le pont, Crillon était parvenu à regrouper une partie de ses hommes et les avait rangés en ordre de bataille. Ils étaient maintenant entourés par une populace hostile et vociférante. Au premier rang, Clément brandissait un coutelas ensanglanté. Olivier et Caudebec ne pouvaient bien sûr se saisir de lui et restèrent donc à proximité à l'observer.

Sous les acclamations de la foule, des officiers de Guise s'approchèrent à cheval. Porteur d'un drapeau blanc, l'un d'eux descendit et approcha Crillon. Il y eut même échange d'amabilités car ils se connaissaient.

— Qui est-ce? demanda Olivier à son voisin, un solide gaillard casqué d'un morion.

— Boisdauphin, un capitaine de Mgr de Guise.

Ainsi, c'était Urbain de Laval!

Olivier l'observa un instant, mais il disparut de sa vue, car il s'installa avec Crillon dans la baraque d'octroi. Pendant qu'ils négociaient, les gens se rendirent à la fontaine de l'abreuvoir Mâcon pour boire tant la chaleur devenait accablante. Déjà les garces en robes rouges et chapeaux écarlates arrivaient, rejointes par les mendiants et les grinches. Puis ce furent les marchands de pâtés chauds. Olivier en acheta quelques-uns. Il régnait un climat étrange, mélange de fête et de colère, de plaisir bon enfant et de haine sauvage.

Enfin, des informations circulèrent. Crillon attendait les ordres du Louvre pour laisser le passage du pont. Comme le Petit-Châtelet était fermé, on ne pouvait plus aller dans l'Île ou sur la rive droite.

Apprenant qu'on leur interdisait le passage, les écoliers menacèrent, puis lancèrent des pavés. Les gardes françaises refluèrent vers le pont qui, rappelons-le, était bordé de maisons d'habitation. Soudain, retentirent des coups d'arquebuse. C'était les habitants du pont qui tiraient par des trous de volets sur les soldats. Un homme tomba, puis deux, puis dix.

Crillon tenta de se replier vers la Cité en bon ordre mais les soldats se gênaient sur le pont étroit et n'avaient rien pour se protéger des projectiles. Pire, ils découvrirent que l'extrémité du pont était barrée par des barriques. Ils se trouvaient enfermés dans une nasse.

Les hommes tombaient les uns après les autres. Plusieurs levaient déjà les mains, pleurant et proposant de se rendre.

La honte au cœur, Crillon sortit un mouchoir blanc qu'il attacha à une pique.

Les tirs s'arrêtèrent et à nouveau Boisdauphin vint négocier, cette fois en compagnie du comte de Brissac[1] qui venait d'emporter le Petit-Châtelet avec une troupe de marchands de chevaux. Les deux officiers de Guise exigèrent le départ des troupes du pont ainsi que de celles des Suisses cantonnés devant l'Hôtel-Dieu, mais encerclés de barricades.

Crillon demanda une nouvelle fois des ordres au Louvre et, en attendant, ses soldats restèrent l'arme au pied, devant le Marché-Neuf, sans eau ni nourriture sous la surveillance de la foule hostile.

Sorti de chez lui, Nicolas Poulain prit la rue de Venise et gagna le cimetière des Innocents où on cantonnait habituellement les troupes quand on ne pouvait les loger au Louvre. En chemin, il rencontra une douzaine de bourgeois et de magistrats qui s'y rendaient aussi, pique ou épée négligemment sur l'épaule. Quelques-uns, cuirassés, avaient des mousquets et la plupart étaient casqués. Poulain connaissait leur chef, M. de Martis, maître des requêtes et capitaine de quartier réputé d'une grande loyauté à la couronne.

— Monsieur Poulain, vous joignez-vous à nous ? proposa Martis. M. de Perreuse, prévôt des marchands,

---

1. Brissac avait rejoint la Ligue par dépit. Ayant commandé une expédition en mer qui avait été un échec, Henri III avait dit de lui : *Brissac n'est bon ni sur mer ni sur terre !* Durant ces journées des barricades, il déclara à ses proches : *Je ferai voir au roi que j'ai trouvé mon élément et que je suis bon sur le pavé !*

nous a demandé de monter la garde devant les Halles pour veiller au passage des subsistances.

Il les suivit. En chemin, Martis lui avoua qu'ils auraient dû être plus nombreux mais que beaucoup de membres de sa compagnie s'étaient excusés. Ils arrivaient à proximité du cimetière des Innocents quand ils furent arrêtés par une chaîne.

Il y avait là quelques bouchers avec des tranchoirs et des marchands de chevaux tenant des piques, ainsi qu'un huissier au Châtelet qui portait une croix blanche à son chapeau et paraissait commander.

— La rue est barrée ! annonça-t-il. On ne passe pas !

— Je suis capitaine du guet, répliqua le maître des requêtes avec suffisance, j'ai mes ordres du prévôt, laissez-nous passer.

— Et moi j'ai les miens ! répliqua sèchement l'huissier. Vous ne passerez pas sans un mot de M. de La Chapelle.

Les bouchers s'agitèrent et montrèrent les gros hachoirs menaçants. Ils étaient une dizaine et les marchands de chevaux avaient des arquebuses.

L'un des bourgeois de la compagnie de M. de Martis, un drapier d'une cinquantaine d'années bien sanglé dans un pourpoint immaculé boutonné jusqu'au col et coiffé d'un morion étincelant, s'inquiéta :

— On ne nous a pas envoyés pour nous battre.

Plusieurs approuvèrent.

L'un des marchands de chevaux avait déjà allumé la mèche de son arquebuse. Poulain devina que les bourgeois allaient céder. Au demeurant, ils n'auraient pu vaincre les bouchers.

Il prit le bras de M. de Martis et l'entraîna à l'écart.

— Ne discutons pas, revenons en arrière, nous passerons par la rue Troussevache.

L'autre, furieux qu'on ne lui ait pas obéi, mais inquiet de la tournure des évènements, s'empressa d'accepter. Ils firent demi-tour sous les quolibets des ligueurs.

— Après tout, c'est le rôle des soldats de se battre, pas le nôtre ! déclara l'un des hommes de la compagnie bourgeoise.

— C'est notre privilège à nous, Parisiens, de nous défendre nous-mêmes, le morigéna le maître des requêtes.

— Oui, mais pas contre d'autres Parisiens ! Je préfère rentrer chez moi ! Que le roi règle seul ses affaires avec Guise, ça ne nous regarde pas !

Il les quitta.

— Je fais comme lui, dit un autre, ma femme et mes enfants ont besoin de moi.

Il partit avec un de ses compagnons. Ils restèrent à neuf.

— Je ferais mieux d'aller chercher de nouveaux ordres à l'Hôtel de Ville, proposa Martis d'une voix embarrassée.

— Oui, approuva un de ses compagnons, qui savait que la place de Grève était occupée par des centaines de Suisses.

Au moins ils y seraient en sécurité.

— Venez-vous avec nous, monsieur Poulain ?

— Non, soupira le lieutenant du prévôt, je vais continuer seul, vérifier si les troupes du roi sont bien en place aux Innocents.

Il les laissa.

Rue Troussevache, il y avait aussi des chaînes et il vit d'autres bourgeois loyaux faire demi-tour. Tout cela ne lui plaisait guère.

Empruntant de petits passages entre les maisons, il parvint enfin au cimetière des Saints-Innocents. Par prudence, il s'était maintenant couvert la tête de son capuchon.

Le cimetière était un vaste quadrilatère entouré de murs entre les rues Saint-Denis, de la Ferronnerie, de la Lingerie et la rue aux Fers. On y enterrait les morts dans de vastes fosses contenant plusieurs couches de cadavres. La terre du cimetière dissolvait un corps en moins de deux semaines et, assez rapidement, on déterrait les ossements pour les entasser dans des charniers construits dans des galeries à arcades qui bordaient les murs.

Nicolas Poulain s'approcha de la porte Saint-Jacques, l'une des entrées. Elle était barrée par des barriques mais les sentinelles, hallebarde en main, le laissèrent regarder comme les autres curieux. Il vit que des centaines de Suisses s'étaient installés entre les fosses. Il devait y avoir un millier d'hommes qui attendaient, arme au pied.

Pourquoi leurs officiers laissaient-ils leurs soldats ainsi? se demanda-t-il en voyant que les barricades s'élevaient dans la rue. Il remarqua alors que les Suisses n'avaient que des mousquets, aucune arquebuse à croc ou pièce d'artillerie qui auraient pu faire des dégâts énormes sur la foule. De plus en plus préoccupé, il entreprit de faire le tour du cimetière. L'état d'esprit des habitants restait bon enfant et personne ne l'empêcha de passer mais il constata que beaucoup de gens de la haute bourgeoisie, même parmi les plus opposés à la Ligue, avaient rejoint les barricadeurs. Il vit même quelques conseillers au parlement et le procureur général Jacques de La Guesle, cuirassé et casqué.

Se mêlant aux conversations, sans pour autant se découvrir, il entendit beaucoup de protestations contre le roi qui avait violé le privilège des Parisiens en faisant entrer une armée étrangère en ville – les Suisses –, chose qu'on n'avait jamais vue ni ouïe à Paris. Les plus échauffés étaient les artisans, les procureurs et les avocats. Les marchands des six corps et les conseillers aux parlements étaient plus mesurés. Poulain observa aussi les nombreux gentilshommes porteurs d'écharpes à la croix de Lorraine qui dirigeaient la manœuvre pour barrer les rues. Tout semblait bien préparé et bien ordonné. Derrière les chaînes, on roulait des muids remplis de pavés et de sable prêts certainement depuis des jours. Ensuite chaque barricade était laissée à un peloton d'arquebusiers ou de mousquetaires par des tirailleurs postés aux fenêtres des maisons voisines. Les femmes même entreposaient des pierres et se déclaraient résolues à se défendre jusqu'à la mort.

Nicolas comprit que se rendre au Louvre était vain. Quand l'affrontement éclaterait, il serait plus utile sur place que dans le palais. Le capuchon toujours rabattu, il se dirigea vers l'Hôtel de Ville. Il put passer facilement les barricades en place, ou en cours de construction, sauf l'une où on lui demanda un billet et qu'il parvint à contourner. Partout les boutiques et les échoppes étaient fermées et rembarrées.

Devant l'Hôtel de Ville, les troupes suisses étaient dirigées par le maréchal de Biron et le marquis d'O. Toute tentative pour y dresser des barricades avait été réduite par des piquiers aidés de la garde bourgeoise, mais on commençait à entendre des murmures et des paroles séditieuses. Le peuple s'échauffait, d'autant que les soldats sur la place tenaient des propos menaçants. Poulain les écouta.

— Mettez du linge blanc en vos lits, messieurs, sur le coup de minuit nous irons coucher avec vos femmes en vos maisons, criaient les Suisses les plus paillards.

Il resta un moment et vit une délégation de bourgeois s'approcher des officiers de Biron pour leur demander de retirer les troupes, car l'émotion grandissait dans le peuple. Le marquis d'O frappa affectueusement sur l'épaule d'un des bourgeois en lui disant :

— Par la mort Dieu, nous sommes trop forts !

À ce refus, la délégation repartit, mais se promenant dans les rues avoisinantes, Nicolas vit avec une inquiétude grandissante qu'on tirait des poutres et des tonneaux remplis de terre à tous les carrefours. Il revint vers la place de Grève et prévint un officier de ce qui se préparait.

— Je sais, monsieur. Heureusement ici nous ne risquons rien, mais je crois qu'il sera difficile d'en sortir, répliqua l'homme en grimaçant.

Se sentant inutile, Nicolas poursuivit son chemin vers la rue Saint-Antoine. À partir de là, toutes les rues qui conduisaient à la Bastille étaient fermées par des chaînes avec un grand barrage de poutres et de fumier devant la rue Saint-Antoine. Aux fenêtres, des femmes préparaient des pierres et des vases remplis d'huile ou de suif à enflammer.

Il ne put aller plus loin, car on lui demanda un billet ou un passeport, aussi, ayant acheté des oublies à un marchand ambulant, il revenait vers la place de Grève quand il entendit les fifres et les tambours.

Les troupes semblaient se mettre en marche pour donner l'assaut aux barricades.

Au Louvre, le roi venait d'entendre le nonce du pape, le cardinal Morosini, qu'il considérait comme un ami. Le nonce lui avait parlé des affrontements dans l'Université. « Si Votre Majesté n'ordonne pas le retrait des troupes, avait-il assuré avant de partir, elle sera responsable d'un effroyable carnage de moines et de religieux, car les féroces Suisses ne resteront pas l'arme au pied si on les lapide. »

Un peu plus tôt, Henri III avait reçu un mot de Crillon demandant des ordres. Ne sachant que décider, il n'avait pas répondu.

Après le départ de Morosini, une estafette du marquis d'O l'avisa de barricades qui encerclaient ses troupes aux Innocents et devant l'Hôtel de Ville. Biron demandait l'autorisation de charger et de se dégager, sinon il ne répondait plus de rien.

Certes, depuis l'arrivée impromptue de Guise au Louvre, Henri III avait choisi l'affrontement. Le temps de la comédie, ou celui de rompre, était révolu. Il était prêt à la bataille contre les troupes guisardes. Bien sûr, il savait que celles-ci seraient renforcées par le petit peuple ligueur, par ces félons de la sainte union, mais malgré le mémoire alarmant de Nicolas Poulain, il ne croyait pas que ces gens-là puissent être trente mille. Quelques centaines tout au plus.

Les Parisiens respectaient leur roi, lui avait assuré Villequier. La ville l'aimait.

Seulement rien ne se passait comme prévu. Ses troupes n'affrontaient pas les gens de Guise, elles étaient encerclées par les Parisiens. Quant à la garde bourgeoise, dont le prévôt des marchands lui avait assuré la fidélité, elle avait disparu.

Ses officiers demandaient de l'artillerie. Ils voulaient utiliser les fauconneaux pour dégager les Suisses. Mais pouvait-il se livrer à un massacre de son peuple ? Ce n'était pas la conception qu'il avait de la charge de roi, et après le dégoût ressenti à la suite la Saint-Barthélemy, il ne s'en sentait pas capable.

Henri passa de son cabinet à sa chambre d'apparat. Il avait quelques serviteurs autour de lui. D'une fenêtre ouverte sur le fleuve, il regarda l'Île de la Cité. On enten-

dait par instants des arquebusades. Que se passait-il ?
Que n'avait-il O, Ornano, Épernon, Biron, Richelieu,
près de lui pour le conseiller !

René de Villequier fut annoncé. Il était avec un serviteur de Catherine de Médicis.

— Parlez, mon ami, que savez-vous ? demanda le
roi impatient.

— Il faut donner ordre aux troupes de ne pas s'opposer aux bourgeois, sire, et les ramener dans leurs quartiers. Le tumulte cessera aussitôt.

— J'y perdrais toute confiance !

Le serviteur de la reine mère prit la parole.

— Sire, madame votre mère vous supplie de trouver
un terrain d'entente avec le duc de Guise. Elle se propose de se rendre à son hôtel pour négocier.

— Ce serait raisonnable, sire, insista Villequier.

Les coups d'arquebuses devinrent plus nombreux,
plus saccadés. Henri se mit le visage dans les mains. Il
ne savait que faire. S'il reculait, il livrerait aux mutins
une victoire sans combat et ce serait la fin de sa race. Il
décida une demi-mesure, pensant que temporisation et
douceur désarmeraient le peuple.

— Que les troupes présentes dans l'Université et
dans la Cité rejoignent la Ville et se regroupent autour
de l'Hôtel de Ville. Mais que personne ne tire et que les
épées restent au fourreau sous peine de la vie.

Le roi venait de commettre la plus grave erreur de
son règne. Il aurait ordonné un retrait complet de tous
les Suisses jusqu'au Louvre, il restait tout-puissant en
attendant le régiment de Picardie. Il aurait ordonné
de tirer sur la populace, il restait roi tant ses troupes
étaient fortes et capables de rompre les barricades des
guisards.

Mais par ce choix ambigu, il venait de perdre sa capitale.

Il fit venir des secrétaires à qui il dicta des ordres pour le seigneur d'O, le capitaine d'Ornano, le maréchal de Biron et le seigneur de Crillon, leur demandant de retirer les compagnies le plus doucement qu'ils pourraient vers la ville.

Ce n'est qu'en fin de matinée que Le Clerc eut le temps de s'inquiéter de Nicolas Poulain. L'émeute tournait enfin en faveur de la Ligue. Il envoya un peloton chez lui avec ordre de le saisir sans le meurtrir, voulant seulement l'interroger et savoir pourquoi il n'était pas venu le trouver la veille.

Ses hommes revinrent en lui disant que la boutique du Drageoir Bleu était close et rembarrée, et que la maison paraissait vide.

Où était Poulain ?

Malheureusement il n'y avait qu'une seule explication, se dit Le Clerc en maudissant sa naïveté : l'espion qui nous trahissait depuis des années, c'était lui ! La Chapelle et Louchart le suspectaient avec raison !

Il écrivit aussitôt un ordre qu'il fit porter pour qu'on le cloue sur la porte du Drageoir Bleu.

À la tour, c'est Mario qui vint prévenir toute la troupe de ne plus sortir. Avec son gendre, ils s'étaient aventurés jusqu'au cimetière des Innocents.

— Il y a des chaînes tendues à chaque carrefour avec des barrières de barriques emplies de terre et de pierres tenues par des bourgeois armés d'arquebuses. Ils appellent ça des barricades, ce sont les gens de Mgr de Guise qui leur ont montré comment faire et il est difficile de les franchir sans un billet de M. de

La Chapelle. Des régiments de Suisses sont cantonnés dans le cimetière des Innocents, mais les marchands de la rue Saint-Denis, tous armés, ont fermé les issues. Ils sont prisonniers et ce sera un carnage s'ils tentent une sortie.

Un peu plus tard, ce fut Venetianelli qui revint. Il avait le visage sombre et il tendit à Cassandre une affiche arrachée à la porte du Drageoir Bleu.

C'était un ordre signé Jean Bussy, sieur de Le Clerc, commandant en chef des forces de la sainte union, condamnant le nommé Nicolas Poulain comme traître et parjure et demandant qu'on lui coure sus.

Elle resta un long moment à fixer le papier. La pire crainte de Nicolas se réalisait. En un éclair, elle revit tout ce qu'elle avait vécu avec lui, et ce qu'elle lui devait. Puis elle se rassura : il n'était pas encore pris et il saurait leur échapper. Restait sa famille. Elle avait dû se réfugier dans la maison d'Olivier mais il fallait les prévenir, car si l'un d'eux sortait, il serait vite pris. Olivier aurait pu le faire, mais il n'était pas là. Quand rentrerait-il ? Si c'était à la nuit, ce serait peut-être trop tard.

— Je dois avertir Mme Poulain, décida-t-elle.

Venetianelli secoua négativement la tête.

— C'est folie, madame !

— C'est pour notre sécurité. Si elle sort, elle sera prise, son mari se rendra et s'il parle sous la torture, tôt ou tard les ligueurs viendront ici.

— Vous ne pourrez pas passer. Mario vous l'a dit, il y a des barrages partout.

— Bien sûr que si ! Je suis une femme, dit-elle avec un sourire forcé.

— Alors, je vais avec vous.

— Laissez-moi chercher mon manteau.

Elle monta dans sa chambre, prit son manteau, puis une dague dont elle laça l'étui sous sa robe. La dernière fois qu'elle avait fait ça, cela ne l'avait pas sauvée, mais la lame la rassurerait.

C'était midi. Ils partirent et furent rapidement arrêtés au début de la rue des Ours.

— Personne ne passe s'il n'a le mot ou un ordre écrit de M. de La Chapelle ! annonça martialement un boutiquier tenant une pique.

— J'ai besoin de miel, capitaine. C'est pour la fille de ma sœur, elle est malade et a très mal à la gorge.

— Les boutiques sont fermées, madame, dit un autre, plus conciliant et qui avait reconnu les comédiens.

— Je vous en prie, l'épicier m'ouvrira, je le sais !

L'homme à la pique prit un air martial, fit une moue et secoua négativement la tête.

— Madame n'est pas une espionne, Jean, intervint son compagnon. Elle est comédienne à l'hôtel de Bourgogne !

L'autre balança encore un peu avant de dire, bourru :

— Bon, passez !

Ils passèrent. Le nommé Jean rattrapa alors Cassandre. Il avait trente ans et aimait le théâtre.

— Madame, il y a d'autres barricades plus loin. Le mot est *Guise et Lorraine* !

Ils furent arrêtés une nouvelle fois rue Saint-Martin mais, avec le mot, on les laissa passer. On entendait parfois des coups de mousquet épars. Des cris. Les boutiques étaient closes, la rue restait déserte, sauf quelques groupes de bourgeois armés d'arquebuses qui se rendaient on ne sait où. Il n'y avait aucun soldat du roi. Une sourde rumeur déferlait par vagues successives depuis l'Île de la Cité. Le Drageoir Bleu était fermé. Ils poursuivirent jusqu'à la maison des Hauteville.

Ils entrèrent dans la cour et Cassandre frappa à l'huis. Ce fut Le Bègue qui vint interroger par une meurtrière. Elle s'expliqua et il leur ouvrit.

Ils étaient tous dans la cuisine. Mme Poulain était pâle, sa fille et son fils restaient silencieux. Le garçon portait à la taille une dague que son père lui avait offerte. Les grands-parents paraissaient morts d'inquiétude. Thérèse seule paraissait enjouée. La guerre lui plaisait. Peut-être pourrait-elle embrocher quelque Suisse, se disait-elle secrètement. Quant à Perrine, qui épluchait des fèves, elle resta pétrifiée quand elle reconnut Cassandre.

L'épouse d'Olivier se présenta à ceux qui ne la connaissaient pas puis expliqua à Marguerite les raisons de sa visite. Les deux épiciers furent encore plus terrorisés en apprenant que leur gendre était recherché comme traître et, brusquement, Marguerite s'évanouit.

Venetianelli et Le Bègue la transportèrent dans sa chambre. Quand elle reprit connaissance, elle se mit à trembler et à sangloter. Cassandre prit Venetianelli à part :

— Je ne peux la laisser dans cet état. Rentrez à la tour, vous direz à Olivier où je suis. Je vais passer la nuit ici, demain tout ira mieux et vous viendrez me chercher.

Venetianelli se demandait si c'était une bonne idée, mais il ne pouvait qu'accepter. Et puis, il se dit qu'elle ne risquait rien dans cette maison.

Il partit. Cassandre revint à la cuisine et raconta ce qu'elle savait : les barricades, les troupes de Suisses prisonnières. L'insurrection ne durerait pas, les rassura-t-elle. La force resterait au roi qui avait une armée.

Après l'avoir écoutée, Perrine monta au deuxième étage et se mit devant une fenêtre. Le cœur battant, elle songeait que la chance venait de lui sourire. Si elle faisait savoir à Mme de Montpensier que Mme Hauteville – qui n'était après tout qu'une hérétique – était là, la duchesse la prendrait à son service. Elle le lui avait promis. Mais comment sortir, et aller jusqu'au faubourg Saint-Germain quand les rues étaient barrées ?

Le temps s'écoula. La maison était silencieuse, mais dehors retentissaient de plus en plus souvent des coups de mousquet. Perrine ne savait que faire.

Soudain, elle vit arriver dans la rue un peloton de bourgeois casqués et cuirassés. C'était trop tôt pour que ce soit le guet. Quand ils s'approchèrent, elle crut reconnaître le commissaire Louchart à leur tête, celui qui avait arrêté son maître trois ans plus tôt.

Perrine avait entendu parler des Seize. Elle savait que Louchart était bon catholique et proche de la sainte union. Il pourrait prévenir Mme de Montpensier à sa place, se dit-elle.

Elle descendit à la cuisine.

— Monsieur, demanda-t-elle à Le Bègue, il faut que j'aille voir Mme Véran, elle est seule et c'est moi qui fais ses commissions. Je vais prendre de ses nouvelles une fois par jour…

Mme Véran habitait tout près.

— Vas-y, Perrine, dit la cuisinière, mais sois prudente.

Le Bègue hésita à l'accompagner, puis il se dit qu'elle ne risquait rien, la rue était vide.

Perrine sortit. Le peloton de Louchart était maintenant devant la maison de Nicolas Poulain. Deux hommes brisaient la porte à coups de hache. Pourquoi faisaient-ils ça ?

Elle marqua un instant d'hésitation, mais Louchart la vit et la reconnut.

— Toi, viens ici ! Que fais-tu dehors ?

— Je vais voir ma voisine, monsieur le commissaire… et je voudrais vous parler…

Il la saisit par l'épaule et l'entraîna rudement à l'écart.

— Tu sais quelque chose sur Poulain ?

— M. Poulain ? Non, monsieur le commissaire ! Mais je voulais vous demander de prévenir Mme la duchesse de Montpensier…

— La sœur du duc ? Et de quoi donc ? Comment se fait-il que tu la connaisses ?

— Je l'ai rencontrée à Saint-Merry, monsieur le commissaire. Elle veut me prendre à son service. Je lui ai promis de lui dire si une certaine dame venait chez nous.

— Quelle dame ?

— L'épouse de M. Hauteville, monsieur le commissaire.

— Hauteville est là ?

— Non, monsieur le commissaire. Je ne sais pas où il est, mais son épouse oui et Mme de Montpensier veut la rencontrer… C'est une dame importante, monsieur le commissaire, c'est la fille de Mgr le prince de Condé.

— Qui ?

— Mme Hauteville.

— Que dis-tu, petite sotte ?

— Que Mme Hauteville est la fille de Mgr de Condé, monsieur le commissaire. M. Hauteville est noble, désormais. Il est chevalier de Fleur-de-Lis.

Louchart resta sans voix. Cette fille était folle. Pourtant, si elle disait vrai, quelle arme la sainte union tenait ! La propre fille de Condé !

— Vous autres, dit-il à ses hommes, laissez tomber la porte et venez avec moi.

— Laissez-moi rentrer d'abord, monsieur le commissaire. Je ne veux pas d'ennui, supplia-t-elle.

Louchart hésita, puis il se dit que cette fille pouvait encore servir.

— Reprenez votre travail, bande de feignants, fit-il aux hommes à la hache. On ira chez Hauteville dans un moment.

17.

Midi était passé quand, sur ordre du roi, le seigneur d'O et Alphonse d'Ornano vinrent chercher les troupes suisses et françaises dans l'Île. À nouveau, il y eut négociations avec les bourgeois qui tenaient les barricades, O voulant être certain que la populace laisserait passer les soldats sans les offenser. Vers trois heures, un accord fut trouvé et la retraite commença en direction du pont Notre-Dame.

Ce n'était pas une mince affaire que de mettre en marche des centaines d'hommes au milieu d'une foule qui les insultait et crachait sa haine. Les barricades s'ouvrirent pourtant les unes après les autres devant les soldats.

Olivier et Caudebec, mêlés au peuple, gardaient l'œil sur Clément qui était toujours avec ses compagnons, clamant des propos menaçants en brandissant piques et couteaux.

Durant cette retraite, les Suisses avaient gardé les mèches de leurs arquebuses allumées de manière à pouvoir tirer si on les agressait. À une barricade, on exigea qu'ils les éteignent. Ils refusèrent. Soudain, un coup de feu éclata et un bourgeois tomba. Immédiatement Clément et ses amis écoliers chargèrent avec furie un groupe de tambours de la garde française. La mêlée devint vite confuse et les malheureux soldats furent accablés d'une grêle de balles, de tuiles et de pavés.

L'émeute s'étendit vite aux autres régiments. Des dizaines de soldats tombèrent, tués par les pavés que les femmes et les enfants jetaient par les fenêtres dans la rue étroite en criant : « Vive Guise ! Vive la Sainte Union ! Vive la Sainte Ligue ! »

Ne parvenant pas à se défendre, leurs officiers morts ou en fuite, les Suisses cessèrent vite toute résistance et se jetèrent à genoux, jurant qu'ils étaient bons chrétiens en tendant leurs chapelets.

— Bonne France ! imploraient-ils.

Plus loin, les gardes françaises suppliaient aussi à mains jointes en demandant miséricorde.

D'autres se rendaient même en criant :

— Vive Guise !

Les officiers guisards intervinrent et cette fois les soldats furent désarmés par M. de Brissac et conduits dans la boucherie du Marché Neuf où on les enferma. Les morts étant enterrés immédiatement dans une fosse sur le parvis Notre-Dame. Quant au marquis d'O et au colonel d'Ornano, ils crurent leur dernière heure arrivée. Pourtant, ils ne furent pas meurtris mais se retrouvèrent aussi prisonniers.

Caudebec et Olivier ne surent tout cela que bien plus tard, car à peine l'échauffourée avait-elle commencé que Clément et sa bande s'étaient précipités sur le pont Notre-Dame en criant : « Au Louvre ! » Aussitôt, ils les avaient suivis.

Au bout du pont, la barricade s'ouvrit devant ces furieux armés et menaçants, mais quand Olivier et Caudebec, suivis de quelques dizaines de crocheteurs et de gagne-deniers avides de pillage, arrivèrent à leur tour, l'officier bourgeois ne les laissa passer qu'à la file en leur donnant ordre de rejoindre la milice qui encerclait les Suisses aux Innocents.

Ils obtempérèrent en s'engageant vers la puante rue Planche-Mibrai, espérant retrouver Clément, qui avait disparu. Une autre barricade, tenue par une dizaine de bouchers, barrait la rue au niveau de la Halle aux Veaux. Conscients qu'ils auraient à donner des explications, et risquant d'être découverts, ils se joignirent à un groupe de moines en corselet, porteurs de hallebarde et de mousquet, qui descendait vers la grève de la Seine en direction du Grand-Châtelet.

Sur la rive, ils abandonnèrent leurs frocards, hésitant sur la marche à suivre. Certes, ils pourraient se diriger vers le Louvre où Clément voulait se rendre, mais ils trouveraient en chemin de nouvelles barricades, sans pour autant être certains de le retrouver. Olivier, soucieux pour Cassandre, jugea plus raisonnable de revenir à la tour de l'hôtel de Bourgogne, ce qui n'allait déjà pas être facile.

— Rejoignons la place de Grève par cet escalier, nous passerons ensuite entre les maisons sur piliers, proposa-t-il à Caudebec.

Ils avaient faim, les pâtés étaient digérés depuis longtemps, mais ils n'avaient aucune possibilité de se rassasier ou même de boire. La chaleur était accablante. Ils arrivèrent enfin à la place de l'Hôtel de Ville. Sur le port de la grève les barques étaient alignées en rangs serrés le long des pontons ou accolées les unes aux autres. Malgré l'insurrection, quelques gagne-deniers déchargeaient les bateaux.

Sur la place, la foule était nombreuse et il n'y avait aucun soldat. Olivier et François Caudebec observèrent quelques garçons de la Grande boucherie qui traînaient deux cadavres de Suisses pour les pendre aux potences, devant les façades de l'Hôtel de Ville, pendant qu'un groupe de religieux chantaient des cantiques. Plus loin, des femmes dansaient une sarabande autour de la croix érigée au milieu de la place. On fêtait apparemment une victoire.

Ils arrêtèrent un porteur d'eau dont la large sangle sur l'épaule soutenait deux seaux maintenus par un cerceau de bois.

— Qui veut de l'eau ? criait-il.

— Elle vient de la Seine ? demanda Olivier.

— Non, monsieur, d'un grand puits ! Point ne mens !

Ils avaient si soif qu'ils le crurent, regrettant quand même de ne pouvoir y mettre un peu de vinaigre. Ils en burent un cruchon contre deux liards. Désaltéré, Olivier demanda :

— On arrive de l'Île… Où sont les troupes du roi ?

— Les régiments du bougre se sont repliés pour rejoindre le Louvre – le porteur d'eau cracha par terre, tout en postillonnant dans ses seaux –, mais il y a eu des accrochages avec les Suisses. Ils ne doivent leur salut qu'à Mgr de Guise venu nous demander de les laisser partir. Sinon, ils seraient tous pendus comme ceux-là !

Il montra la potence où se balançaient les corps attachés par les pieds.

— Guise ! ne put s'empêcher de lâcher Olivier.

L'autre dut prendre son interjection pour un cri de joie, car il ajouta avec ferveur, dévoilant les chicots noirs de sa bouche :

— Monseigneur est la bonté même. Il était en blanc, beau comme l'archange saint Michel de Notre-Dame.

Après la déroute à laquelle ils avaient assisté dans la Cité et l'Université, cette humiliation des Suisses était encore plus incroyable pour les deux hommes de Navarre. De plus en plus inquiet, Olivier avait hâte de rentrer à la tour.

Laissant le porteur d'eau, ils traversèrent la place sans encombre et, par l'étroite rue du Mouton, ils rejoignirent la rue de la Tisseranderie. Mais celle-ci était barrée des deux côtés, tout comme les rues transversales. Finalement, par un passage entre l'Hôtel de Ville et l'hôpital du Saint-Esprit, ils gagnèrent la minuscule rue du Coq-Saint-Jean. Ils s'y engagèrent, mais plus loin la rue Verrerie était barrée aux deux extrémités par des chaînes et des pelotons de bourgeois.

Olivier sentit le découragement le gagner. Ils ne parviendraient pas facilement à la rue Mauconseil, se dit-il en revenant vers la place de Grève.

Biron désapprouva l'ordre reçu du roi mais l'exécuta sans état d'âme. Il annonça à ses officiers que la prise des barricades était abandonnée et qu'ils se repliaient vers le Louvre. Lui-même se rendit à l'hôtel de Guise pour demander au duc de le laisser faire une retraite honorable afin d'éviter un bain de sang. En effet, pour gagner le palais, les régiments emprunteraient des rues fort ligueuses.

Apprenant le repli des troupes, Nicolas Poulain retourna au cimetière des Innocents pour voir ce que devenaient les régiments qui s'y trouvaient. Il se sentait honteux pour l'humiliation subie par la monarchie mais aussi très inquiet, car à cette heure, Le Clerc devait le rechercher et sa tête était sans doute mise à prix. Il espérait quand même que les Suisses resteraient aux Innocents et recevraient des renforts. Tant qu'ils seraient là, la Ligue ne pourrait imposer sa loi dans le quartier.

Mais lorsqu'il arriva au cimetière, après force détours pour éviter les barrages, il apprit que les troupes royales assiégées n'avaient reçu aucun ravitaillement et étaient assoiffées et affamées.

Se sentant forte, la populace bravait maintenant les soldats du roi, menaçant de les mettre en pièces. Soudain, une compagnie de Suisses tenta une sortie. Immédiatement les tireurs disposés en haut des murs du cimetière en abattirent quelques dizaines à coups de mousquet. Des soldats parvinrent pourtant à s'enfuir en sautant par-dessus les barricades, poursuivis aussitôt par des bouchers armés de hachoirs et de broches. Nicolas Poulain imagina avec un frisson d'horreur ce qui leur arriverait quand ils seraient rattrapés.

Tandis que la fusillade se prolongeait dans un désordre indescriptible, Poulain grimpa sur un pas de mule et découvrit que les Suisses du cimetière s'étaient jetés à genoux, implorant pitié en montrant leur chapelet.

— Bon catholique ! Bon catholique ! criaient-ils pendant qu'on leur tirait dessus.

Malgré leurs supplications, ils auraient tous été abattus si, soudain, d'autres cris n'avaient retenti qui firent cesser la fusillade :

— Guise ! Mgr de Guise !

Nicolas se dirigea vers où la foule se portait. En bousculant, il parvint au premier rang. C'était en effet le duc entouré d'une trentaine de serviteurs et de gentilshommes. En pourpoint blanc, couvert d'un grand chapeau, une baguette à la main, un page portant son épée, il sourit à la foule avant de demander la grâce des soldats royaux aux officiers de la milice.

Le duc de Guise était jusqu'à présent resté dans son hôtel pour ne pas être accusé de complicité avec les rebelles, mais il avait eu connaissance des ordres du roi par la reine mère. Ayant appris le repli de Crillon, il avait accueilli Biron avec chaleur. La demande du maréchal ne pouvait mieux tomber, tant le *Balafré* voulait montrer qu'il n'était pour rien dans l'émeute. Il avait donc quitté son hôtel pour aller place de Grève afin de demander à la foule de laisser partir les régiments du roi, mais apprenant en chemin que les Suisses étaient massacrés aux Innocents, il s'y était rendu en premier.

Sous leurs acclamations, Guise obtint la grâce des Suisses. Ensuite, la négociation sur la reddition fut rapide. Mèches éteintes, tambours sur le dos, c'est avec un serrement de cœur que Nicolas Poulain vit les belles troupes royales, souillées de crachats et de boue, se replier vers le Louvre. Le silence se faisait sur leur passage. C'était une nouvelle *magnifique journée de Saint-Séverin*, mais à l'échelle de la capitale. Les Parisiens avaient vaincu les quatre mille soldats royaux.

Comme les troupes vaincues s'éloignaient honteusement, un homme cria :

— Il ne faut plus lanterner, monsieur le duc ! Il faut vous mener à Reims !

En réponse à ces mots, les vivats et les « Vive Guise ! » fusèrent.

Poulain remarqua alors que sous son chapeau baissé, le duc avait le fou rire. Parvenant à peine à le dissimuler, il lança plusieurs fois à la foule :

— Mes amis, c'est assez ! Messieurs, c'est trop ! Criez donc : Vive le roi !

Puis, une main sur la bouche pour contenir ses rires, il partit avec ses gens pour la place de Grève sous des hourras assourdissants.

Après son départ, Nicolas Poulain se sentit complètement découragé. Où devait-il diriger ses pas ? Le plus raisonnable était qu'il sorte de Paris, si les portes n'étaient pas encore fermées. Mais ensuite ? Et que deviendrait sa famille ? Certes, elle était en sécurité chez Olivier, mais pour combien de temps ? Pourtant, à force de réfléchir, il se rassura. Les compagnies suisses et françaises de la garde du roi étaient humiliées mais n'avaient pas subi beaucoup de pertes et étaient toujours armées. Le régiment de Picardie allait arriver. Le roi de France ne pouvait être vaincu par une poignée de pouilleux parisiens ! Il décida donc d'aller au Louvre pour se placer au service de son souverain comme il l'avait décidé le matin.

Mais avant, il voulait être certain que sa famille était bien en sécurité chez Hauteville.

Il tenta donc de revenir vers la rue Saint-Martin. Les barricades ne l'inquiétaient pas, car il connaissait toutes sortes de passages entre les maisons et les potagers, d'échelles et de galeries permettant d'aller d'une rue à une autre. Rue Aubry-le-Boucher, il fut finalement arrêté par un barrage. Il resta un moment sous un porche à observer les boutiquiers et les procureurs qui le tenaient. Il les connaissait tous et ne doutait pas qu'ils le laisseraient passer, sauf si on l'avait déclaré félon. C'était un risque qu'il ne pouvait prendre.

Il réfléchissait à un autre itinéraire quand il entendit des éclats de voix.

— Ne vous avisez pas de m'approcher, porc puant ! cria soudain une voix de femme.

Un frisson le parcourut. C'était la voix de Cassandre !

La tête sous son capuchon, il risqua un regard vers la rue Saint-Martin et aperçut avec effroi le commissaire Louchart au milieu des sentinelles de la barricade. Derrière lui, il y avait deux femmes dont l'une se débattait d'un soldat qui la maintenait. Dieu du ciel ! Il reconnut les cheveux de Marguerite !

Quant à la seconde femme, c'était sans nul doute Cassandre. Que s'était-il passé ? Où étaient ses enfants et ses beaux-parents ?

Louchart s'était présenté chez Hauteville et avait demandé à fouiller la maison pour rechercher des hérétiques. Par une meurtrière du mur, Le Bègue lui avait répondu avoir ordre de ne laisser entrer personne.

— Comme vous voulez ! avait menacé Louchart. Je vais chercher un tonnelet de poudre et faire sauter votre porte, vous aurez les morts sur votre conscience !

C'est Cassandre qui avait ouvert. Blême.

— Qui êtes-vous ? avait demandé le commissaire en entrant.

— Et vous ? avait-elle rétorqué en examinant avec dégoût cet homme au teint bilieux et au visage de furet.

— Louchart, commissaire au Châtelet ! M. Le Bègue me connaît. Veuillez tous vous rendre dans la cuisine. Vous autres, avait-il ajouté à l'attention des bourgeois miliciens, montez dans les chambres et faites descendre ceux que vous trouverez.

— Nous sommes tous en bas, avait répliqué Cassandre.

Louchart l'avait ignorée et d'un signe de la main avait montré l'escalier à ses hommes. Six d'entre eux étaient montés.

Cassandre avait alors hésité un instant. Elle apercevait deux ou trois bourgeois de la milice qui attendaient dehors. Ce Louchart était malingre. Elle était capable de lui saisir la tête et de lui briser le crâne contre le mur. Elle s'enfuirait ensuite facilement sans qu'on puisse la rattraper.

Mais que deviendraient Mme Poulain et ses enfants ? Louchart en avait certainement après eux. Arrêtée, Marguerite serait incapable de survivre et Nicolas en mourrait. Elle devait rester pour la défendre.

— Je vous ai demandé qui vous étiez, avait répété Louchart avec impatience. Voulez-vous que je vous donne le fouet ?

— Je suis une cousine, avait-elle répondu évasivement en baissant les yeux.

Dans la cuisine, le commissaire avait découvert la famille Poulain avec jubilation. Quant aux autres domestiques, y compris Perrine, ils étaient terrorisés. Louchart s'était alors interrogé sur ce qu'il devait faire. Conduire tout ce beau monde au Châtelet et les inscrire sur le registre d'écrou ? C'était imprudent. Que l'insurrection ne tourne pas en faveur des ligueurs, et il aurait des comptes à rendre pour cette arrestation. Il pourrait bien finir pendu.

En vérité, il n'avait besoin que de Mme Poulain, afin que son mari se livre. Quant à l'autre, celle qui se disait une cousine, mais qui était la femme de Hauteville, si elle était la fille du prince de Condé, il devait la traiter avec respect. Le châtiment contre ceux qui s'en prenaient aux princes et princesses de sang était d'être rompu vif.

Il n'avait qu'à les enfermer dans un couvent, avait-il décidé. Il connaissait la supérieure de l'Ave-Maria. Elle accepterait de les garder dans une cellule et on ne pourrait lui faire aucun reproche. Ensuite, il aviserait, et quant à prévenir Mme de Montpensier, ça attendrait.

— Mesdames, je vous arrête, vous allez m'accompagner.

— Vous n'avez pas le droit ! s'était insurgé le beau-père de Poulain. Mon gendre est prévôt ! Je vous ferai condamner par M. de Perreuse !

— Je ne fais que mon devoir, monsieur, avait répliqué obséquieusement le commissaire. M. Poulain est recherché. Et rassurez-vous, ces dames ne risquent rien. Je vais les conduire au couvent de l'Ave-Maria où elles seront interrogées. Si le justice ne retient rien contre elles, elles seront libérées.

Marguerite avait éclaté en sanglots, ses deux enfants serrés contre elle.

— Nous vous suivons, monsieur, avait dit Cassandre en maîtrisant sa voix, tandis que ses yeux fulminaient de haine, mais sachez que je vous ferai pendre pour cela.

Il avait considéré un instant son visage malveillant, puis avait détourné son regard tandis qu'un picotement lui avait parcouru la nuque. Au plus profond de lui-même, il avait su, sans comprendre comment, qu'elle y parviendrait.

Mais il était trop tard pour reculer.

Le peloton d'hommes était passé à quelques pas de Nicolas Poulain. Cassandre marchait derrière Louchart, tenant la main de Marguerite qui sanglotait. Il eut envie de se jeter sur ces monstres et de les massacrer, mais il se serait seulement fait tuer. Il devait se calmer. Savoir où on les emmenait.

Pour cela il devait les suivre. Ensuite, il chercherait à savoir où étaient ses enfants.

Il revint sur ses pas en courant et emprunta un des étroits passages laissés entre les maisons à pignon pour éviter qu'un incendie ne s'étende de l'une à l'autre. Le boyau finissait en cul-de-sac, mais Nicolas connaissait ce quartier par cœur. À son extrémité, une échelle conduisait à une galerie. Au bout de celle-ci, il sauta dans une autre traverse bordée de murs bossués. Le sol était jonché de charognes et d'immondices. Il courait toujours. Ses poumons le brûlaient. Il fallait qu'il arrive au prochain carrefour avant Louchart. Il déboucha enfin rue des Lombards. Jetant un bref regard, il vit le groupe tourner vers la rue Verrerie. Allaient-ils à l'Hôtel de Ville ?

Il se précipita. Rue Verrerie, il y avait un gros barrage de barriques. Nicolas traversa la rue des Arcis et emprunta d'infâmes ruelles pleines de trous punais pour rejoindre la rue de la Tisseranderie. Il courait si vite que, tournant dans la rue des Coquilles, il ne fit pas attention à ceux qui arrivaient en face. Il heurta un homme avec une telle violence qu'ils tombèrent tous deux par terre.

— Faquin ! Tu vas me le payer ! cria une voix rocailleuse.

Poulain se redressa, étourdi.

— Caudebec !

C'était en effet Olivier et Caudebec qui revenaient, désespérés, de la rue Verrerie.

— Nicolas ! Que fais-tu là ?

Déjà quelques badauds approchaient, espérant quelque règlement de compte distrayant.

— Ne restons pas là ! répondit Poulain, suivez-moi, vite !

Il les entraîna vers un étroit passage, courant à nouveau, comme s'il avait le diable à ses trousses. Olivier et Caudebec le suivaient, se demandant s'il n'était pas fou. Pourtant on ne les poursuivait pas !

Le passage fut suivi d'échelles, d'escaliers, de chemins troués par des fondrières pour enfin arriver rue de la Verrerie où Nicolas risqua un regard. Louchart était déjà parti. Le groupe n'était plus très loin du cimetière Saint-Jean.

— Mais que se passe-t-il ? demanda Olivier, comprenant qu'il y avait quelque chose de grave.

Nicolas haleta d'essoufflement et d'émotion :

— Olivier… commença Nicolas. Louchart a pris Cassandre et Marguerite… Il est là-bas avec une dizaine d'hommes. Je les suis depuis un moment.

— Où vont-ils ? s'enquit Olivier en frissonnant.

— Je ne sais pas… peut-être à la Bastille.

— Revenons rue de la Tisseranderie ! décida Olivier après avoir observé le groupe de miliciens qui traversait le marché du cimetière Saint-Jean.

Ils firent demi-tour et prirent une autre traverse. Une fois rue de la Tisseranderie, Olivier savait se rendre rapidement au cimetière par une venelle qui serpentait entre la rue des Deux-Portes et celle des Mauvais-Garçons.

Enfin ils débouchèrent sur la place du marché. Il n'y avait pas trop de monde et Nicolas leur montra le groupe qui s'éloignait. Ils les suivirent à distance, mais arrivés rue Saint-Antoine, la voie était barrée par des chaînes, des tonneaux en chicane et des sentinelles.

Ils reprirent leur souffle.

— Que s'est-il passé ? demanda pour la première fois Olivier.

— Je l'ignore ! Je les ai découvertes prisonnières, il y a quelques minutes, par hasard ! C'est une chance que je vous aie trouvé. Je ne sais même pas ce que sont devenus mes enfants…

Sa voix était cassée par l'émotion.

— On va les libérer ! gronda Caudebec en serrant sa dague sous sa casaque de crocheteur.

— Ils sont dix, fit Poulain. Qu'avez-vous comme arme ?

— Des dagues.

— J'ai mon épée et un pistolet. Même si ce ne sont que des bourgeois, on n'en viendra pas à bout... Continuons à les suivre, peut-être y aura-t-il une occasion favorable.

Devant la barricade, le peloton prit finalement à droite dans la rue de Jouy qui n'était pas barrée. Nicolas devina alors où on conduisait les deux femmes.

— L'Ave-Maria, murmura-t-il.

— C'est là qu'ils vont ?

— Je le pense, c'est là qu'on enferme les femmes de qualité. Je n'y suis jamais entré mais je sais que c'est une forteresse.

La rue de Jouy se terminait par une large poterne percée dans la muraille construite par Philippe Auguste. À cet endroit se dressait la vieille tour de Montgomery, incorporée dans le couvent. L'unique porte de l'établissement religieux se situait au coin de la rue de Jouy avec la rue des Fauconniers, qu'on appelait aussi rue de l'Ave-Maria. Louchart fit tirer la cloche, la lourde porte cloutée s'ouvrit et le groupe disparut.

Les trois hommes s'approchèrent et descendirent la rue des Fauconniers jusqu'au port Saint-Paul, longeant la façade orientale de l'enclos conventuel. La seule ouverture était le porche de l'église de l'Ave-Maria. Près de la Seine se dressaient les ruines couvertes de lierre de la porte Barbelle flanquée de la grosse tour Billi. Le port Saint-Paul n'était qu'une grève avec des pontons de bois sur pilotis à moitié écroulés où une population miséreuse vivait dans des masures de planches dressées sur des piliers.

Ils passèrent la porte Barbelle, puis remontèrent de l'autre côté par la rue des Jardins sans découvrir ni porte ni fenêtre. De ce côté-là, ce n'était que la muraille de la vieille enceinte ponctuée de tours. Torturés par l'inquiétude, ils se demandaient comment ils pourraient faire sortir les deux femmes de là[1].

Revenus devant la tour de Montmorency, ils virent que quelques maisons appuyées contre le vieil hôtel du prévôt avaient un étage en encorbellement d'où ils pourraient surveiller l'entrée de l'Ave-Maria, mais comment convaincre un habitant de leur laisser son logis ? Sans compter que ces gens étaient sans doute ligueurs et qu'ils seraient vite interrogés par le dizenier.

Ils remarquèrent alors, à l'angle de la rue Percée, une gargote fréquentée par les mariniers et les débardeurs de barques. L'endroit s'appelait le Porc-Épic, allusion à l'ordre de chevalerie créé par le duc d'Orléans[2] dont l'ancien hôtel avait longtemps logé le prévôt de Paris. Ce cabaret du Porc-Épic possédait une échauguette, avançant sur la rue, sans doute un reste de l'enceinte de l'hôtel d'Orléans. Poulain la montra à son ami.

— De là, nous aurions une vue parfaite sur la porte de l'Ave-Maria.

— Le cabaretier voudra-t-il nous la louer ? Et sans prévenir le dizenier ? Vous avez vu que ce n'est pas une hôtellerie, seul le prix du dîner est écrit sur la porte, remarqua Caudebec.

L'ordonnance de mars 1579 sur les prix des hôtelleries imposait d'inscrire sur la porte des auberges le prix du manger, du boire et du coucher, or devant le Porc-Épic était noté en gros caractères :

Dîner du voyageur à pied : six sols.

---

1. Le couvent occupait à peu près l'emplacement du lycée Charlemagne.

2. Louis, duc d'Orléans, avait choisi le porc-épic comme emblème pour montrer au duc de Bourgogne, Jean sans Peur, qu'il se défendrait de ses offenses de la même manière que le porc-épic darde ses pointes. On sait que Jean sans Peur n'en eut cure puisqu'il l'assassina !

322

Bien qu'il n'eût guère le cœur à chanter, Poulain lui répondit par ce refrain qu'on répétait dans les auberges :

Il n'y a pipeurs,
Entre tous métiers,
Ni plus grands trompeurs,
Que sont les taverniers !

— Vous avez remarqué, ajouta-t-il, que le bouge est ouvert, alors que la plupart des auberges et des gargotes sont fermées aujourd'hui ? poursuivit-il.

Olivier hocha la tête, devinant les pensées de son ami. Ils entrèrent, tandis que Caudebec restait à surveiller à l'extérieur.

La petite salle était déserte. L'aubergiste, un homme corpulent aux traits grossiers, remplissait un pichet à un tonneau. Ils s'assirent à l'unique table et attendirent qu'il vînt les trouver. Quand il s'approcha, nos amis furent frappés par l'expression de son visage : un mélange de haine et de désespoir.

— Deux pintes de vin, demanda Poulain avant d'ajouter : Il n'y a personne ?

— Tout le monde est aux barricades ! répliqua l'homme avec agressivité.

— Pas vous ?

— Pas moi ! répliqua le cabaretier en crachant sur le sol pavé de grosses pierres inégales couvertes de paille.

Celui-là n'est pas à la Ligue, se dit Poulain. Il s'en était douté en voyant l'auberge ouverte.

— L'échauguette, dehors, elle est à vous ?

— Il y a ma chambre.

— Je pourrais vous la louer un bon prix…

L'homme le considéra en plissant les yeux, plein de méfiance.

— Vous n'êtes pas aux barricades ?

— Pas nous! fit Olivier en faisant tinter quatre sols sur la table.

Tout était dit. L'aubergiste revint vers son comptoir de planches et resta à les observer.

Ils burent leur piquette en silence, puis Poulain se leva et s'approcha du comptoir.

— J'ai besoin de votre chambre.

— Pourquoi?

— Je vous propose un écu d'or par jour. C'est quatre fois son prix.

— Le dizainier voudra savoir qui vous êtes, grommela l'autre.

— On peut toujours s'arranger.

— Vous n'êtes pas ligueurs…

— Non. Maintenant, répondez-moi : vous nous laissez votre chambre ou nous partons?

— J'ai besoin de votre argent, maugréa-t-il.

— Nous sommes trois, on a un ami dehors.

— Vous vous serrerez, il n'y a qu'une paillasse, mais c'est aussi grand que cette salle! Je dormirai en bas.

Il leur désigna l'escalier et les laissa monter. La pièce était toute en longueur avec une fenêtre à chaque extrémité. La tourelle d'angle avait une meurtrière permettant de voir la porte du couvent. Olivier s'y installa pendant que Nicolas racontait enfin ce qu'il savait sur l'arrestation des deux femmes.

— Louchart a dû laisser tes enfants avec tes beaux-parents… Reste à savoir ce qu'il fera demain, dit Olivier quand son ami eut terminé.

— Je ne vais pas attendre demain. C'est une grande chance de savoir qu'elles sont là, décida Poulain. Louchart n'a pas le droit de les enfermer sans un ordre du lieutenant civil ou du parlement. Restez ici, je vais me rendre au Louvre. Je parlerai au roi et je reviendrai avec une compagnie d'archers.

Caudebec leva les yeux au ciel en signe de scepticisme.

— Vous oubliez que les Parisiens viennent de chasser les Suisses ! Je doute qu'ils laissent passer des archers…

— La Ligue n'a eu qu'une victoire à la Pyrrhus ! rétorqua Poulain. Le régiment de Picardie arrivera demain. L'artillerie du Louvre est intacte. Cette émeute ne peut pas se terminer en faveur du duc de Guise ! Dieu ne peut le vouloir !

— Qui peut deviner ce que Dieu veut ? répliqua Olivier. Moi, ce que je sais, c'est que ce soir le roi ne fera rien, ou plutôt il ne pourra rien faire. Je te propose plutôt ceci : soupons. Ensuite, pendant que François restera à surveiller le couvent, on remontera par Sainte-Catherine et les coutures[1] du Temple. Je me rendrai seul aux nouvelles, rue Saint-Màrtin, et toi tu n'auras qu'à aller à la tour te renseigner auprès de Venetianelli sur ce qui s'est passé, et lui dire où nous sommes. Tu en profiteras pour nous prendre une épée, un pistolet et de la poudre. On se retrouvera quelque part pour revenir ici. Peut-être même pourrais-je ramener tes enfants. Demain, tu iras parler au roi pendant que nous poursuivrons la surveillance.

Poulain reconnut que ce plan était plus raisonnable que le sien, et surtout il leur permettrait de ne pas rester inactifs, de ne pas penser toute la soirée à leurs femmes, enfermées à quelques pas.

L'action les aiderait à chasser leur angoisse.

---

1. On appelait ainsi les jardins maraîchers qui s'étendaient au nord-est de Paris.

18

Ils furent de retour à la nuit tombée et racontèrent leur périple à Caudebec en éclusant un pichet de clairet. Ils n'avaient pu aller jusqu'à la rue Saint-Martin, barricadée et étroitement surveillée par la milice bourgeoise, aussi s'étaient-ils seulement rendus dans la tour où ils avaient retrouvé les comédiens avec émotion. Venetianelli ignorait que Cassandre et Mme Poulain étaient prisonnières. Il raconta seulement avoir escorté Mme de Saint-Pol et l'avoir laissée dans la maison. Il promit de s'y rendre dès le lendemain matin pour savoir ce qui s'était passé. Poulain lui proposa qu'ils se retrouvent à midi devant la Croix-du-Trahoir. Il tenterait ensuite d'entrer dans le Louvre.

Venetianelli leur répéta aussi ce qu'il avait entendu dans les rues. Sur l'humiliante retraite des Suisses et des gardes françaises, il ne leur apprit rien. En revanche, il leur dit que des négociations avaient commencé entre la reine mère et le duc de Guise. Celui-ci, pour montrer sa loyauté, avait fait libérer le marquis d'O et le colonel d'Ornano qui avaient été raccompagnés au Louvre par le duc d'Aumale.

On ne savait pas grand-chose des conférences entre Catherine de Médicis et les Lorrains mais on disait que le duc (qui avait refusé de se rendre au Louvre) assurait n'être pour rien dans le tumulte, qu'il ferait tout pour éteindre ces feux, et qu'il voulait seulement servir la couronne. Mais il avait aussi souligné qu'il était malaisé de retenir un peuple échauffé.

Pour pacifier Paris, le *Balafré* avait fait des propositions qu'il jugeait raisonnables : il demandait tout, hormis la couronne. Il voulait le titre de lieutenant général du royaume, la totale disposition des armées et des finances, et que le cardinal de Bourbon soit déclaré l'héritier du trône.

Le lendemain, après une nuit de cauchemars où ils n'avaient eu de cesse de penser aux prisonnières sans doute serrées dans une glaciale cellule, à quelques toises d'eux, Nicolas quitta Olivier et François pour se rendre au Louvre.

Il y avait moins de barricades, et il était plus facile de les franchir puisque la Ligue était maîtresse de la ville dont elle tenait toutes les portes, sauf la porte Saint-Honoré et la Porte-Neuve, situées le long de la Seine.

À cette époque, le palais était encore en grande partie la forteresse de Philippe Auguste et ne ressemblait que peu au Louvre actuel. Certes, François Ier avait démoli le grand donjon et Henri II, puis ses fils, avaient construit deux corps de logis[1] sur les murs d'enceinte et les tours de la forteresse carrée, mais au nord et du côté de la ville subsistaient la vieille muraille, ses salles moyenâgeuses et les tours rondes, en poivrière, que l'on voit dans les enluminures des *Riches heures du duc de Berry*.

---

1. Qui subsistent encore, en particulier la salle des cariatides et l'escalier Henri II.

Du côté de la Seine, à partir de la tour du Coin jusqu'à la rue Saint-Honoré, où se dressaient encore des pans de la vieille porte, serpentait l'ancienne enceinte qu'avait fait construire Philippe Auguste. S'y adossaient le corps de garde du pont dormant du Louvre et un jeu de paume. En face s'étendait l'hôtel de Bourbon, qu'on appelait aussi le Petit-Bourbon : une immense demeure féodale entourée d'une enceinte crénelée en ruine. Construit sous Charles V par Louis de Clermont, duc de Bourbon, ce château avait été en partie détruit après la trahison du connétable Charles de Bourbon passé au service de Charles Quint. Sa grande tour avait été à demi rasée en signe de félonie, la porte principale barbouillée de jaune, couleur des criminels de lèse-majesté, et on avait semé du sel autour. Confisqués depuis 1527, les bâtiments encore préservés servaient de garde-meuble, sauf la salle des gardes, une des plus grandes salles de Paris, qui servait de théâtre et où l'on donnait des fêtes et des bals.

La tortueuse rue de l'Autriche séparait l'hôtel du Petit-Bourbon et la muraille du Louvre. En la montant de la Seine vers la rue Saint-Honoré, on longeait donc l'enceinte à gauche tandis qu'à droite s'étendaient des ruelles, des jardins et des hôtels de prince de sang ou de favoris. C'est là, le long de la rue des Poulies, que se dressait l'hôtel de Villequier. C'est là encore, rue des Fossés-Saint-Germain, que Maurevert avait tiré sur l'amiral de Coligny.

Avec l'émeute, le pont-levis de la rue Fromenteau avait été fermé, et le seul passage ouvert pour entrer dans le palais était le pont dormant de la rue de l'Autriche, mais pour le franchir il fallait d'abord passer le corps de garde, sorte de barbacane construite contre la muraille de Philippe Auguste, puis une seconde salle qui, elle, communiquait avec la cour.

Dans cette forteresse protégée par des couleuvrines et défendue par des centaines de Suisses et de gardes françaises, le roi n'était pas en danger, car il aurait été impossible aux ligueurs, sinon au prix d'immenses pertes, d'y pénétrer.

Ceci expliquait que le duc de Guise et le conseil des Seize n'aient rien tenté. Envoyer des milliers d'hommes mal armés à l'assaut de la forteresse, c'était provoquer un bain de sang sans être assuré de la victoire. Pour l'instant, les ordres étaient donc d'isoler le palais en fermant toutes les voies y conduisant par des barricades. Assiégé par cinquante mille Parisiens, sans possibilité d'être ravitaillé, le roi ne pourrait que se rendre.

Guise recherchait d'autant plus la victoire par la négociation, qu'il ne voulait pas apparaître comme un rebelle. Il fallait aussi qu'il garde ses troupes intactes, car il savait qu'il en aurait besoin plus tard pour se faire obéir de la populace. Il était d'ailleurs prêt à écraser les rebelles une fois que le roi l'aurait nommé lieutenant général du royaume ! Voilà pourquoi il s'était montré généreux en rendant aux gardes du corps et aux gardes suisses les armes déposées lors de leur capture.

Évidemment ces atermoiements et cette magnanimité n'étaient pas compris de la populace, comme Poulain le constata en circulant entre les barricades. Galvanisé par les curés et encouragé par les chefs de la sainte union, le peuple grondait, refusant la clémence envers le roi, la cour et les politiques. Nicolas entendit un prêtre, juché sur une borne qui sermonnait ainsi ses ouailles :

— Dieu veut que Henri de Valois lui appartienne. Puisqu'il a protégé les hérétiques, il faut que, dès demain, frère Henri de Valois fasse pénitence dans le cloître des capucins !

La foule approuvait bruyamment en maudissant le roi. Plus loin, d'autres attroupements grondaient autant. Il se mêla à eux.

— Pourquoi ne pas attaquer le Louvre ? lança un savetier. Attendons-nous que le duc d'Épernon amène au roi les troupes de Normandie ?

Partout le peuple désirait l'affrontement, ne doutant pas de la victoire. Que signifiaient ces pourparlers ? Pourquoi était-ce si lent ? Les plus agressifs assuraient que les négociations allaient se faire – comme toujours – aux dépens des pauvres gens.

En vérité, chacun voulait surtout participer au pillage du palais dont on disait qu'il était rempli d'or.

— Depuis deux ans, nous sommes trahis ! renchérit un huissier à verge du Châtelet. Les chefs du parlement et les échevins sont tous vendus au roi. Ils auraient dû, dès cette nuit, être traînés aux fourches de Montfaucon !

Chacun renchérissait à ces accusations et ces condamnations. Nicolas s'éloigna, mais plus il entendait de propos de ce genre, plus il redoutait des suites sanglantes. Il se reprochait aussi amèrement d'avoir vécu sur des illusions. Au cours de ces années, il avait cru que la Ligue ne représentait qu'une faction. Maintenant, il prenait conscience que c'était la ville entière qui s'était rebellée. Il fallait qu'il l'admette : Paris n'aimait pas son roi, ou plutôt ne l'aimait plus. Les liens étaient consommés, et comme dans les couples désunis, l'aversion avait remplacé l'amour.

Au détour d'une rue, en écoutant un rassemblement, il apprit que le duc de Guise avait finalement décidé d'envoyer quinze mille hommes du côté des Tuileries et de la porte Neuve[1] si le roi ne se soumettait pas dans la journée.

---

1. La porte Neuve se situait entre le Louvre et les Tuileries.

On lui assura que l'Hôtel de Ville et l'Arsenal avaient été pris, que les échevins étaient emprisonnés, que la Bastille était aux mains de Bussy Le Clerc. La furie croissait et augmentait d'heure en heure. Autour du Louvre, des centaines de moines dressaient de nouvelles barricades avec des poutres et des tonneaux tout en chantant les matines.

Ne pouvant entrer dans le château en passant par le pont dormant à cause des barrages, Nicolas se rendit jusqu'à la porte Saint-Honoré dont on lui avait dit qu'elle était encore loyale. En se faisant connaître, il espérait convaincre un officier de le conduire au palais. Hélas, les bourgeois en avaient pris possession et avaient même interdit l'entrée à un régiment de gardes. Le roi ne tenait donc plus que la Porte Neuve, malheureusement elle aussi inaccessible par des barricades ligueuses devant les Tuileries.

Nicolas revint donc sur ses pas en réfléchissant à la manière d'entrer par le pont dormant. Midi sonnait quand il arriva à la Croix-du-Trahoir, au coin de la rue Saint-Honoré et de la rue de l'Arbre-Sec. Un corps desséché se balançait sur la potence installée à demeure.

À peine aperçut-il Venetianelli, assis au pied de la croix, qu'il courut vers lui.

— Mes enfants? demanda-t-il plein d'angoisse.

— Je les ai vus et ils sont tout gaillards, même s'ils sont fort dolents de ne pas avoir leurs parents. Je leur ai dit où était leur mère, et que je vous avais vu vaillant. Ils ont été rassérénés, répondit le comédien en le prenant par l'épaule pour le conduire à la taverne la plus proche afin qu'on ne surprenne pas leur conversation.

Il poursuivit plus bas :

— Ils logent toujours avec vos beaux-parents chez Hauteville, mais le Drageoir Bleu a été mis à sac. On m'a dit aussi que votre logis a été fouillé par les gens de la Ligue.

Ils s'installèrent dans un coin sombre et demandèrent du vin. Nicolas lui expliqua qu'il cherchait à entrer dans le palais, ce dont *Il Magnifichino* tenta de le dissuader :

— La situation s'aggrave. J'arrive de l'Université. J'y ai vu des prédicateurs qui s'étaient nommés colonels enrôler des centaines d'écoliers et de moines. Cette armée va déferler ici dans l'après-midi. Ils sont décidés à aller quérir frère Henri dans son Louvre, disent-ils. Rien ni personne ne pourra les arrêter, et la populace se joindra à eux. Le Louvre sera tombé ce soir. Si vous êtes à l'intérieur, vous serez pris et pendu.

— Je ne suis pas si pessimiste. J'ai entendu ici et là que Guise négociait. Le roi aurait assuré être prêt à retirer ses forces à sept lieues de Paris, voire à dix, si le peuple lève les barricades et dépose les armes.

— Cela ne changera rien, affirma Venetianelli. Le peuple ne veut pas être volé de sa victoire. La grande offensive commencera dans la soirée et ni Guise ni les Seize ne pourront l'arrêter.

— Raison de plus pour que j'entre au Louvre pour prévenir le roi, décida Poulain. Je vais t'expliquer ce que j'ai décidé de faire.

De mauvaise grâce, Venetianelli accepta de l'aider et ils se rendirent à la barricade qui fermait la rue du Petit-Bourbon. Le barrage de barriques et de pavés, qui donnait sur la rue de l'Autriche, se situait presque en face du corps de garde du pont dormant. C'était le plus imposant du quartier. Il avait été dressé par un cabaretier nommé François Perrichon qui se disait capitaine de la paroisse de Saint-Germain-l'Auxerrois.

Il y avait là énormément de monde et ils jouèrent des coudes pour parvenir au premier rang. Le tavernier, un colosse ventripotent coiffé d'une barbute et cuirassé comme un vétéran des guerres d'Italie, donnait ses ordres, écartant de la barricade ceux qu'il jugeait trop tièdes[1]. Il fit place de bon cœur à Poulain et à Venetianelli quand il entendit qu'ils ne proféraient que des mots ligueux et injurieux envers le *Bougre*. Nos amis restèrent un moment près de lui, le félicitant pour la tenue de ses troupes comme s'il était un vrai capitaine.

Bien que la rue de l'Autriche fût barrée à ses extrémités, des messagers l'empruntaient du côté de la rue saint-Honoré et les hommes de Perrichon les voyaient se présenter au corps de garde avant de passer le pont dormant. Malgré le tumulte, les négociations entre Guise et Catherine de Médicis se poursuivaient. Ils virent ainsi arriver M. de Richelieu avec un détachement d'archers. Le Grand prévôt fut hué par la foule qui lapida son escorte.

— Si Tristan l'Ermite quitte sa maison, se réjouit Perrichon, c'est qu'il considère la ville de Paris perdue !

Nicolas et Venetianelli s'en félicitèrent avec lui.

Chaque fois que des négociateurs sortaient, ils étaient pris à partie par les barricadiers qui leur demandaient ce qui s'était dit. Ceux qui refusaient de répondre recevaient des pierres, sauf s'ils avaient une escorte ou s'ils portaient des croix de Lorraine.

La barricade ayant vocation d'assiéger le Louvre, ses factionnaires n'empêchaient personne de passer dans la rue de l'Autriche, bien qu'elle soit sous le feu des gardes du Louvre. Seuls quelques fous s'y risquaient, sous l'œil goguenard de Perrichon. C'était surtout des moines ou des écoliers qui se défiaient à braver les soldats du roi en s'approchant du corps de garde pour lan-

---

1. Perrichon sera pendu pour meurtre en août 1589, devant le Grand-Châtelet.

cer des pierres. Parfois un coup de mousquet éclatait, tiré par un des arquebusiers installés en haut du mur d'enceinte, et un audacieux tombait, provoquant des cris de vengeance.

Ayant bien observé les défis que se lançaient les écoliers, Nicolas entraîna Venetianelli à l'écart et lui expliqua ce qu'il allait faire. Puis il revint près de Perrichon et harangua quelques moines après qu'un nouvel audacieux eut été tué d'un coup d'arquebuse.

— Ils ont encore lâchement tué un des nôtres, il faut leur faire payer ! Je vais entrer dans le corps de garde, donner quelques bons coups d'épée à ces lâches, et revenir, promit-il en brandissant sa lame.

On l'entoura. Beaucoup le congratulèrent, même si quelques-uns se moquaient de ses rodomontades. Quand il eut intéressé suffisamment de ligueurs, il s'approcha de la barricade. Perrichon le laissa faire, pas fâché de le voir partir. Il ne doutait pas qu'il serait tué et que sa mort provoquerait un sain désir de vengeance bien utile quand ils donneraient l'assaut.

Nicolas passa la barricade et avança de quelques pas, l'épée cachée sous son sayon. Puis il s'élança en courant vers le corps de garde. Il y avait cinquante pas à faire et le temps lui parut interminable, il s'attendait à tout instant à recevoir une balle tirée du haut de la muraille crénelée. Le corps de garde était une salle ogivale assez vaste à laquelle on accédait par une large poterne fermée la nuit par une grille et de lourds battants. Pour l'heure, cette porte était ouverte. De l'autre côté de la salle, une seconde porte permettait de passer le pont dormant et d'entrer dans le second corps de garde construit dans la muraille.

À peine passait-il le porche qu'une dizaine de soldats se saisirent de lui, le jetèrent au sol et commencèrent à le rouer de coups. Il se protégea le visage comme il put en criant :

— Ami ! Je suis prévôt… Je suis à M. de Richelieu !

Un officier l'entendit et fit cesser les coups. C'était M. de Bellegarde qui reconnut Poulain. Surpris, il l'interrogea. Le visage ensanglanté, une pommette éclatée, Nicolas s'expliqua en haletant.

— Je n'ai trouvé que ce moyen pour arriver jusqu'ici. Vous m'avez déjà vu, je suis Nicolas Poulain, lieutenant du prévôt des maréchaux ! Appelez M. le Grand prévôt, ou le colonel d'Ornano, ou encore le seigneur d'O. Ce que j'ai à leur dire est de la plus haute importance !

Bellegarde l'amena à Ornano qui le conduisit directement dans le cabinet du roi. Il y avait là M. de Villequier, qui parut stupéfait, M. d'O, le visage soucieux mais qui lui lança un regard d'estime, M. de Bellièvre qui paraissait perdu en lissant sa barbe, et M. de Richelieu plus jaune que jamais. Dans un coin, l'homme de proie, François de Montpezat, surveillait tout son monde avec une dizaine de quarante-cinq.

— Monsieur Poulain, quel bon vent vous amène chez moi ? Que vous est-il arrivé ? fit le roi qui semblait de bonne humeur.

Ce fut Ornano qui raconta dans quelles circonstances Nicolas Poulain avait forcé la porte du Louvre. Tandis qu'il parlait, avec son rude accent corse en ne cachant pas son admiration, Poulain remarquait les regards de haine que lui lançait Villequier.

Quand ce fut son tour de s'expliquer, il répéta ce qu'il avait appris sur l'armée d'écoliers et de moines qui se préparait à déferler sur le Louvre.

— Qu'ils y viennent ! l'interrompit Villequier. Et il n'en restera pas un vivant.

— Ce n'est pas tout, sire, poursuivit Nicolas en ignorant l'interruption. Dans toute la ville les rebelles ne veulent plus attendre. Des dizaines de milliers de furieux vont se joindre à cette armée d'écoliers.

— Personne ne passera! assura Villequier. J'ai fait renforcer la garde.

— Il y aura des centaines de morts mais ils passeront. La garde sera submergée. Sire, la porte Saint-Honoré est aux mains des bourgeois. Mgr de Guise a promis d'envoyer quinze mille hommes pour vous prendre à revers en saisissant la porte Neuve.

— Où voulez-vous en venir, monsieur Poulain? demanda O d'un ton sec.

— Si la porte Neuve tombe entre leurs mains, sire, vous êtes perdu. Il ne faut plus lanterner, vous devez partir!

— Fuir? Quitter Paris ma bonne ville? s'offusqua Henri.

— Hors de Paris, vous resterez roi, sire. Vous trouverez partout de fidèles sujets. Ici, demain... vous ne le serez plus.

— Sornettes! cracha Villequier.

Mais les autres restèrent silencieux.

— Merci, monsieur Poulain, dit Henri III. Nous allons tenir conseil dès que j'aurai reçu l'envoyé de ma mère, qui est chez M. de Guise. Les négociations auront peut-être une heureuse fin. Je vous ferai appeler plus tard.

Poulain tomba à genoux et supplia :

— Ayez pitié de moi, sire, qui suis le premier de vos serviteurs. Pour votre service, j'ai été contraint d'abandonner ma famille. Ma maison a été pillée, je n'ai plus un sol et ma femme a été enfermée dans le couvent de l'Ave-Maria.

— Monsieur Poulain, dit le roi, visiblement ému par la fidélité de cet homme à un moment où tout le monde l'abandonnait, je suis fâché de ne pas avoir mieux cru vos avis. Le mal et le péril étaient plus grands que je ne l'avais estimé. Je crains que des traîtres – ou des mauvais conseillers – m'aient abusé. Quoi qu'il arrive, vous resterez auprès de moi.

Il se tourna vers le Grand prévôt de France.

— Monsieur de Richelieu, vous équiperez mon prévôt et lui remettrez cinq cents écus en attendant les vingt mille livres que je lui ai promises. Vous mettrez à sa disposition des gens d'armes pour faire prisonniers ceux de la Ligue qui pourraient se cacher à la cour. Que pouvez-vous faire pour son épouse ?

— Rien, sire ! Toutes vos prisons sont aux mains des ligueurs, même la Bastille. Mais l'abbesse de l'Ave-Maria est la cousine de Mme de Retz. La duchesse pourrait faire une lettre pour adoucir son séjour.

— Je le lui demanderai.

» Ne craignez rien, mon ami, dit-il à Poulain. Votre femme sera bien traitée. S'il le faut, j'irai jusqu'à en parler au duc.

— Je vous en supplie, sire, n'en faites rien ! Mon épouse n'est pas la seule prisonnière. Il y a Mme de Saint-Pol avec elle.

— Ah ! fit le roi impassible tandis que Villequier haussait un sourcil sans comprendre.

Henri III tourna le dos à Poulain et sortit sans un mot.

Poulain fut conduit par Ornano dans une salle de gardes où on le soigna et l'équipa. En chemin, le vieux colonel le remercia d'avoir parlé franchement. Lui et O avaient déjà préparé la fuite du Louvre avec l'armée des Suisses, les quarante-cinq et la garde corse. Seul

Villequier s'y opposait. Sa plaidoirie allait enfin décider le roi.

Le conseil fut apparemment assez bref, puis l'agitation s'empara du palais. Vers cinq heures, le marquis d'O vint chercher Nicolas qui rejoignit un groupe de gentilshommes dans la salle des cariatides. Il y avait là M. de Petrepol, le duc de Montpensier, le maréchal de Biron, le seigneur d'O, le chancelier M. de Villeroi, le surintendant M. de Bellièvre, et enfin Villequier, à l'écart, qui tripotait rageusement la poignée de son épée.

O vint échanger quelques mots avec Poulain, le remerciant pour son courage.

Enfin le roi arriva avec son valet de chambre M. Du Halde. Il paraissait détendu, soulagé, presque indifférent maintenant que sa décision était prise. Une baguette à la main, il partit devant.

— Si nous allions nous promener aux Tuileries ? proposa Henri III quand ils furent dehors.

C'était là que se trouvaient les écuries. Tout au long de la Seine, Ornano et Biron avaient rangé les troupes de Suisses et les gardes françaises du Louvre, n'en laissant que quelques-unes dans le palais. Un grand nombre de chariots attendaient.

Poulain compta qu'il y avait seulement seize gentilshommes autour du roi, mais que derrière eux les quarante-cinq étaient présents, avec M. de Cubsac.

À l'écurie, Du Halde botta Henri III et lui mit son éperon à l'envers. Il voulut l'arranger mais le roi le repoussa avec agacement :

— C'est tout un ! Je ne vais pas voir ma maîtresse, nous avons un plus long chemin à faire.

Il monta à cheval, avec ceux de sa suite et deux valets de pied, puis le groupe sortit par la Porte Neuve. Derrière lui, l'armée des Suisses et des gardes du corps s'ébranla.

François de Richelieu et Nicolas Poulain étaient restés en arrière avec des Suisses, car on sut vite chez les ligueurs que le roi partait. Assez rapidement une troupe de factieux arriva, mais par la négociation le Grand prévôt parvint à les convaincre de ne pas tenter de passer en force. Cette conférence permit au roi de s'éloigner et donna plus tard un nouveau nom à la Porte Neuve qui devint la porte de la Conférence.

Sur le chemin de Saint-Cloud, Henri III chevaucha un moment en silence, mais quand il se fut suffisamment éloigné de la ville, il s'arrêta et se retourna :

— Maudite et perfide ville, lança-t-il les larmes aux yeux. Moi qui t'ai comblée de biens ! Je te le promets, je ne rentrerai que par la brèche !

Il l'ignorait, mais il ne rentrerait jamais dans cette ville qui ne le voulait plus. Pourtant, sa fuite était le dernier cadeau qu'il offrait à ses habitants. Ce n'était pas la vaillance du duc de Guise ou la fureur des ligueurs qui le faisait partir. C'était seulement son amour envers son peuple.

19.

Marguerite avait tellement pleuré qu'elle n'avait plus de larmes même si les sanglots étaient toujours là, spasmodiques et douloureux. Elle s'allongea sur la paillasse couverte de vermine et Cassandre lui prit une main. De l'autre, elle lui caressait le front en murmurant des paroles rassurantes.

Le sombre vestibule de l'Ave-Maria était voûté en arcs d'ogive et envahi de sinistres toiles d'araignée. De là, Louchart et le concierge du couvent leur avaient fait traverser une basse cour bordée de celliers avant de les faire entrer dans une pièce sans fenêtre avec un escalier de bois. Elles l'avaient emprunté jusqu'à une salle d'étage qui servait de parloir. Le commissaire connaissait les lieux et le concierge lui obéissait. Pendant qu'il faisait mander l'abbesse, Louchart les avait interrogées.

— Madame Poulain, votre mari était à la Ligue et nous a trahis. Êtes-vous sa complice ?

Secouée de sanglots, elle n'avait pu répondre. Sans se lasser, il lui avait posé d'autres questions, provoquant un redoublement de pleurs jusqu'à ce que Cassandre lui ordonne d'arrêter.

— Quel genre d'homme êtes-vous, monsieur, pour torturer ainsi une femme et lui enlever ses enfants ? Dieu vous fera payer cher votre inhumanité !

Plus jaune que jamais, la lèvre supérieure retroussée et frémissante de surprise devant son insolence, il l'avait regardée avant de cracher :

— C'est vous qui risquez de payer cher, madame ! Vous êtes une hérétique et je vous ferai brûler si vous ne faites pas ce que je désire !

Elle l'avait giflé à la volée.

Sous la surprise, la douleur et l'humiliation, il avait chancelé et reculé. S'étant repris, il lui avait jeté :

— Vous allez regretter ce geste ! Je vous promets que je vous verrai à genoux me supplier !

À ce moment l'abbesse était entrée, sans bruit, comme un fantôme. C'était une femme sans âge sous une ample robe noire. Cassandre remarqua ses pieds nus d'une maigreur incroyable et ses mains longues et fines ressemblant à des serres. Son visage était décharné comme celui des cadavres morts de faim qu'on voyait dans les campagnes.

Ayant ravalé sa rage, Louchart s'était adressé à elle :

— Madame, je vous confie deux hérétiques. Ramenez-les dans le giron de l'Église pour qu'au moins elles ne mèurent pas damnées. Je reviendrai pour préparer leur procès et remplir votre registre d'écrou.

Il s'était tourné vers Cassandre :

— Songez à revenir à de meilleurs sentiments, madame, sinon je serai sans pitié et vous ferai brûler en place de Grève !

Comme il partait, Cassandre lui avait dit d'une voix froide :

— Et moi, je vous le répète, monsieur Louchart, je vous ferai pendre.

Elle l'avait vu chanceler à ces derniers mots.

Le concierge et une sœur tourière se tenaient derrière l'abbesse. Ils avaient fait passer les prisonnières dans une petite salle dont la seule fenêtre grillagée donnait sur la rue, puis de là dans une cellule en haut d'une tour ronde.

Leur cachot était minuscule avec une paillasse posée sur le sol en carreau de terre. Il n'y avait rien d'autre, sinon un crucifix en bois. La seule lumière venait d'une archère.

Épuisée, Marguerite s'assoupit enfin pendant que Cassandre examinait leur obscur cachot. Elle découvrit un pot de fer pour leurs besoins, puis tenta de regarder par l'archère, mais l'embrasure était trop étroite. Elle ne pourrait même pas faire passer un message par là. La porte, qui communiquait avec l'escalier, était vermoulue, mais renforcée de barres de fer. En bas, un grand trou carré devait servir à passer la nourriture. Elle s'accroupit pour regarder mais c'était trop sombre. Des insectes peu farouches couraient sur le sol. On les avait enfermées dans un tombeau.

Elle savait pourtant qu'Olivier viendrait, et elle sentait la présence rassurante de la dague contre sa cuisse. Peut-être pourrait-elle creuser quelque passage, se dit-elle.

Plus tard, la nuit étant tombée, la porte s'ouvrit en grinçant. Marguerite se réveilla, terrorisée. Une sœur entra, véritable colosse. Elle tenait un bâton noueux. Derrière, sur les dernières marches de l'escalier, se tenait l'abbesse, derrière encore, un homme, peut-être le concierge ou un gardien.

— Ave Maria. Je suis sœur Catherine de la Vierge, dit l'abbesse d'une voix atone. Le Châtelet vous a confiées à notre maison. Nous sommes des franciscaines clarisses. Nous nous saluons par les deux mots de la salutation angélique : *Ave Maria*. Vous ferez comme nous. Pour manger, nous recevons un pain pour dix jours, ce sera pareil pour vous. Nous jeûnons plusieurs fois par semaine pour nous rapprocher de Dieu, vous ferez de même aussi. Le service divin a lieu trois fois par jour, et la nuit nous chantons de minuit à trois heures pour le Seigneur, vous chanterez comme nous. Vous ne verrez personne d'autre que nous, sauf le commissaire et les procureurs. Si vous vous rebellez, vous serez fouettées.

Ils ressortirent et la porte fut refermée.

— Nous sommes à demi mortes, murmura Marguerite dans un sanglot.

— Non, lui dit Cassandre en la prenant affectueusement par le cou. Nous sommes à demi vivantes. Cela suffira pour leur échapper.

On ne leur porta pas de pain mais on passa une cruche d'eau par le trou. Elles s'allongèrent finalement sur la paillasse, réveillées plusieurs fois par une vermine affamée toute joyeuse d'avoir à manger. Elles étaient parvenues à s'endormir plus profondément quand les verrous grincèrent à nouveau. C'était la sœur colosse avec son bâton et une lanterne à chandelle de suif.

— C'est l'heure de la messe, venez !

— Non, dit Cassandre encore à demi ensommeillée.

L'autre fit un pas et leva son bâton.

— Essayez et je vous tue !

Cassandre s'était levée, maintenant complètement réveillée. Devant son visage décidé, la sœur hésita, puis recula et sortit.

Elles allaient se rendormir quand la porte s'ouvrit. La peur saisit Cassandre qui se leva immédiatement tandis que Marguerite se recroquevillait sur la paillasse, terrorisée. C'était toujours la sœur avec une lanterne, cette fois accompagnée d'un homme. Une brute en gilet de cuir, la cinquantaine, pas rasé, la bouche édentée. Il tenait une sorte de nerf de bœuf ou de fouet court à la main.

— Vous refusez d'aller à la messe ? menaça-t-il en avançant d'un pas.

Sans attendre de réponse, il frappa Cassandre qui était la plus près.

Le coup l'atteignit à la hanche et la fit chanceler. Puis ce fut la douleur, fulgurante, comme une brûlure. Elle perdit un instant tout contact avec la réalité. En un éclair, il lui vint l'image d'un homme qu'elle avait vu se battre à Montauban, un soldat de son père. Plus petit, plus faible que son adversaire, il avait baissé la tête et s'était projeté dans la face de son ennemi. La brute la regardait, souriant, heureux de la voir souffrir, prêt à frapper à nouveau. Elle baissa la tête, puis se jeta sur lui.

De son crâne, elle lui frappa la face avec toute la violence que la haine et la souffrance lui donnaient et elle sentit les os craquer. La douleur fut brutale, comme si elle s'était cognée à un plafond trop bas. Tout vacilla et elle crut perdre connaissance. Quand elle recula vers la paillasse, elle vit que son bourreau tournait de l'œil, la figure en sang, aveuglé, il chancelait, appuyé contre le mur qu'il avait heurté avec violence.

Elle refit un pas vers lui, lui écarta les mains et leva un genou, l'atteignant entre les jambes. Là encore elle avait mis toutes les forces qui lui restaient. Ce coup, c'était Caudebec qui le lui avait appris. La brute s'écroula en gargouillant.

La douleur du coup de fouet sur son flanc devenait insupportable, la rage occultait toujours son esprit. Voyant l'homme à ses pieds, elle voulut le frapper encore, mais elle n'avait que ses mains. La sœur, devant la porte, avait reculé dans l'escalier, terrorisée, ne comprenant pas ce déchaînement de violence.

Dans la semi-obscurité, Cassandre aperçut le pot de fer dans lequel elles avaient fait leurs besoins. C'était une sorte de seau rouillé. Elle le saisit à deux mains et en martela la figure et la tête de l'homme blessé. Il hurla, cherchant à se protéger.

Elle était tombée à genoux, épuisée, mais elle continuait de frapper la tête, les mains, les bras, brisant les os et tranchant les chairs par les angles du récipient maintenant tout cabossé. Combien de temps cela dura-t-il? Elle fut incapable de le dire plus tard, mais elle frappait, frappait, le pot était tordu, brisé, couvert d'un mélange de sang et d'urine et elle continuait de frapper jusqu'à ce que l'homme restât inconscient, mort peut-être.

Alors, haletante, elle se releva. Les mains et la robe rougies d'un mélange de sang et d'excréments. L'abbesse était devant elle. Horrifiée.

La sœur était allée la chercher. Derrière elle, sur les marches, il y avait d'autres religieuses et le concierge avec un falot.

— Vous… Vous l'avez tué? bredouilla sœur Catherine de la Vierge.

— J'espère, madame! haleta Cassandre qui lâcha le pot de fer rougi. Sachez… madame, que j'ai été arrêtée par un faquin, conduite ici par la force, que je me nomme Cassandre de Saint-Pol, que mon père était Louis de Condé, qu'il était prince de sang. Et que quiconque portera à nouveau la main sur moi subira le sort de cet homme… et encore, il a eu de la chance, car il aurait dû finir tiré par quatre chevaux.

Véritable furie, elle tendit vers elle un index menaçant.

— Madame, je vous tiens pour responsable de notre sécurité. Vous, vos sœurs, et tous les gens de ce couvent. N'oubliez pas qu'une femme peut aussi être écartelée. Le duc de Guise n'est pas mon ami, mais quand il apprendra où je suis, vous le paierez très cher, car mon ancêtre s'appelait Louis IX. Il était roi de France et sanctifié.

Elle reprit son souffle.

— Nous n'irons pas à la messe la nuit, vous ne nous forcerez à rien ! Maintenant, que quelqu'un approche, s'il l'ose ! rugit-elle.

Le silence tomba dans le caveau. Les sœurs derrière l'abbesse étaient terrorisées. Le concierge avait reculé quand il avait entendu la menace d'être tiré par quatre chevaux. Il avait assisté à l'exécution de Poltrot de Méré et en avait encore des cauchemars. En même temps, il ne pouvait détacher son regard du cadavre de son compagnon.

Finalement, la mère supérieure déclara d'une voix tremblante :

— J'ignorais qui vous étiez, madame. Laissez-nous prendre cet homme et le soigner.

Cassandre hocha la tête.

— Emmenez-le en Enfer ! cracha-t-elle.

Le concierge entra et chargea le corps sur ses épaules. La porte fut refermée et les verrous tirés. Elles restèrent dans le noir.

— Je... je suis désolée, Marguerite, fit Cassandre, mais j'appartiens à une famille qui ne pardonne jamais les offenses. Jamais !

Elle se baissa, trouva la paillasse à tâtons et s'y allongea. Le coup de fouet était douloureux mais elle éprouvait un enivrant sentiment de victoire.

— Madame, dit Marguerite après un long silence, je n'aurai plus jamais peur avec vous.

Cassandre dormait déjà, ne regrettant pas d'avoir révélé qui elle était.

Le roi soupa à Trappes dans le vieux château avant de repartir pour Rambouillet où la cour passa la nuit. Après s'être entendu avec M. de Richelieu, Nicolas Poulain fit seller un cheval dans l'écurie royale et partit au lever du soleil, rongé par l'inquiétude qu'il éprouvait pour sa femme emprisonnée.

Il n'avait guère dormi, la cour étant arrivée très tard dans un château vide où on ne les attendait pas. M. de Richelieu avait été d'une rare bienveillance envers lui. Le Grand prévôt aurait pourtant préféré qu'il reste. La cour allait se déplacer de ville en ville, les problèmes de logement, d'approvisionnement et de police allaient être innombrables et la présence d'un prévôt des maréchaux aurait été précieuse, mais il comprenait que Nicolas Poulain veuille avant tout sauver sa famille. Il lui avait remis une lettre signée par le roi pour la duchesse de Retz et l'équivalent de deux cents écus d'or en ducats et nobles à la rose pris sur la cassette royale – et non cinq cents comme le roi l'avait promis, mais les caisses étaient vides !

Nicolas vendit son cheval à une écurie des faubourgs et poursuivit à pied jusqu'à la capitale. Le cavalier sur un cheval bai, aperçu plusieurs fois depuis Rambouillet, était toujours derrière lui, mais bien trop loin pour pouvoir être identifié. Mais peut-être ne le suivait-il pas, il y avait tellement de monde sur la route ; chariots, charrettes, ânes, troupeaux, pèlerins, moines, colporteurs. Peut-être était-il trop méfiant, se dit-il.

Longeant un enclos planté de cerisiers, il pénétra par le porche ouvert dans la cour d'une ferme fortifiée. Il ignora les chiens qui aboyaient furieusement et se dirigea vers le puits. Des enfants jouaient près d'un tas de fumier, une vieille femme en tablier nourrissait des poules avec des épluchures. Le garçon d'écurie en sabot le laissa boire et Nicolas lui glissa un denier tournois en lui demandant quelques renseignements sur les chemins qui conduisaient à Paris.

Il repartit en prenant un sentier à l'écart de la route principale, un chemin que lui avait indiqué le garçon, se demandant si le cavalier était toujours derrière lui, car ayant beau se retourner, il ne le voyait plus. Finalement, ce devait être un simple voyageur, conclut-il. Avisant un mur d'enclos à demi écroulé, il se glissa derrière et se coula au fond d'un fossé bordé d'une haie de noisetiers, invisible du chemin.

Il n'eut pas longtemps à attendre. Le cavalier arrivait sur son cheval bai. Cette fois, il reconnut le visage triangulaire au menton fuyant et la fine moustache surmontant une bouche entrouverte par d'énormes incisives. C'était Lacroix, le capitaine des gardes de Villequier. Le beau-père du marquis d'O le faisait donc suivre.

Pourquoi Villequier s'intéressait-il tant à lui ? Pourquoi avait-il lancé cet homme à ses trousses ? Poulain aurait voulu rattraper Lacroix pour régler cela l'épée à la main, mais seule son épouse comptait pour l'instant. À l'abri de la haie, il sortit de sa sacoche un froc de franciscain obtenu d'un moine de Trappes, l'enfila, cacha le fourreau de son arme dessous et reprit le chemin qui le conduirait à la porte Saint-Honoré.

Catherine de Clermont-Dampierre, jeune veuve du comte de Retz, avait épousé Albert de Gondi, banquier richissime et ami de Catherine de Médicis, devenu maréchal de France. Il avait alors repris le titre de Retz, et la reine mère avait transformé le comté en duché.

Le duc de Retz n'était pas vraiment un familier du roi, même s'il l'avait accompagné en Pologne à la demande de Catherine de Médicis, mais il était riche, bon capitaine, et surtout n'avait jamais penché pour la Ligue, même si, profondément catholique, il avait été un des instigateurs de la Saint-Barthélemy. Premier gentilhomme de la chambre de Charles IX, il était tombé en disgrâce avec le nouveau roi, remplacé par Villequier dans sa charge. Cependant, depuis quelques mois, le roi l'invitait à nouveau au conseil et l'écoutait. De surcroît, Henri III admirait sa femme qui faisait partie de l'académie royale et parlait grec, latin et italien.

Retz possédait plusieurs maisons à Paris et sa femme un hôtel près du Louvre, mais leur plus fastueuse demeure se trouvait sur le chemin du faubourg Saint-Honoré, à peu près au niveau des Tuileries, non loin de la porte[1]. C'était aussi une maison forte entourée de hauts murs à échauguettes et surveillée par une importante garde. Richelieu avait dit à Nicolas Poulain que la duchesse s'y était réfugiée en ces journées troublées.

Il se présenta donc en franciscain et demanda à voir l'intendant. On lui refusa l'entrée, arguant que le duc était chez la reine mère. Il insista, expliqua qu'il apportait d'importantes nouvelles de la cour et du roi parti la veille. Le capitaine des gardes accepta finalement de le conduire à l'intendant à qui Poulain précisa avoir une lettre pour la duchesse.

Celle-ci lisait avec ses dames de compagnie. Catherine était une fort jolie femme au visage en losange et au regard pénétrant. Il lui donna un nom fantaisiste, puis lui tendit la lettre qu'elle lut sous le regard intrigué des autres dames. Quand elle eut terminé, elle

---

1. À l'emplacement actuel de la place Vendôme.

ordonna qu'on la laisse seule avec le visiteur, ce qui était contraire à toutes les règles de bienséance.

— Sa Majesté me demande de faire un courrier à ma cousine, l'abbesse de l'Ave-Maria, pour qu'elle traite bien deux femmes emprisonnées chez elle et les autorise à recevoir leur famille.

— C'est cela, madame.

— Qui sont ces femmes ?

— L'une est l'épouse d'un serviteur du roi, et l'autre une de ses amies. La Ligue ne tolère pas que le roi garde des fidèles.

Elle resta silencieuse un instant, se mordillant les lèvres d'hésitation. Son mari avait joué un rôle important à la cour de Charles IX, mais il était désormais plus à la reine mère qu'au roi. Malgré cela, elle ne pouvait refuser cette requête. En revanche, elle devinait que personne ne devait savoir ce qu'elle allait faire, car elle allait agir contre la Ligue, une organisation qui avait désormais tous les pouvoirs dans Paris. Quant à sa cousine l'abbesse, elle ne doutait pas qu'elle accepterait tant elle l'aimait. Ne l'avait-elle pas autorisée à construire son tombeau dans l'église ?

Elle s'approcha d'un secrétaire, s'assit, tailla une plume et écrivit à vive allure, d'une belle calligraphie. Poulain resta éloigné, ne cherchant pas à lire.

Ayant fini, elle jeta un peu de poudre sur l'encre, plia la lettre, fit chauffer de la cire au bougeoir et cacheta le pli avec un gros cachet de cuivre.

— J'ai écrit exactement ce que me demandait le roi, monsieur. Je ne veux pas en savoir plus.

— Merci, madame.

— Vous n'êtes pas franciscain ? s'enquit-elle.

— Non, madame. Vous m'avez percé à jour.

Il tenta un sourire, mais elle ne répondit pas à son appel.

— Se vêtir en prêtre est péché mortel puni de mort, aussi enlevez vos bottes et vos éperons quand vous rentrerez dans Paris, remarqua-t-elle. On les aperçoit sous votre robe.

Les bottes dans sa gibecière, il passa la porte sans qu'on ne lui demande rien. Les quelques ligueurs qui tenaient le passage rançonnaient les passants mais ne demandaient rien aux moines.

Très vite, Nicolas fut frappé par le calme qui régnait et la tristesse qu'affichaient les habitants. Il avait quitté la veille une ville enflammée, couverte de barricades avec des pelotons d'hommes armés et cuirassés à tous les coins de rue, or tout cela avait disparu. Les barricades étaient démantelées, même s'il restait des barriques et des poutres abandonnées. Le silence avait remplacé le fracas. Certes, les troupeaux d'animaux bêlant et beuglant étaient de retour, les chariots d'approvisionnement circulaient à nouveau, les colporteurs lançaient leur complainte pour appeler le chaland, la boue et les odeurs étaient toujours présentes, ainsi que la puanteur, mais la foule grouillante manquait. Les échoppes étaient ouvertes, mais personne n'attendait devant les tablettes. Il n'y avait ni presse ni bousculade. Il ne vit aucun chanteur de rue, ni joueur de vielle ou marchand d'orviétan. Même les mendiants et les coupe-bourses n'étaient plus là.

En revanche, il croisa de lugubres processions de moines portant croix ou reliques, ainsi que quelques prédicateurs redoublant d'invectives contre le roi, mais que personne n'écoutait.

Il avait tellement faim, n'ayant rien mangé depuis son départ, qu'il s'arrêta devant un marchand de châtaignes grillées. Un homme aussi sombre de peau que ses châtaignes.

— La ville a changé depuis hier, plaisanta Nicolas.

— Pour sûr ! Je n'ai rien vendu ce matin. Croyez-vous que le roi va revenir ?

— J'en doute !

L'homme grimaça son inquiétude.

— S'il ne revient pas, ce sera la ruine. On dit que tant et tant de gens l'ont rejoint. Paris ne peut pas vivre sans la cour.

— Bah, il y a Mgr de Guise !

— Ce n'est pas pareil ! Et s'il s'en va, lui aussi ? S'il retourne à Joinville ? Que deviendrons-nous ?

Poulain s'éloigna en décortiquant ses fruits, à la fois amer et réjoui en constatant combien la crainte de la misère avait refroidi le fanatisme. Déjà, beaucoup désiraient le retour du roi. Mais il doutait que les choses s'arrangent si vite. Paris devrait apprendre à vivre sans la cour et sans les officiers de la couronne. Il songea à la charge de lieutenant criminel qu'il briguait. Quelle chance avait-il désormais de l'obtenir ? Puis il chassa cette idée : il devait uniquement s'occuper de sa femme et de ses enfants.

La rue de la Tonnellerie remontait vers les Halles, cet ancien quartier qui s'appelait les Champeaux quand Philippe Auguste y avait fait construire des marchés. Ici, la plupart des maisons étaient construites sur des poteaux, aussi l'appelait-on parfois les Piliers des Halles. Habituellement, le passage sous ces galeries, jusqu'à la barrière des sergents, en bas de la rue Montmartre, était difficile tant l'affluence était grande. Mais ce samedi, il put marcher à bonne allure, ignorant les étals vides des fripiers et des tapissiers.

Près de Saint-Eustache, il ne croisa que des processions. Certaines, martiales, où les moines en robe troussée avaient tous un casque sous leur capuchon, une rondache peinte aux armoiries de Guise pendue au dos, une brigandine sous leur froc avec épée et poignard au baudrier, et une hallebarde sur l'épaule gauche. D'autres, dévotes, dont les chants liturgiques lancinants étouffaient le grincement des enseignes.

Jamais, il n'avait vu la ville si morne et si triste. Les rues, encore plus malpropres et nauséabondes que d'habitude, provoquaient un sentiment de délabrement et d'absence d'autorité. La barrière des sergents était déserte. En l'absence de guet, dès cette nuit les truands commenceraient leurs pillages.

Au coin de la rue Mauconseil, un marchand d'oublies lançait sans y croire :

Oublie, Oublie Hoye à bon prix,
Pour les grands et pour les petits !

Il en acheta deux et, remarquant le théâtre fermé, il fila vers le sentier conduisant à la tour.

Il avait frappé plusieurs fois à la porte quand enfin il entendit la voix de Mario.

— Je suis un ami de Lorenzo. Je suis déjà venu, lança-t-il.

Les verrous furent tirés. Mario le reconnut, et s'il parut surpris de le voir vêtu en franciscain – un déguisement qui pouvait lui valoir la hart – il n'en laissa rien paraître.

— Lorenzo est là ?

— Non, il est allé voir vos amis.

Cela n'arrangeait pas Nicolas. Il n'avait pas envie de mêler Mario à leurs affaires, surtout si elles tournaient mal.

Serafina apparut. Elle avait entendu et était descendue, croyant au retour de Lorenzo. Elle aussi écarquilla les yeux en le reconnaissant sous sa robe.

— Vous avez besoin d'aide ? demanda-t-elle.

— Oui, mais je ne veux pas vous compromettre…

— Venez chez moi, proposa Mario.

En silence, ils montèrent sous les combles, Serafina les suivait.

Dans la chambre de Mario se trouvaient son gendre et le prince des sots que Poulain avait vu quelques fois dans la rue. Il était coiffé de son étrange chapeau à grelots.

— Vous connaissez Nicolas Joubert ? C'est le régisseur de la Confrérie des sots et des enfants sans souci, dit Mario. Monsieur est ami de Francesco et de Pietro, précisa-t-il à l'attention du prince des sots.

— Jamais je n'ai vu un aussi bon Judas que Pietro ! grinça Joubert, la face réjouie. Dommage qu'on ne puisse plus jouer ! Le théâtre distrayait le peuple, regretta-t-il en forçant sur son dépit. Où va-t-il aller pour se consoler ?

— Dans la rue ! Nous avons assisté à une tragédie, hier, répliqua sombrement Poulain.

— Une tragédie ? Pas du tout ! Si je savais écrire, je ferais une magnifique comédie de ces deux journées.

— Ah ! dit Poulain sur la réserve, ignorant les idées du prince des sots.

— J'appellerais ça la comédie des deux ânes ! grimaça Joubert de façon si drôle que tout le monde sourit.

— Pourquoi ? s'enquit Mario.

— Parce que les deux Henri ont fait les ânes ! L'un pour n'avoir pas eu le cœur d'exécuter ce qu'il avait entrepris alors qu'il en avait les moyens, et l'autre pour avoir laissé échapper la bête qu'il tenait en ses filets.

— Le premier âne n'était sans doute pas assez sanguinaire, ironisa tristement Poulain.

— Les ânes le sont rarement ! ricana Joubert en secouant la tête, ce qui fit sonner les grelots. Monsieur

Poulain, ajouta-t-il, brusquement sérieux. Votre épouse est enfermée à l'Ave-Maria avec celle de Pietro. Usez de moi si vous en avez besoin...

Poulain regarda Mario, Flavio, puis Serafina, tous graves.

— J'ai là une lettre à porter au Drageoir Bleu, dit-il en sortant un pli de sa robe, mais je ne peux m'y rendre. L'épicier est mon beau-père.

— J'y vais, promit Joubert en saisissant le pli. Que dois-je dire ?

— Prenez de leurs nouvelles, rassurez mes enfants, dites-leur que je vais bien et que je viendrai les chercher, demanda-t-il d'une voix émue. À mon beau-père, expliquez qu'il doit porter cette lettre avant ce soir à l'abbesse de l'Ave-Maria. Quand elle l'aura lue, elle lui laissera voir sa fille. Il me racontera, ensuite.

— Vous restez ici ? demanda Mario.

— Non, moins on me verra, mieux ce sera pour vous.

— Restez dîner, au moins. Il y a ce qu'il faut en bas.

Il accepta.

Ce fut un repas de bouillie d'orge, de pois et d'un pâté de charcutaille (encore que pour la charcutaille, Poulain eut l'impression qu'on la sortait spécialement pour lui). Pendant qu'il mangeait, Mario lui racontait ce qu'il avait entendu dans la matinée.

La forteresse de la Bastille était au duc de Guise qui en avait nommé gouverneur Jean Le Clerc. Mais la réalité était que Le Clerc en avait pris possession au nom de la Ligue et n'avait pas voulu la rendre à Guise ! Il y avait enfermé le prévôt des marchands, M. Hector de Perreuse, et les échevins loyaux.

— Peut-être seront-ils plus en sécurité là-bas, remarqua Poulain.

— Sans doute, approuva Mario, car on raconte que beaucoup de politiques ont été tués ce matin, seuls les plus chanceux ont été arrêtés. M Séguier et son frère, comme quelques autres officiers, sont tout de même parvenus à quitter Paris. Ce sont les Seize qui commandent désormais, car ils tiennent la milice. Guise croit être le maître, mais il a encore moins de pouvoir qu'Henri le bougre.

Ainsi il n'y avait plus de lieutenant civil, sans doute plus de police sinon celle des commissaires ligueurs, se dit Poulain. Le désordre allait immanquablement s'installer. Il songea à aller rendre visite à Rapin, le lieutenant criminel, puis au commissaire Chambon dès qu'il aurait délivré sa femme.

Deux heures plus tard, il arrivait au Porc-Épic, ayant emprunté une houppelande râpée à capuchon aux comédiens. Il raconta ce qu'il avait vécu à ses deux amis si heureux de le revoir si vite. Surtout, il parla de la lettre. Le prince des sots avait dû la porter à son beau-père qui devait être en chemin, ou même qui était déjà à l'Ave-Maria. Caudebec, qui guettait dans l'échauguette, confirma qu'un couple s'était présenté au couvent juste avant qu'il n'arrive.

Ils n'avaient donc qu'à surveiller sa sortie.

Nicolas s'installa devant la meurtrière pendant qu'Olivier lui racontait à son tour ce qu'ils avaient fait. C'est-à-dire pas grand-chose, car le couvent n'avait pas eu de visiteur. Il avait donc eu le temps d'écrire une longue lettre à M. de Mornay dans laquelle il avait raconté l'emprisonnement de Cassandre. Ainsi son beau-père ferait tout pour qu'un échange avec des prisonniers guisards soit possible. Il avait aussi raconté les évènements qu'ils avaient vécus, et les découvertes qu'ils avaient faites sur Boisdauphin et Belcastel. En revanche il n'avait rien dit du convoi de Juan Moreo, sachant que sa lettre pouvait être saisie, et n'ayant pas les moyens de la chiffrer. Il avait aussi précisé qu'on pourrait les trouver en passant plusieurs fois devant l'Ave-Maria avec un manteau rouge. Venetianelli avait porté cette lettre chez Sardini, pour que son valet d'armes la fasse parvenir à M. de Mornay.

Une grosse heure s'était écoulée quand Nicolas Poulain vit la porte de l'Ave-Maria s'ouvrir et ses beaux-parents sortir. Le cœur battant le tambour, il descendit avec Olivier sur ses talons.

Dans la rue, les parents de Marguerite ne savaient où diriger leurs pas. Les évènements des jours précédents avaient brisé toute leur énergie, et de voir leur fille avec… cette femme… les avait encore plus désemparés, même si Marguerite leur avait dit qu'elle lui devait tout.

Nicolas se précipita vers eux, ne cherchant même pas à savoir s'ils n'avaient pas été suivis.

— Nicolas ! s'exclama son beau-père.

Poulain mit l'index devant sa bouche.

— Suivez-nous… Comment vont-elles ?

— À peu près bien, mais…

Il hésitait à parler de l'autre femme devant Haute-ville.

20.

Le lendemain, ce fut la douleur qui réveilla Cassandre. Son flanc la brûlait, tout un côté de son corps était raide. Avec l'aide de Marguerite, elle parvint pourtant à se redresser et s'asseoir. La minuscule cellule puait les excréments et le sang. À la lumière venant de l'archère, elle regarda ses mains, d'une saleté repoussante, puis sa robe, déchirée, répugnante, raide de sang séché. Elles n'avaient plus de pot pour les commodités et étaient affamées.

En boitillant, elle alla à la porte et frappa.

Personne ne vint et elle frappa à nouveau, puis elle se mit à crier et, enfin, une voix retentit :

— Silence !

— Je veux de l'eau pour me laver, du linge, un autre seau et du pain !

— Je vais demander.

Une heure s'écoula durant laquelle Cassandre avait ôté son bas de jupe, sa vertugade, sa cotte et sa chemise, délaçant même sa basquine pour que Marguerite puisse voir la blessure du fouet. C'était une noire meurtrissure qui partait du dessous du sein gauche jusqu'à la cuisse droite. Il n'y avait pas de plaie mais elle mettrait des semaines à disparaître.

C'est à ce moment que Marguerite aperçut la longue lame dans son fourreau attaché sur la cuisse par des lanières. Elle eut un mouvement de recul.

Cassandre eut un sourire dur en sortant la lame pour lui en montrer la longueur et le tranchant.

— Ne craignez rien, avec ça, on s'évadera !

Marguerite sourit. Elle reprenait courage. Elle nettoya son amie avec le jupon et l'eau qui restait dans la cruche, mais très vite il n'y eut plus d'eau.

Quand elles entendirent des bruissements de l'autre côté de la porte, elles se précipitèrent. On passa par le trou un pain, une autre cruche d'eau et un pot pour les commodités, mais celui-là était en terre cuite. Elles rendirent la cruche vide.

— Je vais finir de vous laver, proposa Marguerite.

— Non, on ne sait pas quand on aura encore de l'eau, il nous faudra boire. Je mets mon jupon et mangeons, dit-elle en souriant. Je suis affamée !

Le reste de la journée fut occupé au nettoyage de la cotte et du bas de jupe. Elles les frottèrent contre les pierres du mur et les brossèrent avec les mains pour atténuer les taches mais ne purent faire disparaître les odeurs. Cassandre se rhabilla entièrement et se brossa les cheveux avec les mains. Déjà les poux s'y multipliaient et tombaient en grappes de ses cheveux rien qu'en y passant les doigts.

La nuit arriva. On ne vint pas les réveiller et, le lendemain, elles eurent droit à un autre pain, du seigle dur plein de paille. Toute la journée Marguerite parla de ses enfants et sanglota tandis que Cassandre réfléchissait à un moyen de fuir. Vêpres avaient sonné dans le couvent quand retentirent les bruits familiers de la porte qu'on ouvrait.

C'était la sœur colosse, mais sans bâton.

— Mesdames, fit-elle avec déférence, vous avez une visite. Suivez-moi au parloir.

Cassandre la considéra un instant. Et si c'était un piège ? Voulait-on les séparer, ou la punir ?

— Qui est-ce ? demanda-t-elle sans bouger.

— Les parents de Mme Poulain.

À ces mots, Marguerite s'était précipitée, Cassandre derrière elle.

Elles descendirent de la tour par l'escalier à vis, passèrent la pièce à l'unique fenêtre et entrèrent dans le parloir.

L'épicier et sa femme étaient là, debout, visages décomposés mais pleins d'espoir. L'abbesse était avec eux.

— Mesdames, j'ai reçu une demande de ma cousine, la duchesse de Retz, pour vous autoriser à recevoir ces personnes. J'ai accepté, mais étant contrainte d'obéir aux ordres de M. Louchart, je vous demanderai de ne pas lui en parler. Vous aurez droit à une visite par semaine, tous les samedis à cette heure-ci.

— Pierre et Marie ? demanda immédiatement Marguerite.

— Les enfants vont bien, rassure-toi. Nous sommes rentrés chez nous ce matin, mais la maison a été mise à sac, il y a beaucoup de travail.

Sa mère lui tendit un petit sac de toile :

— Il y a une brosse à cheveux et du miel, dit-elle timidement à l'abbesse.

Celle-ci prit le sac, vérifia le contenu et le donna à Marguerite.

— Nous avons besoin de plus, exigea Cassandre : du vinaigre, du vin de romarin pour lutter contre les poux, d'une couverture.

Comme l'abbesse hochait la tête, les parents de Marguerite paraissaient en pleine confusion, n'ayant pas immédiatement reconnu l'épouse de M. Hauteville dans cette femme autoritaire, aux cheveux sales et en désordre, à la robe répugnante et qui sentait si mauvais.

Leur fille se rendit compte de leur embarras.

— Père, mère, sans Mme de Saint-Pol, je n'aurais pu survivre. Elle s'est battue pour moi, pourtant elle est la fille de Mgr Louis de Condé, la petite-fille de Saint Louis.

Elle se signa et les épiciers restèrent interloqués. Cette femme, une princesse? Leurs regards passèrent de Cassandre à l'abbesse qui restait impénétrable.

— Je reconnais ne pas être très élégante ainsi, admit Cassandre en souriant. Mais j'ai eu un différend avec un de mes serviteurs cette nuit…

Elle planta ses yeux dans ceux de l'abbesse qui les baissa.

— Comment va-t-il? demanda-t-elle d'une voix froide.

— Il est mort, balbutia l'autre, en faisant un signe de croix.

— Qu'il brûle en Enfer! siffla Cassandre.

Les deux épiciers restèrent pétrifiés à ce brutal échange. Que s'était-il passé? La haine était palpable entre la fille de Condé et l'abbesse. Ils n'osaient plus dire un mot.

— Le roi saura que nous sommes prisonnières, leur déclara alors Cassandre avec une grande douceur. Il nous fera libérer… gardez confiance, votre fille rentrera bientôt chez vous.

Ne sachant que dire les deux épiciers embrassèrent Marguerite et partirent le cœur gros. On ramena les deux femmes dans leur prison.

Le lendemain dimanche, les deux prisonnières furent autorisées à se laver au puits de la basse cour avant l'office. À l'occasion de cette messe fut aussi célébré le service funèbre de l'homme que Cassandre avait tué à coups de pot de chambre. Quand il commença, elle sortit de l'église.

Au Porc-Épic, les beaux-parents de Nicolas Poulain relatèrent l'entretien. Si Poulain fut rassuré, Olivier resta partagé. Que s'était-il passé au couvent ? Pourquoi son épouse avait-elle tué un homme ? Il savait qu'elle en était capable, mais la cause devait en être terrible. Avait-il tenté de la violenter ? Toutes ces questions se bousculaient, mais les épiciers ne pouvaient répondre sinon que la dame qu'ils avaient vue leur était apparue sûre d'elle et en bon état physique, même si sa chevelure était parsemée de croûtes de sang.

Avant qu'ils ne partent, Nicolas leur remit cent écus et leur dit qu'il préviendrait le changeur du Pont-au-Change à qui il avait confié dix mille livres pour qu'ils aillent chercher ce dont ils avaient besoin afin de remettre leur boutique en état. Il leur dit aussi qu'Henri III lui avait promis vingt mille écus et qu'il ferait le nécessaire pour que les deux femmes soient libérées. Olivier renchérit en assurant que le roi de Navarre ferait aussi tout son possible. Peut-être y aurait-il échange de prisonniers.

Lacroix s'était vite rendu compte qu'il avait perdu Nicolas Poulain. Il n'en fut pas affecté, car il s'y attendait. Si pendant trois ans cet homme était parvenu à tromper la Ligue, c'est qu'il savait semer le plus adroit suiveur.

Mais dans son genre, Lacroix était aussi un homme talentueux. Il avait déjà rattrapé bien des hommes pour M. de Villequier, à commencer par l'amant de sa femme, et il disposait d'autres moyens pour retrouver Poulain. Pour l'instant, il avait faim et soif.

Il passa si facilement la porte Saint-Honoré que cela l'étonna. Il n'y avait ni gardes du roi ni guet bourgeois, seulement quelques va-nu-pieds qui fouillaient uniquement ceux qui sortaient de Paris pour voler leurs bagages.

Il suivit la rue jusqu'à l'ancienne porte Saint-Honoré avant de tourner à droite dans la rue des Poulies. Le porche de l'hôtel de Villequier était fermé. Il frappa plusieurs fois avant qu'on ne l'interpelle par l'échauguette. Il se nomma, on le reconnut, et on le fit entrer.

La plus garde partie de la garde de M. de Villequier, ainsi que ses serviteurs, étaient encore là. Il fit appeler l'intendant et se fit servir à dîner en pensant à son maître et à ce qu'il lui avait ordonné.

C'est à la fin de l'année précédente que Mayneville avait demandé à M. de Villequier d'interroger Nicolas Poulain. On le sait, Poulain n'avait rien reconnu et Villequier avait rassuré Mayneville, puis ne s'était plus intéressé au lieutenant du prévôt jusqu'au jour où il avait découvert dans le cabinet du roi un document détaillant les entreprises de la Ligue.

C'était le mémoire qu'Henri III avait demandé à Nicolas Poulain d'écrire pour le marquis d'O. Villequier en était resté stupéfait. D'abord plein de rage pour avoir été trompé, puis inquiet quant à son avenir auprès de Guise, il avait envoyé Lacroix chercher Poulain qu'il comptait jeter dans un cachot avant de le livrer aux Lorrains ; mais le lieutenant du prévôt s'était méfié et avait refusé de venir.

Puis il y avait eu les barricades, et Poulain avait abattu ses cartes en se rendant ouvertement au Louvre prévenir le roi !

Tout cela Lacroix le savait. Villequier, autant par colère que par calcul, voulait se venger. Il l'avait appelé le vendredi soir, à Trappes, et lui avait ordonné de ne pas perdre des yeux Nicolas Poulain. S'il quittait le roi et retournait à Paris, il devait le suivre, le retrouver, et le tuer comme il l'avait fait pour l'amant de sa femme.

Ensuite il ferait savoir à Guise que Poulain était bien un espion et qu'il l'avait châtié. Ainsi, sa position future ne serait pas ébranlée.

Après l'incompréhensible échec de sa tentative de se saisir d'Henri III sur la route de Vincennes, la duchesse de Montpensier était restée découragée. Elle avait été trahie, elle en était certaine. Mais par qui ? Il y avait tant de monde le soir où elle avait annoncé son entreprise, dans la salle des jésuites ! Elle se jura d'agir à l'avenir sans informer les Seize.

Sur ces entrefaites son frère était entré dans Paris. Elle était d'ailleurs avec Catherine de Médicis quand il s'était présenté en pourpoint immaculé, beau comme un dieu. Elle avait tremblé, tout en admirant son courage, quand il était parti seul pour le Louvre, puis la journée des barricades avait soigné ses plaies. Le roi allait enfin tomber entre ses mains. Elle le tondrait elle-même avec les ciseaux d'or qu'elle portait à sa ceinture avant de l'enfermer aux hiéronymites !

Toute la journée du vendredi, elle avait attendu avec impatience qu'on lui annonce que le Louvre était à la Ligue, mais on l'avait finalement prévenue que le bougre s'était enfui, comme un lâche.

Décidément, elle ne connaissait que l'échec ! Elle pensa à nouveau à cette malédiction qui la poursuivait, à Hauteville qui en était certainement la cause, et elle retomba dans un tel découragement qu'elle dut s'aliter.

Son frère lui envoya son médecin qui diagnostiqua la présence dans son organisme d'humeurs morbides. Son traitement fut celui qu'on appliquait en pareil cas pour les éliminer : la saignée et les purgatifs associés à des lavements réguliers.

Après deux jours de traitement, elle ne put plus se lever. Elle confia alors au capitaine Cabasset qu'elle subissait un maléfice, mais qu'elle ignorait qui lui avait jeté ce sort.

Cabasset n'avait pas peur de la mort. S'il savait que la camarde l'appellerait un jour, il ne la redoutait pas, jugeant que quand viendrait la pesée de son âme, ses bonnes actions l'emporteraient sur les mauvaises. Seulement le Diable et la sorcellerie relevaient d'un autre monde que celui de Dieu, un monde dont il ne savait pas se protéger. Apprenant que Mme de Montpensier était envoûtée, il fut terrorisé et supplia le curé Boucher de venir la délivrer. Celui-ci arriva le dimanche après les barricades, accompagné de Jean Prévost, le curé de Saint-Séverin.

Si Cabasset craignait le Diable, Boucher, lui, n'y croyait pas. En revanche, il était sûr d'une chose : maintenant que les Lorrains étaient les maîtres de Paris, on ne pouvait laisser courir la rumeur que la duchesse était ensorcelée. Les Parisiens, qui avaient peur de tout, étaient bien capables de se détourner de la Ligue en l'apprenant. Ce serait une arme redoutable que de faire croire que la Ligue avait une origine diabolique ! En l'absence de Cabasset, il pratiqua donc quelques opérations d'exorcisme et conclut qu'il n'y avait plus d'envoûtement.

Cela ne parut pas faire sortir la duchesse de son état d'extrême faiblesse. Pour tenter de la réconforter, les deux prêtres lui racontèrent qu'ils préparaient une grande procession durant laquelle tous les Parisiens porteraient des cierges, en chantant : « Dieu, éteignez la race des Valois ! »

Mais même ce séduisant projet ne la fit pas sortir de son abattement.

— Tant que le Valois sera vivant, leur affirma-t-elle, je resterai sous ce maléfice qui me ronge, je le sais... et ce sort empêchera mon frère de parvenir au trône. Il ne suffit pas de demander la fin de la race des Valois, il faut le faire !

— C'était une erreur d'envoyer ce Pierre de Bordeaux si loin pour faire disparaître Navarre. Il aurait dû s'occuper du roi. Cela aurait été plus facile à Paris, soupira Boucher.

Elle battit faiblement des paupières pour en convenir.

Le curé jugea que c'était le bon moment pour proposer une idée qui lui trottait dans la tête depuis quelques jours.

— Vous souvenez-vous, madame, que Bordeaux avait un cousin ?

— Oui... M. Cabasset m'en avait parlé. Un jeune sot qui souhaitait venger son parent, mais qui avait plus de jactance que de courage, murmura-t-elle.

— C'est ce que je croyais aussi, d'autant qu'il était ivre du soir au matin. Pourtant, il s'est courageusement battu contre les Suisses sur le pont Notre-Dame, et durant les émeutes, il a toujours été au premier rang des combats, ne craignant pas d'affronter la mort.

— Vous pensez vraiment qu'il pourrait s'en prendre à Navarre ?

— Ce n'était pas mon idée, madame. Clément semble haïr autant notre bougre de roi que l'Antéchrist. Vous l'auriez vu entraîner moines et clercs durant ces glorieuses journées ! Il serait entré dans le Louvre...

Il laissa sa phrase en suspens avec un léger sourire.

— Vous suggérez qu'il pourrait s'attaquer au roi ? demanda-t-elle.

Brusquement un peu de couleur apparut sur ses joues. Le curé Boucher s'en aperçut et poussa son calcul.

— Il en serait bien capable, madame.

— Il faudrait l'envoyer à la cour, fit-elle à mi-voix.

— Il faudrait surtout le convaincre, madame. S'il est pris, son sort sera effroyable.

— Ne m'aviez-vous pas dit qu'il voulait devenir prêtre ou moine, comme son cousin ?

— Oui, madame, il voudrait devenir jacobin, mais sans appui, c'est impossible pour quelqu'un qui n'a rien.

— Il aura mon soutien. Je donnerai ce qu'il faut au couvent de la rue Saint-Jacques. Ensuite, vous lui parlerez, vous lui expliquerez que Dieu l'a choisi, qu'il est l'élu…

Elle s'anima et se redressa dans son lit.

— Vous lui direz que s'il était entré dans le Louvre, il aurait eu la vie du bougre entre ses mains, mais que les forces du mal sont parvenues à sauver Hérode. Il doit donc repartir en mission pour notre Seigneur et se rendre à la cour, là où elle se trouve.

Pendant qu'elle parlait ainsi, Boucher approuvait de la tête, les yeux réjouis.

Jean Prévost, le curé de Saint-Séverin, restait plus sombre, car il redoutait de s'engager dans un mauvais chemin. Il avait confessé Clément et il se souvenait de ce que le clerc lui avait dit :

— Je ne crois pas devenir prêtre un jour, mon père, car on m'a fait remarquer que l'anagramme de *frère Jacques Clément* c'est : *C'est l'enfer qui m'a créé !*

21.

Pour délivrer leurs épouses, le plan qu'avaient préparé Olivier et Nicolas était on ne peut plus simple. Ils forceraient la porte du couvent, ils tueraient ceux qui se trouveraient sur leur chemin et feraient sortir les deux femmes de leur cachot avant de s'enfuir.

Cette entreprise se heurtait pourtant à plusieurs difficultés : ils n'étaient que trois, ils ne savaient pas combien de gardiens étaient dans l'Ave-Maria, et surtout ils ignoraient où Cassandre et Marguerite étaient enfermées. Certes, les beaux-parents de Nicolas leur avaient à peu près indiqué le chemin suivi pour aller au parloir, mais ils n'avaient pas songé à examiner les lieux en vue d'une évasion. Ils ne pourraient le faire que lors de leur prochaine visite.

Le dimanche, au milieu de la nuit, Poulain entendit des sanglots qui provenaient de la salle du cabaret. Il alluma une chandelle et, avec ses compagnons, ils descendirent pour découvrir leur cabaretier la tête entre les bras, vautré sur la table, ivre et pleurant toutes les larmes de son corps. Apitoyés, ils s'assirent près de lui pour tenter de connaître les raisons de son état, et peut-être de le consoler.

Leur aubergiste, qui s'appelait Guitel, était angevin et vivait seul. Poulain pensait que sa femme l'avait quitté, ou qu'elle était morte. Il s'apprêtait à lui dire qu'il en trouverait facilement une autre (ce dont il ne pensait pas un mot!) quand le cabaretier s'expliqua.

Entre deux sanglots, il raconta que son frère avait été arrêté à Angers pour blasphème, mais c'était une fausse accusation lancée par un débiteur qui ne voulait pas le payer. La cour qui l'avait jugé étant dirigée par des ligueurs, on l'avait condamné à être pendu et étranglé. Ayant fait appel, il avait été transféré à Paris où un nouveau procès aurait lieu. Tout cela, c'était un colporteur venant d'Angers qui le lui avait appris. Pour l'instant, il ignorait où son frère était emprisonné et quand aurait lieu son procès. Il craignait qu'il ne soit enfermé dans des conditions inhumaines tant il savait ce qui se passait au Grand-Châtelet. Il n'osait se renseigner, car il avait peur d'être poursuivi lui aussi, n'étant pas très assidu à la messe et à confesse.

Poulain le rassura, lui affirmant que le procès en appel aurait lieu au parlement, et que les conseillers étaient fort tièdes envers la Sainte Ligue. Mis en confiance, le cabaretier leur dit avoir deviné que des amies à eux étaient emprisonnées par la Ligue dans l'Ave-Maria. Ce qu'Olivier confirma en précisant que c'étaient leurs épouses.

Le lundi, tandis que les autres dormaient encore, Nicolas Poulain, affublé de sa houppelande de gros drap à capuche, se rendit rue des Bons-Enfants. Il resta un moment à surveiller une maison et quand il vit l'homme au double menton sortir, il le rattrapa.

— Monsieur Frinchier, appela-t-il à voix basse.

L'autre jeta un regard méfiant au crocheteur avant de le reconnaître.

— Vous! fit-il sans plus d'étonnement, malgré son double menton qui ballotta plusieurs fois, peut-être d'inquiétude.

— Marchons un moment, je suis recherché.

— Je sais, passons par là.

L'huissier l'entraîna dans un passage entre deux maisons qu'on utilisait comme raccourci et ils s'arrêtèrent devant un potager.

— Je vous croyais parti avec le roi.

— Je suis revenu, j'ai des affaires à régler. Mais ce n'est pas pour cela que j'ai besoin de vous. Je cherche des renseignements sur un homme qui va être jugé pour hérésie au parlement. C'est le frère d'un ami.

— C'est délicat, fit l'huissier, visiblement mal à l'aise, surtout en ce moment. Que voulez-vous savoir ?

— Où il est emprisonné, comment se présente son affaire…

— Je peux essayer, mais je ne vous promets rien. J'ai des amis au parlement, mais ils sont prudents. Comment s'appelle-t-il ?

— Guitel, c'est un appel de la cour présidiale d'Angers.

— J'irai au palais dans la semaine. Passez vendredi, comme ce matin, je vous dirai ce que j'ai appris.

— Vous alliez au Louvre ? demanda Poulain.

— Que puis-je faire d'autre ? Je ne suis pas un politique, sourit-il, et j'ai besoin de savoir ce que je vais devenir…

Mardi, ils apprirent que la sainte union commençait à épurer les offices royaux et le corps de ville. Les premiers touchés furent les intendants des finances, leurs commis et leurs proches que les bourgeois ligueurs arrêtèrent et mirent à la Bastille. Encore eurent-ils de la chance, car le peuple voulait les massacrer et les noyer dans la rivière. Le cabaretier leur annonça aussi qu'une assemblée bourgeoise avait élu M. de La

Chapelle prévôt des marchands, à la place de M. de Perreuse, et choisi de nouveaux échevins et officiers. Les capitaines de la milice fidèles au roi avaient été chassés ou arrêtés.

Pour en savoir plus, Poulain se rendit chez M. Chambon, le seul commissaire non ligueur du Châtelet, mais il avait disparu. Rapin, le lieutenant criminel, n'était pas plus chez lui. Devant l'hôtel du lieutenant civil Séguier, on avait mis une pancarte avec les mots : *Valet à louer*. Tous les officiers de la couronne se terraient ou étaient partis, quand ils n'étaient pas en prison. Leur maison était parfois mise à sac ou simplement occupée par les vainqueurs. Ainsi, la duchesse de Montpensier s'était-elle installée dans l'hôtel de Montmorency. Comme la reine mère avait trouvé inconvenante une telle spoliation, la sœur de Guise lui avait répondu que les vainqueurs avaient tous les droits.

Au fil des jours, les clients du Porc-Épic s'habituèrent à la présence de Hauteville, Poulain et Caudebec que le cabaretier présenta comme de sa famille. Il parvint aussi à éviter toute visite du dizainier du quartier, mais c'était une situation qui ne pouvait s'éterniser. Dans la chambre, chacun surveillait à tour de rôle le porche d'entrée de l'Ave-Maria. Le couvent avait peu de visites : un homme portait de gros pains noirs deux fois par semaine et un prêtre venait tous les jours célébrer la messe. Le mardi, ils virent arriver Louchart accompagné de deux archers. Le commissaire resta moins d'une heure et ils auraient donné cher pour savoir ce qu'il était venu faire. Le jeudi, ce fut une femme en litière qui entra seule, son valet et son équipage l'attendant dans la rue. Le reste du temps, ils virent seulement sortir deux femmes, domestiques ou cuisinières, qui revinrent avec des légumes.

Nicolas Poulain passa plusieurs fois devant la porte du couvent afin de découvrir un moyen de se faire ouvrir, mais il y avait dans le mur un judas grillagé qui permettait d'interroger les visiteurs et de vérifier que personne n'était dissimulé. Il était impossible de pénétrer de force.

Il y avait bien sûr l'église de l'Ave-Maria, mais la porte intérieure qui la faisait communiquer avec le couvent était particulièrement massive. Ils apprirent d'ailleurs qu'elle n'était ouverte pour les religieuses que lorsque la porte de l'église était fermée. Les moniales et les fidèles ne se rencontraient jamais.

Venetianelli vint leur porter d'autres armes et chercha un moyen d'entrer. Il fit plusieurs fois le tour du couvent avec Sergio qui, comme funambule, était capable, malgré sa rondeur, de grimper très facilement sur un toit, d'autant qu'il y avait quelques habitations qui s'appuyaient sur les murs d'enceinte. Mais ils ne découvrirent aucun passage accessible.

Heureusement le désordre qui régnait en ville ne permettait pas aux dizainiers et cinquanteniers d'être pointilleux. D'après le cabaretier, qui écoutait les conversations de ses clients mariniers, les crimes crapuleux sous couvert de la religion se multipliaient dans Paris. Un nommé Mercier avait été attaqué à neuf heures du soir dans sa maison de Saint-André-des-Arts par deux ligueurs qui l'avaient poignardé et jeté dans la rivière sous prétexte qu'il était hérétique.

Il y avait aussi les exactions des gens de guerre du *Balafré* qui forçaient les portes des maisons bourgeoises pour arrêter leurs propriétaires accusés d'être huguenots ou politiques (ces deux termes étant désormais équivalents!). Ils assuraient les conduire auprès du duc de Guise pour être interrogés, mais en chemin ils les rançonnaient en les menaçant de leur couper la gorge.

Ces infâmes brigandages, ce fut Frinchier qui les raconta à Nicolas quand il vint le vendredi. L'huissier avait obtenu quelques renseignements sur le frère du cabaretier. Ce n'étaient pas de bonnes nouvelles. L'Angevin était enfermé à la Conciergerie et le procureur qui instruisait son affaire était ligueur. Dans ses premières conclusions, il avait requis non qu'il soit pendu mais brûlé tout vif comme abominable hérétique, calviniste et athéiste !

Le pauvre Guitel parut assommé quand Nicolas lui rapporta ces nouvelles le soir même. Il resta longuement silencieux, les yeux hagards et les mains tremblantes.

— Vous pourrez aller le voir à la Conciergerie, lui dit Poulain, et au moins soulager ses derniers jours.

— Mon frère… mon frère… murmurait le pauvre homme.

Il ne demanda même pas s'il y avait quelque espoir qu'il soit acquitté. La mort était si courante qu'elle était acceptée comme une fatalité.

— Je vous donnerai dix écus, promit Poulain. Renseignez-vous à la Conciergerie. Contre cette somme, l'exécuteur l'étranglera avant d'allumer le bûcher.

Le cabaretier opina entre deux sanglots. Il connaissait l'usage.

Le samedi, les beaux-parents arrivèrent en pleurs au Porc-Épic après la visite à leur fille. Cette fois, ils en savaient plus sur la prison des deux femmes, celles-ci ayant dit qu'elles étaient enfermées dans une tour, sans doute la tour Montgomery. Ils expliquèrent ensuite que Louchart était venu dans la semaine pour déclarer à Marguerite qu'elle passerait en jugement au Châtelet pour hérésie et que son mari serait jugé par contumace. Le commissaire lui avait juré qu'elle serait condamnée à être brûlée. L'exécution ne serait commuée en enfermement dans un couvent que si Nicolas se rendait. Depuis cette visite, Marguerite pleurait tous les jours.

Nicolas avait serré les poings, se jurant intérieurement qu'il tuerait Louchart.

Quant à Cassandre, le commissaire lui avait expliqué savoir qui elle était, mais ne pas l'avoir dénoncée à la Ligue. Comme elle n'avait pas paru comprendre où il voulait en venir, il lui avait dit crûment qu'il la libérerait contre une rançon puisqu'elle était noble.

Nicolas rassura ses beaux-parents comme il le put, leur promettant à nouveau qu'il ferait rapidement sortir Marguerite et Cassandre de leur prison. Avant de partir, l'épicier ajouta que Louchart était revenu chez eux et avait tout fouillé en vain. Tout avait déjà été pris lors du pillage durant la journée des barricades.

Le lendemain dimanche, Nicolas et Olivier se rendirent à la messe à l'église de Saint-Leu-Saint-Gilles, rue Saint-Denis. C'était une entreprise bien imprudente, car ils pouvaient être reconnus, mais avec leur visage dissimulé sous leur capuchon de crocheteurs et leur barbe ni taillée ni brossée, ils pensaient qu'on ne ferait pas attention à eux. Ils avaient décidé de suivre Louchart après la messe, et de le tuer comme de la vermine.

Seulement le commissaire ne vint pas à l'église. Poulain, qui savait où il habitait, s'y rendit, mais sa maison était fermée. Louchart avait disparu! Avait-il deviné que Nicolas Poulain et Olivier Hauteville étaient sur ses traces? Se terrait-il quelque part? Ils convinrent de le suivre lors de sa prochaine visite à l'Ave-Maria, et de découvrir ainsi où il logeait. Mais en attendant, ne sachant à quoi s'occuper et redoutant de rester inactifs, seuls avec leur peur, ils décidèrent de s'intéresser à nouveau à Boisdauphin et au capitaine Clément.

Vêtus de leurs loques de crocheteurs et après avoir donné une poignée de liards au mendiant qui occupait la place, ils s'installèrent à quelques pas du porche du couvent de Cordeliers. Olivier, qui était le seul à connaître Clément, ne l'aperçut pas. En revanche, en fin d'après-midi, ils virent Boisdauphin sortir de la Croix-de-Lorraine avec quatre gentilshommes. Ils les suivirent. Les gens de Guise prirent leurs chevaux dans une écurie proche et se rendirent à l'hôtel de Clisson.

Sans doute devaient-ils y souper, car nos amis attendirent une couple d'heures sans les voir sortir, aussi rentrèrent-ils au Porc-Épic, où Caudebec s'était morfondu pour rien.

Le lendemain se déroula de la même façon, sauf que ce fut Olivier qui resta à surveiller l'Ave-Maria. Les autres retournèrent aux cordeliers où, comme la veille, Boisdauphin et ses amis partirent souper à l'hôtel de Guise. Les mêmes faits se reproduisirent le surlendemain, mais quand ils revinrent au Porc-Épic, Nicolas, dont c'était le jour de surveillance, leur annonça avoir retrouvé le commissaire Louchart. Il était venu à l'Ave-Maria accompagné de quatre archers et d'un homme qui semblait être un greffier. Quand ils étaient repartis, Nicolas avait abandonné sa surveillance pour les suivre jusqu'au Petit-Châtelet.

Poulain était resté un moment près du guichet d'entrée de la prison, dans le passage voûté entre le petit Pont et le bas de la rue Saint-Jacques. Ne voyant pas ressortir Louchart, il s'était adressé à un huissier pour savoir si le commissaire était toujours à l'intérieur. L'autre lui avait répondu qu'il y était d'autant plus qu'il y avait élu domicile! Avec sa femme, le ligueur occupait le logis situé au deuxième étage de la tour surplombant la Seine. Le commissaire avait quitté sa maison de la rue Saint-Denis car, membre du conseil des Seize, il avait jugé n'y être plus en sécurité, avait expliqué l'huissier.

— Dans le Petit-Châtelet, il sera intouchable, fit remarquer Olivier.

— Il devra bien sortir, remarqua Caudebec.

— Oui, mais s'il est avec des archers ?

— Il suffit de s'approcher, de tirer un coup de pistolet et de filer, proposa Nicolas.

— Autour du Petit-Châtelet, c'est impossible, on sera pris tant il y a du monde, remarqua Olivier. Et si on passe toute la journée là-bas à l'attendre, nous serons vite repérés.

Ils restèrent silencieux. N'y avait-il donc aucun moyen de mettre Louchart hors d'état de nuire ?

Un peu plus tard, comme ils soupaient dans la salle, le cabaretier leur apprit que la garde de la porte Saint-Jacques avait arrêté treize mulets transportant la vaisselle d'argent et les meubles du duc d'Épernon. Il leur dit aussi que le roi quittait Chartres pour Rouen, ville plus sûre, car M. de Montpensier en était gouverneur, et surtout qu'il venait de convoquer les États généraux à Blois.

Ainsi, Henri III continuait de gouverner le pays. Guise avait Paris – qui en réalité était dirigé par les Seize – et apparaissait désormais comme un rebelle, même s'il assurait au monde entier être un fidèle serviteur du roi. On rapportait d'ailleurs que, souhaitant rencontrer les ambassadeurs étrangers, ceux-ci lui avaient répondu n'avoir rien à lui dire, sauf Mendoza bien sûr, qui non seulement s'était mis à son service mais lui avait proposé des troupes pour marcher sur Rouen. Ce que le duc avait refusé.

Ces dernières nouvelles rassurèrent un peu les trois hommes, mais tant que la Ligue et les Seize faisaient la loi, ils ne voyaient pas comment empêcher Louchart de mettre en œuvre ses menaces.

Venetianelli vint les voir le lendemain, jeudi de l'Ascension, et ils s'ouvrirent à lui de leurs difficultés. Le comédien leur proposa alors un plan.

Le vendredi 27 mai, à peine ouvrait-on les portes de l'Hôtel-Dieu que Poulain s'installa sous le porche de l'hôpital, un vestibule gothique entouré de bancs de pierre ouvrant sur la rue du Marché Palu. Très vite il y eut affluence de mendiants et de malades, car le porche était l'entrée de la grande salle. Au milieu de ces malheureux, on ne pouvait le remarquer et il avait une vue complète sur le passage du petit Pont.

Il n'eut pas longtemps à attendre pour voir passer Louchart sur sa mule, sans ses archers d'escorte. Il le suivit jusqu'au Grand-Châtelet, son pistolet à rouet serré sous sa houppelande à capuche, en quête d'une occasion favorable. Nicolas Poulain éprouvait une telle haine pour cet homme qu'il l'aurait tué aussi facilement qu'on écrase un cafard, mais la foule était si pressante dans les rues de la Cité qu'il ne put parvenir à ses fins sans risquer d'être pris sur-le-champ. Louchart resta quelques heures au tribunal avant de revenir sans que Nicolas ne puisse lui tirer dessus.

Sur les conseils de Venetianelli, ils s'étaient réparti la surveillance du Petit-Châtelet. Tandis que Nicolas restait du côté de l'Île, dans le porche de l'Hôtel-Dieu, Olivier battait du tambour rue Saint-Jacques en compagnie de *Il Magnifichino*, Sergio et Serafina qui se livraient à des turlupinades.

Bien sûr, Olivier n'aperçut pas Louchart. En revanche, il vit passer Boisdauphin et ses amis qui, sans doute, se rendaient à l'hôtel de Guise pour souper.

Le lendemain, après leur visite au parloir de l'Ave-Maria, les beaux-parents de Nicolas vinrent de nouveau au Porc-Épic. Comme la semaine précédente, ils étaient en larmes. Louchart avait annoncé à Cassandre qu'il exigeait cent mille livres pour la libérer. Sinon, il la remettrait à Mme de Montpensier qui promettait une récompense équivalente. L'épouse d'Olivier avait accepté, tout en exigeant que Marguerite soit libérée en même temps qu'elle, ce que Louchart avait refusé. Le procès de Marguerite, et sa condamnation, étaient donc toujours prévus.

Les trois hommes convinrent qu'il fallait au plus vite faire disparaître le commissaire. Le lundi, ce fut Poulain et Caudebec qui partirent pour le petit Pont tandis qu'Olivier restait à surveiller l'Ave-Maria. Ce jour-là, Louchart se rendit en mule chez M. de La Chapelle, rue Saint-Germain-l'Auxerrois, et comme la semaine précédente, Poulain n'eut aucune occasion d'utiliser pistolet ou dague. Caudebec, lui, était rue Saint-Jacques avec les comédiens.

Le lendemain Louchart se rendit à la Bastille, cette fois avec ses archers, mais Poulain ne put s'approcher de la forteresse et rentra furieux au Porc-Épic.

— Il sera impossible de lui tirer dessus avec un pistolet, dit-il à Olivier. Si encore il était à pied, ce serait plus facile de le daguer discrètement…

C'est après le retour de Caudebec, et avoir bien réfléchi, que Nicolas demanda au protestant de se rendre le lendemain rue de la Heaumerie pour acheter la plus petite arbalète de poing qu'il puisse trouver ; chose qu'il ne pouvait faire, étant trop connu des marchands. Les petites arbalètes étaient utilisées pour tuer les nuisibles, ce qui conviendrait parfaitement pour un malfaisant comme Louchart. Avec cette arme silencieuse et discrète, il approcherait le commissaire et, même dans la foule, il pourrait lui envoyer une fléchette de fer dans la gorge.

Le mercredi, Caudebec revint avec un engin dont le mécanisme à ressort n'avait guère de puissance mais qui était certainement mortel à deux ou trois toises. Nicolas l'attacha sous son bras droit, invisible dans la houppelande, et s'entraîna à le déclencher de la main gauche. Le carreau de fer était court mais perçait un morceau de bois large d'un demi-pouce.

Le jeudi, Poulain et Hauteville restèrent ensemble mais leur attente fut vaine, car Louchart ne se montra pas. Comme ils rentraient le soir, terriblement abattus et mortellement inquiets pour leurs épouses, ils aperçurent dans la rue de Jouy un homme en manteau rouge qui semblait attendre. Se pouvait-il que ce soit un envoyé de Navarre ? Intrigué, Olivier s'approcha et reconnut l'épaisse barbe qui encadrait le regard audacieux et calculateur de M. de Rosny !

Ce dernier le reconnut aussi, malgré ses hardes de miséreux et sa barbe en broussaille, pourtant il ne dit mot et détourna la tête. Rosny avait l'habitude des missions secrètes.

— Suivez-moi, monsieur, lui glissa Olivier en se retournant pour revenir vers ses amis avec une indifférence forcée.

Au carrefour avec la rue Percée, il entraîna Rosny dans un petit passage entre deux maisons, tandis que Caudebec et Nicolas se rendaient directement dans le cabaret. La traverse conduisait aux anciens jardins de l'hôtel du prévôt transformés en vergers et potagers. Ils arrivèrent ainsi au pied d'une échelle que Nicolas avait placée à la fenêtre arrière de leur chambre. Ainsi, en cas de danger, ils pouvaient fuir rapidement, et à l'inverse ils pouvaient recevoir discrètement des visiteurs. C'était d'ailleurs le chemin qu'utilisait Venetianelli.

Dans la chambre, Rosny fut fêté, accolé, embrassé, et on le laissa s'expliquer tandis que Poulain lui servait du clairet frais dont il avait pris un pichet en montant.

— Si je m'attendais à vous voir, monsieur ! lui dit Caudebec.

— Vous auriez dû ! Auriez-vous oublié la devise des Rosny : *Quo Jussa Jovis* : Je vole où Jupiter m'envoie ! M. de Mornay a porté votre mémoire à Mgr le roi de Navarre, monsieur de Fleur-de-Lis. J'étais avec lui à ce moment-là, et ils m'ont chargé de venir vous aider et de vous dire ce qui a déjà été fait. Monseigneur a écrit au roi et à sa mère, leur demandant de tout faire pour sortir Mmes Poulain et de Saint-Pol de leur prison. Si c'est nécessaire, il écrira à Guise, mais pour l'instant il a préféré s'abstenir.

— Il a bien fait, dit Olivier qui songeait à Mme de Montpensier.

— Elles sont toujours dans l'Ave-Maria ?

— Oui, monsieur.

Il décrivit la situation des deux femmes, l'impossibilité qu'il y avait de les faire évader et les abominables intentions du commissaire Louchart.

— Nous n'avons plus beaucoup de temps avant que Louchart ne mette ses menaces à exécution. Nous avons donc décidé de le tuer. Depuis quelques jours, nous cherchons une occasion, ce qui n'est pas facile, car il s'est enfermé dans le Petit-Châtelet. Aujourd'hui, nous étions prêts, mais il n'est pas sorti. Montre ton arbalète, Nicolas…

Nicolas se leva et dressa un bras, appuyant sous le poignet avec l'autre main. Il y eut une sorte de sifflement et une flèche d'acier s'enfonça dans le mur.

Rosny haussa un sourcil admiratif, puis lança à Olivier ce regard pénétrant, légèrement ironique, qu'il avait toujours avant d'exprimer son désaccord.

— Que se passera-t-il une fois Louchart mort ? s'enquit-il.

— J'aurai sauvé ma femme, affirma Poulain.

— Est-ce certain ? Louchart veut s'enrichir, or on peut toujours négocier avec les gens cupides. Tandis qu'une fois mort, votre femme et Mme de Saint-Pol tomberont aux mains de la Ligue et ces fanatiques les transféreront ailleurs. Si c'est à la Bastille, perdez tout espoir. Ce peut même être pire si on les met au For-L'Évêque. Plutôt que de tuer Louchart, proposez-lui une somme qu'il ne pourra refuser.

— Il veut cent mille livres seulement pour Cassandre, mais nous n'avons pas cet argent.

— Offrez-lui le double ! Peu importe le montant puisque vous le tuerez au moment de l'échange ! Proposez que ce soit la banque Sardini qui paye la rançon, vous attaquerez Louchart quand il s'y rendra.

Ils se regardèrent. Le baron de Rosny avait sans doute raison. L'échange aurait forcément lieu hors du couvent. Si c'était à la banque Sardini, ils pourraient facilement organiser un guet-apens.

— Demain, je verrai mes beaux-parents avant qu'ils n'entrent dans l'Ave-Maria. Ils ne rencontrent nos épouses que devant la mère supérieure, mais ils pourront leur faire part de cette proposition à mots couverts. Mme de Saint-Pol pourrait ensuite demander à l'abbesse de faire revenir M. Louchart après Pentecôte.

— L'affaire pourrait donc se conclure la semaine prochaine… déclara le baron. Je dois me rendre chez moi, à Rosny, pour Pentecôte. J'avais obtenu une sauvegarde pour mon château et mes biens, ce qui me tranquillisait, mais je viens d'apprendre que ma maison est touchée par la peste. Ma femme aurait perdu la plus grande partie de ses domestiques. J'ai donc des mesures à prendre, mais je vous promets que je serai de retour mardi. Maintenant, monsieur de Fleur-de-Lis, parlez-moi de Belcastel et de Boisdauphin, puisque vous les avez retrouvés…

— Belcastel est mort. Il a été tué par des truands sans avoir eu l'occasion de rencontrer Boisdauphin. Ce dernier loge à l'auberge de la Croix-de-Lorraine, qui n'est pas celle de la place du cimetière Saint-Jean comme je le pensais, mais celle de la rue des Cordeliers. Il y était encore la semaine dernière et on l'a suivi quand il allait souper à l'hôtel de Guise. Il s'y est rendu plusieurs fois.

— Vous n'avez pas eu l'occasion de lui parler ?

— Jamais, mais il commandait des troupes ligueuses place Maubert, durant la journée des barricades.

— Combien de serviteurs a-t-il quand il va souper à l'hôtel de Guise ?

— Quatre ou cinq, répondit Olivier avec un geste indécis.

— Et si nous l'attendions un soir ? Nous pourrions régler ça l'épée à la main. Une fois soumis à notre volonté, nous l'interrogerions et ne lui laisserions la vie sauve que s'il nous dit la vérité.

Rosny était un soldat pragmatique, partisan des solutions directes, radicales, et il ne s'embarrassait pas de considérations morales, et puis un guet-apens était à cette époque dans la nature des choses.

— C'est possible, reconnut Poulain. Le chevalier du guet a été démis et il n'y a plus de rondes dans Paris. Nous serions tranquilles. Mais nous ne sommes que quatre…

— On peut compter sur Venetianelli, intervient Caudebec.

— Qui est Venetianelli ? demanda Rosny.

— Un comédien habitué du rôle de Fracasse et de Scaramouche, mais le meilleur tireur à l'épée que je connaisse. Il était avec nous à Garde-Épée.

— À cinq, l'affaire est entendue, décida Rosny. Pourquoi pas demain soir ?

Le lendemain vendredi, Olivier resta avec Rosny à surveiller le couvent tandis que Nicolas Poulain s'installait devant les Cordeliers et François Caudebec se rendait à la tour de l'hôtel de Bourgogne expliquer à Venetianelli leur projet. Un duel avec des gentilshommes du duc de Guise ne pouvait que séduire *Il Magnifichino*. Caudebec en profita pour emporter des chausses et des pourpoints propres, ainsi que deux pistolets à rouet supplémentaires puisque leurs bagages étaient toujours là. Les deux hommes revinrent au Porc-Épic dans l'après-midi, mais malheureusement Nicolas Poulain rentra le soir sans avoir aperçu Boisdauphin. En revanche Louchart était venu au couvent, et en était reparti, accompagné d'une escorte de trois archers. Il n'avait pas fait transférer les prisonnières.

Avec le baron de Rosny, ils avaient longuement débattu de l'endroit où se passerait le guet-apens contre Boisdauphin. Il ne pouvait avoir lieu trop près de l'hôtel de Guise, d'où des renforts pouvaient arriver, mais descendre jusqu'à la rue Verrerie, c'était se rapprocher dangereusement de l'Hôtel de Ville où siégeait le guet bourgeois, sans compter les maisons nobles d'où des gentilshommes pourraient sortir et intervenir.

Finalement, la meilleure place restait la rue des Cordeliers. Après avoir ramené leurs chevaux à l'écurie, Boisdauphin et ses amis marcheraient jusqu'à la Croix-de-Lorraine. Le couvent occupait tout un pan de la rue, et même en entendant des clameurs, les religieux ne sortiraient pas. Quant aux autres maisons, elles n'étaient habitées que par des bourgeois certainement couards. Et puis, l'université étant perpétuellement un lieu de vacarme, personne ne ferait attention à une bataille entre gentilshommes.

Le samedi, Nicolas resta au Porc-Épic avec Rosny car il voulait attendre ses beaux-parents avant qu'ils n'entrent dans le couvent. Ce furent donc Caudebec et Olivier qui se rendirent aux Cordeliers. Cette fois, ils virent Boisdauphin et quatre de ses amis se rendre à leur écurie et prendre la direction de l'Île. Caudebec et Hauteville les suivirent à pied jusqu'à l'hôtel de Guise, puis ils tirèrent vers le Porc-Épic. Si Boisdauphin et ses amis dînaient, ils disposaient de quatre heures.

Lorsqu'ils arrivèrent, Nicolas leur dit avoir expliqué aux parents de Marguerite, avant qu'ils n'entrent dans l'Ave-Maria, ce qu'ils devaient transmettre aux deux femmes pour la rançon. En sortant, ils lui avaient rapporté qu'elles se portaient bien, même si elles étaient torturées par la faim, la vermine et surtout l'angoisse.

Ils se vêtirent proprement, s'armèrent, se recouvrirent de houppelande, sayon ou cape et partirent pour la rue des Cordeliers. Le temps était clair et c'était presque la pleine lune. On y voyait bien. Vers neuf heures du soir, ils se répartirent aux extrémités de la rue et se couvrirent d'un masque. À dix heures, ceux qui se trouvaient près de l'écurie virent les cinq cavaliers arriver. Ils paraissaient ivres et s'interpellaient bruyamment. Laissant leur monture (l'écurie restait ouverte une partie de la nuit), ils gagnèrent la rue des Cordeliers en chantant.

— Monsieur de Boisdauphin, interpella Olivier en les voyant arriver, j'ai une affaire à régler avec vous !

Il était au milieu de la rue. La main droite sur une hanche.

Boisdauphin s'arrêta, ainsi que ses quatre compagnons.

— Que veux-tu, maraud ? Un coup de canne ?

Ils s'esclaffèrent.

— Monsieur de Boisdauphin, je croyais que vous étiez gentilhomme, excusez-moi, je me suis trompé, vous n'êtes qu'un bélître !

— Corne bouc ! Vous allez vous faire couper les oreilles ! lança Boisdauphin en tirant son épée.

— Mais, vous êtes masqués, remarqua l'un des compagnons de Boisdauphin.

— Je suis masqué comme mes amis. Mais vous êtes cinq, et nous sommes cinq. Le combat sera égal.

Rosny sortit de l'ombre d'un porche, puis Venetianelli. Leurs rapières brillaient à la lueur de la lune.

— Un guet-apens ? Vous êtes des truands ? ricana un des guisards, avec un soupçon de crainte dans la voix.

— Non. Nous venons interroger M. de Boisdauphin sur M. de Belcastel, et venger le prince de Condé qu'il a assassiné, dit Caudebec qui se trouvait dans le dos des Lorrains.

À ces mots, Boisdauphin parut brusquement dégrisé. Il sortit sa main gauche dans un bruissement rapide, tandis que les autres se retournaient, découvrant Caudebec et Poulain.

— Des huguenots ! fit un des hommes en dégainant aussi. Ce sont des huguenots !

— Mon ami, je vais vous envoyer au royaume des taupes, annonça Boisdauphin en enroulant sa cape d'un rapide mouvement sur son bras gauche.

— Messieurs, dit Rosny en s'inclinant, nous n'avons affaire qu'à M. de Boisdauphin, vous pouvez vous retirer si vous avez peur.

— Peur ! grondèrent plusieurs voix.

Ceux qui n'avaient pas encore dégainé le firent, et sortirent aussi leur dague ou leur miséricorde.

— Dieu me damne, dit Boisdauphin, mais vous allez payer cher votre insolence !

Il cingla l'air de son épée et fit trois pas en direction d'Olivier, puis tomba en garde. Ses amis l'imitèrent, chacun choisit son adversaire.

Ils engagèrent le fer dans un grand silence. Pendant un moment, on n'entendit que le froissement des lames. Venetianelli, tombé sur un médiocre adversaire, s'amusa un moment à le serrer par une série de parades et d'assauts, le forçant à reculer avant de lui percer la cuisse. L'autre cria merci, lâcha sa lame, et *Il Magnifichino*, ayant envoyé rouler l'épée à dix pas d'un coup de pied, rejoignit Caudebec qui ferraillait contre un adversaire de sa force. Comme c'était l'usage dans les duels, les vainqueurs portaient main-forte à leur compagnon.

Maximilien de Béthune était engagé avec un jeune homme peu au fait des combats mortels, mais ayant reconnu le fils d'un de ses voisins de Rosny, il ne voulait pas le tuer et se contentait de l'égratigner jusqu'à ce qu'il se fatigue.

Poulain non plus ne cherchait pas à tuer son adversaire, mais quand celui-ci se fendit brusquement, il eut de la peine à retenir sa lame qui faillit lui traverser le poumon. L'autre comprit avoir échappé à la mort et devint aussi blafard que la lune. Il recula d'une semelle, ne cherchant plus désormais qu'à rabattre le fer du lieutenant du prévôt.

Seul Boisdauphin continuait à se battre pour tuer, mais Olivier Hauteville avait fait des progrès dans la *scienza cavalleresca*[1], et il se contentait de parer.

---

1. Nom que les Italiens donnaient à l'escrime.

Venetianelli, décidément le meilleur escrimeur de la troupe, lia son fer à l'adversaire qu'il partageait avec Caudebec et, d'un élégant mouvement du poignet, lui arracha sa lame. Caudebec se fendit et toucha le guisard au bras gauche, le forçant à lâcher sa dague. L'autre recula, devinant qu'il était mort s'il ne se rendait pas.

— Vous retirez-vous du combat ? demanda Caudebec en lui plaçant l'épée sous la gorge.

— Oui, monsieur. Vous avez ma parole.

Déjà Venetianelli était parti aider Olivier qui avait été touché à l'épaule, mais ce n'était qu'une estafilade. Quant à Rosny, il venait à son tour de faire rendre gorge au jeune homme qui lui remettait son épée.

Caudebec resta à surveiller les trois hommes qui s'étaient rendus, car une félonie était chose courante dans un duel. L'important n'était-il pas de vaincre ?

Poulain dominait toujours son adversaire à grands coups de taille, évitant pourtant de le navrer, et Boisdauphin se retrouva donc face à trois lames. Désormais, il ne cherchait plus qu'à sauver sa vie. Rosny le poussa de tierce et de quarte jusqu'au mur du couvent avant de lui lancer, comme il ne pouvait plus rompre :

— Monsieur, ne gaspillez pas votre vie inutilement. Nous ne souhaitons pas vous tuer.

Un instant, les épées s'arrêtèrent de voler.

— Que proposez-vous ? demanda Boisdauphin la gorge nouée.

— Rien de contraire à l'honneur. Nous vous questionnons sur une affaire, et vous répondez. Si vos réponses nous conviennent, nous partons, sinon, nous continuerons à en découdre.

— J'ai votre parole ? Êtes-vous gentilhomme ?

— Je suis Maximilien de Béthune, cela devrait vous suffire, lâcha Rosny avec hauteur.

— Rosny ? fit Boisdauphin, décontenancé.

— Rengainez un instant, monsieur, et faisons quelques pas, proposa Olivier.

Poulain aussi avait laissé un répit à son adversaire. Boisdauphin hésitait. Mais il devinait que poursuivre, c'était la mort assurée. Et il était curieux de savoir ce que M. de Rosny, un des ministres du roi de Navarre, lui voulait. Il salua, rengaina, puis se tourna vers ses amis.

— François, dit-il à celui qui avait la cuisse percée, comment vas-tu ?

— Je survivrai, mon ami. Et l'école de chirurgie n'est pas loin, répondit-il en grimaçant de douleur. Mais ne sois pas long, quand même…

Olivier, qui se tenait l'épaule, proposa à Boisdauphin de le suivre. L'autre s'exécuta et Rosny les accompagna.

— Monsieur de Boisdauphin, vous avez rencontré plusieurs fois M. de Belcastel à Saint-Jean-d'Angély et il vous a remis des plans.

— Vous savez cela ? Qui êtes-vous ?

— Je sais cela, et bien d'autres choses. M. de Belcastel vous a rejoint ici, et a été tué par des truands.

— C'est vrai, pauvre jeune homme.

— Madame la princesse est en prison, accusée d'avoir tué son mari avec la complicité de Belcastel. Quelle part y avez-vous pris ?

— Aucune, monsieur, sur mon honneur. Je peux vous dire ce qui en est, sans que personne ne soit poursuivi puisque tout le monde est mort, et que madame la princesse est accusée à tort. La princesse s'était convertie avec son frère, mais elle restait catholique de cœur. Son intendant, M. Brillaud, qui était son confident pour beaucoup de choses, le savait. Lui-même rendait parfois des services – contre espèces sonnantes, tout de même – à des catholiques de Saintonge. Au fil des mois, l'un d'eux lui a demandé des plans de fortifications, Brillaud n'y avait pas accès, mais le prince de Condé avait les plans dans son appartement. Il a convaincu la princesse d'en copier des parties, que cela sauverait la religion catholique. Elle l'a fait et le duc de Mayenne l'a appris. C'était une occasion unique de connaître les garnisons de plusieurs villes et il m'a envoyé. Sur place, j'ai vu Brillaud qui m'a présenté le jeune Belcastel. Celui-ci aimait tant la princesse qu'il était prêt à se convertir au catholicisme pour elle, mais il n'y a jamais rien eu entre eux. Hélas, j'avais à peine reçu quelques plans que le prince est mort. Belcastel me l'a juré, c'était une mort naturelle, car monseigneur souffrait depuis Coutras. Mais il a pris peur et s'est enfui. Moi-même suis reparti discrètement. Belcastel serait resté, il n'aurait jamais été suspecté.

— Et M. de Soissons ? demanda Rosny.

— Je n'ai aucun rapport avec lui.

— On m'a dit que vous aviez été à lui.

— C'est faux. Je l'ai vu deux fois à la cour. Je ne lui ai jamais parlé. Vous avez ma parole de gentilhomme.

— Et M. de Bordeaux ?

— Qui donc ?

— Pierre de Bordeaux, un jeune homme qui logeait à la Croix-de-Lorraine.

— Je ne le connais pas.

— Vous connaissez Clément, pourtant.

— Clément ?

— Le capitaine Clément.

— Ah, oui ! Ce jeune fou ! Je le prenais pour un ivrogne, mais je l'ai vu s'attaquer aux Suisses avec hardiesse.

— Où est-il ?

— Je l'ignore, je ne l'ai pas revu depuis les barricades. Peut-être s'est-il fait tuer.

Rosny lança un regard interrogateur à Olivier. Ils n'avaient pas d'autres questions, ou tout au moins de questions auxquelles Boisdauphin aurait répondu facilement.

— Monsieur de Boisdauphin, je vous salue, dit-il. Nous aurons l'occasion de vous revoir. Je souhaite seulement que ce ne soit pas les armes à la main.

— Qui êtes-vous, monsieur ? répéta l'homme de Guise.

— Fleur-de-Lis, je suis au service du roi de Navarre.

Boisdauphin hocha la tête.

— Assurez-lui que la princesse est innocente du crime dont on l'accuse, dit-il.

— Elle a tout de même trahi, remarqua sévèrement Rosny.

— Chacun son camp, monsieur ! Elle est catholique de cœur, ce n'est pas de la trahison.

Olivier le salua et fit signe à ses amis de le rejoindre.

Ils s'éloignèrent dans la nuit tandis que Boisdauphin resta quelques instants songeur. Ce duel avait été inutile, mais par chance personne n'était mort. Il souhaitait aussi revoir M. de Rosny et M. de Fleur-de-Lis, dans d'autres circonstances.

22.

Dans les heures qui suivirent l'arrestation de l'épouse de son maître et de Mme Poulain, Perrine fut submergée par un mélange de honte et de peur. De honte pour sa trahison, de peur tant elle craignait d'être mise en cause. Ces émotions cédèrent peu à peu la place aux remords. Que devenaient ces femmes au fond d'un cachot? Savoir que Mme Poulain ne reverrait peut-être jamais ses enfants l'empêchait de dormir et seul l'espoir de devenir servante d'une duchesse lui permettait d'apaiser sa honte.

Bien que Louchart lui eût promis de prévenir Mme de Montpensier, les jours passèrent et personne ne vint la chercher pour la conduire auprès de la sœur du duc de Guise. Près de trois semaines après sa dénonciation, ayant appris que la duchesse avait quitté l'hôtel du Petit-Bourbon pour l'hôtel de Montmorency, à quelques pas de la rue Saint-Martin, elle décida d'y aller.

Elle trouva une occasion le mercredi précédant la Pentecôte, sa tante étant sortie chez une amie et Le Bègue étant au palais de justice. Mme de Montpensier la reçut avec une grande froideur, persuadée que Hauteville avait quitté Paris et pensant que cette sotte venait seulement la supplier de la prendre à son service. Mais quand Perrine raconta en sanglotant ce qu'elle avait fait le jour des barricades, la duchesse entra en fureur.

Ainsi Cassandre de Mornay avait été arrêtée ! Elle était emprisonnée et le commissaire Louchart ne l'avait pas prévenue ! Elle donna une poignée d'écus à la servante et fit chercher Cabasset à qui elle raconta tout.

— On dirait que Louchart s'est établi à son compte ! ironisa-t-il. Je mettrais ma main au feu que la sainte union ignore que la fille de Condé est entre ses mains !

— Ce félon rapace a décidé de faire sa pelote, cracha la duchesse. Il a dû demander une rançon… Peut-être même cette femme est-elle déjà libre ! Trouvez-moi Louchart et amenez-le ici, je le ferai parler et je l'accrocherai par le col dans la rue pour que chacun sache le sort que je réserve aux traîtres !

— Ce serait imprudent, madame, jugea Cabasset après avoir balancé la tête un instant. Louchart est très populaire dans le quartier, et les relations entre la sainte union et votre frère ne sont pas au beau fixe. D'ailleurs, je doute que le commissaire vienne ici si je le convoque, ou alors il sera accompagné d'une escorte de ligueurs. Quant à le saisir chez lui ! Vous ne pouvez vous permettre de déclencher une guerre entre votre famille et les bourgeois de Paris.

Elle ravala sa rage, comprenant que Cabasset avait une fois de plus raison.

— Quand la force est impuissante, il reste encore la ruse pour vaincre, la rassura-t-il. Vous savez que le curé Boucher est prêt à entendre tout ce que vous lui direz. Racontez-lui que Louchart a emprisonné la femme de Nicolas Poulain. Qu'elle est de vos amies et que vous avez une dette envers elle. Que vous souhaiteriez lui faire passer quelques douceurs. Après tout, même si Poulain est traître à la Ligue, il n'y a pas de raison que son épouse en supporte les conséquences. Une fois que vous connaîtrez sa prison, j'irai la chercher.

— Il payera quand même sa félonie ! décida-t-elle après avoir accepté la proposition du capitaine. Je le ferai pendre !

Le vendredi, Louchart se rendit à l'Ave-Maria fort préoccupé. La veille, au Petit-Châtelet, il avait reçu le curé Boucher qui, ayant appris l'arrestation de la femme de Nicolas Poulain, voulait lui porter le secours de la religion et donc savoir où elle était enfermée. Évasif, le commissaire avait répondu qu'il se renseignerait, assurant ne pas savoir où elle avait été transférée.

Il n'avait plus de temps à perdre. Si Boucher savait – il ignorait comment – qu'il tenait l'épouse de Poulain, dans quelques jours les deux femmes ne seraient plus à lui. Il devait obtenir la rançon au plus vite et protéger ses arrières. Il avait donc décidé de faire transférer Marguerite Poulain à la prison du For-l'Évêque pour la livrer à la justice du Châtelet.

C'est ce qu'il annonça aux deux femmes, avant de leur décrire les abominables conditions d'incarcération au For-l'Évêque où les détenues étaient enchaînées dans les sous-sols au milieu de la vermine et des excréments. S'étant repus des sanglots de terreur de Marguerite, il lut ensuite à ses prisonnières un jugement du parlement concernant deux femmes qui venaient d'être condamnées.

— ... C'étaient les filles de M. Fourcaud, un éminent procureur au parlement, hélas hérétique. Cela ne les a pas protégées, conclut-il. Elles seront brûlées en place de Grève à la fin du mois. Vous subirez le même sort ! Votre procès sera rapide, madame Poulain, car la trahison de votre mari envers notre Sainte Ligue catholique prouve clairement son appartenance au calvinisme…

— C'est faux ! hurla Marguerite.

— Nous verrons si vous niez toujours quand je vous ferai donner la question ! jeta-t-il d'un ton méprisant. Je pensais que votre époux viendrait se livrer pour obtenir votre libération, mais il ne l'a pas fait. Il ne doit guère tenir à vous.

— Je peux payer rançon, dit calmement Cassandre, qui avait frémi en entendant le nom des deux filles condamnées au bûcher.

C'était d'elles que son père lui avait parlé avant son départ.

— Comment feriez-vous ? demanda-t-il avec dédain.

— Le banquier Scipion Sardini me fera crédit. Vous vouliez cent mille livres pour ma liberté ? Je vous offre cinquante mille écus pour nous deux.

Depuis que Louchart lui avait parlé de rançon, Cassandre avait réfléchi à un moyen de piéger le commissaire, et comme elle ignorait ce que le baron de Rosny avait proposé, elle avait ourdi son propre plan. Un plan qui ne nécessitait pas d'embuscade.

Cinquante mille écus ! Louchart vacilla à l'idée de cette fortune.

— J'écrirai une lettre que vous viendrez chercher le lundi de Pentecôte pour la porter à M. Sardini, poursuivit-elle. Quand il aura rassemblé la somme, il vous le fera savoir et vous nous conduirez chez lui. C'est là-bas qu'aura lieu l'échange.

— C'est bien compliqué, grimaça Louchart.

— Je n'ai aucune confiance en vous, et pour cent cinquante mille livres, vous pourrez vous payer une escorte pour nous emmener rue du Fer-à-Moulins. Prenez cent hommes avec vous, si vous avez peur ! lui jeta-t-elle avec mépris.

— On fera comme ça, mais pas de trahison, sinon…

— Il n'y aura pas de trahison, d'ailleurs vous lirez la lettre avant de la porter.

Louchart partit satisfait. Avec cinquante mille écus, il pourrait acheter une belle terre et se retirer. En revanche, il était ennuyeux de perdre la femme de Poulain, car quand la sainte union l'apprendrait, on l'accuserait de double jeu. Après y avoir réfléchi, il décida qu'il annoncerait que les deux femmes s'étaient évadées durant un transfert au For-l'Évêque. Aussitôt, il ferait arrêter les parents de Mme Poulain pour complicité, ainsi que ses deux enfants. Quant au jour où aurait lieu l'échange, il engagerait une troupe de traîne-rapières pour se protéger.

Revenons trois semaines en arrière pour suivre maintenant le capitaine des gardes de M. de Villequier.

Lacroix prit une chambre à l'hôtellerie du Fer à Cheval pour surveiller le Drageoir Bleu. Tôt ou tard, jugeait-il, Nicolas Poulain prendrait langue avec ses beaux-parents pour voir ses enfants.

Il se faisait porter ses repas dans sa chambre et resta toute la semaine à guetter patiemment. Le samedi après dîner, les épiciers fermèrent leur boutique plus tôt que leurs voisins et partirent. Il les suivit jusqu'à l'Ave-Maria, les vit parlementer un moment avec le concierge et entrer. Villequier lui avait dit que Mme Poulain était enfermée dans le couvent et que Mme de Retz serait sollicitée pour écrire une lettre à l'abbesse. D'une façon ou d'une autre, Nicolas Poulain était parvenu à la donner à ses beaux-parents.

Tout en se demandant comment le lieutenant du prévôt avait fait, Lacroix attendit dans le porche de l'église de l'Ave-Maria. Moins d'une heure plus tard, il les vit sortir en pleurs et se rendre dans le cabaret du Porc-Épic. Sans doute voulaient-ils se réconforter après ce qu'ils avaient vu. Il resta éloigné et attendit longtemps. Enfin, il les vit repartir et rentrer chez eux. À aucun moment Poulain, ou un autre, ne les avait approchés, ce qui lui parut incompréhensible.

Il reprit sa surveillance avec encore plus d'attention la semaine suivante. Tous les jours, il s'usa vainement les yeux en examinant les clients du Drageoir Bleu. Dépité, il se demandait s'il n'allait pas plutôt faire le guet devant le couvent quand, le samedi après-midi, il vit à nouveau les épiciers fermer leur boutique avant les autres et partir pour l'Ave-Maria. En sortant, ils se rendirent une nouvelle fois au Porc-Épic.

Cette deuxième visite piqua sa curiosité. Qu'y avait-il au Porc-Épic? se demanda-t-il en examinant la façade du cabaret. Il comprit rapidement en observant la position de la tourelle par rapport au porche de l'Ave-Maria : Poulain était caché au Porc-Épic et surveillait le couvent depuis l'échauguette! Ses beaux-parents venaient certainement lui faire un compte rendu après avoir vu leur fille! Peut-être préparait-il une évasion! Il retourna au Fer à Cheval sans attendre, méditant sur ce qu'il devait maintenant préparer.

Il lui fallait avant tout savoir si Poulain était seul. Villequier lui avait rapporté qu'une Mme de Saint-Pol était aussi emprisonnée au couvent mais il ignorait de qui il s'agissait. Se pouvait-il que des proches de cette femme soient avec Poulain?

Comme le lieutenant du prévôt le connaissait, le capitaine des gardes ne pouvait entrer dans le cabaret. Il décida d'envoyer un des gardes de Villequier à qui il décrivit Poulain. Le garde vint le lundi après-midi et resta une grosse heure à boire un pichet de vin sans repérer quelqu'un ressemblant à la description que son chef lui avait faite. C'était normal puisqu'à ce moment Olivier et Nicolas Poulain surveillaient le Petit-Châtelet.

Son espion ne lui ayant rien appris, Lacroix revint le lendemain, avant le lever du soleil, pour s'installer sur une borne au coin de la rue du Figuier. De là, il apercevait à peine la porte du Porc-Épic mais on ne pouvait l'identifier. Le jour se leva et il vit deux hommes, l'un, petit, trapu, en sayon, l'autre de haute taille, en houppelande, sortir et se diriger vers lui. Il se leva avec nonchalance et descendit la rue du Figuier. Au bout d'un moment, il se retourna. Découvrant que les deux autres n'étaient pas derrière lui, il remonta la rue en courant et prit la rue de Jouy. Mais il ne les retrouva pas. Ils avaient disparu !

Il revint en arrière. Peut-être avaient-ils pris la rue des Nonandières vers la Seine ? Il l'emprunta hâtivement. Enfin, il les aperçut qui arrivaient sur la berge de la rivière.

Restant à distance, il ne les perdit plus de vue, ignorant cependant s'il avait bien affaire à Poulain. Comme il y avait déjà beaucoup de gagne-deniers sur la rive, on ne le remarqua pas. Quant à ceux qu'il suivait, ils ne se retournaient pas, n'imaginant pas être filés. Ils empruntèrent le pont Notre-Dame pour passer dans l'Île et poursuivirent jusqu'au petit Pont, mais arrivés à l'Hôtel-Dieu, ils se séparèrent. Celui à la houppelande s'installa dans le porche de la pharmacie, tandis que l'autre passait le pont vers l'Université.

Qu'est-ce que cela voulait dire ?

Un peu avant l'Hôtel-Dieu se dressait l'église Saint-Germain-le-Vieux dont une façade donnait sur la rue du Marché-Neuf. Il resta là à attendre, ayant vue sur l'entrée de la pharmacie de l'Hôtel-Dieu.

Moins d'une heure s'était écoulée quand il vit partir l'homme à la houppelande. Dissimulé dans une encoignure, il crut bien reconnaître la haute silhouette de Poulain. Rassuré, il le suivit jusqu'à proximité de la Bastille où il attendit un moment rue Saint-Antoine avant de rentrer au Porc-Épic. Qu'était-il venu faire par là? Suivait-il quelqu'un? C'était incompréhensible!

Le lendemain, il s'était installé en haut de la rue des Nonandières quand il vit sortir du cabaret la silhouette trapue en sayon. Il la suivit rue de la Heaumerie où, s'approchant de la boutique d'un armurier, il put examiner à loisir de qui il s'agissait. C'était un homme qu'il n'avait jamais vu, velu comme un ours, la quarantaine bien sonnée, et qui paraissait d'une robustesse peu commune. Leurs regards se croisèrent et Lacroix baissa les yeux. L'inconnu achetait une arbalète.

Pour le capitaine des gardes de Villequier, les choses s'éclairaient. Poulain et l'homme-ours suivaient quelqu'un pour le tuer et allaient utiliser l'arbalète à cet effet. Il s'interrogea sur ce qu'il pouvait faire. Il ne pouvait pas se débarrasser de Poulain si l'homme-ours était avec lui. Il revint le lendemain rue des Nonandières et, à nouveau, il vit la haute silhouette de Poulain sortir, cette fois accompagnée d'une autre personne à peu près de sa taille. Ce n'était pas l'homme-ours, donc ils étaient au moins trois au Porc-Épic.

Lacroix resta derrière eux jusqu'à l'Hôtel-Dieu et attendit près de Saint-Germain-le-Vieux. Mais, les deux hommes étant toujours dans le porche à midi, il jugea qu'il perdait son temps et décida d'abandonner sa surveillance, car durant sa surveillance, il avait échafaudé un plan.

Pour se débarrasser de Poulain et de ses amis, il n'avait qu'à recruter une dizaine de spadassins qui entreraient au Porc-Épic un soir avant la fermeture et feraient passer tout le monde à trépas. Avec l'insécurité qui régnait en ville, cela ne surprendrait personne.

Restait à trouver les assassins. Les gardes de Ville-quier ne pouvaient être mêlés à cette affaire, car il suffirait d'une indiscrétion pour que le roi l'apprenne. Engager des tueurs à gage était possible, mais hasar-deux, car Poulain savait bien se battre et les deux autres pouvaient être aussi de fins duellistes. Aussi, après avoir étudié plusieurs possibilités, Lacroix décida de demander l'aide de M. de Mayneville. Cette solution n'avait que des avantages : Mayneville pouvait utiliser les traîne-rapières du duc ; c'est lui qui avait le premier suspecté Poulain de trahison ; enfin, si le roi apprenait que c'était les Guise qui avaient tué Poulain, M. de Villequier resterait insoupçonnable.

Satisfait de son idée, Lacroix se rendit à l'hôtel de Guise où il dut attendre jusqu'au soir pour être reçu.

— Monsieur Lacroix ? Je n'ai guère de temps, com-mença Mayneville. Que me vaut l'honneur ? Vous n'êtes pas à Rouen au service de M. de Villequier ?

Embarrassé, Lacroix expliqua que son maître avait découvert la trahison de Poulain et lui avait demandé de faire justice. Tout en parlant, il observa avec un peu d'appréhension l'impassibilité du visage de Mayne-ville.

— Ce que vous me dites sur Poulain, monsieur Lacroix, je le sais. Il a trahi la Ligue, mais c'est de bonne guerre puisqu'il est au roi. S'il tombe entre nos mains, nous le pendrons, mais je n'ai nulle envie de perdre de temps à le traquer comme un truand.

— Mais je l'ai trouvé, monsieur ! Simplement, il n'est pas seul et j'ai besoin d'aide.

— C'est votre affaire, et celle de M. de Villequier, décida Mayneville, faisant comprendre que l'entretien était terminé.

— Poulain prépare une évasion, monsieur. Il continue à faire du tort à la Ligue, insista Lacroix.

— Une évasion?

— Sa femme est emprisonnée au couvent de l'Ave-Maria avec une Mme de Saint-Pol, et il veut les faire sortir.

— Mme de Saint-Pol?

Au cours des semaines passées, Mayneville avait rencontré la sœur du duc de Guise qui lui avait parlé de l'humiliation que la fille de M. de Mornay avait fait subir à sa famille. La duchesse de Montpensier, qui cherchait à se venger, lui avait dit aussi avoir appris que cette femme était en réalité une fille adultérine du prince de Condé et que le roi de Navarre en avait fait une dame de Saint-Pol.

Se pouvait-il que la Saint-Pol dont lui parlait ce fripon de Lacroix soit la même? La fille de Condé? C'était bien probable, puisque cette Saint-Pol avait épousé Hauteville, l'ami de Poulain.

Raison de plus pour qu'il ne s'en mêle pas, décida-t-il.

Mayneville était gentilhomme. Il était à Guise et avait des adversaires tant à la cour que chez le roi de Navarre. Mais il n'avait pas d'ennemi, et les liens de race entre gentilshommes passaient avant les animosités de partis ou de religions. Condé était prince de sang, un Mayneville ne toucherait pas à une petite-fille de Saint Louis.

Néanmoins, peut-être que Mme de Montpensier serait intéressée par ces informations. D'ailleurs, si elle apprenait qu'il connaissait l'emprisonnement de Mme de

Saint-Pol à l'Ave-Maria sans qu'il l'ait prévenue, il s'en ferait une ennemie.

— Monsieur Lacroix, allez voir Mme de Montpensier avec votre histoire, fit-il.

Lacroix partit fort dépité. Néanmoins, le lendemain, il se rendit à l'hôtel de Montmorency où on lui avait dit que logeait la sœur du duc de Guise. Là encore, il attendit dans une antichambre toute la journée.

Enfin la duchesse le reçut. Dès qu'il commença à raconter son affaire, elle fit appeler le capitaine Cabasset.

— Monsieur Lacroix, lui dit-elle quand il eut terminé, vous venez de me rendre un inestimable service.

Elle fit quelques pas jusqu'à une desserte sur laquelle se trouvait un coffret ciselé qu'elle ouvrit.

— Voici un diamant monté sur une broche. Vous le mettrez à votre toquet. N'ayez crainte, je m'occupe de M. Poulain… Je lui ferai payer ses trahisons, tout comme à Mme de Saint-Pol.

Lacroix partit satisfait, le diamant valait bien cent écus et sa mission était terminée. Il décida de rentrer à la cour sans attendre.

— Monsieur Cabasset, c'est le Diable qui nous a envoyé cet homme, s'exclama la duchesse après la sortie de Lacroix. Avez-vous des nouvelles du curé Boucher ?

— Oui, madame, Louchart lui a confirmé que Mme Poulain avait été arrêtée, mais qu'il ignorait dans quelle prison elle se trouvait. Il devait se renseigner et l'en informer.

— Le faquin ! Je saurai m'en remembrer ! gronda-t-elle.

Elle médita un instant, pendant que Cabasset restait impassible.

— Je vais d'abord me débarrasser de Poulain, décida-t-elle aigrement. Ensuite, je demanderai à mon frère un ordre pour qu'on me remette les prisonnières de l'Ave-Maria. D'après Lacroix, ils sont trois dans ce cabaret. Sans doute Hauteville est-il avec Poulain. Combien de temps vous faut-il pour rassembler une dizaine de bravi ?

— Une journée, madame. Je peux le faire demain.

— Vous pourriez donc vous occuper d'eux dimanche soir ?

— Sans doute, répondit le capitaine d'une voix égale.

— Faites-le, en essayant tout de même de garder Hauteville vivant. Lundi, c'est Pentecôte, vous irez donc mardi chercher Cassandre à l'Ave-Maria et je les enfermerai tous les deux dans mes caves.

Le lendemain samedi, Cabasset passa lentement à cheval devant le Porc-Épic et rien ne lui échappa. Le cabaret paraissait difficile à forcer avec son échauguette, ses grilles aux fenêtres et sa porte cloutée. S'il était fermé et rembarré, à moins d'utiliser un pétard, il serait impossible d'y pénétrer. Mais peut-être y avait-il une issue à l'arrière…

Il laissa son cheval dans une écurie de la rue Saint-Antoine et revint à pied par la rue Percée. Avisant un passage entre les maisons, il s'y engagea. Après avoir un peu erré dans les jardins, il trouva ce qu'il cherchait : il y avait même une échelle contre une fenêtre qui semblait bien être celle du Porc-Épic.

C'est par là que les spadassins entreraient, décida-t-il.

Il se rendit ensuite à la place du marché du cimetière Saint-Jean. À la Croix-de-Lorraine logeaient encore quelques-uns des nervis de l'attentat manqué de Bel-Esbat. Il les rassembla et leur expliqua leur affaire : il viendrait les chercher le lendemain à la nuit tombante pour entrer dans un cabaret par une fenêtre. Ils auraient trois hommes à tuer ou à capturer sans faire trop de bruit.

Le lendemain dimanche, après la messe, Cabasset resta longtemps à méditer dans la chambre qu'il occupait dans l'hôtel de Montmorency puis, l'après-midi, il fit seller son cheval et se rendit au Porc-Épic.

Le cabaret était fermé. Son cheval à la main, il prit le passage entre les maisons jusqu'à l'échelle. Là, il attacha sa monture et grimpa. Arrivé en haut, il frappa aux carreaux.

En rentrant du duel, Nicolas Poulain avait pansé Olivier, le seul blessé du combat, puis ils avaient tous passé la nuit au Porc-Épic. Le matin du dimanche, le baron partit pour Rosny et Venetianelli pour l'hôtel de Bourgogne.

Poulain, Caudebec et Hauteville préparèrent alors l'entreprise contre Louchart. Persuadés que Cassandre ferait ce que les épiciers lui avaient proposé, ils étaient certains que Louchart viendrait à l'Ave-Maria mardi. Ils décidèrent donc que Caudebec se rendrait à la banque Sardini lundi pour prévenir le banquier et la mère de Cassandre. Sardini disposait de cinquante hommes d'armes. C'était plus qu'il n'en fallait pour organiser un guet-apens, même si Louchart avait une importante escorte. Quand les femmes sortiraient du couvent, Venetianelli ou Caudebec galoperaient jusqu'à la banque pour le prévenir. Au moment où le commissaire arriverait rue du Fer-à-Moulins, il tomberait dans l'embuscade et Nicolas, Olivier et Rosny arriveraient dans son dos pour le tailler en pièces.

On frappa aux carreaux et ils se levèrent d'un bond, saisissant leurs épées.

En reconnaissant le capitaine Cabasset, Olivier devina qu'ils étaient attaqués. Déjà Caudebec le mettait en joue avec un pistolet à rouet posé sur la paillasse.

Mais Cabasset continuait à frapper à la vitre en faisant des signes d'une main. Ils comprirent que ce n'était pas une attaque. Olivier approcha, puis voyant que le capitaine de Mayenne lui faisait un sourire, il ouvrit la croisée.

— J'avais peur que vous ne me tiriez dessus, grogna Cabasset d'une voix bourrue, en enjambant la fenêtre.

— Que venez-vous faire ?

— Vous sauver la vie.

— Expliquez-vous ! le brusqua Poulain.

— C'est bien simple, un homme de Villequier est sur vos traces…

— Lacroix ? demanda Poulain.

— Vous le connaissez ? Une vraie face de rat ! Oui, c'est lui. Il vous a trouvé.

— Comment a-t-il fait ?

— Peu importe ! Il vous a vendu à M. de Mayneville qui n'a pas voulu s'en mêler, puis à Mme de Montpensier qui m'a demandé de m'occuper de vous.

— Et vous êtes venu seul ? ironisa Olivier.

— Non, ce soir dix de mes hommes passeront par là, dit-il en désignant la fenêtre.

Le silence se fit. Il n'y avait pas d'hostilité entre les deux hommes, plutôt de l'incompréhension. Que voulait Cabasset ? C'était la deuxième fois qu'il leur sauvait la vie, se dit Olivier.

— Vous nous aviez reconnus, à la Croix-de-Lorraine ?

— Immédiatement.

— Pourtant, vous nous avez laissés partir…

— Disons, prendre un peu d'avance.

— Pourquoi ?

— Je n'aime pas être en dette, répondit Cabasset, le visage fermé.

— Ce n'était pas le cas, répliqua Olivier. Vous avez aidé Mlle de Mornay, nous vous avons rendu vos bagages. Nous étions quittes.

Cabasset soupira.

— Peut-être avez-vous raison. En vérité, je ne sais pas pourquoi j'ai voulu vous sauver. Je m'interroge parfois sur la guerre que je conduis.

— Vous êtes pourtant au service de Mme de Montpensier, vous n'avez qu'à la quitter si vous avez des scrupules.

— M. de Mayenne souhaite que je reste chez elle, j'obéis. Je suis bon catholique craignant Dieu et je ne rejoindrais jamais un hérétique comme Navarre, ni un bougre comme le roi. Mais je peux ne pas approuver tout ce qui se fait au nom de la Ligue. Alors, j'essaie de rester propre… cependant ne comptez pas sur moi pour trahir. Je suis à Mayenne, seulement à Mayenne.

De nouveau, ce fut le silence. Si Caudebec avait du mal à comprendre Cabasset, ce n'était pas le cas de Nicolas ou d'Olivier. Nicolas était profondément catholique et l'hérésie lui faisait horreur. Olivier avait longtemps été partagé. Cette guerre civile n'était pas seulement entre les hommes, entre les familles. Elle se livrait aussi à l'intérieur de leur esprit. Personne ne pouvait en sortir intact.

— Nous partons ! décida Poulain. Mais auparavant nous devons prévenir le cabaretier.

— Il ne risque rien, mes hommes en ont seulement après vous.

— Mme de Montpensier sait-elle que nos épouses sont à l'Ave-Maria ? demanda Olivier qui comprenait que leur plan serait caduc s'ils partaient.

— Oui, je viendrai les chercher mardi, mais je suis décidé à les protéger. Mme la duchesse sait depuis plusieurs jours qu'elles sont prisonnières et je cherchais à savoir où elles étaient pour les faire sortir. Hélas, Lacroix m'a pris de court. Cependant, je m'arrangerai pour qu'elles s'évadent, je vous le promets. Sur ma vie, Mme de Montpensier ne touchera pas à un de leurs cheveux. En revanche, si vous restez ici, vous êtes morts.

Refusant de discuter plus avant, il les salua et sortit par la fenêtre.

— Partons ! répéta Poulain, désespéré.

— Pour aller où ? demanda Caudebec.

— À la tour ! décida Olivier. Il ne nous reste que ce refuge.

Ils rassemblèrent leurs armes et suivirent le chemin de Cabasset. En route, ils parlèrent peu, réfléchissant à ce qu'ils pourraient faire. Demain la duchesse de Montpensier apprendrait l'échec de Cabasset et, avec l'appui de son frère, elle n'aurait aucun mal à se faire remettre les deux femmes. Certes, Cabasset avait promis de les défendre, mais y parviendrait-il ? Ils en doutaient, car ils savaient qu'on ne pouvait donner une chandelle à Dieu et l'autre au Diable.

À la tour, Venetianelli fut surpris et heureux de les revoir. Ils tinrent aussitôt un conseil de guerre avec lui et Nicolas Poulain leur annonça la décision qu'il avait prise.

— Il n'y a plus qu'une carte à jouer. Demain matin, j'irai trouver Catherine de Médicis.

— Quoi ? Au pire elle te fera arrêter, au mieux elle te fera jeter dehors ! D'ailleurs, tu n'arriveras pas jusqu'à elle, objecta Olivier.

— J'y arriverai.

Il sortit la médaille qui ne l'avait jamais quitté.

— Elle était à Ludovic Gouffier. Je crois que c'est un laissez-passer auprès d'elle, tout comme la médaille qu'avait Venetianelli pour être reconnu des gens du roi.

— Sans doute, confirma Venetianelli.

— Admettons que tu arrives jusqu'à elle, ensuite ?

— Elle a le pouvoir de tirer Cassandre et Marguerite du couvent.

— Pourquoi le ferait-elle ?

— Elle voulait me rencontrer avant les barricades, je n'y suis pas allé. Depuis, je me suis demandé ce qu'elle me voulait. Peut-être me remerciera-t-elle si je lui apprends ce qu'est devenu Gouffier.

— C'est un maigre échange… Et si elle refuse ?

— Je ne sais pas. On ira à l'Ave-Maria mardi, et si Cabasset ne laisse pas partir nos épouses, on livrera le dernier combat.

— J'irai avec toi chez la reine mère, décida Olivier. Caudebec nous attendra ici. Je suis aussi le représentant de son gendre, le roi de Navarre. Peut-être m'écoutera-t-elle.

Ils ne dormirent guère. Mais durant la nuit, un autre s'endormit pour une nuit éternelle.

Tandis que la troupe de Cabasset passait par la fenêtre restée ouverte, Guitel entendit le vacarme et monta. À l'instant où il ouvrait la porte, l'un des spadassins tira sur lui. L'aubergiste s'effondra et Cabasset ordonna la retraite, furieux de l'accident.

23.

Le lundi de Pentecôte

Dans son hôtel, près de Saint-Eustache, Catherine de Médicis se laissait bercer par le crépitement régulier de la pluie. Entièrement en noir, immobile et plus blafarde que jamais (les huit onces de sang que son barbier lui avait tirées y étaient pour quelque chose !), un bonnet en pointe sur le front, elle venait d'entendre la messe dans son oratoire, ne se sentant pas la force de participer à la célébration du saint Esprit à Saint-Eustache.

Elle avait refusé toute compagnie, même pas un chien, voulant rester seule pour comprendre les erreurs qu'elle avait commises et qui avaient provoqué la fuite de son fils.

Deux ans auparavant, quand elle s'était rendu compte que Guise voulait se faire proclamer roi de France en tant que descendant de Charlemagne, elle avait décidé de rompre avec lui bien qu'elle l'aimât fort. Elle avait alors tenté une nouvelle négociation avec son gendre, Henri de Navarre, mais après six mois d'errance en Poitou et en Saintonge, elle avait compris que Navarre refuserait la conversion, et qu'il ne voulait pas admettre que pour régner en France, il fallait qu'il fût catholique. Elle était donc revenue vers Guise, s'accrochant à l'idée qu'il ne régnerait jamais, puisque Nostradamus ne l'avait pas prédit.

Malgré les rumeurs qui circulaient sur ses prépa-ratifs guerriers, elle l'avait protégé devant son fils ce sombre jour où il était venu à Paris, bravant l'interdic-tion royale. Elle en espérait un peu de reconnaissance, mais Henri de Guise l'avait traitée comme une ennemie bien qu'elle eût accepté toutes ses humiliantes condi-tions pour autant qu'il laisse son fils adoré sur le trône.

Pire, depuis la fuite du roi, le duc s'était ouvertement déclaré contre elle. Apprenant qu'Henri III avait quitté Paris, Henri de Guise lui avait même craché à la face : « Madame, me voilà mort ! »

Il est vrai qu'il n'était plus rien maintenant que le Louvre était vide, car ce n'était pas lui qui dirigeait Paris, c'était l'Hôtel de Ville, c'était la Ligue, c'était les Seize.

L'esprit de Catherine de Médicis s'égara un instant sur cette sotte populace parisienne qui après avoir chassé son roi venait de déposer ses vieux serviteurs sous le prétexte qu'ils étaient suspects ou hérétiques. Ainsi les hommes d'honneur qui commandaient à la ville avaient été remplacés par de petits mercadans et des faquins ligueux qui ne se rendaient même pas compte que, sans leur roi, ils ne représentaient rien.

Le pire d'entre eux était Jean Bussy qui se disait sei-gneur de Le Clerc. M. de Bezon, le chef de sa police, s'était renseigné sur ce petit procureur violent, cupide, et malheureusement habile. Agent des Guise au sein des Seize, factotum de l'intrigante duchesse de Mont-pensier, ce faquin qui avait déjà plusieurs fois défié son fils venait d'emporter la Bastille avec une poignée de bourgeois. Non seulement il s'en était proclamé le gou-verneur, mais il avait contraint le duc de Guise à ratifier sa nomination.

Qui tenait la Bastille tenait Paris. Désormais, la Ligue était maîtresse de la capitale, de l'Arsenal, du trésor royal et même du Louvre, ce palais que son mari Henri II avait reconstruit et tant aimé. Le duc de Guise se contentait de recevoir l'allégeance des ligueurs, une soumission de pure forme. Quand elle s'en était émue auprès de lui, il lui avait répondu par une pirouette qui cachait mal son embarras :

— Madame, le peuple est notre maître !

Les larmes lui vinrent aux yeux. Elle frissonna malgré le feu qui surchauffait la pièce. Elle était malade, les poumons déchirés par la toux. Ses rhumatismes l'empêchaient même d'écrire et de se tenir debout. Elle se sentait fatiguée et maltraitée, comme une barque sans gouvernail dans une tempête déchaînée. Elle avait disposé de tous les pouvoirs et n'était plus rien. Tout le monde l'avait abandonnée et même son fils ne voulait plus d'elle, la jugeant au service de son ennemi.

Soudain le tonnerre gronda si fort que toute la pièce trembla. Était-ce un signe de ceux qui dirigeaient le monde dans l'au-delà ?

Elle aurait aimé prier, mais elle ne croyait pas en Dieu. Qu'y avait-il de l'autre côté ? Comment serait-elle jugée ? Elle avait pourtant tout tenté pour réconcilier catholiques et protestants, ou pour faire disparaître les protestants. La Saint-Barthélemy revint dans son esprit. Tout ce sang, ces cris, ces supplications dans le Louvre. Elle frissonna à nouveau.

Son dernier ami, le cardinal de Bourbon, regrettait parfois en sanglotant de s'être embarqué dans l'entreprise ligueuse. Oui, Bourbon était le seul qui l'aimait vraiment. Certes, il était mou, craintif, incapable de s'opposer à Guise, mais il était si bon que même après qu'elle eut appris son secret, elle n'avait pas voulu l'utiliser contre lui.

Pourtant, Dieu sait si elle avait des griefs contre Nicolas Poulain, son prévôt qui l'avait abandonnée à Loches pour partir sauver la vie de Navarre !

Poulain ! Quel déconcertant personnage. Elle l'avait cru successivement au service de Guise, de la Ligue et enfin de Navarre jusqu'à ce que Villequier lui annonce, quelques jours avant les barricades, avoir découvert un mémoire dans lequel il dénonçait les projets félons de la sainte union. Immédiatement, elle lui avait envoyé M. Pinard, son secrétaire, pour le rencontrer, peut-être lui parler de son père et s'en faire un allié. Mais il n'était pas venu.

Comment avait-elle pu se tromper autant sur cet homme ? Elle avait bien failli le faire assassiner pour se venger, car on ne se moquait pas impunément d'une Médicis ! Mais par amitié pour le cardinal de Bourbon, et sur les conseils de M. de Bezon qui l'estimait, elle n'avait rien fait.

Combien elle avait eu raison ! Au péril de sa vie, Poulain avait pénétré dans le Louvre et décidé son fils à s'enfuir. Sans lui, Henri serait peut-être à cette heure enfermé dans un cachot de la Bastille.

Elle se demanda où pouvait être Nicolas Poulain maintenant, sans doute à Chartres, à la cour. Elle aurait tant aimé le savoir près d'elle.

On frappa à la porte et M. de Bezon entra en trottinant. Lui aussi était vieux, se dit-elle en regardant le visage fripé du nain.

— Madame, dit-il, avec un air presque hébété qui le faisait paraître encore plus vieux. M. Poulain est ici, dans l'antichambre.

— Quoi ! Mais qui l'a laissé passer ? J'avais interdit toute entrée à ma garde, même au duc de Guise !

— Il… il a la *médaille*, madame.

— *Per bacco !* La médaille… mais comment ?

— Je l'ignore, madame. Que dois-je faire?

Elle resta un moment désemparée. Poulain? Chez elle? Avec la *médaille*? C'était incompréhensible… Et si c'était lui que ce terrible coup de tonnerre annonçait… Et s'il était envoyé par la divinité astrale pour venir à son aide?

— Qu'il entre! ordonna-t-elle, brusquement pleine d'espoir.

— Il n'est pas seul, madame.

— Qui est avec lui?

— Son ami, M. Hauteville, qui était commis à la cour quand vous étiez à Chenonceaux, mais… M. Hauteville est différent, madame.

— Vous m'avez déjà dit qu'il avait été anobli par Navarre, mais que ferait-il dans le Paris de la Ligue, en ce moment?

— Je suis aussi surpris que vous, madame.

— Faites-les venir tous les deux, et restez avec moi, ordonna-t-elle.

Dans l'embrasure de la porte, Bezon dit quelques mots à un garde ou à un valet avant de rejoindre la reine. Là, il resta debout, près de la cheminée.

Nicolas Poulain et Olivier Hauteville entrèrent, encore trempés par la pluie. Catherine décida de ne pas leur faire bon visage, pour les forcer à s'expliquer.

— Comment êtes-vous arrivés jusqu'ici, messieurs? siffla-t-elle, simulant la colère.

Nicolas Poulain s'approcha et lui tendit la médaille sans un mot. Elle la prit et la fit glisser entre ses doigts, comme pour vérifier que ce n'était pas une imitation.

— Comment l'avez-vous eue?

— Nous l'avons trouvée sur le corps d'un homme qui nous a dit être à votre service, madame. Il se nommait Ludovic Gouffier.

— Gouffier est mort?

Elle s'en doutait, mais l'apprendre ainsi de Nicolas Poulain la bouleversait. Gouffier était un bon serviteur.

— Oui, madame. De façon honorable, et comme le gentilhomme qu'il était.

— J'aurai des questions à vous poser sur lui. Mais d'abord, que voulez-vous ?

— Madame, je suis venu vous dire la vérité, et solliciter votre bonté.

Elle resta inexpressive, paupières lourdes et lèvres affaissées. Son masque blafard ne reflétait que la lassitude, mais tous ses sens étaient en alerte.

— Vous avez cru que j'étais à Guise, madame, poursuivit-il, mais j'ai toujours été loyal à votre fils…

— Je sais cela. Me le confier plus tôt aurait été honnête, fit-elle aigrement.

— Je ne pouvais pas, madame. Ce secret n'était pas le mien mais celui du roi. J'ai prévenu Sa Majesté jusqu'au dernier moment de ce qui se tramait contre elle, mais j'ai été démasqué. Maintenant, c'est moi qui ai besoin d'aide… La Ligue, ne pouvant me prendre, a emprisonné ma femme à l'Ave-Maria.

— Dans le couvent ? Vous voulez que je la fasse libérer ? ironisa-t-elle.

— Ils veulent lui faire son procès et la brûler comme hérétique, madame, lâcha Poulain dans un sanglot qu'il ne put retenir, tout en tombant à genoux.

Catherine de Médicis était une femme dure, cruelle, retorse. Elle avait accepté ou commandé toutes sortes d'abominations pour ce qu'elle jugeait utile au royaume, mais elle gardait dans son cœur une complaisance incompréhensible pour les histoires d'amour ! Cet homme qui venait l'implorer pour sauver sa femme attendrit son cœur.

— Je n'ai aucun pouvoir pour y parvenir, monsieur Poulain, lui dit-elle doucement. Je n'ai tout simplement plus aucun pouvoir. En aurais-je encore un peu que je le ferais. Je vous le jure !

» Je vous ai fait chercher quand Mgr de Guise est venu à Paris, ajouta-t-elle plus sévèrement. J'avais appris que vous étiez à mon fils et je voulais vous parler. Vous seriez venu, bien des choses se seraient déroulées autrement.

— Je ne suis pas venu, madame, car j'avais peur de votre colère.

— Je ne voulais pas me venger, monsieur Poulain. Je voulais juste vous parler de votre père.

— Mon père ?

— Oui, ce père dont vous ignorez l'existence. Je l'ai souvent rencontré, c'est mon ami.

— Mon père est encore de ce monde ?

— Oh oui ! Seulement il n'est pas dans le parti du roi. Peut-être devrez-vous changer de camp....

— Quel que soit le respect que j'éprouve pour lui, madame, je resterai au roi. Je suis un homme qui n'a qu'une fidélité.

Elle l'observa. Devait-elle lui dire maintenant ? Quel avantage en tirerait-elle ? Son père pouvait certainement sauver sa femme, et si elle gardait ce Poulain à son service, cela lui serait bien utile maintenant que tout le monde l'abandonnait.

Comme le silence se prolongeait, Nicolas Poulain supplia :

— Madame, je vous en prie... me direz-vous qui est mon père ?

Il était venu pour sa femme, mais Catherine l'avait entraîné sur un autre terrain, presque aussi important pour lui.

— Votre père peut sauver votre femme, affirma-t-elle sans émotion. N'avez-vous aucune idée de qui il s'agit ?

— Non, madame. Ma mère n'était qu'une servante.

— Elle a été servante pendant trois ans dans la maison du gouverneur de Paris. Vous avez trente-quatre ans… Vous souvenez-vous qui j'ai nommé en 1561 comme gouverneur de Paris ?

» Ça ne m'a pas été difficile de le retrouver, poursuivit-elle sans attendre de réponse. C'est lui qui vous a fait parvenir votre lettre de provision. Je l'ai interrogé et il l'a reconnu.

— Le… le cardinal… bafouilla Nicolas.

— Oui, le cardinal de Bourbon. Vous êtes le fils naturel du cardinal de Bourbon. Vous êtes un Bourbon ! Bâtard, certes, mais le sang de Louis IX coule dans vos veines, et mon gendre Navarre est votre cousin, fit-elle d'une voix atone, comme à regret.

Nicolas restait pétrifié, tout comme Olivier qui n'osait ouvrir la bouche, car si la reine ne mentait pas, Nicolas était le cousin de Cassandre !

Catherine de Médicis jeta un regard interrogatif à M. de Bezon, qui hocha légèrement la tête.

— Vous savez tout, maintenant, monsieur Poulain, dit-elle en soupirant. J'espère que vous aurez quelque reconnaissance envers une vieille femme. Le cardinal est arrivé à Paris, il y a deux semaines. Il loge à l'abbaye de Saint-Germain. Je vais dicter une lettre que vous lui remettrez. Il écrira un ordre pour l'abbesse de l'Ave-Maria et votre épouse sera remise en liberté. Après tout, Mgr de Bourbon a été choisi comme l'héritier du trône, la Ligue n'osera pas lui désobéir, persifla-t-elle.

L'esprit en désordre, Nicolas Poulain peinait à maîtriser le flot de ses pensées. Ce père, cela faisait plus de trente ans qu'il se l'imaginait. Il ne s'était écoulé une heure sans qu'il y songe. C'était devenu une obsession chaque jour plus prenante, or non seulement la révélation de la reine lui faisait connaître son nom mais il pouvait aussi y associer un visage, car il avait aperçu plusieurs fois le cardinal. De surcroît, il apprenait qu'il était de sang royal, c'en était trop à la fois.

Ce fut la pensée de sa femme, emprisonnée, condamnée peut-être à être brûlée vive qui le fit revenir à la réalité.

Les yeux dans le vague, il considéra M. de Bezon, Olivier, puis la reine, et se mit à balbutier :

— Madame… Il sera dit que je vous devrai tout… Vous me rendez mon père et mon épouse, les deux personnes que je chéris le plus au monde… seulement, je ne vous ai pas tout dit.

— Ah ! fit-elle avec méfiance.

— Ma femme n'est pas emprisonnée seule à l'Ave-Maria. Il y a aussi l'épouse de M. Hauteville, seigneur de Fleur-de-Lis.

— Mme de Saint-Pol ? La fille de Condé et d'Isabeau ?

— Oui, madame.

La réaction de Catherine fut d'une violence inattendue. Elle reprit brusquement des couleurs et se redressa, les yeux brillants de colère.

— De quel droit la Ligue s'est-elle permis ! grondat-elle.

Isabeau de Limeuil était une Tonnerre, parente de sa mère, et Cassandre, fille d'Isabeau, était une de ses cousines. Catherine de Médicis était plus outrée qu'on ait emprisonné une de ses cousines que la fille d'un prince de sang !

— Je crois que la Ligue s'est octroyé non seulement la Bastille mais aussi tous les droits de haute et basse justice de la vicomté de Paris, madame, intervint Bezon.

— Je demanderai à Mgr le cardinal – à ce sujet, il a renoncé à la vie religieuse, peut-être l'ignorez-vous? – de les faire mettre en liberté toutes les deux.

» Monsieur Hauteville, vous êtes à Navarre?

— Oui, madame. C'est lui qui m'a fait chevalier.

— Vous êtes hérétique?

— Non, madame, je suis bon catholique.

— Il y a beaucoup de catholiques autour de Navarre, marmonna-t-elle aigrement.

— Certainement plus qu'il n'y a de protestants autour de M. de Guise, voulut plaisanter Olivier.

Elle ne digéra pas la raillerie et lui lança un regard sombre.

— Que faisiez-vous à Paris avec la fille d'Isabeau?

— Nous recherchions un homme, M. de Belcastel, qui aurait pu être complice dans la mort de Mgr de Condé.

— Complice de la princesse?

— Peut-être, madame, cette affaire n'est pas très claire, et Mgr de Navarre souhaitait en savoir plus. Le prévôt de Saint-Jean-d'Angély ne pouvait venir jusqu'ici faire son enquête, alors nous nous sommes déplacés.

— Vous avez trouvé M. Belcastel?

— Oui, madame, il était mort peu de temps après son arrivée, tué par des truands.

— Une fois Cassandre libérée, partirez-vous?

— Oui, madame.

— Monsieur de Bezon, faites appeler mon secrétaire.

» Je vais dicter une lettre au cardinal, mais avant que vous ne partiez, je veux savoir ce que vous avez fait depuis le moment où vous m'avez abandonnée, et ce qu'il est advenu de Ludovic Gouffier, dit-elle à Nicolas.

Saint-Germain-des-Prés, située hors de l'enceinte de Paris, était une abbaye fortifiée entourée d'une haute muraille flanquée de tours et bordée d'un fossé dont un canal se prolongeait jusqu'à la Seine. Deux portes principales permettaient d'y pénétrer. Du côté de la campagne, sur le chemin de Saint-Benoît, s'élevait la porte papale protégée par deux tours crénelées. À l'autre extrémité, vers l'Université, c'était un porche à grande arcade protégé par un pont-levis avec une échauguette[1] d'angle. Ce passage débouchait devant le pilori de la rue de Bussy. Tout autour se pressaient les masures biscornues des ruelles étroites et tortueuses qui descendaient jusqu'à la rivière.

Une heure après leur entrevue avec Catherine de Médicis, toujours sous la pluie, Olivier et Nicolas arrivèrent à cheval devant le pont-levis. Ils franchirent le fossé rempli d'eau sous une pluie diluvienne. Poulain était déjà venu dans l'abbaye et savait que le cardinal de Bourbon, abbé de Saint-Germain – il avait encore du mal à se faire à l'idée que c'était son père ! –, avait commencé la construction d'un palais à droite de l'église[2]. Ils longèrent les bâtiments conventuels, tous parés et enguirlandés pour l'octave[3] de Pentecôte, et suivirent une galerie qui reliait la chapelle à l'église avant de pénétrer dans le jardin, devant le palais.

Quand ils avaient quitté la reine, ils s'étaient tous deux accolés, profondément émus et quasiment en larmes. Leur cauchemar allait se terminer. Ensuite, chacun muré dans ses pensées, ils n'avaient plus échangé une parole. Olivier songeait à Cassandre qu'il allait enfin revoir et faisait des plans pour le reste de la journée.

---

1. Dont il subsiste quelques pierres.
2. Il sera achevé un siècle plus tard par le cardinal de Furstenberg.
3. La semaine.

Dès qu'elle serait libre, ils iraient chercher Caudebec qui attendait à la tour, prendraient leurs bagages et quitteraient cette maudite ville qu'il avait désormais en horreur. Il espérait que Nicolas et sa famille partiraient avec lui pour rejoindre le roi à Chartres ou à Rouen.

Nicolas aussi avait pensé à sa femme et à ses enfants, mais son esprit était pour l'instant surtout préoccupé par la rencontre avec son père. Il lui revenait par vagues les paroles de sa mère quand elle lui en parlait : « C'est un homme bon et beau, dont tu dois être fier… »

Combien de fois l'avait-il suppliée de lui donner son nom ! « Cela ferait ton malheur », répondait-elle inlassablement en refusant. Il comprenait maintenant pourquoi. Son père était homme d'Église, cardinal et prince de sang. En y pensant, le cœur de Nicolas se serrait d'appréhension. Comment allait-il le recevoir, alors qu'il n'avait jamais voulu se faire connaître ? De surcroît, ils étaient dans des partis opposés. Dans sa position, le cardinal ne pouvait ignorer que son fils avait été à la sainte union, qu'il leur avait acheté des armes, mais savait-il qu'il était en vérité au roi ? Qu'il était traître à la Ligue ? Son père pourrait bien le chasser, ou pire, en l'apprenant.

Laissant leurs chevaux à un domestique, ils gravirent quelques marches qui les conduisirent dans une grande antichambre où ils demandèrent à un majordome qu'on les conduise auprès du cardinal, en précisant qu'ils venaient de la part de la reine mère.

On les emmena dans une seconde antichambre, plus petite, où un gentilhomme hautain vint les interroger. Diable ! On ne voyait pas le prochain roi de France – Charles X – si facilement, d'autant que le cardinal venait d'assister à la grande messe et avait besoin de se reposer avant la procession prévue dans la soirée à la gloire du Saint-Esprit. Nicolas Poulain donna son nom

– ne doutant pas que ce serait le meilleur laissez-passer –
mais montra aussi la lettre cachetée aux armes de
Catherine de Médicis.

L'officier partit et revint presque aussitôt avec une
attitude complètement différente, à la fois déférente et
surprise.

Par une belle galerie, ils furent conduits dans une
grande chambre d'apparat que la chaleur du feu, dans
l'immense cheminée qui occupait tout un mur, avait
transformée en fournaise. C'était une salle richement
tapissée et meublée d'un grand lit à piliers aux rideaux
cramoisis, posé sur une haute estrade. Un homme de
forte corpulence, vêtu d'un justaucorps bleu doublé
d'incarnat bordé d'une dentelle d'or avec des hauts-
de-chausses bouffants assortis, les attendait debout. Une
écharpe de soie turquoise masquait un baudrier d'où
pendait une élégante épée à poignée damasquinée. Il
portait une barbe grise parsemée de fils blancs, taillée
en pointe qui ne dissimulait pas une bouche aimable.
Son front proéminent lui donnait un air attentif et
affable.

Nicolas entra le premier. L'homme posa sur lui un
regard triste et doux. Des larmes perlaient sur ses joues.
Ils restèrent tous deux pétrifiés, sans mot dire. Olivier
était resté en arrière, tandis que l'officier qui les avait
fait entrer était parti en refermant la porte.

Finalement, submergé par une vague de sentiments
qu'il ne pouvait maîtriser, Nicolas tomba à genoux en
sanglotant.

— Mon père…

Le cardinal s'avança. Lui aussi pleurait et Olivier fut
frappé par sa pâleur. Il prit les mains de son fils et le
força à se relever.

— J'ai tant attendu ce moment, murmura-t-il. Mon
fils !

Il l'étreignit longuement.

Enfin, ils s'écartèrent l'un de l'autre. Le cardinal recula, comme pour mieux regarder son enfant et sourit.

— Tu ressembles à ta mère. Combien de fois ces années durant j'ai voulu te faire chercher pour t'avoir près de moi ! Mais ce n'était pas possible… J'aurais fait ton malheur.

— Et moi, monsieur mon père, j'étais jour et nuit tourmenté à l'idée que je ne connaîtrais jamais celui qui avait fait mon bonheur.

— Comment as-tu appris ? demanda enfin le cardinal.

— Il y a une heure, par la reine mère.

Le cardinal se passa la main sur le visage, autant pour effacer ses larmes que pour cacher sa perplexité, et même sa méfiance.

— La reine ?… Qui est ton compagnon ?

— M. Hauteville, chevalier de Fleur-de-Lis.

— M. Hauteville !

Le cardinal resta un instant silencieux. Il se souvenait de Hauteville. Il n'ignorait pas qu'il était désormais à son neveu Navarre qui l'avait armé chevalier à Coutras. Le cardinal, sous son apparence pateline, était un homme habile et connaissait beaucoup de choses.

Il fit quelques pas avant de dire :

— Nicolas, j'ai appris ton véritable rôle il y a quelques jours par Bussy Le Clerc. Tu aurais trahi la Ligue en informant secrètement le roi. Est-ce vrai ?

— Je n'ai jamais trahi la Ligue, mon père, se raidit Nicolas. J'ai toujours été au roi, et c'est avec son accord que j'ai rejoint la Sainte Union. Je n'ai qu'une fidélité, celle que je dois au roi de France.

Le cardinal joignit ses deux mains et se frotta la bouche pour cacher ce qu'il pensait. Son fils était bien un espion. Il l'avait cru à la Ligue. Il avait secrètement espéré qu'un jour, il le rejoindrait pour l'aider, mais il était dans un autre camp. Il aurait voulu lui dire que lui-même n'était plus sûr d'avoir envie de devenir roi. Que Guise lui faisait peur et ne lui inspirait plus confiance, mais il ne pouvait le faire devant ce Hauteville.

— Je comprends, dit-il seulement.

— Ce n'est pas important, mon père. Je vous respecte et vous admire, simplement je n'ai qu'une parole, j'ai prêté serment quand vous m'avez acheté cette charge de lieutenant du prévôt. J'ai toujours été un homme d'honneur, ma mère m'a éduqué ainsi, et je crois que c'est ce que vous souhaitiez.

— C'est ce que je souhaitais, en effet. Tu es un Bourbon, un homme d'honneur. Quand j'ai appris que tu avais rejoint l'union, j'avoue avoir été déçu. Je suis fier de toi, désormais, même si tu me combats. Maintenant dis-moi pourquoi la reine t'a envoyé près de moi.

Soudain, il vacilla et son visage se crispa en une grimace de douleur. Nicolas se précipita pour l'aider à s'asseoir sur le lit.

— Qu'y a-t-il, père ? demanda-t-il affolé.

— Rien, ce n'est rien… une douleur qui me vient parfois, cela ne dure pas. Continue…

Nicolas raconta ce qu'il avait fait durant la journée des barricades, comment il avait prévenu le roi, mais aussi comment il s'était découvert en ne rejoignant pas les ligueurs lors des barricades.

— Au demeurant, je n'aurais pu dissimuler plus longtemps. Le commissaire Louchart a alors arrêté ma femme qui était à ce moment-là avec l'épouse de M. Hauteville. Il les a conduites à l'Ave-Maria. On a appris hier qu'il voulait les faire juger et brûler pour hérésie. De surcroît la duchesse de Montpensier qui hait Mme Hauteville a découvert où nous nous cachions.

Sous peu, elle s'emparera de nos épouses pour se venger de nous. Ne sachant que faire, nous sommes allés supplier la reine mère de les sauver. C'est alors qu'elle m'a dit que vous étiez mon père, et que vous pouvez les libérer. Elle m'a remis cette lettre, dit-il en la tendant à son père.

— En effet… Je le peux, et je vais le faire, dit le cardinal en prenant la lettre sans chercher à l'ouvrir.

» J'ai une correspondance avec mon cousin Henri, et mon neveu, M. de Soissons, que j'ai élevé, m'écrit souvent, dit-il à Olivier. Je crois savoir que votre épouse est Mme de Saint-Pol… la fille de feu mon frère Louis. Ma nièce.

— Oui, monsieur.

— Louchart le sait-il ?

— Oui, monsieur, il demande une rançon.

— Quelle impudence !

Il tira un cordon près de la cheminée et un officier entra.

— Allez chercher mon secrétaire.

» Je vais écrire une lettre pour sœur Catherine de la Vierge.

Le secrétaire entra. C'était un clerc tonsuré. Le cardinal le fit asseoir à un petit bureau où se trouvait plumes d'oie, encriers et feuillets, et lui dicta une courte missive. Il se leva péniblement et vint relire la lettre avant de la parapher, laissant le clerc la cacheter, puis l'enjoignit de les laisser.

— Ta visite, mon cher fils, me permet aussi de te parler de ton avenir. J'aurais dû le faire plus tôt…

À nouveau, il blêmit mais parvint à revenir au lit et à s'asseoir en se tenant le ventre.

— Vous avez besoin d'un médecin, mon père, dit Nicolas en s'approchant de lui.

— Les médecins ne peuvent rien pour moi. C'est la gravelle. J'ai des pierres depuis des années, mais les douleurs sont de plus en plus fréquentes. Mon médecin m'a proposé de m'opérer, mais quand j'ai vu ses instruments, j'ai pris peur.

Il se força à sourire, puis resta les yeux dans le vague un moment.

— Je sais que je n'en ai pas pour longtemps, Nicolas.

— Monsieur, je connais M. de Montaigne qui souffre de la gravelle. Il m'a dit avoir été fort soulagé en prenant les eaux dans le Béarn, à Baden et en Italie, intervint Olivier.

— Je sais, mais je crois qu'il est trop tard pour moi. Je n'ai pas le même âge que M. de Montaigne.

Il parut hésitant à poursuivre.

— Mon fils, j'ai écrit à mon cousin Navarre cette semaine. Mais c'est une lettre dont il ne doit pas faire état, pour l'instant. Je lui dit que je suis loin d'approuver tout ce qui se fait en mon nom, et en gage de ma bonne foi, je l'ai reconnu comme héritier légitime[1] du royaume de France.

Nicolas Poulain et Olivier Hauteville restèrent pétrifiés. Ainsi, celui que la Ligue avait choisi comme héritier refusait ce trône et revenait à la loi salique. Guise perdait son plus formidable atout !

— Je suis donc heureux que tu aies ouvertement rejoint le roi, même si je pense qu'il ne te mérite pas. En temps voulu, tu devras reconnaître aussi le roi de Navarre.

— Je le ferai, mon père, je le dois d'autant plus qu'il m'a sauvé la vie.

— Ah ! Il faudra me raconter ! Je me demande aussi si tu n'as pas trop sollicité ta chance, mon fils. Une fois

---

1. Cette lettre a vraiment existé.

que tu auras retrouvé ton épouse, quitte Paris. Viens juste me dire adieu. Tu as des enfants, je crois…

— Oui, mon père, une fille et un fils.

— J'aimerais connaître mes petits-enfants. Des petits Bourbon ! dit-il en souriant.

» Je suis riche, Nicolas. Mais la plupart de mes biens sont des apanages de l'Église ou de la couronne. J'ai cependant des possessions en propre, par mon père Vendôme, et surtout par ma mère Françoise d'Alençon, ta grand-mère. Avant d'épouser Charles de Bourbon, ton grand-père, elle avait été mariée au duc de Longueville, comte de Dunois, et m'a laissé un titre. Je possède un fief près de Saint-Maur-sur-le-Loir que j'ai fait ériger en baronnie de Dunois, il y a quelques années. J'ai déposé des actes à l'étude Fronsac, rue des Quatre-Fils. Maître Fronsac est un homme de confiance. Quand tu t'y rendras, tu y trouveras tes titres ainsi qu'une rente de trente mille livres. Je ferai une lettre au roi pour que ta filiation soit reconnue, j'en ai déjà dit quelques mots à mon neveu Henri, quand je lui ai écrit.

Poulain tomba à nouveau à genoux, mais le cardinal mit un doigt sur sa bouche.

— Plus un mot ! Prenez cette lettre et allez sortir vos épouses des griffes de la Ligue. Revenez me voir, avant de quitter Paris.

Poulain se releva, prit la lettre, mais hésitait à partir. Son père lui fit signe de sortir.

Ils obéirent. Mais en passant la porte, Charles de Bourbon ajouta :

— Dunois est un nom illustre, il était compagnon d'armes de Jeanne d'Arc. Je sais que tu t'en montreras digne…

Il pleuvait toujours quand ils arrivèrent à l'Ave-Maria. Ils avaient galopé dans les rues désertes en ce lundi de Pentecôte, évitant celles où se tenaient des processions. Poulain frappa à la lourde porte. Un judas de fer s'ouvrit et une voix demanda ce qu'ils voulaient.

— J'apporte un ordre de Mgr de Bourbon pour madame l'abbesse. Ouvrez-nous sur-le-champ ou nous reviendrons avec sa garde.

— Attendez un moment.

Ils attendirent effectivement un gros quart d'heure, puis des verrous grincèrent et l'un des vantaux s'écarta. Ils pénétrèrent dans un sombre vestibule éclairé seulement par une porte au fond où ils aperçurent une cour. Porteur d'une épée, celui qui leur avait ouvert avait la trogne couturée d'un soldat. Derrière lui se tenait une religieuse sans âge, pieds nus.

— Suivez-moi, dit-elle d'une voix atone. Le parloir est à l'étage, au bout de la cour. J'ai prévenu la mère supérieure.

Ils traversèrent la basse cour, jetèrent un regard à la tour Montgomery qui dépassait et entrèrent dans la petite salle à l'escalier de bois. En haut des marches, par une étroite porte, ils entrèrent dans une pièce sans fenêtre. Un falot posé sur une table et un flambeau de résine accroché au mur enfumaient la pièce crépusculaire.

Une femme se tenait debout devant eux. Elle était si maigre et si parcheminée qu'elle ressemblait à ces miséreuses du Périgord qui se nourrissent de glands et de briques pilées. Ses yeux étaient profondément enfoncés dans son crâne dont on distinguait les os.

Olivier frissonna. Que Cassandre, sa bien-aimée, ait vécu dans ce tombeau le terrorisait.

— Madame, dit Poulain. Êtes-vous l'abbesse de ce couvent ?

— Oui, monsieur, dit-elle d'une voix si morne qu'ils crurent qu'elle allait s'éteindre.

— Nous avons un ordre pour vous, de Mgr le cardinal de Bourbon, abbé de Saint-Germain-des-Prés, dit-il en lui remettant la lettre.

Elle examina le sceau, le brisa et s'approcha du falot.

Ma sœur,

J'ai éprouvé une grande affliction en apprenant que vous déteniez dans votre couvent, contre leur volonté, ma cousine Cassandre, fille de feu mon frère Louis de Bourbon, et son amie Marguerite Poulain, épouse d'un homme au plus proche de moi. Je sais qu'elles ont été confiées à votre garde par le commissaire Louchart, qui n'est qu'un coquard doublé d'un fripon, et qui n'avait aucun droit pour agir ainsi.

Vous libérerez ces deux femmes qui me sont chères et les remettrez aux hommes porteurs de ce pli. J'oublierai ainsi cette fâcheuse affaire.

Charles, cardinal de Bourbon

Les yeux fous, la mère supérieure déglutit, lâcha la lettre et murmura :

— Je ne savais pas…

— Faites venir ces deux femmes, madame, ordonna Poulain d'une voix sévère.

Elle eut un regard de folie.

— Je… je ne peux pas, monsieur, gémit-elle.

— Pourquoi ? cria Olivier, pris de terreur à l'idée que Mme de Montpensier les avait déjà fait chercher.

— Elles ne sont plus là ! hurla l'abbesse en se cachant le visage dans les mains décharnées.

24.

C'était le lundi de Pentecôte. Dans leur cellule, les deux femmes entendaient l'orage gronder, la pluie crépiter et des torrents d'eau se vider des toits. Louchart viendrait-il avec ce mauvais temps ? se demandait Cassandre avec angoisse.

Depuis son réveil, elle se préparait, vérifiant qu'elle pouvait sortir sa dague rapidement et répétant sans cesse à Marguerite, morte de peur, ce qu'elle aurait à faire.

La visite des épiciers, le samedi, l'avait perturbée. Ils lui avaient suggéré de proposer au commissaire une rançon de deux cent mille livres payée par le banquier Sardini. Elle avait compris que c'était une idée d'Olivier et de Nicolas Poulain, donc qu'ils préparaient une entreprise pour les libérer. Sans doute un guet-apens à la remise de la somme. Dans ces conditions, devait-elle poursuivre ce qu'elle avait décidé ? Ne serait-il pas plus judicieux de les laisser faire ? C'était ce que souhaitait Marguerite qui avait peur de ne pas réussir, car dans ce cas il n'y aurait pas de seconde chance.

Ayant bien réfléchi, Cassandre avait repoussé l'idée d'abandonner. Elle se sentait prête et préférait ne compter que sur elle. Surtout, elle avait une revanche à prendre sur Louchart, et de surcroît, si elle réussissait, elle ne mettrait pas sa mère, Mme Sardini, dans l'embarras.

Enfin les verrous grincèrent et la porte s'ouvrit. C'était la femme colosse avec une lanterne.

— Le commissaire Louchart vous attend au parloir, grogna-t-elle d'une voix rauque.

Cassandre prit la lettre écrite la veille et elles suivirent la religieuse. Celle-ci les laissa dans le parloir pour attendre dans la salle attenante.

Louchart était seul, hargneux et impatient, assis devant la table du parloir, sa cape mouillée posée sur un escabeau.

Elles s'approchèrent, intimidées et craintives.

— Vous avez fait cette lettre ? aboya-t-il.

— Oui, monsieur le commissaire, répondit poliment Cassandre en tendant le papier. Vous pourrez la porter à M. Sardini qui préparera la somme, mais il ne vous la remettra que si nous sommes avec vous.

— Nous verrons ça après-demain, décida Louchart. Mais si vous m'avez trompé…

Cassandre avança pour lui donner la lettre, tandis que Marguerite faisait un pas sur la droite. Brusquement, l'épouse de Nicolas Poulain perdit connaissance et s'écroula sur le sol.

Surpris, Louchart quitta Cassandre des yeux pour regarder Marguerite. En un éclair, Cassandre bondit et lui mit la dague sous la gorge en la lui entaillant légèrement.

— Levez-vous ! ordonna-t-elle d'une voix métallique.

Le visage jaune du commissaire était devenu blanc. La petite fraise qu'il portait s'était déjà teintée de rouge.

— Ne… ne me tuez pas… gargouilla-t-il… Je vais vous libérer.

— Trop tard ! sourit Cassandre cruellement. Vous criez, vous êtes mort… d'accord ? Vous ne serez pas le premier que je tuerai.

Elle ôta l'épée qu'il portait dans un fourreau à sa taille et la jeta au loin. C'était sa seule arme.

— Enlevez votre pourpoint et votre bonnet, dit-elle en reculant.

Il s'exécuta.

Marguerite, qui s'était relevée, avait sorti les lanières fabriquées depuis quelques jours en tressant des bandes de toiles de son jupon. Cassandre fit retourner Louchart et lui demanda de mettre les mains dans son dos, elle remit la lame sous sa gorge pendant que Marguerite le garrottait en serrant autant qu'elle pouvait.

Avec un autre morceau de jupon, elles lui firent un bâillon après lui avoir empli la bouche avec son propre mouchoir. Puis Marguerite alla à la porte par où elles étaient entrées. Elle l'entrebâilla.

— M. le commissaire veut vous parler, ma sœur, dit-elle d'une voix éteinte.

La sœur tourière entra sans méfiance, tenant sa lanterne. Cassandre, derrière la porte, lui enfonça la lame suffisamment fort dans le flanc pour qu'elle en sente la pointe.

— Ne bougez plus ! Criez, et je vous tue !

La femme colosse devait craindre l'au-delà, car elle se mit à trembler. Déjà Marguerite lui avait pris la lanterne des mains pour la poser par terre et lui tirait les poignets en arrière. Elle l'attacha solidement, puis la bâillonna sous le regard terrorisé de Louchart persuadé que sa dernière heure était arrivée.

Quand ce fut terminé, Cassandre les conduisit tous deux dans leur cellule et poussa les verrous. Peut-être s'apercevrait-on qu'ils étaient là avant qu'ils ne meurent étouffés, se dit-elle, satisfaite que l'affaire se soit si bien déroulée.

Elle rejoignit Marguerite, qui attendait, morte de peur maintenant que l'excitation était passée.

Elle l'accola, la serra contre elle pour la rassurer.

— Nous serons bientôt dehors, promit-elle. Je vais voir si la voie est libre.

Elle ouvrit la porte donnant sur l'escalier par lequel elles étaient arrivées, trois semaines plus tôt. L'entrée était à peine éclairée par un falot de fer suspendu à une chaîne. En bas, sur un banc, deux gardes en casaque levèrent une tête ahurie en la voyant sortir du parloir. Cassandre se sentit soulagée. Si les archers de Louchart étaient là, il n'y en aurait pas d'autres dans le vestibule d'entrée. Comme elle avait déjà tué un des concierges, avec un peu de chance elles ne rencontreraient que des sœurs en sortant. Il fallait quand même se débarrasser de ces deux-là.

— M. Louchart veut que l'un de vous vienne, leur lança-t-elle d'une voix soumise avant de rentrer dans le parloir.

Ils s'interrogèrent du regard, puis le plus gros se leva et monta en soufflant, tant il avait du mal à déplacer son corps. Quand il passa la porte, Cassandre le frappa de toutes ses forces sur la nuque avec le manche de sa dague. Elle ne pouvait frapper sur son crâne, car il portait un morion. Il vacilla, étourdi, mais ne tomba pas. Elle recommença, mais constatant qu'il ne tombait toujours pas, elle lui enfonça la lame dans la gorge. Il gargouilla et s'écroula plein de sang. Elle le retint un instant pour qu'il ne fasse pas trop de bruit avec son épée, poussa la porte pour que l'autre archer n'entende rien.

— Vite, déshabillons-le !

— Vous… vous l'avez tué… fit Marguerite, horrifiée.

— Oui, et j'en suis désolée, mais je n'avais pas le choix, c'était lui ou nous.

Elle était sincèrement affligée. Cet homme avait peut-être une femme, des enfants. Il n'avait pas demandé à être là. Mais ce n'était pas le premier homme qu'elle tuait. L'époque était cruelle.

Marguerite lui ôta ses souliers puis ses hauts-de-chausses. Dans sa nudité, il était sale et puait. Elle en fut dégoûtée. Pendant ce temps Cassandre avait débouclé son ceinturon et lui retirait sa casaque, malheureusement un peu ensanglantée.

— Mettez ses habits ! dit-elle.

— Ils me seront trop grands, objecta Marguerite, écœurée.

— Alors enfilez le pourpoint de Louchart.

— J'ai trop de tétons ! tenta de plaisanter l'épouse de Nicolas pour se donner du courage.

— Vous les serrerez, fit Cassandre en riant.

Elle revint à l'escalier et lança à l'autre garde, toujours avec le même ton :

— M. le commissaire veut aussi que vous veniez.

L'homme se leva et monta en soupirant.

À peine entré dans le parloir, il reçut le même coup que son compagnon. Cette fois Cassandre avait pris la main gauche du premier garde, une lame avec un massif pommeau de fer. L'archer s'écroula et elle fut soulagée à l'idée de ne pas avoir à le tuer aussi.

Vite, elles lui enlevèrent ses chaussures, ses chausses et sa casaque. Cassandre les enfila, boucla le ceinturon et l'épée. Elle vérifia que Marguerite avait l'allure d'un homme et lui serra ses cheveux sous le morion. Elle-même prit l'autre morion avant de descendre. Sur le banc se trouvaient les mantels des archers. Des capes de drap grossier avec des capuchons qu'elles passèrent sur leur casaque.

Elles traversèrent la basse cour, déserte avec la pluie battante, avant d'entrer dans le vestibule du couvent. Il était entièrement vide. Soulagée, Cassandre tira les gros verrous d'un des ventaux et sortit, Marguerite sur ses talons. Juste devant la porte, à peine à l'abri sous le petit porche, un troisième garde surveillait la mule du commissaire. Le cœur battant, Cassandre l'ignora et, regardant dans la rue des Fauconniers, elle vit des gens arriver. Elle fila aussitôt à droite, puis encore à droite dans la rue de Jouy, vers Saint-Paul, entraînant Mme Poulain avec elle.

Louchart était sur le point de s'étouffer et récitait mentalement une patenôtre quand on vint le délivrer.

— Où sont-elles ? furent ses premiers mots.

C'était le concierge et la mère supérieure qui n'avait jamais été si blafarde.

— Parties ! murmura-t-elle.

— Mais mes gardes…

— Elles en ont tué un, monsieur, l'autre est au plus mal.

Le concierge lui avait tranché les liens. Le commissaire les bouscula, attrapa une lanterne posée sur le sol et se précipita au parloir. Il était en chemise. Sa cape était toujours sur la table. Que faire ? se demandait-il, l'esprit en déroute.

C'est alors qu'il songea à sa mule et à l'autre archer qui attendait dehors. Il prit sa cape, ramassa son épée et se précipita. Dans la rue, le garde était à côté de la bête. Sous la pluie, tous deux avaient le même regard trouble, inexpressif.

— Tu les as vues sortir ? cria-t-il.

— Qui ? fit le garde, le visage dégoulinant d'eau.

— Les deux femmes !

— Pas des femmes, monsieur le commissaire, dit-il en secouant la tête, j'ai vu Pierre et Simon filer en courant, je ne sais pas où ils sont allés…

— Imbécile !

Louchart lui arracha les rênes des mains, monta sur sa mule en s'aidant de la borne d'angle et fila vers Saint-Paul.

En chemin, il réfléchissait à ce qu'il allait raconter à Le Clerc. Le gouverneur de la Bastille savait qu'il avait arrêté Marguerite Poulain comme otage. Il lui avait dit qu'elle avait refusé de faire une lettre à son mari pour qu'il se rende et qu'il préparait son procès. Comme Le Clerc avait d'autres chats à fouetter, il le laissait conduire cette affaire à sa façon, aussi n'avait-il jamais parlé de la fille de Condé. Il avait juste dit que Marguerite Poulain était en compagnie d'une cousine lors de son arrestation.

Louchart connaissait depuis longtemps Bussy Le Clerc. Il le savait plus cupide que zélé envers la foi catholique. Ne disait-on pas qu'il libérait les plus fortunés de ses prisonniers contre des écus sonnants et trébuchants ? S'il apprenait que la fille de Condé avait été capturée et s'était évadée, il lui reprocherait d'avoir perdu la rançon !

Il décida de dire seulement que Mme Poulain et la cousine s'étaient enfuies par la négligence des religieuses. Le Clerc n'aurait qu'à envoyer des gens d'armes fermer les portes de la ville. À pied, les deux femmes ne pouvaient avoir eu le temps de quitter la ville, sauf si elles avaient pris la porte Saint-Antoine ; mais pourquoi seraient-elles sorties par là ?

Il suivit le chemin qui longeait les fossés jusqu'à l'entrée du pont-levis de la Bastille. Là, il appela un des nouveaux officiers nommés par la Ligue. L'homme le connaissait et le conduisit immédiatement au logis du gouverneur. Le Clerc revenait justement de la chapelle en compagnie de son lieutenant, un ancien sergent du Châtelet. Louchart lui expliqua rapidement l'affaire et

Le Clerc donna immédiatement des ordres pour qu'on ferme les portes de la ville.

— Avez-vous interrogé tout le monde à l'Ave-Maria? demanda-t-il ensuite.

— Je n'ai pas eu le temps, je me suis précipité ici.

— Allons-y! décida Le Clerc. Peut-être ont-elles dit quelque chose qui nous mettra sur leur piste. Cette Mme Poulain a des enfants…

— Oui.

— Faites-les saisir. En menaçant de les exécuter, elle se rendra, ainsi que son mari. Vous auriez dû commencer par là!

Bussy Le Clerc aurait tué la moitié de Paris pour attraper Nicolas Poulain et le faire pendre. Il avait un terrible compte à régler avec lui. Poulain avait été son ami, du moins le croyait-il. C'est lui qui était allé le chercher, un jour glacial de janvier, pour l'introduire dans la sainte union. Il l'avait initié à tous les secrets des Seize. Il l'avait défendu quand on l'avait suspecté. Il l'avait même pris comme confident, lui dévoilant tous les projets de la Ligue, jusqu'au jour où il avait été mis en face de son aveuglement.

Poulain était un parjure et un felon, qui l'avait trompé. Son admiration et son amitié envers lui s'étaient transformées en une haine inextinguible.

— On est venu les chercher? demanda Poulain.

— Oui… non, geignit la mère supérieure.

— Parlez! gronda Poulain.

— Elles se sont enfuies, monsieur!

— Où? Quand?

— Je… je l'ignore, monsieur… c'était ce matin. On a trouvé les deux archers dans le parloir, là.

Elle montra le carrelage. Olivier remarqua les taches brunes de sang.

— L'un était mort, le crâne fracassé et la gorge ouverte. L'autre reprend conscience à l'infirmerie. Ils étaient nus jusqu'à la taille. On est allé aussitôt dans la cellule des dames, on y a trouvé M. Louchart avec la sœur tourière, tous deux garrottés et presque étouffés. Sitôt libéré, le commissaire s'est mis en rage et est parti.

Olivier se sentit brusquement soulagé. C'était bien de Cassandre de s'évader ainsi ! Mais où pouvait-elle être allée avec Marguerite ? Ils n'avaient pas fait attention au temps qui passait. Ils s'étaient rendus chez la reine un peu avant midi. Il devait être trois heures passées, peut-être quatre d'après leur estomac qui criait famine !

— Partons ! décida Poulain. Il faut les retrouver.

Ils entendirent soudain des éclats de voix vers l'escalier. Ouvrant la porte, Nicolas découvrit en bas des marches Jehan Le Clerc, Jean Louchart et quatre hommes en chapel de fer tenant une pique.

— Poulain ! glapit Louchart en l'apercevant.

— Fermez tout, nous le tenons ! cria Le Clerc, dégainant son épée et se précipitant dans l'escalier.

Olivier et Nicolas revinrent dans la pièce. L'abbesse n'y était plus. Ils se précipitèrent vers les autres portes, mais elles étaient fermées au verrou. Ils auraient pu se barricader, mais pour tenir combien de temps ?

— Il faut se battre pour sortir, dit Poulain, ôtant sa cape et la roulant sur son avant-bras gauche.

Il dégaina, prit sa main gauche dans l'autre main. Olivier fit de même en réprimant une douleur à cause de sa blessure à l'épaule.

— Combien sont-ils ?

— Six, au moins.

— L'affaire sera chaude, grimaça Olivier.

Le Clerc entra le premier, lui aussi épée et dague en main. Il souriait férocement. Louchart était derrière lui, plus prudent, puis suivaient deux gardes. Les autres étaient restés en bas pour surveiller l'entrée.

— Monsieur Poulain, si vous savez prier, vous pouvez commencer, fanfaronna celui qui s'était proclamé gouverneur de la Bastille.

Il se jeta sur Nicolas avec furie, le martelant de coups de taille et l'obligeant à rompre et à reculer.

— Vous autres, occupez-vous de Hauteville, à trois vous en serez bien capables! Mais ne le tuez pas. Je vais les pendre ici!

Seulement, au ferraillage à tout va, Poulain était un champion. Comme il était plus grand et plus puissant que son adversaire, il répliqua brusquement, forçant Bussy à rompre à son tour.

— Tout beau, monsieur le marmiton! persifla-t-il. Je croyais que vous étiez maître d'armes mais vous maniez votre épée comme une lardoire!

Le Clerc avait ajouté à son nom celui de Bussy, à la mémoire de Bussy d'Amboise qui avait été son élève quand il était prévôt de salle d'armes. Il avait entraîné bien des gentilshommes du duc de Guise et ne pouvait que se rebiffer en entendant de telles moqueries.

Il engagea son fer et serra son adversaire dans une feinte que lui seul connaissait. Poulain put à peine parer et fut égratigné au bras.

— C'est vous qui ne devriez pas jouer au tireur d'armes, dit-il, satisfait. Je vais vous saigner comme un porc.

Pendant ce temps, Olivier s'était porté sur Louchart. Il rabattit son fer et lui aurait percé le poumon si un des gardes ne lui avait porté une estocade qui le contraignit à rompre.

On n'entendait plus que le froissement des lames. Olivier avait affaire à de médiocres adversaires, mais ils étaient trois et son épaule le faisait souffrir. Nicolas Poulain voyait le sang couler doucement de sa manche. Il s'affaiblissait et ses coups de taille avaient moins de force. Leurs attaquants ne prenaient aucun risque.

— Le petit procureur veut jouer au capitaine Fracasse ? lança Poulain en se moquant à nouveau, espérant que son adversaire ferait une faute.

Gouverneur de la Bastille, Le Clerc détestait qu'on le traite de procureur. Il éructa et se fendit en portant le pied arrière au-devant tout en écartant la lame de Nicolas avec sa dague. Poulain para difficilement et rompit. Il fut dos au mur.

Pour Olivier, les prises de lame se succédaient et les dégagements devenaient difficiles. Pourtant, il eut une ouverture et trancha les doigts d'un des gardes qui lâcha son épée en hurlant de douleur. Louchart prit peur et recula. Restant une seconde face à un seul homme, Olivier bloqua sa lame avec sa dague et lui perça la cuisse.

Le garde blessé à la main était maintenant derrière Louchart dont le teint bilieux tournait au blanc, mais Olivier ne sentait plus son épaule, complètement engourdie.

Malgré le cliquettement des épées, on entendit tout un vacarme dans le vestibule. Poulain comprit que du renfort arrivait. C'est aussi ce qu'avait deviné Le Clerc qui afficha un grand sourire. Il ne cherchait plus à le toucher, sachant qu'il allait le capturer avec ce renfort.

Poulain tenta une botte en tierce, mais le maître d'armes l'évita. C'était la fin. Louchart de son côté ne cherchait plus qu'à parer et Olivier n'avait plus la force de conduire une attaque.

— Messieurs, vous êtes dans une maison où l'on enseigne l'amour de Dieu et non celui des armes !

L'excommunication sanctionne ceux qui sortent l'épée dans un couvent ! gronda une voix.

C'était le cardinal de Bourbon.

Celui que la Ligue reconnaissait comme le prochain roi de France entra dans la salle avec son capitaine des gardes et une dizaine d'archers de sa garde, en casaques de velours cramoisi bordées de passement d'or.

Les épées se baissèrent.

— Cet homme est un félon et un parjure, monseigneur, déclara Le Clerc, persuadé que le cardinal venait lui porter main-forte.

Charles de Bourbon considéra le commissaire et le procureur de la Ligue avec un souverain mépris.

— Messieurs, je vous avais interdit de vous attaquer à M. Poulain, siffla-t-il.

— Il a trahi la Ligue, monseigneur.

— J'en suis seul juge. Veuillez vous retirer !

— Je l'emmène à la Bastille ! décida Le Clerc.

— Vous osez discuter mes ordres ? éructa le cardinal. Encore un mot et je vous mets la hart au col ! Je suis ici avec trente hommes d'armes, voulez-vous vous rebeller contre mon autorité ?

Louchart essayait de se faire invisible tandis que Le Clerc, fou de rage, ne savait comment interpréter les paroles du cardinal.

— J'emmène M. Poulain et son compagnon. Vous autres, disparaissez ! ordonna encore Charles de Bourbon.

Louchart rengaina tandis que l'homme qu'Olivier avait blessé aidait son compagnon à se relever. Les gardes du cardinal s'écartèrent pour les laisser sortir. Il ne restait que Le Clerc.

— J'irai voir Mgr de Guise, menaça le procureur.

— Allez-y ! Expliquez-lui que vous refusez d'obéir à votre futur roi Charles X et il vous fera jeter dans un des cachots de cette Bastille dont vous vous être attribué illégalement la gouvernance, monsieur le sottart !

Le Clerc comprit qu'il avait perdu. D'un mouvement de colère, il rengaina épée et dague et partit sans un mot, sans un salut, sans un regard.

— Messieurs, dit alors le cardinal, je crois avoir eu raison d'écouter le pressentiment que j'ai eu après votre départ. Où sont vos épouses ?

— Elles sont parvenues à s'enfuir ce matin, monseigneur, dit Poulain. Nous ignorons où elles sont. C'est à la suite de cette évasion que Louchart et Le Clerc nous ont surpris.

— Où ont-elles pu aller ?

Poulain soupira en se passant une main sur le visage. Il se sentait désemparé.

— Certainement pas chez moi ! Mme de Saint-Pol a pu choisir d'aller chez sa mère, rue du Fer-à-Moulins, ou de retourner au logement où elle vivait avec Olivier.

— Je pencherai pour Scipion Sardini, dit Olivier.

— Vas-y ! proposa Nicolas, je me rendrai rue Mauconseil.

— Mon fils, intervint le cardinal, je suppose que Louchart et Le Clerc savent que tu as des enfants…

— Oui.

— Il va les prendre en otage, c'est certain. Cours chez toi avec mon capitaine des gardes qui les escortera à l'abbaye où vous me rejoindrez. Quant à vous, monsieur Hauteville, si vous retrouvez ces dames, conduisez-les aussi à l'abbaye. J'ai ma litière ici avec la suite de mon escorte. Restez avec moi jusqu'à la porte Saint-Germain, ce sera plus prudent pour vous de sortir de Paris en ma compagnie.

440

Les deux amis se séparèrent à l'écurie proche où ils avaient laissé leurs chevaux. En passant, ils remarquèrent avec un brin d'inquiétude que le Porc-Épic était fermé, mais ils n'avaient pas le temps d'aller voir Guitel.

Nicolas partit avec le capitaine des gardes de l'abbaye et quatre de ses hommes. Arrivés devant le Drageoir Bleu, il toqua à l'huis pendant que son escorte attendait. Sur la porte de sa maison, un placard précisait que le nommé Nicolas Poulain était en fuite et que quiconque lui porterait assistance serait condamné à la hart. Quelques voisins le reconnurent avec surprise mais les livrées des gardes de l'abbaye ne les incitèrent pas à se manifester.

— Qui est là ? demanda une voix craintive que Poulain reconnut comme celle de son beau-père.

— C'est Nicolas, ne craignez rien, ouvrez-moi !

Les verrous grincèrent et la porte s'entrebâilla :

— Nicolas… Mais vous êtes…

— Je viens chercher les enfants, beau-père, lui dit-il. J'ai aussi beaucoup de choses à vous dire. Les gardes de Mgr le cardinal de Bourbon sont là pour me protéger. Ils attendront dehors.

L'épicier jeta un regard inquiet aux hommes d'armes devant sa boutique.

— Entrez vite. Avez-vous des nouvelles de Marguerite ?

Nicolas le suivit dans la cuisine. Ses enfants jouaient avec leur grand-mère. Voyant leur père, ils se précipitèrent dans ses bras en criant leur joie. Il les embrassa et les câlina tout son saoul. Deux de ses servantes étaient là aussi, interrogatives et inquiètes. Enfin, il repoussa les gamins pour s'asseoir sur un banc et Marie, sa fille, lui grimpa affectueusement sur ses genoux.

— Laissez-moi vous raconter, j'ai tant de choses à dire et si peu de temps ! Marguerite s'est enfuie du couvent ce matin, je la cherche. Pour l'instant j'ignore où elle se trouve. Mon ami Olivier pense que son épouse Cassandre, qui l'accompagne, l'a conduite chez sa mère, au château de Scipion Sardini. S'il les retrouve là-bas, il les ramènera à l'abbaye de Saint-Germain. J'irai moi-même tout à l'heure où Cassandre et Olivier habitaient. Peut-être s'y sont-elles réfugiées.

— Pourquoi à l'abbaye ? demanda son beau-père. Les hommes d'armes qui vous accompagnent portent les armes du cardinal de Bourbon…

Nicolas ne savait comment aborder le sujet. Devait-il tout dire devant les servantes ? Finalement, il lâcha :

— Aujourd'hui, j'ai aussi retrouvé mon père.

— Votre père ? s'exclama la mère de Marguerite.

— Oui, hier le duc de Guise était sur nos traces, nous avons dû quitter l'endroit où nous nous cachions et, ce matin, je suis allé supplier la seule femme qui pouvait encore m'aider : la reine mère, Mme Catherine de Médicis dont j'avais été le prévôt. C'est elle qui m'a dit qui il était… Mon père est Mgr Charles de Bourbon, dit-il avec solennité en détachant chaque mot.

— Le cardinal ! murmurèrent toutes les femmes présentes, d'une seule voix.

— Oui, ma mère avait été servante chez lui quand il était gouverneur de Paris… Il nous a reçus, et a été heureux de me voir. Il nous a fait une lettre pour que Marguerite et Cassandre soient libérées, mais quand nous sommes arrivés au couvent, elles s'étaient déjà enfuies. Voilà pourquoi je viens chercher les enfants.

» Vous pouvez venir avec nous, dit-il aux servantes. Ce soir nous passerons la nuit à l'abbaye et demain nous partirons pour Rouen où je rejoindrai le roi. Je trouverai une maison là-bas, mais bien sûr je ne quitterai pas

Paris tant que je n'aurai pas retrouvé Marguerite… Pour l'instant je suis protégé par le cardinal, mais les ligueurs chercheront à me faire disparaître si je reste ici.

— Pouvons-nous vous accompagner à l'abbaye ? demanda la mère de Marguerite. Je veux tant revoir ma fille libre.

— Bien sûr ! Les gardes qui sont avec moi vous accompagneront. Ce n'est pas tout, mon père m'a offert une rente et un titre qui lui vient de sa mère. Le roi le fera enregistrer, enfin je l'espère. Je suis désormais baron de Dunois, et votre fille Marguerite est baronne.

L'épicière fondit en larmes. Nicolas serra ses enfants contre lui.

— Vous ferez honneur à ce nom, leur dit-il en les embrassant.

» Je pars maintenant, reprit-il en se levant. Les hommes de Mgr le cardinal vous escorteront à l'abbaye. Je vous rejoindrai, j'espère avec Marguerite.

Après de nouvelles embrassades, il fila vers la tour de l'hôtel de Bourgogne, ayant demandé au capitaine des gardes de prévenir à la porte Saint-Germain pour qu'on le laisse sortir de Paris quand il arriverait.

À la tour, il trouva Caudebec et Venetianelli follement inquiets mais ni Cassandre ni Marguerite. Leur ayant tout raconté, ils rassemblèrent les bagages que Olivier avait en arrivant et ils partirent pour l'abbaye. Venetianelli ne les accompagna pas, leur expliquant pour les dérider que s'il voulait toujours que sa troupe soit invitée chez les princes lorrains, il ne devait pas être vu avec des rebelles.

La nuit tombait quand ils passèrent la porte de l'abbaye, le cœur étreint par l'inquiétude. Où étaient les deux femmes ?

Au long des rues, les Parisiens qui reconnaissaient la litière du cardinal de Bourbon l'acclamaient aux cris de « Vive le roi Charles X ! ». C'était une situation extravagante pour Olivier d'escorter ainsi l'oncle du roi de Navarre. Il songeait combien la situation était devenue ambiguë entre les factions qui composaient la Ligue, chacune affirmant désormais ouvertement ses desseins, prête à déchirer son ancien allié. C'était bien ce qu'avait prédit Venetianelli.

Quant à lui et à Nicolas, leur position était tout autant embarrassante. Son ami était fils d'un des chefs de la Ligue, cousin du roi de Navarre, et fidèle au roi Valois, tandis que lui-même, qui avait été dans sa jeunesse un fervent partisan du duc de Guise, avait épousé la fille du prince de Condé et donné sa foi au chef des protestants tout en restant catholique !

Comment cet imbroglio finirait-il ?

Passé la porte de Saint-Germain, il quitta le cardinal et tira vers le faubourg Saint-Marcel, mettant chaque fois qu'il le pouvait son cheval au trot et même au galop, tourmenté par le sort des deux femmes. Avaient-elles réussi à sortir de Paris ? À la porte Saint-Germain, la garde bourgeoise leur avait dit que les portes de Paris étaient fermées sur ordre du gouverneur de la Bastille, évidemment cela ne s'appliquait pas au cardinal. Olivier restait persuadé que Cassandre avait choisi de rejoindre sa mère, mais par quel chemin ? Avait-elle réussi à sortir avant la fermeture des portes ?

Torturé par une inquiétude grandissante, il priait, ce qui ne lui était plus arrivé depuis qu'il avait rejoint les protestants de Navarre. Il pressa encore plus son cheval sur le chemin du Fer-à-Moulins. Déjà, il apercevait la haute tour carrée du château de Sardini. Il longea les fossés et remarqua que les gardes en haut du mur d'enceinte l'avaient vu et il entendit l'un d'eux sonner de la trompe. Enfin, il s'arrêta devant le porche.

Sans même qu'il ait besoin de se faire connaître, les deux battants s'écartèrent. Le premier visage qu'il aperçut fut celui de Gracien Madaillan, son valet d'armes, encore plus velu et barbu que dans son souvenir. Le second fut celui de Cassandre.

Sans bien savoir pourquoi, elles avaient couru jusqu'à la Seine. Marguerite suivait Cassandre qui avait choisi la première rue déserte.

Par moments, elles se retournaient, personne ne les suivait. Sans doute le dernier garde était-il entré dans le couvent où il allait découvrir le carnage. Il fallait qu'elles sortent de Paris avant qu'on ne prévienne les capitaines des portes, or ni l'une ni l'autre ne connaissaient bien la ville. Arrivées à la rivière, Cassandre demanda à Marguerite :

— Il faut passer sur l'autre rive, où est le prochain pont ?

Marguerite n'était presque jamais sortie de la rue Saint-Martin.

— Il y en a un pour aller à Notre-Dame, je l'ai déjà pris, c'est par là.

Elle désigna la silhouette de la cathédrale qui apparaissait dans la brume. La pluie était toujours aussi forte.

Elles suivirent les grèves. En chemin, elles abandonnèrent morion, épée et baudrier qui les gênaient et prirent un moment pour s'attacher les cheveux, mais même ainsi, elles ne ressemblaient pas à des hommes si on les regardait de trop près. Heureusement le mantel cachait à peu près tout et le capuchon protégeait leur tête nue.

Elles distinguèrent enfin le pont Notre-Dame qu'elles empruntèrent en se pressant. Elles étaient trempées et commençaient à sentir la fatigue. Cela faisait trois semaines qu'elles ne mangeaient qu'une minuscule portion de pain et jamais de viande. Toutes les échoppes étaient fermées en ce jour de Pentecôte et le pont était presque désert. Cassandre songeait avec inquiétude que si on les remarquait, on se souviendrait d'elles.

Arrivées dans l'Île, elles furent arrêtées par une procession. Cassandre aperçut un marchand d'oublies qui suivait le cortège, protégeant ses pâtisseries sous une toile huilée. Elles étaient tellement affamées qu'elle en acheta deux avec l'argent de Louchart. En dévorant les pâtisseries, elles se faufilèrent entre les ordres mendiants qui marchaient en fin de procession chantant des psaumes. Elles passèrent ainsi les franciscains bruns, les augustins noirs, les carmes blancs et enfin les dominicains qui portaient leurs reliquaires.

Ensuite, elles dépassèrent les archers aux armes de la ville, puis des bourgeois de l'Île portant des chasses et enfin les chantres de la Sainte Chapelle précédés par des fifres.

La procession revenait à Notre-Dame, et comme la tête du cortège s'engageait dans la rue de la Calandre, la voie fut libre devant elles. Elles coururent à perdre haleine jusqu'au petit Pont qu'elles passèrent après avoir donné un sol au receveur.

Mais dans la rue Saint-Jacques, elles ne surent vers où diriger leurs pas. Quel était le plus court chemin pour sortir de la ville ? On devait déjà être à leur poursuite et si elles demandaient leur route, on s'étonnerait.

Cassandre aperçut une charrette tirée par deux grosses mules devant le marchand de vin qui faisait le coin avec la rue de la Bûcherie. L'homme qui la conduisait remontait sur le siège de son chariot qui contenait quatre futaies. Elle s'approcha.

— Monsieur, avec mon frère, nous allons rue du Fer-à-Moulins, pouvez-vous nous rapprocher ? Je vous donnerai deux liards.

— Montez à côté de moi, proposa l'autre, je porte ces barriques vides à ma maison du faubourg. Je vous laisserai en route.

Ils prirent la rue Saint-Jacques. Le chariot avançait très lentement tant la rue était boueuse avec parfois un véritable torrent au milieu et Cassandre se demandait si elles n'auraient pas mieux fait d'aller à pied. Mais elles ne connaissaient pas le chemin.

— Pourquoi allez-vous rue du Fer-à-Moulins ? cria l'homme pour être entendu tant la pluie faisait du bruit sur les toits.

— Mon beau-père travaille chez M. Sardini ! Peut-être trouvera-t-on du travail comme valets.

— Un sale Italien celui-là, dit le cocher. Mais il paye sans barguigner, je lui ai déjà livré du vin.

Le cœur battant le tambour, Olivier sauta de sa selle et Cassandre se jeta dans ses bras. Derrière elle, Marguerite éclata en sanglots.

— Nicolas se porte bien ! lui cria-t-il tout en embrassant sa femme, il est allé chercher vos enfants !

Comme Cassandre le serrait contre son corps, il sentit combien elle avait maigri. Il chercha maladroitement sa bouche tandis qu'elle s'offrait, toute palpitante de désir. Ivres d'amour et de passion, ils s'écartèrent pourtant l'un de l'autre quand ils entendirent Isabeau de Limeuil dire sur un ton moqueur :

— Vous devriez entrer, monsieur Hauteville…

Ils se retrouvèrent dans la chambre d'apparat de Mme Sardini. Cassandre lui raconta leur évasion, puis comment, alors qu'elles passaient la porte Saint-Jacques, un cavalier était arrivé de la Bastille pour en ordonner la fermeture. Mais l'homme qui les avait prises sur son chariot avait assuré qu'elles travaillaient pour lui. Peut-être avait-il deviné qu'elles étaient des femmes et qu'elles étaient recherchées. À son tour Olivier résuma leur journée, comment Nicolas avait retrouvé son père, et à quel point sa vie et celle de Marguerite allaient changer. En l'écoutant, Mme Poulain pleurait et riait à la fois.

— Nous devons partir maintenant, madame, dit-il à Isabeau. Nicolas doit être fou d'inquiétude et la nuit va tomber.

La mère et la fille se firent leurs adieux. Dans la cour, Gracien Madaillan avait préparé les montures et M. Sardini, qui les avait rejoints, avait donné des ordres pour qu'on attelle une petite charrette afin que les femmes puissent voyager confortablement.

Deux géants blond-roux en corselet et tassettes d'acier sur les cuisses, la tête protégée par une bourguignote, attendaient.

— Hans ! Rudolf ! les interpella joyeusement Olivier.

— Ils vous accompagneront jusqu'à Rouen, expliqua Sardini. Je leur ai donné une lettre pour le roi.

Ils formaient finalement un solide équipage, même si Cassandre voyageait cette fois en robe et non armée comme un chevalier, d'autant que Sardini leur avait donné quatre gardes supplémentaires.

À l'abbaye, ce ne fut que joie, rire et bonheur. Le cardinal parut être l'homme le plus heureux du monde et tomba sous le charme de sa petite-fille, Marie. Quant au garçon, Pierre, il voulait déjà être chevalier et son grand-père lui offrit une belle dague qui ressemblait à une petite épée, ainsi qu'un petit cheval de ses écuries.

Ils partirent le matin, après une nuit où les époux ne dormirent guère, les confidences succédant aux étreintes.

Une servante de Nicolas les accompagna à Rouen, car elle ne voulait pas quitter les enfants qu'elle aimait comme une mère. Durant les deux premiers jours, le cardinal leur laissa une escorte, mais il leur avait aussi remis un passeport signé du duc de Guise. Bien qu'arrêtés plusieurs fois par des patrouilles de la Ligue, ils ne furent pas inquiétés.

Leur voyage fut lent à cause du chariot transportant Marguerite, ses enfants et la servante, et des difficultés de logement. C'est aux environs de Rouen, tandis qu'ils longeaient la Seine, qu'ils furent interpellés par une patrouille dont Nicolas Poulain reconnut le capitaine malgré sa barbute. C'était Alphonse d'Ornano.

Le colonel de la garde corse écouta leur récit et les fit escorter jusqu'à la ville où ils arrivèrent le 13 juin, en même temps que le roi qui s'installa provisoirement dans la forteresse de Bouvreuil, seul château suffisamment vaste pour loger ceux qui l'accompagnaient.

Quant à nos amis, après une nuit dans une auberge, ils louèrent un grand appartement dans une maison à pans de bois de la rue du Pot-d'Étain. C'est là que, deux jours plus tard, un page vint les chercher pour les conduire à la citadelle dont le donjon avait servi de prison à Jeanne d'Arc. C'était un sombre château fort avec une double enceinte, cerné de tours crénelées. On y pénétrait par un pont-levis précédé d'un pont dormant.

Après avoir traversé une cour transformée en campement et pleine de soldats, ils furent accueillis par M. de Montpezat qui les attendait devant la chapelle Saint-Gilles. Par un étroit escalier bâti dans un mur, il les conduisit jusqu'à une salle voûtée n'ayant comme ouverture qu'une archère au fond d'une profonde embrasure.

Un chandelier à larges pieds contenant quatre cierges fumait dans un coin.

Le roi était là, recroquevillé sur une chaise haute. Le marquis d'O debout, à côté de lui. Montpezat sortit et ferma la porte.

Ils firent d'abord un bref résumé de leurs aventures, sans toutefois parler du lien filial entre Nicolas et le cardinal de Bourbon. Quand ils eurent terminé, Poulain tendit au roi la lettre que lui avait remise son père.

Henri III en commençait la lecture à la lumière du chandelier quand, brusquement, il releva la tête pour regarder Nicolas Poulain les yeux écarquillés de surprise.

Poulain resta impassible, ne sachant pas si le roi voulait informer le marquis d'O de sa filiation. Henri III reprit ensuite la missive, qu'il relut plusieurs fois. Enfin, gardant la lettre serrée au bout de ses doigts, il fixa le fils du cardinal dans un silence monacal.

— J'aurais dû m'en douter, monsieur, dit-il finalement. Vous n'êtes pas quelqu'un d'ordinaire. Peu auraient eu le courage de faire ce que vous avez fait… mais vous me mettez dans l'embarras.

Il tourna la tête vers O.

— Marquis, M. Poulain a retrouvé son père… Il est fils naturel du cardinal de Bourbon.

O parut pétrifié à son tour et le roi lui tendit la lettre.

— Monsieur Poulain, poursuivit Henri III, les yeux mi-clos, je sais ce que je vous dois, mais je ne suis qu'un roi en fuite… Même ici, à Rouen, mon asile n'est guère sûr. Je suis contraint de me terrer dans cette affreuse forteresse tant je crains à tout moment que la ville ne tombe aux mains des ligueurs. Il serait malhabile de ma part d'annoncer qui vous êtes… Il y a quelques mois, dans cette ville, j'ai parlé au cardinal, votre père. Je lui ai demandé s'il contesterait à son neveu la couronne, puisqu'à ma mort le trône reviendrait forcément aux Bourbon. Il m'a dit que la préférence lui était due. Je lui ai répondu qu'il faisait fausse route, car ni la cour ni le parlement ne l'accepteraient. Tant qu'il maintiendra cette position, les fidèles qui me restent ne comprendraient pas que je garde son fils près de moi… Or, j'ai besoin de vous, car je connais votre loyauté et vos capacités. Vous resterez donc pour tout le monde Nicolas Poulain, lieutenant du prévôt d'Île-de-France, et je vous confie la charge de lieutenant du Grand prévôt de France.

Nicolas fit signe de la tête qu'il acceptait cette décision.

— Seul M. d'O saura qui vous êtes. Sur votre titre et sur vos droits, il vous faudra attendre mon retour à Paris. Ce sera certainement long. Soyez patient.

» Monsieur Hauteville, rejoignez-vous mon beau-frère Navarre ? demanda-t-il à Olivier.

— Oui, sire. Avec mon épouse nous partons pour La Rochelle. Elle a besoin de se reposer après les dures conditions d'emprisonnement qu'elle a subies.

— Mon secrétaire vous remettra une lettre pour mon cousin, revenez cet après-midi, je reçois dans la salle de l'Échiquier M. de Villeroy et des envoyés de mes bons bourgeois de Paris.

Alors que le roi paraissait plus morne et plus maladif que jamais, brièvement son regard trahit sa colère, sa honte peut-être. Il poursuivit en baissant les yeux.

— Ne soyez pas surpris de mon attitude dans les semaines à venir. Mon cousin ne devra pas plus s'étonner, marmonna-t-il. Je n'ai guère de choix…

L'entretien était terminé.

Ils revinrent l'après-midi. La grande salle était pleine et ils restèrent au fond tandis que le roi, sur une estrade, recevait M. de Villeroy et les représentants de la Ligue. Entre-temps, Nicolas Poulain avait rencontré M. de

Richelieu et lui avait raconté l'emprisonnement de leurs épouses ainsi que leur évasion. Il lui avait surtout parlé de Lacroix, le capitaine des gardes de Villequier qui l'avait vendu aux Guise. Si cet homme était à la Ligue, il fallait qu'il soit rapidement mis hors d'état de nuire. En revanche, il n'avait rien dit du cardinal de Bourbon.

Dans l'ancienne salle de l'Échiquier, M. de Villeroy présenta les articles de l'accord que la reine mère avait négocié avec le duc de Guise et ces *Messieurs de la Ligue*, comme on appelait désormais les membres du conseil des Seize. Il le fit en bredouillant tant le projet était honteux pour l'autorité du roi. Puis ce fut un représentant des Seize qui vint justifier la nouvelle magistrature de Paris et l'insurrection des barricades par le danger qu'avait couru la religion catholique. Il accusa aussi le duc d'Épernon d'être la cause de tous ces troubles. Comme beaucoup grondaient dans la salle, le roi les fit taire avec douceur et protesta de nouveau de sa haine pour les hérétiques et de son réel désir de les exterminer. Il annonça aussi que pour soulager son peuple, il avait révoqué trente-six édits que ses sujets rejetaient. Enfin, il déclara qu'il était résolu à convoquer les États généraux du royaume, à Blois.

Dans la délégation qui accompagnait M. de Villequier, Poulain avait aperçu le triple menton de M. Frinchier. À la fin de la séance, il parvint à lui parler quelques minutes discrètement, près de la chapelle. Frinchier lui expliqua à voix basse que s'il était venu avec M. de Villeroy, c'était surtout pour informer M. de Richelieu de ce qu'il savait. Il lui apprit aussi, pensant que cela l'intéresserait, qu'on avait découvert un cabaretier nommé Guitel, tué d'un coup de pistolet. C'était le frère de l'hérétique emprisonné à la Conciergerie pour lequel il s'était renseigné.

452

Nicolas en fut profondément peiné, bien qu'il se doutât de cette mort depuis qu'il avait vu le cabaret fermé. Il demanda ensuite à Frinchier d'aller dire à ses beaux-parents, au Drageoir Bleu, que leur fille était en sécurité.

Ayant raconté cela à Olivier, il s'interrogea avec lui sur l'attitude du roi. Ils ne savaient plus que penser après avoir entendu Henri III assurer les ligueurs de son désir d'exterminer les protestants. Pour quelle raison agissait-il ainsi ? Certes, il ne tenait plus Paris, mais M. de Richelieu leur avait dit que la plupart des villes et des parlements du royaume, ainsi que la grande noblesse, étaient toujours fidèles. Le roi pouvait conduire une guerre contre Guise, simplement en s'alliant avec son cousin Navarre. Pourtant, il paraissait accepter les avanies qu'il subissait et semblait prêt à signer un accord qui le déposséderait de son royaume. C'était une situation incompréhensible.

Le lendemain, Olivier et Cassandre quittèrent Rouen pour La Rochelle. Les effusions entre les amis furent interminables. Les deux femmes avaient appris à s'aimer durant leur emprisonnement. Caudebec appréciait Poulain, et bien sûr Nicolas et Olivier étaient comme deux frères. Ils se promirent de se revoir rapidement pour préparer la saisie du convoi d'or destiné au duc de Guise.

25.

Nicolas avait été pourvu par son père d'un sac d'écus bien pansu qui lui permit de s'installer, puisqu'il était parti sans rien. Son logis formait le deuxième étage d'une belle maison aux colombages ocre et aux encorbellements soutenus par des têtes sculptées. Plus grand que celui qu'il avait à Paris, avec deux grandes chambres, dont l'une servait de pièce d'apparat, une cuisine et plusieurs cabinets, il était déjà meublé de lits.

Tous les jours, il se rendait au palais pour travailler avec le Grand prévôt de France. Sa charge n'était pas très différente de celle qu'il avait à la cour de la reine mère : s'occuper des subsistances pour les gens et les bêtes ainsi que des réquisitions de logement, et en même temps assurer la police de la cour. Le colonel des Cent Suisses de la maison du roi participait souvent à leurs réunions de travail.

Mais à Rouen, pourtant gouvernée par le duc de Montpensier, les pouvoirs de la prévôté étaient réduits à cause des virulents prédicateurs et des ligueurs nombreux, il fallait aussi tenir compte de l'autorité du parlement et de celle de l'archevêque, le cardinal de Bourbon. Le roi n'aurait pu faire pendre un récalcitrant sans soulever la population, aussi Richelieu agissait-il avec une extrême prudence.

Entre Nicolas Poulain et le Grand prévôt s'était nouée une relation sincère, qui n'était pas de l'amitié, mais plutôt un mélange d'estime et de loyauté. Nicolas avait aussi remarqué la déférence que M. de Richelieu avait désormais envers lui. Le Grand prévôt avait dû apprendre, d'une façon ou d'une autre, qui était son père.

Le premier problème de police qu'ils eurent à régler fut celui du capitaine des gardes de Villequier. Nicolas raconta au roi que Lacroix l'avait suivi jusqu'à Paris et – sans nommer son informateur – qu'il avait révélé à Mayneville et à la duchesse de Montpensier l'endroit où il se cachait, ce qui avait provoqué la mort de son logeur.

C'était une lourde accusation et Henri III avait convoqué Villequier et Lacroix. Poulain avait réitéré ses griefs devant eux, mais le capitaine des gardes avait tout nié, sinon qu'il était bien à Paris à cette période pour une affaire de famille.

La réaction de Villequier avait été violente. Non seulement il n'avait pas défendu son capitaine mais il avait exigé qu'il soit pendu sur l'heure sans jugement. Blême, Lacroix avait protesté de son innocence et demandé à être jugé. Ne pas le faire aurait pu entraîner un mouvement de révolte de la part d'autres officiers, mais Richelieu devinait que Villequier avait de bonnes raisons pour refuser un procès où son capitaine des gardes aurait pu parler. Il proposa donc qu'il soit seulement banni de Rouen, ce que le roi accepta.

Quelques jours plus tard, Richelieu apprit à Nicolas que les deux sœurs qu'on surnommait les Foucaudes, les filles de Jacques Foucaud emprisonnées depuis des mois comme huguenotes, avaient été brûlées vives. Elles auraient dû être étranglées pour ne pas souffrir mais un groupe de fanatiques furieux était monté sur l'échafaud et en avait jeté une vivante dans le brasier. M. Rapin, le lieutenant criminel, n'était pas là pour empêcher ce crime qui avait beaucoup affecté le Grand prévôt de France. C'est à cette occasion que Nicolas découvrit que sous son apparente férocité, Richelieu dissimulait une réelle humanité, à moins que ce soit seulement un refus de l'intolérance.

M. Rapin avait en effet été dépouillé de son état de lieutenant criminel au début du mois de juillet et remplacé par un larron – c'est ainsi que Richelieu nommait le nouveau lieutenant criminel – appelé La Morlière. Il faut dire que, dès fin juin, la nouvelle assemblée du corps de ville de Paris, constituée uniquement de ligueurs et dirigée par M. de La Chapelle, avait déposé de leurs charges tous les capitaines de quartier encore fidèles au roi.

En même temps, les négociations conduites par Villeroy et Catherine de Médicis s'étaient poursuivies entre Henri III, le duc de Guise et la Ligue. C'est après avoir parlé de ce La Morlière que M. de Richelieu montra à Nicolas Poulain le projet d'édit que le roi était sur le point d'accepter.

Plusieurs phrases du texte piquèrent au vif Nicolas : il y était décidé l'extermination des hérétiques et que nul prince ne pourrait être roi en France s'il était hérétique.

— J'avoue ne pas comprendre l'attitude de Sa Majesté, fit-il amèrement. Notre monarque a les moyens de s'opposer à ce corps de ville ligueur et à M. de La Chapelle, ne serait-ce qu'en les déclarant criminels de lèse-majesté et en confisquant leurs biens, même si une telle décision ne pourrait être exécutable dans l'immédiat. Il peut aussi affronter ouvertement les Lorrains en convoquant le ban puisque les forces vives du royaume lui restent loyales. Pourquoi a-t-il décidé d'écarter son beau-frère du trône ?

— Ce n'est qu'une décision sans valeur, car la loi salique s'appliquera en son heure, répliqua Richelieu d'un air sombre, tant il refusait lui aussi l'idée d'un roi protestant. Soyez cependant sûr que Sa Majesté a longuement discuté ce texte. En particulier, elle a repoussé la version de la Ligue qui écartait du trône tout prince qui *avait été* hérétique. Il suffirait donc que Navarre se convertisse pour qu'il accède au trône…

— Tout de même, laisser écarter et emprisonner tous les bourgeois de Paris qui lui étaient fidèles…

— Sa Majesté a toujours été réticente à utiliser la force, persuadée qu'elle parviendrait un jour à convaincre les Parisiens de sa bonté. En cela, elle se trompe, fit le Grand prévôt, et je reconnais comme vous que trop d'occasions ont été perdues. Mais ce n'est pas la seule raison… Tout d'abord, le roi est un de ces duellistes qui rompent tant qu'ils ont encore un pied ou deux derrière eux, c'est son tempérament. Mais le pied au mur, il sait contre-attaquer et vaincre. Il l'a fait à Jarnac. Ensuite… Je ne vous confie ceci, monsieur Poulain, que pour votre proximité avec les Bourbon – il eut un sourire ambigu – je sais que le roi éprouve une réelle crainte…

— Le roi aurait peur ? De Guise ? De la Ligue ? Il a pourtant montré un éclatant courage dans le passé, à Jarnac comme vous venez de le dire, ou en Pologne… Quand il assure ne pas craindre la mort et ne viser qu'une troisième couronne au ciel, je le crois.

— Moi aussi, mais derrière Guise, derrière la Ligue, il y a l'Espagne. Henri a peur de ce que l'Espagne pourrait faire à notre pays. Sa mère lui a souvent raconté le sac de Rome, qu'elle a connu.

— Mais les Espagnols ne sont pas en guerre avec nous ! Il est vrai qu'ils aident le duc et les Lorrains, mais seulement en pistoles et en ducats.

— Pas en guerre avec nous ? C'est exact, mais pour combien de temps ? Vous avez entendu parler de leur flotte, de l'armada qui se dirige vers l'Angleterre ?

— Comme tout le monde, mais croyez-vous que l'Espagne puisse vraiment conquérir l'Angleterre ?

— Les derniers rapports que le roi m'a montrés font état de trente mille hommes embarqués sur ces navires. Cette effroyable armée, hélas bénite par notre pape, sera invincible. Pour l'instant le mauvais temps l'a contraint à attendre dans les ports espagnols, mais elle pourrait toucher les côtes anglaises avant la mi-août. Si les Anglais sont écrasés, Navarre perdra son premier allié et l'Espagne fera la loi en France. Voilà la raison pour laquelle Sa Majesté ne veut pas d'affrontement avec la Ligue.

Poulain ne dit rien durant quelques instants. Avec Olivier, ils avaient convenu de convaincre chacun cinq ou six compagnons pour attaquer l'escorte du prochain convoi de trois cent mille écus. Ce devaient être des hommes n'ayant pas froid aux yeux, mais surtout d'une loyauté absolue envers le roi de Navarre ou le roi de France. Cela faisait plusieurs fois qu'il songeait à M. de Richelieu, sans toutefois se décider à lui en parler.

— Le duc de Guise a déjà reçu de l'Espagne deux chariots contenant près d'un million de livres en or, lâcha-t-il d'un ton indifférent.

— Peste ! Qui vous a dit ça ? Le roi d'Espagne a toujours promis plus de beurre que de pain !

— M. Hauteville – pardon M. de Fleur-de-Lis – avait eu connaissance de ces transports de fonds par les services du roi de Navarre. Il a conduit une enquête à Paris ; je ne l'ai pas aidé, car j'étais moi-même occupé avec la Ligue. Mais il a découvert que la première livraison avait été remise au duc en janvier. Il a vu la quittance signée. La seconde livraison a été faite le jour où le duc est venu à Paris, avant les barricades. Sans doute voyageaient-ils ensemble. Mon ami Olivier a suivi les chariots et leur escorte jusqu'à l'hôtel de Clisson.

Richelieu posa longuement son regard sur Nicolas.

— Un million à chaque fois ! Croyez-vous qu'il y aura d'autres transports ?

Poulain hocha lentement la tête de haut en bas.

— C'est de cela que je veux vous parler, monsieur…

Richelieu planta ses yeux dans les siens.

— La troisième livraison est pour début novembre. Nous avons prévu de nous en emparer, mais l'escorte sera sans doute d'une vingtaine de gardes. Il faudrait que nous soyons au moins une grosse douzaine. Tous hardis combattants et fidèles à nos rois.

— Nos ?

— L'or sera partagé, tout comme notre troupe. La moitié pour le roi de France, l'autre moitié pour Navarre.

Richelieu semblait désapprouver cette idée.

— Vous avez réuni vos hommes ?

— Pas encore. Il est difficile de trouver des gens loyaux… Accepteriez-vous d'en être ?

Richelieu secoua la tête.

— Avec Olivier, nous avons prévu que chacun recevrait dix mille écus, ou que cette somme irait à sa famille pour ceux qui ne reviendront pas. Le reste ira aux rois.

— Je suis avec vous, dit lentement Richelieu, bien que je n'aie guère envie d'enrichir le roi de Navarre, mais en attendant, prions pour que Dieu nous sauve de l'invincible armada.

L'édit d'Union fut signé le 15 juillet et enregistré par les parlements de Rouen et de Paris. Le roi avait capitulé sur tout, sauf sur son retour dans la capitale. Parmi les articles de l'édit, il y avait l'amnistie pour les actes de rébellion des 12 et 13 mai, la confirmation de l'élection de M. de La Chapelle comme prévôt des marchands, l'envoi de nouvelles armées contre les huguenots, la promesse de nommer le duc de Guise lieutenant général du royaume, la nomination de M. de Mayneville au conseil, et enfin la reconnaissance du cardinal de Bourbon comme successeur au trône.

Quelques jours plus tard, Richelieu informa Nicolas Poulain que M. de La Chapelle et ses échevins, assemblés au palais de l'Île de la Cité dans la salle Saint-Louis, avaient exigé des parlementaires qu'ils rejoignent la Ligue. N'ayant pas le choix, sinon celui de la prison, les magistrats qui n'avaient pas réussi à fuir Paris avaient juré.

Rouen devenant trop ligueuse, à la mi-juillet, le roi partit pour Mantes dont le château construit par Charlemagne était inexpugnable. Nicolas Poulain le suivit en laissant toutefois sa famille sous la protection du cardinal.

Le 20 juillet, le comte de Soissons, accompagné de M. de Rosny, arriva à Mantes. Le comte qui espérait être nommé au conseil et devenir le premier personnage de la cour – n'avait-il pas montré sa vaillance à Coutras ? – annonça à cor et à cri avoir rompu avec le roi de Navarre depuis qu'il lui avait refusé sa sœur comme épouse.

Il fut fort mal reçu par le roi qui lui enjoignit de se retirer de la cour et de demander son absolution à Rome pour s'être allié avec un hérétique. Quant à

M. de Rosny, qui assurait aussi s'être brouillé avec le Béarnais, il expliqua avec flagornerie à Henri III qu'il était venu lui offrir ses services parce qu'il ne doutait pas que le roi de Navarre viendrait sous peu en faire autant. Ce discours parut ne pas déplaire à Henri III.

C'est un peu plus tard, et seul à seul, que Rosny et Poulain se rencontrèrent dans l'hôtellerie où le baron avait pris chambre. Les premiers mots de Rosny à Nicolas furent pour rendre hommage à son nouvel état, mais aussi pour s'étonner de le trouver à la cour comme lieutenant du Grand prévôt de France. Nicolas lui en ayant confié les raisons, le baron expliqua avec force ironie qu'il n'avait accompagné Soissons que sur ordre du roi de Navarre, lequel lui avait demandé d'oublier les ressentiments qu'il avait envers son cousin tant il était de son intérêt d'avoir auprès de lui quelqu'un pour le tenir informé de ses projets.

— Je prête donc une oreille attentive aux discours du comte et je feins pour lui un zèle que je ne ressens point! Je dois être bon comédien, car il s'est laissé facilement trompé! s'esclaffa-t-il joyeusement dans sa barbe.

Il donna ensuite des nouvelles d'Olivier et de son épouse pour les avoir vus à La Rochelle. Olivier lui avait parlé du convoi d'or, et il était ravi de participer à l'entreprise avec Venetianelli et Caudebec. Nicolas lui dit avoir déjà recruté M. de Richelieu – Rosny grimaça – et qu'il songeait au marquis d'O.

Rosny parut encore plus contrarié qu'au nom du Grand prévôt tant la réputation de querelleur et d'archilarron du marquis était grande. Pour le convaincre qu'il avait tort, Nicolas lui raconta longuement l'expédition faite ensemble pour récupérer les rapines du duc de Guise chez le receveur des tailles Salvancy. Rosny connaissait une grande partie de l'histoire, mais pas le rôle exact de François d'O.

— M. d'O peut aussi nous apporter son serviteur Dimitri, et peut-être M. de Cubsac.

Rosny haussa les épaules, mal convaincu.

— Peut-on faire confiance à ce Cubsac ? Un des quarante-cinq d'Épernon !

— Oui, monsieur. Malgré son air de capitan gascon, c'est un honnête homme et je lui confierais ma vie.

— Dans ces conditions… parlez donc au marquis ! soupira le baron. Il faut faire feu de tout bois si nous devons être une douzaine !

Durant le dîner, Rosny lui raconta que, comme convenu, il était retourné à Paris le mardi suivant Pentecôte et qu'il avait trouvé le Porc-Épic fermé. En interrogeant des voisins, on lui dit que le cabaretier avait été tué par des larrons qui s'étaient introduits chez lui. Cherchant à en savoir plus, il avait aussi appris que le cardinal de Bourbon était venu au couvent de l'Ave-Maria où il y avait eu des affrontements, mais personne ne savait exactement de quoi il retournait. Il s'était donc rendu au Drageoir Bleu (Poulain lui avait parlé une fois de ses beaux-parents) et c'est là qu'on lui avait raconté tout ce qui s'était passé.

Nicolas l'ayant interrogé sur l'armada espagnole, Rosny s'en moqua d'abord en la qualifiant de *bénite par le Pape mais maudite de Dieu*, avant de lui annoncer qu'elle avait appareillé. On pouvait donc apprendre à tout moment que l'Espagne avait envahi l'Angleterre.

Le baron resta à la cour et Nicolas Poulain passa plusieurs bonnes soirées avec lui. Non seulement ils parlaient de politique, de la Ligue, et de l'avenir du roi de Navarre, mais connaissant tous deux parfaitement les environs de Paris, ils discutaient aussi des moyens de s'emparer de l'or de Guise. L'idée de Poulain – qui en avait déjà parlé avec Olivier – était d'attendre le convoi à Saint-Denis, ville où il passerait forcément. Il y avait là-bas tant d'auberges qu'une troupe importante, mais répartie dans plusieurs hôtelleries, ne se ferait pas remarquer par le prévôt s'ils devaient rester plusieurs jours.

C'est aussi à Mantes que Nicolas Poulain rencontra Michel de Montaigne. Au moment des barricades, l'ancien maire de Bordeaux était à Paris, chez son imprimeur, pour corriger une nouvelle version des *Essais*. Montaigne était gentilhomme de la chambre, une charge qu'il exerçait peu, mais apprenant la fuite d'Henri III, il avait estimé qu'il était de son devoir de rejoindre la cour et de se mettre à son service. Une bien rare loyauté.

En parlant de l'intolérance qui s'était installée dans la capitale, et des exécutions fréquentes d'hérétiques, ou accusés de l'être, Montaigne informa Poulain qu'un de ses amis magistrat lui avait écrit au sujet d'un Angevin nommé Guitel qui avait été pendu et réduit en cendres en place de Grève. Ainsi, songea Nicolas, les deux frères étaient désormais réunis dans la mort, et au moins celui-là n'avait pas été brûlé tout vif comme on voulait le condamner.

Quelques jours plus tard, la reine mère vint à Mantes pour supplier son fils, avec beaucoup d'affection, de revenir en sa bonne ville de Paris. L'entrevue étant publique, Nicolas y assista.

Comme le roi refusait, sa mère, désespérée, lui rappela qu'il était d'un naturel bon et qu'il avait toujours pardonné les offenses.

— C'est vrai, madame, mais que voulez-vous que j'y fasse, c'est ce méchant d'Épernon qui m'a gâté et m'a tout changé mon bon naturel, plaisanta Henri III.

Malgré la tension qui régnait, cette réponse fit rire l'assistance, sauf Catherine de Médicis qui rentra à Paris éconduite.

Le château de Mantes n'étant guère confortable, la cour partit pour Chartres où une délégation de députés du parlement de Paris vint à son tour supplier le roi de revenir dans sa bonne ville. Pour émouvoir Henri III, les députés se firent précéder par un frère du duc de Joyeuse, entré en religion, qui portait une croix de carton, une couronne d'épines et s'était barbouillé le visage de sang. Autour de lui, des capucins habillés d'un cilice le fouettaient en criant miséricorde. Bien qu'aimant les processions, le roi fut cette fois indifférent à ce qu'il appela une mascarade.

Plus tard, il reçut les députés avec une grande majesté et reconnut qu'ils n'avaient trempé en rien dans l'affaire des barricades. En revanche, il menaça de ne jamais revenir à Paris et d'en ôter les cours souveraines.

Cet avertissement alarma tellement le corps de ville qu'il envoya une nouvelle députation conduite par le prévôt des marchands. Les députés apportaient tous des cadeaux pour témoigner de leur affection et, parmi eux, se trouvait le nouveau gouverneur de la Bastille, Bussy Le Clerc.

La salle était pleine. Nicolas Poulain était près du trône avec M. de Richelieu et les quarante-cinq. Quant aux gentilshommes de la chambre, dont M. de Montaigne, ils entouraient le roi de telle façon qu'aucun député n'aurait pu s'approcher à moins de deux toises.

À tour de rôle, parlementaires et membres du corps de ville vinrent supplier Henri III de revenir. Ils remettaient alors leur cadeau à un chambellan qui le portait au roi, lequel le recevait avec une grande bonhomie et un réel plaisir, s'extasiant surtout sur les bijoux qu'il découvrait en ouvrant les coffrets.

Bussy Le Clerc avait aperçu Nicolas Poulain et lui avait jeté un regard malveillant auquel le prévôt n'avait pas répondu. En revanche Poulain avait remarqué, avec un mélange de surprise et d'inquiétude, que Le Clerc portait épée comme un gentilhomme. Il est vrai qu'il se disait noble, mais il n'aurait jamais été reçu ainsi à la cour à Paris. Seulement les ligueurs, maîtres des principales charges de la ville et *Messieurs de la Ville*, comme ils se nommaient, s'étaient anoblis eux-mêmes !

La cérémonie s'éternisait. Les discours succédant aux supplications auxquelles le roi répondait par des remerciements, mais sans promettre de revenir à Paris. Enfin s'avança le dernier parlementaire qui tenait un coffret de bois finement ciselé. L'attention de Poulain s'était relâchée. Il ne s'était rien passé d'inquiétant comme il le craignait.

Le roi paraissait impatient de savoir ce qui se trouvait dans cette boîte d'assez belle taille. Il glissa un mot à M. de Villequier, assis à côté de lui, pour qu'il aille la chercher.

C'est alors que Poulain crut reconnaître le coffret. N'était-ce pas la boîte ciselée remise à Louchart par un artisan horloger lors d'une réunion de la sainte union ? Il étudia Le Clerc avec attention. Le visage du gouverneur de la Bastille était tendu et son regard allait de la boîte au roi. Poulain bouscula le gentilhomme devant lui en lançant :

— Sire, avec votre autorisation, je souhaite examiner ce coffret.

Stupéfiée, l'assistance se tut, et tous les regards se tournèrent vers l'insolent, l'inconscient, qui osait troubler ainsi les règles du protocole. Puis les murmures déferlèrent par vagues de plus en plus fortes et se transformèrent en un sourd grondement de réprobation.

Le chambellan avait les yeux écarquillés et le conseiller au parlement tenait gauchement sa boîte avec une expression de parfait ébahissement.

Poulain glissa entre ses dents à Richelieu : « C'est la machine de Chantepie. » Il fit deux pas en avant pour prendre la boîte mais fut arrêté par les quarante-cinq. Villequier, qui allait aussi se saisir du coffret, gronda en le foudroyant du regard :

— Dieu me damne, monsieur Poulain, c'en est trop ! Veuillez rester à votre place !

— Laissez, Villequier ! fit le roi en posant son regard sur Poulain.

Richelieu s'avança à son tour :

— Sire, j'approuve la requête de mon lieutenant. Il serait souhaitable que je regarde aussi ce coffret avant Votre Majesté.

Les murmures reprirent, s'enflèrent. La confusion parut s'étendre. Le roi dit quelques mots à voix basse à Villequier, puis au marquis d'O. Celui-ci fit alors taire l'assistance en levant une main.

— Sa Majesté recevra en privé M. Bonneval, dit-il. Monsieur de Bonneval, veuillez remettre votre coffret au grand prévôt.

Bonneval était le parlementaire au coffret. C'était un homme replet, de petite taille, au visage lisse et joufflu. Il paraissait désemparé dans son bel habit de velours noir.

Le roi prit alors la parole. Mi-amusé mi-dédaigneux, il remercia longuement ses bons amis bourgeois et députés de Paris. Il les assura que leur ancienne mésintelligence était oubliée, en utilisant même le terme de *Messieurs de Paris* pour nommer les membres du corps de ville qu'il qualifia *d'honnêtes hommes ayant la religion empreinte en l'âme et la générosité dans le cœur*. Il les assura de son amitié et de son attachement à la capitale, mais ne dit mot de son retour.

L'entrevue était terminée.

Suivi de M. de Villequier, O, Bellièvre, Montpezat et quelques gentilshommes dont Roger de Bellegarde, Henri III se retira dans une chambre qui jouxtait la salle, pendant que M. Bonneval remettait son cadeau à Richelieu. Le parlementaire paraissait tellement déconfit que Nicolas Poulain se demanda s'il ne s'était pas trompé, mais le coffret paraissait bien être le même que celui qu'il avait vu à la réunion de la Ligue. Il leva les yeux, cherchant du regard Le Clerc, mais le gouverneur de la Bastille était parti. Tout comme M. de La Chapelle.

— Que dois-je faire ? demanda Bonneval.

— Sa Majesté va vous recevoir en privé, répondit Nicolas. (Il prit le coffret des mains de Richelieu.) Qu'y a-t-il à l'intérieur ?

— Une aigrette en diamants et des ferrets, monsieur.

Le capitaine des gardes, M. de Larchant, arriva alors pour leur dire que le roi les attendait. Ils le suivirent.

Lorsqu'ils entrèrent dans la chambre, Henri III était assis sur une chaise haute, impavide. Villequier jeta un regard sombre à Poulain. O paraissait intrigué et soucieux. Bellièvre se tenait à l'écart. Le seul gentilhomme de la chambre qui restait était Bellegarde, et bien sûr M. de Montpezat, le capitaine des quarante-cinq, comme si le roi avait décidé que ce qui allait se passer ne devait pas s'ébruiter.

— Monsieur Poulain, expliquez-nous, proposa doucement Henri III.

Poulain s'approcha de Bonneval et lui tendit le coffret.

— Monsieur le député, pourriez-vous ouvrir ce coffret pour en montrer le contenu à Sa Majesté ?

— Bien sûr, monsieur, répondit Bonneval sans hésiter.

Il était à côté d'une table. Il posa le coffre dessus et en détacha les deux crochets qui le tenaient fermé.

— Arrêtez! ordonna Poulain.

Le parlementaire parut interloqué, l'assistance restait attentive.

— D'où tenez-vous ce coffret, monsieur?

— De mes amis parlementaires qui se sont cotisés pour offrir les bijoux qu'il contient à Sa Majesté.

— Vous en avez vu le contenu?

— Oui, monsieur, avant de partir.

Poulain se mordit les lèvres d'inquiétude. S'il s'était fourvoyé, il serait ridicule. Il balaya la salle des yeux. Elle contenait deux coffres, une armoire ciselée, un grand bahut et bien sûr un lit à rideaux cramoisis couvert d'une très épaisse courtepointe. Le siège du roi était à quelques pas du lit.

Sous le regard médusé de l'assistance, Nicolas prit le coffret pour le poser sur le lit. Puis, il tira la courtepointe contre l'ouverture de la boîte, défit les crochets avec précaution et, constatant que la serrure n'était pas fermée, ouvrit le couvercle de façon à ce que l'ouverture se fasse vers la courtepointe et non vers lui.

Trente-six canons se déchaînèrent dans un vacarme à peine étouffé par la couverture de lit. La pièce s'emplit de fumée. Poulain lâcha le coffret devenu brûlant dont une partie s'enflamma.

Il tira la courtepointe et en frappa violemment la boîte pour éteindre le feu. Il se sentait soulagé d'avoir bien deviné, mais en même temps plein de rage pour cet effroyable projet de régicide.

Le roi s'était levé, horrifié. Ses gentilshommes l'entouraient, épée à demi sortie du fourreau. Tous blêmes et pétrifiés au milieu de la fumée. On frappait des coups violents à la porte. Richelieu fut le premier à reprendre ses sens. Il s'approcha de l'huis pour crier, la voix cassée par l'émotion :

— Tout va bien! Laissez le roi tranquille!

Bonneval était tombé à genoux, sanglotant et murmurant une prière. Il ne comprenait rien mais se doutait de son sort, et il en était terrorisé.

Henri III n'était pas un poltron, son entourage non plus, tous avaient connu le fracas des canons et des mousquets. Aussi ce n'était pas le bruit de la machine infernale qui les avait épouvantés, c'était l'acte lui-même. Certes les prédicateurs faisaient serment de bénir celui qui tuerait le tyran, certes on avait déjà assassiné des princes de sang, on avait tué le prince d'Orange, Marie Stuart avait attenté à la vie de la reine d'Angleterre. Mais le roi de France ! Le représentant de Dieu sur terre ! C'était inimaginable.

Personne ne disait mot. Au milieu de la fumée, Nicolas considéra sévèrement Villequier qui gardait les yeux écarquillés en secouant la tête, comme incrédule. Le parlementaire paraissait anéanti. M. d'Ornano serrait sa dague avec rage.

— Comment saviez-vous, monsieur Poulain ? demanda alors le marquis d'O d'une voix étranglée.

— M. de Richelieu m'avait demandé d'enquêter sur cette machine infernale volée au Grand-Châtelet. J'avais aperçu ce coffret passant de main en main dans une réunion de la Ligue…

— Majesté, je vous supplie de me croire… J'ignorais tout. J'ai vu les bijoux avant de partir. J'en ai même payé la plus grande partie, pleurnicha le parlementaire.

— La Ligue ! murmura le roi en effleurant l'une des perles de ses boucles d'oreilles. Ces bourgeois venaient m'assurer de leur obéissance… et en réalité ils avaient préparé ma mort…

— Rien ne dit que celui qui a fait cela était parmi eux, sire, dit Villequier. Ce peut être un coup monté dont les instigateurs sont encore à Paris… ou ailleurs, suggéra-t-il perfidement.

— J'ai vu M. Le Clerc avec cette boîte lors de l'assemblée de la Ligue à laquelle j'assistais, et M. Le Clerc était là aujourd'hui ! lâcha Poulain en le défiant du regard.

— Je vais le faire pendre ! gronda Ornano.

— Non ! dit le roi, en secouant la tête et en arrêtant son colonel d'un geste de la main. L'heure n'est pas venue…

— Il faut faire un exemple, sire ! insista Ornano.

— Non, vous dis-je ! Personne ne doit savoir ce qui s'est passé. Monsieur Bonneval, expliquez-vous… Et tâchez d'être convaincant.

— Je ne sais que dire, Sire. Ce coffret contenait une aigrette et des ferrets de diamants. Nous sommes huit à avoir participé à l'achat.

— Quand l'avez-vous ouvert pour la dernière fois ?

— À Paris, monsieur le Grand prévôt. Ensuite la boîte ne m'a pas quitté, elle était fermée à clef et je ne l'ai ouverte qu'en entrant dans la salle.

— D'où vient le coffret ?

— C'est M. de La Chapelle qui nous l'a offert quand il a su que nous ferions ce cadeau. Il était un peu grand mais il a insisté.

— La Chapelle et Bussy voyageaient avec vous ?

— Oui, nous étions dans la même auberge avant-hier.

Poulain posa son regard sur Richelieu qui hocha la tête. Toute autre explication était inutile. La Chapelle avait fait faire deux coffrets, et d'une façon ou d'une autre les avait échangés.

— Monsieur Bonneval, M. de Richelieu va prendre votre déposition écrite devant un notaire, décida le roi. Ensuite vous rentrerez à Paris et ne parlerez jamais de cette affaire. Si on vous interroge, vous direz que M. de Richelieu a pris le coffret et que vous ne savez pas ce qu'il est devenu.

Il se tourna vers Poulain avant d'ajouter :

— Monsieur Poulain, mes dettes s'accroissent envers vous.

Le lendemain de cet attentat, le marquis d'O invita Nicolas Poulain à dîner chez lui en s'excusant de ne pas l'avoir fait plus tôt, mais il était trop mal logé et venait à peine de trouver un hôtel lui permettant de tenir son rang.

Les deux hommes dînèrent seuls, Dimitri assurant le service.

Ce fut un repas lugubre. L'attentat avait ravivé les craintes du marquis qui interrogea longuement Poulain sur ce qu'il savait de Bussy Le Clerc.

— C'est un homme redoutable, conclut Poulain, après avoir raconté quelques anecdotes sur le procureur. C'est lui qui a organisé ce qu'ils appellent l'heureuse journée de Saint-Séverin. Sa hardiesse n'a d'égale que sa cupidité, mais vous avez pu constater combien il est habile.

— En effet, quel coup de génie de mettre en avant ce pauvre Bonneval. Recommencera-t-il selon vous ?

— Certainement, ou ses amis prédicateurs. Boucher par exemple, sans oublier Mme de Montpensier… Il faut empêcher quiconque d'approcher le roi désormais.

— Sans doute ! Mais cette entreprise démontre aussi l'incapacité des quarante-cinq du duc d'Épernon à protéger Sa Majesté. Épernon est un homme sans finesse. Pour lui, tout peut se régler avec une épée et il pense qu'il suffit de placer une barrière de Gascons autour du roi pour le protéger. Il ne lui vient pas à l'idée que nous devons comprendre nos adversaires pour mieux les déjouer. Malheureusement, nous n'avons plus d'espion chez eux. Je n'ose imaginer le désordre qui régnerait à cette heure dans le royaume si le roi avait ouvert cette funeste boîte ! Le roi est si affable ! Que demain se présente quelqu'un en qui il a confiance, et il le recevra dans sa chambre. Si celui-là a de mauvaises intentions, il n'aura aucun mal à lui enfoncer un couteau dans le ventre !

Quelques mois plus tard, Nicolas Poulain devait se souvenir de cette terrible prémonition. Il approuva gravement de la tête en faisant part à son tour de ses craintes.

— Les États généraux ouvrent dans un mois. C'est à Blois que Sa Majesté sera le plus vulnérable. Il faudra renforcer la garde partout, payer des espions ou acheter nos ennemis.

— Certes, mais avec quel argent ? Les caisses sont vides et le roi ne peut même plus payer ses Suisses. Ce mois-ci, j'ai avancé les gages de ses officiers sur ma cassette.

— Il y aurait peut-être une solution… suggéra Poulain.

— Laquelle ?

— Le duc de Guise attend un convoi d'or…

— Expliquez-vous !

— Je vais vous faire une proposition, monsieur le marquis. Vous pouvez la refuser, mais dans ce cas je souhaite être assuré de votre silence…

O posa ses yeux sur Poulain et comprit qu'il s'agissait d'une entreprise particulièrement secrète.

— Voulez-vous ma parole ?

— C'est inutile, je sais que je peux vous faire confiance. Voici les faits…

Nicolas raconta tout ce qu'il savait sur les trois versements de l'Espagne au duc.

— Le prochain serait donc en novembre ?

— Oui, monsieur. Avec mon ami Olivier, nous souhaitons réunir une douzaine de braves pour prendre cet or. Chacun recevra une part et le reste sera partagé entre le roi de Navarre et le roi de France.

— Vous avez déjà trouvé vos compagnons ?

— Quelques-uns. J'avoue avoir pensé à vous et à Dimitri.

— La dernière entreprise que vous m'avez proposée, monsieur Poulain, m'a laissé du fiel dans la bouche.

— À moi aussi, monsieur. Mais tout est différent désormais…

— Croyez-vous ? Navarre est un renard, et comme tous les renards, c'est un voleur de poules. Si nous prenons cet or, il nous le volera…

— Non, monsieur, il faut désormais que nous ayons confiance les uns envers les autres.

— Confiance ? Avec les hérétiques ? persifla O.

— J'y ai des amis, monsieur. J'ai rencontré Navarre et je sais quel homme il est.

— M. Hauteville m'a déjà tenu ce discours, objecta le marquis.

Il resta silencieux, puis posa son regard sur Dimitri, qui avait tout écouté.

— Parlez-moi de ceux que vous avez approchés…

— M. de Richelieu.

O approuva de la tête.

— M. de Rosny.

Cette fois, le marquis écarquilla les yeux.

— M. François Caudebec.

— C'est impossible ! Il m'a déjà volé une fois !

— Et M. Venetianelli.

— *Il Magnifichino* ?

— Oui.

Le marquis balança un moment de la tête.

— Avec M. Hauteville et vous cela fait six, dont deux envers qui je n'ai que défiance !

— Soyez assuré, monsieur, qu'ils se méfient autant de vous, ironisa Poulain. Il faudra pourtant surmonter nos préventions les uns envers les autres. Ce sera nécessaire aussi pour l'avenir.

— Un million de livres, avez-vous dit ?

O était partagé. Renflouer les caisses du roi, et s'enrichir un peu par la même occasion, était tentant. C'était aussi un moyen de damer le pion à Épernon. Mais d'un autre côté, comment avoir confiance en Caudebec ou en Rosny ?

— Si j'accepte, ainsi que Dimitri, nous ne serons que huit.

— J'avais pensé que vous pourriez approcher M. de Cubsac.

— En effet. Cela fera neuf.

— Je dispose encore de deux mois pour trouver cinq ou six personnes.

— J'irai, monsieur Poulain, mais je ne pourrai m'absenter longtemps de la cour, et je veux être associé à toutes les décisions à prendre. Si c'est vous qui êtes le capitaine de cette entreprise, j'exige d'être votre second, et non M. de Rosny.

— Je la dirige avec Olivier. Je vous propose donc d'être mon lieutenant *avec* M. de Rosny.

O grimaça à nouveau et resta silencieux, boudeur même.

Comme le silence se prolongeait, Nicolas Poulain insista :

— Monsieur le marquis, songez que c'est une occasion unique de montrer qu'il nous est possible, protestants et catholiques de bonne volonté, de nous faire confiance et de vivre ensemble. Rejetons l'intolérance, le fanatisme, la Ligue et les Lorrains ! Mgr de Navarre est l'allié naturel du roi. Il sera lui-même votre roi, un jour !

O lâcha un profond soupir.

— Je le sais, monsieur Poulain, mais c'est difficile pour moi. Un hérétique... J'essaierai de parler à Rosny. Pour Caudebec, ce sera plus dur. Mais sachez que si l'un des huguenots tente de nous trahir, je le tuerai ! dit-il d'une voix forte.

— Personne ne trahira personne.

Le marquis hocha la tête avant de demander :

— En avez-vous parlé au roi ?

— Non, monsieur. Nous le ferons plus tard. J'avoue aussi que je manque parfois de confiance envers lui... Et s'il nous dénonçait à Guise ? Il a déjà tant cédé !

— Dénoncer ! gronda O. Je vous interdis de douter de Sa Majesté !

— Alors pourquoi a-t-il accepté le traité d'Union ? répliqua sèchement Poulain.

— Je pourrais vous répéter ce que tout le monde dit, que tant que la flotte espagnole sera menaçante, le roi n'osera s'opposer à la Ligue.

— Et ce n'est pas la raison ?

— Non ! Je vais vous confier à mon tour un secret, monsieur Poulain. Par votre rang, vous pouvez le connaître, et le roi m'y a autorisé tant il tient à conserver votre amitié et votre fidélité. Sa Majesté fera désormais tout ce que souhaite la Ligue. Notre roi déploiera ses largesses et ses faveurs sur leurs chefs, non qu'il les en juge dignes mais à dessein...

— À dessein ? reprit Poulain, la gorge nouée, car il s'inquiétait de ce que le seigneur d'O allait lui confier.

— Sa Majesté a résolu de se défaire de Guise, comme il avait vu son frère se défaire du grand Coligny, et toutes ses démarches ne tendent qu'à l'endormir dans une trompeuse confiance, lâcha le marquis.

Un oppressant silence s'installa. La Ligue venait de tenter de tuer le roi, et celui-ci envisageait la même chose à l'égard du duc de Guise. S'il y avait assassinat, la haine entre les deux partis ne s'éteindrait pas. Poulain était croyant. Profondément croyant, et un tel crime, même décidé par un roi, vaudrait peut-être l'excommunication à son auteur.

— Quand cela aura-t-il lieu? demanda-t-il enfin d'une voix blanche.

— Le roi choisira son jour et son heure, mais il sait qu'il pourra compter sur ma main, répondit O.

Le lundi qui suivit, c'était le premier jour d'août, la reine mère avec ses filles d'honneur, le duc de Guise escorté de quatre-vingts cavaliers, le cardinal de Bourbon avec cinquante archers de sa garde en casaques de velours cramoisi passementé d'or, l'archevêque de Lyon et nombre de grands seigneurs ligueurs arrivèrent à Chartres.

Le roi les reçut avec chaleur et leur fit le plus honnête accueil qu'ils pouvaient espérer. Une fois encore la reine mère supplia le roi de venir à Paris. Son fils lui répondit que c'était chose qu'il ne pouvait lui accorder, mais qu'il lui donnerait tout ce qu'elle voudrait hors cela, et qu'il la priait de ne plus l'en importuner davantage.

Le lendemain, pour montrer qu'il avait pardonné toutes les avanies qu'on lui avait fait subir, Henri III invita le duc de Guise à dîner. Durant le repas, il lui demanda à qui ils boiraient.

— À qui il vous plaira, sire, répondit le duc de Guise. C'est à Votre Majesté d'en ordonner.

— Mon cousin, plaisanta Henri III qui était de joyeuse humeur, buvons à nos bons amis les huguenots !

— C'est bien dit, sire, répondit froidement M. de Guise.

— Et à nos bons barricadeux de Paris, ajouta le roi, buvons aussi à eux et ne les oublions pas !

À ces mots, le duc de Guise se força à sourire, mais son sourire ne passa pas le nœud de la gorge. Il se retira peu après, pensif et mal à l'aise tant il ne comprenait pas le comportement du roi.

Le duc, sa suite, la reine et le cardinal restèrent une grande partie du mois à la cour pour sceller la réconciliation. Le climat était désormais à la bonne entente et à l'amitié. Pourtant Nicolas Poulain observa que l'entourage du roi s'était insensiblement modifié. Bellièvre et Villequier étaient moins souvent près de lui, tandis que le colonel d'Ornano ne le quittait pas. Henri III se réunissait aussi souvent avec le duc d'Aumont.

Jean d'Aumont avait soixante-cinq ans passés, il avait été premier gentilhomme de François Ier et, dans sa famille, on était depuis toujours homme de guerre et loyal à la couronne. Chevalier du Saint-Esprit et maréchal de France, le roi paraissait désormais l'écouter plus que tout autre, ce qui rendait le marquis d'O ombrageux.

À Chartres, le roi occupait deux grandes maisons devant la porte royale et une partie de la cour était logée dans l'évêché, un bâtiment aussi vaste qu'un palais royal avec une immense salle commune, des parvis et des galeries dignes d'un roi. Malheureusement, une bonne partie des logis étaient ruinés et inconfortables, aussi Nicolas Poulain avait pris chambre à l'hôtellerie du Chapeau-Rouge, dans le grand faubourg, et Richelieu à la Croix-de-Fer, une auberge proche. Nicolas, ayant toujours sa famille à Rouen, n'avait besoin que d'un valet, d'un secrétaire et d'un sergent d'armes.

Dès l'arrivée de Catherine de Médicis et de son père, le cardinal de Bourbon, il leur rendit visite. Il les trouva tous deux fort affaiblis par le voyage. La reine mère le reçut couchée. Il la remercia encore pour ce qu'elle avait fait et elle émit le vœu qu'il entre à son service. Mais il lui répondit qu'il était à son fils, et que seul le roi pourrait lui demander de quitter sa maison. Elle n'insista pas.

Son père aussi était fort mal. La gravelle ne le quittait plus et ses traits tirés montraient sa souffrance malgré les graines de pavot qu'il prenait continuellement. Ils s'étreignirent pourtant avec affection. Le cardinal prit des nouvelles de ses petits-enfants et ne parla ni de Guise ni de la Ligue. Nicolas ne lui dit rien du roi.

Le 14 août, le duc de Guise fut nommé grand maître[1] de la cour et lieutenant général du royaume pour les armées et entreprises de guerre, mais il ne sembla guère satisfait de ces honneurs. Le roi paraissait si étrange, si lunatique qu'il s'en inquiétait chaque jour un peu plus. Le lendemain de ces nominations, Henri III s'enferma une partie de la journée avec ses conseillers et reçut plusieurs messagers. Guise retrouva pourtant confiance le surlendemain avec l'arrivée de l'ambassadeur Mendoza qui venait annoncer à la cour la victoire de l'invincible armada. Les Lorrains crièrent leur joie et, en liesse, se précipitèrent à la cathédrale pour des actions de grâce.

Nicolas Poulain était avec M. de Richelieu quand un secrétaire vint leur communiquer la terrible nouvelle. Il resta un long moment pétrifié jusqu'à ce qu'il

---

1. Le grand maître avait autorité sur tous les services de la cour, les commensaux, la garde et les gentilshommes.

remarque le visage ironique du Grand prévôt. Une expression fort rare chez celui qu'on surnommait Tristan l'Ermite.

— Je suis désolé de ne vous avoir rien dit, s'expliqua-t-il alors, mais le roi m'avait interdit d'en parler. Il m'a prévenu ce matin avant le lever du jour. Toute la journée d'hier, il a reçu des messagers venant du gouverneur de Calais et c'est dans la nuit qu'il a eu une confirmation définitive venant de la reine Élisabeth elle-même. Le soir du 7 août, tandis que l'armada mouillait devant la côte anglaise, prête à débarquer ses milliers d'hommes, les Anglais ont fait dériver des barques d'explosifs. Afin d'échapper aux flammes, le duc de Médina qui commandait l'armada a cru bien faire en ordonnant la dispersion de la flotte. Mais le capitaine Drake les attendait au large avec des navires autrement maniables. Ils ont canonné les Espagnols durant des heures, puis le vent s'est levé avec violence et a poussé les nefs des envahisseurs vers le nord, ou les a jetées sur les côtes anglaises.

» Il ne resterait rien de ce que les Espagnols appelaient l'Armée Invincible, l'Orgueil du Monde et la Frayeur des Îles. Avec un peu de vent, Dieu a dissipé l'orgueil espagnol et montré dans quel camp il était.

— Mais pourquoi Mendoza annonce-t-il la victoire?

— Sans doute a-t-il seulement appris que la flotte espagnole était prête à débarquer, et ignorait-il ces derniers évènements.

La ruine de l'Armada fut confirmée dans la journée et les proches du roi cachèrent si peu leurs quolibets qu'Henri III dut les modérer et leur demander de dissimuler leur joie. Après tout, expliqua-t-il, pince-sans-rire, l'Armada était bénite par le Saint-Père et avait pour dessein de ruiner les hérétiques; personne ne pouvait donc se réjouir de son échec.

Pourtant, dans les jours suivants, le roi apparut plus sûr de lui, tout en ne mesurant pas son amitié envers son cher et aimé cousin. Il assura au cardinal de Guise, frère du duc, qu'il aurait la légation d'Avignon. À Charles de Mayenne, il promit une armée pour réduire les huguenots du Dauphiné. Enfin il s'engagea à remettre les Sceaux à l'archevêque de Lyon, l'un des plus proches conseillers du *Balafré*.

Quant au cardinal de Bourbon, reconnu comme plus proche parent de son sang, il lui donna le droit de créer un maître de chaque métier dans toutes les villes du royaume. Un privilège qui allait encore plus l'enrichir.

Nicolas Poulain, soulagé par la défaite espagnole et peu désireux de simuler l'amitié envers la Ligue, rôle déjà joué pendant trois ans, demanda alors son congé pour quelques jours. Il se rendit à Rouen où il retrouva avec un grand bonheur sa femme et ses enfants. Des rumeurs avaient dû filtrer sur son nouvel état car, un soir, dans leur couche, après une longue étreinte, Marguerite lui expliqua que les échevins et plusieurs parlementaires étaient venus pour lui présenter de respectueux hommages.

Cette semaine fut donc le temps du bonheur, hélas court, car à la fin du mois, Nicolas, le cœur serré, partit pour Blois où la cour se rendait.

C'est là qu'il apprit que Guise n'avait pu obtenir l'office de connétable qu'il réclamait.

26.

Arrivé à Blois au début de septembre, le roi annonça de façon inattendue qu'il changeait les secrétaires d'État du conseil. M. de Cheverny – le chancelier –, M. de Bellièvre – le surintendant – et M. de Villeroy furent envoyés dans leurs terres et remplacés par des proches du maréchal d'Aumont et d'Alphonse d'Ornano.

Alors que le château et la ville bruissaient de toutes sortes de rumeurs sur les raisons de ces changements, qui n'avaient pas pour cause un mécontentement d'Henri III envers ses ministres, puisqu'il avait reçu avec beaucoup d'amitié et d'affection M. de Cheverny, un groupe de cavaliers entra dans Blois.

C'était la suite de Michel de Montaigne, gentilhomme de la chambre du roi, qui présenta aux archers et à la garde bourgeoise une lettre du maréchal de Matignon lui demandant d'être député de la sénéchaussée de Périgord aux États généraux. La suite comprenait plusieurs domestiques et hommes d'armes, une charrette de bagages ainsi qu'un couple : un gentilhomme parent de M. de Montaigne et son épouse. Plus de six cents députés avec leur suite étaient attendus dans la ville de Blois et il était impossible de tous les interroger ou de vérifier qui ils étaient vraiment. Non seulement cet équipage passa sans question, mais le sergent de garde expliqua aimablement à l'ancien maire de Bordeaux qu'il aurait beaucoup de mal à trouver un logement.

— Ne craignez rien pour moi, répondit Michel de Montaigne, je suis attendu chez des amis.

Le sergent suivit un moment son équipage des yeux, la troupe prenait la direction de la rue Puy-Châtel dans la basse ville. S'il avait pu rester avec elle, il aurait vu que M. de Montaigne s'arrêtait devant la maison au porc-épic du banquier Sardini.

Olivier et Cassandre, escortés par François Caude-bec, Gracien Madaillan et quelques hommes d'armes, étaient partis de La Rochelle à la fin d'octobre, après une longue entrevue avec Henri de Navarre qu'ils n'avaient pas revu depuis leur retour de Paris, en juin, quand ils lui avaient raconté leurs aventures, parlé du convoi d'or du duc de Guise et rapporté les propos de M. de Boisdauphin qui innocentaient la princesse de Condé, tout au moins du crime d'empoisonnement de son mari.

Après cet entretien, Navarre avait fait libérer la veuve, mais en laissant la procédure se poursuivre. La princesse ne serait ni questionnée ni exécutée, mais pas totalement mise hors de cause compte tenu de la trahison à laquelle elle s'était livrée. Cette demi-mesure n'était pas satisfaisante, mais avait l'avantage de ne pas frapper d'opprobre le jeune prince à naître[1] et de garder intacte l'alliance avec les La Trémoille.

La fuite d'Henri III de sa capitale avait profondément affecté Henri de Bourbon. Le souvenir des mauvais procédés du roi de France n'avait pas tenu un instant contre le ressentiment de la sanglante injure qui venait

---

1. Qui sera le père de Louis de Bourbon, le Grand Condé.

d'être faite aux Valois par la Ligue, et qui rejaillissait sur toutes les têtes couronnées. Appuyé par son conseil, Navarre avait envoyé son secrétaire assurer à son beau-frère qu'il pouvait disposer de sa personne et de ses soldats, mais le roi de France n'avait montré aucun désir d'accepter son aide. Au contraire, il paraissait avoir oublié les offenses des ligueurs et semblait décidé à faire la paix avec le duc de Guise.

Cette attitude inquiétait le roi de Navarre qui espérait que ce n'était que comédie, mais son cousin l'avait si souvent déçu qu'il aurait aimé en être certain. Malgré sa présence à la cour de France, M. de Rosny n'avait pu le renseigner, aussi quand Olivier demanda congé pour rejoindre Nicolas Poulain afin de préparer le rapinage du convoi d'or du duc de Guise, Henri de Navarre lui donna son accord en lui recommandant de profiter de son séjour à Blois pour en savoir plus sur l'étrange comportement d'Henri III.

Restait cependant à entrer et à séjourner dans une ville gouvernée par le duc de Guise, et où la Ligue dictait sa loi. Olivier ne savait comment faire et s'en était ouvert à M. de Mornay qui lui-même en avait parlé à Navarre.

Tous deux avaient une grande expérience des ruses pour pénétrer dans une ville hostile. L'une d'elles était de voyager dans la suite d'un personnage important. Henri de Bourbon avait donc suggéré à Olivier d'entrer dans Blois avec un député des États généraux. L'illusion serait encore meilleure s'il était avec une femme, car on ne se méfierait pas d'un couple. Ayant entendu cette suggestion, Cassandre avait demandé d'en être. Son emprisonnement était oublié et elle ressentait à nouveau un besoin d'aventure.

Encore fallait-il trouver un gentilhomme se rendant à Blois. Or, Michel de Montaigne, qui avait quitté la cour après avoir terminé son quartier de service, avait été sollicité par le maréchal de Matignon pour être député de la sénéchaussée de Périgord aux États généraux, soit dans l'ordre de la noblesse – puisqu'il était noble –, soit dans celui du tiers état en tant qu'ancien magistrat.

Dans une assemblée qui risquait fort d'être acquise à la Ligue, la présence d'un homme loyal comme Montaigne aurait été avantageuse pour le roi, mais l'ancien maire de Bordeaux souffrait trop souvent de la gravelle pour assurer cette fonction pendant des semaines, peut-être des mois. Il avait donc écrit à Henri de Navarre qu'il refuserait l'offre de Matignon, mais qu'il se rendrait à Blois expliquer au roi de France les raisons de son refus.

Tout naturellement Navarre lui avait proposé de faire le chemin en compagnie de M. de Fleur-de-Lis et de sa femme, qui passeraient pour des gens de sa suite. Montaigne avait d'autant plus facilement accepté qu'il pourrait ainsi habiter chez M. Sardini, un avantage considérable dans une ville où toutes les hostelleries étaient pleines.

C'est ainsi que Cassandre, Olivier, François Caudebec et Gracien Madaillan étaient entrés dans la ville de Blois sans que le duc de Guise ne l'apprenne.

La maison de Sardini n'était occupée que par un concierge qui, bien sûr, ne connaissait pas la fille de Mme de Limeuil. Mais il se souvenait d'Olivier. Cassandre expliqua qui elle était, montra des lettres de sa mère, et ayant assuré qu'elle demanderait un courrier de M. Sardini confirmant ses dires, le concierge les laissa s'installer avec les gens de M. de Montaigne.

Celui-ci partit ensuite au château et en revint une couple d'heures plus tard avec Nicolas Poulain, surpris et joyeux de la venue de son ami, bien qu'il désapprouvât qu'il loge en ville.

— J'aurais préféré que vous restiez dans les faubourgs, car Blois est plein d'espions et de mouchards. La duchesse de Montpensier est arrivée, il y a aussi le frère d'Arnaud de Saveuse que Cassandre a tué en duel. S'ils apprennent que vous êtes là…

» Ici, les Lorrains sont les maîtres. Le duc de Guise a les clefs de la ville et du château. Il a autorité sur la maison du roi et commande les officiers. La garde bourgeoise est à ses ordres et la ville est peuplée de ligueurs. Il ne manque au *Balafré* que la charge de connétable, et s'il l'obtient il n'aura de cesse de chasser les derniers fidèles du roi. Si Saveuse ou Mme de Montpensier montent un guet-apens contre vous, ils seront assurés d'une totale impunité.

— Dans ce cas, nous ne sortirons pas d'ici, décida Olivier. C'est nous qui recevrons. Ce sera tout de même plus facile pour nos visiteurs de nous rendre visite que d'aller dans les faubourgs. Qui d'autre est à Blois ?

— Le capitaine Cabasset est retourné chez Mayenne et Lacroix a pris sa place chez la duchesse de Montpensier, ce qui a mis le roi en fureur. J'ai vu aussi le comte de Boisdauphin, et bien sûr mon père, le cardinal, qui loge à l'évêché. Il y a encore M. de Mendoza et Don Moreo qui sont arrivés en même temps que Guise. Saveuse est d'ailleurs au service de Mendoza.

— Je croyais qu'il était aux Lorrains ! s'étonna Cassandre.

— Il assure les liaisons entre Mendoza et le duc. Saveuse est picard et parle parfaitement espagnol. Il a toujours été au plus près de l'Espagne, m'a-t-on dit. Ah ! J'oubliais : notre ami Venetianelli est aussi arrivé avec la maison de Guise.

— *Il Magnifichino* est là ?

— Avec la *Compagnia Comica*, tous invités par le duc qui donne des spectacles éblouissants dans ses appartements. Venetianelli m'a aussi confié que la jeune sœur de Serafina, Pulcinella, serait la maîtresse du jeune chevalier d'Aumale, le frère du duc d'Aumale, qui bien qu'abbé de Bec lui aurait fait une cour effrénée lors d'une représentation à l'hôtel de Guise.

— Doit-on s'en inquiéter?

— Selon lui, non. Claude d'Aumale est chevalier de Malte et aime les très jeunes femmes. Pulcinella n'est qu'une passade. Elle en accepte les avantages et en oublie les inconvénients.

— Invite Venetianelli à souper ici demain. Ce sera l'occasion de parler de notre affaire.

Notre affaire, c'était bien sûr l'attaque du convoi d'or. Michel de Montaigne, qui assistait à cet entretien, en avait été informé tant par Nicolas Poulain à Chartres que par Olivier sur la route de Tours. Les deux amis éprouvaient une confiance absolue pour le philosophe gentilhomme.

Le soir de la venue de Venetianelli, Montaigne aborda le sujet. Le repas était terminé et ils devisaient sur l'entreprise et sur la manière dont ils attaqueraient le transport d'or. Tous les convives participeraient à l'affaire, sauf Cassandre, bien sûr, et Michel de Montaigne à qui Olivier ne l'avait pas proposé compte tenu de son âge et de sa santé.

Nicolas Poulain dressa la liste de ceux qui avaient accepté de se joindre à eux : M. de Richelieu, le marquis d'O, Dimitri, M. de Cubsac et M. de Rosny. S'ajoutait depuis une semaine une nouvelle recrue : M. d'Ornano, que Richelieu avait conseillé à Nicolas.

Comme Olivier et Cassandre ne le connaissaient pas, il le leur présenta.

— J'ai rarement rencontré un homme aussi loyal que Ornano, même s'il est trop rigide et trop féroce à mon goût ; mais nous avons tous nos défauts. Il peut nous prêter main-forte si l'entreprise a lieu au début de novembre, mais pas plus tard, car il va être nommé maréchal de camp dans l'armée du Dauphiné, chargé officieusement de surveiller le duc de Mayenne, et il devra être à Lyon à la fin de novembre.

— Cela ferait six, et ici nous sommes quatre. Si la garde espagnole est aussi nombreuse que celle du convoi de mai, ils seront une grosse vingtaine. Ce ne sera pas une partie de plaisir, remarqua Caudebec. Un contre deux. Pourquoi ne pas prendre avec nous Gracien Madaillan et les hommes d'armes qui nous accompagnent ?

— Il serait risqué de recruter plus de monde, remarqua Poulain. Une indiscrétion est vite arrivée et Guise pourrait l'apprendre. Pour ce qui est de Gracien et de vos hommes, vous en aurez besoin ici si nous parvenons à prendre cet or. Je veux qu'ils vous attendent sur la route de Tours, à l'hostellerie de la Croix-Verte. Ainsi au retour de l'expédition, vous repartirez immédiatement vers La Rochelle avec votre butin sans repasser par Blois.

— C'est un bon plan, reconnut Olivier après un instant de réflexion. Si nous sommes poursuivis, ils seront là avec des chevaux frais.

Poulain hocha la tête. Prendre l'or serait difficile. Le garder serait encore plus rude.

— Cela ne règle pas le problème de nos effectifs, ajouta Olivier.

— Vous ne m'avez jamais proposé de faire partie de cette expédition, intervint Montaigne avec un sourire entendu.

Les regards se tournèrent vers lui. Montaigne souriait, mais paraissait sérieux.

— Il est vrai que j'ai cinquante-cinq ans, mais je sais chevaucher des jours et des jours, même si nombre de mes voyages n'étaient que pour boire de l'eau afin de soulager ma vessie de ses pierres ! Vous pouvez me croire, je suis plus résistant que je n'en ai l'air ! Depuis dix-huit mois, la souffrance ne m'a jamais quitté, mais j'ai appris à m'en accommoder. Je me suis reposé depuis quelques semaines et ma gravelle s'est calmée. Comme combattant, je ne suis ni très courageux ni très féroce, c'est certain. Mais je sais tenir une épée et un mousquet. Et comme votre entreprise est au service du roi, dont je suis gentilhomme de la chambre, il serait décevant de ne pas m'inviter.

— Nous nous rendrons à Saint-Denis en trois jours, monsieur, dit Olivier.

— Je crois en être capable.

— Nous devrons pratiquer une embuscade, pour suppléer à notre petit nombre, compléta Poulain. C'est-à-dire tuer par surprise des gens que nous ne connaissons pas, sans leur laisser une chance de se défendre.

— Ce n'est pas ce que j'approuve le plus, mais ils ont choisi leur parti et les risques qui vont avec, répliqua gravement Montaigne.

Olivier et Nicolas échangèrent un long regard.

— Nous serons donc onze, décida Olivier.

Le soir, tandis que Cassandre se pimplochait avant de rejoindre son mari impatient dans la couche, elle lui annonça :

— Onze n'est pas un bon chiffre, mon ami. Il y avait douze apôtres, douze tribus d'Israël, il y a douze mois, douze signes dans le ciel…

— Nicolas trouvera encore quelqu'un, je lui fais confiance.

— C'est inutile ! Crois-tu que je vais te laisser partir seul avec eux ? Vous resterez deux ou trois semaines à Saint-Denis et je craindrais trop que vous alliez courir la gueuse !

— Je suis déjà resté seul longtemps avec Navarre, s'offusqua-t-il.

— Justement. Il est inutile que tu retrouves les mauvaises habitudes qu'Henri de Bourbon a dû te donner ! Je crois être aussi bonne cavalière que les autres, et je ne crains personne dans un assaut.

Elle se leva et ôta sa chemise, restant nue devant lui.

— Sauf toi, fit-elle en s'approchant avec gourmandise.

Il savait qu'il était vaincu.

Les États avaient été convoqués au début du mois de juillet, mais dans une France en guerre, les élections avaient pris beaucoup de temps. Après quoi, les députés avaient dû se rendre jusqu'à Blois. L'ouverture prévue le 15 septembre avait donc été remise au 2 octobre.

À mesure que les représentants arrivaient, le roi les recevait et leur demandait de lui être fidèle. Mais le duc de Guise en faisait autant et la plupart étaient ligueurs, sauf une minorité dans la noblesse, aussi le cardinal de Guise fut-il porté à la présidence du clergé, le comte de Brissac à celle de la noblesse et La Chapelle-Marteau à celle du tiers. Pour le roi, ce fut un échec et une nouvelle humiliation. Les trois ordres seraient dirigés par ses ennemis, or le sujet le plus important sur lequel les États devaient prendre une décision était la succession au trône.

Le vendredi 7 octobre, le comte de Soissons arriva à Blois où il se prosterna au pied d'Henri III, demandant à nouveau pardon d'avoir porté les armes contre les catholiques. Comme le roi attendait de savoir si le pape allait lui pardonner, l'ouverture des États fut différée de quelques jours et c'est finalement le dimanche 16 octobre que fut ouverte la première séance.

Dans une langue claire et éloquente, Henri III prononça une harangue très dure envers ceux de la Ligue, déclarant que leurs actions et *déportements* ne lui plaisaient point et qu'il avait quelque envie de venger l'injure que lui avaient faite les Parisiens, à l'instigation du duc de Guise.

Le duc, qui l'écoutait, en fut si fort fâché qu'il changea de couleur et de contenance. Le lendemain, le cardinal son frère se rendit près du roi avec une délégation du clergé pour le tancer, le menacer, et lui commander de se rétracter. Ce qu'accepta Henri III dans la version imprimée de son discours.

Pendant cette rétractation, survint un violent orage de grêle accompagné d'une si grande obscurité qu'il fallut allumer les lanternes en plein jour, ce qui fit dire à quelqu'un que c'était le testament du roi et de la France qu'on écrivait, et qu'on avait allumé la chandelle pour lui voir jeter le dernier soupir.

Pendant le discours, Nicolas Poulain remarqua l'absence de Juan Moreo qui jusqu'à présent accompagnait toujours le duc de Guise. Le jour de la rétractation, il ne le vit pas plus. Comme Moreo logeait en ville à l'auberge du Cheval-Blanc, Nicolas lui fit porter un pli au contenu insignifiant. Son messager revint en déclarant que le commandeur avait quitté Blois.

Pouvait-il être déjà parti à Bruxelles chercher le troisième versement d'or ?

Nicolas s'en ouvrit le soir même à Olivier. Jusqu'à présent, ils avaient envisagé que le convoi arriverait à Paris vers le 8 novembre, les deux précédents ayant été remis à Guise le 9 janvier et le 8 mai. Devaient-ils avancer leur entreprise quand la situation s'était brusquement tendue à Blois entre Guise et le roi?

Ils s'en inquiétèrent auprès de Venetianelli. Le comédien promit de se renseigner sur l'absence de Moreo auprès du chevalier d'Aumale, qui l'appréciait pour son indulgence envers la sœur de sa maîtresse. C'est ainsi que le jeune abbé chevalier de Malte expliqua à *Il Magnifichino* que don Moreo était parti en Belgique pour affaire, mais qu'il reviendrait avant un mois, le duc de Guise l'attendant avec grande impatience.

Ce ne pouvait être qu'avec le convoi d'or, jugèrent les trois hommes. Disposant de trois cent mille écus supplémentaires, Guise pourrait acheter les derniers indécis et, déjà maître du château, se saisir sans difficulté d'Henri III. À l'inverse, le roi n'avait même pas vingt mille écus en caisse et ne pouvait plus payer les gentilshommes de sa chambre ni sa garde suisse. Il envisageait de demander une avance de cent vingt mille écus aux États généraux qu'il n'était pas certain d'obtenir. L'or espagnol serait pour lui une providence.

Le lendemain, Poulain et Olivier prévinrent ceux qui devaient participer à l'aventure. Ils se retrouvèrent tous dans la grande chambre d'Isabeau, celle où elle avait failli trouver la mort quand Venetianelli lui avait tiré dessus.

Les derniers arrivés furent le marquis d'O, Dimitri et M. de Cubsac. Quand ils furent introduits, M. de Rosny et Michel de Montaigne parlaient d'Henri de Navarre avec Cassandre et Caudebec tandis que M. de Richelieu était à l'autre bout de la pièce en compagnie d'Alphonse d'Ornano.

Nicolas Poulain, Olivier et Venetianelli observaient les deux groupes avec inquiétude. C'était la première fois qu'ils réunissaient ceux qui allaient être des compagnons d'armes. Ils étaient si différents, et la plupart si susceptibles, qu'un simple geste ou un regard mal interprété pouvait entraîner entre eux un duel mortel.

En entrant, le marquis d'O, en pourpoint noir chamarré d'or et chausses assorties avec épée à manche doré et chaîne d'or, balaya la pièce des yeux. Son regard dégoûté se posa sur M. de Rosny, puis il vit Ornano et Richelieu et s'avança vers eux, un sourire dédaigneux aux lèvres.

Nicolas Poulain fut plus rapide et l'arrêta à mi-chemin.

— Nous sommes au complet, monsieur le marquis. Je vous propose que nous nous asseyions tous. Il y a du vin et des pâtés sur cette desserte, mais pas de domestique. Chacun se servira lui-même.

Le marquis d'O défit le cordon de son manteau qu'il jeta sur le lit. Apercevant alors Cassandre qui l'observait avec un regard moqueur, il lui fit une profonde révérence, maladroitement imité par Cubsac et Dimitri.

Olivier avait trouvé plusieurs chaises identiques pour que Rosny, O, ou Ornano ne se disputent pas les sièges. Tous s'installèrent lentement, en s'observant comme des fauves décidés à déchirer la même proie.

— Mes amis, poursuivit Poulain, pas de présentation entre nous. Nous nous connaissons et nous savons pourquoi nous sommes là. Le commandeur Juan Moreo a quitté Blois il y a trois jours pour Bruxelles. On dit qu'il reviendra dans trois ou quatre semaines. Je crains que les plans du duc de Guise ne soient changés et que l'or soit livré ici, et non à Paris.

— MM. de Saveuse et de Boisdauphin ont aussi disparu. Il ne serait pas impossible qu'ils soient avec lui, ajouta Richelieu en hochant la tête.

— S'ils sont partis il y a trois jours, ils ne seront pas à Bruxelles avant une semaine. Si l'or est prêt et s'ils ont déjà chariots et mules, ils n'arriveront pas à Paris avant deux autres semaines, calcula rapidement le marquis d'O qui jonglait avec les chiffres.

— C'est être optimiste que de penser qu'un convoi si lourd puisse faire cinq lieues par jour, remarqua Rosny qui calculait tout aussi bien. Surtout en cette saison !

— En pays espagnol et en Picardie, Saveuse et Moreo bénéficieront de toute l'aide dont ils auront besoin, remarqua O pour le contrarier.

— Je vous l'accorde, capitula Rosny, avec un sourire glacial. Ils pourraient donc être à Paris vers le 6 novembre.

— Au plus tôt… remarqua Olivier.

— Il nous faut trois jours pour gagner Paris. Donc il serait suffisant de partir dans deux semaines.

— En effet, sinon nous risquons d'attendre deux ou trois semaines. Il ne faudrait pas que notre absence soit trop longue, on se poserait des questions…

— Je dirai que je pars pour Fresne voir ma femme, proposa le marquis d'O.

— Pour ma part, je dois aller à Lyon, le voyage sera simplement plus long, dit Ornano.

— Avec M. de Richelieu, nous avons prévenu que nous serons absents en novembre pour un procès qui se tient à Chartres, expliqua Nicolas. Nous avons donc tous à peu près de bonnes excuses. Venons-en maintenant au lieu où nous attendrons le convoi. Il serait impossible de l'attaquer près de Paris, et ils passeront par Saint-Denis…

Il balaya du regard ses compagnons pour guetter leur approbation.

— On ne peut en être certain, mais c'est le plus probable, confirma le marquis.

— Nous logerons là-bas par deux ou trois dans des hôtelleries différentes, il y en a tant à Saint-Denis qu'on ne nous remarquera pas, et chaque jour nous irons en reconnaissance. Sitôt que le convoi sera aperçu, nous préparerons l'embuscade.

Ils hochèrent la tête, les protestants avaient même une grande habitude de ce genre d'entreprise.

— Fixons le départ pour le lendemain de la fête des morts, proposa O. À cette occasion, le roi organise un grand service religieux auquel je dois assister.

— Cela me convient, approuva Ornano.

Tous approuvèrent la date.

— Il faut maintenant parler de l'entreprise elle-même. Nous serons douze.

— Douze ? Nous sommes onze !

— Je viens avec vous, sourit Cassandre.

Devant la surprise, et la réprobation affichée du marquis d'O et du colonel d'Ornano – les autres connaissaient suffisamment la fille du prince de Condé pour approuver cette décision –, elle leur proposa un assaut à l'épée mouchetée, dans le jardin de la maison.

Le marquis d'O, bien meilleur escrimeur qu'Ornano, suggéra que celui-ci commence. O était méfiant de nature et voulait d'abord voir ce qui allait se passer. Il savait que Cassandre s'était évadée du couvent de l'Ave-Maria en tuant un homme et Nicolas Poulain lui avait dit qu'elle était aussi valeureuse qu'un capitaine. Il n'avait aucune envie de se ridiculiser, si elle était vraiment habile à l'épée.

Les deux adversaires s'équipèrent de cuirasses et tombèrent en garde. Très vite, Ornano, par de puissants coups de taille, fit reculer la jeune femme à un point tel que Caudebec s'en inquiéta. Il faillit même intervenir quand Olivier l'en empêcha. Cassandre avait déjà pratiqué ce jeu avec lui. Après avoir rompu plusieurs

494

fois, et tandis que d'Ornano se laissait aller à la victoire avec un sourire suffisant, d'un mouvement du poignet d'une vitesse déconcertante elle frappa le Corse sur le bras droit avec le plat de son épée. Le coup était d'une telle violence qu'Ornano lâcha sa lame et crut avoir le poignet brisé.

— À vous, marquis ? fit Cassandre d'un air fanfaron.

François d'O sourit en lissant sa barbe en pointe.

— Pour quoi faire ? J'espère seulement que vous viendrez à mon aide quand j'en aurai besoin, répliquat-il dans une pirouette.

Ils se réunirent une nouvelle fois à la fin du mois d'octobre pour décider de l'itinéraire. Ils auraient plusieurs fleuves à traverser. À l'aller, cela ne poserait pas de difficulté. La plupart d'entre eux connaissaient les ponts et les bacs, mais au retour, s'ils transportaient près d'un millier de livres en or, ils ne devraient prendre aucun risque. En particulier, il leur faudrait éviter les ponts trop surveillés et les bacs où ils seraient séparés.

Le principal obstacle était la Seine. Soit ils contournaient Paris par l'est, traversant la rivière au bac de Choisy, puis la Marne à Charenton, soit ils prenaient un itinéraire plus long à l'ouest en passant par le vieux pont de Sèvres. Ils choisirent Sèvres, car O savait que le pont était le plus facile à franchir.

Le marquis s'occupa aussi de les munir de passeports signés du nouveau garde des Sceaux. Cubsac fut chargé des chevaux et Dimitri de l'équipement. Ils seraient tous en jaquette de mailles, corselet ou cuirassine avec rapière de duel et épée de cavalier, dague, arquebuse et pistolet à rouet.

27.

Le colonel Alphonse d'Ornano partit quelques jours avant les autres avec cinquante lances, prétendument pour rejoindre l'armée de Mayenne à Lyon, mais ses hommes l'attendraient à Bourges pendant qu'il filerait vers Étampes.

Le marquis d'O quitta Blois le lendemain de la fête des morts avec Dimitri et Cubsac en empruntant la porte Chartraine, au nord de la ville, tandis que Richelieu et Poulain sortaient du château royal par la galerie aux Cerfs, un passage décoré de têtes de cerfs construit sur les fossés du château et qui faisait communiquer le corps de logis royal avec les jardins et les écuries.

Olivier, son épouse, Rosny, Michel de Montaigne et Caudebec, ainsi que leurs hommes d'armes et leur équipage sortirent par la porte Clozeaux et se séparèrent au premier carrefour ; Gracien Madaillan, les bagages et les domestiques prenant la route de Tours jusqu'à l'hôtellerie de la Croix-Verte, tandis que les autres piquaient vers le nord.

Venetianelli, lui, était parti seul, assurant qu'il trouverait bien son chemin.

Tous avaient pris des chevaux en longe qui serviraient de relais, ce qui leur permit de galoper presque sans interruption malgré un temps glacial et pluvieux. Deux jours plus tard, ils se retrouvèrent comme convenu à Étampes, dans le grand donjon du château. Le groupe d'Olivier arriva le dernier, car Montaigne avait eu du mal à supporter le rythme de la chevauchée.

Avec l'accord d'Henri III, Étampes avait adhéré à la Ligue à la fin du mois précédent mais son gouverneur et bailli, Nicolas Petau, restait loyal à la couronne tout comme le prévôt Jean Audren[1]. Le seigneur d'O, qui les connaissait, leur remit une lettre du roi donnant ordre de les recevoir et de les protéger.

Après Étampes, ils passèrent la Seine à Sèvres puis traversèrent la forêt de Boulogne pour suivre la route toute droite jusqu'à Saint-Denis. En chemin, lors des brèves haltes pour nourrir et désaltérer bêtes et hommes, des fraternités d'armes se nouèrent et les inimitiés du départ s'estompèrent. Ce fut en grande partie dû au marquis d'O et au baron de Rosny. Tout séparait les deux hommes : la religion, la fidélité à des maîtres différents, l'orgueil, l'expérience militaire. Ils se découvrirent pourtant une passion commune : tous deux cherchaient à comprendre d'où venait la richesse d'une nation. Comme Michel de Montaigne s'y intéressait aussi, bien qu'à un degré moindre, ils se retrouvaient pour confronter leurs idées. Rosny décrétait que si chacun s'enrichissait, le pays serait plus fort. Pour cela, il suggérait de baisser les tailles, de réduire les pensions payées par le roi et de tout faire pour développer l'agriculture, qui seule créait l'abondance. Michel de Montaigne n'était pas de son opinion et suggérait plutôt la multiplication des marchands qui entraînait les échanges d'idées. La vraie richesse selon lui n'étant pas

---

1. En 1589, le duc de Mayenne, alors général des armées de la Ligue, prit Étampes. Pour avoir hébergé les voleurs de l'or de son frère, le bailli Nicolas Petau fut tué et le prévôt Jean Audren pendu.

matérielle mais dans les esprits. Quant au marquis d'O, il affirmait que c'étaient les artisans et leur industrie qui produisaient des richesses, et non les laboureurs. Olivier se passionnait pour leurs débats sans toutefois être capable de déterminer qui avait raison et qui avait tort.

M. de Cubsac et Dimitri le Sarmate avaient renoué les liens de compagnonnage qu'ils avaient déjà quand Cubsac était au service du marquis d'O. Mais les seuls sujets qui les intéressaient portaient sur les armes et sur la guerre.

Alphonse d'Ornano et M. de Richelieu s'entretenaient souvent à voix basse à l'écart des autres. Plusieurs fois Olivier les surprit échangeant quelques mots sur les intentions du roi, mais ils se taisaient dès qu'on s'approchait d'eux.

Quant à Venetianelli, François Caudebec et Nicolas, l'amitié qui les attachait était désormais robuste et sincère. C'est à cela que songeait Olivier le soir où ils approchaient de Saint-Denis, galopant à une allure infernale dans la brume. Quelle étrange troupe ils formaient ! Douze, comme les apôtres, mais aurait-on pu imaginer des hommes si différents ? En tête chevauchait un géant sarmate à la nuque rasée avec un brigand gascon chevelu, garde du corps et tueur patenté au service du roi. Derrière eux caracolaient côte à côte un mignon du roi, catholique, parfumé et pommadé, surnommé l'archilarron et un noble protestant très rapace qui aurait pourtant donné tous ses biens pour un roitelet qui ressemblait plus à un berger béarnais qu'à un prochain monarque de France.

Derrière encore suivaient un colonel corse dont le père avait étranglé la mère et un prévôt qui avait assassiné le tueur de son frère aîné.

Ensuite, c'était un comédien italien, espion à ses heures, et dont le meilleur rôle était celui du capitaine

Scaramuccia. Pour l'heure, il dissertait de crime et de trahison avec son ami Nicolas Poulain, prévôt de police devenu baron de Dunois. Enfin son épouse Cassandre, fille d'une courtisane banquière et du prince de Condé, échangeait des idées sur le rôle des femmes avec l'ancien maire de Bordeaux, un philosophe qui avait une piètre opinion de la gent féminine.

Lui-même, Olivier Hauteville, ancien clerc fils d'un contrôleur des tailles assassiné par la Ligue et désormais chevalier au service du roi de Navarre, fermait la route avec un rude capitaine protestant velu comme un ours. Il abandonna ses réflexions quand les hautes murailles de Saint-Denis apparurent à la sortie du bois qu'ils traversaient. Ils s'arrêtèrent et se regroupèrent pour écouter ce qu'avait décidé leur chef, Nicolas Poulain.

Après avoir été décapité à quatre lieues de la capitale, Denis, évêque de Rome en ces temps troublés du début du christianisme[1], aurait pris sa tête dans ses deux mains pour regagner son église. C'est tout au moins ce qu'aurait rapporté sainte Geneviève, quelques siècles plus tard, en ordonnant la construction d'une église sur sa tombe.

Devenue un lieu de pèlerinage, l'église avait été complétée par une abbaye construite par le roi Dagobert où, à partir d'Hugues Capet, les rois et les reines de France avaient été ensevelis[2].

Très vite, pour se défendre des Normands qui arrivaient par la Seine, le bourg construit autour de l'abbaye

---

1. Vers 250 après. J.-C.
2. On sait que Navarre, pour devenir roi, abjura à Saint-Denis et, voyant le tombeau de Catherine de Médicis, il eut un petit rire et déclara : « Qu'elle est bien là ! »

s'était entouré d'une enceinte crénelée et de tours et avait pris le nom de Saint-Denis. L'église, reconstruite par Suger, abbé de la ville et puissant ministre de Louis VI, était devenue la première basilique du royaume. C'est là que Philippe Auguste s'était fait couronner. Ce grand roi avait aussi décidé que l'étendard royal serait déposé dans la basilique où on viendrait le chercher en cas de guerre au cri de *Montjoye Saint-Denis*, devenue la devise du royaume[1].

Accueillant un grand nombre de pèlerins, bien protégée par ses murailles, située au carrefour des grandes routes de Picardie, de Normandie et de Paris et disposant d'espace, la ville avait très tôt hébergé des foires, principalement de drapiers qui venaient d'Europe entière. Il y avait désormais tellement d'hôtelleries pour recevoir pèlerins, marchands ou simplement des gens de passage que Nicolas Poulain était certain qu'on ne leur prêterait aucune attention.

Malgré cela, les douze compagnons entrèrent par petits groupes et par des portes différentes afin d'être discrets. Olivier, Cassandre et Caudebec prirent la porte de Paris, suivis une heure plus tard de Rosny et Venetianelli. Le comédien, qui craignait d'être reconnu, s'était grimé et se fit passer pour le vieux domestique du baron : un homme aux traits tirés et aux joues hâves, à la bouche continuellement boudeuse et aux yeux ahuris.

O, Ornano, Dimitri et Cubsac passèrent par la porte de Pontoise en contournant la ville, tandis que les autres, guidés par Nicolas Poulain, empruntèrent au nord la porte Saint-Rémy qui débouchait directement sur l'abbaye. Caudebec, Rosny et son valet s'installèrent à

---

1. Jusqu'à ce que Saint-Denis se donne aux Anglais quand les Bourguignons de Jean sans Peur en avaient été les maîtres.

l'auberge de l'Arquebuse, sur la place Pannetiere, Montaigne, Cassandre et Olivier à celle du Grand-Cerf et les autres prirent des logis dans l'hôtellerie de l'abbaye.

Cette hôtellerie ne recevait à l'origine que des religieux et des pèlerins auxquels elle offrait des cellules à des prix avantageux. Mais comme elle devait aussi héberger des dignitaires de l'Église, elle disposait de beaux appartements. Ce logis des hôtes, élevé sur deux étages, était indépendant des autres bâtiments de l'abbaye bien qu'on y entrât par la porte du cloître, un passage fortifié en pierre de taille, crénelée et flanquée de deux tours en poivrières dont l'une était occupée par un frère portier qui avait l'œil sur tout.

Toutes les chambres étant occupés, nos amis louèrent les appartements situés à l'étage. C'étaient des logis de grand luxe, chacun avec deux grands lits aux rideaux en étoffe vert-brun ornée de passementerie et de franges dorées. Les tables étaient couvertes de tapis et les chaises en bois ciselées. Le marquis d'O s'installa dans le plus grand avec Dimitri et Cubsac, laissant l'autre à Richelieu, Ornano et Nicolas Poulain.

Dès le lendemain, les douze sortirent par la porte de Paris et suivirent le grand chemin vers la capitale, une route encombrée par des chariots de marchands, des cavaliers et des laboureurs. Le plan qu'avaient élaboré Poulain et M. de Rosny était simple : ils devaient trouver un bosquet suffisamment vaste pour s'y cacher tous. Le jour de l'embuscade, ils y installeraient les fourquines des arquebuses et attendraient que le convoi soit à portée. En tirant simultanément, ils élimineraient la moitié des gardes qui accompagnaient le transport d'or. Ensuite, ils remonteraient à cheval, et par une pistolade vigoureuse, ils abattraient le plus possible de survivants, puis termineraient le carnage à l'épée et au couteau.

Il y aurait sans doute des marchands ou des voyageurs à proximité, mais ceux-là se tiendraient prudemment à l'écart de l'échauffourée.

Michel de Montaigne était le seul à marquer une certaine réticence à l'embuscade et à la boucherie qui suivrait.

— Les morts je ne les plains guère, dit-il au marquis d'O tandis qu'ils cherchaient un endroit favorable; mais je m'apitoie fort pour les mourants. Sans doute je me compassionne trop pour les afflictions d'autrui…

— Ce seront des Espagnols, ils sont d'un parti contraire à celui de la France, lui rappela sévèrement François d'O.

— Je le sais; simplement je hais cruellement la cruauté, je ne vois pas égorger un poulet sans déplaisir, sourit Montaigne, mais soyez assuré que mon bras ne faiblira pas.

À l'angle d'un carrefour vers Aubervilliers, ils repérèrent un bois qui paraissait convenir. De cet endroit partait un chemin qui rejoignait la grande route vers Auteuil. Ainsi, après avoir transféré l'or dans les sacs de selle sur les chevaux de rechange, ils galoperaient vers Étampes et disparaîtraient facilement.

Les jours suivants et à tour de rôle, ils battirent la campagne vers Chantilly, Sarcelles ou Villiers-le-Bel pour repérer le convoi pendant que les autres attendaient dans leur auberge. Chez le marquis d'O ou le baron de Rosny, on jouait aux cartes ou aux dés (ce qui était interdit dans les salles communes des auberges, sur ordre du prévôt de l'abbaye), Cassandre et Olivier restaient dans leur chambre, et Michel de Montaigne écrivait. Les catholiques allaient aussi écouter les offices religieux dans l'église de l'abbaye où Sully ne se rendait que pour examiner les gisants des rois de France, s'interrogeant si un jour son maître, Navarre, y reposerait.

Le soir, ils se retrouvaient pour souper dans le réfectoire richement meublé de dressoirs sculptés. Caudebec et Venetianelli étaient les seuls absents. Le protestant ne venait pas, car les repas étaient précédés d'une lecture pieuse au ton particulièrement guisard et Venetianelli préférait dîner avec le frère portier.

Dès les premiers jours, *Il Magnifichino* s'était attaché à explorer l'hôtellerie de l'abbaye. Autour de la cour s'étendaient des écuries, des remises, un pressoir, une boulangerie, et le comédien, d'un naturel affable, s'était lié avec les serviteurs et principalement avec le frère portier à qui il apprenait des tours de cartes. Ce concierge, un religieux obèse au visage rubicond et au nez semblable à un gros chou rouge, appréciait que le comédien lui porte des flacons de vin pour souper et qu'il le suive comme un chien fidèle chaque fois qu'il allait fermer les portes des remises, de l'écurie ou de l'hôtellerie.

Tous les soirs, le marquis d'O interrogeait les voyageurs qui venaient du sud, tant il était impatient de savoir ce qui se passait à Blois. Une fois, il éclata de rage quand il apprit que les députés du tiers avaient demandé une baisse des tailles. À son tour Rosny se fâcha à la nouvelle que les trois ordres discutaient pour décider ou non si le roi de Navarre était indigne de la succession.

Par des voyageurs, ils apprirent aussi que le roi de Savoie avait profité du désordre qui régnait dans le royaume pour occuper des garnisons françaises, ce qui échauffa fort le colonel d'Ornano. Quant à Poulain et Richelieu ils se passionnèrent durant trois jours pour l'assassinat de la femme du prévôt de Paris, poignardée chez elle par un inconnu. Après l'annonce du crime, ils apprirent avec stupéfaction que c'était le prévôt lui-même qui avait ordonné le meurtre, car son épouse l'avait accusé devant le parlement d'avoir pratiqué sur elle des actes contre nature, chose qui fit beaucoup rire Cubsac et Dimitri.

Le neuvième jour, avant de partir en patrouille vers le nord avec le colonel d'Ornano, François d'O prévint Nicolas Poulain que si le convoi n'arrivait pas, il rentrerait à Blois où le roi avait certainement besoin de sa présence. Ornano annonça que lui aussi ne pouvait plus attendre.

Or, les deux hommes revinrent précipitamment après avoir vu à Sarcelle un convoi de deux chariots portant sur leurs flancs des croix à huit branches. Il était escorté d'une vingtaine de gardes et de gentilshommes, dont des hospitaliers de Saint-Jean.

L'heure de l'action avait enfin sonné. Nicolas Poulain rassembla tout le monde chez le marquis pour préparer les derniers détails de l'embuscade, mais c'est Venetianelli qui prit la parole le premier.

— S'ils logent dans l'hôtellerie de l'abbaye, nous pourrions nous saisir de l'or et partir avec sans violence ni massacre, fit-il.

— Comment? demanda Michel de Montaigne qui n'envisageait pas avec beaucoup d'allant le traquenard prévu et l'effusion de sang qui s'ensuivrait.

— Pendant que vous jouiez aux cartes, j'ai passé quelque temps à étudier les lieux, plaisanta Il Magnifichino. Imaginons que les chariots soient enfermés dans la grande remise durant la nuit. Il suffirait d'entrer, de maîtriser les quelques gardes, de charger l'or sur les chevaux et de partir à l'ouverture des portes de la ville.

— Vous oubliez deux choses, mon ami, persifla le marquis d'O avec un brin de condescendance, les portes des remises seront encloses, rembarrées, tout comme celle qui permet d'entrer et de sortir du cloître et de l'hôtellerie. Et celle-là, le frère portier la ferme à neuf heures et ne l'ouvre qu'après l'ouverture des portes de la ville. Je n'ai pas fait que jouer aux cartes, comme vous le voyez !

— Je sais, fit Venetianelli en soutenant son regard. Seulement je suis le meilleur ami de ce brave moine à qui j'ai appris à tricher aux cartes et qui adore entendre mes propos ligueux. Imaginons que j'aille le trouver ce soir, comme tous les soirs, avec un flacon de vin de Beaune et que je lui propose de le vider avant qu'il ne ferme la porte. Il ne refusera pas et à la fin du souper je parviendrai sans peine à le garrotter. Ensuite, ayant enfilé son froc, j'irai fermer la porte moi-même en gardant les clefs.

— Et les remises ? demanda M. de Richelieu. Si les gardes sont à l'intérieur, ils auront placé des barres et fermé les verrous pour éviter toute surprise.

— Il y a une porte entre les écuries et les remises. Elle sera fermée à clef, mais toutes les clefs de l'hôtellerie sont accrochées dans la cellule du portier.

— Ils nous poursuivront… remarqua Olivier, séduit par le projet.

— Il sera facile de les retarder en tranchant tous les harnachements et les sangles de leurs selles.

Le silence se fit un moment. Chacun méditait, cherchant une faille dans le plan de Venetianelli et n'en trouvant pas. Ce fut Montaigne qui emporta la décision :

— Je suis d'une race fameuse en prudhomie, et l'entreprise de M. Venetianelli me paraît préférable à ce que nous envisagions.

— Je vous l'accorde, approuva Olivier. Lorenzo, je vous attendrai de l'autre côté de la porte du cloître vers quatre heures du matin avec les chevaux, car il faudra du temps pour charger l'or en silence. Nous serions ainsi à la porte de Paris à cinq heures, juste à l'ouverture.

Venetianelli inclina la tête en signe d'adhésion.

— Il faudra emmailloter les sabots des chevaux, remarqua Rosny. Et attacher leur mâchoire pour qu'ils ne hennissent pas… J'ai déjà fait ce genre de coup de main la nuit.

Ils passèrent en revue les ultimes détails de l'entreprise et convinrent de l'exécuter si les chariots et la garde passaient effectivement la nuit à l'hôtellerie. Caudebec fut chargé de trouver des lanternes et des torches.

C'est en fin d'après-midi que le convoi et l'escorte franchirent le porche de l'abbaye, précédés de peu par Cubsac et Dimitri qui s'étaient postés à la porte de Saint-Rémy.

Les autres étaient derrière les carreaux des fenêtres de l'appartement du marquis d'O. Ils comptèrent dix-huit gardes espagnols, quatre chevaliers hospitaliers et quelques gentilshommes. La troupe était commandée par don Moreo.

Toute la soirée, ceux qui logeaient à l'hôtellerie observèrent les allées et venues. Chaque chariot était tiré par six vigoureuses mules qui furent conduites dans l'écurie. Venetianelli accompagna le frère portier quand celui-ci remit les clefs des chambres à Juan Moreo et découvrit à cette occasion que MM. de Saveuse et Boisdauphin faisaient partie de l'escorte. S'il n'avait pas été grimé, il aurait été reconnu, car il les avait rencontrés chez le duc de Guise.

Leur présence compliquait les choses, car Boisdauphin connaissait plusieurs d'entre eux, aussi ils ne sortirent pas des appartements. Enfin la nuit tomba, Venetianelli apporta non point un mais deux flacons de vin au portier avec un pâté de lièvre bien salé. Ils s'empressèrent de souper. Le religieux ingurgita sans peine le premier flacon pour calmer sa soif, puis commença le second avant de tomber ivre mort sur la table de leur ripaille. Aussitôt, *Il Magnifichino* le déshabilla, le garrotta et enfila sa robe, un vêtement puant qui n'avait jamais été lavé. À neuf heures, il alla fermer la porte du cloître et plaça la barre.

Couché dans le lit du portier, il dormit peu, se réveillant sans cesse. Le marquis d'O lui avait donné sa montre qui sonna à trois heures. Il sortit avec une lanterne sourde et les clefs que le portier avait eu la bêtise de lui montrer. Dehors, il ouvrit la porte de l'hôtellerie et monta à l'appartement du seigneur d'O. Les six catholiques étaient déjà prêts et descendirent en silence au réfectoire, tous harnachés en guerre et porteurs de leur mousquet. De là, ils se rendirent aux écuries jusqu'à la petite porte qui les faisait communiquer avec la grande remise. Venetianelli avait apporté un pot de suif avec lequel il graissa les gonds et la serrure. Après quoi il introduisit la clef qu'il fit tourner en silence.

La lanterne masquée, M. d'Ornano risqua un regard. Un falot enfumait plus qu'il n'éclairait la salle. Quatre gardes sommeillaient sur des bottes de paille. Dimitri en tête, ils s'approchèrent et les terrassèrent d'un coup sur le crâne. Ensuite, chacun s'attela à une tâche précise. Venetianelli et Cubsac revinrent dans l'écurie seller les chevaux en les flattant pour éviter qu'ils hennissent pendant que Dimitri allait chercher les doubles sacoches de cuir qu'ils avaient entreposées à la sellerie, une petite pièce contiguë. Après quoi, il trancha les sangles des autres selles, puis il aida ses compagnons à emmailloter les sabots avec des carrés d'étoffe découpés dans les tapis des tables de leurs appartements.

Déjà le marquis d'O, M. de Richelieu, Alphonse d'Ornano et Nicolas Poulain sortaient les caisses des chariots et les forçaient les unes après les autres. Chacune contenait des pièces d'or en différentes monnaies.

Par poignées, tout en évitant de faire tinter le métal, ils commencèrent à remplir les sacs de cuir.

Ils avaient déjà vidé plusieurs caisses quand une voix forte brisa le silence nocturne :

— *¿ Todo está bien ?*

Presque aussitôt, on frappa des coups à la porte donnant sur la cour.

— *¡ Oí un ruido !* insista la voix, impatiente, légèrement inquiète.

Ce devait être un des chevaliers hospitaliers de l'escorte.

Un doigt sur la bouche, Ornano fit signe aux autres de se placer de part et d'autre des doubles vantaux de la remise, puis il lâcha d'une voix endormie, alors que tout le monde avait dégainé sa dague :

— *No es nada, un gato. Todo el mundo está durmiendo*[1].

On ne répondit pas. Le silence revint pendant qu'ils tendaient l'oreille. Il y eut quelques bruissements, un grincement de gonds, puis de nouveau le silence.

Ils retournèrent à leur activité. À mesure que les sacoches de selle étaient pleines, ils les transportaient aux chevaux pour les attacher. Ces montures-là n'auraient pas de cavalier, et comme ils disposaient des chevaux des gardes, ils purent préparer l'équipage au complet. Dimitri lia aussi les mâchoires des bêtes les plus ombrageuses.

Quand tout fut terminé, Venetianelli se rendit à la porte du cloître qu'il ouvrit pendant que les autres prenaient leurs propres bagages. Dehors, il n'y avait personne. Il attendait, plein d'inquiétude, quand il sentit un frôlement et son cœur s'arrêta de battre. Saisissant

---

1. — J'ai entendu un bruit.
— Ce n'est rien, un chat. Tout le monde dort !

sa dague, il entendit murmurer à son oreille une voix de femme :

— C'est moi, Mme de Saint-Pol !

Elle poursuivit en chuchotant :

— Nous avons laissé nos chevaux dans un jardin plus bas. Je vais chercher Olivier.

— Les nôtres sont tous préparés, madame, car nous avons chargé ceux des gardes.

Il revint prévenir ses compagnons qui firent sortir les bêtes. C'était la partie la plus dangereuse, car le moindre bruit pouvait donner l'alerte. Elle fut assez longue mais s'exécuta sans incident. Il était presque cinq heures du matin.

Chacun avait deux ou trois chevaux en longe. Ils remontèrent la rue le plus silencieusement possible jusque devant l'entrée de l'abbaye, puis suivirent la rue de la Boulangerie vers la place aux Guesdes. Là, ils prirent le chemin de Paris, bordé de couvents et d'enclos, jusqu'à la porte. Déjà de nombreux chariots de marchands attendaient l'ouverture, éclairés par des falots suspendus à des perches. L'attente leur parut interminable tant ils étaient inquiets qu'on découvre le vol, mais finalement la porte fut ouverte sans qu'il y eût d'alerte. Devant eux, les chariots prirent tous le chemin de Paris, aussi furent-ils seuls sur l'autre route, celle qu'ils avaient suivie venant d'Étampes. Comme ils n'avaient personne devant eux, ils lancèrent les bêtes au trot, le cœur plein d'allégresse d'avoir réussi si facilement, et tous riches de dix mille écus.

L'obscurité était presque totale, car on était entre le dernier quartier et la nouvelle lune, et le ciel était couvert, mais ils avaient tous lanternes et torches résineuses. Nicolas Poulain qui connaissait la route marchait en tête de leur convoi qui s'étalait sur une cinquantaine de toises. Ils avancèrent ainsi à un bon train jusqu'au carrefour de Saint-Ouen. Là, ils choisirent de se séparer, car ils se doutaient qu'on allait les poursuivre.

Olivier, Caudebec, Poulain, Dimitri et le marquis d'O restèrent en arrière-garde avec les arquebuses et seulement deux chevaux de rechange pendant que les autres pressaient l'allure vers le pont de Sèvres avec la totalité de l'or sur les montures de bât.

À l'entrée de la forêt de Boulogne, O et Dimitri s'arrêtèrent pour faire le guet pendant que les autres poursuivaient afin de préparer une embuscade si des poursuivants étaient derrière eux.

Effectivement, à la levée du jour, le marquis d'O, dissimulé dans un bosquet avec Dimitri, distingua une troupe qui galopait dans leur direction. Ils piquèrent leurs bêtes pour rejoindre les autres qui avaient trouvé un endroit favorable où placer les arquebuses dans de profonds taillis. Quant aux chevaux, ils étaient à l'abri, invisibles.

Cependant, ils ne voulaient pas tuer d'innocents voyageurs ; il fallait qu'ils soient certains que ceux qui arrivaient étaient bien à leur poursuite. Caudebec s'assit donc sur le chemin, son cheval près de lui, bien avant la ligne d'arquebuses. Il s'était porté volontaire, car il n'avait jamais été vu par Boisdauphin, Saveuse ou Moreo.

Il ne fut pas long à attendre. En tête était un hospitalier, derrière suivaient un autre chevalier puis dix hommes cuirassés et casqués. Le premier s'arrêta devant Caudebec.

— Qui es-tu, l'ami, et que fais-tu là ? demanda-t-il avec un fort accent espagnol.

— Mon cheval s'est blessé au sabot. Mon valet est allé jusqu'à Sèvres prévenir un ami.

— Tu as vu passer une troupe avec des chevaux ?

— Sûr ! Il y a pas bien longtemps. Ils doivent à peine être à la Seine…

— *¡ Les son ! ¡ Adelante, compañeros !* hurla l'hospitalier espagnol sans le laisser terminer.

Il éperonna sa monture, entraînant ses hommes. Mais à peine avait-il fait dix toises que la mitraille éclata en deux roulements successifs, à quelques secondes d'intervalle. Elle terrassa tous les chevaux.

Immédiatement, l'odeur de sang et de la poudre prit Caudebec à la gorge. Il sortit son épée et s'avança avec prudence au milieu de la fumée. Déjà ses compagnons sortaient du bois, pistolet et épée aux poings.

Devant eux, des chevaux ensanglantés agonisaient. Quelques hommes étaient immobilisés sous leur monture, peut-être atteints par une balle, plus probablement à cause d'un membre brisé, mais trois étaient parvenus à se relever. L'un d'eux, le visage meurtri et écorché, avait sorti son épée quand Cubsac le menaça de la sienne :

— *Toquoy si gaouses*[1] ! gronda-t-il.

— *Corpo di Christo !* quelle hécatombe ! s'exclama le marquis d'O qui, coiffé d'un casque à bavière qui le couvrait jusqu'au nez, ne pouvait être reconnu. Laissez vos armes ! ordonna-t-il.

Les vaincus obéirent, désespérés et sous le choc de la fusillade. Olivier aperçut alors M. de Boisdauphin, écrasé sous son cheval mort, qui les regardait dans un mélange de rage et d'impuissance. À côté de lui un autre gentilhomme était inconscient, mort peut-être. Il fit signe à Caudebec de venir l'aider et ils parvinrent à le dégager.

— Merci, monsieur, fit Boisdauphin en grimaçant de douleur. Permettez-moi de voir l'état de mon ami M. de Saveuse.

---

1. Touches-y si tu oses !

Olivier regarda l'homme inconscient. Ainsi c'était lui, le frère de celui que Cassandre avait tué en duel, il ne lui ressemblait guère.

Voyant que Saveuse n'était qu'étourdi, Boisdauphin fut rassuré et demanda :

— C'est vous qui avez volé notre or ?

— Oui, monsieur, répondit Olivier. Pour mon maître.

— Votre maître… j'ai déjà entendu votre voix… C'est vous qui vous intéressiez à Belcastel… Monsieur de Fleur-de-Lis !

Olivier n'avait pas prévu d'être reconnu. Il songea d'abord à tuer Boisdauphin, puis il se dit que c'était peut-être mieux qu'il croie que seuls les gens de Navarre avaient volé l'or.

— En effet.

— C'est donc Navarre le voleur.

— C'est un butin de guerre, monsieur. C'était à vous de le défendre.

Boisdauphin ne répondit pas. Olivier le dépouilla de ses armes, ainsi que M. de Saveuse.

Nicolas Poulain, un masque sur le visage, avait déjà récupéré mousquets et pistolets qu'il jetait dans les fourrés, sauf deux belles arquebuses courtes au manche ciselé qu'il conserva ainsi que l'épée de l'hospitalier qui portait une belle pierre sur la poignée.

À Étampes, le prévôt Jean Audren les attendait à la porte de la ville en compagnie de M. de Richelieu. Ils passèrent la nuit au château et repartirent le lendemain à la pique du jour. Le risque qu'on les retrouve était désormais infime. Moreo avait dû faire soigner ses hommes et n'avait donc pas pu les poursuivre. L'Espagnol était sans doute parti à Paris demander des troupes fraîches à l'ambassade, et il ne retrouverait pas facilement leur trace.

C'est sur la route de Blois que M. de Cubsac s'approcha d'Olivier, qui chevauchait avec Cassandre, pour lui demander, avec beaucoup de respect, s'il pouvait lui parler un instant. Olivier lui fit signe que oui.

— Monsieur, après cette entreprise, je ne suis plus un cadet miséreux. Je vais pouvoir m'établir, je crois que le roi m'apprécie, et que je pourrais obtenir une charge à la cour. Je suis de petite, mais de vieille noblesse…

— Certainement, monsieur de Cubsac, et je vous estime beaucoup, dit Olivier.

— Et moi aussi, renchérit Cassandre en souriant.

Le Gascon se passa la langue sur les lèvres et, prenant visiblement son courage à deux mains, il expliqua :

— Depuis deux ans, je suis plusieurs fois allé trouver Mlle Perrine à la sortie de la messe à Saint-Merry… Je l'aime beaucoup.

Cassandre fronça les sourcils.

— Vous êtes son maître, monsieur, et je crois que sa tante m'agréerait… bref, en un mot, je souhaiterais l'épouser.

Olivier resta silencieux, maintenant contrarié, et le Gascon prit cela comme une rebuffade. Il se raidit.

— Parlons rond, monsieur, vous craignez de perdre une domestique ? s'enquit-il d'un ton froid.

— Non, ce n'est pas cela, monsieur de Cubsac ! protesta Olivier qui comprit qu'il avait besoin d'une réponse claire. En vérité, je serais très honoré si vous épousiez Perrine. Je viens de vous le dire, j'ai beaucoup de considération à votre égard, et c'est justement pour cela…

— Expliquez-vous, monsieur !

— Mme de Saint-Pol va vous faire connaître mes réticences mieux que moi, décida Olivier, mal à l'aise.

Le Gascon se tourna vers elle, l'air malheureux. Son cheval était un peu en arrière du sien et elle le pressa pour arriver à son niveau.

— Durant ces jours funestes des barricades, je me suis rendue chez Olivier, rue Saint-Martin, commença-t-elle. Mme Poulain et ses enfants s'y étaient réfugiés et je voulais la prévenir que la Ligue cherchait son mari. J'étais donc là quand Perrine a demandé à sortir pour aller voir une voisine. Peu de temps après son retour, le commissaire Louchart arrivait et nous arrêtait. Qui l'avait prévenu que j'étais là ?

— Et alors ? déglutit le Gascon qui avait pourtant deviné.

— On ignorait ma présence, et sinon Venetianelli, personne ne savait que j'étais la fille de Louis de Condé. Enfin, pas tout à fait, car quelques jours plus tôt Olivier était venu annoncer à ses domestiques qu'il m'avait épousée, et à cette occasion il leur avait dit qui j'étais. Louchart ne pouvait apprendre cela que de Perrine, Thérèse ou Le Bègue. Mais seule Perrine était sortie. Donc c'est elle qui nous a trahis, et j'ignore pourquoi.

— En êtes-vous certaine, madame ?

— Ce ne sont que des présomptions, car je ne suis pas certaine que Louchart savait qui j'étais, il l'a peut-être appris plus tard par l'abbesse, mais alors pourquoi m'a-t-il arrêtée ?

— Je demanderai la vérité à Perrine, décida Cubsac avec gravité.

Ils n'en parlèrent plus, tant le Gascon paraissait perturbé, mais comme il était peu probable que M. de Cubsac revînt à Paris rapidement, Olivier se dit qu'il oublierait la jeune fille.

Le soir, un ami du marquis d'O leur offrit l'hospitalité. Il leur laissa deux grandes chambres au deuxième étage d'un corps de logis. Olivier et Cassandre gardèrent la plus petite tandis que quatre d'entre eux passèrent la nuit dans l'écurie pour surveiller l'or du duc de Guise.

C'est ce soir-là qu'Olivier et Maximilien de Rosny expliquèrent au marquis d'O qu'ils souhaitaient faire le partage le lendemain, car avec Caudebec ils se rendraient directement à l'hostellerie de la Croix-Verte sans passer à Blois. O parut contrarié.

— Sa Majesté voudra vous remercier! Je connais bien le roi, et vous le désobligeriez fort en partant ainsi sans lui dire adieu.

Rosny ne pouvait refuser au moment où Navarre recherchait à nouveau l'alliance avec Henri III. Par tempérament, il était d'ailleurs secrètement flatté à l'idée de recevoir la reconnaissance du roi de France, aussi fut-il convenu que le partage serait fait et que Caudebec et Cubsac se rendraient à la Croix-Verte avec la part de butin des protestants. Ils préviendraient les gens d'Olivier de se tenir prêts, et quand Cassandre, Olivier et Rosny arriveraient, Cubsac retournerait seul à Blois.

De leur côté, Venetianelli et Montaigne rentreraient ensemble par la porte Clozeaux. Venetianelli ne voulait être vu ni avec les gens du roi de France ni avec ceux du roi de Navarre. Un espion aurait eu vite fait de le rapporter au duc de Guise. Quant à M. d'Ornano, il partirait directement vers Bourges avec deux chevaux portant son butin.

À la mi-novembre, en début d'après-midi, Dimitri, M. de Richelieu et Nicolas Poulain, suivis de cinq chevaux de bât, entrèrent par la porte Clozeaux bien après le passage de Venetianelli et de M. de Montaigne. Ils se rendirent directement à l'hôtel Sardini où l'or fut déchargé. Dimitri resta de garde, tandis que Nicolas

Poulain et Richelieu partaient au château d'où le Grand prévôt ramènerait une cinquantaine de Suisses.

À peu près au même moment, Cassandre, chevauchant en robe en amazone, le marquis d'O, M. de Rosny et Olivier passaient la porte Chartraine.

28.

On accédait au château de Blois par trois rampes étroites bordées de murailles qui débouchaient sur un vaste terre-plein qu'on appelait la basse cour. Celle-ci était entourée d'épaisses fortifications et de tours crénelées contre lesquelles s'élevaient des communs, la collégiale Saint-Sauveur construite au xie siècle, des logements pour les chanoines et quelques hôtels particuliers.

De cette cour, on pénétrait dans le château par un pont-levis sous une voûte surmontée de la statue à cheval de Louis XII sculptée par Guido Mazzoni. C'était l'entrée principale, mais il y avait aussi des poternes et des passages secondaires comme celui de la galerie aux Cerfs, entre le château et les jardins.

En franchissant le pont-levis, le marquis d'O s'aperçut que la garde était composée pour moitié de Lorrains et pour moitié de Suisses. Cela lui déplut fortement et il allait faire une remarque à un officier quand il aperçut Nicolas Poulain devant les arcades de la galerie longeant la chapelle Saint-Calais. Il fit avancer son cheval jusqu'à lui.

Le petit groupe traversa la cour qui avait à peu près la disposition actuelle si ce n'est qu'à la place du bâtiment construit plus tard par Gaston d'Orléans s'élevaient des corps de logis disparates adossés à des tours carrées et précédés d'une terrasse surélevée. Cette terrasse était appelée le *porche aux Bretons*, car c'était là que s'installait la garde bretonne d'Anne de Bretagne, l'épouse de Louis XII.

Maintenant que le duc de Guise était le gouverneur du château, c'étaient les gens du duc qui s'y tenaient, car de cet endroit, on dominait la cour.

Sous les arcades qui servaient d'écurie pour les visiteurs, Olivier et Rosny aidèrent Cassandre à descendre de cheval, puis précédés par le marquis d'O, ils traversèrent la cour vers le grand escalier, feignant d'ignorer les regards insolents ou simplement surpris des gentilshommes lorrains sur le porche aux Bretons. Ceux qui savaient que l'archilarron et Nicolas Poulain avaient été absents durant des semaines s'étonnaient de les revoir en compagnie de Maximilien de Béthune, baron de Rosny, un homme de Navarre même s'il disait s'être fâché avec lui. Quelques-uns tentèrent de les provoquer en lançant des remarques grivoises à l'attention de Cassandre.

— Vous n'avez pas eu de difficultés ? demanda François d'O à Nicolas.

Il se tenait les yeux aux aguets, s'efforçant d'ignorer les insolences qu'il entendait.

— Non, marquis. Richelieu m'a accompagné. Il vient de repartir avec des Suisses pour rejoindre Dimitri.

— Il y a beaucoup plus de Lorrains que lorsque nous sommes partis, siffla le marquis en balayant la cour d'un regard circulaire.

— Je l'ai remarqué…

En bas de l'escalier se tenait François de La Grange, le capitaine des archers des portes du Louvre, en compagnie de quelques gentilshommes que Poulain salua, tandis que O, préoccupé, ne leur octroyait qu'un hochement de tête. Suivis de Rosny et d'Olivier entourant Cassandre, ils grimpèrent les marches quatre à quatre jusqu'au deuxième étage pour pénétrer directement dans la salle du conseil.

La grande pièce était en pleins travaux. Tous les meubles, dont une grande table, avaient été repoussés contre les murs lambrissés. À gauche, près de la cheminée, des ouvriers muraient une ouverture avec des pierres et de la chaux. Des Suisses avec hallebarde gardaient les autres portes. Une dizaine de gentilshommes, tous armés d'épée et de dague, les considérèrent sans aménité à mesure qu'ils entraient. Certains laissèrent pourtant filtrer quelques sourires avantageux en découvrant une femme inconnue, tandis que d'autres faisaient des signes de courtoisie en reconnaissant le marquis d'O et Nicolas Poulain.

O s'approcha de l'un d'eux.

— Monsieur de Montpezat, demanda-t-il d'un ton dédaigneux, pourquoi ces travaux ?

Les gentilshommes étaient en effet des *ordinaires* avec leur capitaine, M. de Montpezat, baron de Laugnac. Il y avait là, entre autres, Sarriac, Joignac et Saint-Malin, tous des cousins de Cubsac.

— Monsieur le marquis, répondit Montpezat en s'inclinant à peine, nous ne vous voyions plus…

— J'étais occupé, répliqua sèchement François d'O, et vous ne m'avez pas répondu…

Le ton était impatient. O n'appréciait pas Montpezat, homme d'Épernon et qu'il trouvait bien insolent pour son âge.

À cet échange un peu vif, les *ordinaires* se rapprochèrent de leur chef, vaguement menaçants, mais Montpezat leur fit signe de ne pas bouger. Épernon était en disgrâce et il savait que O pouvait le faire chasser s'il se montrait insolent. Il désigna la porte qu'on murait.

— Sa Majesté est trop souvent importunée quand elle travaille dans le vieux cabinet. Certains se permettent d'entrer directement chez elle. Le roi veut désormais que ses visiteurs passent dans la chambre d'apparat, puis par l'oratoire. Ainsi mes hommes qui seront dans la salle des gardes pourront les arrêter, s'il ne veut pas recevoir.

O hocha la tête. Il savait le roi très à cheval sur l'étiquette et il est vrai qu'à Blois, certains prenaient leurs aises avec le protocole, le duc de Guise le premier.

— Où est Larchant ?

— Dans la salle des gardes, dit-il en désignant la porte en face de la cheminée.

» J'ai aussi des hommes dans l'escalier de la tour du Moulin. Soyez assuré que personne ne peut approcher le roi, poursuivit-il.

— Je vous l'accorde, sourit O, cette fois décrispé. Sa Majesté est-elle dans sa chambre ?

Il ne demanda pas si Henri III était présent au château, car il savait que si Montpezat – l'homme de proie – était là, le roi y était aussi.

— Non, elle travaille dans le cabinet neuf avec M. d'Aumont.

La répartition des pièces a quelque peu changé depuis, au château de Blois. La salle du conseil existe toujours mais le cabinet vieux, qui se trouvait à gauche, a disparu quand Gaston d'Orléans a construit une nouvelle partie du château. En revanche, on passe toujours de la salle du conseil à la chambre du roi par une porte qui communique aussi avec l'escalier à vis conduisant, au premier étage, aux appartements de Catherine de Médicis.

O s'avança vers les Suisses qui barraient la porte de la chambre avec leur hallebarde.

— Ceux-là sont-ils avec vous, monsieur le marquis ? demanda Montpezat en désignant Rosny, Olivier et Cassandre.

Il connaissait Nicolas Poulain et savait qu'il avait ses entrées à toute heure près du roi.

— Oui. ·

Les deux Suisses s'écartèrent tandis qu'un valet s'était précipité pour ouvrir la première porte. Entre-temps Montpezat avait fait signe à quatre des quarante-cinq de précéder les visiteurs. C'était la règle et même O s'y pliait.

Ils entrèrent dans la chambre où se tenaient d'autres *ordinaires*, assis sur des banquettes tapissées en compagnie de Roger de Bellegarde, le premier gentilhomme. Tous se levèrent pour saluer O et Poulain pendant que le valet grattait à la porte de droite, celle du cabinet neuf.

Olivier et Cassandre étaient impressionnés par ces mesures de sécurité. C'était autrement plus facile d'approcher Henri de Navarre !

Le valet les fit pénétrer dans une pièce de taille moyenne avec une seule fenêtre et une cheminée où crépitait un feu agréable. Le jour baissait et deux gros chandeliers avec des bougies de cire éclairaient Henri III à sa table de travail. En face de lui était assis le duc d'Aumont, qui dirigeait désormais officieusement le conseil royal. Il parut surpris en découvrant le marquis d'O, absent de la cour depuis une vingtaine de jours, et encore plus en apercevant M. de Rosny derrière lui.

En revanche, le sombre visage d'Henri III s'illumina d'un sourire si large qu'il laissa voir les fils d'or qui tenaient ses fausses dents.

— Monsieur d'Aumont, laissez-nous un instant !

Le duc sortit en silence après avoir rassemblé ses papiers et salué Cassandre d'une révérence.

— Alors ? demanda le roi quand ils furent seuls.

— Sire, vous êtes plus riche de quatre-vingt-dix mille écus, bien que nous n'ayons pas eu le temps de compter ! annonça O, rayonnant.

— Dieu vous bénisse ! Racontez-moi tout ! fit le roi, visiblement aux anges.

O commença son récit sans en donner trop de précisions, car il savait qu'il devrait raconter l'entreprise d'autres fois, tant le roi voudrait connaître les détails ! Quand il expliqua qu'ils avaient volé l'or sans même tirer un coup de feu, Henri parut encore plus satisfait. Puis ce fut le récit de l'embuscade, hélas plus sanglant.

— Personne ne vous a reconnu ? demanda le roi.

— M. de Boisdauphin m'a reconnu, sire, intervint Olivier. J'ai donc tout fait pour qu'il croie que c'était une opération conduite pour Henri de Navarre.

— C'est bien. C'est très bien ! Maintenant que j'ai pris l'or de Guise, j'éprouverai certainement quelque plaisir malsain à accepter les humiliations qu'il me fait subir ! déclara-t-il en riant.

» Cet or va me permettre de réaliser mes projets, reprit-il plus gravement. J'avais besoin de cinquante mille écus, et les États généraux me refusent tout. Même si pauvreté n'est pas vice, j'étais dans une situation impossible. Grâce à vous, je suis libéré de cette contrainte, et peut-être bientôt libéré d'autres entraves.

Il coula un regard vers les gens de Navarre.

— Madame de Saint-Pol, monsieur de Rosny, monsieur de Fleur-de-Lis, vous direz à mon cousin que je reste son serviteur, et son frère. Vous lui direz… – il parut chercher ses mots tant il semblait submergé par l'émotion – que je travaille à lui conserver ce que Dieu nous a donné, car je le sens bien, ce sera à lui de posséder ce beau royaume de France… même si cela doit me coûter la damnation éternelle…

Sur ces paroles énigmatiques, il leur fit signe que l'entretien était terminé.

— O, restez avec moi, j'ai à vous parler. Monsieur Poulain, ma mère souhaite vous voir. Raccompagnez vos amis et allez chez elle. C'est important…

Ils saluèrent et sortirent. Olivier était troublé par les dernières paroles du roi, mais il n'eut pas le temps d'y réfléchir plus, ni d'en parler avec Nicolas ou Cassandre. À peine étaient-ils en bas du grand escalier qu'il aperçut dans la cour la duchesse de Montpensier avec un curé et quelques gentilshommes.

La duchesse riait à la plaisanterie de l'un d'eux quand, tournant la tête, elle reconnut Cassandre. Son rire se figea, puis son visage se transforma.

En une seconde, elle fut méconnaissable. Submergée par un tourbillon de haine, ses traits se durcirent et son corps entier se raidit. Olivier fut effrayé par la violence qu'il lut dans son regard. Pour protéger son épouse, il se plaça devant elle tandis que Poulain, qui venait aussi de reconnaître la sœur de Guise, cherchait de l'aide autour de lui.

Mais Cassandre écarta son mari et, la lèvre supérieure légèrement relevée dans un joli sourire, elle fit un pas vers la duchesse et plia légèrement le genou en une révérence insolente.

Les deux femmes se mesurèrent des yeux et la Montpensier parut reprendre le contrôle d'elle-même.

— J'ignorais que vous étiez ici, mademoiselle, fit-elle d'une voix vipérine.

En même temps, les gentilshommes qui l'entouraient s'étaient écartés en demi-cercle, devinant qu'il allait y avoir querelle et peut-être bataille. Quatre d'entre eux étaient des gens du duc de Guise, le cinquième était Lacroix, l'ancien capitaine des gardes de Villequier. En s'écartant ainsi, Olivier reconnut avec stupeur le curé : c'était Jean Boucher. L'ami de son père, le recteur de la Sorbonne avec qui il avait préparé sa thèse, le prêtre membre du conseil des Seize qui avait essayé de le faire accuser de meurtre ! Boucher était en compagnie d'un jeune homme à demi dissimulé derrière la duchesse.

— Je venais voir mon cousin le roi, madame, répliqua Cassandre.

La duchesse parut interloquée. Si elle savait que Cassandre était la fille bâtarde du prince de Condé, elle n'imaginait pas qu'elle ait pu rencontrer le roi à ce titre. Quelle que soit la haine que Mme de Montpensier éprouvait, sa rivale descendait de Saint Louis. Ce qui n'était pas son cas, même si le duc de Guise assurait que son lignage remontait à Charlemagne.

Nicolas Poulain avait fait signe à Rosny de se tenir prêt à dégainer, tout en sachant qu'un duel était la pire chose qui pouvait arriver ici où les guisards étaient si nombreux. À quelques toises derrière eux, le *porche aux Bretons* était plein de Lorrains qui se précipiteraient si une bataille commençait. En même temps, il jetait des regards vers les Suisses qui se trouvaient sous les arcades avec les chevaux. Viendraient-ils à leur secours en cas d'affrontement ? Rien n'était moins sûr. Mais s'il pouvait se rapprocher d'eux, ils lui obéiraient...

Dans une tension grandissante, le silence s'installa entre les deux groupes. La tension était extrême. Chacun avait la main sur la poignée de son épée. La seule chose qui faisait hésiter les hommes était la présence des femmes.

C'est alors qu'Olivier découvrit le visage du jeune homme qui s'écartait de la sœur du duc de Guise pour mieux voir. C'était l'ivrogne de la Croix-de-Lorraine qui criait « J'irai seul à la chasse aux hérétiques, j'en ferai de la soupe, je me baignerai dans leur sang et dans leurs entrailles, j'irai égorger le cyclope navarrais… ».

Clément ! C'était le capitaine Clément !

En l'espace d'un instant, tout défila dans son esprit : Pierre de Bordeaux qui vivait à la Croix-de-Lorraine avec son cousin Jacques Clément, le curé qui l'avait convaincu de tuer le roi de Navarre, la duchesse de Montpensier qui avait déjà tenté de tuer Henri de Bourbon à Garde-Épée, les conjurés étaient tous rassemblés devant lui. C'est la duchesse qui avait armé le bras de Bordeaux ! C'était Boucher le curé mystérieux qui lui avait promis le salut ! Et le capitaine Clément était bien Jacques Clément !

Mais pourquoi étaient-ils dans la cour du château de Blois, aujourd'hui ? Dans la résidence royale de Blois ?

La réponse, évidente, le frappa comme un coup de massue. Le capitaine Clément était décidé à tuer le roi ! Sachant qu'il aurait du mal à l'approcher, il venait certainement reconnaître les lieux !

Olivier comprit alors qu'il leur restait une infime chance d'éviter un duel sanglant et il rompit le silence.

— Mais je reconnais là le capitaine Clément ! s'exclama-t-il. Avez-vous des nouvelles de votre cousin M. de Bordeaux ?

Tous les regards se tournèrent vers le clerc tandis que la duchesse devint livide et que le père Boucher reculait imperceptiblement, comme frappé d'horreur.

Olivier sut qu'il avait vu juste. Clément était lui aussi pétrifié. Ils disposaient donc de quelques instants, de quelques secondes…

Il saisit Cassandre par la main et passa devant le groupe lorrain, se dirigeant vers les arcades où se trouvaient les chevaux des visiteurs. Poulain sentit aussi qu'ils avaient un répit et entraîna Rosny.

La duchesse les laissa passer, l'esprit en désordre. Une terreur paralysante l'avait envahie. Comment savait-il pour Clément et Bordeaux? Cet homme était donc un démon?

— Madame, intervint Lacroix, ils rejoignent les Suisses! Nous pouvons encore nous occuper d'eux!

— Non! lâcha-t-elle, toujours immobile.

Elle vivait un cauchemar.

Arrivés aux arcades, ils n'avaient pas échangé un mot, personne n'avait posé de question. Ils avaient tous compris à l'instant où Olivier avait désigné Clément et parlé de Bordeaux. Par prudence, Poulain ordonna à l'officier des Suisses de les escorter avec une dizaine d'hommes. Leurs chevaux étaient restés sellés. Ils les montèrent et sortirent rapidement du château.

Ce n'est qu'en descendant le chemin qui les conduisait vers Saint-Martin et la grande fontaine qu'ils commencèrent à parler.

— Je vous accompagne à la porte Chartraine et j'irai ensuite prévenir le roi, dit Poulain. Galopez jusqu'à la Croix-Verte et éloignez-vous de Blois au plus vite. Ils vont tenter de vous rattraper sitôt qu'ils connaîtront la direction que vous avez prise.

— N'ayez crainte, dit Rosny. Nous passerons la nuit à Château-Renault où j'ai des amis. On ne nous cherchera pas si loin.

Même si leur entreprise avait été un succès, Nicolas resta un moment le cœur serré en les voyant passer la porte. Il restait seul dans cette ville hostile, loin de sa famille, et il ignorait quand il reverrait ses amis.

29.

En plus de leur hôtel particulier en ville, les Guise disposaient de plusieurs logements dans le château, dont un appartement pour le duc devant le *porche aux Bretons*, et des pièces de réception dans les anciens appartements de Louis XII, là où avaient vécu François II et la jeune reine Marie Stuart, cousine des Guise.

C'est là que Mme de Montpensier se rendit sitôt la fin de l'altercation. Elle savait qu'elle y trouverait ses trois frères. Sans se faire annoncer, écartant l'intendant qui barrait la porte, elle entra dans la salle où ils travaillaient.

Henri de Guise, en pourpoint de satin blanc étroitement ajusté et cape écarlate, était avec le cardinal Louis de Guise, en robe rouge, et Charles de Mayenne, en casaque bleue brodée et passementée. Les trois frères préparaient la prochaine réunion des États généraux dont Louis présidait le clergé.

Le cardinal de Guise ne cacha pas son mécontentement d'être dérangé par sa sœur, mais elle ignora son courroux.

— Mes frères, je suis bouleversée, fit-elle en se frottant les mains pour tenter de calmer son agitation. Il faut que je vous parle.

Henri, qui l'aimait beaucoup même s'il désapprouvait souvent son impétuosité, lui prit les mains et lui proposa de s'asseoir.

Le duc, qui était aussi prince de Joinville, gouverneur de Champagne et Grand maître de France, était autant aimé à Blois qu'à Paris et lorsqu'on le voyait se promener dans les jardins à côté du roi, parlant avec lui des affaires du royaume, on ne pouvait s'empêcher de les comparer. Henri III, malade, toussant, édenté, boitant à cause de ses fistules, le teint blême, le regard fuyant, un panier de chien au cou et de lourdes perles aux oreilles. Près de lui, ce géant blond, séduisant, élégant, dominateur et majestueux, la main souvent posée sur la poignée dorée de sa lourde épée de bataille.

Nul ne pouvait douter de l'issue de la querelle qui les séparait et ceux qui restaient fidèles à Henri III se demandaient de plus en plus souvent s'ils ne se trompaient pas de camp.

Quelques-uns pourtant connaissaient le véritable duc de Guise : sa sœur, qui détestait sa pusillanimité, Margot, la femme d'Henri de Navarre, qui avait été sa maîtresse et qui disait de lui : *Il fait toujours le mal*, et son frère le cardinal de Guise qui lui trouvait l'esprit lourd et le jugeait plus brave qu'intelligent.

— Que s'est-il passé, Catherine ? demanda Henri avec douceur.

Elle serra les lèvres, l'esprit toujours en pleine confusion, tandis que les deux autres se rapprochaient, inquiets de l'agitation de leur sœur.

— Dans la cour... à l'instant...

» J'étais avec vos gentilshommes, Henri, et mon nouveau capitaine des gardes, quand j'ai vu arriver par le grand escalier, venant de chez le roi, cette femme... Cette Cassandre de Mornay ! cracha-t-elle avec fureur.

Les trois frères savaient ce qui s'était passé à Saint-Brice. Henri de Guise avait donné à sa sœur son accord pour l'assassinat d'Henri de Navarre. Il lui avait même indiqué un assassin exceptionnel : Maurevert. Or, Catherine avait tout raté : Maurevert était mort, et elle avait été maltraitée. Seulement, à travers elle, c'étaient les Guise qui avaient été humiliés, tout cela parce que sur les conseils de son stupide frère Charles, elle s'était mis en tête d'enlever la fille de Mornay !

Voici ce que pensait Henri de Guise tout en affichant un visage faussement aimable.

— Donc vous avez vu Mlle de Mornay. Vous la haïssez tant pour être aussi agitée ?

— Elle s'appelle Mlle de Saint-Pol, remarqua Mayenne. C'est la fille bâtarde de Louis de Condé.

— Je sais, mon frère, dit Henri, agacé.

— En vérité elle est mariée avec un petit-bourgeois parisien nommé Hauteville, précisa Catherine d'une voix emplie de fiel. Cet homme, un commis d'écriture, a rejoint Navarre qui l'aurait anobli. Il était à Paris durant les barricades, j'ai failli le faire saisir, mais sans succès.

— Dommage ! dit le duc de Guise qui connaissait les grandes lignes de l'affaire par Mayneville, qui les avait entendues lui-même de Le Clerc. Mais Mlle de Saint-Pol a sans doute rencontré le roi pour régler des affaires de famille. En quoi cela vous inquiète-t-il ?

— Non ! glapit la duchesse. Elle était avec son mari, ce Hauteville, avec Poulain, ce félon, et surtout avec Rosny !

— Poulain ? Le prévôt qui a trahi la Ligue ? demanda Guise.

— Rosny est ici ? s'inquiéta le cardinal.

— Oui ! Mais ce n'est pas cela l'important ! rageat-elle. Vous savez qu'après l'échec de Saint-Brice, j'ai envoyé à Nérac un homme que le curé Boucher m'avait présenté. Il s'appelait Pierre de Bordeaux.

— C'était inutile! fit le cardinal de Guise en haussant les épaules. J'avais moi-même envoyé un assassin qui avait été pris. Vous auriez dû m'en parler!

— Peut-être… Quoi qu'il en soit, je n'ai rien su de ce qui s'était passé, sinon que Navarre était toujours vivant. Or ce Bordeaux avait un cousin nommé Clément, un jeune sot plus réputé par ses rodomontades et son ivrognerie que par son courage. Il voulait venger son parent mais il ne parlait pas gascon et n'avait aucune chance. Je l'oubliai jusqu'aux journées des barricades où le curé Boucher me rapporta que ce jeune coq avait été au premier rang durant les émeutes, ne craignant pas d'affronter la mort et s'attaquant même aux Suisses sur le pont Notre-Dame.

Charles de Mayenne marqua son impatience en tapotant la poignée de son épée. Il avait trouvé détestable cette rébellion du peuple de Paris contre l'ordre établi et n'avait aucune envie d'entendre les exploits de la populace.

— Selon Boucher, Clément semblait haïr notre bougre de roi plus que l'Antéchrist. Il me vint donc l'idée qu'il pourrait nous en débarrasser…

— Je vous arrête, ma sœur! déclara le duc de Guise. Le roi est intouchable et je ne me résoudrai jamais au régicide.

— Laissons Catherine poursuivre, suggéra le cardinal de Guise qui n'avait pas les mêmes scrupules que son frère.

La duchesse les regarda à tour de rôle, et reprit légèrement calmée.

— Après les barricades, le curé Boucher retrouva Clément qui voulait devenir religieux. Je proposai qu'il entre aux jacobins et quand le curé Boucher partit pour

Blois, je suggérai qu'il l'accompagne pour me le présenter.

— Votre Clément n'a aucune chance ! lâcha Mayenne. Les quarante-cinq sont toujours autour du roi, sans compter Larcher et Bellegarde. Il devrait les tuer tous pour l'aborder !

— Mais le roi accepte facilement que des prêtres ou des moines s'approchent de lui, insista Catherine.

— Seuls les prêtres qu'Henri connaît l'approchent, répliqua le cardinal de Guise en haussant les épaules. De surcroît, ils sont toujours fouillés et le roi porte une jaque de mailles, ou une cuirasse de buffle, sous sa chemise.

Elle grimaça, n'ayant pas pensé à ça.

— Quoi qu'il en soit, tout à l'heure, je rencontrai le père Boucher qui me présenta Clément. C'est alors que je vis Cassandre du Mornay en bas de l'escalier. Cette garce s'approcha pour me défier. Il y avait quatre fines lames autour de moi, en face aussi ils étaient quatre, car cette bâtarde sait manier l'épée, bien qu'elle n'en portât pas. Mais je pouvais compter sur les gentilshommes du *porche aux Bretons*. C'était une occasion unique de régler tous mes comptes…

Elle était si exaltée en parlant ainsi que le duc l'interrompit d'un air fâché.

— Ma sœur, je vous aime fort mais je vous interdis de vous mêler de mes affaires ! Je n'ai pas besoin de vos querelles pour fortifier notre parti. Je gagne chaque jour de nouveaux fidèles par les emplois, les dignités, les charges et les gouvernements que je distribue. J'aurai demain, venant d'Espagne, trois cent mille écus de plus. Je suis le maître ici, et un duel dans le château serait du plus mauvais effet !

Elle rougit à sa colère.

— Mais ce duel n'a pas eu lieu ? s'enquit le cardinal de Guise, intrigué.

— Il allait s'engager quand Hauteville a interpellé Clément par son nom. Non seulement il le connaissait, mais il lui a demandé s'il avait des nouvelles de son cousin Bordeaux, celui que j'ai envoyé à Nérac ! dit-elle d'une voix rendue si aiguë par la terreur que ses frères ne la reconnurent pas.

Le cardinal pâlit. Louis de Guise était un homme rusé, calculateur, et qui se souciait peu de faire couler le sang. Contrairement à son frère Henri, il ne désapprouvait pas les entreprises de sa sœur. Il avait parfois l'impression que le roi Henri III n'était pas le fol impuissant qu'il paraissait, et le faire assassiner aurait dégagé l'avenir et évité bien des peines. Mais bien sûr personne ne devait se douter que la famille de Lorraine préparait un régicide, sinon, c'en serait fait de leurs ambitions et ils finiraient tous excommuniés, ou pire, tirés par quatre chevaux ! Quand lui-même avait envoyé un tueur à Nérac, il avait pris toutes les précautions pour qu'on ignore son rôle. Sa sœur aussi avait été prudente. Comment donc ce Hauteville pouvait-il connaître Bordeaux et Clément ?

Le duc resta silencieux un moment. Réfléchissant à ce que venait de dire sa sœur.

— Vous dites que ce Hauteville est à Navarre ? fit-il enfin. Voilà la raison pour laquelle il connaissait Pierre de Bordeaux ! Votre homme a dû être pris, il a parlé et Hauteville l'a su, conclut-il.

— Mais comment connaissait-il Clément, mon frère ? le coupa Catherine. Il l'a même appelé capitaine Clément, un nom que seuls ses compagnons de beuverie connaissent !

Guise observa à nouveau le silence. Cette fois, cette histoire le dépassait.

— Que s'est-il passé après l'intervention de Haute-ville ? demanda le cardinal.

— J'ai empêché qu'il y ait bataille. Si Hauteville en avait réchappé et s'il avait prévenu le roi, Dieu sait quelles en auraient été les conséquences ! Je sais qu'ici tout le monde est pour la Ligue, mais qu'on apprenne qu'il y a projet de régicide et nous serons perdus. Haute-ville et ses compagnons ont donc quitté le château.

Le duc hocha la tête pour montrer qu'il approuvait.

— Cette affaire pue ! cracha alors le gros Mayenne.

Charles de Mayenne était un homme brutal et impul-sif, mais il avait un solide bon sens. Il poursuivit d'une voix rogue :

— J'ai été le premier à sous-estimer ce Hauteville. Rappelez-vous, il y a trois ans M. Marteau a fait tuer son père qui venait de découvrir les rapines que nous opérions sur les tailles…

Le duc de Guise opina avec un air entendu, une atti-tude qu'il maîtrisait parfaitement.

— La sainte union a tenté de faire accuser le jeune Hauteville de parricide. Non seulement elle n'y est pas parvenue, mais il a repris les investigations de son père. J'ai envoyé Maurevert pour qu'il nous en débar-rasse et Maurevert, surnommé bien à tort le tueur des rois, a échoué tandis que Hauteville parvenait à nous reprendre neuf cent mille livres.

» Après quoi, dit-il à sa sœur, il vous a empêchée de mener à bien votre entreprise à Saint-Brice. Il a déli-vré la fille de Mornay sans que vous vous y attendiez, mais il y a pire ! Savez-vous ce qu'il est advenu de Maurevert ?

La barbe en éventail, Mayenne éructait tel un ogre avant de se mettre à table.

— On m'a dit qu'il a été tué en cherchant à s'en prendre à Navarre, répondit sa sœur.

— Voici ce que je sais d'un gentilhomme présent là-bas et qui, mal récompensé de ses services, a rejoint M. de Soissons : Maurevert avait fabriqué un pétard pour tuer le Béarnais.

— Il m'avait en effet demandé de la poudre et fait creuser une tranchée le soir où nous avons été attaqués.

— Le pétard a bien sauté, ma sœur, mais juste avant quelqu'un avait prévenu Navarre. Et ce quelqu'un, c'était Hauteville !

— Malédiction ! gémit la duchesse.

— Cette même personne m'a dit qu'avec des amis à lui, il a poursuivi et tué ceux qui avaient fait sauter la mine.

— Hauteville aurait tué Maurevert ? L'un des meilleurs escrimeurs que j'aie connus ! s'exclama le duc de Guise. Mais où cet homme a-t-il appris à se battre ? Vous avez parlé d'un commis, ma sœur ! Comment peut-il être si habile ? Et ce serait lui aussi qui aurait découvert ce Pierre de Bordeaux à Nérac, puis votre capitaine Clément ?

Il se tut un instant avant de lâcher d'une voix d'outre-tombe :

— Si c'est vrai, ce n'est pas un homme mais un sorcier !

— C'est un sorcier ! sanglota la duchesse effondrée. Il m'a même jeté un sort ! Si vous saviez, mon frère…

— Hauteville n'est pas un sorcier ! gronda Mayenne. Ce n'est qu'un homme adroit et audacieux ! Il commandait l'artillerie à Coutras avec Rosny, m'a-t-on dit. C'est pour son courage et seulement pour ça qu'il a été anobli.

Déconcerté par ce qu'il entendait, le duc de Guise regardait à tour de rôle ses deux frères et sa sœur. Il ne savait plus que dire et n'osait poser de question par crainte de paraître obtus.

— Renvoyez Clément à Paris, ma sœur, décida le cardinal de Guise.

— Je lui ai déjà ordonné de quitter Blois, dit-elle.

— Je veux savoir où se trouve ce Hauteville, Catherine, décida finalement Henri de Guise de cette voix posée qu'il prenait quand il voulait affirmer son autorité. S'il est à Blois, débrouillez-vous pour que son logis soit pillé par des truands et qu'il ne reste rien de lui !

Avec sa famille, Guise ne cherchait pas à cacher ce qu'il était vraiment : un prédateur brutal et sanguinaire.

Elle hocha la tête pour approuver avant de se retirer.

— Je vous accompagne, ma sœur, dit le cardinal en la suivant. J'ai quelques conseils à vous donner…

Charles de Mayenne et Henri de Guise restèrent seuls. Sitôt la porte fermée, leurs attitudes changèrent. Charles, en posture agressive, considéra son frère avec un regard qui n'annonçait rien de bon.

— Vous voulez quelque chose, Mayenne, demanda Henri, un glacial sourire aux lèvres.

— Oui, Henri. Vous savez que je vous ai toujours suivi, même quand je vous désapprouvais, car vous êtes le chef de notre maison, seulement vous avez abusé de votre position.

— Abusé ? railla Guise qui devinait où son frère voulait en venir.

— Mme de Sauves m'aime, vous le savez. Elle veut vous quitter et vous le lui avez interdit !

Le duc garda un sourire figé, mais ses yeux étaient durs. Si Mayenne était officiellement son frère, Guise savait qu'il n'était qu'un enfant adultérin et il ne l'avait jamais considéré comme un membre de sa famille.

— Mme de Sauves est à moi, Charles, répliqua-t-il d'un ton sec. C'est ma chose, et d'ailleurs elle est fière d'être la maîtresse du duc de Guise. Je crains que vous ne vous soyez mépris sur son intérêt à votre égard.

Mayenne avait posé la main sur son épée. Allait-il tirer son arme contre son frère ? Un silence pesant s'établit entre les deux hommes qui se défiaient du regard. Guise avait reculé d'un pas, lui aussi était prêt à dégainer. Finalement, Mayenne tourna le dos et sortit sans dire un mot. Il savait Henri meilleur escrimeur que lui et il avait songé à un moyen plus efficace de lui nuire.

Le duc resta seul, maussade. Guise n'était pas d'une grande intelligence, mais il sentait les choses. Les États généraux duraient déjà depuis deux mois et rien n'avait été décidé sur sa charge de connétable et sur la mise à l'écart d'Henri de Navarre de la succession au trône. Il voyait bien que les représentants des Seize, c'est-à-dire le Tiers, ne poussaient que leurs intérêts : payer moins d'impôts et contrôler les dépenses de l'État. Son frère Louis avait du mal à tenir les représentants du clergé qui, eux aussi, cherchaient surtout à conserver leurs avantages ou à en obtenir de nouveaux. Chacun s'épiait et se soupçonnait. Intrigues et rumeurs couraient dans la ville et le château. Sa sœur n'en faisait qu'à sa fantaisie, et Mayenne était sur le point de l'abandonner.

Même Louis l'irritait avec sa condescendance. Il était temps que tout finisse. Il restait cinq semaines avant Noël. Il devait utiliser ce temps à distribuer les trois cent mille écus du roi d'Espagne pour se faire de nouveaux fidèles et, si d'ici à la fin de l'année, le roi ne lui avait pas confié tous les pouvoirs, il prendrait une décision. Soit il rentrerait à Paris et ce serait la guerre totale avec Henri III, soit il utiliserait la force pour l'enfermer dans un monastère.

Quand Nicolas Poulain revint au château, la duchesse de Montpensier n'était plus dans la cour. Bien que préoccupé par la présence du capitaine Clément, il se rendit pourtant chez Catherine de Médicis comme le roi le lui avait demandé, envisageant d'aller voir son souverain aussitôt après.

La reine avait ses appartements au premier étage, juste sous ceux de son fils. Nicolas grimpa l'escalier François Ier et pénétra dans la pièce où se tenaient gardes et valets. La porte à doubles battants qui la faisait communiquer avec la grande salle de bal était ouverte. Celle-ci était pleine de courtisans et il aperçut le duc de Retz et la duchesse de Nevers. On entendait des airs de viole et des éclats de rires. Au bruit de la fête, il se souvint que c'était là, lors d'un bal, que Ronsard était tombé amoureux de Cassandre Salviati.

Mais comme il n'avait aucune envie d'être abordé ou interrogé après sa longue absence, il se dirigea droit vers la porte donnant sur l'escalier en limaçon. Quatre gardes en casaques à fleurs de lys gardaient le passage. Avisant l'un d'eux, il lui dit que la reine l'attendait. Le garde entra dans les appartements privés pour revenir au bout d'un instant avec M. de Bezon.

Poulain salua amicalement le nain avant de le suivre. Ils passèrent l'escalier et traversèrent la chambre, où les dames d'atour l'observèrent avec curiosité. Marc Miron, le médecin d'Henri III, était avec l'une d'elles devant la cheminée au monogramme de Henri II et de Catherine de Médicis, un H et deux C entrelacés. En trottinant, Bezon le précéda dans l'oratoire puis ils pénétrèrent dans le cabinet de la reine. Nicolas Poulain n'y était jamais entré.

C'était une petite salle aux murs couverts de panneaux sculptés et dont les caissons du plafond représentaient aussi des H et des C entrelacés. Poulain avait entendu dire que ces panneaux dissimulaient des pla-cards secrets dans lesquels la reine cachait des poisons et toutes sortes de philtres, mais d'autres assuraient que c'était faux et qu'elle n'y rangeait que sa correspon-dance.

En face de la cheminée, en noir comme d'habitude, Catherine de Médicis était à demi allongée sur un lit, le visage décharné et blafard. À côté d'elle, assise sur une escabelle, Christine de Lorraine lui parlait doucement tandis qu'une demoiselle d'honneur attendait debout.

— Enfin, vous voilà ! fit aigrement la reine en le voyant entrer. Où étiez-vous depuis tout ce temps ?

Catherine de Médicis était peut-être malade mais elle n'avait rien perdu de son agressivité.

— J'avais demandé mon congé pour rejoindre ma femme, madame.

— Christine, Anne, laissez-nous, mais vous, Bezon, restez !

Quand ils ne furent plus que tous les trois, Catherine resta un long moment à observer le prévôt.

— Monsieur Poulain, vous étiez donc à Chartres avec M. de Richelieu… et vous êtes revenu avec le marquis d'O et le baron de Rosny. Il y avait même M. Hauteville et sa femme, m'a-t-on rapporté ! Étrange compagnie ! dit-elle enfin.

Nicolas jeta un regard à Bezon qui avait dû rensei-gner la reine.

— Ne me prenez pas pour une sotte, monsieur Pou-lain, fit-elle en le foudroyant du regard.

— Je ne l'ai jamais fait, Majesté.

Elle se redressa dans le lit pour s'asseoir un peu mieux.

— Monsieur Poulain, ou plutôt devrais-je dire baron de Dunois, vous devez me trouver bien affaiblie. Et pourtant, sachez que je ne le suis pas. Je suis seulement désespérée. C'est moi qui ai suggéré les États généraux, je pensais que les représentants venus de tout le royaume rendraient son autorité à mon fils. Mais le duc de Guise a été plus habile en faisant nommer députés ses fidèles. Chaque jour mon fils est humilié, et je commence à craindre pour sa vie.

Poulain resta silencieux tant il partageait ce constat.

— Je suis malade, la goutte me torture, un catarrhe m'étouffe à chaque instant, et si M. de Notredame ne m'avait pas assurée que je mourrai près de Saint-Germain, je croirais bien que je suis sur le point de finir mes jours ici. Le médecin de mon fils vient de me voir. Il ne m'a guère rassurée et m'a ordonné de rester près d'un feu jour et nuit.

— Vous avez surmonté d'autres épreuves, madame.

— Certes, mais jamais la situation n'a été aussi sombre. Monsieur Poulain, je suis malade, sans soutien. La seule personne en qui j'ai confiance ici est M. de Bezon, qui est bien âgé, et bien petit… J'ai besoin d'un homme sur qui je puisse m'appuyer, d'un homme fidèle en qui je puisse avoir une confiance totale. D'un homme de race, aussi, car il connaîtra tous les secrets du royaume. J'ai demandé à mon fils que vous restiez près de moi comme vous l'étiez à Chenonceaux.

— Je ne vous avais guère donné motif de satisfaction, madame, dit Poulain, fort embarrassé. Et j'ai déjà promis à Sa Majesté d'être à ses ordres. De surcroît, vous avez M. Rapin.

— M. Rapin gardera sa charge. Je veux seulement que vous soyez près de moi. Je me demande parfois si je ne suis pas le dernier rempart de mon fils. Si on me faisait disparaître, il serait perdu. M. de Bezon vous donnera toute l'assistance dont vous aurez besoin.

Son ton était suppliant, et pour la première fois, Nicolas Poulain eut l'impression qu'elle ne jouait pas la comédie. Il s'inclina, fort contrarié malgré tout, avant de poser une question qui lui brûlait les lèvres.

— Craignez-vous pour la vie du roi, Majesté?

— Oui… souffla-t-elle dans un accès de toux.

Il décida de parler.

— Majesté, il y a en ce moment un assassin au château. Il se nomme le capitaine Clément. Il ressemble à un clerc, mais c'est pour mieux dissimuler sa malignité. C'est lui qui commandait les écoliers et les moines durant les barricades. Il a défait les Suisses du pont Notre-Dame et il voulait prendre le Louvre. Or, il y a quelques instants, il était dans la cour en compagnie de la duchesse de Montpensier…

Elle écarquilla les yeux et parut reprendre de la vigueur.

— *Che bestia!* Expliquez-vous!

— C'est une longue histoire… Ce capitaine Clément avait un cousin que Mme de Montpensier a envoyé à Nérac pour occire le roi de Navarre. Celui-là a été pris et a tout raconté…

— J'ignore tout de cela, l'interrompit-elle en plissant les yeux, visiblement dubitative.

— Quand nous sommes venus vous voir avec mon ami Olivier, il vous a dit qu'il conduisait une enquête sur Belcastel. C'était vrai mais ce n'était pas la seule raison. Mgr de Navarre voulait aussi qu'il se renseigne sur l'homme qui avait essayé de le tuer à Nérac, car il se demandait si cette tentative n'était pas liée à la mort de Mgr de Condé. Olivier n'a retrouvé Clément qu'au moment des barricades et n'a pu l'interroger. En revanche, il avait constaté alors combien ce jeune homme haïssait le roi qu'il menaçait publiquement d'assassiner. Or tout à l'heure, il l'a vu dans la cour en compagnie du curé Boucher et de la duchesse de

Montpensier. Il ne peut y avoir qu'une explication à sa présence ici.

À ces révélations, la reine resta impavide. Mais si son corps était immobile, son esprit était en furie. Ainsi Guise n'en avait pas assez ! Il possédait les clefs de la ville et du château, il était lieutenant général du royaume, il disposait de quasiment tous les pouvoirs, et pourtant, dans l'ombre, il préparait l'assassinat de son fils. Qu'elle l'avait mal jugé ! Pourtant, Dieu sait si elle l'avait protégé et défendu… Elle avait même empêché son fils de le mettre à mort quand il était venu à Paris, et voilà comment il la remerciait ! L'affection qu'elle avait toujours éprouvée pour Henri de Guise était en train de se transformer en une puissante haine qui la submergeait.

— Bezon, allez voir si Miron est toujours dans ma chambre, demanda-t-elle d'une voix maîtrisée.

Bezon passa dans la pièce d'à côté et revint avec le médecin. Nicolas Poulain était resté silencieux.

— Monsieur Miron, lui dit la reine, allez dire au roi mon fils que je le prie de prendre la peine de descendre en mon cabinet, pour ce que j'ai chose à lui dire qui importe à sa vie, à son honneur et à son état[1].

Miron s'exécuta tandis que Catherine interrogeait Nicolas Poulain sur l'attentat de Nérac. En l'écoutant, la reine éprouvait une satisfaction perverse en découvrant que la duchesse de Montpensier n'avait pas été plus habile qu'elle pour tuer Henri de Navarre, et en même temps elle enrageait à l'idée que cette femme ait osé s'attaquer à un prince de sang, chose dont elle jugeait avoir la prérogative.

Henri III entra alors que Nicolas terminait ses explications. Il dut recommencer le récit de l'altercation dans la cour, puis expliquer qui était le capitaine Clément.

---

1. Cette phrase, prononcée par Catherine, a été rapportée par Miron.

Contrairement à sa mère, Henri connaissait l'histoire de l'attentat de Nérac sans savoir pourtant que la sœur du duc de Guise était impliquée. Il ne posa aucune question et resta un certain temps à réfléchir après que Nicolas Poulain eut terminé. Ce qu'il apprenait ne l'étonnait guère, et ne faisait que renforcer sa décision. Restait à savoir ce qu'il devait dire à sa mère, qui jusqu'à présent avait toujours penché du côté de Guise. Pour l'instant, ils n'étaient que quelques-uns à connaître ses intentions.

La reine l'observait. Elle se leva péniblement et prit d'autorité son fils par le bras pour le conduire près de la fenêtre tandis que Miron, Poulain et Bezon demeuraient éloignés à l'autre bout du cabinet sans pouvoir entendre leur conversation. Mais quand la mère et le fils eurent fini de chuchoter, Catherine de Médicis parla suffisamment haut pour être entendue.

— Mon fils, il s'en faut dépêcher ! C'est trop longtemps attendre ! Il faut donner bon ordre pour que vous ne soyez plus trompé, comme vous le fûtes aux barricades de Paris.

Ils revinrent vers les trois hommes.

— Monsieur Poulain, dit le roi, que comptiez-vous faire pour le capitaine Clément ?

— Le rechercher dès ce soir, l'arrêter et l'interroger, sire.

— Vous n'en ferez rien. Oubliez tout cela. Ce capitaine ne parviendra jamais à m'approcher et je ne veux pas que la moindre discorde naisse entre moi et mon cher cousin Guise.

Sur ces mots, le visage marmoréen, il se retira avec Miron.

Le lendemain matin, le duc de Guise, qui avait passé la nuit avec Mme de Sauves, fut réveillé par Mendoza. L'ambassadeur d'Espagne était avec MM. de Saveuse et Boisdauphin, livides. Guise était encore dans son lit quand ils lui annoncèrent le vol des trois cent mille écus.

Aux premiers mots, Guise sauta du lit en chemise, demi-nu, convulsé de rage.

— Qui ! Qui a fait ça ! cria-t-il en attrapant Saveuse par son pourpoint.

Ce fut Boisdauphin qui répondit d'une voix défaite.

— Ils étaient une vingtaine avec à leur tête un nommé Fleur-de-Lis, monseigneur, j'ai déjà croisé la route de cet homme qui est à Navarre.

— Hauteville ! balbutia Guise, pétrifié.

Il parut perdre toute énergie et s'assit sur son lit tandis que Mme de Sauves essayait de dissimuler aux trois hommes sa généreuse poitrine dénudée.

— Hauteville, murmura encore le duc. Cet homme est donc un sorcier !

En reprenant l'accusation de sa sœur, pour la première fois, Guise se mit à douter de son destin.

Il songea aux centaines de pamphlets que les prédicateurs diffusaient avec son accord, accusant Henri III et ses mignons d'être des suppôts du Malin. Et si c'était vrai ? se demanda-t-il avec angoisse. Si le roi était vraiment l'Antéchrist, il ne pourrait jamais le vaincre.

Pourtant, après avoir écouté un compte rendu détaillé du vol, il retrouva un peu d'énergie et d'espoir. Il fit venir sa sœur et son frère Louis pour apprendre que Hauteville avait disparu. Toute la journée ses gentilshommes fouillèrent la ville et des patrouilles battirent la campagne autour de Blois. On retrouva la trace d'un groupe d'hommes avec plusieurs chevaux de bât à l'auberge de la Croix-Verte, mais les huguenots semblaient s'être volatilisés.

Dans les jours qui suivirent, le duc de Guise apprit que le roi, dans une nouvelle crise mystique, faisait aménager des cellules au-dessus de ses appartements afin d'y loger des capucins, résolu qu'il était, disait-il, de quitter le monde et de se livrer à la solitude.

Le duc jugea que c'était enfin une bonne nouvelle. Si le roi était si dévot, il ne pouvait être une créature de Satan. Il s'empressa aussitôt de faire répandre en ville la rumeur qu'Henri III voulait se retirer du trône, et que ces cellules seraient le couvent où il finirait ses jours.

30.

Le mois de novembre se termina dans la violence. La haine était partout, tant entre royalistes et guisards qu'au sein de la famille des Guise. Henri revit son frère Charles la veille de son départ pour l'armée du Dauphiné. Ils eurent une nouvelle altercation au sujet de Mme de Sauves, et sans l'intervention de leurs proches, ils se seraient entretués.

Les insolences et les provocations entre les Lorrains et les loyalistes se multipliaient. Le soir du 20 novembre, les pages du duc de Montpensier se prirent de querelle avec ceux du duc de Guise. L'un des serviteurs du duc fut tué et l'échauffourée s'étendit aux gens du comte de Soissons et du duc de Retz, du côté des royalistes, des ducs de Nemours et d'Elbeuf, de l'autre. Les guisards ayant pris le dessus, ils poursuivirent leurs adversaires jusqu'à la salle du conseil où, persuadé d'une attaque de la part du *Balafré*, le roi sortit de son cabinet la cuirasse sur le dos entouré de ses *ordinaires*.

Il y eut aussi des meurtres crapuleux ou pour des motifs personnels. Le plus grave eut lieu une nuit quand M. de Nantouillet, petit-fils du chancelier, envoya ses neveux poignarder son épouse Anne de Barbançon, dame d'honneur de Catherine de Médicis, qui lui montrait publiquement son mépris. L'assassinat se déroula à quelques pas de la chambre de la reine où les assassins avaient facilement pu pénétrer, car on ne s'était pas méfié d'eux.

Ce crime, que le roi ne voulut pas poursuivre car il avait besoin du soutien de la famille de Nantouillet, inquiéta beaucoup Nicolas Poulain. Malgré les quarante-cinq, les assassins avaient approché la famille royale avec une étonnante facilité. Il décida de loger désormais au troisième étage du château pour être au plus près de Catherine de Médicis et de son fils, et il conduisit désormais lui-même les rondes autour des appartements royaux.

Après la querelle des pages et le crime des Nantouillet, la méfiance et la peur s'étendirent. Personne n'aurait osé sortir sans chemise d'acier ou jaque de mailles. Les Grands restaient toujours entourés de gentilshommes de leur clientèle, tous solidement armés, parfois même avec arquebuse à la main. Quant au duc lorrain, il ne se déplaçait plus qu'avec une innombrable suite armée en guerre.

Ces manières d'agir ne pouvaient qu'entraîner des débordements, aussi Henri de Guise exigea du roi de donner congé aux quarante-cinq et à ses plus proches serviteurs, en particulier au marquis d'O.

Le duc détestait le marquis depuis sa trahison, mais il avait aussi remarqué son absence durant trois semaines, tout comme celle de Poulain et de Richelieu, et bien qu'ils aient eu tous de bonnes explications pour ne pas être à la cour à ce moment-là, il se demandait s'ils n'auraient pas participé au vol de son or. La présence de François d'O le jour où le roi avait reçu Hauteville et Rosny avait renforcé ses soupçons.

Le roi se soumit en suppliant pourtant de pouvoir garder quelques Gascons pour sa sécurité, en particulier M. de Montpezat, ainsi que le marquis d'O. Le duc accepta sous la condition qu'ils lui fassent publiquement allégeance, ce qu'ils promirent, lui jurant d'être désormais de bons et de fidèles serviteurs.

Après cette nouvelle avanie, Henri III s'abîma dans une profonde ferveur et parut privé de sentiment envers ses derniers amis dont beaucoup, persuadés qu'ils seraient tôt ou tard chassés, quittèrent la cour. Le roi consacrait désormais son temps à faire venir des ornements d'église pour les capucins qu'il avait installés au troisième étage du château. Sa garde personnelle était réduite à peu de chose : Bellegarde, premier gentilhomme de la chambre, commandait une centaine de gendarmes, Larchant disposait de cent archers, Richelieu avait ses cent Suisses, Montigny dirigeait une cinquantaine de gardes du corps.

Le vendredi 9 décembre, les États généraux décidèrent la condamnation d'Henri de Bourbon et son exclusion à la succession au trône. Sans s'y opposer ouvertement, le roi déclara qu'il ne trouvait ni juste ni raisonnable de condamner le roi de Navarre sans l'ouïr. Il proposa plutôt que les États somment une dernière fois son cousin à accepter l'édit d'Union et à se déclarer catholique. Finalement, aucune décision ne fut prise.

Néanmoins, le second dimanche du mois, le roi et le duc de Guise communièrent ensemble et scellèrent leur réconciliation en partageant une hostie consacrée. Henri III jura sur le saint sacrement qu'il oubliait toutes les querelles passées et annonça qu'il s'était résolu à remettre au duc le gouvernement de son royaume, ne souhaitant pour lui-même que de prier Dieu et faire pénitence.

Guise réclama alors une nouvelle fois la charge de connétable en sa qualité de lieutenant général du royaume, mais Henri III souleva une difficulté inattendue, arguant que cette prérogative n'existait plus, bien que le duc lui eût rappelé qu'il l'avait exercée quand il était duc d'Anjou sous le règne de son frère Charles IX.

Le cardinal de Guise s'inquiétait de tous ces atermoiements. Il était clair que le roi cédait facilement sur le secondaire, mais jamais sur le principal. Des rumeurs se répandaient : Henri III aurait reçu des gages de fidélité du duc de Nevers, qui changeait sans cesse de camp, du duc de Mayenne, qui voulait se venger de son frère, et du duc d'Aumale dont l'épouse avait toujours été fidèle au roi. Tous trois se prénommaient Charles et les persifleurs surnommèrent ce parti la faction *caroline*.

Sans cesse mis en garde, le duc de Guise finit par s'inquiéter. Le roi jouait-il la comédie ? Préparait-il quelque entreprise contre lui durant les conseils secrets qui avaient lieu dans sa chambre ?

Oui ! affirmaient la plupart de ses amis qui lui conseillaient de rentrer à Paris, comme sa sœur et sa femme venaient de le faire, et de conquérir le royaume à la pointe de son épée. Ne sachant que décider, il invita ses alliés pour leur demander conseil.

L'archevêque de Lyon s'éleva contre tout projet de retraite. Le duc pouvait compter sur le soutien du tiers état, du clergé et d'une grande partie de la noblesse, expliqua-t-il. Une si bonne disposition ne se retrouverait jamais et il était même possible que les députés l'élisent à Blois comme roi de France. La sanction populaire valant au moins autant que la loi salique. Il rappela que l'élection de 987 avait évincé le duc de Lorraine, petit-fils de Charlemagne et héritier naturel du trône de France, au profit de l'usurpateur Hugues Capet. Une autre élection ne ferait que réparer cette injustice.

— Qui quitte la partie la perd ! conclut-il.

Le cardinal de Guise, bien que partisan du retour dans la capitale, reconnut le bien-fondé de cette argumentation, puisque les Francs élisaient leur chef.

En revanche, M. de Nully, l'ancien prévôt des marchands, était d'une opinion inverse. Il savait que la bourgeoisie n'avait jamais pu compter sur le duc et que si le roi rassemblait sa noblesse, les bourgeois seraient les premières victimes, n'ayant aucun moyen pour se défendre. Presque en pleurant, il conseilla au duc de quitter Blois, ce qui mettrait fin aux États généraux. M. de La Chapelle, son gendre, hésitait entre les deux solutions mais comme la majeure partie des présents conseillait le départ, il se rallia à eux.

Le duc, ayant écouté tous les avis, demanda :

— Que dirait-on si je partais ?

— Vous avez une bonne raison pour vous justifier, monseigneur : l'intention de ne pas gêner par votre présence la liberté des États, lui proposa un de ceux qui souhaitaient qu'il gagne au moins Orléans pour être en sécurité.

Toujours indécis, Guise demeura un long moment à peser les avantages et les inconvénients de rester ou non. Et finalement ce ne fut pas le bénéfice d'être élu roi qui l'emporta, mais l'angoisse de ne pas se comporter aussi noblement que l'aurait fait son père, François de Guise.

— Ce serait une fuite déguisée, décida-t-il. Après tout, je ne vois pas qu'il soit aisé de me surprendre, et je suis si bien accompagné qu'il serait difficile de me trouver en défaut. Le roi est trop poltron pour concevoir et exécuter une vengeance, et sa mère m'a assuré être garante de lui. J'ai confiance en elle. Quant à moi…

Il dévisagea chacun avant de marteler :

— Quand je verrai entrer la mort par la fenêtre, je ne voudrai pas sortir par la porte pour la fuir.

Nicolas Poulain avait dû abandonner un agréable logis qui dominait le *porche aux Bretons* pour une chambre inconfortable au troisième étage du logis royal, une petite pièce sans cheminée qui ne bénéficiait comme chauffage que du passage d'un conduit venant de l'étage inférieur. Il n'y disposait que d'un lit et d'un coffre, et son valet n'avait qu'une paillasse. Quant à ses compagnons d'étage, c'étaient les capucins que le roi avait fait venir et qui ne lui adressaient jamais la parole, restant toujours le visage caché sous le capuchon de leur robe de bure.

Par précaution, il ne faisait ses rondes qu'aux alentours des appartements de la reine mère et du roi, et ne se déplaçait qu'avec une douzaine de Suisses ou en compagnie du Grand prévôt. Non seulement il craignait que ceux de la Ligue ne le poignardent tant ils le haïssaient comme félon envers leur cause, mais il s'inquiétait aussi de l'attitude de Guise à son égard.

Après leur retour de Saint-Denis, Richelieu lui avait appris que le duc avait envoyé des patrouilles autour de Blois à la recherche d'espions du roi de Navarre. Certes, le duc n'avait pas retrouvé Hauteville et Rosny, mais il ne pouvait lui avoir échappé que Poulain était avec eux dans la cour du château trois jours après le vol.

Les membres de leur équipée s'étaient tous dispersés. Venetianelli avait rejoint la *Compagnia Comica*, qui jouait de temps en temps pour les Guise. Cubsac avait fait partie des *ordinaires* licenciés et on ignorait ce qu'il était devenu. Montaigne, malade, avait quitté Blois, et Ornano était à Lyon. Nicolas avait récupéré sa part de butin et n'avait que rarement rencontré le marquis d'O qui feignait d'être fâché avec lui pour éloigner tout soupçon. Rien ne devait permettre au duc de Guise de les identifier comme les voleurs.

Nicolas Poulain avait pourtant raison d'être prudent. La Chapelle et Le Clerc avaient effectivement envisagé de se défaire de lui, mais outre que c'était malaisé – car comment des assassins auraient-ils pu l'approcher ? – le cardinal de Bourbon l'avait appris et les avait menacés de terribles représailles. Les ligueurs s'étaient inclinés, tout en sachant que le cardinal, malade et alité, ne serait pas toujours là.

À mesure que le mois de décembre avançait, Poulain s'inquiétait de plus en plus. Guise affirmait sa puissance. Tous les matins à son réveil, Nicolas s'étonnait de découvrir que les guisards n'avaient pas encore donné l'assaut au logis royal. Il ne voyait pas d'issue à la situation. Chaque jour le roi cédait un peu plus et, plusieurs fois, découragé, il fut même tenté d'abandonner la cour pour retrouver sa famille. Seule sa conscience l'en empêcha.

À la mi-décembre, le duc d'Elbeuf alla voir son cousin Guise pour lui faire part de sa certitude qu'un complot se tramait contre sa personne. On lui avait rapporté que le roi avait plusieurs fois réuni dans sa chambre M. d'Aumont, M. de Rambouillet et M. d'O avec François de Montpezat, Bellegarde et Montigny. De façon inexplicable le colonel d'Ornano était revenu de Lyon et participait à ces conciliabules auxquels personne d'autre n'assistait.

Le duc le rassura, lui affirmant que le dénouement était proche et que, dans les prochains jours, il recevrait les fruits de la bonne résolution des États. Sur ces mots énigmatiques, il poursuivit en souriant gravement :

— Et même s'il était besoin que j'y perde la vie pour y parvenir, c'est chose dont je suis résolu, l'ayant vouée au service de Dieu, de son Église et au soulagement du pauvre peuple dont j'ai grande pitié.

Après avoir porté sa main sur son cœur, il ajouta :

— Va-t'en te coucher, cousin, voilà le pourpoint d'innocence.

À contrecœur, Guise avait en effet décidé d'agir. Depuis le début des États, sur les conseils de l'archevêque de Lyon, il distribuait faveurs et généreux cadeaux à ceux qu'il voulait s'attacher, y compris aux proches d'Henri III. Mais l'argent lui manquait pour continuer cette politique et le vol de ses trois cent mille écus l'empêchait de tenir bien des promesses.

Comme on ne cessait de lui répéter que le roi était imprévisible, et bien qu'il détestât prendre des risques, il avait enfin accepté une proposition de son frère le cardinal.

Celui-ci suggérait d'enlever Henri III quand il se rendrait dans sa maison de Blois, au sein de la forêt, pour y faire la retraite à Noël. Sa garde étant désormais réduite à la portion congrue, l'opération serait aisée à mettre en œuvre. C'était somme toute l'entreprise que voulait réaliser sa sœur Catherine avec le capitaine Cabasset.

Le duc n'avait donc plus qu'à patienter quelques jours et pour contrarier les mauvaises intentions d'Henri III envers lui, il avait renforcé la garde aux portes du château et se faisait porter chaque soir toutes les clefs.

Ainsi, le roi, qui n'avait plus beaucoup de serviteurs fidèles, ne pourrait même pas faire entrer de mercenaires.

Plusieurs fois par jour, Nicolas Poulain, accompagné de ses Suisses, faisait des rondes autour du logis royal tant il craignait qu'un assassin de Guise parvienne à s'introduire dans un appartement. Dans ces patrouilles, Nicolas vérifiait que les portes étaient fermées et que les archers ou les gentilshommes de garde étaient à leur poste.

Deux endroits nécessitaient une particulière vigilance. L'escalier de la cour, dont Montigny et ses hommes assuraient la surveillance, et l'escalier accolé à la tour du Moulin[1], qui distribuait plusieurs passages vers les appartements royaux.

Cette tour du Moulin, qu'on appelait aussi la tour aux oubliettes, car elle possédait de grandes salles souterraines, datait du château féodal. À partir de là, on pouvait passer aux corps de logis surplombant *le porche aux Bretons* ou rejoindre la galerie des Cerfs. Cette galerie, passage principal vers les jardins et les écuries, était donc gardée à la fois par les Suisses d'Henri III et par les gens du duc de Guise.

Dans la matinée du 18 décembre, alors que se préparait une fête en l'honneur du mariage de Christine de Lorraine avec le grand-duc de Toscane, Nicolas Poulain se dirigeait vers la galerie des Cerfs quand il aperçut Serafina et Chiara. Les deux comédiennes paraissaient l'attendre. Abandonnant un instant ses Suisses, il s'approcha des deux femmes comme pour leur conter fleurette.

---

1. Ce nom viendrait d'un moulin qu'y aurait construit Léonard de Vinci.

— Monsieur Poulain, lui glissa rapidement Serafina, Lorenzino nous a envoyées. Il sait que vous passez par là tous les matins. Il a besoin de vous rencontrer de toute urgence et vous attend aux écuries, au bout de la galerie des Cerfs, à nones. Venez seul.

— Pourquoi seul?

— Lorenzino risque sa vie dans cette rencontre. C'est lui qui vous abordera.

Elle paraissait morte de peur et Nicolas, bien qu'intrigué, ne demanda pas ce que voulait *Il Magnifichino* car il savait que Serafina ignorait presque tout de la vie d'espion de son amant. Il se doutait seulement que Venetianelli avait appris quelque chose d'important, et que ce luxe de précaution s'expliquait par la crainte d'être découvert, ce qui aurait immanquablement entraîné l'exécution de toute la *Compagnia Comica*.

— J'y serai, dit-il simplement.

Laissant ses Suisses poursuivre leur patrouille sans lui, il se rendit chez Richelieu qui logeait de l'autre côté de la cour.

— Ce pourrait bien être un piège, remarqua le Grand prévôt. Tant de gens ici veulent vous voir mort que Venetianelli pourrait bien avoir cédé à l'appât du gain.

— Cela se pourrait avec un autre, mais pas avec lui, répliqua Nicolas Poulain en secouant la tête. J'ai confiance en Venetianelli, et j'exclus la cupidité : vous semblez oublier qu'il vient de gagner dix mille écus.

— Je vous l'accorde. Prenez tout de même vos précautions, car si vous avez confiance en Venetianelli, rien ne dit que ces comédiennes méritent les mêmes égards. Je resterai dans la galerie avec des Suisses. Emportez un ou deux pistolets à rouet. En cas de difficulté, tirez et nous arriverons immédiatement.

À nones, Nicolas franchit la porte qui conduisait aux jardins et se dirigea vers la grande écurie. Le ciel était couvert et il faisait froid. Il s'était donc enveloppé dans un long manteau qui dissimulait deux pistolets passés à sa ceinture et il portait sa jaque de mailles. En chemin, un palefrenier bedonnant et couperosé qu'il ne connaissait pas, l'aborda. C'était Venetianelli une fois de plus méconnaissable.

— Faisons quelques pas, lui suggéra le comédien en jetant des regards furtifs autour de lui, je ne pense pas être surveillé, mais vous l'êtes certainement. Voici ce qui m'amène : nous avons joué hier chez le duc de Guise en présence de son frère le cardinal. Il y avait aussi MM. de Saveuse et Boisdauphin. Vous pensez bien que j'ai laissé traîner mes oreilles, d'autant plus qu'ils parlent librement devant moi tant ils pensent que je comprends mal le français. Le duc a annoncé qu'il allait s'emparer du royaume *après en avoir abattu les colonnes*, ce sont ses mots exacts. J'ai deviné qu'il y avait un projet d'enlèvement du roi pour la veille ou l'avant-veille de Noël. Saveuse en donnait quelques détails à Boisdauphin, et le reste c'est Serafina qui l'a entendu. Sa Majesté aurait annoncé qu'elle se rendrait à sa maison de La Noue, dans la forêt de Blois, afin de passer la veille de Noël en prières. Saveuse et des gens à la solde du cardinal de Guise se saisiront de lui pour le conduire à Paris. En même temps, les États généraux le déposeront comme incapable de régner. Après quoi il sera enfermé dans un couvent avec une pension de deux cent mille écus. Ainsi, on ne pourra rien reprocher aux ligueurs et le duc de Guise sera proclamé roi à sa place par les États.

Ce plan d'une simplicité extrême avait toutes les chances de réussir, songea Poulain dans un mélange d'inquiétude et de surprise. Le roi lui avait effectivement dit qu'il se rendrait à La Noue avant Noël et

Richelieu, qui devait l'accompagner, s'était inquiété de la faiblesse de son escorte.

— Comment avez-vous réussi à savoir tout ça? demanda Nicolas Poulain avec admiration.

— Ici, il est plus facile de tenir un charbon ardent en main qu'une parole secrète en bouche, ironisa le comédien.

Après avoir quitté Venetianelli, Nicolas Poulain se rendit directement chez le roi où Du Halde[1] lui expliqua que Sa Majesté était au bal du mariage et ne pouvait être dérangée. Il lui proposa seulement d'attendre dans la bibliothèque, à côté de la chambre royale.

À cause des festivités, il y passa le reste de la journée. Parfois un gentilhomme ordinaire venait lui tenir compagnie et ce n'est qu'à la nuit tombée, alors qu'il était torturé par la faim, qu'Henri III entra dans la pièce accompagné de M. de Montpezat.

— Du Halde vient de me prévenir que vous m'attendiez, fit le roi qui était maquillé comme une fille d'honneur.

Poulain s'était levé, mais hésitait à dire ce qu'il savait devant Montpezat.

— Parlez! ordonna Henri III.

— Je viens d'apprendre d'une source sûre que le cardinal de Guise a décidé de vous enlever quand vous vous rendrez à La Noue.

Le roi resta impavide tandis que Montpezat jetait à Poulain un regard inquisiteur et dubitatif, se demandant visiblement comment il l'avait appris.

---

1. Pierre du Halde, premier valet de chambre d'Henri III, était seigneur de Beauche.

— Montpezat, allez prévenir Du Halde que je serai en retard, dit alors le roi.

Le capitaine des quarante-cinq sortit, visiblement à regret, et le roi s'assit dans son fauteuil.

— Donnez-moi tous les détails, monsieur de Dunois.

Depuis des années, le roi de France accumulait les humiliations tout en songeant à sa revanche. Son dessein était simple et s'appuyait sur ce qu'il avait appris de l'histoire antique. Guise disposait de forces bien supérieures aux siennes et il était inutile de vouloir l'affrontement. Mais la faiblesse du Lorrain tenait dans son assurance et dans le mépris qu'il éprouvait envers cet homme maladif et efféminé.

Henri III avait toujours excellé dans la maîtrise de son visage, dans la capacité à contrôler ses émotions et ses sentiments à l'égard de ceux qui l'entouraient. Il savait aussi à la perfection jouer un rôle, faire croire à un personnage. Guise aurait dû se souvenir qu'on le disait capable de montrer *un merveilleux contentement, et de sortir en riant, alors que la colère l'étouffait*. Même le chef des Gelosi l'avait complimenté pour ses talents.

Depuis trois ans Henri III jouait la comédie, attendant une occasion favorable. Celles-ci n'avaient pas manqué, comme en mai quand le duc s'était présenté seul au Louvre, mais à chaque fois, le roi de France avait repoussé la décision, espérant en trouver une meilleure plus tard. Richelieu avait bien décrit son caractère quand il avait dit à Nicolas Poulain : *le roi est un de ces duellistes qui rompent tant qu'ils ont encore un pied ou deux derrière eux, c'est son tempérament*.

Seulement, après la révélation qu'il venait d'entendre, Henri III ne pouvait plus rompre. On était le dimanche

18 décembre. Il avait annoncé la veille qu'il partirait à La Noue le vendredi 23 à six heures du matin. Si ce jour-là, le cardinal de Guise avait décidé de se saisir de lui, il devrait agir la veille. Le roi dit à Nicolas Poulain :

— Merci, monsieur de Dunois. Quand tout sera terminé, je vous accorderai tout ce que vous demanderez.

Nicolas Poulain rentra dans sa chambre glaciale et son valet lui fit porter à dîner. Le lendemain, il ne remarqua rien de différent dans le comportement de chacun à la cour, mais il apprit par Richelieu que le roi avait passé une partie de la journée en entretiens avec M. d'Ornano, le maréchal d'Aumont, Roger de Bellegarde et M. de Montpezat.

Le mardi 20 décembre, après souper, Henri III réunit ses plus proches conseillers et confidents avec ses secrétaires d'État. Dans la journée, il avait reçu un gentilhomme du duc de Mayenne qui lui avait déclaré de la part de son maître que Henri de Guise agirait contre lui le jour de Saint-Thomas. L'homme ne savait rien de plus, mais le roi se souvenait avoir dit la semaine précédente qu'il irait à La Noue à la Saint-Thomas, même s'il avait depuis repoussé la date. Cette dénonciation confirmait donc les dires de Nicolas Poulain. On lui porta aussi un billet, que la femme du duc d'Aumale avait eu le temps d'écrire avant son départ, disant qu'un attentat se préparait contre sa personne.

Quand ses derniers fidèles furent tous dans sa chambre, Henri III prit la parole. Pour la première fois depuis longtemps, il n'était pas maquillé et affichait un air martial. M. d'Ornano reconnut le vaillant duc d'Anjou du siège de La Rochelle, quinze ans plus tôt.

— Mes amis, il y a longtemps que je suis sous la tutelle de MM. de Guise. J'ai eu dix mille arguments de me méfier d'eux, mais je n'en ai jamais eu tant que depuis l'ouverture des États. Je suis résolu d'en tirer raison à quelque prix que ce soit, mais non par la voie ordinaire de justice, car M. de Guise a trop de pouvoir dans ce lieu…

Il se tut un instant, balayant des yeux son auditoire pour insister sur ce qu'il allait dire.

— Je suis résolu de le faire tuer présentement dans ma chambre.

Même si certains s'attendaient à cette annonce, la plupart des regards échangés marquèrent la surprise et l'inquiétude. C'était surtout le cas des secrétaires d'État. Seuls quelques-uns, comme Ornano et Montpezat, affichèrent ouvertement leur satisfaction.

— Ne serait-il pas plus juste de l'arrêter et de lui faire son procès ? objecta M. de Revol[1], l'un des secrétaires d'État.

Le maréchal d'Aumont approuva cette proposition. Selon lui Guise pouvait être poursuivi et condamné comme criminel de lèse-majesté.

— En matière de crime de lèse-majesté, la peine précède le jugement ! déclara Ornano avec un air féroce.

— Mettre le guisard en prison serait tirer un sanglier aux filets qui serait plus puissant que nos cordes. Quand il sera tué, il ne nous fera plus de peine, car un homme mort ne fait plus la guerre… J'attirerai Guise ici, poursuivit le roi. Qui d'entre vous veut exécuter la sentence ?

---

1. Louis de Revol avait remplacé Villeroy.

560

Il jeta les yeux sur Crillon, le colonel des gardes françaises, qui haïssait le duc.

— Sire, dit celui-ci avec embarras, je suis bon serviteur de Votre Majesté. Qu'elle m'ordonne de me couper la gorge avec le duc de Guise, je suis prêt à obéir ; mais que je serve de bourreau et d'assassin n'est pas ce qui convient à un soldat.

Le roi, qui se doutait de la réponse, se tourna alors vers François de Montpezat.

— Laugnac, expliquez-leur ce que vous avez préparé.

Le jeudi 22 décembre, après avoir entendu la messe, Henri III se promena jusqu'à midi avec le duc de Guise. Le Lorrain lui annonça d'un ton fâché que puisqu'on lui refusait la charge de connétable, il quitterait Blois dès le lendemain pour rentrer à Joinville. Le roi le supplia de n'en rien faire, qu'il lui avait promis cette charge, et qu'il l'aurait après Noël. Il lui confirma aussi son départ pour La Noue le lendemain vendredi 23 et lui demanda à cette occasion de lui faire passer la clef de la porte de la galerie des Cerfs, car il partirait pour sa retraite avant le lever du soleil et ses serviteurs auraient beaucoup d'allées et venues pour préparer ses voitures. Le duc, amadoué par la promesse, accepta de remettre la clef à celui qui viendrait la chercher.

À onze heures, il reçut à dîner son frère le cardinal avec M. de Saveuse pour passer en revue les derniers détails de l'enlèvement. Une compagnie de gentilshommes arrêterait le coche du roi, tandis qu'une vingtaine d'Albanais mettraient en joue son équipage avec des mousquets. Si l'escorte demandait merci, il n'y aurait aucune effusion de sang. Le roi devrait alors signer une lettre dans laquelle il renonçait au trône et demandait aux États généraux de choisir le duc de Guise comme héritier de Charlemagne. S'il refusait, il serait conduit à Paris et remis aux Parisiens qui le jugeraient. Dans tous les cas le cardinal de Guise ferait voter sa destitution et l'élection de son frère.

Des centaines de gentilshommes et de soldats se tenaient prêts pour empêcher tout désordre. Le duc insista auprès de son frère sur son désir de ne pas faire couler le sang et sur les mesures qui seraient annoncées aux États généraux : forte baisse des tailles et exclusion de Navarre de tous ses droits à la couronne. Ils n'abordèrent pas le cas du cardinal de Bourbon qui était au plus mal.

Ils passèrent à table. C'est en dépliant sa serviette que le duc découvrit ces quelques mots sur un papier plié :

« Prenez garde à vous, on est sur le point de vous jouer un mauvais tour. »

En fronçant le·front, il montra le pli à son frère.

— Ce nouvel avertissement s'ajoute aux autres que j'ai reçus… s'inquiéta-t-il.

— Ne vous tourmentez pas pour cela, le rassura le cardinal de Guise, je crois avoir percé l'origine de ces mystérieux avertissements…

Intrigué, le duc haussa les sourcils. Il ne se passait pas un jour sans qu'on le prévienne de quelque chose contre lui, et cette situation lui faisait perdre les nerfs.

— Le roi est impuissant, expliqua le cardinal, il ne lui reste que la parole… et ces petits bouts de papier. Il sème de faux bruits tout simplement pour vous faire peur et vous inciter à quitter Blois. (Il toussota.) Ce serait un comble qu'il y parvienne avec seulement quelques feuillets et une plume d'oie quand vous disposez de la puissance des armes !

Le duc n'y avait pas pensé. Mais il est vrai que c'était un moyen habile, et qui ne coûtait rien ! Ainsi, on cherchait à l'effrayer ! Lui, le *Balafré* qui avait vaincu les reîtres !

Il s'apprêtait à rageusement déchirer le papier quand il se retint et appela le valet qui servait les vins pour qu'il lui porte une mine de charbon. Dès qu'il l'eut, il écrivit sur le billet :

« On n'oserait ! »

Puis il jeta le papier à ses pieds.

— Ceux qui s'amusent à ce petit jeu comprendront ainsi que c'est inutile, et trop tard, fit-il à son frère dans un sourire suffisant.

Dans l'après-midi, le duc reçut la visite de Larchant. Le capitaine des cent archers de la garde du roi était chevalier du Saint-Esprit et Guise le savait fidèle au roi, mais il l'estimait et était en bons termes avec lui. S'il s'était souvenu que Larchant avait déjà sauvé le roi en Pologne, il se serait pourtant méfié.

En s'excusant, le vieux capitaine expliqua que la garde royale grondait, n'étant plus payée depuis des semaines. Les archers voulaient lui demander d'intervenir auprès des États pour que leurs gages soient enfin versés. Pour cela, ils avaient prévu de se rassembler le lendemain dans la cour. Guise, satisfait à l'idée que même les archers du roi l'abandonnent, s'engagea à les entendre et à parler pour eux.

Larchant demanda ensuite au duc de lui confier la clef de la porte aux Cerfs, puisque le roi sortirait par là de très bonne heure. Guise se rendit à une armoire de fer où il gardait les clefs et lui remit un double en le priant de la rapporter le vendredi. Il était rassuré, le roi n'avait pas changé ses plans et Saveuse se saisirait de lui le lendemain comme prévu, dans la forêt de Blois.

C'est peu de temps avant leur coucher que le duc et son frère furent avisés par des pages que le roi venait de décider une réunion du conseil à huit heures, le lendemain matin. Il reportait ainsi de quelques heures son départ pour La Noue mais il avait à leur communiquer des affaires d'importance.

31.

Le lendemain vendredi 23 décembre, à quatre heures du matin, Du Halde vint frapper à la porte des appartements de la reine chez qui Henri III avait passé la nuit. Le roi avait demandé qu'on le réveille à cette heure, mais en vérité il n'avait pas fermé l'œil de la nuit. Il s'habilla seul, à la lumière d'une chandelle, et se rendit dans son cabinet neuf où son valet de chambre était revenu. L'attendaient Roger de Bellegarde, François de Montpezat, François de Montigny et Alphonse d'Ornano qui avaient préparé des lanternes. D'un regard, Henri III interrogea Montpezat qui montra la clef que Larchant lui avait remise. Satisfait, il lui fit signe de faire ce qui avait été décidé, puis il demanda à Du Halde de prendre une lanterne et de le suivre.

Son valet de chambre n'était pas dans la conspiration et le souverain ne voulait pas qu'il y soit impliqué si l'affaire tournait mal. Ils se rendirent dans la salle des gardes située dans le prolongement de la pièce où se tiendrait le conseil. Nicolas de Larchant s'y trouvait déjà avec quatre de ses archers en qui il avait la plus totale confiance. Le roi les salua en s'approchant de la cheminée. Derrière un lambris ouvrait un petit escalier de pierre noyé dans la muraille, qui communiquait avec les cellules de capucins du troisième étage. Henri III le prit avec son valet de chambre. En haut, une des cellules était vide et le roi y fit entrer Du Halde en lui expliquant qu'il serait enfermé là une partie de la matinée, et qu'il lui expliquerait ensuite pourquoi. Le fidèle serviteur avait tant l'habitude des extravagances de son maître qu'il ne posa aucune question, bien qu'il se doutât de la conspiration.

Ensuite le roi alla frapper aux portes des autres cellules. En sortirent, les uns après les autres, une dizaine de capucins.

Si Du Halde les avait vus, il aurait trouvé que ces moines avaient de drôles d'allures. Tous grands et vigoureux, en bottes et non en sandales, ils ne portaient pas de chapelet mais une longue dague dans son fourreau. Ils descendirent en silence par le même escalier.

C'était neuf des gentilshommes *ordinaires* congédiés par le duc de Guise que Montpezat avait fait revenir depuis deux semaines. Quelques-uns étaient entrés dans le château habillés en capucins, mais la plupart étaient passés par une fenêtre avec une échelle de corde lancée depuis la chambre du roi dans les fossés. Ils vivaient là, isolés, dans l'attente de la grande entreprise et Montpezat lui-même leur portait nourriture et boisson.

À l'autre extrémité du troisième étage, Nicolas Poulain, pas plus que les autres personnes qui logeaient là, n'avait entendu le moindre bruit.

Le roi et les *ordinaires*, cette fois suivis de Larchant, revinrent dans le cabinet. François de Montpezat était de retour avec une douzaine de quarante-cinq qui attendaient aux écuries, de l'autre côté de la galerie des Cerfs. Guise n'avait pas pensé un seul instant que cette clef qu'il avait remise à Larchant allait être la cause de sa mort.

566

La trentaine d'hommes ainsi réunis était fort à l'étroit dans le cabinet et Montpezat les plaça en cercle autour du roi.

Gentilhomme de la chambre du roi après la mort de son père, déjà au service d'Henri III, François de Montpezat, baron de Laugnac, avait d'abord été le favori de Joyeuse avant de se lier à Épernon qui lui avait demandé de recruter quarante-cinq gentilshommes de son pays pour protéger le roi. C'était un jeune homme cruel – ce n'était pas pour rien qu'on le surnommait l'homme de proie –, ambitieux et pressé. Joyeuse et Épernon étaient ses modèles. Tous deux avaient été gentilshommes de la chambre à dix-sept ans, lui à seize. Il avait maintenant vingt-deux ans, et à cet âge les deux archimignons étaient déjà duc et pair. Il briguait les mêmes honneurs et était prêt à tout pour les obtenir. Les barons de Laugnac, se répétait-il, étaient d'aussi bonne noblesse que les obscurs La Valette[1] et le duché d'Épernon avait été une simple baronnie. Mais pour passer de baron à duc, il savait qu'il devrait rendre un service considérable à Henri III.

Quand le roi lui avait fait part de sa décision de tuer le duc de Guise, Montpezat avait compris que la chance lui faisait signe. Il avait assuré Henri III qu'il s'occuperait de tout.

— Mes amis, commença Henri III d'une voix basse mais solennelle, vous avez éprouvé les effets de mes bonnes grâces, ne m'ayant jamais demandé aucune chose dont vous ayez été refusés. Vous êtes mes obligés par-dessus toute ma noblesse. Maintenant je veux être le vôtre en une urgente occasion où il y va de mon honneur, de mon état et de ma vie.

---

1. Le duc d'Épernon s'appelait Jean-Louis de La Valette.

Il fit une légère pause en les regardant individuelle-ment à tour de rôle, puis il haussa légèrement le ton.

— Vous savez tous les insolences et les injures que j'ai reçues du duc de Guise depuis quelques années. Son intention est de tout bouleverser pour prendre ses avantages, ma personne et disposer de ma couronne et de ma vie. J'en suis réduit à telle extrémité qu'il faut que ce matin il meure, ou que je meure. Voulez-vous me promettre de me servir et m'en venger en lui ôtant la vie ?

Sourdement, tous s'y engagèrent d'une seule voix, et Sariac, l'un des quarante-cinq réputé plus brigand que gentilhomme, ajouta en frappant sa main contre la poitrine du roi :

— Cap de Diou, sire, iou bous le rendis mort !

Son engagement en gascon fit sourire les autres mal-gré la tension qui régnait. Henri III leur demanda alors de garder silence et vérifia qu'ils avaient tous un long poignard, en distribuant même à ceux qui n'avaient qu'une épée, expliquant qu'une rapière les gênerait. Ensuite, Montpezat montra à chacun la place qu'il occu-perait. Une dizaine d'entre eux attendraient dans le cabi-net vieux. Ornano resterait avec un groupe d'*ordinaires* dans la salle de la tour du Moulin qui communiquait avec le cabinet vieux, tandis que Montigny, Bellegarde et Montpezat demeureraient dans la chambre du roi, où Guise ne serait pas surpris de les voir puisqu'ils étaient gentilshommes de la chambre. Quand tout fut prêt, les quarante-cinq remontèrent silencieusement dans les cellules du troisième étage et les appartements du roi redevinrent totalement silencieux.

À sept heures, les secrétaires d'État arrivèrent pour le conseil. Puis ce furent le maréchal d'Aumont et le duc de Retz en compagnie de son frère le cardinal de Gondi. François d'O arriva avec M. de Rambouillet. Il pleuvait et tous étaient mouillés. Ils se rassemblèrent devant la cheminée pour se réchauffer. Dehors, Larchant avait rassemblé sa garde au grand complet, ce qui était inhabituel.

Le *Balafré* avait passé la nuit avec Mme de Sauves. Entre deux étreintes, la dame d'honneur de la reine l'avait conjuré de quitter Blois au plus vite. Le roi lui voulait du mal, répétait-elle. Elle le savait, ayant surpris des conversations chez la reine mère.

Guise la laissa parler. Elle aussi était abusée par Henri III et peut-être même par Catherine de Médicis, se disait-il. Il regrettait de ne pouvoir lui dire que dans quelques heures le roi de France aurait abdiqué et que, dans l'après-midi, il serait proclamé roi à sa place par les États.

Pauvre homme ! S'il avait su que dans quelques heures il ne serait nullement dans la salle des États, ovationné par les députés, mais dans une cave de la tour du Moulin, froid et mort, sur le point d'être découpé en quartiers par un boucher sous le regard sévère du Grand prévôt.

Le duc rentra dans son appartement vers trois heures du matin. À sept heures, on dut le réveiller, tant il dormait profondément, épuisé par sa nuit d'amour ! On lui annonça que le conseil était assemblé et n'attendait que lui. Il s'habilla à la hâte d'un costume de satin gris, trop léger en cette fin décembre, et oublia de revêtir sa jaque de mailles.

Suivi de quelques officiers, il prit la petite galerie menant de sa chambre au *porche aux Bretons*. Il s'arrêta à un oratoire pour une courte prière, puis sortit dans la cour.

Les gardes du roi étaient tous là. L'un d'eux s'approcha et le pria de les faire payer, ce à quoi il s'engagea avec bonhomie. Une pluie fine tombait. Il prit rapidement le grand escalier où se tenaient d'autres gardes sur chaque marche et sentit qu'on lui glissait un billet dans la main. Passant près d'un falot, il y jeta un regard :

« Partez ! » était-il écrit.

Encore un avertissement inutile ! sourit-il en le glissant dans une poche de son pourpoint.

Il s'arrêta à l'antichambre de la reine mère pour la saluer, mais Catherine, indisposée, ne put le recevoir. Il poursuivit donc jusqu'au deuxième étage et entra dans la salle du conseil. Tout le monde était rassemblé autour de la grande table. Il salua son frère le cardinal ainsi que l'archevêque de Lyon, puis les secrétaires d'État et M. d'Aumont qui garda un visage impavide. Il dit quelques mots aimables à Retz et à Gondi mais ignora le marquis d'O qui paraissait plongé dans un dossier.

On attendait le roi et M. de Revol qui étaient dans le cabinet vieux, lui dit-on. Il frissonna et s'approcha de la cheminée pour se réchauffer. Brusquement, il sentit sa tête tourner tant il avait faim et demanda qu'on aille lui chercher son drageoir pour qu'il croque quelques amandes.

On s'exécuta pendant qu'un valet lui proposait des prunes de Brignoles pour calmer sa fringale. Il en mangea une en silence. Le roi se faisait attendre et chacun s'impatientait. Il était le seul debout, entre la table et la cheminée, non loin de la porte.

Enfin le drageoir arriva. Le duc le saisissait des mains du serviteur quand il se mit à saigner du nez. Baissant la tête, il demanda un mouchoir.

— J'ai passé une trop rude nuit avec Mme de Sauves, gloussa-t-il pour se justifier.

Chacun rit dans la salle tandis qu'il tendait son drageoir à l'assistance.

— Messieurs, qui en veut ?

À cet instant M. de Revol entra, venant de la chambre du roi. Le secrétaire d'État était affreusement pâle, remarqua le cardinal de Guise qui trouvait que ce conseil sortait de l'ordinaire et ne comprenait pas pourquoi le roi n'était toujours pas là.

— Monseigneur, le roi vous demande. Il vous attend dans son cabinet vieux, balbutia Revol.

Le duc retroussa son manteau et contourna la table, tenant dans une main ses gants et dans l'autre son drageoir d'argent. L'un des gardes devant la porte de la chambre lui marcha sur un pied. Était-ce un ultime avertissement ? Quoi qu'il en soit, Guise l'ignora et se retourna vers les membres du conseil.

— Adieu, messieurs, fit-il.

Il entra dans le passage. Revol ne le suivit point.

À ce point de notre histoire, il faut rappeler que le logis royal de Blois est formé de deux parties séparées par l'ancienne muraille du vieux château. En ce temps-là, les salles publiques donnaient sur la cour et les appartements privés du roi avaient leurs fenêtres sur les fossés et les jardins. La salle du conseil était donc côté cour. Ces deux parties communiquaient par de nombreux passages dans l'épais mur de soutien. Celui entre la salle du conseil et la chambre du roi contenait un escalier à vis qui permettait de passer d'un étage à l'autre[1].

La salle du conseil se prolongeait à droite par la salle des gardes, et par la gauche par le cabinet vieux (qui

---

1. Escalier à vis qui existe toujours.

n'existe plus). Mais depuis que le roi avait fait murer la porte entre la salle du conseil et le cabinet vieux, il était nécessaire de passer par ses appartements pour s'y rendre. Le cheminement était donc le suivant : de la salle du conseil, on allait dans la chambre du roi en prenant le passage de l'escalier à vis. Là, on avait à main droite le cabinet neuf et à main gauche un oratoire avec un couloir étroit qui conduisait au cabinet vieux.

L'oratoire communiquait aussi avec une bibliothèque, située au-dessus du cabinet aux secrets de la reine mère, et comme ce cabinet, cette bibliothèque avait une porte donnant sur l'escalier accolé à la tour du Moulin et par lequel on descendait à la galerie des Cerfs. De la tour, par un étroit passage dans le mur, il était aussi possible de se rendre dans le cabinet vieux.

Le roi s'était caché dans le cabinet neuf, à l'autre extrémité de sa chambre, tandis que les *ordinaires* attendaient dans le cabinet vieux, où le duc était mandé.

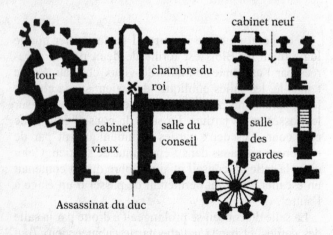

En entrant dans la chambre à coucher royale éclairée par trois fenêtres, Guise salua froidement les trois gentilshommes qui s'y trouvaient. Debout devant l'embrasure d'une fenêtre, François de Montpezat, Roger de Bellegarde, et François de Montigny lui rendirent son salut, puis firent quelques pas dans sa direction tandis qu'il traversait la salle jusqu'à l'oratoire.

À l'extrémité de la chambre, avant de s'engager dans le petit couloir sombre qui conduisait au cabinet vieux, le duc ressentit une brusque inquiétude de les sentir ainsi dans son dos. Il s'arrêta et se frotta la barbe avec la main qui tenait ses gants dans un geste d'indécision. Puis, évacuant cette crainte, il souleva la tenture qui fermait le passage et fit un pas hésitant.

Il avait les deux mains occupées, la tenture le gênait dans ses mouvements et son épée était sous son manteau.

Soudain, une violente douleur lui déchira l'épaule. François de Montigny lui avait saisi le bras droit et l'avait frappé dans le dos avec son poignard.

— Traître ! Tu en mourras ! cria le capitaine des portes du Louvre.

C'était le signal. Tiré en avant, poussé, bousculé, Henri de Guise perdit l'équilibre.

Les *ordinaires* cachés dans le cabinet vieux se jetèrent sur lui comme des loups. D'autres, conduits par d'Ornano, arrivaient de la tour du Moulin et de la bibliothèque.

Saisi aux bras et aux jambes, maintenu, poignardé, Guise cria :

— Mon Dieu, je suis mort ! Ayez pitié de moi ! Ce sont mes péchés qui en sont cause !

Saint-Malin lui porta un coup de dague de la gorge jusqu'à la poitrine pour être certain de le meurtrir même s'il avait une cuirasse. Montpezat lui enfonça alors son épée au fond des reins.

Ce fut un moment de lutte confuse. Chaque *ordinaire* voulait prendre part à la boucherie, et gagner le prix du sang. Les uns frappaient à la tête, les autres au bas-ventre. Les mains en sang, Guise essayait encore de parer et à chaque blessure nouvelle, il balbutiait :

— Eh ! Mes amis ! Eh ! Mes amis !

Atteint par Sariac d'un coup de dague, il cria en agonisant :

— Miséricorde !

Percé de dix blessures mortelles, incapable de sortir son épée immobilisée dans son manteau, les jambes serrées par deux ou trois hommes qui les lui tenaient et dont il frappait inutilement la tête avec son drageoir, le colosse eut encore la force de tenter de fuir. Il se traîna dans la chambre du roi et fit quelques pas, tirant après lui une grappe d'hommes.

Dans sa chambre du troisième étage, Nicolas Poulain terminait de s'habiller. Depuis qu'il avait prévenu le roi, le regret et l'angoisse le taraudaient.

Après avoir rapporté au roi ce que Venetianelli lui avait raconté, il l'avait supplié de le garder près de lui. Mais Henri III avait secoué la tête.

— Monsieur de Dunois, je suis votre obligé et je connais votre fidélité, avait-il dit, apparemment ému. S'il y allait de mon honneur et de ma vie, je vous voudrais près de moi. Mais en cette occasion, sachez que je ne suis pas pris au dépourvu. Je vous demande… Non, je vous ordonne de rester à l'écart. Trop de gens savent déjà que vous êtes le fils de mon ennemi, le cardinal de Bourbon, et on se méfierait de vous. De surcroît, je ne veux pas que vous souffriez de ce qui va se passer…

Depuis, Nicolas n'avait cessé de penser à ces paroles. Il avait compris que le roi préparait quelque chose.

Depuis deux jours, il ne se montrait guère et il restait en conciliabules avec Ornano, O, Richelieu, d'Aumont, Montpezat, Bellegarde, Montigny et Larchant. L'enlèvement était prévu pour ce matin. Qu'allait-il se passer ? Il savait à quel point il était difficile de garder un secret dans cette cour, et pourtant rien n'avait filtré. Pour sa part, il avait obéi aux ordres et strictement respecté son service auprès de la reine mère.

Il allait rejoindre la garde suisse et son valet lui tendait son épée quand il crut entendre des bruits et des cris étouffés à l'étage au-dessous. Il ouvrit la porte, prêta l'oreille et entendit très clairement :

— Miséricorde !

On tuait dans les appartements du roi ! Il se précipita dans l'escalier à claire-voie de la tour du Moulin. Arrivé au deuxième étage, il fut stupéfait de n'apercevoir aucun garde, aucun Suisse. Il entra en coup de vent dans la bibliothèque. Vide !

Un affreux gémissement retentit, puis ce fut le bruit sourd d'un corps qui tombe. Le cœur battant le tambour, Poulain comprit qu'on venait de tuer le roi.

Il sortit son épée, ouvrit la porte de l'oratoire, puis entra dans la chambre royale, décidé à son dernier combat.

Il découvrit un effroyable spectacle, à peine moindre que celui d'un champ de bataille. Une vingtaine d'hommes ensanglantés, tous dague en main, sans chapeau, parfois griffés, entouraient le lit du roi. Il y avait du sang partout. Les tapis en étaient imbibés. Il reconnut Ornano, une dague rougie au poing, Montpezat tenant son épée dans une main et son fourreau dans l'autre, et surtout plusieurs des quarante-cinq qui avaient quitté le service du roi : La Bastide, Mousivry, Saint-Malin, Saint-Gaudin, Saint-Capautel, Halfrenas, Herbelade ! La tête lui tourna. Ces traîtres venaient de tuer son roi !

Il allait se précipiter sur eux quand la porte du cabinet neuf s'entrouvrit et Henri III, livide, entra.

Le roi l'oreille collée à la porte du cabinet neuf avait écouté la lutte avec anxiété. Le silence revenu, il avait entrouvert la porte, et ayant glissé sa tête, avait embrassé le spectacle et découvert le corps du duc étendu sur le tapis du lit, ensanglanté de toutes parts.

Rassuré, il était entré dans la chambre. C'est à cet instant que Poulain l'avait vu.

— Te semble-t-il qu'il soit mort, Loignac? demanda le roi.

— Je crois que oui, sire, répondit Montpezat. Je viens de lui donner un petit coup dans la poitrine avec le fourreau de mon épée et il s'est affaissé.

Il souleva la tête du duc et ajouta :

— Regardez, sire, il a la couleur de la mort.

Alors seulement Henri découvrit le fils du cardinal de Bourbon devant la porte de l'oratoire, épée en main, le visage décomposé par ce qu'il venait de voir.

— Monsieur Poulain ! Vous étiez avec eux ? s'étonna-t-il.

— N... Non... J'ai entendu du bruit, sire, j'ai... accouru de ma chambre... J'ai cru que c'était vous, balbutia-t-il tandis que les conjurés le regardaient, goguenards.

Ses jambes flageolaient. Il se fût écroulé, vaincu par l'émotion, si Alphonse d'Ornano ne l'avait pris amicalement par l'épaule.

En le voyant ainsi, le roi eut un petit sourire bienveillant.

— Je voulais vous éviter ce spectacle, dit-il.

Il ne s'intéressa plus à Poulain et s'approcha du cadavre de son ennemi. Il le contempla longuement avant de dire :

— Mon Dieu qu'il est grand ! Il paraît plus grand encore mort que vivant !

Puis il se tourna vers ses fidèles.

— Merci mes amis, mais tout n'est pas terminé… Poulain, puisque vous êtes là, passez par l'escalier de derrière et allez prévenir Richelieu. Il sait ce qu'il doit faire. Vous reviendrez ensuite au plus vite.

Dans la salle du conseil, le cardinal de Guise avait entendu du bruit, puis reconnu la voix de son frère. À ses premiers cris et ceux des assassins, il s'était levé, affolé, en lançant :

— Voilà mon frère qu'on tue !

Voulant sortir chercher de l'aide, il en fut empêché par le maréchal d'Aumont qui tira son épée.

— Qu'homme ne bouge, s'il ne veut mourir ! cria-t-il.

En même temps, le marquis d'O s'était levé et avait ouvert la porte à Larchant et à ses archers qui envahirent la salle, prévenant tout mouvement d'hostilité. On le devine, ce n'était pas pour se plaindre de ne pas recevoir leurs gages que les gardes avaient été si nombreux à l'arrivée du duc, ce prétexte n'avait été qu'une ruse de plus du roi pour éteindre la méfiance du Lorrain.

L'assistance étant maîtrisée, le roi entra entouré d'Alphonse d'Ornano et de Montpezat, et à leurs visages soulagés chacun devina que le duc de Guise était mort.

— Messieurs, j'ai fait justice en prévenant le dessein que M. de Guise avait contre moi, déclara solennellement Henri III. J'avais oublié l'offense reçue le jour où je fus contraint de m'enfuir de Paris, mais j'avais des preuves qu'il menaçait mon pouvoir, ma vie et mon État. Je me suis résolu à cette action que j'ai longuement débattue en moi-même, souhaitant de ne pas souiller mes mains de son sang. Dieu est venu à mon secours et m'a inspiré. Je vais maintenant aller à l'église pour le remercier.

Il conclut par ces fermes mots :

— Je veux désormais que le peuple me parle en sujet, et non en roi !

Excepté le cardinal de Guise et l'archevêque de Lyon, tous les membres du conseil approuvèrent en hochant la tête. Chez le peuple des Francs, le pouvoir de rendre la justice appartenait au roi qui le déléguait aux magistrats, mais il pouvait toujours l'exercer directement. Henri III n'avait donc commis aucune action déshonorante en livrant celui qui voulait le défaire aux coups de ses gentilshommes. De surcroît, il avait fait preuve d'énergie et d'habileté.

Le cardinal de Guise et l'archevêque de Lyon se laissèrent emmener sans résistance par Larchant. Bellegarde était déjà en route avec une troupe d'archers pour arrêter le duc de Nemours.

Sur un signe du roi, François d'O sortit. Le marquis ne s'était pas compromis dans l'assassinat, car comme Crillon et Aumont, il avait jugé que l'exécution du duc de Guise n'était pas la tâche d'un gentilhomme, en revanche, il avait maintenant à prendre une part importante de la besogne. Les forces du roi étaient bien faibles en comparaison de celles des Lorrains. Il faudrait du temps pour rassembler les gardes françaises qui logeaient en ville et dans les environs. Or, la mort du duc, sitôt qu'elle se saurait, allait immanquablement provoquer une vague de haine envers le roi. Comme les guisards étaient en force dans le château et dans la ville, le roi devait les prendre de vitesse s'il ne voulait pas subir leur vengeance.

Le danger venait des mercenaires allemands, des compagnies d'Albanais et des reîtres. O se rendit chez leurs capitaines qui logeaient au château. Froidement, il leur annonça la mort de leur maître et leur offrit immédiatement dix mille écus s'ils se mettaient aux ordres du roi. Ils acceptèrent.

Ainsi l'or pris au duc de Guise servirait à mettre ses troupes au service du roi de France !

Dans un mélange d'impatience et d'inquiétude, Richelieu attendait la venue d'un émissaire qui lui dirait si tout s'était bien passé. Informé de l'entreprise quelques jours plus tôt, il avait approuvé le dessein du roi de punir le duc après toutes ses insolences et les révoltes qu'il avait manigancées. Convaincu des crimes de lèse-majesté des princes lorrains, le roi justicier n'avait pas besoin de passer par les formalités d'un tribunal.

La veille, après lui avoir annoncé quand aurait lieu l'exécution du duc de Guise, Henri III lui avait confié les tâches de police qui suivraient : le Grand prévôt de France arrêterait tous les complices de la conspiration pendant que Larchant saisirait le cardinal de Bourbon, Mme de Nemours, le duc d'Elbeuf et le fils du duc de Guise.

L'arrivée de Poulain fut pour Richelieu un soulagement, tant il craignait que le roi repousse à nouveau sa décision. Nicolas lui ayant brièvement raconté ce à quoi il avait assisté, ils sortirent et se séparèrent. Richelieu se dirigea vers les arcades où une cinquantaine de Suisses l'attendaient.

Comme la pluie redoublait, Nicolas revint en courant vers le logis royal tandis qu'une centaine de gardes du roi avec à leur tête Montigny prenaient possession de la porte du château.

Henri III était toujours dans la salle du conseil en compagnie du maréchal d'Aumont et du duc de Retz quand Poulain entra, trempé. Les secrétaires d'État, visiblement inquiets, attendaient les ordres. Plusieurs des *ordinaires*, pourpoints et chausses encore rouges du sang de Guise, étaient rassemblés autour de Michel de Gast, le premier lieutenant de Montpezat. Ils félicitaient bruyamment Saint-Malin, un des premiers à avoir porté un coup mortel.

— Je vous attendais, Poulain, dit le roi. Venez avec moi !

Nicolas le suivit vers sa chambre, mais Henri III prit l'escalier en limaçon pour descendre chez Catherine de Médicis.

— Je ne peux rester avec madame ma mère, monsieur Poulain, vous lui raconterez ce que vous avez vu et vous resterez à sa disposition, ordonna-t-il.

Il entra dans la chambre de Catherine de Médicis d'un pas assuré et, s'étant approché de son lit, il lui déclara devant Filippo Cavriana, son médecin :

— Le roi de Paris n'est plus, madame, je suis roi désormais.

Bien sûr, tous les serviteurs dans la chambre connaissaient déjà la nouvelle bien que Guise ne fût mort que depuis un quart d'heure, mais Catherine de Médicis voulait une confirmation de la bouche même de son fils.

— Vous avez fait mourir le duc de Guise ? murmura-t-elle.

Nicolas Poulain eut l'impression qu'elle paraissait soulagée.

— Oui, madame, je l'ai fait tuer. Vous savez que j'avais les preuves qu'il agissait contre moi. Ses perfidies ne pouvaient durer, ou j'y aurais laissé la vie.

— Et sa famille ?

— Je ne leur veux aucun mal, pas plus qu'à leurs biens, mais je veux être roi, et non prisonnier et esclave comme je l'ai été depuis le 13 mai.

— Dieu veuille que cette mort ne vous rende pas roi de rien…

Elle resta silencieuse un instant tandis qu'il s'inclinait près d'elle.

— C'est bien coupé, mon fils, ajouta-t-elle, mais il faut coudre. Avez-vous pris toutes vos mesures[1] ?

— J'ai eu trois ans pour y penser, ma mère, répondit le roi en se retirant, ne voulant pas plus écouter de conseils.

Elle se releva alors de son lit et lui lança, tandis qu'il était déjà à l'escalier :

— Réconciliez-vous avec le roi de Navarre, mon fils !

Comme Nicolas Poulain restait près d'elle, elle lui demanda :

— Monsieur Poulain, vous y étiez ?

— Non, madame, je suis seulement descendu de ma chambre quand j'ai entendu du bruit, mais j'ai assisté à la mort du duc de Guise.

— Il avait mérité son sort, mais je le regretterai, c'était un homme beau et brave, fit-elle. Qu'est-il advenu à son frère le cardinal ?

— Je l'ignore, madame.

— Allez vous renseigner et revenez me dire.

Il s'apprêtait à partir quand elle le rappela :

— Attendez… que savez-vous sur votre père ?

---

1. Ces dialogues ont été rapportés par Cavriana.

— Rien, madame, mais j'ai cru comprendre que M. de Larchant était parti l'arrêter.

— Mon fils n'a pas un tempérament rancunier, mais ses amis le pousseront à faire disparaître tous ceux de la Ligue. Ce sera comme à Amboise[1]. Ne les laissez pas recommencer.

— Ne craignez rien, madame, je saurai m'occuper de mon père.

Moins d'une heure après, ayant écouté les premiers rapports qu'on lui avait faits, Henri III se rendit à la chapelle pour entendre la messe. Il y rencontra le cardinal François Morosini, le légat du pape qui venait d'apprendre la mort de Guise. Le roi resta longtemps en sa compagnie devant l'église, à l'abri sous le porche, déclarant avoir les preuves que Guise et son frère voulaient l'enfermer dans un couvent, qu'ils soulevaient le peuple et les États contre son autorité, qu'il y avait eu plusieurs crimes de lèse-majesté qui tous méritaient la mort, mais qu'il avait été dans l'impossibilité de trouver des juges assez puissants pour cela. Le jugement avait donc été prononcé en secret, et exécuté par ses gens, comme le roi de France en avait le droit.

Le légat parut entrer dans ses raisons et l'assura que le pape y entrerait aussi pourvu qu'il prouvât sa sincérité en continuant à protéger l'Église catholique et à extirper l'hérésie.

---

1. Le *tumulte* d'Amboise : en 1560 Louis de Condé avait tenté de se saisir de François II à Amboise. Le complot découvert, la répression conduite par le père d'Henri de Guise avait été impitoyable. Les conjurés avaient été noyés, décapités ou pendus aux merlons du château.

Richelieu devait arrêter les principaux gentils-hommes de Guise mais beaucoup s'étaient déjà sauvés, car la nouvelle de la mort du duc s'était répandue comme une traînée de poudre. Brissac et Boisdauphin furent pourtant pris alors qu'ils s'apprêtaient à quitter la ville. Ils furent transférés au château, tandis que le Grand prévôt se rendait à l'hôtel de ville où les députés du tiers état étaient réunis. Eux aussi venaient d'apprendre la nouvelle quand Richelieu entra, ayant placé ses hommes à toutes les issues.

Devant les bourgeois terrorisés, il déclara d'une voix forte :

— Messieurs, le duc de Guise a payé ses trahisons. Je viens ici de la part du roi vous dire qu'il veut que vous continuiez vos charges mais commande à M. le prévôt des marchands et à M. de Nully de le venir trouver.

Il s'adressa à eux sèchement :

— Suivez-moi, car on lui a fait entendre que vous étiez dans la conspiration.

Sans qu'ils puissent s'y opposer, les deux hommes furent chargés de chaînes devant leurs collègues terrorisés. Personne ne broncha, mais après le départ du prévôt, un grand nombre de députés quittèrent la ville.

Quand Nicolas Poulain revint dans la salle du conseil, le roi n'y était plus, étant enfermé dans son cabinet avec M. d'Aumont, M. d'O et les secrétaires d'État. Mais il avait encore quelques gentilshommes, en particulier M. de Montigny qui gardait la porte des appartements royaux avec une dizaine d'archers. Ce fut lui qui lui donna les dernières nouvelles. Le colonel Alphonse Corse d'Ornano venait de partir pour Lyon afin de saisir le duc de Mayenne. Le jeune fils de Guise était enfermé avec sa mère et M. de Richelieu avait fait conduire Brissac et Boisdauphin dans la tour du Foix, une vieille fortification du château primitif où Catherine de Médicis avait installé son observatoire. Il n'y avait pas eu de violence, mais Bellegarde n'était pas encore revenu avec le duc de Nemours.

— Savez-vous quelque chose pour le cardinal de Bourbon ?

Montigny balança un instant de la tête. Il avait observé l'attachement entre Bourbon et Poulain, qu'une fois le roi avait appelé M. de Dunois. D'autre part, il avait remarqué que le roi traitait le prévôt comme un familier, bien qu'il n'ait aucune charge de gentilhomme. Finalement, il se dit qu'il pouvait répondre sans trahir de secret.

— Larchant vient de l'enfermer dans la salle basse de la tour du Moulin.

— Le cardinal est malade, comment est-il installé ?

— Je l'ignore, monsieur Poulain. Il vous faudrait demander à Larchant.

Larchant fut introuvable jusqu'à midi et les gardes de la tour du Moulin avaient ordre d'interdire l'entrée à tout visiteur, même à la reine mère.

Nicolas se rendit donc aux cuisines, car il avait faim malgré son inquiétude. Les grandes tables étaient toutes occupées, les conversations étaient joyeuses et les rires dominaient. Il se joignit à un groupe de gentilshommes et d'écuyers de la maison du roi. Qu'allait-il se passer maintenant ? On allait pendre tous les prisonniers, plaisantaient les uns, ce serait un grand spectacle ! Le roi allait marcher sur Paris avec les gardes françaises, assuraient d'autres. La ville serait ensuite mise au pillage trois jours, se réjouissaient-ils.

Nicolas s'inquiétait surtout pour son père. Il se promit de se jeter au pied du roi s'il était condamné à mort.

Le repas fini, il retourna dans la salle du conseil toujours pleine de monde. Vers midi, le marquis d'O entra, venant des appartements du roi. Sa Majesté tiendrait conseil dans quelques minutes et ferait part de ses décisions, annonça-t-il en donnant la liste de ceux qui étaient conviés. À son étonnement, Nicolas entendit son nom au milieu de ceux du duc de Retz, de son frère l'archevêque, de Rambouillet, de Bellegarde, de Larchant, de Montigny et de quelques autres. Après une nouvelle attente, le roi entra suivi des secrétaires d'État, de Montpezat – fier de sa nouvelle importance d'assassin – et des *ordinaires* qui avaient massacré le duc de Guise.

Nicolas trouva le roi changé. Son visage était toujours lisse de sentiment mais il lui parut plus dur, plus volontaire. Peu maquillé, il avait gardé ses boucles d'oreilles mais portait un habit de soie noir, comme s'il était en deuil. Depuis la mort de Guise, Poulain avait eu le temps de songer à son comportement et il avait perçu combien Henri III était aguerri dans l'art de la feinte et dans la façon de déguiser ses passions.

Ce fut M. d'Aumont qui expliqua le pourquoi de ce *parlementement* (on ne pouvait parler de conseil tant l'assistance était nombreuse). Le roi souhaitait connaître les avis des uns et des autres concernant les châtiments des prisonniers. D'Aumont laissa la parole à chacun, à tour de rôle. Les plus intransigeants voulaient la mort pour tous ; les politiques et les secrétaires d'État plaidèrent la clémence, seul Guise étant coupable à leurs yeux. Beaucoup demandèrent des grâces individuelles pour des parents et des amis. Le baron de Luz, un neveu de l'archevêque de Lyon, demanda à genoux le pardon pour son oncle qui pourtant avait conseillé bien des rébellions contre le roi. Nicolas Poulain, interrogé, plaida pour le cardinal de Bourbon, mais il vit au bref sourire d'Henri III que celui-ci ne pousserait pas plus loin sa vengeance.

Même le fils du duc de Guise, le jeune prince de Joinville, eut la vie sauve alors que beaucoup pensaient qu'il serait exécuté. Le roi décida que les prisonniers seraient enfermés à Amboise, à Chinon et à Tours, forteresses d'où ils ne pourraient s'évader. Il annonça que pour les autres gentilshommes, et principalement Brissac et Boisdauphin, il les ferait remettre en liberté quand il le jugerait nécessaire.

Il fallait encore décider du sort du cardinal de Guise. Les députés du clergé avaient déjà demandé sa libération. Le roi resta silencieux à son sujet. À ses yeux le cardinal était mauvais et plus remuant que son frère. Un régicide ne lui avait pas fait peur, mais son procès était encore moins possible que celui de son frère.

Le conseil fini, le roi se retira dans son cabinet neuf avec O et Aumont et fit appeler M. de Richelieu.

Nicolas Poulain avait décidé de demander audience à la reine mère quand la jeune Marie de Surgères vint le chercher. Il trouva Catherine de Médicis en compagnie de Larchant.

— Monsieur Poulain, fit le capitaine des gardes, le roi m'a demandé de conduire sa mère et vous-même auprès du cardinal de Bourbon.

— Avez-vous des ordres à son sujet ? demanda Poulain brusquement angoissé.

Larchant le considéra avec le sourire ironique de celui qui sait beaucoup de choses.

— Le roi m'a dit : allez assurer M. Poulain que le cardinal n'aura d'autre mal que la prison.

Catherine de Médicis hocha doucement la tête. Désormais Charles de Bourbon ne représentait plus de danger et Henri allait faire connaître la paternité du baron de Dunois. En s'appuyant sur sa canne et sur Nicolas, elle suivit le capitaine des gardes.

— Monsieur Larchant, s'enquit Poulain en chemin, sans trahir un secret, connaissez-vous les autres intentions du roi à l'égard du cardinal ?

— J'ai cru comprendre que je devrai le conduire à Chinon dans quelque temps où il sera emprisonné dans le château.

Ils pénétrèrent dans la tour du Moulin par un couloir bas et étroit pratiqué dans le mur et fermé à l'autre bout par une porte. Des falots à chandelles de suif éclairaient vaguement les silhouettes de deux gardiens. Larchant leur fit signe de s'écarter et ouvrit la porte. Ils entrèrent dans une salle circulaire voûtée en nervures d'ogives de plus de trente pieds de hauteur. La lumière n'y entrait que par une étroite barbacane, très haute et inaccessible. L'endroit était froid et humide. Des chauves-souris bruissaient incessamment.

Il n'y avait qu'un lit de planches et un coffre. Le cardinal était allongé sous une couverture, immobile mais les yeux ouverts. Il grelottait.

Ils s'approchèrent. Le visage amaigri de Charles de Bourbon s'illumina d'un sourire en voyant son fils, mais il détourna la tête sitôt qu'il reconnut la reine mère.

Poulain ne savait que dire tant il avait la gorge nouée. Les conditions d'emprisonnement de son père étaient insupportables et inacceptables pour un prince de sang.

— Je demanderai à mon fils qu'on vous mette dans une chambre et qu'on vous donne des serviteurs, fit Catherine de Médicis.

— Pourquoi? C'est vous qui êtes la cause de tout cela! C'est vous qui avez fait tuer ce pauvre duc de Guise! assena Charles de Bourbon avec colère.

— Non! protesta-t-elle. Je vous le jure sur les saints Évangiles!

Il l'ignora et s'adressa à son fils.

— Dis au roi qu'il est temps pour lui de s'allier avec mon neveu. Mais dis-lui aussi qu'il s'est trompé d'adversaire, le duc de Guise ne lui voulait pas de mal mais au contraire le protégeait de la Ligue. Maintenant les bourgeois vont faire la loi et ce sera l'enfer… Dis-lui! cria-t-il presque en lui prenant la main.

— Je lui dirai, mon père! promit Nicolas bouleversé.

Le cardinal ferma les yeux et parut s'endormir, soulagé. Ils partirent. Se pouvait-il qu'il ait deviné l'avenir? se demandait Poulain avec une nouvelle inquiétude. La Ligue était toujours puissante, il le savait, comment allait-elle se comporter sans le duc pour la dominer?

Le lendemain matin, aux premières lueurs de l'aube, Michel de Gast, accompagné de quatre soldats, se rendit au premier étage de la tour du Moulin, dans la salle haute qui était de plain-pied avec le cabinet de Catherine de Médicis. On venait d'y transférer le cardinal de Guise.

Gast avait trente-huit ans. Premier lieutenant des quarante-cinq et capitaine des gens à pied, il était fort sombre ce matin-là, car il savait qu'Henri III était mécontent de lui.

La veille, le roi avait appelé François de Richelieu et lui avait fait part de sa décision : il le chargeait d'exécuter le cardinal de Guise et de faire disparaître le corps, ainsi que celui du duc son frère. Il ne devrait en rester aucune trace.

Richelieu avait accepté de s'occuper des corps mais refusé d'être bourreau. Le roi avait donc demandé à Larchant qui avait aussi refusé. En désespoir de cause, Henri III avait appelé Michel de Gast. Lui aussi avait refusé de porter la main sur un prêtre, mais il avait accepté de trouver des assassins. Pour cela il avait promis quatre cents écus à quatre soldats.

Les cinq hommes entrèrent dans la salle et Gast déclara sans ménagement :

— Le roi désire vous voir, sortez !

La figure des visiteurs révélait suffisamment l'intention qui les amenait, aussi le cardinal ne fut pas dupe. Il se mit à genoux, fit une courte prière, puis se leva. Devant la porte, il déclara d'une voix ferme aux soldats :

— Faites votre commission.

À peine dehors, dans le petit passage, les quatre soldats le massacrèrent à coups de dagues et de hallebardes.

Le soir, les corps des deux frères furent découpés en morceaux dans une salle basse du château, puis brûlés dans la chaux vive, de peur que le peuple ne s'emparât des cadavres pour en faire des reliques. Richelieu fit transporter les restes à l'extrémité d'un couloir souterrain, au fond de l'antique château fort. Il y avait là un trou carré aux parois en maçonnerie couvertes de mousse verdâtre. Ce puits béant communiquait avec la rivière. On y jeta ce qui restait des corps.

32.

La nouvelle de la mort du duc de Guise parvint à Paris avec une rapidité stupéfiante, car elle fut connue le soir de Noël dès six heures. Tous les préparatifs de la fête de la nativité cessèrent et le peuple, à la fois furieux, désespéré et apeuré, prit les armes pour monter la garde aux portes de la ville, persuadé que l'armée royale allait déferler pour venger l'humiliation des barricades. Le lendemain, jour de Noël, arriva une nouvelle encore plus effroyable : celle de la mort du cardinal de Guise – un saint homme d'Église – lardé ignominieusement de coups de hallebardes.

En ce jour sacré, ce crime provoqua encore plus d'émoi et de haine. On ne connaissait pas les détails de la mort du duc, sinon qu'il avait été tué par des gentilshommes. Le cardinal, lui, avait été assassiné par des brutes dans un obscur cachot. Le meurtre d'un prêtre dans de telles circonstances était le plus damnable des sacrilèges.

Les membres du conseil des Seize se réunirent immédiatement et, en l'absence de plusieurs d'entre eux, prisonniers à Blois, ils portèrent Bussy Le Clerc à la tête de la Ligue. En même temps, ils proclamèrent gouverneur de la ville le duc d'Aumale, qui se trouvait à Paris.

Dans tous les quartiers, les bourgeois furent rassemblés par les dizainiers pour jurer obéissance, promettre d'employer jusqu'au dernier denier de leur bourse pour la Ligue et s'engager à verser leur sang afin de venger la mort des deux bons princes lorrains.

Le Clerc les fit ensuite défiler dans les rues aux cris de « Au meurtre ! Au feu ! Au sang ! Vengeance ! ».

Après l'heureuse journée de Saint-Séverin et les barricades, la ville de Paris avait montré à quel point elle rejetait son roi. Désormais, les Parisiens le haïssaient tellement qu'ils souhaitaient ouvertement sa mort. Henri III fut décrété tyran par le curé Boucher et le peuple autorisé à décider de son sort. Selon le théologien, le monarque n'était désormais qu'une bête sauvage que chacun avait le droit et même le devoir d'empêcher de nuire. Peut-être même était-il l'Antéchrist, une créature du monde infernal. Dans les jours qui suivirent, on arracha ou on martela les armoiries royales partout où elles étaient gravées, y comprit au portail des églises, et on détruisit les tombeaux des mignons du roi dans l'église Saint-Paul. Partout en France, des scènes similaires se déroulèrent dans les villes passées à la Ligue comme Bourges, Reims ou Troyes.

À la mi-janvier, Jean Bussy Le Clerc, toujours gouverneur de la Bastille, accompagné de trente hommes armés et cuirassés, se rendit dans la Grand-Chambre du palais de justice où il fit assembler les magistrats. La cour de mai était en même temps envahie par une foule vociférante équipée de lardoires et de piques. Épée brandie et menaçante, le chef de la Ligue appela plusieurs conseillers et présidents désignés dans une liste et leur ordonna de le suivre à l'Hôtel de Ville, siège du gouvernement des Seize.

Quand le premier président, M. de Harlay, lui demanda quelle autorité il avait pour agir ainsi, Le Clerc lui répondit que ceux qui étaient sur sa liste avaient été dénoncés comme partisans de Henri de Valois, et que s'ils ne le suivaient pas volontairement, ils y seraient contraints. Ses hommes allumèrent alors les mèches des arquebuses et les magistrats s'inclinèrent.

Les parlementaires prisonniers, accompagnés de quelques magistrats solidaires, subirent les pires avanies en se rendant à la place de Grève. Sur leur passage, les boutiques étaient fermées et la populace qui les insultait les menaçait des pires atrocités comme complices des assassins de leur duc bien aimé. Après avoir traversé le Pont-au-Change, terrorisés par le sort qu'on leur promettait, les parlementaires espéraient entrer dans l'Hôtel de Ville pour y trouver le salut et se justifier, mais Le Clerc les conduisit directement à la Bastille par des rues encore plus hostiles. Dans la même journée, les ligueurs enfermèrent à la Conciergerie les magistrats de la Cour des aides et ceux de la Chambre des comptes jugés trop fidèles au roi.

Quand tous furent serrés au fond de sinistres cachots, Jean Le Clerc se rendit à l'hôtel de Montmorency.

La duchesse avait quitté Blois peu après avoir renvoyé le capitaine Clément à Paris. Inquiète des rumeurs sur une riposte du roi envers les Guise, elle était rentrée avec sa belle-sœur, qui devait accoucher, puis était tombée malade. C'est dans son lit qu'elle avait appris l'assassinat de ses deux frères.

Elle en était restée tellement prostrée que son médecin, malgré toutes les saignées qu'il lui avait faites, avait cru qu'elle ne surmonterait pas l'épreuve. Mais, de façon inexplicable, la soif de vengeance de Catherine de Lorraine avait été plus forte que la maladie. Non seulement Henri III l'avait brocardée et déshonorée, mais il avait assassiné les deux personnes qu'elle chérissait le plus au monde. Elle avait désormais un compte terrible avec lui. Fiévreuse, ivre de haine, elle était sortie dans le glacial hiver parisien pour maudire le tyran valois. Sur le parvis de Notre-Dame, devant toute une foule qui lui était acquise, elle avait solennellement juré sa mort.

Le lendemain, elle avait fait venir le capitaine Clément et le père Boucher.

Clément était désormais dominicain. Au retour de Blois, muni d'une lettre du duc de Guise pour le père Edmond Bourgoing, prieur des jacobins, il avait été reçu dans le couvent de la rue Saint-Jacques et avait prononcé ses vœux, car bien que logeant dans des couvents, les dominicains étaient des prêtres. À Paris, leur maison était contre la porte Saint-Jacques, ce qui expliquait leur surnom de jacobins[1].

La duchesse lui avait demandé s'il était toujours prêt à mourir pour sa foi. Clément avait non seulement acquiescé mais, en extase, il lui avait dit avoir rêvé être tiré par quatre chevaux sans jamais ressentir la moindre douleur et même avoir éprouvé un bonheur indicible dans le supplice.

Satisfaite de son aveugle dévotion, elle lui avait pourtant assuré qu'il aurait la vie sauve après qu'il eut tué le roi, qu'elle ferait de lui un cardinal, un pape même, et que plus tard il serait sanctifié et aurait sa statue dans les églises, comme les autres saints. À ces promesses, il était rentré dans son couvent le cœur débordant d'allégresse.

Certaine d'avoir un assassin, la duchesse devait maintenant trouver un moyen de lui laisser aborder le roi.

---

1. Iacobus : Jacques.

Et comme le lui avait dit son frère, c'était impossible. Henri III était loin de Paris et ses *ordinaires* ne laissaient approcher aucun inconnu, sinon après avoir vérifié qu'il n'avait pas d'arme.

Mais le roi recevait toujours ses familiers et ceux qu'il estimait dans son cabinet ou dans sa chambre sans les faire fouiller. Il suffirait que Clément accompagne une telle personne pour être conduit près du tyran, avait remarqué le curé Boucher.

Boucher était un homme de grand talent dans l'intrigue et avait bâti un plan habile. Il avait proposé que Jean Le Clerc saisisse et enferme dans la Bastille quelques amis du roi, par exemple le premier président Achille de Harlay qui avait toujours proclamé sa loyauté envers son monarque. Ces hommes emprisonnés devaient être odieusement maltraités avant d'être libérés. Certainement le roi les recevrait pour les récompenser de leur fidélité.

— Je vous l'accorde, avait ironisé la duchesse, mais M. de Harlay ne tuera pas le roi…

— En effet, avait souri le curé, mais imaginons qu'en prison M. de Harlay se soit lié d'amitié avec un confesseur, ou un chapelain. Et qu'il souhaite que cet homme l'accompagne à la cour, il serait présent le jour où Harlay verrait le roi…

— Clément ! avait lâché la duchesse, comprenant le plan diabolique.

C'était donc elle qui avait donné des ordres pour que Harlay soit arrêté.

Le colonel Alphonse d'Ornano avait quitté Blois aussitôt après l'assassinat de Guise. Il avait ordre d'arrêter Mayenne à Lyon, mais ce dernier, prévenu à temps,

594

était sorti de la ville par une porte au moment où Ornano entrait par une autre.

Mayenne s'était réfugié à Dijon, ville dont il était gouverneur et où il se savait en sécurité. L'exécution de ses frères ne l'avait pas accablé. Il ne regrettait pas Henri qui l'avait toujours méprisé, d'autant que sa disparition faisait de lui le chef de la famille, mais il ne tenait pas à s'engager imprudemment dans une rébellion. S'il était bouillant de caractère, il était aussi prudent dans les situations hasardeuses.

À Paris, son cousin Aumale, bien que gouverneur en titre, lui avait appris que le pouvoir était dans les mains du conseil du Seize et de Le Clerc ; que celui-ci avait arrêté les présidents des chambres, l'avocat général et les principaux magistrats royalistes ; qu'il avait nommé Barnabé Brisson, un simple conseiller, comme premier président à la place d'Achille de Harlay ; et qu'il avait installé dans chaque quartier des conseils de police pour surveiller la population.

Ces représentants des quartiers dirigeaient la ville et si le *Lion Rampant*, surnom du chevalier d'Aumale – frère cadet du duc –, siégeait parmi les Seize, les Lorrains n'avaient aucun pouvoir. C'était aussi ce que lui avait écrit sa sœur, mais en lui assurant que ce n'était que provisoire. S'il la rejoignait, il deviendrait *de facto* le chef de la Ligue, car elle n'était pas sans influence. Le Clerc l'écoutait et le curé Boucher l'admirait. Or ces deux-là étaient les membres les plus importants du conseil des ligueurs.

À eux deux, ils pouvaient devenir les maîtres de la France.

C'était tentant, mais Charles de Mayenne préférait connaître les intentions du roi. Si celui-ci marchait sur Paris, il n'aurait pas le temps de rassembler l'armée éparse de son frère. Il ne répondit donc à sa sœur que par de vagues promesses.

À Blois, l'origine bourbonienne de Nicolas Poulain avait vite fait le tour du château. Le roi ne cacha plus sa naissance et avant la fin de l'année, il le reçut en présence du chancelier afin que celui-ci prépare les actes à enregistrer au parlement. En attendant, il fut nommé gentilhomme de la chambre.

Mis à part M. de Villequier, ses relations avec les proches du souverain étaient cordiales, d'autant plus que Nicolas Poulain ne se mêlait pas de politique et ne demandait aucune faveur. Le marquis d'O et lui s'estimaient fort désormais, Richelieu lui marquait ce qui ressemblait presque à de l'amitié. Larchant le traitait avec de grands égards, Montigny et le jeune Bellegarde, pourtant favoris depuis la mort de Guise, étaient d'une rare courtoisie envers lui. Même l'arrogant Montpezat lui marquait un certain respect, ce qui était exceptionnel chez l'insolent Gascon.

Le 5 janvier, Nicolas Poulain fut réveillé dans la nuit par un valet et appelé chez la reine mère. Il trouva le roi à son chevet. Catherine de Médicis se mourait. Depuis le début de la nuit, plus rien ne la rattachait à la vie. En effet le duc de Retz, son ami de toujours, lui avait envoyé son confesseur et quand elle avait demandé son nom au prêtre, elle avait compris qu'elle était au bout de son séjour terrestre.

Le religieux s'appelait Julien de Saint-Germain. Ainsi, la prédiction disant qu'elle mourait près de Saint-Germain était sur le point de se vérifier. Pourtant, la reine avait cru la déjouer en ne se rendant jamais à Saint-Germain et en fuyant le quartier de Saint-Germain-l'Auxerrois. Dans ses dernières heures,

Catherine devina que les autres prédictions de ses mages se vérifieraient toutes de la même façon. Guise était mort, son fils Henri était au bout de ses quinze années de règne. Navarre aurait donc tout l'héritage.

Elle expira quelques heures plus tard après avoir recommandé au roi de se réconcilier avec son beau-frère, de cesser les persécutions contre les catholiques et d'établir dans le royaume la liberté de religion. Pour ces dernières paroles, Nicolas Poulain oublia tout le mal qu'elle avait fait.

Nicolas revit plusieurs fois son père avant son départ pour la forteresse de Chinon où il serait enfermé. L'état de santé du vieillard s'était fortement détérioré, même si le roi l'avait fait transférer dans un appartement chauffé et lui avait rendu ses domestiques. Le cardinal avait fait préparer par un notaire des documents pour que son fils soit assuré de ne manquer de rien.

Les États généraux n'ayant plus de raison d'être, le roi en décida la clôture le 16 janvier. Chacun s'attendait à ce qu'il rassemble une armée et qu'il riposte avec dureté contre l'insolence du parti ligueur, mais Henri III préféra la modération. À dire vrai, il n'avait pas d'argent et pas assez de soldats, mais surtout il jugeait inutile d'utiliser la force puisque les rebelles parisiens étaient désormais sans chef. Dès lors, le roi était persuadé que les bourgeois se soumettraient d'eux-mêmes.

« *Morta la besta, morto il veneno* », répétait Henri III, à ceux qui lui disaient que la Ligue n'était pas éteinte avec la mort du duc de Guise.

Il faisait semblant de croire que sa bonté ramènerait les égarés près de lui. Il voulait oublier qu'il avait contre lui le pape, l'Espagne, la famille des Guise et les catholiques fanatiques.

Inutile à la cour, Poulain demanda son congé pour retrouver sa famille. On l'avait prévenu que Rouen était devenue ligueuse, mais son père lui avait fait une lettre pour les échevins et il n'eut aucune difficulté avec le corps de ville. Cependant, après quelques semaines, il préféra retourner à Blois avec sa femme et ses enfants.

Les nouvelles qui parvenaient à la cour sur ce qui se passait à Paris étaient inquiétantes et incroyables. Non seulement les prédicateurs vomissaient des *Iliades d'injures et de vilenies* contre le roi, mais ils ordonnaient chaque jour de grandes processions. Tous les habitants étaient contraints d'y participer, en chemise, quel que soit leur âge, leur sexe, ou le temps qu'il faisait. Des dizaines, peut-être des centaines, de Parisiens avaient, disait-on, trouvé la mort dans ces cortèges qui duraient plusieurs heures, pieds nus, dans la neige avec un cierge en main. Les écoliers de l'université n'étaient pas épargnés et les enfants des collèges, même ceux qui n'avaient pas atteint dix ans, restaient dans le froid en chemise.

La duchesse de Guise avait accouché d'un fils posthume qui fut baptisé le mercredi 7 février à Saint-Jean-en-Grève[1] dans une grandiose cérémonie où les capitaines des dizaines défilèrent par deux avec des flambeaux de cire blanche. Derrière eux suivaient les archers, arquebusiers et arbalétriers de la ville en hoquetons, puis les marchands portant aussi des flambeaux. La collation du baptême fut donnée à l'Hôtel de Ville en présence des ducs d'Aumale et de Nemours.

---

1. L'église, démolie à la Révolution, se situait derrière l'Hôtel de Ville. Une arcade qui passait sous l'un des pavillons de l'Hôtel de Ville la faisait communiquer avec la place de Grève.

C'est quelques jours plus tard que le duc de Mayenne arriva à Paris, accueilli par un peuple en délire qui criait sur son passage : « Vive le duc de Mayenne ! Vivent les princes catholiques ! »

Ainsi Mme de Montpensier était parvenue à convaincre son frère de prendre la tête de la Ligue. Ses lettres restant sans effet, elle avait bravé la rigueur de l'hiver pour se rendre à Dijon où, après l'avoir écoutée, Charles avait été convaincu que la cause du roi était désespérée et que l'occasion était venue pour la maison de Lorraine de succéder aux Valois.

Trois jours plus tard, lors d'une assemblée à l'Hôtel de Ville, les échevins et les représentants des Seize décrétèrent la guerre totale contre le tyran. La première opération fut conduite par le chevalier d'Aumale qui, le 21 février, s'empara de la maison du marquis d'O à Fresnes qu'il pilla et dont il fit tuer de sang-froid les gardiens.

Au retour de l'expédition de Saint-Denis, riche de dix mille écus, M. de Cubsac n'avait pas repris son service auprès du roi, car il avait fait partie des quarante-cinq limogés sur ordre du duc de Guise. Contrairement à d'autres, qui s'étaient installés dans des hôtelleries non loin de Blois, restant aux ordres de M. de Montpezat, Cubsac avait demandé son congé et était retourné à Paris. Fortuné et disposant de surcroît de quelques économies faites sur son traitement de gentilhomme ordinaire, il avait décidé de demander la main de Perrine, car il se refusait à croire l'accusation portée contre elle.

Dans la capitale, il reprit d'abord la chambre qu'il avait occupée dans une hôtellerie de la rue Saint-Antoine, puis s'enquit d'un logement à acheter. En effet, avant de faire sa cour à Perrine, il voulait monter sa maison de façon à l'impressionner suffisamment pour qu'elle accepte de devenir sa femme, si elle était une honnête fille, ce dont il restait persuadé malgré les soupçons de Mme Hauteville.

Il acheta finalement une petite maison à colombages, rue de l'Aigle, pour un prix intéressant de deux mille livres, et engagea un serviteur et une servante. Tout ceci lui prit trois semaines. Entre-temps, il se rendit plusieurs fois dans la rue Saint-Martin, mais sans apercevoir Perrine, car elle sortait peu. Bien sûr, il aurait pu simplement frapper à la porte de la maison où il avait habité durant un mois, et où on le connaissait, mais en vérité, il n'osait pas.

Ce n'est que la veille de Noël qu'il se décida à faire savoir aux serviteurs de Hauteville qu'il était à Paris. Il s'était dit que cette soirée serait propice, puisqu'il y avait veillée dans toutes les maisons en attendant la messe de minuit.

Complies sonnait quand il passa devant Saint-Merry. Il se pressa, ayant été retardé par la neige tombée la veille qui avait gelé et rendu les rues glissantes. Les bras chargés de victuailles et de cadeaux, il faisait tellement attention à ne pas tomber qu'il ne remarqua pas la cohue bruyante devant l'église.

C'est en évitant une charrette tirée par un âne qu'il découvrit l'attroupement, puis ce furent des cris, des gens couraient, pleuraient, se lamentaient. Il s'arrêta, questionna, et la nouvelle le frappa comme une balle de mousquet : on avait assassiné le duc de Guise !

Il resta un instant pétrifié. Que s'était-il passé à Blois ? Oubliant Noël, comme d'autres, il chercha à en savoir plus, mais les nouvelles étaient contradictoires. Certains disaient que le duc avait été assassiné, d'autres qu'il y avait eu bataille. On accusait les quarante-cinq.

Cap de Bious ! frémit-il, si on découvrait qu'il était l'un des *ordinaires*, la populace l'écharperait.

Il décida de rentrer se terrer chez lui tandis que des processions commençaient à se former.

Dans les jours qui suivirent, il en apprit plus mais il comprit surtout qu'il n'était plus possible de demander Perrine en mariage en cette période de deuil où un cardinal avait été assassiné.

Finalement, ce ne fut qu'en février qu'il se rendit dans la maison à tourelle de la rue Saint-Martin. Il avait prévu de faire d'abord une visite de courtoisie, puis de trouver une occasion de rester seul avec Perrine afin de l'interroger sur ce qui s'était passé ce funeste jour des barricades. Il devait y avoir une explication à la venue de Louchart. Il avait côtoyé Perrine pendant des jours et était certain qu'elle ne pouvait trahir son maître. La pauvre avait même été violée à son service !

En arrivant, il fut fêté comme un vieil ami par Le Bègue et Thérèse, Perrine restant sur la réserve. Aux questions qu'on lui posa, il expliqua avoir quitté son service en novembre et qu'il ne savait rien de plus sur la mort du duc que ce qui se disait à Paris. Puis il expliqua avoir fait fortune et acheté une maison, rue de l'Aigle, à l'enseigne de la Coupe d'Or.

On l'invita à dîner et il passa une partie de l'après-midi à raconter des anecdotes sur la cour. Enfin, Le Bègue expliqua avoir du travail et se retira dans sa chambre, Thérèse alla se reposer, et il resta seul dans la cuisine avec Perrine.

Les deux jeunes gens restèrent un long moment silencieux, mal à l'aise. Cubsac l'observait du coin de l'œil. Il l'avait connue trois ans plus tôt quand elle avait seize ans, c'était alors une fraîche jeune fille. Il l'avait revue depuis, mais toujours rapidement sur le parvis de Saint-Merry. Maintenant elle était devenue une belle femme aux formes opulentes, malgré un visage tourmenté.

Elle aussi l'observait, bien qu'elle gardât les yeux pudiquement baissés. Cubsac avait toujours ressemblé à un brigand, mais il s'était rasé pour venir. Il portait moustache et barbe bien taillées, cheveux ras. Son pourpoint de velours était bien coupé avec des boutons dorés et sa lourde épée rappelait qu'il était gentilhomme. Il était à la fois séduisant et rassurant.

— Je suis revenu pour vous, Perrine, dit-il enfin, embarrassé.

— Ah ! fit-elle, plutôt froidement.

— J'ai quelques biens désormais…

— Vous nous l'avez dit.

— Vous pourriez être une bonne maîtresse de maison, Perrine, fit-il maladroitement en montrant la cuisine d'un geste de la main.

— Si je trouvais un mari ! répliqua-t-elle aigrement, mais qui voudrait d'une domestique dont le maître préfère vivre avec les hérétiques ?

— M. Hauteville est un homme honorable, Perrine, la morigéna-t-il.

— Sans doute, mais hérétique, et il sera damné !

Cubsac soupira. La tâche allait s'avérer rude, mais une fois qu'il l'aurait épousée, il saurait la raisonner et se faire obéir, se promit-il.

— J'ai rencontré plusieurs fois Mme de Saint-Pol, lâcha-t-il finalement. Une femme d'honneur.

Elle leva les yeux.

— Elle m'a raconté sa captivité, après avoir été arrêtée ici par le commissaire Louchart. Vous savez qu'elle s'est évadée sans aide ?

— Je l'ai appris, dit Perrine en prenant un air renfrogné. Elle était avec Mme Poulain, mais elles ont tué deux hommes pour ça. La Ligue les recherche et si on les retrouve, elles seront pendues.

— Panfardious ! Je doute qu'on les arrête là où elles sont, s'esclaffa Cubsac. Mme Hauteville est cousine du roi de Navarre, et M. Poulain est aussi de sang royal. Il est désormais baron de Dunois, le saviez-vous ?

— J'ai entendu des rumeurs, fit-elle, maussade.

Cubsac resta silencieux un instant, se demandant comment amener la suite.

— Perrine, je n'ai jamais cessé de penser à vous depuis que j'ai quitté le service de M. Hauteville, j'ai du bien, je vous l'ai dit.

Jusqu'à présent, Perrine pensait que Cubsac la voulait pour maîtresse, comme tous les hommes qui lui contaient fleurette, mais à ces derniers mots, un doute s'empara de son esprit.

— Continuez, dit-elle, d'une voix troublée.

— Je suis gentilhomme. Certes, je ne suis ni baron ni comte, et la seigneurie de Cubsac est une pauvre terre avec un vieux château écroulé, mais celle qui m'épousera sera dame de Cubsac. Cap de Bious ! Elle n'aura pas à avoir honte quand elle sera en compagnie de Mme de Saint-Pol !

Elle pâlit.

— Je serais le plus heureux des hommes si vous acceptiez de m'épouser à Saint-Merry, lâcha-t-il brusquement, les larmes aux yeux.

La foudre entrée dans la pièce n'aurait pas fait plus d'effet sur Perrine. Elle devint blanche, resta un instant figée, puis fondit en larmes.

— Qu'avez-vous Perrine ? dit-il en se levant et s'approchant d'elle.

— Laissez-moi ! cria-t-elle en se levant.

— Qu'avez-vous, Sandioux !

— Laissez-moi ! vous dis-je.

Il la prit par les bras et la força à le regarder.

— Je veux vous épouser ! dit-il.

— C'est impossible ! cria-t-elle encore. C'est impossible !

Elle partit en courant et heurta Thérèse, qui, attirée par les cris, entrait dans la cuisine.

— Que se passe-t-il ? demanda la cuisinière.

— Je l'ignore, dit Cubsac en s'asseyant sur le banc de la table, comme vidé de toute énergie.

Il se prit la tête entre les mains. Perrine avait certainement un amant. C'était l'explication…

Thérèse resta un moment à l'observer. Avait-il essayé de l'embrasser ?

Il se leva.

— Madame, je sais que vous êtes sa tante, je lui ai demandé de m'épouser. Raisonnez-la, je vous en prie.

Il la salua et partit.

Au début du mois de mars, comme il était revenu à Blois avec son épouse et ses deux enfants, Nicolas Poulain apprit que son malheureux père emprisonné avait été désigné comme roi sous le nom de Charles X par l'assemblée de la Ligue. Comme le cardinal ne pouvait régner, les ligueurs, qui s'étaient baptisés Conseil de l'Union, avaient désigné le duc de Mayenne *Lieutenant général de l'État royal et Couronne de France*. Il avait même prêté serment devant un parlement réduit à sa plus simple expression.

Le premier acte de Mayenne fut cependant de remettre en liberté la plupart des présidents et conseillers que Le Clerc avait emprisonnés, à l'exception du premier président, car sa sœur lui avait expliqué son dessein concernant le roi. Dessein qu'il avait approuvé, après y avoir bien réfléchi.

Ayant appris que Mayenne avait repris le rôle de son frère, nul ne doutait à la cour que les Lorrains allaient lancer une offensive militaire contre Blois. Le roi jugea donc prudent de quitter cette ville mal protégée pour Tours, bien fortifiée par de solides remparts.

Tandis que la cour se préparait au départ, Nicolas Poulain reçut une visite. Baron de Dunois, il avait commencé à monter sa maison dès le début du mois de janvier. Jusqu'alors, il avait eu à son service un seul valet de chambre nommé Charles dont il était très satisfait. Il lui avait donc demandé d'engager quelques serviteurs, et lui-même choisit cinq hommes d'armes qui l'accompagneraient à Rouen. Trois étaient des frères qui venaient de Bourges où ils avaient été quelque temps au service d'un riche drapier, l'un d'eux était marié et sa femme cherchait une place de domestique. Les deux autres gardes étaient des anciens du régiment de Picardie : un piquier et un arquebusier.

Le nouveau baron de Dunois avait aussi besoin d'un logement, et comme beaucoup de maisons étaient libres avec la fin des États généraux et le départ des ligueurs, il en avait trouvé une non loin de l'hôtel Sardini.

C'est là qu'on vint donc frapper à sa porte un soir de la fin mars. Le concierge fit entrer un homme à longue barbe, casqué, cuirassé, solidement armé. C'était le baron de Rosny. Nicolas le reçut dans sa chambre en compagnie de son épouse, car il jugeait que, maintenant baronne, ses amis devaient la connaître.

Après s'être mutuellement accolés et embrassés, Maximilien de Rosny expliqua la raison de sa présence.

— Monsieur Poulain, personne ne sait que je suis à Blois. C'est à l'hôtel Sardini que l'on m'a dit où vous trouver. J'ai besoin de rencontrer le roi.

— Mais vous pourriez demander audience, monsieur ! Le duc de Guise n'est plus là pour vous chercher noise !

— Non, mon ami, on doit ignorer ma présence. Je viens proposer à Henri III une alliance de la part de mon maître.

— Ce n'est pas la première fois, soupira Poulain, mais le roi a toujours refusé, à tort selon moi.

— En effet, seulement il n'aura bientôt plus le choix. J'arrive de Rosny. Tout le monde sait à Paris que Mayenne part en campagne. Il se dirige par ici.

Nicolas comprit le danger.

— Quand voulez-vous voir le roi ?

— Le plus tôt. Le temps joue contre moi et, plus je reste, plus facilement je serai reconnu. Ce soir serait-il possible ?

— Sans doute. Je peux obtenir ça de M. de Rambouillet qui est le gentilhomme de service à la garde au château.

Ils partirent sur l'heure. M. de Rambouillet était un homme droit. Connaissant Rosny, il ne posa aucune question et les introduisit auprès du roi qui se trouvait dans son cabinet vieux avec le seigneur d'O et le maréchal d'Aumont. Henri III demanda à Poulain de rester tandis que Rosny expliquait la proposition de son maître de mettre son armée au service du roi de France en échange d'une lettre d'accord et d'une ville de sûreté afin de garantir le libre passage sur la Loire.

Rambouillet et Aumont approuvèrent la demande, O resta silencieux et le roi refusa.

— Sixte Quint me menace d'excommunication, monsieur de Rosny, dit-il. Je suis ici sous la double surveillance de M. Morosini et du duc de Nevers, tous deux au service du Saint-Siège. Que cette lettre, que vous me demandez, tombe entre leurs mains et ce sera une nouvelle arme pour mes ennemis. J'ai confié mon armée à M. de Nevers. S'il m'abandonne, je suis perdu. Je veux bien un accord verbal, mais rien d'écrit. Quant à céder une ville, il m'en reste si peu ! Dites à mon cousin que je n'ai aucune mauvaise intention à son égard, bien au contraire, mais que l'heure n'est pas venue de sceller notre accord par un traité public.

Rosny repartit donc bredouille.

Pourtant, malgré ce refus, les négociations reprirent quelques jours plus tard, car l'armée de Mayenne se rapprochait dangereusement et Nevers, craignant peut-être de subir le sort de Joyeuse à Coutras, ne cherchait pas à l'arrêter.

33.

Aux premiers jours de mars, Henri III établit à Tours le siège de son gouvernement. Il y convoqua les officiers des cours souveraines et le nouveau parlement s'installa dans l'abbaye Saint-Julien. L'un des premiers actes des cours nouvellement installées (qui ne comprenaient qu'une partie des conseillers, les autres étant restés à Paris ou étant emprisonnés) fut de reconnaître le baron de Dunois comme fils du cardinal de Bourbon.

Pendant ce temps, les négociations entre les deux beaux-frères se poursuivaient. Finalement, par un traité signé le 3 avril 1589, le roi de France et son cousin décidaient une trêve d'un an pour lutter contre la Ligue. En échange de Saumur, le roi de Navarre s'engageait à entretenir pour le service du roi de France douze cents chevaux et deux mille arquebusiers.

Les deux partis continueraient cependant à faire la guerre séparément et Henri III se justifia de cette trêve – qui n'était pas une alliance – par la nécessité de défendre sa couronne menacée par les ligueurs. En même temps, il rendit une ordonnance confisquant tous les biens du duc de Mayenne et des gentilshommes et bourgeois de la Ligue, criminels de lèse-majesté.

Mais pendant que le roi de France s'installait à Tours, le duc de Mayenne s'en rapprochait rapidement tant le duc de Nevers et son armée ne le gênaient guère. Quant au roi de Navarre, il arrivait par l'Ouest et s'emparait de plusieurs places sur la Loire.

À Tours, on battait monnaie comme à Paris[1], et pour cette raison la rue de la Monnaie, où se situait l'hôtel des monnaies, était bordée de belles maisons que de riches trésoriers avaient fait construire. Nicolas Poulain louait l'une d'elles, une grande bâtisse aux colombages multicolores magnifiquement sculptés dont l'escalier était inséré dans une tour de briques à pans de bois.

À la fin du mois d'avril, comme un déluge de pluie tombait sur la ville et que les éclairs déchiraient l'air, on frappa à sa porte. Le concierge ne s'en aperçut pas tout de suite tant les coups de tonnerre faisaient vibrer la maison. C'étaient cinq visiteurs dont l'un disait s'appeler Olivier Hauteville.

Le concierge prévint son maître qui se précipita avec son épouse pour les faire entrer. C'était en effet Olivier, accompagné du baron de Rosny et de leurs valets d'armes. Tous étaient trempés comme s'ils avaient traversé la Loire à la nage.

Ce furent de chaleureuses étreintes et force embrassades tant ils étaient heureux de se revoir, bien vaillants malgré la guerre. Chacun posa mille questions et Marguerite se réjouit en apprenant que Cassandre était grosse et que la naissance serait pour septembre. Mais les voyant trempés et grelottants, elle mit fin aux effusions en leur proposant de se sécher près d'un feu pendant que des serviteurs iraient chercher leurs bagages

---

1. La monnaie de la capitale était plus forte d'un cinquième que celle de Tours, ainsi le sol parisis valait 15 deniers tournois, le sol tournois n'en valait que 12.

laissés avec leurs chevaux, sous bonne garde, dans une écurie proche.

Quelques instants plus tard, tandis que les hommes d'armes se restauraient dans la cuisine, Rosny et Hauteville se retrouvèrent dans la chambre de Nicolas. Ils n'avaient pas mangé depuis des heures, mais le cellier de la maison était bien garni en fruits et en charcutaille et la table fut vite dressée pendant qu'ils retiraient corselets et vêtements mouillés pour enfiler des robes chaudes.

Comme Marguerite leur servait du vin chaud, Nicolas ne cessait de les interroger.

— Je n'avais plus de nouvelles de vous, monsieur de Rosny, s'étonna Nicolas. Je sais que vous avez été malade et que le traité d'alliance a finalement été négocié par M. de Mornay…

— Qui s'en est attribué la gloire ! le coupa le baron avec aigreur. Par la même occasion, Mornay a obtenu le gouvernorat de Saumur, une ville que j'avais négociée à notre cause ! J'en ai été si fâché que je suis rentré chez moi à Rosny, mais je n'ai pu rester longtemps loin de mon maître, sourit-il quand même dans sa barbe.

— Vous venez du camp de Navarre ? demanda Poulain. J'ai appris ce matin que son armée serait à une dizaine de lieues.

— Bien plus près, Nicolas ! fit Olivier. J'ai laissé le prince à trois lieues d'ici, de l'autre côté de la Loire.

— L'avant-garde de Mayenne n'est guère plus loin, m'a-t-on rapporté, remarqua sombrement Poulain.

— C'est ce qui nous amène, monsieur de Dunois, dit Rosny. Mon maître est persuadé que l'affrontement avec l'armée ligueuse est pour bientôt. Mais nous battrons-nous séparément, ou côte à côte ? Vous connaissez l'histoire des Horaces et des Curiaces. Si Mayenne nous combat séparément, ses forces sont suffisantes pour nous battre, tandis qu'ensemble, il ne peut qu'être vaincu.

— En effet, soupira Poulain, mais c'est ce qui a été décidé dans le traité d'alliance. L'armée du roi et celle de Navarre doivent se battre séparément.

— Tout peut changer ! Nous en avons débattu au conseil. J'ai défendu le renforcement de notre alliance, et pour cela quel meilleur moyen qu'une rencontre entre nos deux princes ? C'est un des rares points sur lesquels Mornay et moi sommes d'accord, ironisa Rosny, mais nous avons contre nous le reste du conseil. Certains ont mis en garde notre prince : s'il se rendait en confiance à la cour, Henri III le ferait assassiner, comme il l'avait fait avec Guise, et il enverrait sa tête aux Parisiens pour servir de gage à une paix avec eux et les Lorrains. Ainsi la guerre des trois Henri prendrait fin à son avantage ! Navarre est d'ailleurs le premier à douter de la sincérité du roi, n'osant se fier à ses paroles et à ses promesses, surtout après avoir vu comment il les respectait avec Guise !

— Je ne peux imaginer une telle félonie du roi avec son beau-frère, fit Poulain.

— Êtes-vous certain qu'il en est incapable ? s'enquit Rosny.

Poulain ne répondit pas à cette question mais en posa une autre en remarquant qu'Olivier restait silencieux.

— Qu'a décidé Mgr de Navarre ?

— Il accepterait du bout des lèvres une rencontre, mais dans un lieu qui lui agrée. Mornay a proposé que M. Hauteville vous en parle. J'ai approuvé son idée et je l'ai accompagné. Vous pourriez être garant de la loyauté du roi.

Nicolas lança un regard à son ami et devina combien il était réticent. Lui aussi doutait du roi.

— Peut-être, dit Poulain après un temps de réflexion. Je pense que M. d'Aumont approuverait une telle rencontre. Il habite un peu plus loin dans la rue… Et si nous allions l'interroger ?

Le lendemain, le maréchal d'Aumont vint chercher Rosny et Hauteville pour les conduire auprès du roi. Nicolas Poulain resta bien sûr avec eux. Montpezat et trois de ses *ordinaires* les accompagnèrent jusqu'au cabinet de travail où se trouvaient le marquis d'O et le duc de Retz. Impavide, Henri III les écouta en silence avant de déclarer :

— Tout cela est bel et bon, mes amis, mais il sera difficile d'établir une complète et franche confiance entre les gens de mon cousin et les nôtres, que proposeriez-vous ?

— Une rencontre hors de la ville, suggéra Rosny. À mi-distance de nos deux camps, avec un nombre égal de gentilshommes dans les deux suites.

Le roi ayant pris son menton dans sa main gauche secoua longuement et négativement la tête en serrant les lèvres.

— Je suis le roi, dit-il enfin. C'est à mon beau-frère de venir me rendre hommage.

— Mon prince refusera d'entrer dans Tours, vous le comprenez, sire.

C'était l'affirmation de leur défiance mutuelle. Mais Henri III était trop bon politique pour refuser l'ouverture qu'on lui proposait. Il joignit l'extrémité de ses mains en soupirant.

— … Mais je suis chez moi partout dans mon royaume. De l'autre côté de la Loire, dites-vous ? Pourquoi pas à l'abbaye de Marmoutier ?

L'abbaye se situait au nord de la ville, de l'autre côté de la Loire.

— Monseigneur préférerait Saint-Cyr, près du pont de la Motte, sire.

Il y avait là un ruisseau assez large formant une défense naturelle. De nouveau ce fut le silence, et le roi laissa tomber :

— Demain dimanche, je me rendrai à la messe à Marmoutier. En revenant, j'aurai plaisir à rencontrer mon cousin s'il se trouve à Saint-Cyr. MM. de Dunois et d'Aumont porteront mon invitation, et seront cautions de mon engagement.

Ainsi, en apparence, le roi ne cédait rien. S'il rencontrait Navarre, ce serait uniquement parce qu'il serait sur sa route, faisait-il comprendre. Mais nul n'était dupe. Si Saint-Cyr et Marmoutier se trouvaient sur la même rive de la Loire, les deux endroits étaient à l'opposé l'un de l'autre par rapport au pont de Tours.

L'entrevue terminée, Nicolas Poulain gagna le camp de Navarre avec le maréchal d'Aumont, accompagné bien sûr de Rosny et d'Olivier. Henri de Bourbon les reçut le soir même avec Philippe de Mornay et les autres membres de son conseil. Navarre portait une casaque blanche sale et rapiécée, avec un corselet de fer bosselé barré d'une écharpe blanche. Il était coiffé de son vieux chapeau noir à panache blanc.

Le maréchal d'Aumont lui remit cette lettre du roi :

Mon cousin,

J'ai donné charge à MM. d'Aumont et de Dunois de vous voir de ma part. Je vous sais proche. Ayant pleine confiance en votre affection pour moi, comme pour le triomphe de nos ennemis, il me serait bien aise de vous voir et de vous parler. Demain dimanche, j'irai ouïr la messe à l'abbaye de Marmoutier et vous sachant si près de moi, je passerai à Saint-Cyr après icelle.

Priant Dieu qu'il vous ait, mon cousin, en sa sainte garde.

— J'aurais mauvaise grâce à refuser une telle invitation, fit Navarre après avoir lu deux fois la missive, la seconde à haute voix à l'attention de l'assistance.

Mornay hocha la tête, mais les autres membres du conseil et les maîtres de camp faisaient grise mine.

— Dunois, ou plutôt devrais-je dire mon cousin, dit Navarre en souriant. Vous resterez près de moi ?

— Si vous le souhaitez, monseigneur, mais j'avais envisagé de vous attendre à Saint-Cyr pour assurer votre sécurité. Soyez certain que j'y veillerai comme si vous étiez mon père.

Le prince demeura encore un instant silencieux, les mains jointes, comme s'il pesait sa décision, tant elle allait être lourde de conséquence.

— Nous irons demain, trancha-t-il. Fleur-de-Lis et vous, Rosny, m'accompagnerez. Mornay, vous resterez ici pour prendre le commandement. Châtillon, vous chargerez M. de Maignonville de mettre les troupes en bataille entre Saint-Cyr et le pont de la Motte. Je veux quatre cents lances et mille arquebusiers à cheval.

Ayant dit ceci devant le maréchal, il ajouta à son intention :

— S'il plaît à Sa Majesté de venir jusqu'à Saint-Cyr, je lui baiserai les mains et prendrai ses ordres.

On ne pouvait être plus clair sur la défiance que lui inspirait cette rencontre.

614

Le lendemain, le soleil se levait à peine quand Navarre rejoignit ses gentilshommes. Dans la soirée, plusieurs de ses proches avaient encore tenté de le dissuader, le conjurant de ne pas se livrer à un roi si calculateur et si imprévisible. Olivier lui-même s'était promis de rester au plus près de lui mais Nicolas, avant de repartir à Tours, lui avait assuré qu'il connaissait désormais suffisamment le roi pour être certain de sa loyauté et de son sincère désir de s'allier avec son beau-frère.

Alors qu'il s'apprêtait à monter en selle, Henri de Bourbon parut encore éprouver des craintes. À nouveau, il demanda à chacun des gens de sa suite ce qu'ils pensaient de sa démarche. Presque tous y étaient opposés et le conjurèrent de renoncer.

— Vous ne dites mot, Rosny, que vous en semble ?

— Ce que vous faites n'est pas sans danger, sire, c'est vrai, mais c'est ici une occasion où il faut donner quelque chose au hasard… De surcroît, nous avons pris toutes les précautions. Quinze cents arquebusiers sont en route pour Saint-Cyr. Châtillon et trois cents de ses plus vaillants chevaliers sont sur place. M. de La Rochefoucauld est avec la première noblesse de Saintonge. Pour vous prendre, le roi devrait envoyer une armée !

Le roi médita un instant avant de décider :

— Allons, la résolution est prise, il n'y faut plus penser !

Ils partirent. De toute sa troupe, nul n'avait de chapeau à panache sauf lui. Un chapeau avec un grand panache blanc. Il était resté vêtu en soldat, comme si ce jour devait être un jour ordinaire, avec sa cuirasse sur son pourpoint usé et déchiré, un haut-de-chausses de velours couleur feuille morte, un manteau écarlate, et bien sûr l'écharpe blanche, comme ses compagnons.

La troupe arriva au pont de La Motte une heure après midi. Châtillon l'attendait en compagnie du maréchal d'Aumont. Nulle part on ne voyait de troupe royale. En s'approchant, Henri de Bourbon et ses gens remarquèrent l'expression de colère de Châtillon et le visage mal à l'aise d'Aumont.

— Sire, le roi ne viendra pas ! déclara Châtillon dès qu'il fut à portée de voix.

Châtillon avait toujours été opposé à cette rencontre. Olivier chercha Nicolas des yeux et ne le vit pas parmi les gentilshommes d'Aumont. Un picotement lui parcourut l'échine. Il y avait bien traquenard, comme il le redoutait ! Qu'était devenu son ami ?

Dans le groupe de gentilshommes du maréchal se trouvait Louis de Rohan, récemment fait duc de Montbazon[1]. Un de ses oncles avait épousé la sœur du père de Jeanne d'Albret, la mère de Navarre. Il s'approcha et prit la parole, en espérant que Henri de Bourbon lui ferait confiance.

— Le roi ne viendra pas, c'est vrai, monseigneur, mais il vous attend au château du Plessis, expliqua-t-il, confus.

— Ce n'était pas ce qui était dit, promis, écrit et paraphé, remarqua sèchement Navarre.

— En effet, monseigneur, mais quand la ville a su que vous alliez venir, le peuple en liesse a décidé de vous accueillir. C'était impossible le long du fleuve. Sa Majesté a souhaité vous recevoir dans de meilleures conditions au château du Plessis. Il y a suffisamment de place aux alentours pour garder la foule à l'écart, bien que déjà des milliers de gens vous attendent pour vous acclamer...

---

1. Son frère Hercule sera gouverneur de Paris et père de Marie de Rohan, duchesse de Chevreuse.

Le roi de Navarre risqua un sourire. Il connaissait sa popularité, tant il savait gagner les cœurs, aussi l'argument du duc lui parut recevable.

— Et comment monseigneur se rendra-t-il sur l'autre rive ? demanda un gentilhomme d'un air narquois. En prenant le pont et en passant par la ville de Tours ? Le piège est un peu grossier, monsieur d'Aumont !

Aumont pâlit sous l'injure, mais il garda son sang-froid.

— Le roi a fait venir des bateaux et des barques. Ils vous attendent sur la rive, dit-il d'une voix égale.

Il désigna le fleuve.

— C'est un piège, sire ! intervint La Rochefoucauld qui avait galopé jusqu'à la rive. De l'autre côté, j'ai vu un nombre incroyable de Suisses. Le château du Plessis se dresse au bout d'une étroite langue de terre entre la Loire et le Cher. Si vous traversez, vous y serez prisonnier.

— Rosny, qu'en dis-tu ?

— Je ne sais pas, sire, ce changement est tellement inattendu, répliqua le baron, embarrassé.

— Et vous Fleur-de-Lis ?

— Où est M. de Dunois ? demanda Olivier à Aumont.

— Il vous attend en face.

— Laissez-moi traverser avec une demi-compagnie, sire, si Nicolas est bien là, les hommes se mettront en position pour garder le passage. Je reviendrai et nous ferons passer trois cents arquebusiers, ensuite vous pourrez venir sans crainte.

— Rosny ?

Le baron approuva du chef.

— Châtillon ?

Après une hésitation, le fils de Coligny hocha aussi du chef, mais en grimaçant.

— Allez-y, Hauteville. La Rochefoucauld, accompagnez-le.

Tirées de l'autre rive, les barques à fond plat permirent de faire passer une centaine d'arquebusiers, leurs chevaux ainsi que quelques gentilshommes. Les mariniers étaient adroits et malgré le courant dû aux récentes pluies, ils arrivèrent à bon port en suivant les cordes tendues entre les rives. La première personne que vit Olivier fut Nicolas en compagnie de François de Richelieu, de Larchant et du jeune Angoulême, le fils de Charles IX et de Marie Touchet.

Les deux amis s'embrassèrent et Nicolas confirma en tous points les explications du duc de Montbazon. D'ailleurs, tout autour d'eux, s'il y avait deux ou trois cents Suisses, partout où le regard portait on apercevait des centaines d'hommes et de femmes vociférant et acclamant, demandant le roi de Navarre. Ceux qui étaient juchés en haut des arbres brandissaient même des drapeaux.

Olivier en fut ému et honteux. Ému que Henri de Bourbon soit tant aimé, même ici dans une ville catholique, et honteux d'avoir douté de M. d'Aumont.

Déjà M. de La Rochefoucauld faisait ranger les arquebusiers qui sympathisaient avec les Suisses. Olivier proposa à Nicolas de l'accompagner, et ils firent le trajet en sens inverse.

Nicolas vint rendre hommage au roi de Navarre et confirma ce qui se passait. Il n'y avait aucun piège sur l'autre rive, sinon une multitude populaire impatiente de l'acclamer. On fit traverser deux autres groupes d'arquebusiers et de gentilshommes, puis le roi se dirigea vers une barque avec MM. d'Aumont et Montbazon. Olivier, Nicolas et Rosny les accompagnaient, Châtillon devant rester sur place.

Alors qu'Henri de Bourbon montait dans la barque, l'un des plus opposés à cette aventure le conjura une nouvelle fois de n'en rien faire.

Navarre lui répondit d'un ton grave qu'il usait rarement :

— Dieu m'a dit de passer. Il me guide et passe avec moi, je suis assuré de cela. Il me fera voir la face de mon roi, et trouver grâce devant lui[1].

La barque n'avait pas encore touché la rive que le vacarme était infernal. Au milieu des sifflets, des vivats et des hurlements de joie, on distinguait parfois des « Vive le roi de Navarre ! ». Les branches des arbres pliaient sous les grappes d'hommes bénissant la réconciliation. Comme Henri était le seul à avoir un grand chapeau à panache, personne ne pouvait se tromper en le désignant.

Les arquebusiers et les Suisses s'étaient alignés le long du chemin pour lui faire cortège jusqu'au château, mais cette frêle barrière fut vite emportée et, malgré les ordres, la foule ne s'écarta plus. Henri de Bourbon était à pied et quelques gentilshommes le protégeaient. Poulain marchait devant lui, pour repousser ceux et celles, trop entreprenants, qui cherchaient à l'accoler ou l'embrasser.

Dès le prèmier passage de la rivière, Henri III avait été prévenu. Il sortit du château entouré de sa noblesse et se rendit au-devant de son beau-frère en suivant l'allée

---

1. La plupart des phrases que nous rapportons sont authentiques, les faits aussi.

du mail. Au bout de cette allée, un escalier conduisait au chemin par où le roi de Navarre devait arriver.

Toute la cour était dans le parc ainsi que cette immense foule venue de Tours qui grossissait à chaque instant. À mesure qu'Henri III avançait, les archers tentaient de faire dégager le monde devant lui en criant : « Place ! Place ! Voici le roi ! » pendant que Montpezat et quelques *ordinaires* protégeaient le monarque comme ils le pouvaient.

Soudain, quelqu'un cria :

— C'est le roi de Navarre !

Chacun se dressa sur les extrémités de ses pieds pour tenter de l'apercevoir. Effectivement, on vit au milieu de la foule, en haut de l'escalier, un panache blanc qui surmontait une figure souriante au milieu d'une barbe blanchie.

Henri III distingua à son tour son beau-frère et son visage se transforma. Pour la première fois depuis des mois, ses proches le virent rire, et visiblement le bonheur qu'il éprouvait n'était pas feint.

Il y avait cependant une si grande presse que les deux rois ne pouvaient se rejoindre. Leurs proches jouaient des coudes, s'efforçant de pousser la foule devant eux et ces efforts durèrent l'espace d'un grand quart d'heure. Les deux Henri se tendaient les bras sans pouvoir se toucher pendant que le peuple criait avec exaltation : « Vivent les rois ! »

Enfin la presse se fendit, le roi de Navarre se trouva devant son cousin et s'inclina. Henri III l'accola et les deux rois s'embrassèrent dans les larmes. Des yeux du roi de Navarre on vit tomber des larmes grosses comme des pois[1]. Olivier, qui était près de lui pour le protéger de la foule, l'entendit balbutier ces mots :

---

1. Ceci est rapporté par un témoin mais la taille des larmes est peut-être exagérée !

— Je mourrai content dès aujourd'hui de quelque mort que ce soit, puisque Dieu m'a fait la grâce de voir la face de mon roi.

Leurs embrassements furent réitérés plusieurs fois avec une mutuelle démonstration de joie et de contentement, tandis que l'allégresse et les applaudissements de toute la cour et de tout le peuple étaient incroyables. Chacun criait à s'égosiller :

— Vive le roi ! Vive le roi de Navarre ! Vivent les rois[1] !

Henri III aurait voulu se promener dans le parc du château avec ses gentilshommes et son cousin, tant ils avaient à se dire, mais ce fut impossible à cause de la foule pressante et assourdissante. Il proposa donc de rentrer au château où ils tinrent conseil durant deux heures.

Au sortir, ils montèrent à cheval et le roi de Navarre reconduisit le roi de France jusqu'au pont Saint-Anne, qui passait sur un bras de rivière[2] entre la Loire et le Cher, et qui permettait d'entrer dans Tours. Ensuite, il passa la Loire dans une des barques avec ses gentilshommes pour aller loger au faubourg Saint-Symphorien où Châtillon lui avait trouvé une maison en face du pont de Tours.

Après quoi Olivier quitta Navarre pour rejoindre Nicolas. En ville, les rues étaient si pleines de monde qu'il était difficile de passer et les acclamations étaient toujours aussi fortes. Il ressentit alors à quel point le peuple en avait assez de la guerre et combien il espérait que les rois réunis rétabliraient l'état de la France et termineraient les misères qu'ils enduraient.

---

1. Nous sommes restés au plus près des évènements de cette journée extraordinaire rapportée par les contemporains, et nous en avons conservé les dialogues.

2. Qui n'existe plus.

Le soir, le roi de Navarre écrivit à Mornay :

« Enfin, la glace est rompue, non sans beaucoup d'avertissements que si j'y allais, j'étais mort. J'ai passé l'eau en me recommandant à Dieu[1] ! »

Pour achever de dissiper tout nuage de méfiance, Henri de Bourbon vint le lendemain à pied au château du roi, accompagné seulement d'un page, témoignant d'une telle confiance envers ses *bons Français* et son cousin que même les plus méfiants dans l'entourage d'Henri III changèrent de sentiment à son égard.

Henri de Bourbon savait gagner les cœurs.

La matinée fut consacrée à un conseil jusque sur les dix heures, puis le roi alla à la messe, accompagné à la porte de l'église par son beau-frère.

L'après-midi se passa à courir la bague dans le parc du Plessis où le roi de Navarre et tous les grands seigneurs se mêlèrent pour la première fois depuis longtemps sans distinction de religion.

Deux jours passèrent ainsi durant lesquels il fut résolu de faire une armée puissante pour aller assiéger Paris et avoir raison des Parisiens par la force.

Ainsi, soumis dans l'apparence, le Béarnais n'en était pas moins le maître. Il avait imposé ses conditions en obtenant Saumur, qui lui ouvrait la Loire, et il s'était fait aimer de tout un peuple qui acceptait désormais de lui donner la belle couronne de France. Allié de Henri III, il se faisait déjà saluer pour son successeur par ses nouveaux compagnons de bataille.

---

1. Mornay lui répondit : « Sire, vous avez fait ce que vous deviez. »

34.

Nommé lieutenant général, le roi de Navarre fut chargé de réunir ses régiments avec ceux du duc de Nevers. Le temps pressait, car l'armée de Mayenne était dans les faubourgs d'Amboise. Le frère de Guise venait d'ailleurs de capturer Charles de Luxembourg, comte de Brienne et beau-frère du duc d'Épernon. C'était un otage considérable pour la Ligue, aussi fut-il transféré à Paris où on l'enferma dans le Louvre.

À Tours, Olivier s'était installé chez Nicolas tandis que le baron de Rosny logeait dans le faubourg de Saint-Symphorien, avec M. de Châtillon, M. de La Rochefoucauld et les autres gentilshommes du roi de Navarre. Tous ressentaient une immense exaltation en voyant enfin se réaliser cette union qu'ils avaient tant souhaitée. Ils étaient profondément persuadés que face à la formidable armée rassemblée par les deux rois, Mayenne et Aumale déposeraient les armes et les ligueurs parisiens reviendraient dans l'obéissance. Henri III avait si souvent montré sa mansuétude et Navarre sa tolérance, que tous étaient certains qu'il n'y aurait pas bataille. Navarre ne répétait-il pas sans cesse : « Il faut que le roi fasse la paix générale avec tous ses sujets. » Il avait même plusieurs fois ajouté, rassurant : « Je ne suis point opiniâtre, si vous me montrez une autre vérité que celle que je crois, je m'y rendrai », laissant entendre qu'il pourrait se convertir. Il acceptait même le pardon envers les plus enflammés de la Ligue : « Pourquoi les mettrais-je au désespoir ? » disait-il. « Pourquoi moi, qui prêche la paix en France, agirais-je contre eux ? Nous sommes dans un bateau qui se perd et il n'y a nul remède que la paix. »

La grande réconciliation entre catholiques et protestants était en marche !

Cette période de félicité fut cependant ternie par l'annonce que le pape Sixte Quint aurait décidé l'excommunication d'Henri III. Si cette nouvelle se confirmait, ce serait un coup dur pour le roi, car désormais les catholiques les plus intolérants refuseraient de l'approcher. Aussi, pour afficher sa foi, Henri III annonça qu'il irait prier à l'abbaye de Marmoutier où saint Martin s'était retiré. Le saint le protégerait et lui donnerait la victoire, assurait-il à son entourage.

Il s'y rendit le dimanche 7 mai, avec une vingtaine de gentilshommes. Sa troupe – c'est ainsi qu'il appelait ses fidèles – était peu importante et guère armée, mais ils n'avaient qu'à traverser le pont sur la Loire, et les régiments de Mayenne étaient bien loin de Tours et de Saint-Symphorien.

Ce dimanche-là, Olivier et Nicolas, escortés de Gracien Madaillan et de trois des hommes d'armes de Nicolas, avaient quitté la ville bien plus tôt, car ils allaient chez Rosny. Quand ils arrivèrent à Saint-Symphorien, le baron leur proposa une promenade à cheval en haut d'une colline qui dominait les faubourgs. D'un naturel méfiant, et soucieux à cause des rumeurs qui couraient sur la proximité de l'armée de Mayenne, Rosny souhaitait trouver un bon emplacement pour placer un poste de guet.

Arrivés en haut de ce tertre peu boisé, ils découvrirent avec stupeur un cavalier poursuivi par une grosse douzaine d'hommes à cheval. L'homme se dirigeait vers Saint-Symphorien, mais son cheval fatiguait et il perdait du terrain. Sous peu ses poursuivants, à peine à cinquante pas de lui, l'auraient rattrapé. Remarquant qu'ils portaient des écharpes à la croix de Lorraine, et sans même se consulter, nos amis mirent leur monture au galop pour venir en aide au cavalier.

Ils dévalèrent le coteau et tombèrent sur les poursuivants qui ne les aperçurent qu'au dernier moment. À trente pas, Rosny, Olivier et Nicolas, qui avaient sorti leurs arquebuses des fontes, firent feu. Rosny avait deux grands pistolets chargés de carreaux d'acier capables de percer n'importe quelle cuirasse et quatre des cavaliers à la croix de Lorraine tombèrent avant qu'un furieux combat ne s'engage.

Dès le premier instant Olivier chuta, car son cheval eut le crâne brisé d'un coup d'épée. Il parvint à remonter en selle sur l'un des chevaux dont les cavaliers avaient été abattus par les coups de feu et, saisissant l'épée de selle qui s'y trouvait encore, une lame dans chaque main, il se jeta avec furie dans la bataille. L'affrontement fut opiniâtre et meurtrier. Rosny cassa son épée et utilisa à son tour son épée de selle, bien plus commode pour les coups de taille. Deux des gens de Nicolas tombèrent tandis que les poursuivants perdaient aussi plusieurs des leurs. Le combat restait pourtant incertain et la décision fut faite par l'homme poursuivi qui, s'apercevant qu'on était venu à son secours, avait fait demi-tour. Tandis qu'il s'approchait, Poulain reconnut Venetianelli !

Nicolas ne chercha pas à comprendre, il venait de mettre à bas un adversaire et lança son épée de secours au comédien qui se jeta dans la mêlée. Ce renfort inattendu fit lâcher prise aux guisards survivants qui rompirent et décampèrent laissant sept des leurs à terre.

Épuisée, avec plusieurs blessés, la troupe de Rosny ne tenta pas de les poursuivre, d'autant qu'une pluie violente se mit à tomber.

— Mes amis ! C'est Dieu qui a permis que je vous trouve ainsi et que vous me sauviez la vie ! s'exclama Venetianelli, le visage trempé par l'averse. Saveuse et trois cents lances sont partis pour l'abbaye de Marmoutier. Un espion les a prévenus que le roi y serait et une embuscade est préparée pour se saisir de lui !

Il n'en dit pas plus. Les deux morts dans leur camp étaient des gens au service de Nicolas. Il demanda aux autres de mettre les corps sur des chevaux et de donner l'alerte à Tours. Aussitôt après, le reste de la troupe partit au galop vers l'abbaye qui n'était pas très loin.

Poulain poussait un soupir de soulagement en découvrant que la troupe du roi était encore sur le chemin quand Olivier lui désigna un groupe de chevaux dissimulés au fond d'un large fossé. Aussitôt, ils se mirent à hurler à l'unisson en éperonnant leurs montures :

— Sire, les ennemis sont là, retirez-vous !

Les guisards, comprenant qu'ils étaient découverts, se précipitèrent vers la troupe royale, mais contourner le fossé leur fit perdre du temps et déjà le roi avait tourné bride, tandis que Larchant appelait aux armes. À sa voix, les soldats des avant-postes accoururent et les ligueurs furent contraints de se retirer.

Rejoints par Rosny et Venetianelli dont les chevaux étaient blessés et épuisés, Poulain et Olivier retrouvèrent Henri III au pont sur la Loire. En deux mots Nicolas lui expliqua l'embuscade déjouée et le roi salua Venetianelli d'un grand geste amical, tandis que la ville était rapidement mise en défense.

Ils repartirent immédiatement dans les faubourgs prévenir Châtillon[1] pour qu'on érige rapidement des barricades, Saint-Symphorien n'ayant pas de remparts. Aussitôt, les soldats de Navarre se mirent fébrilement au travail tandis que Rosny préférait faire évacuer ses gens et ses équipages vers Tours, sous les quolibets des officiers protestants, persuadés qu'ils arrêteraient facilement Mayenne. Ayant un peu de temps, Olivier et Nicolas s'installèrent sous un arbre pour manger et écouter enfin le récit de *Il Magnifichino*.

— J'ai quitté Paris il y a une semaine pour partir à votre recherche, je vous dirai dans un instant pourquoi, commença le comédien. Ce matin, je repartais fort tôt après avoir dormi dans une grange quand la fortune m'abandonna et je fus capturé par un détachement d'hommes à la croix de Lorraine. On m'avait pourtant assuré que l'armée de Mayenne n'était pas sur ma route.

» J'expliquais que je n'étais qu'un comédien, que je voyageais sans arme et sans argent, que je ne pouvais payer de rançon, que j'étais bon catholique craignant Dieu. D'ailleurs, je portais un missel, un chapelet et un crucifix, insista Venetianelli en roulant les yeux pour les faire rire. Malgré cela, ils m'accusèrent d'être un espion hérétique et me conduisirent à leur capitaine. Pas de chance : c'était M. de Saveuse.

» Il me reconnut, m'ayant vu à Blois quand je jouais chez les Guise, et trouva étrange de me rencontrer ici. Où est votre compagnie ? me demanda-t-il.

» J'inventai que je rejoignais une autre troupe de comédiens à Poitiers, ville ligueuse, mais le soupçon l'avait envahi et il décida de me garder prisonnier en

---

1. François de Coligny, fils de l'amiral, son fils Gaspard sera maréchal de France de Louis XIII.

attendant Mayenne, se souvenant que j'étais dans l'intimité du duc de Guise et devinant peut-être qu'il y avait eu trahison sur son projet d'enlèvement du roi.

» On m'attacha à un arbre. Leur campement était un corps de bâtiments brûlé et ravagé avec des pendus partout accrochés aux arbres alentour, sans doute les laboureurs et leurs familles. Il y avait là trois cents cavaliers, pour la plupart des reîtres et des Albanais qui ne parlaient pas français. Deux heures passèrent et j'entendis les gentilshommes qui donnaient des ordres, annonçant leur départ pour l'abbaye de Marmoutier où ils captureraient le roi. La troupe partit, commandée par Saveuse. Une douzaine d'hommes étaient restés qui attendaient Mayenne et le gros des forces avec l'artillerie, c'est tout au moins ce que je compris. On ne m'avait pas fouillé et j'avais un coutelas dans mes chausses. Je parvins à le sortir et à couper mes liens, après quoi je courus au cheval sellé le plus proche, sautai en croupe et m'enfuis ; c'était il y a moins d'une heure. J'étais sur le point d'être repris et pendu quand vous m'avez sauvé.

— Saveuse et Mayenne vont désormais se douter que vous êtes un espion, remarqua Olivier…

— Ce n'est pas certain, car je pourrai toujours affirmer que j'ai fui car j'avais peur. Ceux qui m'ont poursuivi ne parlent pas notre langue, il y aura toujours une grande confusion dans leurs explications. Quoi qu'il en soit, je repartirai tout de même pour Paris demain afin de prévenir la *Compagnia Comica*. Il sera prudent de nous faire oublier.

— Et si vous nous disiez maintenant pourquoi vous nous cherchiez ? demanda Poulain.

Saveuse arriva dans l'après-midi avec ses trois cents cavaliers. Arrêté par les barricades, le capitaine guisard fit ranger ses hommes en face des soldats de Châtillon beaucoup plus nombreux que sa troupe. Mais quand les ligueurs installèrent deux petites couleuvrines, Poulain devina que la partie était perdue, Châtillon n'ayant que des arquebusiers. Aux premiers coups, les barricades cédèrent, le repli fut général vers le pont sur la Loire et Saint-Symphorien resta aux mains des ligueurs.

Sitôt les couleuvrines en place, Olivier avait perçu le danger auquel la ville de Tours était exposée. Si Mayenne et le chevalier d'Aumale avaient des forces aussi importantes que ce que Venetianelli lui avait rapporté, la prise de Saint-Symphorien ne serait qu'un prélude. Une fois le faubourg tombé, les ligueurs attaqueraient le pont et la ville dans la soirée ou dans la nuit. La bataille serait rude et incertaine. Le roi n'avait pas tant de soldats et de gentilshommes pour défendre Tours, surtout si quelques bourgeois dévoués à la cause catholique les prenaient à revers. Quant à l'armée de Nevers, elle n'arriverait jamais à temps.

Il dit quelques mots à Rosny et à Nicolas avant de sauter sur son cheval et de partir.

Pendant ce temps, de nouvelles barricades avaient été dressées devant le pont avec de grosses futailles pleines de terre. Celles-là, plus solides, devraient résister aux couleuvrines ; du moins l'espérait-on. De surcroît, on avait creusé à la hâte des tranchées pour empêcher les charges de cavaliers. Derrière, et entre les barricades, le roi avait placé un millier de gardes françaises et de Suisses mais aussi deux compagnies de gentilshommes du roi et une vingtaine de quarante-cinq sous le commandement de Montpezat. Châtillon et sa compagnie de vétérans huguenots, qui venait d'évacuer Saint-Symphorien, vinrent les renforcer. Quant à Nicolas Poulain, il avait pris la tête d'une cinquantaine d'hommes d'armes. En tout donc, il y avait plus de quinze cents hommes en première ligne sous le commandement de M. de Crillon.

Le pont était la première défense. S'il était pris, le maréchal d'Aumont aurait en charge la défense de la ville avec le reste des troupes.

En moins d'une heure, quelques centaines d'arquebusiers de Mayenne se mirent en place face aux barricades. Derrière eux, la cavalerie des reîtres et des Albanais s'était rassemblée et attendait le pillage avec impatience. Les couleuvrines n'étaient pas là.

— Peut-être n'ont-ils plus de poudre ou de boulets, dit Rosny à Nicolas.

Des cris et des hourras retentirent chez les ligueurs quand Saveuse apparut sur un cheval caparaçonné, en cuirasse et bourguignonne, mais bien reconnaissable pour Poulain et Rosny. Les cavaliers albanais s'écartèrent pour le laisser passer et il se fraya un chemin au milieu des arquebusiers. Derrière lui suivait un groupe de gentilshommes, tous avec des écharpes à la croix de Lorraine. L'un d'eux, en armure brillante et ciselée, était plus grand que les autres. C'était le gros Mayenne sur un énorme cheval couvert de plaques de métal.

Saveuse tenait un drapeau blanc. En restant prudemment à plus de cinquante pas, c'est-à-dire hors de la portée des mousquets, il interpella M. de Châtillon.

— Retirez-vous, écharpes blanches ! Retirez-vous, Châtillon ! cria-t-il. Ce n'est pas à vous que nous en voulons, c'est aux meurtriers de votre père[1].

C'est que Mayenne ne s'attendait pas à trouver là un ou plusieurs régiments huguenots. Ces renforts ne l'arrangeaient pas. Navarre avait-il fait entrer son armée

---

1. Châtillon était le fils de l'amiral de Coligny, tué durant la Saint-Barthélemy.

en ville ? L'alliance des deux rois était-elle conclue ? Il l'ignorait et détestait cette incertitude. Saveuse avait donc pour rôle d'écarter Châtillon, laissant entendre qu'ils ne visaient que le roi et que seule la vengeance des princes lorrains le guidait. Il rappelait aussi que Henri III, quand il n'était que duc d'Anjou, avait été complice de l'assassinat de l'amiral de Coligny.

— Retirez-vous plutôt, traîtres à votre roi et à votre pays ! répondit Châtillon. Je suis au service de mon prince et de l'État, et non à celui de la vengeance.

Saveuse se tourna vers Mayenne qui leva une main. Les cavaliers se retirèrent derrière les lignes des arquebusiers qui firent quelques pas, plantèrent leur fourquine. Avant qu'ils n'aient pu tirer Châtillon avait fait ouvrir le feu des arquebusiers de Navarre. À peine la fumée s'était-elle dissipée que les cavaliers albanais chargèrent furieusement, suivis des gentilshommes de Mayenne.

Crillon reçut une arquebusade en fermant la porte du pont et le combat débuta dans une violence inouïe. Nicolas se trouva dans la mêlée, frappant de taille au milieu d'un groupe de gentilshommes ordinaires dont Montpezat et Saint-Malin. Le jeune quarante-cinq qui avait participé à l'assassinat de Guise fut désarçonné d'un coup de lance et Poulain le perdit de vue.

La bataille se termina dans la soirée quand Mayenne comprit qu'il n'emporterait pas le pont. Il fit alors retirer ses forces dans Saint-Symphorien. Chaque camp rassembla ses blessés et ses cadavres. Nicolas Poulain apprit que Larchant avait été gravement blessé en défendant le roi et qu'on n'avait pas retrouvé Saint-Malin parmi les morts ou les blessés.

Personne ne doutait que la ville allait être assiégée, Rosny et Châtillon se virent confier la défense des îles sur la Loire où ils installèrent des pièces d'artillerie, pourtant, à la fin de la nuit, on entendit les trompes sonnant le boute-selle[1], puis ce furent les lueurs des incendies dans Saint-Symphorien. À l'aube, les assiégés découvrirent que Mayenne et son armée s'étaient retirés. En même temps, les guetteurs virent arriver les cornettes de l'avant-garde de l'armée de Navarre qu'Olivier était allé chercher.

Mayenne avait appris l'arrivée d'Henri de Bourbon et, devinant qu'il ne serait pas assez fort devant deux armées, avait livré le village à ses hommes avant de prendre la route du Mans, d'où il devait ensuite gagner la Normandie. Tours était sauvé.

Lorsqu'il fut certain que l'ennemi s'était retiré, Nicolas Poulain proposa à Olivier, qui l'avait rejoint, et à Venetianelli de venir souper chez lui, car ils n'avaient rien mangé depuis des heures. Le baron de Rosny se joignit à eux tant il voulait savoir pourquoi *Il Magnifichino* avait pris tant de risques pour venir à Tours. En chemin, ils rencontrèrent M. de Richelieu avec deux de ses lieutenants et quelques Suisses. Ce n'était pas une rencontre fortuite. Dans l'après-midi, Richelieu avait appris de François d'O l'arrivée de Venetianelli et comment le comédien avait prévenu le roi des intentions de Mayenne. Poulain l'invita aussi à souper et lui proposa de venir accompagné du marquis d'O, puisqu'ils partageaient les mêmes secrets.

Au souper, le marquis arriva le dernier. Il avait pris le temps de se laver et de se changer, et il portait un élégant pourpoint de velours noir avec des hauts-de-chausses écarlates et une cape assortie. Les autres avaient encore les vêtements avec lesquels ils s'étaient battus. Olivier se sentit mal à l'aise dans sa chemise déchirée et tachée, et Rosny parut fort contrarié tant il détestait être moins

---

1. Départ des troupes.

632

élégant qu'un mignon de cour. Ce qui était le cas, ce soir-là, égratigné de toute part avec ses vêtements rougis et lacérés.

Nicolas avait demandé à son épouse de leur servir le vin et les plats elle-même, sachant que ce que Venetianelli allait raconter devait rester celé. Après avoir vidé plusieurs verres de vin d'Anjou, tant ils étaient assoiffés, et posé dans leur assiette une épaisse tranche de pain sur laquelle ils répandirent la soupe, Venetianelli raconta une nouvelle fois sa capture par les gens de Mayenne, son évasion, puis en vint ensuite aux raisons de son départ de Paris.

— Avec la *Compagnia Comica*, nous avons quitté Blois le lendemain de Noël. J'aurais voulu vous saluer avant de partir, dit-il à Nicolas, mais j'ai jugé que les risques de vous rencontrer à nouveau étaient trop grands.

— Le roi sait ce qu'il vous doit, intervint Poulain.

— Il m'a fait passer pour vous mille écus, confirma Richelieu. Venez les chercher chez moi demain.

— Ils seront les bienvenus ! sourit Venetianelli, car Thalie ne me nourrit plus en ce moment !

— Sa Majesté n'ignore pas que vous lui avez sauvé la vie cet après-midi, intervint O gravement. Savez-vous que lorsque vous lui avez été présenté, il vous avait mal jugé ? C'est lui qui m'a dit de vous le dire… Il connaît désormais votre valeur, et votre fidélité, et quand je lui ai annoncé, tout à l'heure, que j'allais vous rencontrer, il m'a demandé de vous transmettre ses volontés, en attendant de vous recevoir.

Chacun était suspendu à ce que O allait annoncer.

— Parlons rond, Henri a ses défauts, nous le savons tous autour de cette table, poursuivit le marquis, mais il n'a jamais été un ingrat. Au contraire, il a toujours récompensé ceux qui le servent, même si beaucoup ne lui ont pas été fidèles ensuite. Hélas, en ce moment, il est pauvre et n'a guère de moyens. S'il disposait d'une abbaye, il vous l'aurait volontiers offerte, mais il n'a rien. Aussi, il a songé à une autre récompense, monsieur Venetianelli.

» Jadis existait une ancienne milice créée par Philippe Auguste, celle des Francs-archers. Les Francs-archers étaient des roturiers anoblis. C'était une manière d'acquérir la noblesse, et de la transmettre. Sa Majesté a décidé de vous nommer Franc-archer avec des gages de trois cents écus. Vos lettres d'anoblissement seront transmises à la Chambre des comptes qui siège ici. Vous n'aurez plus qu'à acheter un fief.

Venetianelli était un comédien accompli, capable de simuler n'importe quelle expression, et impossible à prendre en défaut. Pourtant, durant quelques secondes, vaincu par un flot d'émotions, le masque du bateleur s'effaça. Il resta d'abord interdit, la bouche ouverte comme un poisson sorti de l'eau, puis son visage s'illumina et il afficha un sourire rayonnant.

Noble ! Il était noble ! En un instant, et pour la première fois de sa vie, il avait un avenir. Il épouserait Serafina. Elle serait dame.

— Poursuivez, maintenant, fit le marquis.

— Excusez-moi, monsieur. Je suis tout remué par ce que vous venez de m'annoncer…

Le comédien inspira profondément, comme pour se dominer, et reprit :

— Le voyage vers Paris fut pénible, vous vous en doutez, car la pluie tomba sans discontinuer, mais grâce à l'or de Mgr de Guise, nous avons pu le faire assez confortablement. En revanche, toute la troupe avait désormais compris mon rôle. Le premier soir, dans la chambre de notre auberge, ils m'ont dit qu'ils voulaient connaître la vérité, puisqu'ils risquaient leur vie avec moi.

» Je leur ai avoué que j'étais au service du Grand prévôt de France, et que je ramenais dix mille écus. Je leur ai laissé le choix : continuer avec moi, avec beaucoup de risques, ou reprendre leur liberté. S'ils le souhaitaient, je leur remettrais à chacun cinq cents écus. Ils se sont tous regardés, et Sergio m'a dit : « Vous êtes dans la famille, et on ne quitte pas sa famille ! »

» À Paris, on est retourné dans la tour…

O dressa un sourcil interrogateur.

— Ils logent dans la tour de l'hôtel de Bourgogne, expliqua Poulain.

Venetianelli hocha du chef.

— Les boutiques étaient fermées, il n'y avait aucune décoration. Dans les églises et aux carrefours, des prêtres ou des moines appelaient à des processions. Tout le monde devait s'y rendre en chemise, les pieds nus, malgré le froid glacial, la neige et la pluie. Nous devions tous porter des chandelles de cire ardente et chanter des psaumes pénitentiaux. Ceux qui n'y allaient pas étaient dénoncés et battus. Jamais fêtes de Noël ne furent plus tristes.

» Après plusieurs jours de ce traitement, Pulcinella est tombée malade, mais même mourante elle devait aller en procession. Quelle importance avait sa mort après le sacrifice d'un saint homme comme le cardinal de Guise ? m'expliqua un prêtre. Je me suis donc rendu à l'hôtel de Guise et j'ai parlé au chevalier d'Aumale.

À nouveau, O haussa un sourcil.

— Pulcinella avait été la maîtresse du chevalier qu'elle avait connu quand nous allions jouer à l'hôtel, expliqua Venetianelli. Pour sa défense, je dois dire qu'elle n'avait pu lui résister. Il se souvenait d'elle et m'a dit qu'il donnerait des ordres au curé de Saint-

Leu-Saint-Gilles pour que nous n'allions plus en procession. Grâce à lui, Pulcinella a guéri, mais nous ne pouvions plus jouer, car tous les théâtres étaient fermés. D'ailleurs un décret des Seize avait interdit de rire…

— De rire ? s'étonna Olivier.

— Oui, et pour quelque occasion que ce fût, car ceux qui avaient un visage souriant étaient tenus pour être des politiques et des royaux. Dans les églises les curés sermonnaient qu'il fallait saisir ceux qu'on verrait rire et se réjouir. Des femmes furent emprisonnées pour avoir porté leur cotillon de fêtes et une maison de notre rue fut saccagée, après la dénonciation d'une servante qui avait vu rire son maître et sa maîtresse[1].

» Heureusement, nous avions de l'argent. Nous restions simplement terrés dans la tour. Pourtant, quand Pulcinella fut guérie, elle dut aller remercier le duc et celui-ci exigea les droits qu'il jugeait avoir sur elle. Il lui demanda de rester à l'hôtel, dans ses appartements. Comme abbé, il lui était pratique d'avoir une toute jeune femme à disposition !

» C'est à ce moment que Mgr de Mayenne est revenu à Paris et a préparé sa campagne avec Aumale. Aussi Pulcinella entendit-elle beaucoup de choses, et quand le chevalier partit – il regarda le marquis d'O hésitant à poursuivre – pour ravager votre maison de Fresne, monsieur…

— C'est tout ce dont ce chien est capable, fit O. Prendre une maison vide, tuer ses domestiques, et abuser des pauvres femmes… Continuez.

— Pulcinella, restée comme servante, a surpris des conversations entre la duchesse de Montpensier et son frère. La duchesse lui disait que le capitaine Clément

---

1. Authentique.

était toujours décidé, et qu'elle avait trouvé un moyen infaillible pour qu'il approche le roi et lui donne un coup de couteau dans le ventre.

Le silence tomba dans la pièce. Même Mme Poulain resta pétrifiée.

— S'il tente seulement de venir à la cour, il sera pris et tiré par quatre chevaux, remarqua Richelieu au bout d'un moment.

— Le capitaine Clément les a assurés qu'il ne craint pas la mort ! Au contraire, il la souhaite pour aller au paradis.

— Personne ne peut approcher le roi ! affirma O, pourtant ébranlé.

— Je n'en suis pas si sûr, soupira Poulain au bout d'un moment. Je crois qu'un homme décidé, surtout avec Mme de Montpensier derrière lui et toute une complicité, peut y parvenir…

— Que faut-il faire, alors ? persifla le marquis, vexé de ne pas avoir de réponse.

— Trouver ce capitaine et le mettre hors d'état de nuire, répondit Olivier.

— À Paris ? interrogea Rosny, dubitatif. Ce serait une tâche plus difficile que les exploits d'Hercule ! Comment le trouver ?

— Et même en le trouvant, ajouta Richelieu, comment le saisir, l'empêcher de nuire ? Paris est une ville qui n'aime plus son roi, une ville dans laquelle Sa Majesté n'a plus d'autorité. Celui qui s'y rendrait n'aurait aucune chance.

— Il suffit d'attendre, proposa O. Les deux armées se mettront en route d'ici une quinzaine. Dans deux mois la ville tombera comme un fruit mûr. Il sera alors aisé de faire chercher ce capitaine Clément par le lieutenant civil.

— En deux mois, il peut se passer bien des choses, monsieur. Qui avait envisagé l'attaque de Mayenne d'aujourd'hui ? Nicolas, es-tu prêt à m'accompagner ? Moi, je sais où chercher Clément et je connais son visage.

— Nous partirons demain, décida Poulain. Monsieur Venetianelli, en serez-vous ?

— Un franc-archer ne peut se dérober, sourit *Il Magnifichino*. Et il faut que je rentre à Paris !

— C'est folie ! dit Rosny en secouant la tête.

Ils ne partirent que le surlendemain, car le roi invita Venetianelli à un entretien privé où Richelieu le conduisit en fin de matinée, juste après le conseil.

Durant cette dernière journée qu'ils passèrent à Tours, Olivier écrivit une longue lettre à Cassandre, puis avec Nicolas, et un régiment de gentilshommes, ils sortirent de Tours pour examiner les dégâts qu'avait faits Mayenne à Saint-Symphorien.

Le village avait brûlé, mais ce n'était pas le pire. Mayenne avait rassemblé dans l'église toutes les femmes et les filles trouvées dans le village, une vingtaine, et les avait fait forcer par ses soldats devant le vicaire, leurs maris, leurs pères et mères. Quant au chevalier d'Aumale, arrivé plus tard, il s'était logé chez le prévôt de Saint-Symphorien, où après avoir fouillé et volé quelques soldats royaux capturés, il les avait fait poignarder comme ils lui demandaient miséricorde. Il avait ensuite fait tirer par les cheveux trente ou quarante femmes et filles trouvées cachées dans une cave.

Là, l'abbé de Saint-Pierre de Chartres qu'il était les avait fait battre et violenter. Ayant assouvi leur brutalité, ses gentilshommes avaient ensuite volé les ciboires et les calices, sauf ceux de cuivre ou d'étain qui étaient sans valeur.

Pendant ce temps, on avait amené au chevalier une fille de douze ans, héritière de la meilleure maison de Tours, qu'il avait violée dans un grenier avec un poignard sous la gorge[1].

---

1. Tout ceci a été rapporté par des témoins de ces crimes.

35.

Lundi 15 mai

Sur une longue perche, le chaudronnier portait mar-
mites à anse, casseroles et écumoires. Il posa le petit
réchaud qui lui servait à réparer les cuivres, se passa
une main sale sur le visage, ce qui eut pour effet de
le noircir davantage, et resta un moment à regarder le
corps nu, torturé et émasculé, pendu par les pieds et
cloué sur des planches devant la porte Saint-Michel.
Aux extrémités des bras du cadavre, des mouches bour-
donnantes couvraient entièrement des plaies séchées.
Le cou se terminait de la même façon. Ce corps n'avait
plus ni main ni tête. La pancarte disait :

*Saint-Malin qui a donné le premier coup de poignard
au feu duc de Guise. Sa tête et ses poings sont portés
à Montfaucon pour punition exemplaire de cette damnable exécution.*
*Par arrêt du Grand prévôt de Mgr le duc de Mayenne,
Lieutenant général de l'État royal et Couronne de
France.*

Le chaudronnier récita mentalement une patenôtre
pour le jeune homme qui avait payé cher sa fidélité au roi.

— Il a payé comme les autres payeront ! clama le bourgeois de la milice en s'approchant du chaudronnier.

C'était un homme bedonnant, en robe longue sur laquelle il avait attaché par des lanières un corselet de fer trop petit pour son torse. La tête raide sous son morion, il portait fièrement une lourde épée rouillée.

— C'est justice ! lâcha le chaudronnier, un grand gaillard qui approchait de la quarantaine dont les marteaux et la bigorne dépassaient des poches de son tablier de cuir.

— Je t'ai pas déjà vu, toi ? s'enquit le bourgeois avec suspicion.

— Sûrement, monsieur, je passe d'habitude par la porte Saint-Jacques mais j'ai dû aller à Meudon voir ma sœur. Je rentre plus vite chez moi en passant par cette porte.

Il se signa.

— On enterrait notre père, poursuivit-il avec tristesse.

L'autre se signa aussi et le laissa passer.

Nicolas Poulain reprit son réchaud, salua le bourgeois et franchit la porte fortifiée sans qu'on ne lui demande rien d'autre.

Sur la placette, de l'autre côté des courtines, il porta un sifflet à sa bouche et souffla une suite de trilles avant de lancer le cri des chaudronniers :

— *Chaudronnier argent des réchauds !*

Le bourgeois en cuirasse le suivit des yeux un instant. Sans se presser, ignorant la rue de la Harpe encore bien encombrée à cette heure, et où il aurait pourtant trouvé une clientèle, le chaudronnier se dirigea vers le cabaret du Riche Laboureur adossé contre l'enceinte, à mi-chemin entre la porte Saint-Germain et la porte Saint-Michel. Là, il s'arrêta devant un cavalier en pourpoint de velours noir avec un bonnet sans plume et des bottes qui lui montaient à mi-cuisse. Son visage fin et avenant, à l'élégante barbe en pointe et la fine moustache, trahissait le séducteur tandis que l'épée à large lame et poignée entrelacée, serrée à sa taille, révélait peut-être le *spadassino* italien. C'était Venetianelli, *Il Magnifichino* en personne. Les deux hommes entamèrent une conversation en surveillant la porte Saint-Michel.

Un peu plus tard, alors qu'elle allait fermer, ce fut un colporteur de pierres à fusil qui arriva en traînant les pieds, portant sur une épaule la boîte contenant son matériel et sur l'autre une sacoche de toile.

— *Bons fusils, qui veut acheter ?*
Et bons trébuchets, je les vends,
Je viens en ce quartier souvent, chantonnait-il d'une voix fatiguée.

— On t'a jamais vu pourtant ! plaisanta le bourgeois de garde. Qu'as-tu dans ta boîte ?

— Regardez vous-même, monseigneur, proposa le marchand en la posant au sol.

Il l'ouvrit.

— Des fusils d'acier, des chènevottes au soufre, des mèches de lampe et des cornes à amadou, monseigneur. Un peu d'huile aussi.

Le visage sali par la poussière de la route, les cheveux en bataille, il portait une vieille casaque qui lui tombait aux genoux. Ses pieds n'avaient que des sabots. C'était un pauvre homme, bien qu'il parût manger à sa faim et qu'il soit fort vigoureux.

— Qu'est-ce que tu viens faire à Paris ? Il y a assez de miséreux ! demanda agressivement un autre garde du guet bourgeois.

En robe comme son compagnon, celui-là était coiffé d'un vieux haubergeon et traînait son mousquet par le canon comme s'il était trop lourd.

— Mais j'habite à Paris, monseigneur! Rue du Petit-Lion dans le quartier du Saint-Sépulcre. J'étais au mariage de mon cousin à Arcueil! J'ai même dans mon sac le pourpoint de velours que je mets le dimanche!

— Comment s'appelle ton dizenier? demanda le bourgeois en haubergeon, en plissant des yeux soupçonneux.

— Claude Semelle, répondit le colporteur en baissant le regard.

— Ça va, passe! dit le garde, satisfait de son humilité.

Olivier bénit le seigneur d'avoir entendu un soir Venetianelli nommer le dizainier de son quartier. Il jeta un œil rapide au corps cloué et entra dans la ville où il rejoignit ses amis qui l'attendaient avec un peu d'inquiétude. Venetianelli, qui avait laissé son cheval à l'écurie de l'hôtellerie, était le seul à être entré sous son nom, en montrant une lettre de son dizenier qui lui servait de passeport.

— Allons souper! proposa Poulain en désignant l'enseigne du Riche Laboureur.

Ils s'attablèrent à une table vide, heureux de reposer leurs muscles endoloris par la longue journée de marche depuis Longjumeau où ils avaient rencontré les colporteurs auxquels ils avaient acheté leur matériel.

— Pauvre Saint-Malin, que le seigneur l'accueille avec indulgence, dit Poulain après avoir terminé une courte prière pour le jeune quarante-cinq qu'il avait connu insolent et plein de vie.

— J'espère qu'il était mort quand ils l'ont supplicié, fit Olivier en se signant.

— Nous sommes dans le chaudron du diable, répliqua Venetianelli à mi-voix. Une ville qui n'aime ni son roi ni ceux qui lui sont dévoués. Si nous ne voulons pas finir comme Saint-Malin, il va nous falloir être plus prudents qu'un renard.

Malgré les dangers qui les attendaient, ils dînèrent de bon appétit tout en écoutant les conversations autour d'eux. Leurs voisins parlaient surtout du siège de Senlis commencé depuis une semaine. La ville, fidèle au roi, était assiégée par M. de Mayneville et le duc d'Aumale à la tête de quatre mille soldats et de quelques milliers de volontaires ligueurs. Si Senlis tombait, ce serait une grande victoire pour la Ligue, et dans le cabaret, tout le monde était certain de la victoire. Dieu n'était-il pas avec eux ?

Ils avaient résolu une première difficulté en entrant dans Paris, mais il en restait deux autres dont ils avaient longuement débattu. La première était de se procurer des épées, des cuirasses et des pistolets. Olivier avait une idée pour y parvenir. La seconde était bien sûr le logement. Les conseils de quartier assuraient une police vigilante sur la population. Il était impossible de loger chez l'habitant sans se faire remarquer, et encore moins dans une hôtellerie. Quant à aller à la tour de l'hôtel de Bourgogne, c'était tout autant impossible, Venetianelli n'était même pas certain de pouvoir y rester.

Le comédien leur avait pourtant trouvé un endroit où dormir. Les théâtres étaient désertés, en particulier la salle du Petit-Bourbon qu'il connaissait bien pour y avoir joué. L'hôtel du Petit-Bourbon, vieux bâtiment féodal longeant la Seine et séparé du Louvre par la rue de l'Autriche, avait conservé intactes sa chapelle et sa grande salle de dix-huit toises. De part et d'autre de cette immense pièce (la plus grande de Paris) courait une galerie à laquelle on accédait par des escaliers construits dans des murs d'une épaisseur incroyable.

À l'extrémité d'une de ces galeries se situait une petite chambre, aménagée elle aussi dans la muraille, et qui possédait une seconde sortie par un escalier à vis débouchant derrière l'abside de la grande salle.

C'est dans cette pièce, utilisée par les acteurs pour se changer, que Venetianelli leur proposait de s'installer. Même si des gens venaient dans la grande salle, personne n'irait les trouver là-haut. La seule précaution qu'ils devraient prendre serait pour entrer ou sortir ; mais comme le Louvre était déserté de la cour, la rue du Petit-Bourbon était généralement vide et il n'y avait aucun guet la nuit.

Après souper, ils se séparèrent. Venetianelli gagna la tour de l'hôtel de Bourgogne chercher des outils pour forcer les portes tandis qu'Olivier et Nicolas allaient examiner les environs du vieux bâtiment moyenâgeux. Ils se retrouvèrent à la nuit tombée.

Un porche solidement rembarré, en retrait de la rue, permettait l'accès à l'une des cours du Petit-Bourbon. Venetianelli avait apporté une lanterne. Avec ses crochets de fer, il ne farfouilla pas longtemps dans la serrure avant de l'ouvrir. Poussant l'un des vantaux, ils entrèrent et refermèrent le portail derrière eux. Le comédien les conduisit à la porte de la grande salle, qu'il ouvrit de la même façon.

— Je ne refermerai pas les portes à clef derrière moi. Personne ne vient ici maintenant que le roi n'est plus là et si quelqu'un entrait, vous l'entendriez.

Il leur laissa deux dagues, un pistolet, la lanterne et une sacoche contenant une couverture, un pain et un flacon de vin, puis il leur montra le passage d'un des escaliers conduisant à la galerie. Dans l'obscurité, Olivier et Nicolas ne pouvaient tenter aucune exploration. Éclairés par la lanterne, ils suivirent les indications de Venetianelli et trouvèrent la petite salle avec l'escalier en limaçon de la seconde issue. Par chance, on y avait entreposé de vieilles tentures et des ballots de crin. Confortablement installés, ils s'endormirent du sommeil du juste.

Les cloches de Saint-Germain-l'Auxerrois les réveillèrent et ils décidèrent de reconnaître les lieux avant toute chose.

L'immense salle avait un plafond en voûte ronde semée de fleurs de lys mais abîmé en plusieurs endroits par des infiltrations d'eau. La lumière, colorée par des vitraux, entrait par d'immenses ouvertures dans des embrasures arrondies. Le pourtour de la salle était orné de colonnes aux chapiteaux, architraves et corniches doriques. Au-dessus de ceux-ci, les murs étaient percés de niches dont quelques-unes avaient encore des statues couvertes de toiles d'araignée. Partout l'humidité avait rongé les pierres. La galerie où ils se trouvaient, comme celle d'en face, de l'autre côté de la salle, était à plus de trois toises du sol et des échafaudages permettaient d'accéder à des loges encore plus élevées. Ils descendirent jusqu'à l'abside en demi-rond où était bâtie une scène de planches. Plusieurs rats dodus les regardèrent avec surprise. Tout était à l'abandon et les tentures qui restaient partaient en lambeaux.

André Lamarche, sergent du guet bourgeois de la porte Saint-Michel, était chanoine et principal du collège de Fortet, en haut de la montagne Sainte-Geneviève, où se réunissait souvent le conseil des Seize. Il habitait rue Valette avec une vieille servante, dans un logis de deux pièces, mitoyen au collège.

Lamarche était entré dans la Ligue dès ses débuts, recruté par son ami le curé Boucher. C'était lui qui accueillait à la Sorbonne les membres de la sainte union et qui, après avoir vérifié qui ils étaient, les faisait conduire par un moine dans la salle capitulaire.

En mangeant la soupe préparée par sa domestique, il lui revint en mémoire le visage de ce chaudronnier. Mais où l'avait-il vu ? Il était certain que ce n'était pas dans une rue de Paris avec ses casseroles !

C'est en se réveillant dans la nuit que le souvenir lui revint : cet homme assistait aux séances de la Ligue ! Il l'avait vu en compagnie du seigneur de Mayneville, de M. Bussy Le Clerc et du père Boucher. C'était celui qui achetait leurs armes, rue de la Heaumerie ! Un prévôt ! C'était un prévôt ! Il se souvint même qu'on lui avait remis six mille écus d'or ! Une somme qui l'avait fait frémir, ce jour-là !

Puis il se raisonna. Non, ça ne pouvait être lui ! Ce prévôt ne pouvait être devenu chaudronnier ! Au demeurant, il ne se souvenait pas qu'il ait eu le teint si hâlé.

Il n'arriva pourtant pas à se rendormir, et à force de se retourner dans son lit, il lui revint une histoire qu'on lui avait racontée. Ce prévôt qui achetait des armes, ne l'avait-on pas accusé de félonie ?

Torturé par ses doutes, il se rendit le lendemain chez le père Boucher, recteur de la Sorbonne.

— Un chaudronnier, dites-vous ? Et vous croyez qu'il pourrait s'agir de Nicolas Poulain ? demanda Boucher avec incrédulité.

— Je ne suis pas sûr, mon père, balbutia Lamarche, confus.

Poulain à Paris ? Serait-ce possible ? s'interrogeait Boucher.

— Était-il seul ?

— Oui, à pied, il portait des casseroles et des écumoires, comme tous les chaudronniers.

— C'est impossible ! décida le recteur de la Sorbonne en haussant les épaules.

Poulain avait été reconnu comme fils du cardinal de Bourbon. Un homme de sang royal ne pouvait être devenu chaudronnier !

— Qui d'autre est entré avant et après lui ? demanda-t-il pourtant.

— Avant ? Des gentilshommes, une famille…

— Tous avec des passeports ?

— Non, mais je les connaissais.

— Ce chaudronnier, avait-il un passeport ?

— Non, mais c'était un habitant de Paris. Enfin il m'a convaincu…

— Et derrière lui ?

Le principal du collège réfléchit un moment avant de dire :

— Il n'y avait plus grand monde, les portes allaient fermer. Quelques habitants du quartier… Ah, oui, il y a eu un marchand de pierres à fusil.

— Que vous connaissiez ?

— Non, mais il m'a dit habiter rue des Lions, il a nommé le dizainier.

— Quel âge avait cet homme ? Décrivez-le-moi !

Le principal était assez observateur et fit du colporteur un signalement si précis tant de sa taille, de sa corpulence, de la forme de son visage, de son nez et de la couleur de ses yeux que Boucher reconnut son ancien élève.

— Hauteville ! murmura-t-il. Ce sont eux !

Deux heures plus tard, il se rendait à la Bastille où le gouverneur, Jean Le Clerc, le reçut aussitôt.

Le Clerc écouta d'abord l'exposé de Boucher, avec perplexité. Puis le doute s'effaça. Après tout, Hauteville était déjà venu à Paris déguisé. S'il était de retour – Dieu sait pourquoi – il n'était pas invraisemblable que son ami Poulain l'ait accompagné. Et si Poulain était en ville, il ne lui échapperait pas une seconde fois. Il ferait faire un portrait et une description qu'il communique-rait aux dizeniers et à toutes les portes. Il avait donné son amitié et sa confiance à ce félon. Il veillerait à ce qu'il finisse comme Saint-Malin.

— Il faut prévenir la duchesse de Montpensier. Elle a promis une récompense de cent écus pour Hauteville, dit le curé Boucher en voyant l'ancien procureur qui restait silencieux, comme déconcerté par la nouvelle.

Le Clerc sortit de ses réflexions.

— Faites-le ! Mais Poulain sera pour moi, décida-t-il. Dites-le à la duchesse… Ou plutôt non, je vous accompagne et le lui dirai moi-même.

À l'hôtel de Montmorency, la duchesse fut autant surprise qu'eux en apprenant la présence de Hauteville à Paris. Que venait-il faire ? Surtout avec Nicolas Poulain… Elle frissonna à l'explication qui lui vint natu-rellement à l'esprit : Hauteville avait appris ce qu'elle voulait de Clément et était venu pour s'y opposer. Mais comment savait-il ? Une fois de plus, elle pensa à une cause surnaturelle. Cet homme était-il vraiment un sorcier ? Le Malin était-il vraiment du côté des huguenots ? Elle avait tant dit et répété que Navarre et le Valois étaient des antéchrists, qu'Épernon était un démon qu'elle finissait par y croire. Et si c'était vrai ? Elle se signa et récita mentalement un rapide Ave Maria.

Quand elle se sentit calmée, elle remarqua que Le Clerc et Boucher la considéraient avec inquiétude. Elle songea alors qu'il pouvait y avoir une explication plus évidente à la présence de Hauteville et de Poulain : une nouvelle trahison. Pourtant ils n'étaient que quelques-uns à être dans le secret. Il fallait donc capturer ces deux-là et les faire parler. S'il s'avérait qu'ils avaient signé un pacte avec le Diable, ils seraient brûlés, sinon ils dénonceraient leur complice.

— Vous devez les trouver, dit-elle à Le Clerc.

— Je mettrai tous les moyens de la Ligue, madame. Nous savons qu'ils se cachent sous les déguisements de chaudronnier et de marchand de pierres à fusil. Tous ces colporteurs seront conduits à la Bastille où je les interrogerai personnellement.

Elle resta pensive un instant avant d'approuver, mais ajouta à l'attention du curé Boucher :

— Ce Hauteville est… diabolique, mon père. Il nous a toujours échappé, il semble tout savoir de ce que nous préparons. (Elle se signa à nouveau.) Je crains que le démon ne le guide.

Le Clerc haussa un sourcil. Il croyait peu en Dieu et encore moins au Diable.

— Je ferai dire des messes, madame, promit Boucher.

— Et moi, je ferai surveiller sa maison, ajouta Le Clerc. Peut-être ira-t-il voir ses domestiques, car il aura besoin d'aide.

Ils allaient repartir quand la duchesse demanda au prêtre de rester pour qu'il reçoive sa confession. Seule avec lui, elle lui confia :

— Mon père, il y a peut-être un traître parmi nous… Je n'ai pas confiance en Le Clerc ni dans les bourgeois de Paris. Ils ne se battent pas pour Notre Seigneur et la foi catholique, mais pour payer moins d'impôts et garder le pouvoir.

Boucher hocha lentement la tête. Il avait deviné depuis longtemps le désir d'autonomie de la bourgeoisie ligueuse et leur peu d'empressement à souhaiter la mise en place de l'inquisition.

— Sachez qui surveillera la maison de Hauteville. Si celui-là découvre quelque chose, qu'il me prévienne aussitôt et il recevra trois cents écus. Mais dites-lui aussi que s'il informait Le Clerc avant moi, je le ferais pendre. Déjà Louchart m'a caché avoir arrêté les épouses de Hauteville et de Poulain, et je le lui ferai payer cher.

Boucher lui promit qu'elle pouvait compter sur sa fidélité. Bien qu'elle ait toute confiance en lui, elle n'avait pas tout révélé. Elle disposait d'une autre carte, et celle-là, elle l'utiliserait dimanche, après la messe de Saint-Merry.

Venetianelli, accompagné de Sergio, arriva alors qu'Olivier et Nicolas dévoraient le pain qu'il leur avait laissé. Les deux hommes apportaient d'autres couvertures, une épée, de la nourriture, et surtout le nécessaire pour grimer Olivier et Nicolas.

Pour entrer dans Paris, Venetianelli leur avait seulement foncé le visage et les mains avec de la teinture de noix et avait blanchi les cheveux de Nicolas avec de la farine. Disposant désormais de plus d'ingrédients, les deux comédiens les maquillèrent, colorèrent leurs cheveux, recoupèrent leur barbe et foncèrent leurs dents. Avec de petits morceaux de bois qui déformaient leur nez et leurs joues, ils pourraient même tromper ceux qui les connaissaient. De surcroît, Venetianelli leur apprit à marcher différemment et à modifier leur silhouette.

Avant de commencer à chercher Clément, ils avaient besoin d'armes pour se défendre s'ils venaient à être attaqués. Venetianelli leur avait porté deux dagues et une épée, mais c'était bien insuffisant, aussi Olivier comptait-il sur Le Bègue. Cependant, il était impensable qu'ils se rendent rue Saint-Martin pour le rencontrer, car malgré leur déguisement, ils ne voulaient prendre aucun risque.

Le Bègue ne travaillait plus chez M. Antoine Séguier qui s'était réfugié à Tours. Mais il avait une sœur, une veuve très loyale à la couronne. Olivier et Nicolas se rendirent chez elle, sans leur déguisement de marchands ambulants qui les aurait encombrés, et se firent reconnaître. Après un moment de surprise, elle promit de prévenir son frère pour qu'il vienne la voir le lendemain.

Elle leur raconta ensuite dans quelle détresse était Paris. Le commerce languissait, les rentes sur l'Hôtel de Ville n'étaient plus payées, le parlement avait rendu un arrêt faisant remise aux locataires du tiers des loyers, la misère s'installait. Pour soulager les malheurs des Parisiens, les prédicateurs ne proposaient que des processions durant lesquelles on priait les saints d'intercéder auprès de Dieu. Mais il y avait aussi les arrestations de ceux jugés trop tièdes envers la Ligue, les potences chargées de corps, les huguenots brûlés par sentence du prévôt de Paris. Le peuple payait cher son désir de sauver la religion catholique apostolique et romaine.

Quand ils revinrent le lendemain, Le Bègue était déjà là. Après force embrassades, Olivier lui expliqua qu'ils étaient en mission secrète pour le roi et avaient besoin d'armes. Il lui remit de l'argent et Nicolas Poulain lui donna des noms d'armuriers de la rue de la Heaumerie qui lui vendraient les jaques d'acier, épées, pistolets, balles et poudre dont ils avaient besoin. Il fut convenu que Le Bègue porterait cet équipement le dimanche matin dans la cour du Petit-Bourbon et le laisserait derrière la porte.

Le surlendemain, tandis qu'ils se trouvaient dans un cabaret de l'Université, toujours à la recherche du capitaine Clément, ils entendirent raconter que les troupes du duc d'Aumale et du marquis de Mayneville avaient été écrasées à Senlis. Un millier d'arquebusiers royaux et cinq cents cavaliers avaient mis en déroute l'armée de la Ligue qui comptait pourtant dix mille hommes. Toute leur artillerie était tombée entre les mains des royalistes.

D'après ce qui se disait, les troupes du duc d'Aumale s'étaient débandées dès le commencement de la charge royaliste. En revanche, François de Mayneville, qui venait d'être nommé gouverneur de Paris, s'était battu courageusement mais avait trouvé la mort dans la bataille.

À cette nouvelle, Nicolas ressentit une sincère affliction. Mayneville n'était certainement pas son ami, mais c'était un gentilhomme honorable.

— Je le regretterai, dit-il après avoir raconté à son ami plusieurs des rencontres qu'il avait eues avec le marquis.

» C'est un grand malheur que cette guerre, reprit-il. M. de Mayneville n'aurait pas été à Guise, il aurait été un des plus loyaux et courageux gentilshommes du roi. Combien d'autres comme lui disparaîtront ainsi ?

— Combien ont déjà disparu ! ajouta tristement Olivier. Coutras a déjà été une grande boucherie pour la noblesse de France, et je devine avec effroi que ce n'est pas terminé.

Le samedi, en fin de matinée, Georges Michelet, sergent au Châtelet qui, sur ordre de Jean Bussy, surveillait la maison Hauteville depuis trois jours, vit revenir Le Bègue. Habillé du sayon de gros drap à chaperon qu'il utilisait lorsqu'il guettait discrètement des gens ou des maisons, Michelet l'avait vu partir très tôt le matin, mais ne l'avait pas suivi, préférant rester à attendre. À son retour, Le Bègue portait un gros paquet dont dépassaient deux longues barres emmaillotées qui ressemblaient bien à des fourreaux d'épée.

Se pourrait-il que le Hauteville ait approché ce Le Bègue sans qu'il s'en rende compte ? se demanda Michelet qui n'était pas sot. Comme il pleuvait légèrement, son capuchon lui couvrait la tête. Il s'approcha de Le Bègue juste avant qu'il n'arrive à sa maison et le heurta légèrement, puis il s'écarta. C'était si banal que le serviteur n'y fit pas attention et se réfugia vite sous le porche.

Michelet avait parfaitement senti des objets métalliques dans le paquet. Des pistolets peut-être, en plus des épées.

Il resta jusqu'après la nuit tombée, mais personne ne vint et Le Bègue ne ressortit pas.

Le lendemain, dimanche de Pentecôte, Michelet arriva rue Saint-Martin avant le lever du soleil. Il pleuvait encore assez fort et la rue était vide. Il s'installa sur une borne. Vers neuf heures, la pluie s'arrêta et il vit sortir Le Bègue avec son paquet.

Cette fois, il le suivit.

La messe à Saint-Merry se terminait. Perrine était venue avec sa tante, Thérèse, et comme elles sortaient, une jeune femme masquée, accompagnée d'un gentilhomme, s'approcha d'elles pour leur dire qu'une dame de qualité voulait parler à Perrine.

Le gentilhomme expliqua à Thérèse qu'elle pouvait rentrer sans crainte, qu'il raccompagnerait sa nièce. Mais Thérèse n'était pas du genre à tolérer de telles propositions et le prévint qu'elle resterait et attendrait.

Enfin ceux qui se trouvaient au premier rang dans l'église sortirent. Les femmes de qualité étaient presque toutes masquées comme c'était l'usage. Le gentilhomme demanda à Perrine de le suivre et ils se dirigèrent vers l'une d'entre elles. Perrine avait déjà deviné que c'était la duchesse de Montpensier. Le gentilhomme fit écarter ceux qui étaient proches et elles restèrent en tête à tête.

Après l'arrestation de l'épouse de son maître et de Mme Poulain, et passée l'angoisse que sa délation soit découverte, Perrine avait éprouvé un mélange de honte et de remords. Honte de sa trahison, remords d'avoir envoyé deux femmes qu'elle connaissait au fond d'un cachot, même si l'une était hérétique. Puis le temps avait fait son œuvre, et ne recevant aucune gratification, elle était allée voir la duchesse qui, avec une profonde indifférence, lui avait donné une poignée d'écus.

Perrine avait compris qu'elle n'avait été qu'un instrument pour trahir son maître et l'argent de la duchesse avait ravivé sa honte. Judas aussi avait reçu une poignée de deniers. N'osant se confesser, elle s'était infligé des pénitences et des jeûnes, et n'avait jamais utilisé la récompense reçue.

Bien sûr, elle s'efforçait aussi de se justifier. Mme Hauteville était une hérétique, et les hérétiques devaient être brûlées. C'est ce que disaient les curés, et qui d'autre qu'eux pouvait mieux savoir ce que voulait Notre Père ?

Pourtant chaque fois qu'elle songeait à l'effroyable sort des deux femmes, elle fondait en larmes jusqu'au jour où elle avait appris qu'elles s'étaient évadées en tuant leurs gardiens. Ces crimes l'avaient soulagée. Ces femmes étaient non seulement des hérétiques mais des criminelles, s'était-elle convaincue. Elles étaient pires qu'elle.

Malgré cela, quand la duchesse de Montpensier était venue à Saint-Merry réclamer vengeance, peu après la mort du duc de Guise, Perrine n'était pas restée sur le parvis pour recevoir sa bénédiction comme la plupart des gens du quartier. Elle ne voulait plus jamais rencontrer la duchesse pour oublier son infamie et elle croyait y être parvenue jusqu'au jour où Cubsac était venu la demander en mariage. Depuis, elle était la plus malheureuse des femmes.

— Bonjour, Perrine, fit Mme de Montpensier comme la servante s'approchait lentement, les yeux baissés.

La duchesse portait une robe de soie noire, un toquet noir et une fraise amidonnée immaculée. Sa beauté avait disparu, car ses traits étaient désormais profondément marqués par la maladie, la douleur et la haine.

— Bonjour, madame, répondit Perrine en lui baisant la main.

— Savez-vous que votre maître est de retour à Paris, ma fille? demanda Catherine de Montpensier assez sèchement.

Perrine leva des yeux étonnés.

— Non, madame.

— Il y est pourtant. Si vous le voyez, je veux que vous me préveniez immédiatement. C'est bien compris?

— Oui, madame.

Le ton de la réponse, et une certaine réticence, ne parurent pas satisfaire la duchesse.

— Vous n'aimeriez pas être brûlée comme hérétique, n'est-ce pas, Perrine? s'enquit-elle en souriant venimeusement.

Elle jugeait inutile désormais de jouer la comédie avec cette sotte.

— Madame, on les a trouvés! Ils sont dans la salle du Petit-Bourbon! cria une voix.

Perrine tourna la tête vers celui qui venait de les interrompre : un homme ressemblant à un rat avec son menton fuyant, son nez trop long et ses lèvres ouvertes sur de grosses incisives. Elle remarqua la lourde épée et la miséricorde à sa taille. Un garde du corps?

La duchesse resta impavide en lança au nouveau venu un regard sombre.

— Je vous remercie, monsieur Lacroix, dit-elle sèchement. Dites-leur qu'ils m'attendent. J'irai les voir ce soir. Ont-ils apporté leurs décors ?

Elle se tourna vers Perrine, avec un sourire de circonstance.

— Ce sont des comédiens que j'ai fait venir. Ils ont préparé une tragédie sur la mort de mes chers frères…

Jugeant toute autre explication inutile, elle se dirigea vers le gentilhomme qui l'attendait pour la conduire à sa voiture. Lacroix les suivit, conscient d'avoir été imprudent de parler ainsi devant une inconnue.

Perrine resta seule, observant que l'homme à face de rat rejoignait une dizaine de cavaliers, tous armés.

36.

Perrine retrouva Thérèse l'esprit en désordre. Elle était plus fine que Mme de Montpensier ne le croyait et avait deviné que c'est de son maître et de M. Poulain que cet homme venait de parler, et non de comédiens. Ils étaient bien à Paris et les gens de la duchesse les avaient trouvés. Ils allaient les prendre et les tuer, sans doute après d'effroyables supplices.

Longtemps elle avait été dupe, ou voulu l'être. Elle s'était efforcée de croire que la duchesse voulait vraiment demander à son maître de la prendre à son service. Mais au fond d'elle-même, depuis que M. Hauteville avait rejoint le roi de Navarre, elle avait deviné que la sœur de Guise ne visait qu'à lui faire du mal.

Elle s'était prêtée à cet infâme dessein et avait trahi son maître. Non seulement elle n'y avait gagné que de la honte mais, par sa lâcheté et sa cupidité, elle avait perdu M. de Cubsac, ne pouvant épouser un gentilhomme qui un jour l'aurait mise en présence de celle qu'elle avait dénoncée.

Les larmes lui vinrent. Plusieurs fois M. de Cubsac était revenu et à chaque fois elle avait refusé de le rencontrer. Elle ne pourrait jamais se racheter, elle le savait. Elle avait même songé à s'enfuir, mais pour aller où, que devenir ? Le plus terrible était qu'elle aimait cet homme.

— Que te voulait cette dame ? demanda Thérèse, troublée par le visage défait de sa nièce.

— Rien d'important, ma tante… balbutia Perrine.

— Rentrons alors, M. Le Bègue doit nous attendre.

Perrine resta immobile, comme perdue.

— Mais qu'as-tu, Perrine ?

— Ma tante, j'ai besoin de ton aide, dit finalement la jeune fille en fondant en pleurs.

— Qu'as-tu ? Qu'as-tu donc ? demanda Thérèse.

Perrine avait de plus en plus souvent ces crises de larmes, et la pauvre femme ne savait que faire pour la consoler.

— Ma tante, quand M. de Cubsac était venu chez nous… Il avait dit où il habitait… T'en souviens-tu ?

— Où il habitait ?

La cuisinière des Hauteville réfléchit un instant avant de dire :

— N'avait-il pas parlé de la rue de l'Aigle, à l'enseigne de la Coupe d'Or ?

— J'ai besoin d'y aller… Accompagne-moi, je t'en supplie.

— Mais Le Bègue ?

— Il en va de la vie de monsieur notre maître, Thérèse, implora Perrine.

Désemparée, ne sachant que dire, sa tante accepta.

Rue de l'Aigle, M. de Cubsac était chez lui car il avait une rage de dents et n'était pas allé à la messe.

Assis dans son lit avec une vieille bouteille de bourgogne pour calmer sa douleur, il resta interdit quand son valet fit entrer les deux femmes. Quelque chose de grave avait dû arriver pour qu'elles viennent ainsi, alors que Perrine l'évitait depuis trois mois. La voyant si belle et si fraîche, sa passion se raviva brusquement, il oublia sa souffrance et demanda à son valet de les laisser.

Perrine ne lui laissa pas le temps de l'interroger.

— Monsieur de Cubsac, je suis la plus indigne des femmes pour oser me présenter ainsi chez vous, mais je vous en supplie, aidez-moi à sauver M. Hauteville.

— M. Hauteville ? Où est-il ? s'enquit-il interloqué, tandis que Thérèse ouvrait de grands yeux éberlués.

— À Paris, caché dans la salle du Petit-Bourbon avec M. Poulain. Mme de Montpensier vient d'envoyer ses sbires pour le prendre.

Cubsac était un homme d'action. Il oublia sa douleur, sauta sur ses pieds, saisit sa rapière posée sur un coffre, prit une arquebuse à main toujours chargée, se coiffa de son chapeau et jeta sa cape sur ses épaules.

— Panfardious ! Rentrez chez vous, je m'occupe de tout ! lança-t-il.

— Non ! dit Perrine, je vais avec vous !

Cubsac regarda les deux femmes successivement en hésitant, puis il dit à Thérèse en montrant Perrine :

— Je la ramènerai !

Sans attendre la réponse, il prit la servante par la main tenant sa rapière et sortit de chez lui. Son cheval était dans une écurie à deux maisons de là. Il y courut, l'harnacha, attrapa Perrine par la taille, la jeta sur la selle, monta devant elle et mit sa bête au galop dans la rue encombrée.

Combien de gens heurta-t-il ? Il ne les compta pas. Il criait seulement :

— Cap de Bious ! Hors du chemin ! Service de la Ligue !

Ceux qui l'entendaient à temps s'écartaient, les autres tombaient dans la boue. Il renversa ainsi toute une procession de flagellants qui se fouettaient vigoureusement en suivant les reliques d'une sainte. Plusieurs des participants, bourgeois en pénitence et moines, tentèrent vainement de le poursuivre en le maudissant. Perrine s'accrochait à sa taille, terrorisée certes, mais éprouvant aussi un incompréhensible sentiment d'allégresse.

En quelques minutes, il fut dans la rue du Petit-Bourbon. La porte donnant sur la cour était ouverte. Il éperonna sa bête et la fit entrer. Une dizaine de chevaux attendaient sous la garde d'un homme à pied portant une brette qui fut surpris en voyant entrer ce cavalier avec une femme en croupe. Pourtant, il ne s'inquiéta pas. Il était au service de la sœur du duc de Guise que tout le monde vénérait dans Paris.

— Qui êtes-vous ? lui demanda Cubsac du haut de sa monture.

— Service de Mme de Montpensier ! répondit l'autre, vous êtes en renfort ?

Avant qu'il eût fini, Cubsac avait sorti sa miséricorde et lui avait plongé la lame dans la gorge.

— Attendez-moi là ! dit-il à Perrine en sautant au sol.

Il l'attrapa et la déposa, puis tira le cadavre de sa victime par les pieds vers un petit bâtiment ruiné.

Dans la petite salle d'étage qui leur servait de chambre, Olivier et Nicolas avaient déballé ce qu'avait apporté Le Bègue. Ils venaient d'enfiler les jaques de maille sous leur chemise et de charger les quatre courtes arquebuses quand ils entendirent des bruits de bottes dans la salle. Ils bouclèrent leur baudrier avec épée et dague, saisirent les arquebuses et sortirent dans la galerie.

Le Clerc, prévenu par le sergent Michelet à l'hôtel de Montmorency, avait rassemblé une douzaine d'hommes de la maison de Montpensier sur lesquels il avait autorité ; des gardes et des valets sachant tenir une épée. Il s'était ensuite précipité avec eux à Saint-Merry prévenir la duchesse. Puis à la tête de sa troupe, il avait filé vers le Petit-Bourbon.

Il aurait préféré avoir avec lui de bons bretteurs comme il en avait chez Villequier. Il savait que trois des gardes qui l'accompagnaient étaient assez habiles, mais les autres n'étaient que des ferrailleurs, comme lui d'ailleurs, car après tout il n'était qu'un ancien valet de chambre. Cependant, ils seraient douze contre deux, et avec une telle supériorité même les meilleurs escrimeurs succombaient. N'était-ce pas ce qui était arrivé à Bussy d'Amboise ?

Il avait pourtant demandé à Michelet de venir avec eux, mais celui-ci avait refusé. « Je n'étais là que pour la surveillance », avait justifié le sergent.

En réalité, après avoir gagné ses trois cents écus, Michelet n'avait aucune envie de se trouver face à face avec Poulain dont il connaissait la force.

Pénétrant dans la grande salle sans chercher la discrétion, Lacroix aperçut une des portes de l'escalier mural ouverte. Il y envoya un de ses hommes, puis constatant qu'il n'y avait personne en bas, il grimpa à sa suite avec le reste de sa troupe, faisant grand fracas.

Dans la galerie, le groupe s'était scindé en deux, chacun explorant une extrémité quand Nicolas et Olivier sortirent de leur salle, une arquebuse dans chaque main.

Ils tirèrent simultanément sur le groupe le plus proche et trois hommes tombèrent. Il en restait trois qui, le premier instant de stupeur passé, se ruèrent vers eux épée haute. Les six autres, dirigés par Lacroix, se retournèrent pour leur prêter main-forte.

Deux contre neuf, se dit Poulain en dégainant épée et dague, la partie sera rude !

En entendant les coups de feu, l'ancien capitaine des gardes de M. de Villequier avait ressenti une brusque inquiétude. Parti en coup de vent, il n'avait pas songé à prendre d'armes à feu. Puis voyant que ceux qu'ils devaient saisir n'étaient que deux, il se sentit rassuré.

— Évitez de les tuer, cria-t-il, je les veux vivants !

— Dieu me damne, mais c'est mon ami Lacroix ! persifla Poulain en battant du fer contre le premier qui s'était jeté sur lui, un audacieux dont il se débarrassa d'un coup de taille dans la face. Vous êtes maintenant un assassin ?

— Je vous ordonne de vous rendre, au nom de la Sainte Ligue et de la duchesse de Montpensier ! cria furieusement Lacroix.

— Venez nous chercher ! lança Olivier dans un rire tonitruant.

Nicolas et lui reculèrent de manière à se placer dos au mur. Leurs adversaires n'avaient guère de place et formèrent un demi-cercle.

— Sus à eux ! cria Lacroix.

Un valet crut adroit de saisir la lame d'Olivier pour l'écarter et eut tous les doigts de la main gauche coupés. Il hurla tandis que les fers continuaient à cliqueter.

Olivier frappait à coups de taille comme il le faisait dans les batailles tandis que ses adversaires pratiquaient un jeu de salle d'armes peu efficace pour un combat aussi violent. Il perça un audacieux qui n'avait pas de cuirasse et trancha le poignet d'un autre, mais ils étaient trop nombreux et ne pouvait se protéger de tous côtés. Il fut vite égratigné au bras et à la cuisse.

De son côté, touché à la main droite, Nicolas changea de bras mais perdit l'usage de sa dague. Il perça pourtant encore un ventre et une épaule mais fut à son tour touché au torse et, sans la chemise de mailles de fer, il aurait été transpercé.

Avec plusieurs blessés, les attaquants étaient devenus prudents. Seuls six, dont Lacroix, restaient engagés dans la bataille. Protégés par des cuirasses, ils cherchaient désormais à fatiguer leurs adversaires qui perdaient leur sang par de multiples coupures. Olivier parvint quand même à en toucher un en lui entrant sa lame sous l'aisselle gauche.

Malgré les pertes, Lacroix voyait la victoire proche. Il fit reculer ses hommes pour un ultime assaut quand soudain retentit :

— Panfardious ! Cubsac à la rescousse !

Le quarante-cinq, surgissant à l'improviste, tira de son arquebuse dans le dos d'un valet, trancha un cou et lacéra un dos.

Lacroix, pris à revers, se retourna contre le nouveau venu tandis que les deux derniers gardes valides faisaient face à Olivier et Nicolas. Hébétés et terrorisés par l'arrivée de cet inconnu qui donnait de violents coups de taille à leur chef en hurlant des Cap de Bious ! et des Sandioux ! à glacer le sang, ils jetèrent leurs armes en criant : « Merci ! » et se jetant à genoux.

Lacroix, acculé contre un mur, reçut un coup de lame de Cubsac qui lui trancha presque le bras. Il s'effondra.

— Monsieur de Cubsac ! Si on s'attendait à vous voir ! cria joyeusement Olivier.

— Cubsac est toujours là à temps ! gasconna le Gascon.

L'un de ceux qui s'étaient rendus profita de l'inattention pour s'enfuir. Olivier lança sa dague qui lui rentra dans le dos. Tandis que le fuyard s'écroulait, Poulain ordonna aux blessés :

— Couchez-vous ici !

— Sandioux, mais vous êtes bien touchés ! s'inquiéta Cubsac en s'approchant des deux amis.

Olivier et Nicolas étaient en effet ensanglantés.

Les prisonniers s'étaient allongés. Tous sauf un étaient gravement atteints. Lacroix se vidait de son sang.

Cubsac rassembla les épées, puis retira son pourpoint et sa chemise et s'approcha de Poulain, le plus gravement blessé. Une lame avait estafilé son poignet jusqu'aux doigts et il perdait beaucoup de sang.

— Monsieur Hauteville, surveillez ces pendards. Avez-vous de l'eau ?

— Non, mais il y a du vin dans la pièce au fond, dit Poulain.

Ils s'y rendirent. Cubsac lava la plaie, termina la bouteille tant il avait mal à sa dent. Ensuite il fit un pansement avec un morceau de sa chemise et nettoya les autres plaies.

— Merci, monsieur de Cubsac ! Il y a maintenant Olivier à soigner.

Olivier les vit revenir avec soulagement. Ressentant maintenant le contrecoup de la bataille et la douleur de ses blessures, il avait failli perdre conscience. Pendant que Poulain gardait un œil sur les prisonniers, Cubsac le pansa à son tour.

— Il faut voir un apothicaire et acheter des onguents, décida-t-il, quand il eut terminé.

— Qu'allons-nous faire d'eux ? demanda Olivier à Nicolas en désignant les quatre hommes encore conscients.

— Les pendre ! décida Nicolas. Je suis toujours prévôt. Le jugement peut se faire en présence de deux honnêtes hommes tels que vous. Je les condamne pour rébellion contre le roi et lèse-majesté. La seule sentence possible est la mort. Il y a des cordes en bas, je vais les chercher, nous n'avons pas de temps à perdre.

— Je peux leur couper la gorge, proposa Cubsac, ça ira plus vite !

— Pitié ! Nous nous sommes rendus, sanglota celui qui avait perdu tous ses doigts.

— Pitié ? Qui vous a demandé de vous attaquer à des gentilshommes du roi ?

— C'est M. Lacroix qui nous l'a ordonné ! balbutia celui qui avait perdu une main.

Il tenait son moignon en pleurant.

Poulain s'approcha de l'ancien capitaine qui respirait à peine, blanc comme un linge. Son bras était sectionné jusqu'à l'os.

Nicolas Poulain était vraiment décidé à les pendre tous. Il avait déjà branché des dizaines de brigands sans le moindre embarras et ceux-là méritaient leur sort. Mais maintenant que Lacroix était mourant, était-il utile de tuer les autres ? Le silence se fit dans la grande salle de théâtre du Petit-Bourbon.

— Laissons-les ! décida Olivier.

Nicolas approuva d'un hochement de tête. Il examina les épées, récupérant deux lames dont celle de Lacroix qui avait une poignée d'argent tandis que Cubsac faisait les poches des blessés et des morts, prenant même un petit diamant sur le toquet de Lacroix. Ce sera pour Perrine, se dit-il en empochant le bijou que la duchesse de Montpensier avait offert à l'ancien capitaine des gardes de Villequier.

Avant de descendre, Poulain lança d'une voix de stentor, pour qu'on l'entende bien :

— Nous quittons Paris maintenant, monsieur. Nous avons terminé de relever les plans des fortifications de la Ligue qui seront ce soir dans les mains du roi !

Ils sortirent de la grande salle avec leur butin et leurs armes enroulés dans des toiles.

— Vous veniez relever des plans ? demanda Cubsac.

— Non, mais si l'un de ces pendards survit, c'est ce qu'il racontera à Mme de Montpensier, et la Ligue ne nous recherchera plus !

Dehors, Olivier découvrit Perrine avec stupeur. Immobile, elle était d'une blancheur de marbre et se tordait les mains.

— Comment nous avez-vous trouvés ? demanda Olivier à Cubsac.

— Vous pouvez en remercier Perrine, c'est elle qui m'a prévenu. J'étais chez moi avec une rage de dents.

Il tâta sa mâchoire douloureuse.

— Comment saviez-vous, Perrine ? demanda Olivier avec un début de méfiance.

— Plus tard ! intervint Nicolas. Il faut filer, nous cacher quelque part, ils attendent peut-être des renforts.

— Retrouvons-nous au Roi d'Argot, proposa Cubsac, c'est le seul endroit où on ne nous cherchera pas.

Olivier et Nicolas sautèrent en selle sur des montures des gens de la duchesse, Cubsac reprit Perrine en croupe et ils filèrent vers la rue Mauconseil.

Le Roi d'Argot était une gargote infâme située dans l'enchevêtrement des ruelles et des culs-de-sac qui s'étendait derrière la rue Mauconseil. C'était un des plus redoutables lieux de Paris, fréquenté surtout par des estafiers, des drilles, des narquois ou des francs taupins.

Ils laissèrent leurs montures en garde à un ancien soldat ayant un bras en moins, lui promettant un écu d'argent à leur retour, et pénétrèrent dans le cabaret. On descendait par quelques marches dans une sombre salle voûtée enfumée par des chandelles de falots de suif. Perrine était terrorisée, n'ayant jamais pénétré dans un endroit pareil. Quand ils se furent habitués à l'obscurité, ils s'approchèrent d'une table, simples planches posées sur des tonneaux, où se tenaient deux gueux avinés. Nicolas leur donna une poignée de sols pour qu'ils décampent, puis il commanda du vin à un nain édenté qui assurait le service.

— Perrine, nous vous devons la vie, dit Olivier en poussant un banc pour qu'elle s'assoie.

Tout au long du trajet, il n'avait cessé de penser à elle. Comment avait-elle su où ils étaient? Il ne pouvait s'empêcher de faire le rapprochement avec l'arrestation de son épouse et de Mme Poulain. Avec Nicolas, ils avaient échangé quelques mots à ce sujet, tandis que Cubsac allait devant.

— Non, monsieur, fit-elle, je me suis seulement rachetée.

Une chandelle de suif sur la table éclairait son visage contracté sur lequel de grosses larmes coulaient.

— Je sais que vous me mépriserez, et que vous me chasserez après ce que je vais dire, mais je ne peux plus le garder pour moi, poursuivit-elle en déglutissant.

Olivier secoua négativement la tête.

— Perrine, vous nous avez sauvé la vie, quoi que vous ayez fait, vous êtes déjà pardonnée…

Elle reprit courage et raconta comment Mme de Montpensier l'avait abordée à Saint-Merry, comment elle avait accepté sa proposition de l'informer du retour de son maître, pour en échange entrer à son service. Elle parla aussi de sa peur d'avoir un maître hérétique, de sa crainte de l'enfer et de la damnation. Elle en vint ensuite à cette journée où elle avait dénoncé Marguerite et Cassandre à Louchart. Là, elle ne put continuer tant elle souffrait.

Cubsac était pétrifié. Ainsi tout était vrai! Perrine avait trahi son maître! Machinalement, il faisait rouler entre ses doigts le diamant de Lacroix qu'il avait envisagé de lui offrir.

— Venons-en à ce qui s'est passé aujourd'hui, proposa Poulain d'une voix égale.

— Ce matin, Mme de Montpensier m'a fait appeler à la sortie de la messe…

668

Elle raconta ce qu'elle avait entendu, sa honte, et comment elle avait décidé d'appeler à l'aide M. de Cubsac pour sauver son maître.

Quand elle eut fini, Cubsac lui demanda d'une voix dure :

— C'est pour cela que vous ne vouliez pas m'épouser?

— Oui, monsieur, je ne suis pas digne d'un gentilhomme. Je ne suis plus digne de personne.

— Qu'en dis-tu, Nicolas? demanda Olivier.

— Je dis que si elle n'avait pas trahi ta confiance en dénonçant Cassandre et mon épouse, nous serions maintenant aux mains de Mme de Montpensier. Les voies du Seigneur sont souvent impénétrables. Perrine n'est pas seule fautive. C'est la duchesse qui, en véritable démon, lui a présenté la tentation à laquelle elle n'a pu résister. Sans doute devait-elle te trahir pour se racheter et nous sauver. Pierre a bien renié Jésus.

Cubsac n'avait pas pensé à ça, il se gratta la barbe de perplexité.

— Je dis aussi que tu as pris conscience de ton erreur, Perrine, et que je n'aurai jamais de domestique plus fidèle… Non, je me trompe, car je ne peux pas te garder à mon service.

Elle éclata en sanglot si violent que le nain s'approcha.

— Pourquoi faites-vous pleurer cette dame? demanda-t-il, agressif.

— Elle pleure de joie, ironisa Olivier. (Il se tourna vers le gascon.) Cubsac, tu ne pourras trouver de meilleure épouse.

Le nain parut rasséréné et resta devant la table, son visage au niveau du plateau.

— J'ai pensé un instant qu'elle pleurait à cause de la défaite, dit-il tristement.

— Quelle défaite ?

— M. de Saveuse… à Châteaudun… Les hérétiques ont écrasé son régiment. Vous l'ignorez ? Je l'ai appris tout à l'heure. Il paraît que les Seize voulaient tenir secrète l'annonce de cette nouvelle déroute.

— Que savez-vous d'autre ?

— Il paraît que les huguenots qui les ont battus étaient commandés par Rosny et Châtillon ! Maudit fils de Coligny !

Il cracha par terre.

— Qu'est devenu M. de Saveuse ? s'enquit Olivier.

— Vous le connaissiez ? demanda-t-il en remarquant le bandage ensanglanté au poignet et à la main de Nicolas.

— J'avais vu une fois son frère, répondit évasivement Olivier.

— On m'a dit que le seigneur de Saveuse a été blessé et qu'il est prisonnier.

Après la déroute de Senlis, c'était donc le deuxième échec des armées de la Ligue qui venait ainsi de perdre plusieurs de ses capitaines. La prochaine bataille serait à Paris, se dit Nicolas avec satisfaction.

Les deux rois avaient quitté Tours vers la mi-mai pour gagner Paris en suivant la Loire. En chemin Rosny et Châtillon étaient tombés sur la compagnie de Saveuse qui avait livré bataille avec une cornette où était écrite la devise espagnole suivante, en lettres d'or : *Morir O mas contento*.

Saveuse avait été blessé. Emprisonné à Beaugency. Il avait refusé d'être soigné et s'était laissé mourir de désespoir sans recevoir les saints sacrements. La Ligue était tout pour lui et il n'avait pu comprendre pourquoi le Seigneur l'avait abandonné.

Entre-temps, Navarre avait gagné Orléans et demandé à ses habitants de se soumettre avec la promesse qu'ils garderaient la liberté du culte et leurs franchises. Malgré leur refus, l'armée royale avait poursuivi sa route sans attendre, remettant le siège à plus tard. Une mauvaise nouvelle avait pourtant assombri cette marche vers la capitale : celle de l'excommunication d'Henri III qui arriva quand le roi se trouvait à Étampes.

En approchant de Paris, la plupart des villes rendaient les armes devant la formidable armée. Seule Poissy opposa une résistance qui coûta la vie à une grande partie de la bourgeoisie. Finalement les troupes royales passèrent la Seine et mirent le siège devant Pontoise.

Dans sa cellule de la Bastille, le premier président du parlement de Paris, Achille de Harlay, demandait chaque jour à pouvoir écouter la messe, et n'obtenait jamais de réponse. Pourtant, en cette fin du mois de mai, il reçut la visite d'un jeune prêtre.

Brun, les yeux de braise, comme tourmenté par un feu intérieur, le religieux qui s'appelait Jacques Clément lui annonça qu'il serait désormais son chapelain. Il lui promit qu'il pourrait assister à la messe qu'il célébrerait chaque jour.

Achille de Harlay tomba à genoux. Dieu l'avait exaucé dans ses prières.

Cela s'était avéré difficile pour Mme de Montpensier d'obtenir que Jacques Clément devienne chapelain à la Bastille. La difficulté était venue là où elle ne l'attendait pas. Le père Edmond Bourgoing, prieur des jacobins, avait jugé que Clément était prêtre depuis trop peu de temps pour exercer un tel ministère et avait refusé qu'il quitte le couvent.

Rien n'y avait fait, ni les ordres du duc de Mayenne et de Le Clerc, ni les supplications du père Boucher, ni même les pécunes proposées par la duchesse. Bourgoing avait été inflexible, et lui seul pouvait autoriser Clément à quitter le couvent pour la Bastille.

Edmond Bourgoing était plutôt bel homme, fort apprécié de ses paroissiennes, et lui-même très sensible au charme féminin. C'était son unique défaut, car seule la foi catholique le guidait. Face à son refus, le curé Boucher avait envisagé de lui confier les intentions de la duchesse, qu'il aurait sans doute approuvées tant il haïssait les deux Henri alliés, mais Le Clerc s'y opposa car il n'était pas certain de sa loyauté.

En désespoir de cause, la duchesse le fit venir chez elle et le reçut dans sa chambre.

Ses ennemis ont dit plus tard qu'elle s'était prostituée pour obtenir son consentement. Peut-être n'est-ce qu'une rumeur, mais quand Bourgoing quitta l'hôtel de Montpensier, le cœur plein d'allégresse, il avait donné son accord pour le départ de Clément.

37.

Ne pouvant revenir au Petit-Bourbon, Olivier et Nicolas n'avaient plus d'endroit où se réfugier alors qu'ils avaient besoin de se soigner. Ils auraient pu s'installer dans quelque bouge de la cour des miracles, mais les centaines de truands qui vivaient là étaient certainement aussi dangereux pour eux que les gens de la Ligue. Cubsac proposa donc de les héberger, mais comment échapper à la dénonciation d'un voisin auprès du dizainier ou du conseil de quartier qui assurait la police de la Ligue ?

C'est Nicolas qui suggéra qu'il les engage comme valets. Cubsac était noble et personne ne l'interrogerait sur ses domestiques. Ayant passé en revue les dangers encourus, c'est finalement la solution qu'ils adoptèrent.

Leurs armes dissimulées dans un sac de toile, Hauteville et Poulain se présentèrent donc en soirée à la maison de la rue de l'Aigle, après que l'ancien quarante-cinq eut raccompagné Perrine et fut rentré chez lui avec les chevaux. En arrivant, Cubsac avait expliqué à son domestique et à sa servante qu'il attendait depuis plusieurs semaines des gens de sa seigneurie pour compléter sa maison, que ceux-ci étaient arrivés mais qu'ils avaient été attaqués en chemin par des truands et que c'était leur tante et leur nièce, reçues en fin de matinée, qui l'avaient prévenu.

Il avait ensuite envoyé son valet chez un voisin qui pouvait lui prêter une paillasse de crin et la servante chez un apothicaire qui accepterait de vendre des onguents et du linge bien qu'il soit dimanche.

La maison que Cubsac avait louée était étroite, avec un seul étage en encorbellement et un toit en pointe. Le rez-de-chaussée était constitué par une cuisine, un cellier et des bouges où dormaient les domestiques. Cubsac avait la grande chambre du premier étage qu'il avait meublée au plus juste d'un lit à piliers et d'un coffre. Il proposa à Olivier et Nicolas de prendre son lit, lui-même dormant par terre sur la paillasse.

Passées les fêtes de Pentecôte, revêtus d'une mantille de valet pour paraître plus convaincants dans leur rôle de domestiques, ils poursuivirent leur quête du capitaine Clément dans le quartier de l'université. Hélas, dès le premier jour, en rentrant bredouilles, ils découvrirent Cubsac au plus mal, sa rage de dent s'étant aggravée. La joue avait doublé et la douleur était devenue insupportable.

Pourtant sa servante avait prié toute la journée sainte Apolline, expliqua-t-elle, navrée. Elle leur récita même l'oraison à la sainte pour qu'ils soient convaincus de ses efforts :

Illustre vierge et martyre Apolline, répandez pour nous vos prières aux pieds du Seigneur afin que nous ne soyons pas, à cause de nos péchés, affligés de maux de dents, vous à qui la cruauté des bourreaux les a arrachées si violemment, veuillez en dissiper la douleur.

Apolline, martyrisée à Alexandrie, avait eu les dents arrachées avant d'être brûlée vive. Sachant combien les maux de dents étaient douloureux, la sainte était réputée pour les soulager si on la priait suffisamment.

Olivier, constatant l'absence de résultat par la prière, fit chercher un barbier. C'était le valet de chambre d'un voisin. Il saigna Cubsac en lui tirant une pinte de sang et ne remarquant aucune amélioration, il conseilla une préparation de guimauve mélangée à de l'urine et du miel, remède souverain selon Pline.

Le lendemain, Cubsac avait la face aussi grosse que celle d'un bœuf et souffrait d'une forte fièvre. Son valet connaissait un médecin qui, après avoir à son tour saigné le malade de douze onces de sang, ordonna des emplâtres et des gargarismes au poivre et à l'aloès, une pharmacopée préconisée par Hippocrate qui ne pouvait échouer.

Dans la nuit, le Gascon délira et on fit revenir le barbier à la pique du jour. Trouvant M. de Cubsac trop faible, il n'osa le saigner à nouveau et suggéra d'appeler un chirurgien ou un prêtre. Olivier choisit le chirurgien. Le valet barbier connaissait vaguement le recteur du collège Saint-Cosme. Il demandait une somme élevée pour arracher une dent, mais assura-t-il, souvent le malade survivait.

Olivier lui donna l'ordre d'aller le chercher. Ensuite il partit avec Nicolas pour une taverne où, leur avait-on dit la veille, un jeune homme pouvant être Clément avait fait du tapage en menaçant le roi.

À trois heures, rentrant dans la maison de la Coupe d'Or sans avoir trouvé trace du capitaine Clément, ils entendirent un hurlement à glacer le sang. Persuadés que les gens de la duchesse avaient retrouvé Cubsac et l'égorgeaient, ils se saisirent de couteaux dans la cuisine et montèrent quatre à quatre dans sa chambre.

Un barbier chirurgien rondouillard, en robe noire avec ceinture bleue, essayait de calmer M. de Cubsac. Le Gascon, la bouche et la chemise ensanglantées, était vainement maintenu par son valet.

— Monsieur, si vous êtes incapable de supporter la douleur, je ne peux rien pour vous ! criait le barbier très en colère.

Confus, ils posaient leur couteau sur un coffre quand, au bruit, le chirurgien se retourna. Olivier reconnut l'homme à côté duquel il avait été attablé à la Croix-de-Lorraine avec Caudebec, quand ils se faisaient passer pour des barbiers chirurgiens venant de Toulouse.

— Pouvez-vous m'aider, messieurs ? demanda-t-il en s'apercevant qu'il s'agissait de valets d'après leur livrée. J'ai percé l'abcès mais la maudite dent ne veut pas quitter sa mâchoire !

Il brandissait un déchaussoir sanglant, gros comme un pied de biche, tandis que sur le lit souillé de sang, Cubsac gémissait, quasiment sans conscience.

Les deux amis avaient déjà aidé des chirurgiens après des combats et ils savaient comment procéder. Ils saisirent chacun un bras du quarante-cinq pendant que le valet lui introduisait dans la bouche une sorte de poire que lui tendit le chirurgien afin qu'il garde la mâchoire ouverte. Profitant de l'évanouissement de Cubsac, l'homme de l'art introduisit une grosse pince et parvint d'un seul coup à extraire la dent sans même arracher les dents voisines ou une partie du palais, ce qui montrait à quel point il était adroit.

Cubsac poussa un nouveau hurlement avant de retomber dans l'inconsciente.

— La voilà ! s'exclama le chirurgien en la montrant fièrement à l'assistance. M. Paré n'aurait pas fait mieux !

Il alla chercher un flacon dans une sacoche en cuir qui contenait ses outils et en vida le contenu sur la plaie, entraînant un nouveau cri atroce tandis que les trois hommes maintenaient à peine Cubsac qui se tordait de douleur.

676

— C'est de l'acide d'absinthe mélangé à de la poudre vitriolique, expliqua le chirurgien en examinant son malade avec satisfaction. Un remède irremplaçable recommandé par maître Amboise Paré, mais qui pique un peu si on est douillet. Je ne peux rien faire d'autre, poursuivit-il en s'adressant à Olivier. Avec un peu de chance et des prières, il se remettra dans quelques jours. S'il a mal, vous pouvez lui préparer des gargarismes de vin dans lequel vous aurez fait macérer des graines de pavot…

Brusquement il s'arrêta pour demander :

— Je ne vous ai jamais arraché une dent ? Votre visage m'est familier…

Quand il tenait Cubsac pour éviter qu'il ne se débatte, Olivier s'était souvenu que le barbier connaissait le capitaine Clément. Son compagnon, à la Croix-de-Lorraine, avait même affirmé lui avoir arraché des dents. Peut-être savait-il où il était… mais l'interroger serait se découvrir, puisqu'il avait fait croire au barbier qu'il était chirurgien à Toulouse. Comment lui expliquer qu'il était maintenant valet ?

Il lui revint brusquement à l'esprit ce que Caudebec avait remarqué. Le recteur de l'école de chirurgie manipulait un méreau, un de ces jetons que les protestants utilisaient pour participer à la Cène. Il avait aussi défendu le fait que Paré était protestant. Et si c'était un ancien protestant qui dissimulait sa foi ?

Mais s'il se trompait ?

— Monsieur le recteur, fit-il, puis-je vous dire un mot en bas, et vous payer votre visite ?

— Pour arracher une dent malcommode comme celle-ci, je prends trois écus, plaisanta le barbier. Les dents faciles sont moins chères…

Ils descendirent dans la cuisine et Olivier ferma la porte, puis il sortit trois écus en déclarant :

— Monsieur le recteur, je vous ai effectivement déjà vu…

L'autre fronça le front. Que signifiait l'étrange attitude de ce domestique ?

— Je crois que vous êtes de la religion réformée, monsieur, et que vous pouvez m'aider…

— Qui êtes-vous ? Que voulez-vous ? répliqua le recteur en haussant le ton. Moi, un hérétique ? Vous êtes fou, mon ami !

Olivier savait qu'il devait se découvrir. Mais si le barbier était vraiment catholique et menaçait de les dénoncer, il n'aurait d'autre choix que de le saisir, de le garrotter et de s'enfuir, ce qui compliquerait sa situation, et celle de Cubsac.

— Je vous ai vu avec un méreau, monsieur, c'était avant les barricades, j'étais à la Croix-de-Lorraine avec un ami, en robe de chirurgien. Je vous ai dit venir de Toulouse.

Le barbier le regarda avec plus d'attention.

— Peut-être. Mais je ne comprends pas ce que vous voulez…

— Parlons rond, monsieur, je suis un espion qui me suis introduit par ruse dans cette maison. Je suis au service de Mgr le roi de Navarre.

L'autre écarquilla les yeux.

— Vous voulez me faire croire ça ?

Il haussa les épaules.

— C'est un piège stupide ! Je ne m'y laisserai pas prendre.

— Si vous êtes huguenot, vous devez m'aider !

— Je ne sais pas ce que vous voulez faire, vous êtes à la solde de mes ennemis !

Mais malgré sa colère apparente, le chirurgien ne chercha pas à s'en aller.

— Que vous dire pour vous convaincre? s'exclama Olivier. Je suis gentilhomme et recherché par la Ligue. Henri de Navarre m'a fait chevalier à Coutras. Je suis venu à Paris pour découvrir un assassin…

— Vous êtes protestant? demanda le chirurgien en se frottant le menton.

— Non, mais mon épouse l'est. C'est la fille adoptive de M. de Mornay. Elle appartient aussi à la famille de Mgr de Condé.

— Vous connaissez Mornay?

— J'étais son écuyer, j'ai vécu chez lui. Je suis aussi l'ami de M. de Rosny, de M. de La Rochefoucauld, de M. de Turenne, de M. de Châtillon et de bien d'autres seigneurs protestants.

— Décrivez-moi Mornay et son épouse, ainsi que Rosny.

Les descriptions durent satisfaire le chirurgien qui, sans rien reconnaître, demanda :

— Qui cherchez-vous?

— Quand je vous ai rencontré à la Croix-de-Lorraine, il y avait dans la salle un jeune homme surnommé le capitaine Clément. C'est lui que je cherche.

— Je me souviens de lui. Que lui voulez-vous?

— Il veut tuer le roi.

Jacques Lecœur, recteur de l'école de chirurgie, était en effet protestant, bien qu'il se soit converti sous la menace durant la Saint-Barthélemy. Il rencontrait toujours, secrètement, ses coreligionnaires pour pratiquer la Cène. L'affirmation d'Olivier ne le surprit guère. Depuis la mort de Guise, tant de gens voulaient la mort du roi.

— Je ne suis pas protestant, monsieur, dit-il pourtant, et si je pouvais vous aider, je le ferais volontiers, mais je n'ai plus vu Clément depuis plusieurs semaines. Je puis cependant vous dire qu'il est désormais prêtre. Je l'ai appris par un ami. Dans quelle église ? Je l'ignore, je pourrais me renseigner... Si vous me laissez partir.

— Vous êtes libre, dit Olivier qui avait compris que l'homme craignait un piège. (Il montra la porte.) Mais ne me trahissez pas. D'ici un mois, le roi entrera au Louvre et les ligueurs seront sévèrement châtiés.

— Je suis un fidèle sujet de Sa Majesté, répondit simplement le recteur.

Olivier le laissa partir, mais dès qu'il fut dehors, il expliqua à Nicolas ce qui s'était passé et lui demanda de le suivre.

Il resta ensuite toute la journée avec Cubsac, lui faisant régulièrement absorber des graines de pavot. L'ancien quarante-cinq restait bouillant de fièvre et souffrait terriblement. Mais sans doute était-il douillet, comme l'avait fait remarquer le chirurgien.

Nicolas rentra le soir. Le recteur était allé chez lui, puis à l'école de chirurgie, et rien ne laissait paraître qu'il l'ait dénoncé. Seconde bonne nouvelle, Nicolas avait appris que, deux jours plus tôt, un régiment royaliste était arrivé jusqu'à Montfaucon[1]. Ils avaient brûlé un moulin et fait tirer trois couleuvrines. Un boulet de trente-deux livres avait même atteint le village de La Villette.

Depuis que la nouvelle était connue, les Parisiens étaient épouvantés et des patrouilles de bourgeois en armes circulaient partout.

Cubsac resta entre la vie et la mort durant deux semaines. Son valet et la servante le soignèrent pendant que Olivier et Nicolas poursuivaient leur quête. Sachant que Clément était désormais prêtre, ils avaient décidé

---

1. Situé approximativement aux Buttes-Chaumont.

d'assister à toutes les messes qu'ils pouvaient entendre, en commençant par l'Université. Mais durant ces deux semaines, ils ne virent jamais Clément et n'entendirent pas parler de lui.

Olivier prit aussi le temps de prévenir Perrine des malheurs de Cubsac. Elle vint plusieurs fois le voir avec sa tante et, peut-être grâce à elle, la plaie se cicatrisa et les deux jeunes gens commencèrent à parler mariage.

Durant tout le mois de juin, avec la proximité des troupes royales qui tiraient au canon sur les villages des faubourgs ou qui y faisaient des incursions, la peur gagna les Parisiens. Tous craignaient le pire si les troupes royales entraient dans la ville, aussi beaucoup de boutiquiers fermèrent leur échoppe et tentèrent de fuir, d'autres suggéraient de capituler pour éviter que la ville ne soit mise au pillage. Par réaction, les Seize installèrent un régime de terreur. Ceux dénoncés comme trop tièdes envers la Ligue étaient menacés, arrêtés, emprisonnés, et parfois pendus. Quant aux hérétiques, ou supposés tels, on en brûla quelques-uns pour occuper la populace. Plus que jamais, il fut interdit de rire.

Les processions reprirent, et ceux qui n'y participaient pas furent considérés comme suspects, mais ces cortèges obligés convenaient à Olivier et Nicolas qui n'en rataient jamais un, espérant toujours apercevoir Clément.

Les Parisiens ne souffraient pas seulement des troupes royalistes et des menaces ligueuses, ils devaient aussi subir les exactions des gentilshommes et des gens d'armes du duc d'Aumale, ou de son frère, qui logeaient chez eux, les pillaient et souvent forçaient leur femme et leurs filles.

Dans les campagnes, les pauvres gens pris entre les troupes royalistes et celles de la Ligue se réfugiaient dans la capitale avec leurs biens et leurs animaux pour éviter assassinats et brigandages des bandes armées. Les soudards, dont on ne savait plus dans quel camp ils étaient, violaient les moniales et s'amusaient à contraindre les prêtres des paroisses à baptiser veaux ou cochons avant de mettre à sac les habitations. Le vendredi 7 juillet, les troupes de la Ligue entrèrent dans Villeneuve-Saint-Georges où ils tuèrent, pillèrent et ravagèrent plus qu'ils ne l'auraient fait en pays ennemi. Devant les plaintes qu'il reçut, le duc de Mayenne répondit que c'était le prix à payer pour ruiner le tyran.

Olivier était chaque jour plus impatient d'avoir des nouvelles de Cassandre qui devait accoucher en septembre et Nicolas s'inquiétait pour sa famille, aussi, au début du mois de juillet, découragés par leur vaine recherche, ils décidèrent de rejoindre l'armée royale dont l'avant-garde n'était qu'à quelques lieues de la capitale. Cubsac choisit de partir avec eux. Seulement la proximité d'Henri III et du roi de Navarre avait contraint Mayenne à mettre la ville en état de se défendre d'un siège. L'une des premières mesures que décida le *lieutenant général de l'État royal*, comme il se nommait, fut d'obliger les Parisiens à creuser des tranchées pour fortifier des faubourgs.

Comme la plupart des domestiques et des bourgeois, Olivier et Nicolas furent réquisitionnés par le dizainier de leur rue. Seul Cubsac y échappa puisqu'il était noble, mais il dut intégrer la milice. La garde des portes étant renforcée, il devint impossible d'entrer ou de sortir sans un billet du conseil des Seize.

Dans l'impossibilité de quitter la ville, Olivier et Nicolas n'eurent d'autre choix que de poursuivre leur quête de Clément dans les églises, les jours où ils n'avaient pas à se rendre sur les chantiers de tranchées.

Dans le camp des rois, les succès militaires avaient fortifié les troupes et les capitaines. Pourtant, nombreux étaient ceux qui conseillaient d'attendre de nouveaux renforts avant d'attaquer Paris. Si l'armée royale comptait trente mille soldats, la ville alignait plus de quarante-cinq mille hommes en armes, en comptant les troupes lorraines, les alliés espagnols, et la milice bourgeoise. Au surplus, ceux qui avaient connu les barricades craignaient qu'une grande partie de la population ne se range du côté de la Ligue tant elle haïssait les deux rois. Enfin, ceux qui avaient combattu Mayenne savaient qu'il ne devait pas être sous-estimé.

Le roi de Navarre balaya ces arguments et décida de commencer le siège. Henri III l'approuva et dès le 26 juillet, Pontoise fut investi par Henri de Bourbon qui accorda à ses habitants une capitulation honorable : gentilshommes et soldats furent autorisés à quitter la ville avec leurs armes et la ville ne fut pas pillée. Cette mansuétude impressionna favorablement les villages environnants qui reçurent les troupes royales sans combattre.

Le lendemain, Henri III envoya un message à Mme de Montpensier pour lui dire qu'il savait à quel point elle entretenait le peuple de Paris en sa rébellion ; mais que dès qu'il entrerait dans la ville, il la ferait brûler toute vive.

Elle lui fit répondre avec insolence que le feu était pour les sodomites, et que c'était à lui de s'en garder.

Le soir pourtant, fort inquiète, elle réunit son frère, le curé Boucher, Le Clerc et le prieur Bourgoing.

Le dimanche de Pentecôte, la duchesse avait attendu des heures le retour de Lacroix, avant d'envoyer finalement des domestiques au Petit-Bourbon où ils avaient découvert le carnage. Il n'y avait que trois survivants, dont Lacroix qui depuis avait perdu son bras. L'un d'eux expliqua que ceux qu'ils étaient venus capturer étaient des espions et avaient quitté Paris. Catherine de Lorraine resta prostrée plusieurs jours après ce nouvel échec, puis elle comprit que tout était dans l'ordre des choses. Elle ne pourrait vaincre Hauteville, protégé par des puissances démoniaques.

D'ailleurs tout allait mal pour la Ligue dont les armées se débandaient. La progression d'Henri III et de Navarre était si rapide qu'elle avait quelque chose de surnaturel, et Mme de Montpensier devinait que les rois seraient bientôt à Paris. Elle n'aurait aucune mansuétude à attendre d'eux et s'attendait à être traitée comme sa tante Marie Stuart.

C'est Le Clerc qui lui apporta la première bonne nouvelle. Jacques Clément avait si bien gagné la confiance de M. de Harlay que celui-ci lui avait remis une lettre pour des amis membres du guet bourgeois dans laquelle il leur demandait de livrer la porte Saint-Jacques une nuit, sitôt que l'armée royale s'y présenterait.

Cette proposition était inespérée. Puisque Hauteville et Poulain n'étaient plus là pour les gêner, Le Clerc, Mme de Montpensier et le curé Boucher décidèrent d'agir au plus vite. Plutôt que de libérer Harlay, en espérant qu'il se fasse accompagner par Clément le jour où il rencontrerait le roi, ils décidèrent d'envoyer Clément à Henri III, chargé d'un message du premier président.

Ils demandèrent donc au jacobin de dire à Harlay que ses amis étaient d'accord pour livrer une porte de la ville, mais qu'il fallait prévenir le roi de ce bénéfice. Clément devrait lui proposer de se rendre à la cour pour le faire, mais il aurait besoin d'une lettre pour être cru par Henri III. Harlay, convaincu de la loyauté de son chapelain, tomba dans le piège. Il écrivit la lettre que le gouverneur de la Bastille eut dans les mains le jour même où Henri III menaçait la duchesse du bûcher.

Avec cette missive, il était certain que Clément serait reçu par le roi, encore fallait-il qu'il arrive jusqu'à la cour. Pour cela, il aurait besoin d'un passeport délivré par un officier royal, sinon il risquait fort d'être pendu par une patrouille.

C'était l'objet de la réunion chez la duchesse de Montpensier.

Après avoir réfléchi à cette ultime difficulté, Mayenne proposa tout simplement de faire un faux. Il avait la garde du comte de Brienne, détenu au Louvre depuis sa capture près d'Amboise. Plusieurs fois Brienne avait essayé de communiquer avec son beau-frère le duc d'Épernon et ses lettres avaient été saisies. Le secrétaire de Mayenne étant capable d'imiter toutes les écritures, il écrirait sans peine un passeport comme si c'était Brienne qui l'avait fait.

Cette difficulté levée, la duchesse interrogea le prieur des jacobins et le curé Boucher sur l'état d'esprit de Jacques Clément qu'elle n'avait plus vu depuis des mois. Pouvait-on toujours lui faire confiance ? Était-il toujours prêt à tuer le roi, au risque d'une mort horrible ?

— Jacques Clément est un esprit faible et sujet aux hallucinations, madame, expliqua Bourgoing. Il a en outre une imagination déréglée, surtout après les périodes de jeûne que je lui impose. Il y a quelques jours, il m'a encore demandé comment il pourrait connaître la volonté de Dieu. Je lui ai conseillé de prier, et dans la nuit, par un trou dans un mur de sa chambre et une sarbacane, j'ai parlé dans son oreille et lui ai promis que s'il tuait le tyran, il serait canonisé.

Malgré la situation tragique qu'ils vivaient, chacun se retint de rire tandis que Boucher intervenait à son tour.

— Je lui ai aussi rappelé que saint Thomas d'Aquin avait écrit qu'il est permis de tuer un tyran… Il m'a écouté. Si nous l'envoyons à la cour, je suis convaincu que son bras ne faiblira pas.

— Le temps nous presse, dit la duchesse qui songeait surtout à son sort. Quand pourrions-nous avoir ce passeport de Mme de Brienne ?

— Demain, promit son frère.

Le lendemain, ils se retrouvèrent à l'hôtel de Guise. Mayenne leur fit passer la fausse lettre[1] :

Le comte de Brienne et de Ligny, Gouverneur & lieutenant général pour le roi à Metz et pays Messin.

À tous gouverneurs, leurs lieutenants, capitaines chefs et conducteurs des gens de guerre, tant de cheval que de pied … Nous vous prions et requérons vouloir sûrement et librement laisser passer et repasser, aller venir et séjourner frère Jacques Clément, jacobin, natif de la ville de Sens en Bourgogne s'en allant en la ville d'Orléans…

— Par précaution, précisa-t-il, je ferai arrêter demain une centaine de bourgeois partisans du roi. Ils serviront d'otages dans le cas où les choses se passeraient mal pour nous.

---

1. Qui existe encore.

— Quand Clément pourrait-il partir?
— Lundi, décida Bourgoing.

Meudon, Issy, Vaugirard, Vanves et les villages attenants tombèrent à la fin juillet et les escarmouches se déplacèrent jusqu'aux tranchées creusées dans les faubourgs. Le lundi 31 juillet au matin, Henri III s'empara du pont de Saint-Cloud.

Catherine de Médicis avait offert à Jérôme de Gondi une maison dans le village de Saint-Cloud. Le financier l'avait agrandie autour d'une terrasse avec deux façades en angle et avait planté un parc et des jardins autour. Henri III aimait cet endroit magnifique surplombant Paris, aussi avait-il choisi d'y établir son quartier général tandis que Navarre, qui s'était approché de l'église de Saint-Germain-des-Prés, s'installait à Meudon.

Après avoir passé le pont de Saint-Cloud avec son avant-garde, Henri III avait fait monter son cheval sur une petite éminence et, de là, voyant à ses pieds la ville qui, une année auparavant, l'avait ignominieusement chassé, il s'était écrié dans un délire de joie :

— Paris, chef du royaume, mais chef trop capricieux, tu as besoin d'une saignée pour te guérir… Encore quelques jours et on ne verra ni tes maisons ni tes murailles, mais seulement le lieu où tu auras été.

Pour le prince, l'heure de la revanche était arrivée.

Le lundi 31 juillet, Clément avait passé la matinée en jeûne et en prière avant d'aller se confesser. Il n'aurait pas le temps de dire la messe, mais Dieu lui pardonnerait avec ce qu'il allait faire pour lui, se dit-il. Il termina une courte lettre qu'il laissa sur sa table, prit le grand couteau acheté la veille et l'attacha sous sa robe.

On frappa à la porte de sa cellule. C'était son supérieur, le prieur Bourgoing, avec le père Boucher et Jean Bussy Le Clerc.

— Nous venons vous accompagner à la porte, dit le prieur.

— J'attendais votre bénédiction, mon père.

Il s'agenouilla et les deux prêtres le bénirent.

— Cette nuit, j'ai entendu un ange me parler, expliqua Clément en se relevant avec un sourire béat. Il m'a montré un glaive et m'a dit : « Je viens t'annoncer que par toi le tyran doit être mis à mort. » Il m'assurait que je monterai au ciel avec les bienheureux ce soir, que je rencontrerai Notre Père et que je resterai près de lui.

Les deux prêtres hochèrent la tête, lui confirmant qu'il était élu de Dieu. Un peu plus tard, le jeune dominicain, dans son habit blanc avec scapulaire sur les épaules et bâton de pèlerin à la main, passait le pont-levis de la porte Saint-Jacques. Le Clerc était resté avec lui jusqu'au dernier moment et avait lui-même donné ordre à la garde de le laisser passer.

Le dominicain prit la direction de Vaugirard.

Au bout d'une heure de marche, il emprunta un chemin qu'on lui avait indiqué vers la Seine. Un passeur le fit traverser en barque et, de l'autre côté, il tomba sur une patrouille de gardes françaises venant du camp royal. On l'arrêta et il aurait été pendu s'il n'avait montré la lettre de M. de Brienne l'autorisant à aller à Orléans. Rasséréné, l'officier des gardes l'écouta quand il expliqua avoir une lettre que M. de Harlay, premier président du parlement, lui avait confiée à la Bastille et qu'il devait remettre au roi.

On le conduisit jusqu'à Saint-Cloud où il arriva après sept heures du soir. Là, les gardes l'ayant laissé libre, il s'approcha du château et entra même dans les jardins où, rencontrant un gentilhomme – c'était

Charles d'Angoulême, le fils naturel de Charles IX – il lui demanda de le conduire près du roi pour lui remettre une lettre. Angoulême lui trouva un « visage de démon » et refusa. Comme Clément se mettait en colère et le menaçait, le fils de Charles IX le fit arrêter et conduire par deux soldats au procureur général au parlement, Jacques de La Guesle qui habitait près du pont de Saint-Cloud.

La Guesle était un homme considérable, quasiment aussi important que le premier président M. de Harlay. Nommé par le roi, il avait la haute main sur toutes les affaires judiciaires.

Clément lui expliqua avoir rencontré M. de Harlay à la Bastille à plusieurs reprises, car il en était un des chapelains. Le premier président lui avait confié une lettre en le suppliant de la remettre au roi, ainsi que des informations secrètes : des amis de M. de Harlay avaient les moyens de s'emparer d'une des portes de la ville et de l'ouvrir à l'armée royale. Il venait l'annoncer au roi et mettre sa vie entre les mains de Sa Majesté comme gage de sa fidélité.

C'était une information considérable qui pouvait permettre d'éviter un long siège et des centaines de morts. Agité, le procureur demanda à voir la lettre. Il était un ami de M. de Harlay et connaissait son écriture. Surtout, il savait que le premier président, homme extrêmement méfiant, utilisait des signes dans ses courriers importants pour assurer à ses correspondants qu'ils venaient bien de lui.

Sans réticence, Clément lui donna le pli.

Sire, ce présent porteur vous fera entendre l'état de vos serviteurs et la façon de laquelle ils sont traités, qui ne leur ôtent néanmoins la volonté et le moyen de vous faire très humble service, et sont en plus grand nombre peut-être que Votre Majesté n'estime. Il se pré-

sente une belle occasion, sur laquelle il vous plaira de faire entendre votre volonté, suppliant Votre Majesté de croire ce présent porteur en tout ce qu'il désire.

Au bas de ce billet était une croix dans un cercle. C'était l'un des signes de reconnaissance qu'utilisait Harlay. La lettre était bien de lui !

Le magistrat était dans un état d'excitation extrême. Catholique fervent, durant les journées des barricades – comme beaucoup de bourgeois de Paris – il s'était rangé du côté des Parisiens insurgés. Ce n'est qu'après la fuite du roi qu'il avait compris n'avoir été qu'un instrument des Guise. Il avait alors décidé de rejoindre la cour mais avait été capturé à une porte de Paris et emprisonné à la Bastille. Il en avait été libéré depuis peu par le duc de Mayenne. C'est dire si beaucoup à la cour le jugeaient peu loyal. Donner au roi une telle information ferait oublier ses erreurs.

Malgré tout encore méfiant, il interrogea plus longuement Clément sur ce qu'il avait à confier à Sa Majesté, mais le jacobin lui répondit que M. de Harlay lui avait fait jurer de ne parler qu'au roi, tant ce qu'il allait dire devait rester secret. La Guesle lui demanda alors à nouveau comment il avait rencontré le premier président, et Clément répéta que c'était lors d'une visite faite auprès de M. Portail, le fils du chirurgien du roi, emprisonné avec d'autres conseillers au parlement. Le premier président étant en confiance avec lui, il lui avait fait des confidences, écrit la lettre pour le roi ainsi qu'un billet pour M. de Brienne, emprisonné au Louvre. Grâce à ce billet parvenu, avec des complicités, dans les mains du beau-frère du duc d'Épernon, celui-ci lui avait fait passer un sauf-conduit pour qu'il puisse gagner la cour.

Jacques Clément exhiba alors le passeport de Brienne.

Cette fois convaincu, le procureur lui offrit à dîner aux cuisines et, le laissant tout de même sous bonne garde, il se rendit à la maison de Gondi pour tout raconter au roi.

Durant le souper en compagnie des gens du magistrat, Clément utilisa son grand couteau. Un des convives lui fit observer qu'il avait oublié son bréviaire et le jacobin répondit tranquillement en montrant sa lame : « Voilà mon couteau et voici mon bréviaire. »

Cet étrange discours fut rapporté au procureur à son retour ce qui ne manqua pas de l'inquiéter. Il le fit pourtant coucher dans sa propre maison et ne songea pas à lui retirer le couteau.

Après la visite de La Guesle, le roi resta un long moment à méditer devant une fenêtre de sa chambre d'où il voyait la Seine et quelques lumières de Paris. Il était satisfait de savoir qu'il allait éviter un long siège. Il avait ordonné à Du Halde qu'il le réveille à sept heures du matin et fasse entrer le religieux que M. La Guesle conduirait.

Enfin, il se retourna et dit à Bellegarde qui dormait dans sa chambre, en tant que premier gentilhomme :

— Ce sera grand dommage de ruiner une si belle ville. Toutefois il faut que j'aie raison des mutins et rebelles qui sont là-dedans et qui m'ont chassé ignominieusement soutenus par les guisards. Je suis résolu de me venger et entrer en leur ville plus tôt qu'ils ne pensent.

Ce même lundi 1er août, Olivier et Nicolas rentraient épuisés par une journée de terrassement sur le chantier des tranchées où ils devaient se rendre deux fois par semaine sous les ordres du cinquantenier du quartier.

La chaleur avait été infernale et ils se reposaient quand le recteur de l'école de chirurgie se présenta. Il était déjà venu une fois pour leur dire qu'un ami se souvenait avoir vu Clément célébrer la messe aux Mathurins en janvier. Ils s'y étaient rendus mais personne ne se rappelait de lui.

— Je l'ai trouvé ! leur cria-t-il.

— Où est-il ?

— En ce moment, je l'ignore, mais en parlant avec un de mes patients, il m'a dit que Clément était jacobin. Vous devriez le trouver dans le couvent à cette heure.

Sans perdre une seconde, glissant pistolet et dague sous leur livrée et accompagnés de Cubsac solidement armé, ils se précipitèrent au couvent. Il y avait deux façons d'y entrer. Par la rue Saint-Jacques en passant par une porte à guichet tenue par un frère tourier, ou par la rue Saint-Hyacinthe en venant de la rue des Cordiers. Poulain connaissait cette seconde entrée que les frères utilisaient pour se rendre rapidement à la Sorbonne, mais pour l'emprunter, il aurait fallu en avoir la clef ou forcer la porte. Quant à convaincre le frère tourier de la rue Saint-Jacques de les laisser passer, c'était impensable.

En chemin, Olivier expliqua qu'il connaissait un troisième passage. Une petite porte au fond du chœur de l'église du couvent dont l'entrée était rue Saint-Jacques. Quand il était élève au collège de Lisieux, combien de fois avait-il joué avec ses camarades à passer par là pour faire des farces aux jacobins !

Guidant ses compagnons, ils traversèrent l'église jusqu'à la porte, mais elle était fermée. Venetianelli l'aurait sans doute ouverte sans difficulté, mais eux ne savaient pas, aussi Cubsac utilisa-t-il la manière forte. Il mit la lame de sa miséricorde dans le dormant et força la serrure, heureusement sans faire plus de bruit qu'un craquement. De l'autre côté, il y avait une cour où quelques moines lisaient ou parlaient assis sur des bancs. Jouant d'audace, ils entrèrent. Olivier savait où se trouvait la cellule du prieur, car, collégien, il avait été pris une fois dans le couvent et y avait reçu le fouet.

Ils traversèrent la cour où personne ne les interpella, les moines ayant l'habitude de voir passer des gentilshommes avec leurs valets. Puis ils entrèrent dans le réfectoire, qui était vide, et enfin dans la basse cour qui longeait l'enceinte de la ville. C'était là que se situaient le corps de logis principal et les cellules des moines. Olivier leur désigna la porte du prieur.

Bourgoing venait de rentrer du réfectoire et priait quand ils pénétrèrent dans sa chambre. Devant cette soudaine intrusion, il resta un instant médusé, puis voulu appeler, mais il était déjà maîtrisé.

Ils le garrottèrent, sauf un bras, et le bâillonnèrent avant de l'interroger.

— Il y a un prêtre nommé Clément dans ce couvent, fit Poulain. Prenez la plume sur cette table et écrivez-nous où il est.

Fou de terreur, le prieur secoua pourtant négativement la tête.

— Vous allez le faire, gronda Cubsac en lui mettant sa miséricorde sous le menton, sinon je vous coupe le nez, puis ce sera les oreilles et ensuite la langue, après ce sera les doigts de pied. Et tout ça ne vous empêchera pas d'écrire.

Le prieur se savait bel homme. Que deviendrait-il sans nez ? Un objet d'horreur pour ses paroissiennes !

Après tout Clément était parti depuis longtemps. Peut-être était-il déjà à Saint-Cloud. Peut-être même que le roi était déjà mort ! En même temps, il se demandait qui étaient ces trois-là, comment ils avaient su pour

Clément, et comment ils étaient entrés. Qui les avait trahis ?

Cubsac appuya la miséricorde sur le nez du prêtre. Le sang coula et le prieur leva sa main pour montrer qu'il cédait.

Ils le bousculèrent jusqu'à sa table. Olivier retailla la plume, la trempa dans l'encre et la lui mit dans la main libre.

Bourgoing écrivit :

Clément loge dans la dernière cellule. Il n'est pas là, il est parti à Saint-Cloud cet après-midi.

Ils lisaient dans son dos. Trop tard ! Clément était parti… sauf si le prieur mentait.

— Cubsac, garde-le, dit Olivier, je vais vérifier avec Nicolas.

Ils sortirent. La cour était toujours déserte. La porte de la cellule de Clément était fermée. Ils la poussèrent. La salle blanchie à la chaux était vide. Ils virent immédiatement la lettre sur la table. Olivier s'approcha :

Je laisse cette note de cinq écus pour qu'un ami la paye pour moi, car je vais dans un endroit d'où je ne pense pas revenir.

La porte grinça et un moine entra.

— Qui êtes-vous ?

— Des amis du père Clément. Nous le cherchons.

— Il est parti, fit le moine en les dévisageant.

— Vous le connaissez ? demanda Olivier.

— Oui, il a dû vous parler de moi. Nous partageons cette cellule… Je suis frère Michel[1].

— En effet, sourit Olivier. Quand l'avez-vous vu, la dernière fois ?

---

1. Michel Margey, jacobin, fut pendu à Châlons comme complice de Clément en juillet 1590.

— Je n'ai pas dormi ici, mais hier nous sommes allés ensemble acheter un couteau.

— Un couteau ? frémit Poulain.

— Oui, un grand couteau noir d'un pied de long, dit frère Michel avec un air entendu tout en écartant les mains pour montrer sa taille. Il l'a payé deux sols six deniers.

— Que le Seigneur soit avec vous, fit Poulain, sèchement, en se dirigeant vers la porte.

Ils sortirent sans que l'autre ne les suive et revinrent à la cellule du prieur. Il y avait un minuscule placard dans lequel ils le serrèrent, puis ils quittèrent le couvent au plus vite. Il n'y avait plus aucun doute. Clément était parti pour tuer le roi. Ils devaient le rattraper.

Mais ils étaient à pied, la nuit était tombée et les portes de Paris allaient fermer. Ils revinrent en se pressant vers la maison de Cubsac, regrettant de ne pas avoir pris leurs chevaux.

En chemin, Cubsac leur montra un second papier que Bourgoing avait écrit sous la menace. Il lui avait demandé qui avait envoyé Clément à Saint-Cloud, et le prieur avait noté d'une écriture tremblante :

Madame la duchesse de Montpensier.

— Elle n'est que l'instrument, dit Nicolas Poulain, étreint par l'émotion. Si notre roi meurt, je sais bien qui seront les vrais assassins. Ce seront le pape, l'Espagne, les Lorrains, la Ligue et les Seize.

Olivier ne partageait pas ce jugement. La duchesse était un démon.

Ils devaient maintenant quitter Paris pour aller à Saint-Cloud, mais ils n'avaient ni lettre ni passeport à présenter aux portes. Malgré le danger qu'on leur tire dessus, ils décidèrent de forcer le passage, espérant qu'au moins un d'entre eux réussirait à sortir. Ayant pris les chevaux à l'écurie, ils filèrent vers la porte

Montmartre. La porte Saint-Honoré était certes plus proche, mais trop bien gardée par les gens de Mayenne. Quant à utiliser une porte dans le quartier de l'Université, cela les aurait contraints à faire un long détour ou à traverser la Seine, or les ponts pouvaient être infranchissables.

Mais quand ils arrivèrent à la porte Montmartre, c'était trop tard, elle venait de fermer.

38.

Chez Cubsac, Olivier et Nicolas passèrent le début de la nuit dans l'angoisse. Clément était-il arrivé jusqu'au roi ? Les heures s'écoulant et la ville restant calme, ils reprirent espoir et parvinrent enfin à s'endormir, car si le moine était parvenu jusqu'au roi, et l'avait meurtri, la nouvelle se serait rapidement répandue dans la capitale et le peuple serait dans les rues à danser et à chanter. Peut-être même que Clément avait été arrêté, espérait Olivier.

À cinq heures, ils étaient debout. Rassemblant toutes les armes qu'avait Cubsac, ils s'équipèrent de corselet, pistolets longs et arquebuses, épée et même d'une pique, puis ils allèrent chercher leurs chevaux. Une fois hors de Paris, il leur faudrait une heure pour rejoindre Saint-Cloud, s'ils n'avaient pas à batailler.

Ils furent à la porte Montmartre vers six heures, au moment où son capitaine arrivait accompagné de quelques archers de la ville porteurs de mousquets et d'une dizaine de bourgeois cuirassés dont les morions s'ornaient d'une croix de Lorraine rouge. Ce capitaine, grand comme un échalas, maigre comme un piquet et hautain comme un hidalgo, était un drapier fort imbu de son importance que Poulain connaissait vaguement. Ayant fait tourner la clef dans la grosse serrure, il laissa ses hommes pousser les deux lourds battants qui produisirent un strident gémissement. Les premières voitures qui attendaient commencèrent lentement à franchir le passage après que les passeports de leur conducteur eurent été longuement vérifiés. Ceux qui n'étaient pas en règle étant refoulés.

Ils s'étaient assemblés à l'écart, comme des gens qui préparaient leur départ. Bouillant d'impatience, ils attendaient un moment favorable, c'est-à-dire que le passage soit dégagé et les archers occupés. Enfin, venant de la campagne, un chariot tiré par des bœufs s'arrêta à deux toises de la porte. Les gardes commencèrent à le fouiller. Nicolas Poulain fit signe à ses compagnons. Ils sortirent leur épée, brandirent pistolet ou arquebuse à main et lancèrent leurs chevaux.

Si Olivier passa le premier sans qu'on tente de l'arrêter, le capitaine de la porte parvint à s'agripper à la selle du cheval de Poulain. Celui-ci le renversa sans état d'âme mais la bousculade fit hésiter la monture de Cubsac dont deux gardes parvinrent à attraper les rênes. Sans hésiter, le Gascon sabra le premier d'un coup de taille et tira avec son arquebuse à main sur la face du second tout en donnant un violent coup d'éperons. Sous la douleur, la bête bondit et franchit la porte.

Ses amis étaient loin devant. Cubsac força l'animal tant qu'il put et devait être à une quarantaine de toises quand le premier coup de mousquet retentit, mais il était déjà trop loin pour être touché.

Devant les maisons éparses érigées le long du chemin qui conduisait à la colline qu'on appelait encore le mont Marthe[1], quelques laboureurs les regardèrent passer éberlués. À la Grange batelière, ils tournèrent à

---

1. Montmartre.

gauche devant le grand pré aux joutes où se tenaient les exercices militaires et poursuivirent encore un moment au galop, prenant ensuite des chemins de traverse que Nicolas Poulain connaissait bien. On avait dû se lancer à leur poursuite, mais leurs poursuivants auraient du mal à les retrouver dans le dédale de sentiers entre les haies et les bois. Ils gagnèrent ainsi les faubourgs du Roule, passèrent devant la chapelle Saint-Jacques et Saint-Philippe, puis descendirent vers Chaillot et Passy. Plusieurs fois, ils aperçurent des groupes de soldats à l'écharpe verte des Guise ou à la croix de Lorraine, mais ils parvinrent à leur échapper. Ce n'est qu'en arrivant sur Boulogne qu'ils tombèrent sur une patrouille royale. Ils se laissèrent entourer, expliquant qu'ils venaient de fuir Paris.

Nicolas Poulain ne connaissait pas l'officier et exigea qu'on les conduise auprès du Grand prévôt, sachant que s'il demandait à aller chez le roi, on les emprisonnerait d'abord et ils perdraient de précieuses heures. Il ajouta qu'il y allait de la vie de Sa Majesté.

Ils n'avaient aucun papier, aucune lettre, mais Richelieu était suffisamment craint pour que l'officier s'exécute. Le Grand prévôt logeait dans une maison près du pont de Saint-Cloud.

Il était presque sept heures quand ils arrivèrent. Poulain fut reconnu par Pasquier, le valet de chambre, qui lui expliqua que son maître dormait encore, s'étant couché à quatre heures après avoir joué toute la nuit à la prime avec M. d'Angoulême…

— Peu importe ! Je dois le voir tout de suite !

Pris de peur, et sachant qui était Poulain, le valet de chambre obéit. Nicolas entra seul dans la chambre de Richelieu. Ses compagnons étaient restés avec les soldats qui les avaient accompagnés.

— Monsieur, levez-vous, on veut tuer le roi ! cria Poulain en secouant le Grand prévôt qui dormait en chemise et en chausses.

Immédiatement réveillé, Richelieu fut sur pied. Tout en s'expliquant, Nicolas lui lança son pourpoint noir, ses hauts-de-chausses et ses bottes. Ils sortirent, Richelieu n'avait même pas pris de chapeau et tenait son épée par son baudrier. Il sauta en selle sur un des chevaux des soldats et ordonna aux autres de le suivre. Au galop jusqu'au château, ils passèrent la barrière des jardins en donnant ordre d'arrêter tout moine ou prêtre qui se présenterait et, sans passer par la grande cour, ils s'arrêtèrent devant les marches de l'entrée la plus proche de la chambre du roi. La dizaine de Suisses qui montait la garde s'écarta en voyant le Grand prévôt leur hurler de les laisser passer. Richelieu était pâle comme ils ne l'avaient jamais connu.

Par une galerie, les quatre hommes se précipitèrent vers la chambre du roi.

M. de La Guesle dormit mal. Ses soupçons envers ce prêtre s'étaient ravivés et il avait même donné ordre qu'on le surveille toute la nuit. Il se promit de rester chaque seconde près de lui quand ils seraient chez le roi. Depuis quelques semaines, il savait par des amis que les prédicateurs appelaient ouvertement à tuer celui qu'ils nommaient le tyran.

À six heures, on dut réveiller le jacobin qui dormait encore, sans doute du sommeil du juste, ce qui rassura un peu le Procureur général. Les deux hommes se dirigèrent ensuite à pied vers la grande maison des Gondi. Il était presque sept heures. Dans le jardin, ils rencontrèrent Du Halde avec qui ils se promenèrent un moment. Ensuite, le premier valet de chambre les quitta pour aller lever le roi. Ils se rendirent alors dans l'antichambre où le capitaine des gardes Larchant leur demanda d'attendre encore un moment. Enfin, Du Halde les fit entrer. Le roi était seul dans sa chambre avec M. de Bellegarde. Il avait tellement hâte de recevoir Clément qu'il n'était pas entièrement habillé. Ses chausses étaient mal attachées, son pourpoint de taffetas gris était délacé et, surtout, il n'avait pas encore enfilé la peau de buffle qu'il portait habituellement sous sa cuirasse.

Clément entra avec humilité, les yeux baissés, les mains jointes. Il fit deux pas et s'agenouilla. Le roi lui ordonna de se relever et le moine s'avança vers lui avec respect. M. de La Guesle, toujours méfiant, se plaça aussitôt devant lui et tendit au roi la lettre de M. de Harlay. À côté d'Henri III se tenait Bellegarde et un peu plus loin, Du Halde, qui écoutait et observait.

Retenu par le procureur général, Clément déclara qu'il avait des choses importantes à communiquer verbalement à Sa Majesté, mais qu'elle seule devait connaître.

— Il n'y a ici que des serviteurs éprouvés ! répliqua vivement M. de La Guesle.

— M. de Harlay m'a fait jurer de ne parler qu'à Sa Majesté, et sans témoin. Ce serait trop grave si ceux qui sont prêts à abandonner la Ligue étaient découverts.

— Ils seraient prêts à ouvrir une porte ? demanda le roi qui avait terminé la lecture de la lettre.

— Oui, sire, la porte Saint-Jacques.

Henri III jeta un coup d'œil vers Bellegarde avant de lui faire signe de s'écarter. Puis, il se dirigea vers l'embrasure d'une fenêtre en demandant au religieux de le suivre. Bien que M. de La Guesle lui ait nommé le jacobin, à aucun moment Henri III n'éprouva de doute ou de crainte et ne fit le rapprochement entre le moine et le capitaine Clément, cet homme de guerre dont Nicolas Poulain lui avait parlé à Blois.

Clément suivit donc le roi, en silence et la tête baissée. Arrivé devant la croisée, il se prosterna et annonça à Henri avoir une seconde lettre. Le roi tendit la main pour la prendre tandis que le jacobin saisissait le couteau caché dans sa manche et lui en donnait un tel coup dans l'abdomen que le sang jaillit en grande quantité.

Chancelant, Henri III parvint à arracher le fer de son ventre. Le couteau à la main, il en frappa l'assassin au front en criant :

— Ah…. Malheureux, que t'ai-je donc fait, pour m'assassiner ?

Il ajouta en s'adressant à Bellegarde, pétrifié par la rapidité du crime.

— Le méchant moine ! Il m'a tué ! Qu'on le tue !

En même temps, il tenait ses entrailles qui lui sortaient du ventre. Déjà La Guesle avait dégainé et frappé Clément à la face en hurlant pour appeler la garde.

À ces cris, Larchant, Montpezat et quelques quarante-cinq accoururent. Découvrant l'effroyable scène, ils s'acharnèrent sur le corps du jacobin, tombé à genoux près du lit, et quand il ne fut plus qu'un tas de viande sanguinolent, ils le saisirent pour le jeter dans un cabinet sombre, bien que La Guesle leur eût crié de ne pas le tuer.

Au tumulte, d'autres courtisans se précipitèrent. Voyant le roi ensanglanté, ses boyaux sortant d'une grande plaie, eux aussi se mirent à hurler et surtout à sangloter.

Courant à perdre haleine dans la galerie, Richelieu, Olivier, Nicolas et Cubsac entendaient tout un vacarme de clameurs incompréhensibles quand un groupe d'archers se précipita vers eux pour les arrêter. Derrière les gardes, c'était une grande confusion. Des gentilshommes se ruaient vers l'antichambre qui précédait la chambre du roi. On hurlait, on criait, on pleurait. Reconnaissant le Grand prévôt, les archers s'écartèrent.

Dans l'antichambre, gardes du corps, valets, pages et gentilshommes étaient en plein désarroi. Certains pleuraient, d'autres priaient à genoux. Beaucoup voulaient entrer dans la chambre mais les gardes du corps leur en défendaient l'entrée.

— Que se passe-t-il ? cria Richelieu d'une voix étranglée.

— Le roi, messire, on vient d'attenter à sa vie ! lança un homme.

Le cœur d'Olivier se serra. Ils étaient arrivés trop tard. Ils entrèrent dans les appartements royaux. Une vingtaine de personnes se tenaient dans la pièce. Le roi était allongé sur son lit, immobile, sa chemise pleine de sang et encore plus pâle que d'habitude. Un chirurgien découpait les vêtements autour de la plaie béante, Olivier observa combien elle était mal placée, large et profonde, sous le nombril, du côté droit. Des morceaux d'intestin sortaient.

Nicolas Poulain s'approcha, s'agenouilla et baisa la main d'Henri III en sanglotant :

— Nous arrivons de Paris, sire. Nous venions vous prévenir… Nous avions trouvé le capitaine Clément, mais sommes arrivés trop tard…

Submergé par l'émotion, il ne put terminer sa phrase.

— Mon cousin, ne vous fâchez point. Ces méchants m'ont voulu tuer, mais Dieu m'a préservé de leur malice. Ceci ne sera rien.

D'autres gentilshommes, à l'instant prévenus, entrèrent à leur tour et Nicolas Poulain s'écarta. L'un d'eux était le marquis d'O qui le salua, les larmes aux yeux. Derrière arrivèrent le duc d'Angoulême et M. d'Épernon qui affichait un visage impénétrable.

Tandis qu'ils s'approchaient du roi, Poulain et Richelieu demandèrent sévèrement à Montpezat comment l'assassin était entré.

— Le roi l'attendait ! répondit le jeune homme, désespéré. C'était un moine venu avec le Procureur général. Sa Majesté nous a interdit d'entrer, ce monstre devait lui confier un secret !

— Où est-il ? s'enquit Richelieu.

L'autre lui désigna le cabinet.

Le Grand prévôt s'y rendit et l'ouvrit. Il y avait un corps ensanglanté. La tête meurtrie avait une courte barbe noire et une tonsure en couronne. Poulain l'examina à son tour. Il était on ne peut plus mort, tailladé de toutes parts. Dommage qu'on ne l'ait pas laissé vivant, songea-t-il, s'interrogeant sur les complicités nécessaires pour parvenir dans la chambre du roi. Il chassa une image qui lui revenait : le Procureur général Jacques de La Guesle, cuirassé et casqué, avec des ligueurs durant la journée des barricades. Mais il est vrai qu'il n'était pas le seul bourgeois à vouloir défendre les privilèges de Paris ce jour-là.

— Jetez ce chien par la fenêtre ! ordonna Richelieu.

Le chef des quarante-cinq s'en chargea.

Olivier était resté près du lit, écoutant ce qui se disait. Il fallait qu'il prévienne le roi de Navarre, mais il voulait lui apporter des informations précises sur l'état de santé du roi.

M. de Portail, le premier chirurgien, avait fini de sonder la plaie. Il s'écarta avec le médecin qui l'assistait et dit en latin :

— *Intestinus perforatus est. Ad sublevandum dolorem ei lavamentum adhibendum est*[1].

Olivier s'approcha de lui et lui demanda, en latin lui aussi :

— *Quam grave vulnus est*[2] ?

L'autre le dévisagea, le regard interrogatif, se demandant qui était ce gentilhomme qui parlait si bien latin. Il lui répondit tristement, dans la même langue.

— *Quomodo rex salvari possit, equidem non video*[3].

M. de Bellegarde et M. d'Épernon avaient entendu le dialogue sans le comprendre en totalité. Ils interrogèrent Olivier qui, les larmes aux yeux, leur en fit la traduction.

Épernon, l'archimignon pourtant toujours si dur et si arrogant, parut s'affaisser. Était-ce parce qu'il venait de tout perdre lui aussi, ou par sincère affection pour le roi ? De grosses larmes coulèrent sur ses joues.

On n'entendait plus que des sanglots quand soudain le roi se mit à prier à haute voix.

— Mon Dieu, maintenant que je me vois dans les dernières heures de mon être, je demande à Votre miséricorde divine d'avoir soin du salut de mon âme ; et comme vous êtes le seul juge de nos pensées, le scrutateur de nos cœurs, Vous savez, mon Seigneur, que rien ne m'est si cher que la vraie religion catholique, apostolique et romaine, de laquelle j'ai toujours fait profession.

Olivier n'entendit pas la suite. Si le roi était perdu, Navarre devait être prévenu sans attendre. Il dit un mot à Nicolas et sortit.

---

1. Le boyau est percé. Il faut lui donner un lavement pour le soulager.
2. Quelle est la gravité de la blessure ?
3. Je ne vois pas que l'on puisse sauver le roi.

Dans l'antichambre, il aperçut un gentilhomme qu'il connaissait vaguement, lui ayant parlé plusieurs fois à Tours. Il lui demanda s'il savait où était Navarre, l'autre lui répondit : « À Meudon. »

Il lui dit en quelques mots ce qui s'était passé, quel était l'état du roi et le supplia de le guider jusqu'au roi de Navarre. L'autre accepta.

Ils galopèrent à épuiser leurs chevaux. En chemin, Olivier songeait à l'avenir. Qu'allait devenir l'armée loyaliste si le roi mourait ? Combien de ses officiers, de ses capitaines, de ses gentilshommes allaient reconnaître le roi de Navarre comme roi de France ? Il y aurait forcément des défections. Ceux-là rejoindraient-ils la Ligue, ou se retireraient-ils seulement ? Comment allait se comporter ce papiste de duc de Nevers qui avait toujours balancé entre le roi et Guise ? Épernon, O, Aumont, et bien d'autres, allaient-ils accepter un roi de fer qui ne les comblerait pas de récompenses mais ne leur proposerait que des batailles sans rapines ou pillages ? Quel que soit le nombre des départs, une grande partie de l'armée allait abandonner le nouveau roi qui n'aurait d'autre choix que de lever le siège de Paris. Échouer si près du but à cause de ce moine ! Sans compter que les Parisiens allaient fêter ce crime comme une victoire et tenteraient maintenant de s'attaquer à Henri de Navarre. Il se promit de tout faire pour le protéger.

Henri de Bourbon venait de partir pour le Pré-aux-Clercs où se déroulait une violente escarmouche. Olivier le rattrapa. Rosny était avec le roi de Navarre, ce qui lui permit de l'approcher sans peine. La voix brisée par l'émotion, il lui annonça la terrible nouvelle. Le Béarnais resta un instant sous le choc avant de réagir très vite. Il avait autour de lui vingt-cinq gentilshommes à qui il demanda de l'accompagner et ils arrivèrent à Saint-Cloud moins d'une heure plus tard.

Quand Navarre entra dans la chambre royale, Henri III lui sourit et lui tendit une main que son beau-frère baisa à genoux.

— Voyez mon frère comme vos ennemis et les miens m'ont traité, dit doucement le roi. Il faut que vous preniez garde qu'ils ne vous en fassent autant.

Regroupant quelques forces, il ajouta plus haut à l'attention de ses gentilshommes :

— Je vous prie comme ami, et vous ordonne comme roi, que vous reconnaissiez après ma mort mon frère que voilà, que vous ayez la même affection et fidélité pour lui que vous avez toujours eue pour moi et que pour ma satisfaction, et votre propre devoir, vous lui portiez serment en ma présence.

Il les força à jurer, ce que certains firent de bon cœur, et d'autres à mi-voix, et même sans voix du tout. Le roi, comprenant la réticence de certains à l'idée d'avoir un roi hérétique, dit alors à Henri de Navarre :

— Mon frère, je le sens bien, c'est à vous de posséder le droit auquel j'ai travaillé pour vous conserver ce que Dieu m'a donné… La justice veut que vous succédiez après moi à ce royaume, dans lequel vous aurez beaucoup de traverses si vous ne vous résolvez à changer de religion. Je vous y exhorte autant pour le salut de votre âme que pour l'avantage que je vous souhaite.

Le roi de Navarre reçut ce discours avec un très grand respect et une marque d'extrême douleur, mais comme il était d'un naturel empreint à la compassion, il lui répondit avec une fausse bonhomie que sa blessure n'était point si dangereuse qu'il dût songer à une dernière fin, et il lui promit qu'il monterait bientôt à cheval.

Le roi sourit tristement et tenta d'élever la voix.

— Messieurs, dit-il à ses gentilshommes, approchez-vous et écoutez mes dernières intentions sur les choses que vous devez observer quand il plaira à Dieu de me faire partir de ce monde… Mes sujets rebelles ont voulu usurper ma couronne au préjudice du vrai héritier… Et vous, mon frère, que Dieu vous assiste de Sa divine providence. Je vous prie de gouverner cet État et tous ces peuples qui sont sujets à votre légitime héritage et succession.

Ces paroles achevées, le roi de Navarre ne répondit que par des larmes et des marques d'un grand respect. Toute la noblesse fondit aussi en larmes. Entrecoupant leurs paroles de soupirs et de sanglots, la plupart jurèrent à Henri de Bourbon fidélité et assurèrent au roi qu'ils obéiraient à ses commandements. Henri III fit alors signe à Nicolas Poulain d'approcher et le montrant à son beau-frère, il lui dit :

— Mon frère, je vous laisse ma couronne et mon cousin, le baron de Dunois ; je vous prie d'en avoir soin et de l'aimer. C'est un serviteur fidèle sur qui vous pourrez vous appuyer.

Il parut alors perdre connaissance et son chirurgien demanda à ce qu'on le laisse se reposer.

Plus tard dans la journée, malgré sa souffrance, il reçut tous ses proches et ses amis. Navarre était reparti donner des ordres à ses troupes.

Henri III agonisa toute la nuit et mourut le mercredi 2 août deux heures après minuit en disant : « Adieu mes amis, ne pleurez pas ma mort. » Puis il pardonna à ses ennemis.

Nicolas Poulain qui avait assisté aux derniers instants prévint M. de Rosny qui avait pris un logement près du château. Ils partirent chercher le roi de Navarre qui arriva avant l'aube dans un état d'extrême agitation, accompagné de trente gentilshommes. Ce fut Olivier Hauteville qui l'accueillit par ces mots :

— Le roi est mort. Sire, vous êtes présentement notre roi et notre maître.

Quand Navarre entra dans la chambre royale, deux minimes se tenaient aux pieds du roi avec des cierges. Les gentilshommes sanglotaient, menaçaient la Ligue, certains piétinaient leur chapeau. Henri vit très vite un groupe à l'écart avec O et son frère qui le regardaient d'un air sombre.

Henri se recueillit un moment près du corps du dernier Valois, puis il rassembla ceux qui le voulaient dans la chambre d'à côté pour un conseil. Olivier et Nicolas en furent, ainsi que Rosny, le maréchal d'Aumont, le maréchal de Biron – son vieil adversaire – et le jeune Bellegarde. Ils furent rejoints au bout de quelques minutes par François d'O et ses amis. Le marquis d'O annonça alors à Navarre qu'ils ne le reconnaîtraient comme roi de France que s'il abjurait la religion réformée.

— Plutôt mourir de mille morts que d'avoir un roi huguenot ! conclut-il insolemment.

Biron, manifestement outré par ce discours, prit alors la main d'Henri de Bourbon.

— Vous êtes le roi des braves, sire, dit-il, et vous ne serez abandonné que par les poltrons !

Conciliant, Navarre répéta qu'il était prêt à se faire instruire dans la religion catholique... dans quelques mois.

Le marquis d'O se retira et la journée s'écoula en conciliabules et en conseils[1]. Le nouveau roi rencontra

---

1. Le lecteur nous excusera de plagier ici presque mot pour mot ce qu'a écrit le baron de Rosny, mais qui mieux que lui, présent sur place, aurait pu raconter ce qui s'était passé ?

Épernon et plusieurs des capitaines de l'armée royale sans obtenir d'accord quant à leur ralliement. La situation était grave. Henri de Bourbon n'avait guère avec lui plus de deux mille huguenots et les catholiques se mêlaient peu avec eux. La noblesse provinciale n'aimait pas plus les calvinistes et préférait suivre les ducs de Montpensier et d'Épernon. La plupart n'admettaient pas qu'un hérétique pût porter la couronne.

Les princes, les ducs, les maréchaux, les seigneurs pourvus des grands commandements, et les derniers conseillers de Henri III, comme Rambouillet et le surintendant des finances François d'O s'assemblèrent dans la nuit du 2 août. Le sort de la France dépendait de la résolution qu'ils allaient prendre. La moitié d'entre eux demanda fermement que le roi de Navarre soit proclamé héritier légitime de la couronne, puisqu'il avait été désigné comme tel par Henri III lui-même sur son lit de mort. L'obstacle était celui de sa religion, aussi le marquis d'O et ses amis proposèrent-ils qu'on lui offre la couronne, à la condition d'une conversion immédiate.

Henri répondit qu'il ne pouvait l'accepter sans déshonneur et se plaignit qu'on lui mît le couteau sous la gorge. Il invoqua les droits de sa conscience, offrit aux catholiques toutes les garanties qu'ils voudraient, mais refusa de se convertir s'il n'était éclairé par un concile national. Il ajouta que quelle que soit la décision des anciens fidèles d'Henri III, son règne avait commencé ce mercredi 2 août 1589.

Pendant ce temps se préparaient les obsèques du roi et, pour calmer la colère de l'armée et des loyalistes, le cadavre de Clément fut tiré à quatre chevaux, découpé en quartiers, puis brûlé devant l'église de Saint-Cloud.

Le soir de ce jeudi, le baron de Rosny avait invité à souper Olivier et Nicolas pour parler de la situation de l'armée. Si aucune solution n'était trouvée, la rupture entre catholiques et protestants serait définitive et le nouveau roi de France ne serait pas plus puissant que l'ancien roi de Navarre.

Trois autres hommes étaient à ce souper : Venetianelli, Richelieu et M. de Cubsac.

Il Magnifichino avait quitté Paris le matin grâce à un laissez-passer obtenu par Pulcinella auprès du chevalier d'Aumale. Brièvement présenté par Nicolas Poulain au nouveau roi, il lui avait fait un rapide compte rendu de l'état d'esprit des Parisiens. Avec cette affabilité qui lui faisait gagner des cœurs, Henri IV lui avait confirmé sa charge de Franc-archer dont il demanderait l'enregistrement au parlement de Tours.

Malgré sa foi catholique, le Grand prévôt avait rejoint le roi de Navarre sans réel état d'âme. Pour Richelieu la loi salique primait sur la religion et Henri de Bourbon était à la fois l'héritier légitime et celui que Henri III avait désigné. Au demeurant, sa haine envers la Ligue ne pouvait lui permettre d'autres choix.

Quant à Cubsac, qui n'avait pas quitté Nicolas Poulain depuis la mort d'Henri III, il était surtout venu chez Rosny pour manger tant les soupers du baron étaient réputés fameux.

— Tout repose désormais sur le marquis d'O, expliquait gravement Rosny après que les domestiques se furent retirés. Que le surintendant accepte de rester près du roi, et une grande partie de la noblesse catholique le suivra. Qu'il parte, et la moitié de l'armée s'en ira. Je lui ai encore parlé cet après-midi, et je lui ai proposé de venir ce soir. Il ne m'a dit ni oui ni non. J'espérais sa venue à cette heure, mais je crains qu'il n'ait déjà pris la décision de quitter la cour.

— Notre ami Michel de Montaigne nous serait bien utile dans ces circonstances, remarqua Nicolas. Par son expérience, sa finesse et son habileté, il serait certainement parvenu à convaincre le marquis et ses amis.

— Il est, hélas, à Bordeaux où le maréchal de Matignon a bien besoin de lui aussi pour maintenir l'autorité royale.

C'est alors qu'un valet annonça l'arrivée de trois visiteurs. Rosny se leva pour les recevoir. C'était le marquis d'O accompagné de Dimitri et du colonel Alphonse d'Ornano, qui venait d'arriver à Saint-Cloud. D'une extrême élégance, en pourpoint de satin noir avec une fraise immaculée, François d'O affichait l'arrogance de celui qui se sait indispensable. Pourtant Olivier remarqua combien son regard révélait sa fatigue et ses doutes.

Après un échange de politesse, et un service de boissons et de fruits confits, Rosny interrogea ses visiteurs qui gardaient un visage distant.

— Pour tout vous dire, marquis, annonça aussitôt le marquis d'O, je suis venu vous voir par courtoisie, mais je ne crois pas pouvoir, en conscience, accorder ma fidélité à Navarre.

— Le feu roi vous l'a pourtant demandée, et vous avez promis, intervint Olivier avec fougue. Ne pas choisir le roi de Navarre, c'est donner raison à la Ligue !

— J'ai promis, c'est vrai, monsieur de Fleur-de-Lis, mais uniquement s'il y avait conversion. J'ai encore rencontré Navarre tout à l'heure, et il a été aussi fuyant que d'habitude. Je dois dire que j'ai longtemps hésité mais ma décision est prise. Pourtant, soyez rassuré, je ne rejoindrai pas la Ligue, je me retirerai seulement sur mes terres.

On entendit alors des éclats de voix, une bousculade, puis la porte s'ouvrit brusquement.

— Monsieur le baron, protesta le domestique, je leur ai dit que vous ne receviez personne…

712

Le valet fut poussé avec brutalité et Caudebec pénétra, suivi de Cassandre de Saint-Pol et de Marguerite
Poulain.

Ébahis, n'en croyant pas leurs yeux, Olivier et
Nicolas se dressèrent d'un bond, et immédiatement, les
deux femmes furent dans leurs bras.

— Comment? Comment êtes-vous là? demanda
finalement Olivier après force embrassades, durant
lesquelles il avait ressenti combien sa femme était
grosse.

— Je vais vous raconter, monsieur mon époux, mais
laissez-moi au moins saluer vos amis! dit-elle en riant
tant le bonheur la submergeait.

Rosny l'embrassa à son tour, car il se considérait
comme un vieil ami, tandis que le marquis d'O lui bai-
sait élégamment la main, tout comme le colonel de la
garde corse. Cubsac et Venetianelli se contentèrent de
révérences.

En même temps, Caudebec avait chaleureusement
étreint ses amis Cubsac et Dimitri, alors que Marguerite, intimidée, faisait de grands sourires à chacun.

Finalement, les embrassades et les brassées termi-
nées, Cassandre, joues roses et ravie, leur raconta pourquoi elle était là, tout en tenant les mains de son époux
et en s'adressant essentiellement à lui.

— J'ai rejoint mon père à Saumur, peu après votre
départ de Tours. Il venait d'en être nommé gouverneur
(à ces mots Rosny se rembrunit, puisqu'il était toujours
persuadé qu'il aurait ce gouvernorat) et souhaitait que
Charlotte et ses enfants le rejoignent. J'étais bien sûr
folle de bonheur à sa proposition, car de Saumur à Tours,
la distance n'est pas grande et je pensais te revoir rapidement. Mais arrivée là-bas, j'appris ton départ, ainsi
que celui de Nicolas. Je restai donc à Saumur jusqu'à
ce que M. de Mornay soit appelé à Tours. Comme il s'y

rendait en barque, je lui demandai de pouvoir l'accompagner, ce qui me permettrait de revoir Marguerite.

» Votre épouse proposa de me loger chez vous, Nicolas, ce que j'acceptai volontiers, car avec l'installation du parlement, la ville est pleine comme un œuf. Avec impatience, nous attendions chaque jour votre retour, et j'étais de plus en plus inquiète de n'avoir aucune nouvelle, surtout en apprenant ce qui se passait dans Paris.

Elle poursuivit en s'adressant à son mari.

— C'est alors que M. de Mornay tomba malade d'une fièvre tierce très violente qui dura plusieurs dizaines de jours. En même temps, on apprenait les victoires de l'armée royale et son avancée rapide vers Paris. Lorsqu'un conseiller du palais m'affirma que les rois étaient sur le point d'entrer dans la capitale, je décidai de te rejoindre. Mon père commençait à aller mieux mais, fatigué, il ne put vraiment s'y opposer. Je parlai de mon dessein à Caudebec, qui s'y opposa, et à Marguerite, qui l'accepta.

— J'avoue que les aventures que j'ai connues avec Cassandre ont révélé chez moi une audace que j'ignorais et m'ont convaincue qu'il ne pouvait rien m'arriver avec elle, plaisanta l'épouse de Poulain, serrée contre son mari sur un banc de la pièce.

— Je ne pouvais qu'accepter, grommela Caudebec, elle serait partie sans moi !

— Mais grosse, c'était de la folie ! protesta Olivier. Elle aurait pu perdre son fruit ! Notre enfant !

— Je le lui ai dit, monsieur, dit Caudebec en se servant une poignée d'abricots confits, mais vous savez qu'elle n'en fait qu'à sa tête ! Nous avons cependant voyagé en barque jusqu'à Orléans. Avec un vent d'ouest, le voyage n'a duré qu'une vingtaine d'heures et il n'y avait pas de secousse, comme dans une voiture. Ensuite, j'ai acheté

714

un coche confortable. La route est bonne jusqu'à Paris et nous sommes allés lentement. Nous avons mis trois jours pour arriver ici.

— C'était folie dans un pays en guerre ! répéta Poulain, malgré tout fier de sa femme.

— M. de Mornay avait réuni trente gentilshommes et hommes d'armes qu'il voulait envoyer au roi de Navarre ; ils nous ont servi d'escorte.

— Et nous voici ! sourit Cassandre. Hélas, en route nous avons appris la mort du roi. J'ai une lettre de mon père pour Mgr de Bourbon, croyez-vous que le roi de France me recevra pour la lui remettre ? demanda-t-elle au baron de Rosny.

— Certainement, madame, mais peut-être pas tout de suite car les affaires d'Henri sont difficiles en ce moment. Le siège de Paris sera peut-être levé dans quelques jours.

— Pourquoi ? demanda Marguerite qui avait accompagné Cassandre aussi pour entrer en ville avec l'armée et revoir ses parents.

— Beaucoup de gentilshommes catholiques n'acceptent pas de reconnaître leur nouveau roi, laissa tomber Rosny en regardant sévèrement le surintendant des finances.

Cassandre suivit son regard et considéra François d'O avec de grands yeux étonnés.

— Vous n'en faites pas partie, marquis, j'espère ? demanda-t-elle.

— Je ne peux servir un roi hérétique, lâcha O, visiblement embarrassé par la question de cette femme qu'il estimait plus qu'il ne voulait le montrer.

— Comment ? Que dites-vous ? Mais c'est impossible ! martela-t-elle. Pas vous ! Vous qui étiez le plus fidèle sujet du feu roi ! Sachez que vous ne trouverez jamais un maître meilleur qu'Henri de Bourbon et que vous gagnerez sa gratitude éternelle en le rejoignant maintenant. En arrivant à Saint-Cloud, M. Caudebec a parlé avec des capitaines catholiques : l'armée est indignée que l'attentat de Jacques Clément lui ait enlevé une victoire assurée. Vous connaissez les talents militaires de Navarre et sa bravoure chevaleresque. On ne peut qu'être honoré de servir un tel maître !

Ce fougueux plaidoyer parut ébranler Ornano et porta du baume au cœur de Rosny.

— Peste ! Vous en parlez facilement, madame, puisque vous êtes vous-même hérétique, persifla quand même O.

— Hérétique ? Le croyez-vous vraiment ? Mon père était protestant, ma mère catholique, mes enfants choisiront la religion qu'ils désirent, dit-elle en touchant son ventre rond. Mon époux est catholique et je vais à la messe quand il me le demande. Nous croyons dans le même Dieu, alors peu importe notre façon de prier ! N'êtes-vous pas capable de faire la même chose qu'une faible femme comme moi ?

O grimaça en restant renfrogné tandis que Ornano affichait maintenant un franc sourire.

— Que souhaiteriez-vous pour donner votre fidélité au roi, seigneur d'O ?

Le marquis soupira.

— Un engagement de sa part. Un engagement écrit, formel, enregistré nous promettant qu'il se convertira, qu'il nous laissera nos charges et ne les distribuera pas à ses amis. Mais les huguenots dont vous êtes s'y opposent. Et s'y opposeront toujours.

— Pas moi ! fit-elle. Je suis la fille du prince de Condé et la fille adoptive du pape des huguenots, ma voix peut être écoutée si je parle en leur nom, et Henri de Bourbon m'écoutera.

Elle se leva.

— Monsieur d'O, acceptez-vous de venir avec moi chez le roi maintenant?

— Maintenant? Vous n'y pensez pas! s'offusqua Rosny.

— Non seulement j'y pense mais j'y vais, monsieur de Rosny! Et j'ai besoin de vous avoir près de moi. Avec la bonne volonté de chaque partie, nous mettrons fin à cette sotte mésentente.

Rosny était ébranlé. Il considéra le marquis d'O qui avait planté ses yeux dans les siens. Chacun d'eux sentait que cette femme énergique venait de provoquer une ouverture comme cela arrivait parfois dans les batailles, et qu'il ne fallait pas la laisser passer.

Rosny se leva et O fit de même.

— Il est tard, dit Maximilien de Béthune, mais le roi doit encore jouer à cette heure.

Ils partirent, escortés par les autres gentilshommes. Marguerite resta seule chez Rosny.

Le roi les reçut avec une immense surprise. Cassandre s'adressa à lui comme la fille de son oncle, le prince de Condé. Dans un discours enflammé, elle l'exhorta à écouter ce que demandaient le marquis et ses amis et à accepter des concessions. Elle lui dit qu'il n'y avait point de roses sans épines et que c'était peu payer le plus beau royaume du monde d'un engagement écrit à faire enregistrer au parlement. Ses arguments convainquirent-ils le roi? Fut-ce la crainte qu'il avait de voir lui échapper son trône? Fut-ce l'inquiétude au moins aussi grande qu'avait le marquis d'O de voir triompher les ligueurs, et de perdre tous les avantages qu'il avait acquis lors du règne précédent? On ne sait, mais Henri de Bourbon se fit répéter les conditions de O et de ses amis, discuta chacune d'elles pied à pied tout en acceptant souvent les suggestions de Cassandre qui elle-même tempérait les demandes de François d'O. Peu à peu, l'accord se dessina, Henri de Bourbon refusant de s'engager formellement à changer de religion, mais acceptant de se faire instruire dans un délai de six mois.

En vérité, le roi Henri l'avait dit mainte et mainte fois : *Catholique ou protestant, peu importe à mes yeux ! Dieu m'a fait seulement naître chrétien et ceux qui suivent leur conscience sont de ma religion. Quant à moi, je suis de celle de tous ceux qui sont braves et bons*[1] mais il avait besoin de rassurer les protestants tant il craignait que beaucoup ne l'abandonnent s'il se convertissait trop tôt. Et les huguenots formaient les meilleures troupes de l'armée royale.

Le traité fut finalement mis par écrit à la fin de la nuit et le marquis d'O s'engagea à le faire approuver par ses amis le lendemain. Le roi acceptait de s'instruire dans la religion catholique et convoquerait dans les six mois un concile national, ou des états généraux, pour établir une paix de religion. En attendant, il confirmait les catholiques dans leurs charges et leurs emplois, leur réservait à titre exclusif les gouvernements, les commandements militaires et les offices civils, et promettait de ne pas accorder aux huguenots de faveurs ou de privilèges autres que ceux dont ils jouissaient déjà.

Chacun parapha ce projet et Cassandre, épuisée et ensommeillée, fut embrassée sur les deux joues par son cousin le roi, par Rosny et même par le marquis d'O. Elle retrouva dans la galerie Olivier, endormi sur une banquette, la tête appuyée sur celle de Cubsac. Venetianelli s'était carrément allongé sur un banc et ronflait du sommeil du juste. Quant à Nicolas, ayant appris que la négociation allait aboutir, il était parti rejoindre Marguerite.

---

1. Cette phrase, comme la plupart dans ce dialogue, est véridique.

Enlacés, les deux époux regagnèrent en se béquetant la chambre qu'Olivier avait prise à une auberge proche. Ils avaient tant à se dire !

Henri IV signa le 4 août la déclaration finalement acceptée par tous. François d'O était maintenu dans la surintendance des finances, Biron et Aumont recevaient les gouvernements du Périgord, de Champagne et de Bourgogne pris à Mayenne déclaré rebelle. Le texte fut porté à Tours par Olivier et Cassandre, où le parlement l'enregistra le 14.

Malgré ce juste et bon accord, il y eut des défections. Épernon saisit un prétexte futile pour ne pas signer l'acte, mais en vérité il était envieux du marquis d'O. Le 7, il se retira et regagna ses terres avec les sept mille hommes qu'il commandait.

Quelques huguenots se crurent trahis et se retirèrent dont M. de La Trémoille qui emmena avec lui neuf bataillons de calvinistes et retourna dans le Poitou.

L'armée, qui comptait trente mille hommes, avait donc fondu de moitié et le roi n'avait plus d'argent, même si M. de Montpensier, gouverneur de Normandie, promit toute l'aide qu'il pourrait envoyer. Le nouveau roi prit le titre de roi de France et de Navarre, renonça à se rendre maître de Paris.

Ainsi, la guerre contre la Ligue ne se termina pas à la mort d'Henri III, ce ne fut que la fin de la guerre des Trois Henri. Une autre guerre commença, incertaine, qui devait durer près de cinq ans. Cinq ans durant lesquels Olivier Hauteville resta près d'Henri IV et mena de nombreuses actions à son service. Mais c'est une autre histoire que nous raconterons certainement.

Dans Paris, dès l'annonce de la mort d'Henri III, les ligueurs abandonnèrent les écharpes noires pour des écharpes vertes. Les règles de vie changèrent, et ceux qui ne riaient pas furent considérés comme hérétiques tandis qu'on proclamait le cardinal de Bourbon roi.

Le portrait de Jacques Clément fut placé sur les autels des églises et la Sorbonne demanda sa canonisation. On proposa de lui ériger une statue dans l'église de Notre-Dame, et plus tard on vint en foule à Saint-Cloud racler la terre teinte de son sang. La duchesse de Montpensier fit venir de son village la mère du régicide que l'on salua dans les églises comme une sainte par ce verset : « Béni soit le ventre qui t'a porté, bénies soient les mamelles qui ont allaité saint Clément. »

Au début du nouveau règne, la princesse de Condé présenta une requête au conseil du roi pour demander le renvoi de son affaire devant le parlement de Paris. Elle justifia sa demande comme ayant rang et prérogatives de princesse du sang. Henri IV la lui accorda.

Le parlement défendit donc aux juges de Saint-Jean-d'Angély de continuer la procédure. Ils s'y refusèrent mais n'osèrent aller plus loin contre elle. Finalement, en 1595, Henri IV parvint à imposer que le parlement de Paris juge l'affaire en dernier ressort. La princesse fut alors complètement mise en liberté. En 1596 toutes les pièces du procès furent brûlées en présence du premier président M. de Harlay. Le prince de Conti et le comte de Soissons, qui s'étaient déclarés contre leur belle-sœur, en furent très mécontents mais ne poursuivirent pas.

Charles de Bourbon, le père de Nicolas Poulain, proclamé roi par la ligue mourut en prison en mai 1590 après avoir reconnu son cousin Navarre comme roi.

Le marquis d'O servit fidèlement Henri IV comme surintendant des finances et assura la continuité entre les règnes. À sa mort, après une longue agonie, Rosny lui succéda dans sa charge tandis que Philippe de Mornay s'éloignait progressivement d'Henri IV après sa conversion au catholicisme, ne gardant que sa charge de gouverneur de Saumur.

Le Grand prévôt Richelieu mourut en 1590 après avoir servi fidèlement le nouveau roi aux batailles d'Arques et d'Ivry. Il laissa à sa mort un jeune garçon de cinq ans nommé Armand qui devait devenir évêque de Luçon et premier des ministres de Louis XIII.

Larchant fut tué devant Rouen en 1592 au service d'Henri IV. Bellegarde, le premier gentilhomme d'Henri III qui avait participé à l'assassinat du duc de Guise et assisté à la mort du dernier Valois rejoignit Henri IV et servit ensuite son fils Louis XIII.

Alphonse d'Ornano fut nommé lieutenant-général du Dauphiné afin de pacifier la province. Maréchal de France en 1597, il se démit de la charge de colonel général des Corses en faveur de son fils et devint gouverneur de Guyenne à la mort du maréchal de Matignon.

M. de Boisdauphin, blessé et fait prisonnier à la bataille d'Ivry le 14 mars 1590, fit acte de soumission à Henri IV et devint lui aussi maréchal de France en 1595, tout comme François de La Grange, seigneur de Montigny, également un des assassins du duc de Guise.

Le chevalier d'Aumale périt à 28 ans, en 1591, en combattant Henri IV à Saint-Denis.

Edmond Bourgoing, prieur des jacobins, fut pris les armes à la main et tiré par quatre chevaux en 1590 pour complicité avec Jacques Clément.

Achille de Harlay sortit de la Bastille contre une rançon de dix mille écus et devint premier président du parlement de Paris transféré à Tours. Barnabé Brisson, le conseiller nommé premier président à la place d'Achille de Harlay, fut pendu par le commissaire Louchart deux ans plus tard. Louchart fut à son tour pendu dans la salle des cariatides du Louvre, avec Nicolas Ameline, à la suite d'un piège dans lequel il tomba. Le duc de Mayenne lâcha alors cette obscure phrase : « Il veut donc être pendu ? Il le sera ! »

Quand Henri IV parvint enfin à vaincre la Ligue, Jean de Bussy dut s'exiler à nouveau à Bruxelles où il vécut chichement d'une petite pension versée par l'Espagne et de son métier de tireur d'armes. Le curé Boucher mourut en 1646 chanoine de Tournai, aux Pays-Bas espagnols où il s'était réfugié.

Le duc de Mayenne fit acte de soumission en 1595. Sa sœur, la duchesse de Montpensier, s'attendait à la mort lors de l'entrée d'Henri IV dans Paris lorsqu'elle reçut la visite d'un envoyé de Navarre qui lui donnait le « Bonjour » et lui pardonnait. Le soir même, il la reçut et joua aimablement aux cartes avec elle. Persuadée d'être toujours ensorcelée, elle mourut d'un flux de sang en 1596, à l'âge de quarante-cinq ans, sans postérité.

Mais tout cela sera le sujet d'une prochaine histoire...

Vrai ou faux ?

Comme pour *Les Rapines du duc de Guise*, nous avons suivi ici d'assez près le *Procès-verbal d'un nommé Nicolas Poulain*, en adaptant cependant les mémoires de Poulain à notre histoire, et en en supprimant les incohérences.

Nicolas Poulain était-il le fils du cardinal de Bourbon ? Pour en être convaincu, on se référera à la preuve apportée par le père Anselme de Sainte-Marie dans son *Histoire généalogique de la Maison de France*, page 330 de l'édition de 1725, consultable à la BnF sur Gallica :

N. Poulain à qui le roi Henri IV, le qualifiant de Sieur Poulain, fils naturel de feu M. le Cardinal de Bourbon son oncle, ordonna une somme de mille écus dont sa Majesté lui avait fait don, pour lui être payée par Balthazar Gobelin, Trésorier de l'Épargne.

Extrait de l'original du Conseil du Roi, tenu pour les finances à Paris le 16 mars 1595.

Où était placé le célèbre cabaret de la Croix-de-Lorraine ? Certains contemporains de Molière ont dit qu'il était au cimetière Saint-Jean, et d'autres sur la rive gauche. Nous avons pensé qu'il pouvait tout simplement y avoir deux cabarets du même nom.

Juan Moreo, commandeur des hospitaliers, était bien l'agent de Philippe II en France et il cosigna le traité de Joinville en 1584.

Diego Maldonado, secrétaire de Philippe II, fut bien chargé de convoyer or et poudre en France pour la Ligue.

La confrérie des sots et des enfants sans souci fut plus tard absorbée dans la troupe de l'Hôtel de Bourgogne. Nicolas Joubert s'opposa alors aux confrères de la Passion et gagna un procès qui lui permit de garder son titre de prince des sots avec les droits attachés, c'est-à-dire celui de faire son entrée solennelle chaque année à mardi gras rue Mauconseil et de posséder une loge à l'hôtel de Bourgogne. Il fut le dernier prince des sots.

Montaigne était-il député aux États généraux de Blois ? La plupart des historiens réfutent cette thèse, car les listes des élections pour 1588 existent pour les sénéchaussées de Bordeaux et de Périgord, et son nom ne figure sur aucune d'elles. La thèse est pourtant défendue par quelques-uns. Quoi qu'il en soit, sa présence à Blois pendant la tenue des États de 1588 est certaine (rapportée par M. de Thou), mais sans doute y était-il en tant que gentilhomme de la chambre du roi.

Sur Pierre de Bordeaux, cousin de Jacques Clément, nous nous sommes inspiré de cet extrait du Journal de la Ligue :

Le vendredi du mois d'août (1593), *furent pris à Saint-Denis, par soupçon de vouloir tuer le roi, deux hommes, dont l'un fut bientôt élargi et l'autre nommé de Bordeaux (que l'on disait être gentilhomme et natif de Serbonnes en Bourgogne, lieu dont feu frère Jacques Clément, jacobin, qui tua le feu roi à Saint-Cloud, était natif aussi) fut enlevé le samedi matin par M. Lugolis, lieutenant du grand prévôt de l'hôtel et maison du roi pour être mené à Melun, où pour les grands indices et conjectures qui étaient contre lui, il fut détenu prisonnier.*

Bibliographie

(complète les bibliographies des deux premiers tomes
de *La Guerre des trois Henri*)

Angoulême Charles d', *Mémoires.*

Babelon Jean-Pierre, *Paris au XVIe siècle, Nouvelle histoire de Paris*, Hachette, 1986.

Béthune Maximilien de, *Mémoires de Sully, principal ministre de Henri le Grand*, J.-F. Bastien, 1788.

Bouillé René de, *Histoire des ducs de Guise*, tome 3, Amyot, 1850.

Capefigue B., *Histoire de la Réforme, de la Ligue et du règne de Henri IV.*

Cayet Palma Pierre, *Chronologie novennaire, histoire des guerres de Henri IV de 1589 à 1598.*

Chalambert Victor de, *Histoire de la Ligue sous les règnes de Henri III et de Henri IV*, 1854.

Chevalier Pierre, *Henri III*, Fayard, 1985.

Dargaud, J. M., *Histoire de la liberté religieuse en France et de ses fondateurs*, tome 4, Charpentier éditeur, 1859.

Francisque Michel, Édouard Fournier, *Histoire des hôtelleries et cabarets*, Adolphe Delahays, 1859.

Hurault Philippe de (comte de Cheverny), *Mémoires*, Foucault, 1823.

Jourdan, J. B. E., *Éphémérides historiques de La Rochelle*, A. Sires, 1861.

Lacretelle, Charles de, *Histoire de France pendant les guerres de religion*, Delaunay, 1815.

L'Estoile Pierre de, *Journal de Henri III, 1587-1589 (Mémoires-journaux, 1574-1611)*, Taillandier, 1982.

L'Estoile Pierre de, *Journal de Henri III, 1587-1589 Pièces additionnelles, Mémoires-journaux, Le procès-verbal d'un nommé Nicolas Poulain, lieutenant de la prévôté de l'île de France, qui contient l'histoire de la Ligue, depuis le second janvier 1585 jusques au jour des barricades, échues le 12 mai 1588.*

Le Person Xavier, *Les « Practiques » du secret au temps de Henri III*, Rives nord-méditerranéennes, Pratiques du secret, 2008.

Le Roux Nicolas, *La Faveur du roi, mignons et courtisans au temps des derniers Valois*, Champ Vallon, 2001.

Loiseleur Jules, *Les Résidences royales de la Loire*, E. Dentu, 1863.

Martin Henri, *Histoire de France depuis les temps les plus reculés jusqu'en 1789*.

Sauzet Robert, Jacqueline Boucher, *Henri III et son temps : actes du colloque international*, Centre d'études supérieures de la Renaissance, Vrin, 1992.

Solnon Jean-François, *Henri III*, Perrin, 2001.

Tailliez D., *Les Hospitaliers de Saint-Jean de Jérusalem à Nice et Villefranche*.

Thomas Pierre, Hurtaut Nicolas, *Dictionnaire historique de la ville de Paris et de ses environs*, Moutard, 1779.

Vatout Jean de, *Souvenirs historiques des résidences royales de France*, F. Didot frères, 1852.

REMERCIEMENTS

À la fin de cette *Guerre des trois Henri*, je remercie Maÿlis de Lajugie, mon éditrice, pour l'immense travail qu'elle a accompli, ainsi qu'Isabelle Laffont, directrice des éditions J.C. Lattès, qui a eu l'idée de cette trilogie quand je ne lui avais proposé qu'un roman.

Pour ce dernier volume, j'ai bénéficié de la documentation de M. Rémi Rivière, conservateur de la tour Jean sans Peur, et de précieuses informations sur Nicolas Poulain de M. Thierry Garnier (lemercuredegaillon.free.fr). Pour le latin, merci à François-Michel Durazzo !

J'ai toujours beaucoup de gratitude envers Béatrice Augé et Jeannine Gréco qui acceptent si volontiers de relire et de corriger le premier manuscrit.

Enfin, je dois remercier mon épouse et mes filles qui restent les plus sévères juges... sans oublier mes lectrices et mes lecteurs à qui rien n'échappe !

Aix, décembre 2008

Jean d'Aillon dans
Le Livre de Poche

LA GUERRE DES TROIS HENRI

1. *Les Rapines du duc de Guise*   n° 31961

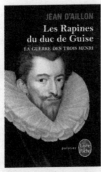

1585. Après trente ans de guerre civile et le massacre de la Saint-Barthélemy, la France est plus divisée que jamais. Trois Henri se disputent un trône à l'équilibre fragile. Henri III veut garder sa couronne, mais n'a pas d'héritier. Henri de Navarre, le protestant, tient à faire valoir ses droits, mais Henri de Guise, l'ultra-catholique, refuse de laisser un huguenot régner sur la France. Sous la direction d'Henri de Guise, la Ligue organise un vaste rapinage de l'impôt de la taille, afin de lever une armée catholique. C'est en recherchant l'assassin de son père, contrôleur des tailles, qu'Olivier Hauteville va croiser la route des ligueurs. Il rencontre également Cassandre, une jeune protestante qui a bien des raisons de s'intéresser à cette enquête…

1586. Le duc de Guise, surnommé le *Balafré*, contrôle la moitié de la France. Henri III n'est même plus roi à Paris où la Ligue fait la loi, tandis que le huguenot Henri de Navarre conduit une guerre d'escarmouches dans l'ouest du royaume. Décidée à y mettre un terme, Catherine de Médicis part rencontrer Navarre, héritier légitime selon la loi salique, pour le convaincre de se convertir. Tiraillé entre sa foi catholique et son amour pour la protestante Cassandre de Mornay, Olivier Hauteville se retrouve au cœur du conflit, face à la terrible duchesse de Montpensier qui fomente un odieux complot… Intrigues de cour, machinations, enlèvements : Jean d'Aillon brosse avec *La Guerre des amoureuses* un portrait audacieux de la France du XVIᵉ siècle.

Du même auteur :

Aux éditions le Grand-Châtelet

La Devineresse
Marius Granet et le trésor du Palais Comtal
Le Duc d'Otrante et les Compagnons du Soleil
Juliette et les Cézanne

Aux éditions du Masque

Attentat à Aquae Sextiae
Le Complot des Sarmates, suivi de *La Tarasque*
L'Archiprêtre et la Cité des Tours
Nostradamus et le dragon de Raphaël
Le Mystère de la Chambre Bleue
La Conjuration des Importants
L'Exécuteur de la Haute Justice
L'Énigme du Clos Mazarin
L'Enlèvement de Louis XIV
Le Dernier Secret de Richelieu
L'Obscure Mort des ducs
La Vie de Louis Fronsac

AUX ÉDITIONS JEAN-CLAUDE LATTÈS

La Conjecture de Fermat
Le Captif au masque de Fer
Les Ferrets de la reine
Trilogie *La Guerre des trois Henri* :
        Les Rapines du duc de Guise
        La Guerre des amoureuses

Vous pouvez joindre l'auteur :
aillon@laposte.net
www.grand-chatelet.net

Composition réalisée par DATAGRAFIX

———————

Achevé d'imprimer en mars 2011, en France sur Presse Offset par
Maury-Imprimeur - 45330 Malesherbes
N° d'imprimeur : 162547
Dépôt légal 1ʳᵉ publication : avril 2011
LIBRAIRIE GÉNÉRALE FRANÇAISE - 31, rue de Fleurus - 75278 Paris Cedex 06